SONEA
Die Hüterin

TRUDI CANAVAN

SONEA
Die Hüterin
Die Saga von Sonea 1

Roman

Deutsch von Michaela Link

Weltbild

Die Originalausgabe erschien unter dem Titel
The Traitor Spy 1: The Ambassador's Mission
bei Orbin, an imprint of Little, Brown Book Group,
an Hachette Livre UK company, London.

Besuchen Sie uns im Internet:
www.weltbild.de

Genehmigte Lizenzausgabe für Verlagsgruppe Weltbild GmbH,
Steinerne Furt, 86167 Augsburg
Copyright der Originalausgabe © 2010 by Trudi Canavan
Copyright der deutschsprachigen Ausgabe © 2010 by
Penhaligon Verlag in der Verlagsgruppe
Random House GmbH, München
Übersetzung: Michaela Link
Umschlaggestaltung: Nele Schütz Desgin, München
Umschlagmotiv: Nele Schütz Design, München
Gesamtherstellung: GGP Media GmbH, Pößneck
Printed in the EU
ISBN 978-3-86800-473-1

2014 2013 2012 2011
Die letzte Jahreszahl gibt die aktuelle Lizenzausgabe an.

Erster Teil

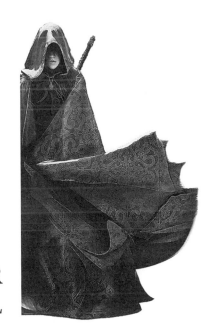

1 Das Alte und das Neue

Das erfolgreichste und meistzitierte Stück des Dichters Rewin, der größte Redefluss, der aus der Neuen Stadt hervorgegangen war, hieß *Stadtlied*. Es fing ein, was man des Nachts in Imardin hörte, wenn man sich die Zeit nahm, innezuhalten und zu lauschen: eine nie endende, gedämpfte und ferne Mischung von Geräuschen. Stimmen. Gesang. Ein Lachen. Ein Stöhnen. Ein Ächzen. Ein Schrei.

In der Dunkelheit von Imardins Neuem Südquartier erinnerte sich ein Mann des Gedichts. Er hielt inne, um zu lauschen, aber statt das Lied der Stadt in sich aufzunehmen, konzentrierte er sich auf ein einziges misstönendes Echo. Ein Geräusch, das nicht hierhergehörte. Ein Geräusch, das sich nicht wiederholte. Er schnaubte leise und setzte seinen Weg fort.

Einige Schritte später trat vor ihm eine Gestalt aus der Dunkelheit. Die Gestalt war männlich und ragte drohend über ihm auf. Licht fing sich auf der Schneide einer Klinge.

»Dein Geld«, sagte eine grobe Stimme, hart vor Entschlossenheit.

Der Mann erwiderte nichts und verharrte reglos. Vielleicht war er vor Entsetzen erstarrt. Vielleicht war er tief in Gedanken versunken.

Als er sich dann doch bewegte, geschah es mit unheimlicher Geschwindigkeit. Ein Klicken, ein Rascheln des Ärmels, und der Räuber keuchte auf und sank auf die Knie. Ein Messer fiel klappernd zu Boden. Der Mann klopfte ihm auf die Schulter.

»Tut mir leid. Falsche Nacht, falsches Opfer, und ich habe keine Zeit zu erklären, warum.«

Als der Räuber mit dem Gesicht nach unten auf das Pflaster fiel, stieg der Mann über ihn hinweg und ging weiter. Dann blieb er stehen und blickte über die Schulter, auf die andere Seite der Straße.

»He! Gol. Du sollst doch angeblich mein Leibwächter sein.«

Aus der Dunkelheit tauchte eine weitere große Gestalt auf und eilte an die Seite des Mannes.

»Ich schätze, du brauchst eigentlich keinen, Cery. Ich werde langsam auf meine alten Tage. Ich sollte *dich* dafür bezahlen, *mich* zu beschützen.«

Cery runzelte die Stirn. »Deine Augen und Ohren sind immer noch scharf, nicht wahr?«

Gol zuckte zusammen. »So scharf wie deine«, erwiderte er mürrisch.

»Nur allzu wahr.« Cery seufzte. »Ich sollte in den Ruhestand gehen. Aber Diebe bekommen keine Gelegenheit, das zu tun.«

»Außer indem sie aufhören, Diebe zu sein.«

»Außer indem sie zu Leichen werden«, korrigierte ihn Cery.

»Aber du bist kein gewöhnlicher Dieb. Ich schätze, für dich gelten andere Regeln. Du hast nicht auf die übliche Art angefangen, warum solltest du also auf die übliche Art aufhören?«

»Ich wünschte, alle anderen wären der gleichen Meinung.«

»Das wünschte ich auch. Die Stadt wäre ein besserer Ort.«

»Wenn alle *deiner* Meinung wären? Ha!«

»Für mich wäre es besser.«

Cery lachte leise und setzte seinen Weg fort. Gol folgte in kurzem Abstand. *Er verbirgt seine Furcht gut,* dachte Cery. *Hat es immer getan. Aber er muss denken, dass wir beide diese Nacht vielleicht nicht überstehen. Zu viele von den anderen sind bereits gestorben.*

Mehr als die Hälfte der Diebe – der Anführer der kriminellen Gruppen in Imardins Unterwelt – war während der letzten Jahre umgekommen. Jeder auf eine andere Weise und die meisten durch unnatürliche Ursachen. Erstochen, vergiftet, von einem hohen Gebäude gestoßen, in einem Feuer verbrannt, ertrunken oder in einem eingestürzten Tunnel zerquetscht. Einige sagten, eine einzelne Person sei dafür verantwortlich, ein Freischärler, den man den Jäger der Diebe nannte. Andere glaubten, es seien die Diebe selbst, die alte Zwistigkeiten regelten.

Gol sagte, die Wetter setzten ihr Geld nicht darauf, *wer* als Nächster das Zeitliche segnen würde, sondern *wie*.

Natürlich hatten jüngere Diebe den Platz der alten eingenommen, manchmal friedlich, manchmal nach einem schnellen, blutigen Kampf. Das war zu erwarten. Aber selbst diese kühnen Neulinge waren nicht immun gegen den Jäger. Die Wahrscheinlichkeit, dass sie das nächste Opfer wurden, war genauso groß wie bei einem älteren Dieb.

Es gab keine offenkundigen Verbindungen zwischen den Morden. Obwohl unter den Dieben jede Menge Streitigkeiten herrschten, konnte keine davon der Grund für so viele Morde sein. Und während Anschläge auf das Leben von Dieben nicht gar so ungewöhnlich waren – das war etwas, womit jeder Dieb rechnen musste –, war der Erfolg dieser Anschläge sehr wohl ungewöhnlich. Und dass der Mörder oder die Mörder weder damit geprahlt hatten noch dabei gesehen worden waren.

In der Vergangenheit hätten wir eine Zusammenkunft abgehalten. Strategien erörtert. Zusammengearbeitet. Aber es ist lange her, seit die Diebe Hand in Hand gearbeitet haben, und wir wüssten heutzutage vermutlich gar nicht mehr, wie wir das anstellen sollten.

Er hatte die Veränderung in den Tagen nach dem Sieg über die Ichani kommen sehen, aber nicht, wie schnell es gehen würde. Sobald die Säuberung – der alljährliche erzwungene Exodus der Obdachlosen aus der Stadt in die Elendsviertel – geendet hatte, waren die Elendsviertel zu einem Teil der Stadt erklärt worden, und die alten Grenzen waren seither Geschichte. Bündnisse zwischen Dieben erloschen, und neue Rivalitäten flammten auf. Diebe, die während der Invasion zusammengearbeitet hatten, um die Stadt zu retten, wandten sich gegeneinander, um ihre Territorien zu behaupten oder auszudehnen, um sich wiederzuholen, was sie an andere verloren hatten, und um neue Gelegenheiten auszunutzen.

Cery ging an vier jungen Männern vorbei, die an einer Mauer lehnten, wo die Gasse auf eine breitere Straße stieß. Sie musterten ihn, und ihr Blick fiel auf das kleine Medaillon, das an Cerys Mantel steckte und ihn als einen Mann der Diebe auswies. Alle drei nickten respektvoll. Cery nickte knapp zurück, dann blieb er am Ende der Gasse stehen und wartete, bis Gol an den Männern vorbei war und zu ihm aufschloss. Der Leibwächter war vor Jahren zu dem Schluss gekommen, dass er mögliche Gefahren besser ausmachen konnte, wenn er nicht direkt neben Cery herging – und mit den meisten brenzligen Situationen wurde Cery sehr gut selbst fertig.

Quer über den Eingang der Gasse war eine rote Linie gemalt; bei ihrem Anblick lächelte Cery erheitert. Nachdem der König die Hüttenviertel zu einem Teil der Stadt erklärt hatte, hatte er mit wechselndem Erfolg versucht, die Kontrolle darüber zu erlangen. Verbesserte Bedingungen in einigen Gegenden führten zu erhöhten Mieten, was ebenso wie der Abriss unsicherer Häuser die Armen in noch ärmlichere Stadtteile zwang. Sie setzten sich dort fest und machten sich diese Orte zu eigen, und wie in die Enge getriebene Tiere verteidigten sie sie mit grimmiger Entschlossenheit und gaben ihren Nachbarschaften Namen wie Finstergassen und Wohnfeste. Es gab inzwischen Grenzen, einige markiert, andere nur nach Namen und ungefährer Lage, die kein Stadtwächter zu übertreten wagte, es sei denn, er befand sich in Gesellschaft mehrerer Kollegen – und selbst dann mussten sie mit einem Kampf rechnen. Einzig die Anwesenheit eines Magiers war eine wirkliche Garantie für ihre Sicherheit.

Als sein Leibwächter zu ihm aufschloss, wandte Cery sich ab, und sie überquerten gemeinsam die breitere Straße. Eine Kutsche rollte vorbei, beleuchtet von zwei hin und her schwingenden Laternen. Die allgegenwärtigen Wachsoldaten der Stadt schlenderten paarweise mit Laternen umher, niemals außer Sichtweite anderer Wachen vor oder hinter ihnen.

Dies war eine neue Durchgangsstraße, die den gefährlichen Stadtteil Wildwegen querte. Cery hatte sich zuerst gefragt, warum der König sich Mühe gemacht hatte, diese Straße bauen zu lassen. Jeder, der allein unterwegs war, lief Gefahr, von den Bewohnern links oder rechts der Straße überfallen zu werden und dabei wahrscheinlich ein Messer in den Leib gerammt zu bekommen. Aber andererseits war die Straße breit und bot Räubern wenig Deckung, und die Tunnel darunter, einst ein Teil des Untergrundnetzwerkes, das allenthalben die Straße der Diebe genannt wurde, waren während des Baus verfüllt und verschüttet worden. Manche der alten, von viel zu vielen Menschen bewohnten Gebäude zu beiden Seiten waren abgerissen und durch große, sichere Häuser ersetzt worden, die sich im Besitz von Kaufleuten befanden.

Die neue Straße hatte wichtige Verbindungen des alten Wildwegen zerschnitten. Es würden sicherlich bereits Anstrengungen unternommen, neue Tunnel zu bauen – davon war Cery überzeugt –, aber das würde seine Zeit dauern, und da fast die Hälfte der ehemals ansässigen Bevölkerung zum Wegzug gezwungen worden war, schien sich der Charakter des Viertels bereits unwiderruflich geändert zu haben.

Cery fühlte sich im Freien wie immer unbehaglich. Und nach der Begegnung mit dem Räuber war seine Unruhe noch gewachsen.

»Denkst du, er ist ausgeschickt worden, um mich zu prüfen?«, fragte er Gol.

Gol antwortete nicht sofort, und sein langes Schweigen sagte Cery, dass er gründlich über die Frage nachdachte.

»Ich bezweifle es. Höchstwahrscheinlich hatte er lediglich fatales Pech.«

Cery nickte. *Ich bin seiner Meinung, aber die Zeiten haben sich verändert. Die Stadt hat sich verändert. Manchmal ist es so, als lebe man in einem fremden Land. Oder so, wie ich mir das Leben in einer anderen Stadt vorstelle, da ich Imardin niemals verlassen habe. Unvertraut. Andere Regeln. Gefahren, wo man sie nicht erwartet. Man kann gar nicht genug aufpassen. Und ich stehe schließlich vor der Begegnung mit dem meistgefürchteten Dieb in Imardin.*

»Ihr da«, erklang eine laute Stimme. Zwei Wachsoldaten kamen auf sie zu; einer von ihnen hielt seine Laterne hoch. Cery berechnete die Entfernung zur anderen Straßenseite, dann seufzte er und blieb stehen.

»Ich?«, fragte er und wandte sich den Wachsoldaten zu. Gol sagte nichts.

Der größere der beiden Männer blieb einen Schritt hinter seinem untersetzten Gefährten stehen. Er antwortete nicht, sondern schaute einige Male zwischen Gol und Cery hin und her, bis sein Blick schließlich auf Cery ruhen blieb.

»Nennt eure Adresse und eure Namen«, befahl er.

»Cery von der Flussstraße, Nordseite«, antwortete Cery.

»Ihr beide?«

»Ja. Gol ist mein Diener. Und Leibwächter.«

Der Wachmann nickte und würdigte Gol kaum eines Blickes. »Euer Ziel?«

»Eine Besprechung mit dem König.«

Der stillere Wachsoldat sog scharf den Atem ein, was ihm einen Blick von seinem Vorgesetzten eintrug. Cery beobachtete die Männer, und es erheiterte ihn, dass beide – erfolglos – versuchten, ihr Entsetzen und ihre Furcht zu verbergen. Man hatte ihm aufgetragen, ihnen diese Information zu geben, und obwohl es eine geradezu lächerliche Behauptung war, machte der Wachmann den Anschein, als glaube er ihm. Oder – was wahrscheinlicher war – er verstand, dass es sich um eine verschlüsselte Nachricht handelte.

Der größere Wachmann straffte die Schultern. »Dann setzt euren Weg fort. Und ... gebt auf euch acht.«

Cery drehte sich um und ging, dicht gefolgt von Gol, über die Straße. Er fragte sich, ob die Nachricht ihnen verraten hatte, mit wem genau Cery sich traf, oder ob sie nur wussten, dass jemand, der diese Worte sagte, nicht aufgehalten werden durfte.

So oder so, er bezweifelte, dass er und Gol zufällig auf eine korrupte Wache gestoßen waren. Es hatte schon immer Wachsoldaten gegeben, die bereit waren, mit den Dieben zusammenzuarbeiten, aber der Hang zur Korruption hatte zugenommen und war allgegenwärtiger denn je. Es gab noch ehrliche, anständige Männer in der Wache, die danach trachteten, schwarze Schafe in ihren Reihen bloßzustellen und zu bestrafen, aber sie standen in einer Schlacht, die eigentlich schon seit einiger Zeit verloren war.

Alle sind mit der einen oder anderen Form von internen Streitigkeiten beschäftigt. Die Wache kämpft gegen die Korruption in ihren Reihen, die Häuser liegen untereinander in Fehde, die reichen und armen Novizen und Magier in der Gilde hacken aufeinander herum, die Verbündeten Länder können sich in der Sachaka-Frage nicht einigen, und die Diebe liegen miteinander im Krieg. Faren hätte das alles sehr unterhaltsam gefunden.

Aber Faren war tot. Im Gegensatz zu den übrigen Dieben war er im Winter vor fünf Jahren an einer vollkommen normalen Lungenentzündung gestorben. Cery hatte zuvor schon jahrelang nicht mit ihm gesprochen. Der Mann, den Faren zu seinem Nachfolger ausgebildet hatte, hatte die Zügel seines kriminellen Reiches ohne Wettbewerb oder Blutvergießen übernommen. Der Mann, der sich Skellin nannte.

Der Mann, mit dem Cery sich heute Nacht treffen würde.

Während Cery durch den kleineren der beiden noch erhaltenen Teile von Wildwegen ging und dabei die Rufe von Huren und Buchmacherjungen ignorierte, überdachte er, was er über Skellin wusste. Faren hatte die Mutter seines Nachfolgers bei sich aufgenommen, als Skellin noch ein Kind gewesen war, aber ob die Frau Farens Geliebte oder seine Ehefrau gewesen war oder ob sie nur für ihn gearbeitet hatte, war unbekannt. Der alte Dieb hatte die beiden abgeschirmt und geheim gehalten, wie die meisten Diebe es mit Menschen, die sie liebten, tun mussten. Skellin hatte sich als ein talentierter Mann erwiesen. Er hatte viele Unternehmen der Unterwelt übernommen und etliche selbst ins Leben gerufen, und dabei hatte es nur wenige Fehlschläge gegeben. Er stand in dem Ruf, gerissen und kompromisslos zu sein. Cery glaubte nicht, dass Faren Skellins absolute Skrupellosigkeit gebilligt hätte. Doch die Geschichten waren wahrscheinlich im Laufe der Zeit ausgeschmückt worden, so dass man nicht beurteilen konnte, wie verdient der Ruf des Mannes war.

Cery kannte kein Tier, das als »Skellin« bezeichnet wurde. Farens Nachfolger war der erste neue Dieb gewesen, der mit der Tradition, Tiernamen zu benutzen, gebrochen hatte. Es bedeutete natürlich nicht, dass »Skellin« zwangsläufig sein richtiger Name war. Jene, die das glaubten, hielten es für mutig von ihm, seinen Namen zu enthüllen. Jene, die es nicht glaubten, scherten sich nicht darum.

Sie bogen in eine andere Straße ein und gelangten in einen sauberen Teil des Bezirks. Sauber jedoch nur dem Anschein nach. Hinter den Türen dieser respektabel aussehenden Häuser lebten lediglich wohlhabendere Huren, Hehler und Auftragsmörder. Die Diebe hatten in Erfahrung gebracht, dass die – zu dünn besetzte – Wache nicht so genau hinsah, wenn nur der äußere Anschein respektabel war. Und im Zweifelsfall konnten auch ein paar kleine Spenden für die bevorzugten Wohltätigkeitsprojekte in der Stadt dem guten Ruf sehr förderlich sein.

Wie zum Beispiel die Hospitäler, die Sonea leitete, immer noch eine Heldin der Armen, obwohl die Reichen nur von Akkarins Bemühungen und Opfern während der Ichani-Invasion sprachen. Cery fragte sich häufig, ob sie ahnte, wie viel von dem Geld, das ihrer Sache gespendet wurde, aus korrupten Quellen kam. Und wenn sie es ahnte, kümmerte es sie?

Er und Gol verlangsamten ihr Tempo, als sie die Kreuzung erreichten, die Cery als Treffpunkt genannt worden war. Dort bot sich ihnen ein seltsamer Anblick.

Wo einst ein Haus gestanden hatte, füllte ein grüner, mit

bunten Farben gesprenkelter Grasteppich die Lücke in der Bebauung. Zwischen den alten Grundfesten und eingestürzten Mauern wuchsen Pflanzen aller Größen. Und alle wurden von Hunderten von Lampen beleuchtet. Das »Sonnenhaus« war während der Ichani-Invasion zerstört worden, und der Besitzer hatte es sich nicht leisten können, es wieder aufzubauen. Er hatte sich im Keller der Ruine eingerichtet und seine Tage damit verbracht, seinen geliebten Garten dazu zu ermutigen, das Anwesen in Besitz zu nehmen – und die Einheimischen, ihn zu besuchen und sich daran zu erfreuen.

Es war ein seltsamer Treffpunkt für Diebe, aber Cery sah durchaus seine Vorteile. Das Grundstück war relativ offen – niemand konnte sich unbemerkt nähern oder lauschen – und doch öffentlich genug, dass jeder Kampf oder Überfall beobachtet werden würde, was hoffentlich Verrat und Gewalt vorbeugte.

Die Anweisungen hatten besagt, dass er neben der Statue warten solle. Als Cery und Gol den Garten betraten, sahen sie in der Mitte der Ruine eine steinerne Gestalt auf einem Sockel. Die Statue war aus schwarzem, mit grauen und weißen Adern durchzogenem Stein. Sie zeigte einen mit einem Umhang bekleideten Mann, der nach Osten gewandt war, dabei aber nach Norden blickte. Als er näher kam, stellte Cery fest, dass die Gestalt etwas Vertrautes hatte.

Es soll Akkarin sein, erkannte er mit einem leichten Schock. *Er hat sich der Gilde zugewandt, blickt aber nach Sachaka.* Er trat näher heran und betrachtete die Züge der Statur. *Aber es ist kein gutes Abbild.*

Gol stieß ein leises, warnendes Geräusch aus, und Cery konzentrierte sich sofort wieder auf seine Umgebung. Ein Mann kam auf sie zu, und ein anderer folgte ihm mit einigen Schritten Abstand.

Ist das Skellin? Er sieht definitiv fremdländisch aus. Aber dieser Mann stammte von keiner Rasse ab, der Cery bisher begegnet war. Sein Gesicht war lang und schmal mit hohen Wangenknochen und spitzem Kinn. Dies ließ den stark geschwungenen Mund zu groß für sein Gesicht wirken. Aber seine Augen und seine dichten Brauen passten gut zueinander – fast hätte man sie als schön bezeichnen können. Seine Haut war dunkler als die der Bewohner Elynes oder Sachakas, aber nicht bläulich schwarz wie die der Leute aus Lonmar, sondern leicht rötlich getönt. Und das dunkle Rot seines Haares würde man bei anderen Bewohnern dieser drei Länder lange suchen.

Er sieht aus, als sei er in ein Fass mit Farbe gefallen, die noch nicht ganz herausgewaschen ist, ging es Cery durch den Kopf. *Ich würde sagen, er ist etwa fünfundzwanzig.*

»Willkommen bei mir zu Hause, Cery von der Nordseite«, sagte der Mann, in dessen Stimme kein Anflug eines fremdländischen Akzents lag. »Ich bin Skellin. Skellin, der Dieb, oder Skellin, der Schmutzige Ausländer, je nachdem, mit wem du redest und wie berauscht der Betreffende ist.«

Cery war sich nicht sicher, wie er darauf reagieren sollte. »Wie soll ich dich nennen?«

Skellins Lächeln wurde breiter. »Skellin genügt. Ich habe nichts übrig für fantastische Titel.« Sein Blick wanderte zu Gol hinüber.

»Mein Leibwächter«, erklärte Cery.

Skellin nickte Gol einmal knapp zu, dann wandte er sich wieder an Cery. »Können wir unter vier Augen reden?«

»Natürlich«, antwortete Cery. Er nickte Gol zu, der sich außer Hörweite begab. Auch Skellins Mann zog sich zurück.

Der andere Dieb ging zu einer der niedrigen Mauern der Ruine und setzte sich. »Es ist eine Schande, dass die Diebe dieser Stadt sich nicht mehr treffen und zusammenarbeiten«, begann er. »Wie in alten Tagen.« Er sah Cery an. »Du kennst die alten Traditionen und bist früher einmal den alten Regeln gefolgt. Vermisst du sie?«

Cery zuckte die Achseln. »Veränderungen passieren ständig. Man verliert etwas und gewinnt etwas anderes.«

Skellin zog eine seiner elegant geschwungenen Augenbrauen hoch. »Wiegen die Gewinne schwerer als die Verluste?«

»Für manche mehr als für andere. Ich habe nicht viel von der Spaltung profitiert, aber ich habe immer noch einige Übereinkünfte mit anderen Dieben.«

»Das ist gut zu hören. Denkst du, es besteht eine Chance, dass wir zu einer Übereinkunft kommen könnten?«

»Eine Chance besteht immer.« Cery lächelte. »Es hängt davon ab, worin wir deiner Meinung nach übereinkommen sollen.«

Skellin nickte. »Natürlich.« Er hielt inne, und seine Miene wurde ernst. »Es gibt zwei Angebote, die ich dir gern machen würde. Das erste ist eins, das ich bereits einigen anderen Dieben unterbreitet habe, und sie waren alle damit einverstanden.«

Ein Prickeln überlief Cery. *Alle? Aber andererseits sagt er auch nicht, wie viele »einige« sind.*

»Du hast von dem Jäger gehört?«, fragte Skellin.

»Wer hat nicht von ihm gehört?«

»Ich glaube, dass es ihn tatsächlich gibt.«

»Eine einzige Person hat all diese Diebe getötet?« Cery zog die Augenbrauen hoch; er machte sich nicht die Mühe, seine Ungläubigkeit zu verbergen.

»Ja«, sagte Skellin entschieden und hielt Cerys Blick stand. »Wenn du dich umhörst – die Leute fragst, die etwas gesehen haben –, weisen die Morde Ähnlichkeiten auf.«

Ich werde Gol der Sache noch einmal nachgehen lassen müssen, überlegte Cery. Dann kam ihm ein Gedanke. *Ich hoffe, Skel-*

lin glaubt nicht, dass ich diesen Jäger der Diebe für ihn finden kann, nur weil ich dem Hohen Lord Akkarin bei der Suche nach den sachakanischen Spionen geholfen habe.

»Also ... was willst du seinetwegen unternehmen?«

»Ich hätte gern dein Wort, dass du mir davon berichtest, falls du etwas über den Jäger hören solltest. Ich habe mir sagen lassen, dass viele Diebe nicht miteinander reden, daher biete ich mich stattdessen selbst als Empfänger für Informationen über den Jäger an. Wenn alle zusammenarbeiten, werde ich ihn euch vielleicht vom Hals schaffen können. Oder ich werde zumindest in der Lage sein, diejenigen zu warnen, die angegriffen werden sollen.«

Cery lächelte. »Letzteres ist eine Spur optimistisch.«

Skellin zuckte die Achseln. »Ja, es besteht immer die Chance, dass ein Dieb eine Warnung nicht weitergibt, wenn er weiß, dass der Jäger einen Rivalen töten wird. Aber vergiss nicht, dass jeder getötete Dieb eine Informationsquelle weniger bedeutet, die uns helfen könnte, uns des Jägers zu entledigen und unsere eigene Sicherheit zu gewährleisten.«

»Sie würden schnell genug durch andere ersetzt werden.«

Skellin runzelte die Stirn. »Von jemandem, der vielleicht nicht so viel weiß wie sein Vorgänger.«

»Kein Sorge.« Cery lächelte. »Im Augenblick gibt es niemanden, den ich genug hasse, um das zu tun.«

Der andere Mann lächelte ebenfalls. »Also sind wir uns einig?«

Cery dachte nach. Obwohl ihn die Art von Gewerbe, die Skellin betrieb, nicht gefiel, wäre es dumm gewesen, dieses Angebot abzulehnen. Die einzigen Informationen, die der Mann wollte, bezogen sich auf den Jäger der Diebe, auf nichts sonst. Und er bat nicht um einen Pakt oder ein Versprechen – wenn Cery außerstande war, Informationen weiterzugeben, weil sie seine Sicherheit oder sein Geschäft gefährdeten, konnte niemand behaupten, er habe sein Wort gebrochen.

»Ja«, antwortete er.

»Dann haben wir schon eine Übereinkunft erzielt«, sagte Skellin lächelnd. »Jetzt lass uns sehen, ob wir nicht zwei daraus machen können.« Er rieb sich die Hände. »Du weißt sicher, welches das wichtigste Produkt ist, das ich importiere und verkaufe.«

Cery machte sich nicht die Mühe, seinen Abscheu zu verbergen, und nickte. »Feuel oder ›Fäule‹, wie manche es nennen. Nichts, woran ich Interesse hätte. Und wie ich höre, hast du das Geschäft fest in der Hand.«

Skellin nickte. »Allerdings. Als Faren starb, hinterließ er mir ein schrumpfendes Territorium. Ich brauchte eine Möglichkeit, mir Geltung zu verschaffen und meine Macht zu stärken. Ich habe es mit verschiedenen Gewerben versucht. Die Beschaffung von Feuel war neu und unerprobt. Es hat mich erstaunt, wie schnell die Kyralier sich dafür erwärmt haben. Es hat sich als sehr profitabel erwiesen, und nicht nur für mich. Die Häuser beziehen ein hübsches kleines Einkommen aus der Miete für die Glühhäuser.« Skellin hielt inne. »Du könntest ebenfalls Gewinn aus dieser kleinen Industrie ziehen, Cery von der Nordseite.«

»Nenn mich einfach Cery.« Cery lächelte, dann ließ er seine Miene wieder ernst werden. »Ich fühle mich geschmeichelt, aber die Nordseite ist die Heimat von Menschen, die größtenteils zu arm sind, um Feuel bezahlen zu können. Es ist eine Gewohnheit für die Reichen.«

»Aber die Nordseite wird immer wohlhabender, dank deiner Bemühungen, und Feuel wird billiger, je mehr davon auf den Markt kommt.«

Cery verkniff sich ein zynisches Lächeln angesichts der Schmeichelei. »Aber noch nicht billig genug. Der Handel würde aufhören zu wachsen, wenn man zu viel Feuel zu schnell ins Land brächte.« *Und ich käme zurecht, auch wenn wir überhaupt keine Fäule hätten.* Er hatte gesehen, was Feuel mit Männern und Frauen machte, die sich ihm hingaben – sie vergaßen, zu essen oder zu trinken, vergaßen, ihre Kinder zu füttern, es sei denn, um ihnen etwas von der Droge zu geben, damit sie aufhörten, über Hunger zu klagen. *Aber ich bin nicht töricht genug zu denken, ich könnte es für immer von der Nordseite fernhalten. Wenn ich es nicht beschaffe, wird jemand anders es machen. Ich werde einen Weg finden müssen, um es zu tun, ohne allzu großen Schaden anzurichten.* »Es wird einen richtigen Zeitpunkt geben, um Feuel auf die Nordseite zu bringen«, sagte Cery. »Und wenn dieser Zeitpunkt kommt, werde ich wissen, an wen ich mich wenden muss.«

»Warte nicht zu lange damit, Cery«, warnte Skellin. »Feuel ist beliebt, weil es neu und modisch ist, aber schließlich wird es so sein wie Bol – einfach eine weitere Last der Stadt, angebaut und zubereitet von jedem. Ich hoffe, dass ich bis dahin neue Gewerbe aufgebaut habe, um mir meinen Lebensunterhalt zu verdienen.« Er hielt inne und wandte den Blick ab. »Eins der alten, ehrenwerten Diebesgewerbe. Oder vielleicht sogar etwas Gesetzliches.«

Er drehte sich wieder um und lächelte, aber in seinen Zügen lag ein Anflug von Traurigkeit und Unzufriedenheit. *Vielleicht steckt in dieser Haut ein ehrlicher Kerl,* dachte Cery. *Wenn er nicht erwartet hat, dass Feuel sich so schnell ausbreitet, hat er vielleicht auch nicht erwartet, dass es so große Schäden anrichten würde ... Aber das wird mich nicht dazu bewegen, selbst in das Gewerbe einzusteigen.*

Skellins Lächeln verblasste, und an seine Stelle trat ein ernstes Stirnrunzeln. »Es gibt Leute, die gern deinen Platz einnehmen würden, Cery. Feuel könnte deine beste Verteidigung gegen sie sein, wie es das auch für mich war.«

»Es gibt immer Leute, die mich von meinem Platz vertreiben wollen«, erwiderte Cery. »Ich werde gehen, wenn ich so weit bin.«

Der andere Dieb wirkte erheitert. »Du glaubst wirklich, dass du die Zeit und den Ort wirst wählen können?«

»Ja.«

»Und deinen Nachfolger?«

»Ja.«

Skellin lachte leise. »Mir gefällt dein Selbstbewusstsein. Faren war sich seiner selbst ebenfalls sicher. Er hatte zumindest zur Hälfte recht: Er konnte seinen Nachfolger wählen.«

»Er war ein kluger Mann.«

»Er hat mir viel von dir erzählt.« Ein neugieriger Ausdruck trat in Skellins Augen. »Dass du nicht auf die gewohnte Weise zum Dieb geworden bist. Dass der berüchtigte Hohe Lord Akkarin es arrangiert hat.«

Cery widerstand dem Drang, zu der Statue hinüberzusehen. »Alle Diebe gewinnen Macht durch mächtigen Leuten erwiesene Gefälligkeiten. Ich habe zufällig mit einem sehr mächtigen Mann Gefälligkeiten ausgetauscht.«

Skellin zog die Augenbrauen hoch. »Hat er dich jemals Magie gelehrt?«

Cery lachte auf. »Schön wär's!«

»Aber du bist mit einer Magierin aufgewachsen und hast deine Position mithilfe des ehemaligen Hohen Lords errungen. Gewiss hast du etwas aufgeschnappt.«

»So funktioniert Magie nicht«, erklärte Cery. *Aber das weiß er gewiss.* »Man braucht die Gabe dazu und einen Lehrer, der einem beibringt, sie zu kontrollieren und zu benutzen. Man kann es nicht lernen, indem man jemanden beobachtet.«

Skellin nickte, einen Finger ans Kinn, und musterte Cery nachdenklich. »Aber du hast immer noch Verbindungen in die Gilde, nicht wahr?«

Cery schüttelte den Kopf. »Ich habe Sonea seit Jahren nicht mehr gesehen.«

»Wie enttäuschend nach allem, was du getan hast – was alle Diebe getan haben –, um ihnen zu helfen.« Skellin lächelte schief. Ich fürchte, dein Ruf als Freund von Magiern ist nicht annähernd so aufregend wie die Realität, Cery.«

»So ist das mit dem Ruf. Im Allgemeinen.«

Skellin nickte. »In der Tat. Nun, ich habe unser Gespräch genossen und meine Angebote gemacht. Wir sind zumindest zu einer Übereinkunft gelangt. Ich hoffe, wir werden mit der Zeit zu einer weiteren kommen.« Er stand auf. »Danke, dass du dich mit mir getroffen hast, Cery von der Nordseite.«

»Danke für die Einladung. Viel Glück bei der Suche nach dem Jäger.«

Skellin lächelte, nickte höflich, drehte sich dann um und schlenderte den gleichen Weg zurück, über den er gekommen war. Cery beobachtete ihn einen Moment lang, dann warf er noch einen schnellen Blick auf die Statue. Es war wirklich kein gutes Abbild.

»Wie ist es gelaufen?«, murmelte Gol, als Cery sich wieder zu ihm gesellte.

»Wie erwartet«, antwortete Cery. »Nur dass …«

»Nur dass?«, wiederholte Gol, als Cery den Satz nicht beendete.

»Wir sind übereingekommen, Informationen über den Jäger der Diebe auszutauschen.«

»Dann gibt es ihn also wirklich?«

»Das glaubt Skellin.« Cery zuckte die Achseln. Sie überquerten die Straße und gingen auf Wildwegen zu. »Das war jedoch nicht das Seltsamste.«

»Tatsächlich?«

»Er hat gefragt, ob Akkarin mich Magie gelehrt habe.«

Gol schwieg einen Moment lang. »Aber das ist eigentlich

nicht *so* seltsam. Faren hat Sonea versteckt, bevor er sie der Gilde auslieferte, und zwar in der Hoffnung, dass sie Magie für ihn wirken würde. Skellin muss alles darüber gehört haben.«

»Glaubst du, er hätte gern seinen eigenen Schoßmagier?«

»Sicher. Obwohl er dich natürlich nicht in Dienst würde nehmen wollen, da du ein Dieb bist. Vielleicht denkt er, er könnte durch dich die Gilde um Gefälligkeiten bitten.«

»Ich habe ihm gesagt, ich hätte Sonea seit Jahren nicht mehr gesehen.« Cery verzog das Gesicht. »Wenn ich sie das nächste Mal treffe, werde ich vielleicht fragen, ob sie einem meiner Diebesfreunde helfen würde, nur um den Ausdruck auf ihrem Gesicht zu sehen.«

In der Gasse vor ihnen erschien eine Gestalt, die auf sie zugeeilt kam. Cery verlangsamte seine Schritte und registrierte dabei die möglichen Ausgänge und Verstecke um sie herum.

»Du solltest ihr sagen, dass Skellin Erkundigungen einholt«, riet Gol ihm. »Er könnte versuchen, jemand anderen anzuwerben. Und es könnte funktionieren. Nicht alle Magier sind so unbestechlich wie Sonea.« Auch Gol wurde jetzt langsamer. »Das ist ... das ist Neg.«

Der Erleichterung darüber, dass es kein weiterer Angreifer war, folgte Sorge. Neg hatte Cerys Hauptversteck bewacht. Das tat er lieber, als durch die Straßen zu streifen, da freie Flächen ihn nervös machten.

Etwas auf seinem Gesicht leuchtete selbst im schwachen Straßenlicht, und Cery spürte, wie sein Herz ihm in die Hose, nein, in die Schuhe rutschte. Ein Verband. Neg keuchte, als er die beiden anderen Diebe erreichte.

»Was ist los?«, fragte Cery mit einer Stimme, die er kaum als seine erkannte.

»T ... tut mir leid«, keuchte Neg. »Schlimme Neuigkeiten.« Er holte tief Luft, dann stieß er den Atem heftig aus und schüttelte den Kopf. »Ich weiß nicht, wie ich es dir sagen soll.«

»Sag es«, befahl Cery.

»Sie sind tot. Alle. Selia. Die Jungen. Hab nicht gesehen, wer. Sind an allem vorbeigekommen. Weiß nicht, wie. Kein Schloss aufgebrochen. Als ich zu mir kam...«

Während Neg weiterredete, sich entschuldigte und erklärte und seine Worte sich überschlugen, erfüllte ein Rauschen Cerys Ohren. Sein Verstand versuchte einen Moment lang, eine andere Erklärung zu finden. *Er muss sich irren. Er hat sich den Kopf angeschlagen und leidet an Wahnvorstellungen. Er hat es geträumt.*

Aber er zwang sich, sich der wahrscheinlichen Wahrheit zu stellen. Was er jahrelang gefürchtet hatte – was ihn in Albträumen verfolgt hatte –, war geschehen.

Jemand hatte es an all den Schlössern und Wachen und Schutzvorrichtungen vorbeigeschafft und seine Familie ermordet.

2 Fragwürdige Verbindungen

Es war weit vor der Zeit, zu der sie normalerweise erwachte. Der Morgen würde erst in einigen Stunden heraufdämmern. Sonea blinzelte in der Dunkelheit und fragte sich, was sie geweckt hatte. Ein Traum? Oder hatte etwas Reales sie mitten in der Nacht in diesen Zustand plötzlicher Wachsamkeit versetzt?

Dann hörte sie im Nebenzimmer ein Geräusch, schwach, aber unleugbar.

Mit hämmerndem Herzen und prickelnder Kopfhaut stand sie auf und bewegte sich leise auf die Schlafzimmertür zu. Sie hörte einen Schritt hinter der Tür, dann noch einen. Eine Hand auf die Klinke gelegt, zog sie Magie in sich hinein, riss einen Schild empor und holte tief Luft.

Die Klinke drehte sich lautlos. Sonea zog die Tür ein klein wenig auf und spähte hindurch. Im schwachen Mondlicht, das zwischen den Fensterläden ins Gästezimmer fiel, sah sie eine Gestalt auf und ab gehen. Männlich, eher klein von Wuchs und eindeutig vertraut. Erleichterung durchflutete sie.

»Cery«, sagte sie und zog die Tür ganz auf. »Wer sonst

würde es wagen, sich mitten in der Nacht in meine Räume zu schleichen?«

Er drehte sich zu ihr um. »Sonea«, sagte er. Er atmete tief durch, sagte aber sonst nichts mehr. Eine lange Pause folgte, und Sonea runzelte die Stirn. Es sah ihm nicht ähnlich zu zögern. War er gekommen, um einen Gefallen zu erbitten, von dem er wusste, dass er ihr nicht gefallen würde?

Sie konzentrierte sich und schuf eine kleine Lichtkugel, gerade groß genug, um den Raum mit einem sanften Schein zu erfüllen. Einen Moment lang stockte ihr der Atem. Sein Gesicht war voller tiefer Falten. Die Jahre der Gefahr und der Sorge eines Lebens als Dieb hatten ihn schneller altern lassen als jeden anderen, den sie kannte.

Ich trage selbst jede Menge Spuren meiner Jahre, dachte sie, *aber die Schlachten, die ich gekämpft habe, waren nur kleinliche Zankereien zwischen Magiern; ich brauchte nicht in der kompromisslosen und häufig grausamen Unterwelt zu überleben.*

»Also ... was führt dich mitten in der Nacht in die Gilde?«, fragte sie, während sie ins Gästezimmer trat.

Er betrachtete sie nachdenklich. »Du fragst mich nie, wie ich unbemerkt hier hereinkomme.«

»Ich will es gar nicht wissen. Ich will das Risiko nicht eingehen, dass jemand anderer es erfahren könnte, für den unwahrscheinlichen Fall, dass ich jemandem erlauben muss, meine Gedanken zu lesen.«

Er nickte. »Ah. Wie laufen die Dinge hier?«

Sie zuckte die Achseln. »Wie immer. Reiche und arme Novizen zanken sich. Und jetzt, da einige der ehemals armen Novizen ihren Abschluss gemacht haben und Magier geworden sind, haben wir Gezänk auf einer neuen Ebene. Eins, das wir ernst nehmen müssen. In wenigen Tagen werden wir eine Versammlung haben, bei der wir die Abschaffung der Regel überdenken, nach der es Novizen und Magiern verboten ist, Umgang mit Verbrechern oder Personen von schlechtem Ruf zu pflegen. Wenn die Zusammenkunft Erfolg hat, werde ich nicht länger eine Regel brechen, wenn ich mit dir rede.«

»Ich kann dann durchs Vordertor kommen und offiziell um eine Audienz ersuchen?«

»Ja. Nun, das ist ein Szenario, das den Höheren Magiern einige schlaflose Nächte bescheren wird. Ich wette, sie wünschten, sie hätten den unteren Klassen niemals gestattet, der Gilde beizutreten.«

»Wir haben immer gewusst, dass sie es bereuen würden«, sagte Cery. Er seufzte und wandte den Blick ab. »Ich wünsche mir langsam, die Säuberungen hätten niemals aufgehört.«

Sonea runzelte die Stirn und verschränkte die Arme vor der Brust; ein Stich des Ärgers und der Ungläubigkeit durchzuckte sie. »Das ist doch gewiss nicht dein Ernst.«

»Alles hat sich zum Schlechteren gewendet.« Er trat an ein Fenster und sah hinaus. Doch es wurde nichts sichtbar als die Dunkelheit dahinter.

»Und das liegt daran, dass die Säuberung aufgehört hat?« Sie betrachtete mit schmalen Augen seinen Rücken. »Es hat nichts mit einem gewissen neuen Laster zu tun, das das Leben so vieler Menschen in Imardin zerstört, reicher wie armer?«

»Feuel?«

»Ja. Die Säuberung hat Hunderte getötet, aber Feuel hat Tausende geholt – und noch mehr versklavt.« Jeden Tag sah sie die Opfer in ihren Hospitälern. Nicht nur jene, die den Verlockungen der Droge verfallen waren, sondern auch deren verzweifelte Eltern, Ehegatten, Geschwister, Kinder und Freunde.

Und nach allem, was ich weiß, könnte Cery einer der Diebe sein, die es importieren und verkaufen, konnte sie nicht umhin zu denken, und das nicht zum ersten Mal.

»Es heißt, es würde dafür sorgen, dass man aufhört, Anteil an den Dingen zu nehmen«, sagte Cery leise und wandte ihr das Gesicht zu. »Keine Probleme oder Sorgen mehr. Keine Furcht. Keine… Trauer.«

Seine Stimme brach beim letzten Wort, und plötzlich spürte Sonea, dass all ihre Sinne schärfer wurden.

»Was ist passiert, Cery? Warum bist du hergekommen?«

Er holte tief Luft. Stieß den Atem langsam wieder aus.

»Meine Familie«, antwortete er, »ist heute Nacht ermordet worden.«

Sonea zuckte zurück. Die Schärfe eines schrecklichen Schmerzes traf sie wie ein Dolchstoß und erinnerte sie daran, dass manche Verluste niemals vergessen werden konnten – oder vergessen werden sollten. Aber sie hielt sich zurück. Sie würde Cery keine Hilfe sein, wenn sie sich von diesem Gefühl verzehren ließ. Er wirkte so verloren. In seinen Augen standen unverhohlener Schock und Qual. Sie ging auf ihn zu und zog ihn in die Arme. Er versteifte sich einen Moment lang, dann entspannte er sich.

»Es gehört zum Leben eines Diebs«, sagte er. »Du tust alles, was du kannst, um deine Leute zu beschützen, aber es besteht immer Gefahr. Vesta hat mich verlassen, weil sie nicht damit leben konnte. Es nicht ertragen konnte, eingesperrt zu sein. Selia war stärker. Mutiger. Nach allem, was sie ertragen hat, hat sie es nicht verdient… und die Jungen…«

Vesta war Cerys erste Frau gewesen. Sie war klug gewesen, aber widerspenstig und aufbrausend. Mit Wutanfällen hatte man bei ihr immer rechnen müssen. Selia hatte erheblich besser zu ihm gepasst, sie war ruhig gewesen und hatte die stille Weisheit eines Menschen besessen, der die Welt mit offenen und versöhnlichen Augen betrachtete. Sonea hielt ihn im Arm, während er von Schluchzen geschüttelt wurde. Auch ihre eigenen Augen füllten sich mit Tränen. *Kann ich mir vorstellen, wie es sein muss, ein Kind zu verlieren? Ich kenne die Angst, alles zu verlieren, aber nicht den Schmerz des tatsächlichen Verlustes. Ich denke, es wäre schlimmer, als ich es mir jemals vorstellen könnte. Zu wissen, dass die eigenen Kinder niemals erwachsen werden... Nur... was war mit seinem anderen Kind? Obwohl sie inzwischen bereits erwachsen sein musste.*

»Geht es Anyi gut?«, fragte sie.

Cery war einen Moment lang ganz ruhig, dann löste er sich von ihr. Seine Miene war angespannt. »Ich weiß es nicht. Nachdem Vesta und Anyi gegangen waren, habe ich die Leute glauben lassen, mir läge nichts mehr an ihnen, zu ihrem eigenen Schutz – obwohl ich gelegentlich dafür gesorgt habe, dass Anyi und ich einander über den Weg gelaufen sind, so dass sie mich zumindest weiterhin erkennen würde.« Er schüttelte den Kopf. »Wer immer das getan hat, hat die besten Schlösser überwunden, die man mit Geld kaufen kann, und Leute, denen ich uneingeschränkt vertraut habe. Der Betreffende hat seine Hausaufgaben gemacht. Er könnte von ihr wissen. Aber er weiß vielleicht nicht, wo sie sich aufhält. Wenn ich nach ihr sehe, könnte ich ihn zu ihr führen.«

»Kannst du ihr eine Warnung zukommen lassen?«

Er runzelte die Stirn. »Ja. Vielleicht...« Er seufzte. »Ich muss es versuchen.«

»Was wirst du ihr raten?«

»Sich zu verstecken.«

»Dann wird es keine Rolle spielen, ob du den Mörder zu ihr führst oder nicht, nicht wahr? Sie wird sich ohnehin verstecken müssen.«

Er wirkte nachdenklich. »Ja, wahrscheinlich.«

Sonea lächelte, als ein Ausdruck der Entschlossenheit seine Züge verhärtete. Sein ganzer Körper war jetzt angespannt vor Zielstrebigkeit. Er sah sie an, und ein entschuldigender Ausdruck trat in seine Züge.

»Geh nur«, sagte sie. »Und warte beim nächsten Mal nicht so lange, bis du mich besuchst.«

Er brachte ein schwaches Lächeln zustande. »Ich verspreche es. Oh. Da ist noch etwas anderes. Es ist vermutlich keine große Sache, aber ich schätze, einer der anderen Diebe, Skellin, hätte gern seinen eigenen Magier. Er ist ein Feuel-Lieferant, daher solltest du besser hoffen, dass keiner von deinen Magiern eine Schwäche für das Zeug hat.«

»Sie sind nicht *meine* Magier, Cery«, rief sie ihm ins Gedächtnis, und das nicht zum ersten Mal.

Statt mit seinem gewohnten Grinsen antwortete er mit einer Grimasse. »Ja. Wie dem auch sei. Wenn du nicht wissen willst, wie ich hierher und wieder fortkomme, solltest du besser den Raum verlassen.«

Sonea verdrehte die Augen, dann ging sie auf die Schlafzimmertür zu. Bevor sie sie hinter sich schloss, drehte sie sich noch einmal um. »Gute Nacht, Cery. Das mit deiner Familie tut mir so leid, und ich hoffe, dass Anyi lebt und nicht in Gefahr ist.«

Er nickte, dann schluckte er. »Das hoffe ich auch.«

Dann schloss sie die Tür hinter sich und wartete. Aus dem Gästezimmer kamen einige leise Geräusche, und wenige Augenblicke später war alles still. Sie zählte bis hundert, dann öffnete sie die Tür abermals. Cery war spurlos verschwunden.

Inzwischen dämmerte es bereits, und Sonea spähte zwischen den Läden hindurch nach draußen, wo im ersten Morgenlicht Gestalten und Formen gerade erkennbar wurden. War das die mächtige Silhouette der Residenz des Hohen Lords, oder bildete sie sich das nur ein? So oder so, bei dem Gedanken daran überlief sie ein Schauer.

Hör auf damit. Er ist nicht dort.

Balkan hatte die letzten zwanzig Jahre dort gelebt. Sie hatte sich oft gefragt, ob er sich vom Schatten des ehemaligen Bewohners der Residenz verfolgt fühlte, doch sie hatte nie gefragt, denn sie war davon überzeugt, dass eine solche Frage taktlos gewesen wäre.

Er ist oben auf dem Hügel. Hinter dir.

Sie drehte sich um, den Blick durch die Wände ihrer Zimmer hindurch in die Ferne gerichtet, und in ihrer Fantasie sah sie auf dem Friedhof die neuen glänzenden, weißen Grabsteine zwischen den alten grauen aufragen. Eine alte Sehnsucht machte sich in ihr breit, aber sie zögerte. Sie hatte heute viel zu tun. Doch es war noch früh – die Dämmerung hatte gerade erst begonnen. Ihr blieb noch Zeit genug. Und es war schon eine Weile her. Cerys schreckliche Nachricht erfüllte sie mit dem Verlangen zu ... was zu tun? Vielleicht, seinen Verlust anzuerkennen, indem sie sich an ihren eigenen erinnerte. Sie musste mehr tun, als nur dem gewohnten Alltagstrott zu folgen und vorzugeben, es sei nichts Schreckliches geschehen.

Nachdem sie in ihr Schlafzimmer zurückgekehrt war, wusch sie sich hastig und kleidete sich an, dann warf sie sich einen Umhang um die Schultern, Schwarz über Schwarz. Schließlich schlüpfte sie durch die Haupttür zu ihrem Zimmer und ging so leise sie konnte durch den Flur der Magierquartiere bis zum Eingang. Dort verließ sie das Gebäude und machte sich auf den Weg zum Friedhof.

Seit sie vor über zwanzig Jahren mit Lord Rothen zum ersten Mal dort gewesen war, hatte man neue Pfade angelegt. Das Unkraut wurde gejätet, aber der Wall schützender Bäume rund um die äußeren Gräber war unverändert geblieben. Sie betrachtete die glatten Quader der neueren Grabsteine. Bei der Errichtung einiger von ihnen war sie dabei gewesen. Wenn ein Magier starb, wurde jedwede Magie, die in seinem oder ihrem Körper verblieben war, freigelassen, und wenn genug davon vorhanden war, wurde der Leichnam davon verzehrt. Also waren die alten

Gräber ein Rätsel gewesen. Wenn es keine Leiche zu begraben gab, warum waren dann Gräber hier?

Die Wiederentdeckung schwarzer Magie hatte diese Frage beantwortet. Die letzte Magie dieser altertümlichen Magier war von einem Schwarzmagier aufgesogen worden, und so war eine Leiche zurückgeblieben, die man begraben konnte.

Jetzt, da schwarze Magie nicht länger ein Tabu war – obwohl strikt kontrolliert –, waren Begräbnisse wieder in Mode gekommen. Die Aufgabe, die letzte Magie eines Magiers in sich aufzunehmen, fiel den beiden Schwarzmagiern der Gilde zu, ihr und Schwarzmagier Kallen.

Sonea fand, dass sie, wenn sie beim Tod eines Magiers seine letzte Macht genommen hatte, auch bei der Beerdigung zugegen sein sollte. *Ich frage mich, ob Kallen sich auf gleiche Weise verpflichtet fühlt, wenn ein Magier ihn auswählt.* Sie ging zu einem schlichten, schmucklosen Stein und trocknete mit magischer Hitze den Tau auf einer Ecke, so dass sie sich setzen konnte. Ihr Blick fand den in den Stein gemeißelten Namen. *Akkarin. Es hätte dich erheitert zu sehen, wie viele der Magier, die so vehement dagegen waren, die Benutzung schwarzer Magie wiederzubeleben, am Ende darin Zuflucht suchen, damit ihr Fleisch nach ihrem Tod im Boden verwesen kann. Vielleicht wärst du wie ich zu dem Schluss gekommen, dass es für einen Magier passender sei, seinen Körper von seiner letzten Magie verzehren zu lassen, und –* sie betrachtete den zunehmend kunstvoller werdenden Schmuck auf den neuen Gräbern der Gilde – *beträchtlich weniger kostspielig.*

Sie las die Worte auf dem Grabstein, auf dem sie saß. Ein Name, ein Titel, ein Hausname, ein Familienname. Später waren in kleinen Buchstaben die Worte »Vater von Lorkin« ergänzt worden. Doch ihr eigener Name war nicht erwähnt. *Und wird es niemals werden, solange deine Familie etwas damit zu tun hat, Akkarin. Aber zumindest haben sie deinen Sohn akzeptiert.*

Sie schob ihre Verbitterung beiseite, dachte für eine Weile an Cery und dessen Familie und überließ sich der Trauer und dem Schmerz des Mitleids. Gestattete den Erinnerungen zurückzukehren, von denen einige willkommen waren, andere nicht. Nach einer Weile riss sie das Geräusch von Schritten aus ihren Gedanken, und sie stellte fest, dass inzwischen die Sonne aufgegangen war.

Langsam drehte sie sich zu dem Besucher um und lächelte, als sie Rothen auf sich zukommen sah. Einen Moment lang war sein runzliges Gesicht eine Maske der Sorge, dann entspannte es sich zu einem Ausdruck der Erleichterung.

»Sonea«, sagte er, bevor er innehielt, um wieder zu Atem zu kommen. »Ein Bote hat nach dir gesucht. Niemand wusste, wo du warst.«

»Und ich wette, das hat eine Menge unnötigen Wirbel und Aufregung verursacht.«

Er sah sie stirnrunzelnd an. »Dies ist kein guter Zeitpunkt, um die Gilde an ihrem Vertrauen zu einer gemeingeborenen Magierin zweifeln zu lassen, Sonea, wenn man an die Veränderung der Regeln denkt, die in Kürze vorgeschlagen werden soll.«

»Gibt es jemals einen guten Zeitpunkt dafür?« Sie erhob sich und seufzte. »Außerdem habe ich gerade doch nicht die Gilde zerstört und alle Kyralier zu Sklaven gemacht, nicht wahr? Ich habe nur einen Spaziergang unternommen. Überhaupt nichts Finsteres.« Sie sah ihn an. »Ich habe die Stadt seit zwanzig Jahren nicht verlassen, und das Gelände der Gilde verlasse ich nur, um in Hospitälern zu arbeiten. Ist das nicht genug?«

»Für einige Leute nicht. Und gewiss nicht für Kallen.«

Sonea zuckte die Achseln. »Das erwarte ich von ihm. Es ist seine Aufgabe.« Sie legte eine Hand um seinen Ellbogen, und gemeinsam gingen sie den Pfad wieder hinunter.

»Macht Euch wegen Kallen keine Sorgen, Rothen. Mit dem werde ich schon fertig. Außerdem würde er es nicht wagen, sich darüber zu beschweren, dass ich Akkarins Grab besuche.«

»Du hättest Jonna eine Nachricht hinterlassen und ihr mitteilen sollen, wo du hinwolltest.«

»Ich weiß, aber solche Besuche macht man ja meist ziemlich spontan.«

Er sah sie an. »Geht es dir gut?«

Sie lächelte. »Ja. Ich habe einen Sohn, der lebt und sich prächtig macht, Hospitäler in der Stadt, in denen ich ein wenig Gutes tun kann, und Euch. Was brauche ich mehr?«

Er hielt inne, um nachzudenken. »Einen Ehemann?«

Sie lachte. »Ich *brauche* keinen Ehemann. Ich bin mir nicht einmal sicher, ob ich einen *will*. Ich dachte, ich würde mich einsam fühlen, nachdem Lorkin bei mir ausgezogen ist, aber ich stelle fest, dass es mir gefällt, ein wenig mehr Zeit für mich zu haben. Ein Ehemann wäre ... im Weg.«

Rothen kicherte.

Oder er wäre eine Schwäche, die ein Feind ausnutzen könnte, fuhr es ihr unwillkürlich durch den Kopf. Aber dieser Gedanke ging eher auf Cerys Unglück zurück, das ihr noch so gegenwärtig war, als auf irgendeine reale Bedrohung. Obwohl man kaum sagen konnte, dass sie keine Feinde hatte, missbilligten diese Leute sie lediglich wegen ihrer niederen Herkunft oder fürchteten die schwarze Magie, über die sie gebot. Nichts, was einen von ihnen dazu veranlassen würde, jenen, die sie liebte, Schaden zuzufügen. *Anderenfalls hätten sie Lorkin bereits ins Visier genommen.*

Als sie an ihren Sohn dachte, stiegen Erinnerungen an ihn als Kind in ihr auf, ungeordnet, ältere und jüngere, glückliche und enttäuschende, und sie nahm eine vertraute Enge ums Herz wahr, die teils Freude und teils Schmerz war. Wenn er still und grüblerisch war, angestrengt nachdachte oder sich besonders klug verhielt, erinnerte er sie so sehr an seinen Vater. Aber er hatte auch eine selbstbewusste, charmante, halsstarrige, gesprächige Seite – und Rothen behauptete, dieser halsstarrige und gesprächige Teil seines Wesens sei definitiv ihr Erbe.

Als sie aus dem Wald traten, hatten sie einen guten Blick über das Gelände der Gilde. Der ihnen zunächst gelegene langgestreckte, rechteckige Bau mit den Magierquartieren beherbergte jene Magier, die sich dafür entschieden hatten, auf dem Gelände zu leben. Daran schloss sich ein Innenhof an, hinter dem ein weiteres Gebäude wie ein Spiegelbild des ersten aufragte – die Novizenquartiere.

An der dritten und von ihrem Standpunkt aus jetzt fernsten Seite des Innenhofes lag das prächtigste und höchste Gebäude der Gilde, die Universität. Selbst nach zwanzig Jahren verspürte Sonea eine Spur von Stolz, dass es ihr und Akkarin gelungen war, die Universität zu retten. Und wie immer folgten diesem Gefühl Traurigkeit und Bedauern angesichts des Preises, den sie dafür gezahlt hatten, dass sie das Gebäude verteidigt und jene nicht hatten sterben lassen, die darin verblieben waren. Hätten sie es den Feinden überlassen und währenddessen die Macht der Arena genommen, wäre Akkarin vielleicht am Leben geblieben.

Aber es hätte keine Rolle gespielt, wie viel Macht wir gesammelt hätten. Nachdem er verletzt war, hätte er sich trotzdem dafür entschieden, mir all seine Macht zu geben und zu sterben, statt sich selbst zu heilen – oder mir zu erlauben, ihn zu heilen – und das Risiko einzugehen, dass wir von den Ichani besiegt werden. Und ganz gleich, wie viel Macht wir genommen hätten, ich hätte niemals die Zeit gehabt, Kariko zu besiegen und Akkarin zu heilen. Sie runzelte die Stirn. *Vielleicht hat Lorkin seine Halsstarrigkeit ja doch nicht von mir.*

»Fühlst du dich versucht, zugunsten des Antrags zu

sprechen?«, fragte Rothen, als sie ein paar Schritte gegangen waren. »Ich weiß, dass du dafür bist, die Regel abzuschaffen.«

Sie schüttelte den Kopf.

Rothen lächelte. »Warum nicht?«

»Ich würde ihrer Sache mehr schaden als nutzen. Schließlich ist jemand, der in den Hüttenvierteln aufgewachsen ist, dann einen Schwur gebrochen, fremdländische Magie erlernt und den Höheren Magiern und dem König in einem solchen Maß getrotzt hat, dass sie gezwungen waren, ihn ins Exil zu schicken, kaum geeignet, um Vertrauen in Magier von geringerer Herkunft zu wecken.«

»Du hast das Land gerettet.«

»Ich habe Akkarin *geholfen*, das Land zu retten. Das ist ein großer Unterschied.«

Rothen verzog das Gesicht. »Du hast eine ebenso große Rolle gespielt – und den letzten Schlag geführt. Daran sollten die Menschen sich erinnern.«

»Und Akkarin hat sich geopfert. Selbst wenn ich nicht aus den Hüttenvierteln käme und keine Frau wäre, würde es mir schwerfallen, damit zu konkurrieren.« Sie zuckte die Achseln. »Ich bin nicht interessiert an Dank und Anerkennung, Rothen. Für mich zählen nur Lorkin und die Hospitäler. Und Ihr natürlich.«

Er nickte. »Aber was wäre, wenn ich dir erzählte, dass Lord Regin sich erboten hat, die Gegner der Petition zu repräsentieren.«

Bei dem Namen krampfte sich Soneas Magen zusammen. Obwohl der Novize, ihr Peiniger während ihrer frühen Jahre an der Universität, inzwischen ein verheirateter Mann mit zwei erwachsenen Töchtern war und sie seit der Ichani-Invasion stets nur mit Höflichkeit und Respekt behandelt hatte, konnte sie nicht umhin, ein Echo von Misstrauen und Abneigung zu verspüren.

»Das überrascht mich nicht«, sagte sie. »Er hielt sich schon immer für etwas Besseres.«

»Ja, obwohl sich sein Charakter seit euren Novizentagen erheblich verbessert hat.«

»Er hält sich immer noch für etwas Besonderes, trägt das aber mit besseren Manieren vor.«

Rothen lachte leise. »Fühlst du dich jetzt versucht?«

Sie schüttelte abermals den Kopf.

»Nun, du solltest besser damit rechnen, dass man dich nach deiner Meinung zu dem Thema fragen wird«, warnte er. »Viele Leute werden deine Ansichten hören wollen und dich um Rat bitten.«

Als sie den Innenhof erreichten, seufzte Sonea. »Ich bezweifle es. Aber für den Fall, dass Ihr recht habt, werde ich darüber nachdenken, auf welche Fragen ich gefasst sein muss und wie ich darauf antworten werde. Ich will auch kein Hemmnis für die Antragsteller sein.«

Und wenn Regin die Opposition repräsentiert, sollte ich auf jeden Fall mit seinen Ränken rechnen. Seine Manieren mögen sich verbessert haben, aber er ist immer noch so intelligent und verschlagen wie eh und je.

In der Gliarstraße West im Nordviertel gab es eine kleine, ordentliche Schneiderei, die in einigen privaten Räumen im ersten Stock den jungen, reichen Männern der Stadt Unterhaltung bot, so sie denn die richtigen Leute kannten, um dort Zugang zu erhalten.

Lorkin war vor vier Jahren von Dekker, seinem Freund und Mitschüler, zum ersten Mal mit hierher genommen worden. Wie immer war es Dekkers Idee gewesen. Er war der Draufgänger unter Lorkins Freunden – kein ganz untypischer Charakterzug für einen jungen Krieger. Zu ihrem Freundeskreis gehörten Sherran, Reater und Orlon; Sherran hatte stets getan, was immer Dekker vorschlug, während Reater und Orlon sich nicht so leicht zu Unfug hinreißen ließen. Vielleicht war es nur natürlich, dass Heiler zur Vorsicht neigten. Aus welchem Grund auch immer, Lorkin hatte sich nur bereitgefunden, Dekker zu begleiten, weil die beiden Freunde es ebenfalls getan hatten.

Vier Jahre später waren sie alle examinierte Magier, und die Schneiderei war ihr Lieblingstreffpunkt. Heute hatte Perler seine Cousine Jalie aus Elyne zu ihrem ersten Besuch dort mitgebracht.

»Dies ist also die Schneiderei, von der ich so viel gehört habe«, sagte die junge Frau, während sie sich im Raum umschaute. Die Möbel waren kunstvoll gefertigt, abgelegte Stücke aus den wohlhabenderen Häusern der Stadt. Die Bilder an den Wänden und auf den Fensterläden dagegen konnte man nur billig nennen, sowohl was ihre Thematik als auch die Ausführung betraf.

»Ja«, erwiderte Dekker. »Alle Freuden, nach denen es dich vielleicht gelüstet.«

»Zu einem Preis«, bemerkte sie und sah ihn von der Seite an.

»Zu einem Preis, den wir um deinetwillen vielleicht zu zahlen bereit sind, um des Vergnügens deiner Gesellschaft willen.«

Sie lächelte. »Du bist so lieb!«

»Aber nicht ohne Zustimmung ihres älteren Cousins«, fügte Perler hinzu und sah Dekker dabei fest an.

»Natürlich«, erwiderte der junge Mann und verbeugte sich leicht in Perlers Richtung.

»Also, welche Freuden hat man hier zu bieten?«, fragte Jalie.

Dekker machte eine knappe Handbewegung. »Freuden des Körpers, Freuden des Geistes.«

»Des Geistes?«

»Ooh! Lasst uns ein Kohlenbecken hereinholen«, sagte

Sherran mit glänzenden Augen. »Gönnen wir uns ein wenig Feuel, um uns zu entspannen.«

»Nein«, widersprach Lorkin. Als er eine andere Stimme ebenfalls protestieren hörte, drehte er sich um, um Orlon dankbar zuzunicken, den die Droge ebenso abstieß wie ihn selbst.

Sie hatten es einmal ausprobiert, und Lorkin hatte die Erfahrung beunruhigend gefunden. Es war nicht der Umstand gewesen, dass das Feuel Dekkers grausame Seite zum Vorschein gebracht hatte, so dass er das Mädchen, das zu jener Zeit in ihn vernarrt gewesen war, gereizt und gequält hatte, sondern vielmehr der Umstand, dass Dekkers Verhalten ihn plötzlich nicht mehr gestört hatte. Tatsächlich hatte er es witzig gefunden, obwohl er später nicht mehr verstehen konnte, warum.

Die Schwärmerei des Mädchens hatte an jenem Tag geendet, und Sherrans Liebesgeschichte mit Feuel hatte begonnen. Vor jener Zeit hätte Sherran alles getan, worum Dekker ihn bat. Seit diesem Tag tat er es nur noch dann, wenn es ihn nicht von seinem Feuel abhielt.

»Lasst uns stattdessen etwas trinken«, schlug Perler vor. »Etwas Wein.« Er betrachtete die Dienstmagd, die zögernd an der Tür stand, und nickte, woraufhin die Frau lächelte und davoneilte.

»Trinken Magier denn?«, fragte Jalie. »Ich dachte, das dürften sie nicht.«

»Wir dürfen durchaus«, erwiderte Reater, »aber es ist keine gute Idee, sich allzu sehr zu betrinken. Wenn man die Kontrolle verliert, wirkt sich das wahrscheinlich auf die Magie genauso aus wie auf den Magen oder die Blase.«

»Ich verstehe«, sagte sie. »Also muss die Gilde sicherstellen, dass keine der Prollis, die sie aufnimmt, Trinker sind?«

Die anderen sahen Lorkin an, und er lächelte unwillkürlich. Sie wussten genau, dass er den Raum verlassen würde, wenn sie mehr als den gelegentlichen Scherz über die einfachen Leute machten.

»Es gibt wahrscheinlich mehr Schnösis, die Trinker sind, als Prollis«, erklärte Dekker ihr. »Wir haben Methoden, mit ihnen zu verfahren. Was möchtest du trinken?«

Lorkin wandte den Blick ab, als das Gespräch sich dem Thema Getränke zuwandte. »Prollis« und »Schnösis« waren die Namen, die die reichen und die armen Novizen einander gegeben hatten, nachdem die Gilde beschlossen hatte, auch junge Leute außerhalb der Häuser zur Magierausbildung an der Universität zuzulassen.

Lorkin passte in keine der beiden Gruppen. Seine Mutter stammte aus den Hüttenvierteln, und sein Vater war der Spross eines der mächtigsten Häuser Imardins gewesen. Er war in der Gilde aufgewachsen, fernab von den politischen Manipulationen und Verpflichtungen der Häuser oder dem harten Leben der Hüttenviertel. Die meisten seiner Freunde waren Schnösis. Er hatte es nicht mit Absicht vermieden, sich mit Prollis zu befreunden, aber obwohl die meisten Prollis für ihn nicht die gleiche Abneigung wie für die Schnösis zu empfinden schienen, war es schwierig gewesen, mit ihnen zu reden. Erst nach einigen Jahren, als Lorkin einen festen Kreis von Schnösi-Freunden hatte, war ihm klar geworden, dass die Prollis sich von ihm – oder vielmehr von dem Mann, der sein Vater gewesen war – eingeschüchtert fühlten.

»... Sachaka? Halten sie dort wirklich immer noch Sklaven?«

Lorkin schaltete sich wieder in das Gespräch ein. Beim Namen des Landes, aus dem der Mörder seines Vaters gekommen war, überlief ihn stets ein Schauer. Doch während es früher ein Schauer der Angst gewesen war, rührte er jetzt auch von einer seltsamen Erregung. Seit der Ichani-Invasion hatten die Verbündeten Länder ihre Aufmerksamkeit auf den zuvor lange ignorierten Nachbarn gerichtet. Magier und Diplomaten hatten sich nach Sachaka hineingewagt, in der Hoffnung, zukünftige Konflikte durch Verhandlungen, Geschäfte und Übereinkünfte vermeiden zu können. Wann immer sie zurückkehrten, brachten sie Beschreibungen von einer seltsamen Kultur und einer noch seltsameren Landschaft mit.

»Das tun sie allerdings«, erwiderte Perler. Lorkin setzte sich ein wenig gerader hin. Reaters älterer Bruder war vor einigen Wochen aus Sachaka zurückgekehrt, nachdem er dort ein Jahr lang als Gehilfe des Gildebotschafters gearbeitet hatte. »Obwohl man die meisten von ihnen gar nicht zu sehen bekommt. Deine Roben verschwinden aus deinem Zimmer und tauchen gesäubert wieder auf, aber du siehst niemals, wer sie holt. Den Sklaven, der abgestellt wurde, dich zu bedienen, siehst du natürlich. Wir haben alle einen.«

»Du hattest einen eigenen Sklaven?«, fragte Sherran. »Verstößt das nicht gegen das Gesetz des Königs?«

»Sie gehören uns nicht«, erwiderte Perler achselzuckend. »Die Sachakaner wissen nicht, wie man Dienstboten richtig behandelt, daher müssen wir es ihnen erlauben, uns Sklaven zuzuweisen. Entweder das, oder wir müssten unsere Kleider selbst waschen und unsere Mahlzeiten selbst zubereiten.«

»Was *entsetzlich* wäre«, bemerkte Lorkin mit gespieltem Grauen. Ihre Dienerin war die Tante seiner Mutter, deren Angehörige ebenfalls als Dienstboten für reiche Leute ihr Geld verdienten. Dennoch besaßen sie eine Würde und Findigkeit, die er respektierte. Er war fest entschlossen, dass er, sollte er jemals häusliche Arbeiten verrichten müssen, sich durch diese Tätigkeiten niemals so gedemütigt fühlen würde wie die anderen Magier.

Perler sah ihn an und schüttelte den Kopf. »Dafür bleibt

keine Zeit. Es gibt immer so viel Arbeit zu erledigen. Ah, da sind die Getränke.«

»Welche Art von Arbeit?«, fragte Orlon, während Wein eingeschenkt und Gläser herumgereicht wurden.

»Es müssen Geschäftsabschlüsse ausgehandelt werden, und es gilt zu versuchen, die Sachakaner dazu zu ermuntern, der Sklaverei abzuschwören, um sich den Verbündeten Ländern anzuschließen. Außerdem muss man die sachakanische Politik verfolgen – es gibt eine Gruppe von Rebellen, von denen Botschafter Maron gehört hatte und über die er mehr in Erfahrung zu bringen versuchte, bis er zurückkehren musste, um die Probleme seiner Familie zu lösen.«

»Klingt langweilig«, meinte Dekker.

»Tatsächlich war es ziemlich aufregend.« Perler grinste. »Ein wenig beängstigend bisweilen, aber ich hatte das Gefühl, als täten wir etwas, nun, *Historisches*. Als bewirkten wir etwas. Als veränderten wir die Dinge zum Besseren – und sei es auch nur mit winzigen Schritten.«

Ein seltsames Gefühl der Erregung durchlief Lorkin. »Denkst du, sie werden beim Thema Sklaverei einlenken?«, fragte er.

Perler zuckte die Achseln. »Einige tun es, aber es ist schwer zu sagen, ob sie es nur vortäuschen, um höflich zu wirken oder um etwas dadurch zu gewinnen. Maron denkt, man könne sie viel eher dazu überreden, die Sklaverei aufzugeben als die schwarze Magie.«

»Es wird schwer sein, sie zur Aufgabe der schwarzen Magie zu überreden, solange wir selbst zwei schwarze Magier haben«, bemerkte Reater. »Kommt mir ein wenig scheinheilig vor.«

»Sobald sie schwarze Magie verbieten, werden wir es ebenfalls tun.«

Dekker drehte sich mit einem Grinsen zu Lorkin um.

»Wenn das geschieht, wird Lorkin das Amt seiner Mutter nicht übernehmen.«

Lorkin schnaubte verächtlich. »Als ob sie mir das erlauben würde. Nein, ihr wäre es viel lieber, wenn ich die Leitung der Hospitäler übernähme.«

»Wäre das so schlimm?«, fragte Orlon leise. »Nur weil du Alchemie gewählt hast, bedeutet das nicht, dass du den Heilern nicht helfen könntest.«

»Um etwas Derartiges zu tun, muss man von einer absoluten, unbeirrbaren Hingabe angetrieben werden«, erwiderte Lorkin. »Diese Hingabe besitze ich nicht. Obwohl ich beinahe wünschte, ich hätte sie.«

»Warum?«, fragte Jalie.

Lorkin breitete die Hände aus. »Ich würde gern etwas *Nützliches* mit meinem Leben anfangen.«

»Pah!«, sagte Dekker. »Wenn du es dir leisten kannst, dein Leben in Müßiggang zu verbringen, warum solltest du es dann nicht tun?«

»Langeweile?«, meinte Orlon.

»Wer langweilt sich?«, erklang eine neue Frauenstimme.

Eine ganz andere Art von Erregung durchlief Lorkin. Ihm stockte der Atem, und sein Magen krampfte sich unangenehm zusammen. Alle drehten sich um und sahen eine dunkelhaarige junge Frau eintreten. Sie lächelte, als sie sich im Raum umschaute. Als ihr Blick auf Lorkin fiel, geriet ihr Lächeln ins Wanken, aber nur für einen Moment.

»Beriya.« Er sprach ihren Namen, beinahe ohne es zu wollen, und sofort hasste er die Art, wie es geklungen hatte, ein schwaches, jämmerliches Ächzen.

»Setz dich doch zu uns«, lud Dekker sie ein.

Nein, hätte Lorkin gern gesagt, aber er war angeblich über Beriya hinweg. Es war zwei Jahre her, seit ihre Familie sie nach Elyne gebracht hatte. Als sie Platz nahm, wandte er den Blick ab, als habe er kein Interesse an ihr, und versuchte, die Muskeln zu entspannen, die sich beim ersten Klang ihrer Stimme versteift hatten. Und es waren die meisten seiner Muskeln betroffen.

Sie war die erste Frau, in die er sich verliebt hatte – und bisher auch die einzige. Sie hatten sich bei jeder Gelegenheit getroffen, offen und insgeheim. Sie war jeden wachen Augenblick in seinen Gedanken gewesen, und sie hatte behauptet, ihr gehe es umgekehrt genauso. Er hätte alles für sie getan.

Einige Leute hatten sie ermutigt, andere hatten halbherzige Versuche unternommen, um ihm zu helfen, mit den Füßen auf dem Boden zu bleiben – zumindest soweit es seine magischen Studien betraf. Das Problem war, es gab keinen Grund, warum seine Mutter oder Beriyas Familie etwas gegen die Verbindung hätte haben können. Und es stellte sich heraus, dass er der Typ Mann war, der in der Liebe derart aufging, dass kein noch so großes Maß an Mitgefühl oder strengen Belehrungen, nicht einmal von Lord Rothen, den er wie einen Lieblingsgroßvater respektierte und liebte, ihn in der Realität hatte verankert halten können. Alle hatten beschlossen zu warten, bis er so weit wieder bei Verstand war, dass er sich auf etwas anderes als Beriya konzentrieren konnte, um ihm dann zu helfen, Versäumtes nachzuholen.

Irgendwann hatte ihre Cousine sie jedoch zusammen im Bett erwischt, und ihre Familie hatte darauf bestanden, dass die beiden jungen Leute so bald wie möglich heiraten sollten. Es spielte keine Rolle, dass er als Magier eine Schwangerschaft verhindern konnte. Wenn sie nicht heirateten, würde jeder künftige Verehrer sie als »besudelt« betrachten.

Lorkin und seine Mutter waren einverstanden gewesen. Es war Beriya, die nicht mitspielte.

Sie hatte sich außerdem geweigert, ihn zu sehen. Als es

ihm eines Tages endlich gelungen war, ihr aufzulauern, hatte sie ihm erklärt, dass sie ihn nie geliebt habe. Dass sie ihn ermutigt habe, weil sie gehört hätte, dass Magier Liebe machen könnten, ohne Gefahr zu laufen, ein Kind zu zeugen. Dass es ihr leidtue, ihn belogen zu haben.

Seine Mutter hatte ihm gesagt, dass die schreckliche Art, wie er sich fühlte, ihm eine winzige Ahnung vermittele, wie es ein Nichtmagier empfinde, krank zu sein. Die beste Kur seien Zeit und die Freundlichkeit von Familie und Freunden. Und dann hatte sie einige Worte benutzt, um Beriyas Verhalten zu beschreiben, die er in der Gesellschaft der meisten Leute, die er kannte, nicht hätte wiederholen können.

Glücklicherweise hatte Beriyas Familie sie nach Elyne gebracht, so dass sie außer Sichtweite gewesen war, als sein Schmerz so weit abgeklungen war, dass er wütend werden konnte. Er hatte geschworen, sich nicht noch einmal zu verlieben, aber als ein Mädchen in seiner Alchemieklasse Interesse bekundet hatte, war seine Entschlossenheit ins Wanken geraten. Er schätzte ihre praktische Natur. Sie war alles, was Beriya nicht gewesen war. Und in der kyralischen Kultur gab es eine seltsame Scheinheiligkeit: Niemand erwartete von weiblichen Magiern, dass sie keusch blieben. Als ihm klar geworden war, dass er sie nicht liebte, war sie zutiefst in ihn vernarrt gewesen. Er hatte alles in seiner Kraft Stehende getan, um diese Liebelei so sanft wie möglich zu beenden, aber er wusste, dass sie jetzt einen tiefen Groll gegen ihn hegte.

Liebe, hatte er befunden, war eine unerfreuliche Angelegenheit.

Beriya ging zu einem Stuhl hinüber und ließ sich anmutig darauf niedersinken. »Also, wer langweilt sich?«, fragte sie.

Während die anderen es bestritten, dachte Lorkin über

sie und die Lektionen nach, die er gelernt hatte. Im vergangenen Jahr war er einigen Frauen begegnet, die sowohl gute Kameradinnen als auch gute Geliebte waren, die aber nicht mehr wollten als das. Er hatte festgestellt, dass er diese Art von Begegnungen bevorzugte. Die ständigen Verführungen, auf die Dekker aus war und die nur mit Kränkungen und Skandalen – oder Schlimmerem – endeten, hatten keinen Reiz für ihn. Und die zuneigungslose Ehe, zu der Reater von seinen Eltern gezwungen worden war, klang wie sein schlimmster Albtraum.

Vaters Familie hat jetzt schon seit einer ganzen Weile nicht mehr versucht, eine Braut für mich zu finden. Vielleicht fangen sie an zu begreifen, wie viel Vergnügen es Mutter bereitet, all ihre Pläne für mich zu durchkreuzen. Obwohl ich mir sicher bin, dass sie nichts hintertreiben würde, wenn ich es wollte.

Er richtete seine Gedanken wieder auf die Gegenwart, während sich das Gespräch den Taten gemeinsamer Freunde von Beriya und Dekker zuwandte. Lorkin lauschte und ließ den Nachmittag an sich vorbeirauschen. Irgendwann brachen die beiden Heiler auf, um eine neue Rennbahn zu besuchen, und Beriya machte sich auf den Weg, um einige Kleider anzuprobieren. Dekker, Sherran und Jalie brachen zu Fuß zu den Häusern ihrer Familien auf, die in der gleichen Hauptstraße des Inneren Rings lagen, so dass Lorkin allein in die Gilde zurückkehrte.

Während er durch die Straßen des Inneren Rings ging, besah Lorkin sich nachdenklich die prächtigen Gebäude. Dies war sein Leben lang sein Zuhause gewesen. Er hatte niemals außerhalb dieses Ortes gelebt. Niemals war er in einem fremden Land gewesen. Er hatte nicht einmal die Stadt je verlassen. Vor sich konnte er die Tore der Gilde sehen.

Sind sie für mich die Gitterstäbe eines Gefängnisses oder eine Mauer, um die Gefahr fernzuhalten? Dahinter war die Vorderfront der Universität zu sehen, wo seine Eltern einst in einer letzten verzweifelten Schlacht gegen sachakanische schwarze Magier gekämpft hatten. *Diese Magier waren nur Ichani, die sachakanische Version von kriminellen Ausgestoßenen. Wie hätte die Schlacht damals geendet, wären sie Ashaki gewesen, noble Krieger, die schwarze Magie benutzten? Wir können von Glück sagen, diese Schlacht gewonnen zu haben. Das weiß jeder.* Schwarzmagier Kallen und meine Mutter wären vielleicht nicht in der Lage, uns zu retten, sollten die Sachakaner sich jemals für einen richtigen Krieg entscheiden.

Eine vertraute Gestalt näherte sich von innen den Toren und entlockte Lorkin unwillkürlich ein Lächeln. Er kannte Lord Dannyl durch seine Mutter und Lord Rothen. Es war eine Weile her, seit er den Historiker das letzte Mal gesehen hatte. Wie immer trug Dannyl ein leicht geistesabwesendes Stirnrunzeln zur Schau, und Lorkin wusste, dass der ältere Magier durchaus an ihm vorbeigehen konnte, ohne ihn zu sehen.

Lord Dannyl, rief Lorkin, wobei er seine Gedankenstimme leise hielt. Gedankenrede wurde missbilligt, da alle Magier sie hören konnten – Freunde wie Feinde. Aber den Namen eines anderen Magiers zu rufen wurde als sicher betrachtet, da man damit einem eventuellen Lauscher gegenüber nur wenig an Information preisgab.

Der hochgewachsene Magier blickte auf und sah Lorkin, und sein Stirnrunzeln verschwand. Sie gingen aufeinander zu und trafen sich am Eingang der Straße, in der Dannyl lebte.

»Lord Lorkin. Wie geht es Euch?«

Lorkin zuckte die Achseln. »Recht gut. Wie machen sich Eure Forschungen?«

Dannyl blickte auf das Bündel hinab, das er in Händen hielt. »Die Große Bibliothek hat einige Unterlagen an mich weitergeleitet, von denen ich gehofft hatte, dass sie mir weitere Einzelheiten über den Zustand von Imardin nach Tagins Tod liefern würden.«

Lorkin konnte sich nicht daran erinnern, wer Tagin war, aber er nickte trotzdem. Dannyl war schon so lange ganz und gar mit seiner Geschichte der Magie beschäftigt, dass er häufig vergaß, dass andere mit den Einzelheiten nicht so vertraut waren wie er. *Es muss eine Erleichterung sein zu wissen, welchem Ziel man sein Leben widmen will*, dachte Lorkin. *Keine dieser Fragen, was man mit sich anfangen soll.*

»Wie... wie seid Ihr auf die Idee gekommen, eine Geschichte der Magie zu schreiben?«, erkundigte sich Lorkin.

Dannyl sah Lorkin an und zuckte die Achseln. »Die Aufgabe hat mich gefunden«, antwortete er. »Ich wünschte manchmal, sie hätte es nicht getan, aber dann finde ich eine neue Information, und«, er lächelte schief, »ich erinnere mich daran, wie wichtig es ist, dass die Vergangenheit nicht verloren geht. Die Geschichte hat uns einiges zu lehren, und vielleicht werde ich eines Tages über ein Geheimnis stolpern, von dem wir profitieren können.«

»Wie die schwarze Magie?«, meinte Lorkin.

Dannyl verzog das Gesicht. »Vielleicht etwas, das mit weniger Risiken und Opfern verbunden ist.«

Lorkins Herz setzte einen Schlag aus. »Eine andere Art von defensiver Magie? Das wäre eine großartige Entdeckung.« *Es würde die Gilde nicht nur davon befreien, schwarze Magie benutzen zu müssen, sondern könnte entweder als Verteidigung gegen die Sachakaner dienen oder die Sachakaner dazu bewegen, schwarze Magie und Sklaverei aufzugeben und sich den Verbündeten Ländern anzuschließen. Wenn ich eine solche Entdeckung machen würde... aber dies ist Dannyls Idee, nicht meine...*

Dannyl zuckte die Achseln. »Ich werde vielleicht überhaupt nichts finden. Aber um die Wahrheit zu sagen, ist es für mich Leistung genug, die Geschichte aufzuzeichnen und zu bewahren.«

Nun... wenn es Dannyl nichts bedeutet... Ob er etwas dagegen hätte, wenn ein anderer nach einer Alternative zur schwarzen Magie suchen würde? Ob er etwas dagegen hätte, wenn ich es täte?

Lorkin holte tief Luft. »Könnte... könnte ich mir einmal die Arbeit ansehen, die Ihr bisher geleistet habt?«

Der ältere Magie zog die Augenbrauen hoch. »Natürlich. Ich wäre sehr daran interessiert zu hören, was Ihr davon haltet. Euch könnte etwas auffallen, das mir entgangen ist.« Er schaute die Straße hinunter, dann zuckte er die Achseln. »Warum kommt Ihr nicht zum Abendessen mit zu Tayend und mir? Danach werde ich Euch meine Notizen und Quellen zeigen und Euch die Lücken in der Geschichte erklären, die ich zu füllen versuche.«

Lorkin nickte. »Danke.« Wenn er in sein Zimmer in der Gilde zurückkehrte, würde er am Ende nur abwechselnd über Beriya nachgrübeln und sich sagen, dass sein Leben ohne sie besser sei. »Ich bin davon überzeugt, dass es faszinierend sein wird.«

Dannyl deutete auf sein Haus, ein prächtiges, zweigeschossiges Gebäude, das er gemietet hatte, nachdem er von seiner Position als Gildebotschafter in Elyne zurückgetreten war. Obwohl allenthalben bekannt war, dass Dannyl und Tayend mehr als nur Freunde waren, wurde dieser Tage nur wenig darüber gesprochen. Dannyl hatte sich dafür entschieden, in der Stadt zu leben, statt auf dem Gelände der Gilde, weil, wie er sagte, eine Art stillschweigender Übereinkunft bestehe: »Die Gilde heuchelt Blindheit, daher geben wir ihr nichts zu sehen.«

»Müsst Ihr zuerst in die Gilde zurückkehren?«

Lorkin schüttelte den Kopf. »Nein, aber wenn Ihr Tayend und den Dienern eine gewisse Vorwarnung geben müsst...«

»Nein, sie werden nichts dagegen haben. Tayend bringt ständig unerwartete Besucher mit nach Hause. Unsere Diener sind daran gewöhnt.«

Er bedeutete Lorkin, ihm zu folgen, und ging auf sein Haus zu, und Lorkin schloss sich ihm an.

3 Sichere Orte, gefährliche Ziele

»Auf seinem Schreibtisch herrscht immer ein solches Chaos«, sagte Tayend zu Lorkin.

Dannyl sah den Gelehrten stirnrunzelnd an. Eine Falte zwischen Tayends Brauen hatte sich vertieft und ließ ihn älter aussehen, als er war. *Beinahe so alt wie ich*, ging es Dannyl durch den Kopf. *Ich verwandle mich in ein runzeliges Skelett, während Tayend ...* Tayend sah besser aus denn je, bemerkte er. Er hatte ein wenig zugenommen, aber es stand ihm gut.

»Es sieht lediglich so aus«, erklärte Dannyl nicht zum ersten Mal. »*Ich* weiß, wo alles ist.«

Tayend kicherte. »Ich bin davon überzeugt, es ist nur eine List, um sicherzustellen, dass niemand seine Forschungen und seine Ideen stiehlt.« Er grinste Lorkin an. »Nun, erlaubt ihm nicht, Euch zu Tode zu langweilen. Wenn Ihr das Gefühl habt, dass Euer Geist zu schrumpeln beginnt, kommt und unterhaltet Euch mit mir, und wir werden noch eine Flasche Wein öffnen.«

Lorkin nickte lächelnd. »Das mache ich.«

Der Gelehrte hob zum Abschied die Hand, dann schlug er einen bewusst schnellen Schritt an und verließ den

Raum. Dannyl widerstand dem Drang, die Augen zu verdrehen und zu seufzen, und wandte sich wieder Soneas Sohn zu. Der junge Mann betrachtete zweifelnd die Stapel mit Dokumenten und Büchern auf Dannyls Schreibtisch.

»Dieser Wahnsinn hat Methode«, versicherte ihm Dannyl. »Es fängt hinten an. Der erste Stapel enthält alles, was sich auf die frühesten Aufzeichnungen über Magie bezieht. Was bedeutet, dass er voller Beschreibungen von Orten ist wie den Gräbern der Weißen Tränen und Mutmaßungen darüber, was die Glyphen in Bezug auf die Benutzung von Magie andeuten.« Dannyl zog die Skizzen hervor, die Tayend gemacht hatte, als sie vor über zwanzig Jahren die Gräber besucht hatten. Er zeigte auf die Glyphe eines Mannes, der vor einer Frau kniete, die seine erhobenen Handflächen berührte.

»Diese Glyphe bedeutet ›hohe Magie‹.«

»Schwarze Magie?«

»Vielleicht. Aber es könnte auch heilende Magie gemeint sein. Es könnte nur ein Zufall sein, dass unsere Vorgänger die schwarze Magie ›höhere Magie‹ genannt haben.« Dannyl blätterte in dem Stapel, und eine andere Zeichnung, diesmal von einem Halbmond und einer Hand, kam zum Vorschein.

»Was ist das?«, fragte Lorkin.

»Ein Symbol, das wir in der zerstörten Stadt Armje gefunden haben. Es war ein Symbol, das für die königliche Familie jener Stadt stand, so wie die Incals die kyralischen Häuser symbolisieren. Man nimmt an, dass Armje vor mehr als zweitausend Jahren verlassen wurde.«

»Wo genau habt Ihr das Symbol gefunden?«

»Es war in den Türsturz von Häusern eingeritzt, und wir haben es einmal auf etwas gesehen, das ich für einen Blutring halte.« Dannyl lächelte bei der Erinnerung an Dem Ladeiri, den exzentrischen Adligen und Sammler, bei dem er und Tayend in einer alten Burg in den elynischen Bergen gewohnt hatten, in der Nähe von Armje. Dann verblasste sein Lächeln, als er sich an das unterirdische Gewölbe erinnerte, das er unter den Trümmern liegend entdeckt hatte. Das Gewölbe trug den Namen »Höhle der Höchsten Strafe«. Seine seltsamen, kristallinen Wände hatten ihn mit Magie angegriffen und hätten ihn getötet, hätte Tayend ihn nicht gerade in dem Moment, als sein Schild versagt hatte, hinausgeschleppt.

Akkarin hatte Dannyl gebeten, die Höhle geheim zu halten, damit nicht andere Magier in ihren Tod stolperten. Nach der Invasion der Ichani hatte Dannyl dem Hohen Lord Balkan von der Höhle erzählt, und der Krieger hatte ihm befohlen aufzuzeichnen, was er wusste, diese Aufzeichnungen dann jedoch ebenfalls geheim zu halten. Wenn das Buch fertig war, würde Balkan noch einmal darüber nachdenken, ob anderen gestattet sein sollte, von dem Ort zu erfahren.

Hat Balkan jemanden dorthin geschickt, um Nachforschungen anzustellen? Ich kann mir nicht vorstellen, dass der Krieger der Versuchung widerstehen könnte, nach einer Möglichkeit zu suchen herauszufinden, wie die Höhle funktioniert. Vor allem, da sie ein solches Potenzial als Verteidigungswaffe hat.

»Also wusste man schon vor zweitausend Jahren, wie man Blutringe fertigt?«

Dannyl blickte zu Lorkin auf, dann nickte er. »Und wer weiß, was noch? Aber dieses Wissen ist verloren gegangen.« Er deutete auf den zweiten, kleineren Stapel. »Das ist alles, was ich über die Zeit habe, bevor das Sachakanische Reich vor über tausend Jahren Kyralia und Elyne eroberte. Die wenigen Unterlagen in unserem Besitz sind nur erhalten geblieben, weil es sich um Kopien handelt, und sie legen die Vermutung nahe, dass es lediglich zwei oder drei Magier gab und dass jene über begrenzte Fähigkeiten und Macht verfügten.«

»Wenn also die Leute, die wussten, wie man Blutringe fertigt und was immer höhere Magie sonst noch bedeutete, gestorben sind, ohne dieses Wissen weiterzugeben...«

»...sei es, weil sie niemandem genug trauten, um ihn zu unterweisen, sei es, dass sie niemals jemanden fanden, der begabt genug für eine Unterweisung gewesen wäre...«

»...ist es verloren.« Lorkin blickte nachdenklich drein – und definitiv nicht gelangweilt, wie Dannyl mit Erleichterung feststellte. Der junge Magier richtete seine Aufmerksamkeit auf den dritten Stapel.

»Drei Jahrhunderte sachakanischer Herrschaft«, erklärte Dannyl. »Ich habe die Informationen, die wir über diese Zeit haben, mehr als verdoppelt, obwohl das nicht schwer war, weil es vorher so wenig darüber gab.«

»Als Kyralier Sklaven waren«, sagte Lorkin mit grimmiger Miene.

»Und Sklavenbesitzer«, rief Dannyl ihm ins Gedächtnis. »Ich glaube, dass die Sachakaner die höhere Magie nach Kyralia gebracht haben.«

Lorkin sah ihn ungläubig an. »Gewiss hätten sie ihre Feinde nicht schwarze Magie gelehrt!«

»Warum nicht? Nach der Eroberung Kyralias wurde das Land dem Sachakanischen Reich einverleibt. Die Sachakaner töteten nicht jeden Adligen, sondern nur jene, die dem Reich keine Treue schwören wollten. Natürlich gab es Mischehen und Erben gemischten Blutes. Dreihundert Jahre sind eine lange Zeit. Die Kyralier waren damals Bürger Sachakas.«

»Aber sie haben trotzdem darum gekämpft, ihr Land zurückzugewinnen und sich der Sklaverei zu entledigen.«

»Ja.« Dannyl klopfte auf den Stapel. »Und das findet sich offenkundig aufgezeichnet in Dokumenten und Briefen, die der Entscheidung des Kaisers, Kyralia und Elyne ihre Unabhängigkeit zuzugestehen, vorausgingen und nachfolgten.

Beide Länder schworen der Sklaverei ab, obwohl es einigen Widerstand gab.«

Lorkin betrachtete den Stapel Bücher, Dokumente und Notizen. »Das ist aber nicht das, was man uns in der Universität beibringt.«

Dannyl lachte. »Nein. Und die Version der Geschichte, die man Euch lehrt, ist noch weniger geschönt als das, was ich gelernt habe.« Er klopfte auf den nächsten Stapel. »Meine Generation hat nie erfahren, dass kyralische Magier einst schwarze Magie benutzten und Kraft von ihren Novizen im Austausch gegen magische Unterweisung genommen haben. Dies war für uns eine der Wahrheiten, die zu akzeptieren uns am schwersten fiel.«

Der jüngere Magier betrachtete den Stapel Bücher mit vorsichtiger Neugier. »Sind das die Bücher, die mein Vater unter der Gilde gefunden hat?«

»Einige von ihnen sind Kopien der Schriften, die er ausgegraben hat, ja. Aber alle gefährlichen Informationen über schwarze Magie sind daraus getilgt worden.«

»Wie wollt Ihr eine Geschichte jener Zeit schreiben, ohne Informationen über schwarze Magie einfließen zu lassen?«

Dannyl zuckte die Achseln. »Solange nichts dabei ist, was den Gebrauch schwarzer Magie beschreibt, besteht keine Gefahr, dass irgendjemand aufgrund meiner Ausführungen etwas über ihre Benutzung erfährt.«

»Aber... Mutter sagt, man müsse schwarze Magie aus dem Geist eines Schwarzmagiers lernen. Gewiss kann man sie nicht aus Büchern lernen?«

»Wir glauben nicht, dass man es kann, aber wir gehen kein Risiko ein.«

Lorkin nickte mit nachdenklicher Miene. »Also kommt... der Sachakanische Krieg als Nächstes? Das ist ein großer Stapel Bücher.«

»Ja.« Dannyl betrachtete die Bücher und Aufzeichnungen neben denen zum Thema Unabhängigkeit. »Ich habe bekannt gemacht, dass ich gern Unterlagen aus jener Zeit hätte, und seither hat mich ein stetiger Strom von Tagebüchern, Berichten und Dokumenten aus den Verbündeten Ländern erreicht.« Oben auf dem Stapel lag ein kleines Buch, das er vor zwanzig Jahren in der Großen Bibliothek gefunden und das ihn zum ersten Mal auf die Möglichkeit aufmerksam gemacht hatte, dass die Geschichtsdarstellung der Gilde falsch sein könnte.

»Ihr müsst eine Menge über diese Zeit wissen.«

»Aber nicht alles. Die meisten dieser Unterlagen stammen aus anderen Ländern als Kyralia. Es gibt immer noch Lücken in der Geschichte. Wir wissen, dass kyralische Magier die sachakanischen Eindringlinge vertrieben und den Krieg gewonnen haben und dass sie Sachaka anschließend erobert und eine Zeit lang regiert haben. Wir wissen, dass das Ödland, das das Land geschwächt hat, erst mehrere Jahre nach dem Krieg geschaffen wurde. Aber wir wissen nicht, wie man die sachakanischen Magier unter Kontrolle gehalten hat oder wie das Ödland geschaffen wurde.« *Und welches der Schatz ist, von dem die Elyner behaupteten, sie hätten ihn den Kyraliern geliehen oder geschenkt, jener Schatz, der anschließend zusammen mit seinen Geheimnissen verloren ging ...*

»Warum habt Ihr keine Unterlagen aus Kyralia?«

Dannyl seufzte. »Es ist möglich, dass sie zerstört wurden, als die Gilde schwarze Magie mit einem Verbot belegte. Oder sie könnten während des Krieges verloren gegangen sein. Ein so großer Teil der Geschichte ist durcheinandergeraten. Zum Beispiel: Man lehrt uns, dass Imardin während des Sachakanischen Krieges dem Erdboden gleichgemacht worden sei, aber ich habe jetzt Karten aus der Zeit vor und nach dem Krieg, die ein ähnliches Straßenmuster zeigen. Einige Jahrhunderte später haben wir jedoch ein vollkommen neues Straßenmuster – das, das wir heute kennen.«

»Also ... ist das Alter der Karten falsch, oder irgendetwas hat die Stadt später dem Erdboden gleichgemacht. Ist nach dem Sachakanischen Krieg etwas Dramatisches geschehen?«

Dannyl griff nach dem obersten Buch des nächsten, viel kleineren Stapels. Lorkin stieß einen leisen Laut des Erkennens aus.

»Die Aufzeichnungen aus der Gilde.« Seine Augen weiteten sich. »Es war der verrückte Novize!« Lorkin nahm das Buch von Dannyl entgegen und blätterte zu den letzten Einträgen weiter. »*Es ist vorüber*«, las er. »*Als Alyk mir die Neuigkeit überbrachte, wagte ich nicht, es zu glauben, aber vor einer Stunde habe ich die Stufen des Ausgucks erklommen und die Wahrheit mit eigenen Augen gesehen. Es ist wahr. Tagin ist tot. Nur er konnte in seinen letzten Augenblicken solche Zerstörung anrichten. Sie hat ihn vergiftet. Seine Macht wurde freigesetzt und hat die Stadt zerstört.*«

Dannyl schüttelte den Kopf, nahm Lorkin das Buch ab und legte es wieder auf den Stapel. »Tagin hatte gerade die Gilde besiegt. Es konnte ihm nicht mehr viel Macht verblieben sein. Nicht genug, um eine Stadt dem Erdboden gleichzumachen.«

»Vielleicht unterschätzt Ihr ihn, so wie es die Gilde jener Zeit offenkundig getan hat.«

Der junge Magier zog erwartungsvoll die Augenbrauen hoch. Dannyl hätte angesichts der Herausforderung beinahe gelächelt. Lorkin war ein intelligenter Novize gewesen, stets bereit, all seine Lehrer zu hinterfragen.

»Vielleicht tue ich das.« Dannyl blickte auf ein kleines Häufchen Dokumente und Bücher hinab. »Die Gilde ... nun, es ist, als hätte sie sich nicht nur darangemacht, jedwedes Wissen über schwarze Magie auszulöschen, sondern auch die peinliche Tatsache, dass ein bloßer Novize sie um ein Haar zerstört hätte. Und ohne den Meister der Aufzeichnung, Gilken, hätten wir nicht einmal die Bücher, die Akkarin fand, um zu erfahren, was geschehen war.«

Gilken hatte Informationen über schwarze Magie gerettet und vergraben, aus Furcht, dass die Gilde sie eines Tages zur Verteidigung des Landes benötigen würde.

Wir hatten fünfhundert Jahre Frieden, in denen wir den Schatz vergessen konnten, fünfhundert Jahre, in denen wir überhaupt keine schwarze Magie benutzt haben und in denen unser uralter Feind jenseits der Berge, Sachaka, sie nach wie vor praktiziert hat. Hätte Akkarin das geheime Versteck nicht gefunden – und schwarze Magie erlernt –, wären wir jetzt entweder tot oder Sklaven.

»Der letzte Stapel«, sagte Lorkin. Dannyl sah, dass Lorkin ein dickes, in Leder gebundenes Notizbuch am Ende des Tisches betrachtete.

»Ja.« Dannyl nahm es in die Hand. »Es enthält die Geschichten, die ich von jenen gesammelt habe, die Zeugen der Ichani-Invasion waren.«

»Auch die meiner Mutter?«

»Natürlich.«

Lorkin nickte, dann lächelte er schief. »Nun, das muss ein Teil der Geschichte sein, zu dem Ihr keine weiteren Nachforschungen werdet anstellen müssen.«

»So ist es«, stimmte Dannyl ihm zu.

Der Blick des jungen Magiers wanderte über die Stapel von Büchern, Dokumenten und Aufzeichnungen. »Ich würde gern lesen, was Ihr habt. Und … kann ich Euch bei den Nachforschungen irgendwie helfen?«

Dannyl sah Lorkin überrascht an. Er hätte nie gedacht, dass Soneas Sohn ein Interesse an Geschichte haben könnte. Vielleicht langweilte sich der junge Mann und suchte nach etwas, mit dem er sich beschäftigen konnte. Möglicherweise würde er das Interesse schnell wieder verlieren, vor allem wenn ihm klar wurde, dass Dannyl bereits alle Informationsquellen erschöpft hatte. Es bestand nur eine geringe Chance, dass einer von ihnen die Lücken in der Geschichte jemals würde füllen können.

Wenn er das Interesse verliert, ist kein Schaden entstanden. Ich wüsste nicht, warum ich ihm nicht erlauben sollte, es zu versuchen.

Und ein frischer Blick, eine andere Herangehensweise würde vielleicht neue Entdeckungen zutage fördern.

Und es wäre gut, hier in Kyralia jemanden zu haben, der mit Dannyls bisher geleisteter Arbeit vertraut war, sollte er sich dazu entschließen, das Land zu verlassen, um nach neuen Informationsquellen zu suchen.

Was eher früher als später geschehen könnte.

Dannyl hatte im Laufe der Jahre die Gildebotschafter befragt und sie gebeten, nach Material für sein Buch Ausschau zu halten. Sie hatten ihm einige Informationen geliefert, aber sie wussten nicht, wonach sie suchen sollten, und was sie ihm geschickt hatten, hatte verlockende Hinweise auf unzensierte Unterlagen enthalten, die ein neues Licht auf viele historische Ereignisse werfen konnten, Aufzeichnungen, die sich in Sachaka befanden.

Seit der Ichani-Invasion hatten Sachaka und Kyralia einander genau beobachtet. Glücklicherweise war beiden Seiten offenbar daran gelegen, künftig Konflikte zu vermeiden. Beide hatten in das jeweils andere Land einen Botschafter mit einem Gehilfen entsandt. Andere Magier durften die Grenze jedoch nicht überschreiten.

Das Amt des Botschafters wurde alle paar Jahre verfügbar, aber Dannyl hatte sich nicht dafür beworben. Zuerst, weil er Angst davor gehabt hatte. Der Gedanke, ein Land voller schwarzer Magie zu betreten, war erschreckend. Er war es gewohnt, für selbstverständlich zu halten, dass er eine der mächtigsten Personen in seiner Gesellschaft war. In Sachaka würde er nicht nur schwach und verwundbar sein, allen Berichten zufolge betrachteten die sachakanischen Meister der höheren Magie solche Magier, die sich nicht auf schwarze Magie verstanden, mit Abscheu, Misstrauen oder Geringschätzung.

Aber sie gewöhnten sich langsam an die Idee, hatte man ihm berichtet. Heutzutage behandelten sie Gildebotschafter mit mehr Respekt. Sie hatten sogar protestiert, als der letzte Botschafter aufgrund von Problemen mit dem Vermögen seiner Familie nach Kyralia zurückkehren musste. Sie hatten tatsächlich eine gewisse Zuneigung zu ihm gefasst.

Wodurch die Stelle des Botschafters frei geworden war, ein Umstand, dem Dannyl kaum widerstehen konnte. Er hatte schon früher in der Position gearbeitet, in Elyne, daher war er zuversichtlich, dass die Höheren Magier ihn für das Amt in Erwägung ziehen würden. Wenn es nicht funktionierte, konnte er einfach vor der Zeit wieder nach Imardin zurückkehren – und er wäre nicht der Erste, der das tat. Solange er in Sachaka war, konnte er nach Aufzeichnungen suchen, die die Lücken in seiner Geschichte der Magie füllten, und vielleicht ganz neue Zweige dieser Geschichte entdecken.

»Lord Dannyl?«

Dannyl schaute zu Lorkin auf, dann lächelte er. »Es wäre mir ein Vergnügen, wenn mir ein Kollege bei meinen Nachforschungen helfen würde. Wann möchtet Ihr anfangen?«

»Wäre morgen genehm?« Lorkin blickte auf den Tisch. »Ich vermute, ich werde eine Menge zu lesen haben.«

»Natürlich ist es genehm«, antwortete Dannyl. »Obwohl ... wir sollten Tayend fragen, was er geplant hat. Lasst uns jetzt mit ihm reden – und diese Flasche Wein trinken.«

Als er den jungen Magier in das Gästezimmer führte, in dem sich Tayend abends für gewöhnlich entspannte, kehrten Dannyls Gedanken nach Sachaka zurück.

Mir sind die Quellen ausgegangen. Mir fällt nichts mehr ein, wo ich die fehlenden Stücke meiner Geschichte noch suchen könnte. Die Gelegenheit ist gekommen, und ich denke, ich habe den Mut, sie zu ergreifen.

Aber der andere Grund, warum er nie danach getrachtet hatte, Sachaka zu besuchen, lag darin, dass es bedeutete, Tayend zurückzulassen. Der Gelehrte würde den elynischen König um die Erlaubnis bitten müssen, nach Sachaka zu reisen, und es war unwahrscheinlich, dass er sie bekommen würde. Zum Teil lag das daran, dass Tayend weder allgemein bekannt war noch sich der Gunst des Hofes erfreute. Das war schon so gewesen, bevor er nach Kyralia gezogen war, um mit Dannyl zusammenzuleben. Zum Teil lag es daran, dass er ein »Knabe« war – ein Mann, der Männer Frauen vorzog. Die sachakanische Gesellschaft war in Bezug auf Knaben nicht so tolerant wie die elynische, sondern ähnelte in diesem Punkt eher der kyralischen Gesellschaft – solche Dinge wurden verborgen und ignoriert. Der elynische König würde ein Land nicht vor den Kopf stoßen wollen, das sein Reich immer noch mühelos besiegen könnte, indem er einen Mann dorthin schickte, den die Sachakaner missbilligen würden.

Aber was ist mit mir? Warum denke ich, dass der kyralische König oder die Gilde meine Bewerbung nicht aus demselben Grund zurückweisen würden?

Die Wahrheit war, Tayend verstand sich nicht so gut wie Dannyl darauf zu verbergen, was er war. Nicht lange nachdem er sich in Imardin niedergelassen hatte, hatte der Gelehrte einen Kreis von Freunden um sich geschart. Er war entzückt gewesen festzustellen, dass es in den kyralischen Häusern ebenso viele Knaben gab wie in den besten Kreisen Elynes, und sie hatten seine elynische Gewohnheit, Feste zu veranstalten, begeistert willkommen geheißen. Sie bezeichneten sich als den Geheimen Klub. Doch der Klub war nicht besonders geheim. Viele Mitglieder der kyralischen Gesellschaft wussten von ihm, und etliche hatten ihre Missbilligung zum Ausdruck gebracht.

Dannyl wusste, dass sein Unbehagen seinen Grund in den langen Jahren hatte, da er seine Natur hatte verbergen müssen. *Vielleicht bin ich ein Feigling, oder vielleicht bin ich übervorsichtig, aber ich würde mein Privatleben lieber ... nun ... privat halten. Bei Tayend habe ich niemals die Wahl. Er hat mich niemals gefragt, wie ich leben wolle oder ob es mir recht sei, wenn ganz Kyralia weiß, was wir sind.*

Hinter seinem Groll verbarg sich jedoch noch mehr. Im Laufe der Jahre hatte Tayend seine Aufmerksamkeit mehr und mehr auf seine Freunde gerichtet. Obwohl sich in dem Kreis einige fanden, deren Gesellschaft Dannyl genoss, waren die meisten doch nur verzogene Bälger aus den höheren Klassen. Und manchmal ähnelte Tayend ihnen mehr als dem jungen Mann, mit dem Dannyl vor all jenen Jahren auf Reisen gewesen war.

Dannyl seufzte. Er wollte nicht mit dem Mann, zu dem Tayend geworden war, auf Reisen gehen. Er hatte ein wenig Angst davor, dass es zu einem dauerhaften Bruch führen könnte, wenn sie in einem anderen Land aufeinander angewiesen sein würden. Auch konnte er nicht umhin, sich zu fragen, ob eine gewisse Zeit der Trennung nicht dazu führen würde, dass sie die Gesellschaft des anderen mehr zu schätzen wüssten.

Aber auch wenn einige Wochen oder Monate der Trennung uns vielleicht guttun würden – könnten wir eine Trennung von zwei Jahren überleben?

Als er in das Gästezimmer trat und feststellte, dass Tayend die Flasche bereits geöffnet und die Hälfte des Inhalts getrunken hatte, schüttelte er den Kopf.

Falls er jemals die Lücken in dieser Geschichte der Magie – seinem großen Lebenswerk – füllen wollte, konnte er nicht herumsitzen und hoffen, dass jemand ihm die richtigen Aufzeichnungen oder Dokumente schickte. Er musste selbst nach Antworten suchen, auch wenn das bedeutete, sein Leben aufs Spiel zu setzen oder Tayend zurückzulassen.

Einer Sache bin ich mir sicher. Auch wenn es Seiten an Tayend gibt, die mir nicht gefallen, bedeutet er mir doch so viel, dass ich sein Leben nicht riskieren will. Er wird mich begleiten wollen, und ich werde es ablehnen, ihn mitzunehmen.

Und Tayend würde nicht glücklich darüber sein. Ganz und gar nicht glücklich.

Sie war nicht größer geworden, seit Cery sie das letzte Mal gesehen hatte. Ihr dunkles Haar war schlecht geschnitten, ungleichmäßig, wo es ihr knapp auf die Schultern fiel. Den Pony trug sie schräg zur Seite gekämmt, so dass er eine ihrer geraden Brauen bedeckte. Und ihre Augen... diese Augen, die ihn, seit er sie das erste Mal gesehen hatte, immer schwach gemacht hatten. Groß, dunkel und ausdrucksvoll.

Aber im Moment war alles, was sie ausdrückten, skrupellose Entschlossenheit, während sie mit einem Kunden feilschte, der beinahe doppelt so groß und schwer war wie sie selbst. Cery konnte nicht hören, was gesprochen wurde, aber ihr Selbstbewusstsein und ihre trotzige Haltung entfachten in ihm einen törichten Stolz.

Anyi. Meine Tochter, dachte er. *Meine einzige Tochter. Und jetzt mein einziges noch lebendes Kind...*

Etwas krampfte ihm die Eingeweide zusammen, als er von Erinnerungen an die zerschlagenen Leiber seiner Söhne überflutet wurde. Er schob sie beiseite, aber der Schock und die Furcht blieben.

»Was soll ich tun, Gol?«, murmelte er. Sie befanden sich in einem privaten Raum im oberen Stockwerk eines Bolhauses, von dem aus man einen Blick auf den Markt hatte, zu dem der Stand seiner Tochter gehörte.

Sein Leibwächter machte Anstalten, sich dem Fenster zuzuwenden, hielt dann jedoch mitten in der Bewegung inne. Mit unsicherem Blick sah er Cery an.

»Ich weiß es nicht. Mir scheint, es ist gefährlich, mit ihr zu reden, und gefährlich, es nicht zu tun.«

»Und Zeit auf die Entscheidung zu verschwenden ist das Gleiche, als entscheide man gar nichts.«

»Ja. Wie weit vertraust du Donia?«

Cery dachte über Gols Frage nach. Die Besitzerin des Bolhauses, die nebenbei verschiedene »Dienste« anbot, war eine alte Kindheitsfreundin. Cery hatte ihr geholfen, das Lokal aufzubauen, nachdem ihr Mann, Cerys alter Freund Harrin, vor fünf Jahren an einem Fieber gestorben war, und seine Männer sorgten dafür, dass niemand ihr Schutzgeld abpressen konnte. Selbst wenn sie diese Verbindung nicht gehabt hätten oder sie ihm nicht dankbar für seine Hilfe gewesen wäre, schuldete sie ihm Geld und kannte die Gepflogenheiten der Diebe gut genug, um zu wissen, dass man sie nicht ohne Konsequenzen verriet.

»Mehr als irgendjemandem sonst.«

Gol lachte kurz auf. »Was nicht viel ist.«

»Nein, aber ich habe ihr bereits aufgetragen, ein Auge auf Anyi zu haben, obwohl sie nicht weiß, warum. Sie hat mich nicht enttäuscht.«

»Dann wird es nicht seltsam erscheinen, wenn du darum bittest, dass man das Mädchen zu dir führt, oder?«

»Nicht seltsam, aber ... sie wäre neugierig.« Cery seufzte. »Bringen wir es hinter uns.«

Gol richtete sich auf. »Ich werde alles Notwendige veranlassen und dafür sorgen, dass niemand lauscht.«

Cery betrachtete den Mann, dann nickte er. Er schaute aus dem Fenster, während sein Leibwächter auf die Tür zuging, und bemerkte, dass ein neuer Kunde an die Stelle des letzten getreten war. Anyi beobachtete, wie der Mann mit einem Finger über die Klinge eines ihrer Messer strich, um die Schneide zu prüfen. »Und sorg dafür, dass ihr Stand bewacht wird, während sie hier ist.«

»Natürlich.«

Nach einigen Minuten tauchten vier Männer aus dem Bolhaus auf und näherten sich Anyis Stand. Cery bemerkte, dass die anderen Standbesitzer so taten, als achteten sie nicht darauf. Einer der Männer richtete das Wort an Anyi. Sie schüttelte den Kopf und funkelte ihn an. Als er nach ihrem Arm griff, trat sie zurück und förderte blitzschnell ein Messer zutage, das sie auf ihn richtete. Er hob die Hände, die Innenflächen nach außen.

Ein langes Gespräch folgte. Anyi ließ die Hand mit dem Messer langsam sinken, steckte es aber nicht weg und hörte auch nicht auf, ihn anzufunkeln. Einige Male blickte sie flüchtig zum Bolhaus hinüber. Schließlich reckte sie das Kinn vor, und als er von ihrem Stand zurücktrat, stolzierte sie an ihm vorbei auf das Bolhaus zu, während sie ihr Messer wieder verschwinden ließ.

Cery stieß den Atem aus, den er angehalten hatte, und begriff, dass sein Magen in Aufruhr war und sein Herz zu schnell schlug. Plötzlich wünschte er, es wäre ihm in der vergangenen Nacht gelungen, ein wenig zu schlafen. Er wollte hellwach sein. Wollte keine Fehler machen. Wollte keinen Augenblick dieser einen Begegnung mit seiner Tochter versäumen, von der er hoffte, dass er sie sich erlauben konnte. Er hatte seit Jahren nicht mehr mit ihr gesprochen, und damals war sie noch ein Kind gewesen. Jetzt war sie eine junge Frau. Wahrscheinlich suchten junge Männer ihre Aufmerksamkeit und ihr Bett...

Denk nicht zu viel darüber nach, sagte er sich.

Er hörte Stimmen und Schritte im Treppenhaus vor dem Zimmer, und sie kamen langsam näher. Mit einem tiefen Atemzug wandte er sich der Tür zu. Es folgte ein

Moment der Stille, dann sagte eine vertraute Männerstimme einige ermutigende Worte, und nach dem Klang der Schritte zu urteilen setzte nur noch eine Person ihren Weg fort.

Als sie durch die Tür spähte, erwog er ein Lächeln, aber er wusste, dass er nicht in der Stimmung war, um damit überzeugen zu können. Er begnügte sich damit, ihren Blick mit einem Ausdruck zu erwidern, von dem er hoffte, dass er freundlichen Ernst übermittelte.

Sie blinzelte, dann weiteten sich ihre Augen, dann runzelte sie die Stirn und kam herein.

»Du!«, sagte sie. »Ich hätte erraten müssen, dass du es sein würdest.«

In ihrem Blick brannten Ärger und Anklage. Einige Schritte von ihm entfernt blieb sie stehen. Er zuckte unter ihrem Blick nicht zusammen, obwohl er ein vertrautes Gefühl der Schuld in ihm heraufbeschwor.

»Ja. Ich«, erwiderte er. »Setz dich. Ich muss mit dir reden.«

»Nun, ich will aber nicht mit dir reden!«, erklärte sie und wandte sich zum Gehen.

»Als ob du eine Wahl hättest.«

Sie hielt inne und blickte mit schmalen Augen über ihre Schulter. Langsam drehte sie sich wieder zu ihm um und verschränkte die Arme vor der Brust.

»Also, was willst du?«, fragte sie, bevor sie einen dramatischen Seufzer ausstieß. Er hätte um ein Haar gelächelt. Die mürrische Resignation, gepaart mit Verachtung, war etwas, das viele Väter von jungen Menschen ihres Alters ertragen mussten. Aber ihre Resignation rührte eher von dem Wissen, dass er ein Dieb war, nicht von Respekt vor väterlicher Autorität.

»Dich warnen. Dein Leben ist ... in noch größerer Gefahr als normalerweise. Es besteht die Möglichkeit, dass bald jemand versuchen wird, dich zu töten.«

Ihre Miene veränderte sich nicht. »Tatsächlich? Und warum?«

Er zuckte die Achseln. »Wegen der bloßen unglücklichen Tatsache, dass du meine Tochter bist.«

»Nun, das habe ich bisher recht gut überlebt.«

»Jetzt ist es etwas anderes. Das hier ist erheblich... unbändiger.«

Sie verdrehte die Augen. »Niemand benutzt dieses Wort noch.«

»Dann bin ich ein Niemand.« Er runzelte die Stirn. »Ich meine es ernst, Anyi. Denkst du, ich würde unser beider Leben aufs Spiel setzen, indem ich mich mit dir treffe, wenn ich mir nicht sicher wäre, dass es weit schlimmer sein könnte, wenn wir uns nicht treffen würden?«

Alle Verachtung und aller Ärger wichen plötzlich aus ihren Zügen, doch jetzt zeigte sie ihm eine Miene, die er nicht deuten konnte. Dann wandte sie den Blick ab.

»Warum bist du dir so sicher?«

Er holte tief Atem und stieß die Luft langsam wieder aus. *Weil meine Frau und meine Söhne tot sind.* Bei dem Gedanken überflutete ihn Schmerz. *Ich bin mir nicht sicher, ob ich es laut aussprechen kann.* Er suchte nach Worten, dann holte er abermals tief Luft.

»Weil du seit gestern Nacht mein einziges lebendes Kind bist«, erklärte er.

Ihre Augen weiteten sich langsam, während sie die Nachricht aufnahm. Sie schluckte und schloss die Augen. Einen Moment lang blieb sie vollkommen reglos, eine Falte zwischen den Brauen, dann öffnete sie die Augen wieder und musterte ihn erneut.

»Hast du es Sonea erzählt?«

Die Frage verwunderte ihn. Warum hatte sie sie gestellt? Ihre Mutter war immer ein wenig eifersüchtig auf Sonea gewesen, vielleicht weil sie gespürt hatte, dass er einmal in das Hüttenmädchen, das später zur Magierin geworden war, verliebt gewesen war. Gewiss hatte Anyi Vestas Eifersucht nicht geerbt. Oder wusste Anyi mehr über Cerys fortgesetzte geheime Verbindung zu der Gilde, als sie wissen sollte?

Wie beantwortete man eine solche Frage? Sollte er überhaupt antworten? Er erwog die Möglichkeit, das Thema zu wechseln, war jedoch neugierig zu erfahren, wie sie auf die Wahrheit reagieren würde.

»Ja«, sagte er. Dann zuckte er die Achseln. »Zusammen mit anderen Informationen.«

Anyi nickte und erwiderte nichts und verriet damit frustrierend wenig über den Grund ihrer Frage. Sie seufzte und verlagerte das Gewicht von einem Bein aufs andere.

»Was soll ich deiner Meinung nach tun?«

Verspätet begriff er, dass er sich nicht sicher war, was er ihr raten sollte. »Gibt es einen sicheren Ort, an den du gehen könntest? Menschen, denen du vertraust? Ich würde dir anbieten, dich zu beschützen, nur dass… Nun, sagen wir einfach, es hat sich herausgestellt, dass deine Mutter die richtige Entscheidung getroffen hat, als sie mich verließ, und…« Er hörte Bitterkeit in seiner Stimme und konzentrierte sich auf andere Gründe. »Meine eigenen Leute könnten umgedreht worden sein. Es wäre besser, wenn du dich nicht auf sie verlassen würdest. Bis auf Gol natürlich. Obwohl… es wäre klug, wenn wir eine Möglichkeit hätten, miteinander in Verbindung zu treten.«

Sie nickte, und es ermutigte ihn zu sehen, dass sie sich entschlossen aufrichtete. »Ich werde zurechtkommen«, sagte sie. »Ich habe… Freunde.«

Sie presste die Lippen zu einer dünnen Linie zusammen. Das war alles, was sie ihm erzählen würde, vermutete er. Kluge Entscheidung.

»Gut«, erwiderte er und stand auf. »Gib acht auf dich, Anyi.«

Sie musterte ihn nachdenklich, und einen Moment lang zuckten ihre Mundwinkel. Eine jähe Hoffnung stieg in ihm auf, dass sie verstand, warum er sich all die Jahre von ihr ferngehalten hatte.

Dann drehte sie sich auf dem Absatz um und stolzierte aus dem Raum, ohne auf eine Erlaubnis zu warten oder Lebewohl zu sagen.

4 Neue Verpflichtungen

Die Bäume und Büsche des Gildegartens kühlten den spätsommerlichen Wind zu einer angenehmen Brise ab. In einer der Nischen des Gartens saßen, gut beschattet von einem großen, dekorativen Pachi-Baum, zwei junge Magier. Während die letzten Spuren seines Katers zu verfliegen begannen, lehnte Lorkin sich an die Rückenlehne des Gartenstuhls und schloss die Augen. Der Gesang von Vögeln vermischte sich mit dem Klang ferner Stimmen und Schritte – und dem schrillen Geräusch von Verspottungen und Protesten irgendwo hinter ihm.

Dekker drehte sich zur gleichen Zeit um wie Lorkin. Hinter ihnen war eine Wand aus Büschen und Bäumen, so dass sie beide aufstanden, um über das Blätterwerk hinwegzuspähen. Auf der anderen Seite hatten vier Jungen einen weiteren umzingelt und stießen ihr Opfer hin und her.

»Blö-der Prol-li«, sangen sie. »Hat keine Fa-mi-lie. Immer schmud-delig. Im-mer stin-kig.«

»He!«, rief Dekker. »Lasst das! Oder ich werde dafür sorgen, dass ihr freiwillige Hilfe in den Hospitälern leistet.«

Lorkin verzog das Gesicht. Seine Mutter war nie glücklich über Lady Vinaras Idee gewesen, Novizen zu bestrafen, indem man sie zwang, in den Hospitälern zu helfen. Sie sagte, sie würden diese Arbeit niemals für lohnend oder nobel halten, wenn man von ihnen erwartete, dass sie den Wunsch hatten, sie zu meiden. Aber sie hatte nie genug Freiwillige, daher konnte sie sich nicht dazu überwinden, dagegen zu protestieren. Einige der Novizen, die man ihr zur Strafe geschickt hatte, hatten sich später tatsächlich für die heilende Disziplin entschieden, weil die Arbeit mit ihr sie inspiriert hatte, aber dafür hatten sie den Spott ihrer Mitschüler in Kauf nehmen müssen.

Die Novizen murmelten einige Entschuldigungen und flohen in verschiedene Richtungen. Als Lorkin und Dekker sich wieder setzten, erschienen im Eingang ihrer Nische zwei Magier.

»Ah! Dachte ich's mir doch, dass ich deine Stimme gehört habe, Dekker«, sagte Reater. Perlers besorgtes Stirnrunzeln verblasste, als er die Freunde seines Bruders erkannte. »Habt ihr was dagegen, wenn wir uns zu euch gesellen?«

»Ganz und gar nicht«, erwiderte Dekker und deutete auf die gegenüberliegende Bank.

Lorkin blickte von einem Bruder zum anderen und fragte sich, warum Perler die Stirn gerunzelt hatte. Reater schien sich allzu sehr darüber zu freuen, über sie gestolpert zu sein.

»Perler hat heute Morgen schlechte Neuigkeiten bekommen«, verkündete Reater. Dann wandte er sich an seinen Bruder. »Erzähl es ihnen.«

Perler sah Reater an. »Nicht schlecht für dich, hoffe ich.« Sein Bruder zuckte die Achseln und antwortete nicht, daher seufzte er und sah Dekker an. »Lord Maron ist von seinem Botschafterposten zurückgetreten. Er wird länger als erwartet brauchen, um die Angelegenheiten seiner Familie zu regeln. Also werde ich nicht nach Sachaka zurückkehren.«

»Du wirst dem neuen Botschafter nicht zur Seite stehen?«, fragte Lorkin.

Perler zuckte die Achseln. »Ich könnte, wenn ich wollte. Aber...« Er betrachtete seinen Bruder. »Auch ich habe einige Familienangelegenheiten, um die ich mich kümmern muss.«

Reater zuckte zusammen.

»Wer wird ihn denn ersetzen?«, wollte Dekker wissen.

»Irgendjemand meinte, Lord Dannyl habe sich beworben.« Reater grinste. »Vielleicht will er sich einmal die sachakanischen Männer –«

»Reater«, mahnte Perler streng.

»Was? Jeder weiß, dass er ein Knabe ist.«

»Weshalb es nicht komisch ist, wenn man rüde Witze darüber macht. Werd erwachsen und komm darüber hinweg.« Er verdrehte die Augen. »Außerdem will Lord Dannyl gar nicht nach Sachaka gehen. Er ist zu beschäftigt damit, Nachforschungen für sein Buch anzustellen.«

Lorkins Herz setzte einen Schlag aus. »Er hat mir gestern Abend erzählt, dass seine Forschungen nur langsam vorangehen. Vielleicht... vielleicht hofft er, dort ein wenig forschen zu können.«

Reater sah seinen Bruder von der Seite an. »Ändert das etwas an deiner Meinung? Au!« Er rieb sich den Arm, wo Perler ihn soeben geboxt hatte. »Das hat wehgetan.«

»Was der Sinn der Übung war.« Perler blickte nachdenklich drein. »Es wird interessant sein zu sehen, ob sich irgendjemand freiwillig für das Amt seines Gehilfen meldet. Die meisten Leute mögen bereit sein, Lord Dannyls Gepflogenheiten zu ignorieren, aber die wenigsten werden das Risiko eingehen wollen, dass man Spekulationen darüber anstellt, warum sie sich um das Amt seines Gehilfen beworben haben.«

Lorkin zuckte die Achseln. »Ich würde gehen.«

Die anderen starrten ihn an. Lorkin betrachtete ihre schockierten Gesichter und lachte.

»Nein, ich bin kein Knabe. Aber man kann mit Lord Dannyl gut auskommen, und seine Nachforschungen sind interessant – und lohnend. Ich wäre stolz, dazu beitragen zu können.« Zu seiner Überraschung wirkten sie weiterhin besorgt. Bis auf Perler, wie er bemerkte.

»Aber... Sachaka«, sagte Reater.

»Wäre das klug?«, fragte Dekker.

Lorkin blickte von einem zum anderen. »Perler hat es überlebt. Warum nicht auch ich?«

»Weil deine Eltern vor einigen Jahren ein paar Sachakaner getötet haben«, bemerkte Dekker in einem Tonfall, der nahelegte, dass Lorkin dumm war. »Sie neigen dazu, an solchen Dingen Anstoß zu nehmen.«

Lorkin breitete die Arme aus, wie um die Gilde als Ganzes zu umfassen. »Das Gleiche haben alle Magier während der Schlacht getan und die Novizen. Warum sollte das, was meine Eltern getan haben, etwas anderes sein?«

Dekker öffnete den Mund, aber es kam kein Laut heraus, und er schloss ihn wieder. Dann sah er Perler an, der kicherte.

»Schau nicht mich an, damit ich dich in dieser Sache unterstütze«, sagte der ältere Magier. »Lorkins Herkunft mag ihn für die Sachakaner ein wenig interessanter machen als andere Magier, aber solange er nicht ständig darauf hinweist, bezweifle ich, dass er in größerer Gefahr wäre, als ich es gewesen bin.« Er sah Lorkin an. »Trotzdem, ich würde das die Höheren Magier entscheiden lassen. Es könnte einen Grund geben, warum du nicht hingehen solltest, über den sie bisher nicht gesprochen haben.«

Lorkin drehte sich um, um Dekker triumphierend anzusehen. Sein Freund erwiderte seinen Blick, runzelte die Stirn und schüttelte dann den Kopf.

»Melde dich bloß nicht freiwillig, um zu beweisen, dass ich unrecht habe.«

Lorkin lachte. »Würde ich das tun?«

»Wahrscheinlich.« Dekker lächelte schief. »Oder nur um mich zu ärgern. Wenn man weiß, wie deine Familie ist, wirst du eine wichtige Rolle dabei spielen, die Sachakaner dazu zu bringen, die Sklaverei aufzugeben und den Verbündeten Ländern beizutreten, und in wenigen Jahren werde ich sachakanische Novizen in die Kriegskunst einführen.«

Lorkin widerstand dem Drang, eine Grimasse zu schneiden, und zwang sich zu einem Lächeln. *Da fängt es schon wieder an. Diese Erwartung, dass ich etwas Wichtiges tun werde. Aber das wird niemals geschehen, solange ich in der Gilde herumsitze und gar nichts tue.*

»Das wird für den Anfang genügen«, sagte er. »Gibt es sonst noch etwas?«

Dekker stieß einen ungehobelten Laut aus und wandte den Blick ab. »Erfinde einen Wein, der keinen Kater verursacht, und ich werde dir alles verzeihen.«

Nachdem Sonea und Rothen die Universität betreten hatten, gingen sie durch die Halle in den Hauptflur. Dieser führte direkt in die Große Halle, einen drei Geschosse hohen Saal im Zentrum des Gebäudes. Glasvertäfelungen bedeckten das Dach und ließen Licht ein.

Dieser Saal war aus einem älteren, schlichten Bau hervorgegangen, der Gildehalle. Sie war der erste Sitz der Gilde gewesen, und als man die prächtigere Universität um diese Halle herum und mit ihr als Zentrum errichtet hatte, war es das Einfachste gewesen, deren Innenmauern abzureißen und daraus eine einzige große Halle für die regelmäßigen Versammlungen und gelegentlichen Anhörungen zu machen.

Die heutige Zusammenkunft war eine offene Anhörung, es konnte also neben den Höheren Magiern, die zur Anwesenheit verpflichtet waren, auch jeder andere Magier daran teilnehmen. Sonea fand es gleichzeitig ermutigend und beunruhigend, die große Menge von Magiern zu sehen, die am gegenüberliegenden Ende der Halle wartete. *Es ist gut, dass so viele sich dafür interessieren, aber ich kann nicht umhin zu bezweifeln, dass viele von ihnen dem Antrag positiv gegenüberstehen.*

Die Höheren Magier hatten sich am Seiteneingang der Gildehalle versammelt. Der Hohe Lord Balkan stand mit vor der Brust verschränkten Armen da und blickte stirnrunzelnd auf den Mann hinab, der mit ihm sprach. Seine weißen Roben betonten seine Körpergröße und die breiten Schultern, verrieten jedoch auch Weichheit und Fülligkeit, wo er einst muskulös gewesen war. Seine Pflichten als Hoher Lord hielten ihn davon ab, sich in den Kriegskünsten zu üben, vermutete Sonea.

Der Mann, den er mit einem Stirnrunzeln betrachtete, war Administrator Osen. Sonea konnte das Blau der Robe des Administrators nicht sehen, ohne sich an seinen Vorgänger zu erinnern und einen Stich des Schuldgefühls und der Traurigkeit zu verspüren. Administrator Lorlen war während der Ichani-Invasion ums Leben gekommen. Obwohl Osen genauso tüchtig war wie Lorlen, mangelte es ihm an der Wärme seines Vorgängers. Und er hatte ihr nie verziehen, dass sie schwarze Magie erlernt und sich Akkarin im Exil angeschlossen hatte.

Eine Gruppe von drei anderen Magiern wartete geduldig, beobachtete die Übrigen und bemerkte Sonea und Rothen. Sonea hatte während der letzten zwanzig Jahre eine gewisse Zuneigung zu Lord Peakin entwickelt, dem Oberhaupt der Alchemisten. Er war für Neues offen und einfallsreich, und während er älter geworden war und sich in seine Rolle gefügt hatte, hatte er einen trockenen Humor und großes Mitgefühl offenbart. Lady Vinara hatte den Krieg überlebt und schien entschlossen, trotz fortgeschrittenen Alters noch für viele Jahre das Oberhaupt der Heiler zu bleiben. Ihr Haar war jetzt vollkommen weiß, aber ihre Augen waren scharf und wachsam.

Der Anblick des Oberhaupts der Krieger weckte in Sonea stets ein säuerliches, unbehagliches Gefühl. Lord Garrel hatte die Angelegenheiten seiner Disziplin ohne Skandal oder größere Fehlschläge verwaltet und war ihr gegenüber immer von steifer Höflichkeit, aber sie konnte nicht vergessen, dass er seinem als persönlichen Schützling angenommenen Novizen, Regin, erlaubt hatte, sie während ihrer frühen Jahre in der Universität zu quälen; mehr noch, Garrel hatte ihn förmlich dazu ermuntert. Sie hätte diese Geschichte vielleicht vergessen können, wenn er nicht außerdem gerade mit den kyralischen Häusern verbunden gewesen wäre, die sich für die Säuberungen besonders stark gemacht hatten, in ruchlose politische Machenschaften verstrickt waren und angeblich von Geschäften mit den Dieben profitierten.

Wie kann ich ein Urteil fällen, nachdem heute Morgen erst ein Dieb in meinen Räumen war? Aber Cery ist anders. Zumindest hoffe ich das. Ich hoffe, er hat immer noch einige Prinzipien – einige Grenzen, die er nicht überschreitet. Und ich habe nichts mit seinen Geschäften zu tun. Ich bin nur eine Freundin.

In der Nähe der Oberhäupter der Disziplinen standen drei weitere Magier. Zwei waren die Studienleiter Lord Telano und Lord Erayk, und der andere war Rektor Jerrik. Der alte Leiter der Universität hatte sich kaum verändert. Er war noch immer der gleiche mürrische, säuerliche Mann, aber jetzt ging er gebeugt, und Falten hatten sein Stirnrunzeln zu etwas Dauerhaftem gemacht, selbst bei den wenigen Gelegenheiten, da er lächelte. Sie war in den letzten Jahren nicht selten in seine Amtsstube gerufen worden: Lorkin war ebenso oft der Schuldige wie das Opfer bei Novizenstreichen gewesen, die zu weit gegangen waren. *Ich möchte wetten, dass er erleichtert ist, dass Lorkin und seine Freunde ihre Ausbildung beendet haben.*

Rothen als Oberhaupt der Alchemistischen Studien hatte offensichtlich die Absicht, sich diesen dreien zuzugesellen. Es erheiterte sie immer, dass die Höheren Magier sich stets zu ihresgleichen hingezogen fühlten. Doch als sie eine Gestalt auf die kleine Gruppe zuschreiten sah, einen Mann, der die gleichen schwarzen Roben trug wie sie, verspürte sie keinerlei Verlangen, es ihm gleichzutun.

Schwarzmagier Kallen.

Nachdem die Gilde neue Höhere Magier gewählt hatte, um jene zu ersetzen, die während der Ichani-Invasion ihr Leben gelassen hatten, hatte man lange darüber debattiert, wie man mit dem Thema schwarze Magie verfahren solle... und mit ihr. Die Magier wussten, dass sie dieses Wissen nicht wieder verlieren durften, für den Fall, dass die Sachakaner abermals versuchen sollten, Kyralia zu bezwingen, aber sie fürchteten, dass jeder, dem sie dieses Wissen gestatteten, versuchen könnte, selbst die Kontrolle über Kyralia zu ergreifen.

So war es schließlich in der Vergangenheit geschehen, als Tagin, der verrückte Novize, schwarze Magie erlernt und die Gilde beinahe zerstört hatte. Die Gilde jener Zeit war der Ansicht gewesen, dass man schwarze Magie zur Gänze verbieten müsse, um zu verhindern, dass eine einzelne Person diese Macht abermals missbrauchte.

Bedauerlicherweise waren die Gilde und sämtliche Verbündete Länder dadurch verletzbar geworden.

Die Lösung der gegenwärtigen Gilde hatte darin bestanden, nur zwei Magiern Kenntnisse der schwarzen Magie zu gestatten. Einer konnte verhindern, dass der andere die Macht ergriff. Jeder hatte die Aufgabe, den anderen Schwarzmagier zu überwachen und nach irgendwelchen Anzeichen für verderbte Ambitionen bei ihm Ausschau zu halten. Diener wurden regelmäßig befragt, und man las ihre Gedanken, um festzustellen, ob der Magier, dem sie dienten, sich stärkte.

Sonea hatte keine andere Wahl gehabt, als zuzustimmen. Es war nicht so, als hätte sie die einmal erlernte schwarze Magie wieder vergessen können. Man hatte ihr mehrere der Kandidaten für die Position ihres Wächters vorgestellt und sie nach ihrer Meinung befragt. Kallen, dem sie zuvor nie begegnet war, da er vor der Invasion als Botschafter in Lan tätig gewesen war, hatte sie weder gemocht noch missbilligt. Aber die Höheren Magier hatten in ihm etwas gesehen, das ihnen gefiel, und Sonea hatte bald entdeckt, dass es seine unermüdliche Hingabe an jedweden Auftrag war, den man ihm zuwies.

Bedauerlicherweise bestand sein Auftrag nun darin, sie zum Mittelpunkt seiner Aufmerksamkeit zu machen. Obwohl er niemals unhöflich war, waren seine steten Anstrengungen sie betreffend ermüdend. Es wäre schmeichelhaft gewesen, wenn es nicht so lästig gewesen wäre – und so absolut notwendig. *Es war eine gute Entscheidung. Wenn ich tot bin, muss jemand meinen Platz einnehmen. Hoffentlich wird die Gilde eine kluge Wahl treffen, aber wenn sie es nicht tut, dann wird Kallens Vorsicht sie vielleicht retten.*

Ohne Kallen aus den Augen zu lassen, beobachtete sie, wie er näher kam. Er erwiderte ihren Blick mit leidenschaftsloser Miene. Sie war nicht so hingebungsvoll darin, Kallen zu beobachten, wie er es in ihrer Überwachung war. Es war nicht so einfach, wenn man einen Sohn großzuziehen hatte. Aber wann immer Kallen in der Nähe war, heuchelte sie aufmerksame Wachsamkeit und hoffte, es würde die wenigen Magier beruhigen, denen in den Sinn gekommen sein könnte, dass er einer Überwachung ebenso bedurfte wie das ehemalige Hüttenmädchen, das zu früh und weit über jedes verdiente Maß hinaus in eine mächtige Position aufgestiegen war.

Das Raunen der Stimmen um sie herum brach kurz ab, und ihre Aufmerksamkeit wurde auf Administrator Osen gelenkt.

»Novizendirektor Narren ist in Elyne, und die Ratgeber des Königs werden nicht an der Anhörung teilnehmen«, eröffnete er ihnen. »Da wir Übrigen zugegen sind, können wir genauso gut anfangen.«

Die Höheren Magier folgten ihm durch den Seiteneingang der Gildehalle und gingen auf ihre Plätze in den stufenförmigen Sitzreihen am Kopfende des Saals zu. Die Sitzordnung war nach Rang gestaffelt von oben nach unten. Sonea stieg neben dem Hohen Lord Balkan zu ihrem Platz hinauf und sah zu, wie die Türen am anderen Ende geöffnet wurden und der Saal sich mit Magiern füllte. Zwei kleine Gruppen versammelten sich links und rechts vor den Sitzreihen der Höheren Magier. Es waren Antragsteller und die aktiven Gegner des Antrags. Die übrigen Magier nahmen Plätze zu beiden Seiten der Halle ein.

Sobald alle saßen, eröffnete Osen die Anhörung.

»Ich rufe Lord Pendel auf, den Sprecher der Antragsteller, damit er ihre Sache darlegen möge.«

Ein gutaussehender junger Mann, dessen Vater ein Unternehmen mit Schmieden, Gießereien und Schlossereien betrieb, trat vor.

»Als vor zwei Jahrzehnten Männern und Frauen der unteren Klassen Imardins gestattet wurde, der Gilde beizutreten, wurden viele weise und praktische Regeln erlassen«, las Pendel von einem Stück Papier ab, das er in der Hand hielt. »Aber eine so unerwartete und zwangsläufig hastige Veränderung der Praktiken der Gilde schloss, wenig überraschend, einige Regeln ein, die sich mit der Zeit als unpraktisch erwiesen haben.«

Die Stimme des jungen Mannes war ruhig und klar, wie Sonea anerkennend feststellte. Er war als Sprecher für die Antragsteller eine gute Wahl.

»Eine solche Regel verfügt, dass Novizen und Magier keine Verbindung zu Kriminellen und Leuten schlechten Rufes haben dürfen«, fuhr Pendel fort. »Obwohl es Fälle gegeben hat, bei denen Novizen verdientermaßen aus der Gilde entfernt wurden und ihnen aufgrund fortbestehender Verbindung mit zwielichtigen Personen oder Gruppen in der Stadt der Zugang zur Magie verwehrt wurde, gibt es weit mehr Fälle, da die Auslegung dieser Regel zu Ungerechtigkeit geführt hat. In den vergangenen zwanzig Jahren haben letztere Fälle bewiesen, dass die allgemeine Auslegung von ›schlechtem Ruf‹ jede Person von gemeiner Herkunft einschließt. Diese Regel hat ungerechterweise Väter und Mütter von ihren Söhnen und Töchtern ferngehalten und unnötigen Kummer und Groll verursacht.«

Pendel hielt inne, um sich im Raum umzuschauen. »Diese Regel gibt der Gilde den Anstrich der Scheinheiligkeit, denn es sind niemals Magier aus höheren Klassen für einen Verstoß dagegen bestraft worden, obwohl man sie regelmäßig in Spielhäusern, Glühhäusern und Bordellen antrifft.«

Pendel blickte zu den Höheren Magiern auf und lächelte nervös.

»Trotzdem bitten wir nicht darum, dass die Magier und Novizen höherer Klassen genauer beobachtet und eingeschränkt werden. Wir bitten nur um die Aufhebung der existierenden Regel, damit jene von uns, die in niedere Klassen geboren wurden, ihre Familien und Freunde ungestraft besuchen können.« Er verneigte sich. »Danke, dass Ihr unseren Antrag angehört habt.«

Osen nickte, dann wandte er sich der anderen kleinen

Gruppe von Magiern zu, die vorne im Raum an der Seite standen.

»Ich rufe Lord Regin auf, den Sprecher der Antragsgegner. Er möge vortreten und antworten.«

Als ein Mann aus der Gruppe der Gegner seinen Platz einnahm, regte sich in Sonea eine alte Abneigung. Mit ihr kamen Erinnerungen daran, verspottet und überlistet worden zu sein, Erinnerungen an Sabotage ihrer Arbeiten, Erinnerungen daran, als Diebin betrachtet zu werden, nachdem sich ein gestohlener Stift unter ihren Besitztümern gefunden hatte. Auch war sie einst Gegenstand von Spekulationen gewesen, als bösartige Gerüchte ausgestreut worden waren, nach denen ihre Beziehung zu Rothen mehr sei als nur die einer Novizin zu ihrem Lehrer.

Diese Erinnerungen brachten Ärger mit sich, aber es gab noch andere, bei denen sie noch immer schauderte. Erinnerungen daran, durch die Flure der Universität gejagt zu werden, von einer Bande von Novizen in die Enge getrieben, gefoltert, gedemütigt und magisch wie körperlich erschöpft zurückgelassen zu werden.

Der Anführer dieser Bande und Drahtzieher all ihrer Leiden in jenen frühen Jahren an der Universität war Regin gewesen. Obwohl sie ihn zu einem fairen Kampf in der Arena herausgefordert und dort besiegt hatte, hatte er während der Ichani-Invasion mutig sein Leben riskiert, und obwohl er sich sogar für all das entschuldigt hatte, was er ihr angetan hatte, konnte sie ihn nicht ansehen, ohne ein Echo der Demütigung und der Furcht zu verspüren, die sie einst erlitten hatte. Und diese Gefühle brachten Wut und Abneigung mit sich.

Ich sollte darüber hinwegkommen, dachte sie. *Aber ich bin mir nicht sicher, ob ich es kann. Geradeso, wie ich nicht denke, dass ich jemals aufhören werde, einen Hauch Selbstgefälligkeit zu verspüren, wann immer einer der Magier aus den Häusern vorgestellt wird, ohne dass Name und Titel seiner Familie verkündet werden.*

Neben der Entscheidung, auch Personen von außerhalb der Häuser in die Gilde aufzunehmen, hatte man beschlossen, dass die Namen von Familie und Haus bei Zeremonien der Gilde nicht länger benutzt werden sollten. Von allen, die Magier wurden, erwartete man, dass sie ihr Leben für die Verteidigung der Verbündeten Länder aufs Spiel setzten, daher sollte allen das gleiche Maß an Respekt gezollt werden. Da außerhalb der Häuser geborene Imardianer keine Familien- oder Hausnamen hatten, wurde die Gewohnheit, diese Namen für jene auszurufen, die sie besaßen, vollkommen fallengelassen.

Falls Regin sich durch die Weglassung seines Familien- und Hausnamens herabgesetzt fühlte, ließ er es sich zumindest nicht anmerken. Auch die Aufmerksamkeit, die ihm zuteilwurde, verstörte ihn nicht im Mindesten. Er wirkte beinahe gelangweilt. Er hatte keine Notizen mitgebracht, aus denen er vorlesen konnte, sondern ließ lediglich den Blick einmal durch den Raum wandern und begann dann zu sprechen.

»Bevor wir darüber nachdenken, ob diese Regel verändert oder außer Kraft gesetzt werden sollte, bitten wir darum, dass alle sich daran erinnern mögen, warum sie geschaffen wurde. Nicht um gute Leute daran zu hindern, ihre Familie zu besuchen, und nicht einmal um das harmlose Vergnügen eines Abends zu verderben, sondern um Magier jedweder Herkunft oder Stellung daran zu hindern, sich in verbrecherische Machenschaften oder Geschäfte hineinziehen zu lassen. Die Regel ist ebenso sehr Abschreckungsmittel wie Leitlinie für das Verhalten. Wenn wir sie außer Kraft setzen, würden wir damit eine wertvolle Motivation für Magier verlieren, jenen zu widerstehen, die danach trachten, sie für ihre Zwecke anzuwerben oder zu bestechen.«

Während Regin fortfuhr, musterte Sonea ihn nachdenklich. Sie erinnerte sich an den jungen Novizen, der sein Leben aufs Spiel gesetzt hatte, um während der Invasion einen Ichani zu ködern. Seit jenem Tag hatte er ihr gegenüber nichts anderes als Respekt gezeigt, und gelegentlich hatte er sich sogar für eines ihrer Anliegen ausgesprochen.

Rothen denkt also, Regins Charakter habe sich verbessert, überlegte sie. *Aber ich würde Regin immer noch nicht trauen, weil ich weiß, wie er als Novize war. Wenn er erführe, dass ich mich neulich mit einem Dieb getroffen habe, der sich auf das Gelände der Gilde geschlichen hat, wäre er gewiss der Erste, der mich wegen eines Verstoßes gegen diese Regel anzeigen würde.*

»Es ist Sache der Höheren Magier festzulegen, ob eine Person ein Verbrecher ist oder in schlechtem Ruf steht, und wir sollten es dabei belassen«, sagte Regin. »Stattdessen sollten wir bei der Beleuchtung der Aktivitäten aller Novizen und Magier gründlicher und fairer sein.«

Das Ärgerliche ist, dass er nicht ganz unrecht hat, ging es ihr durch den Kopf. *Eine Außerkraftsetzung der Regel wird es schwieriger machen, Magier davon abzuhalten, sich in Verschwörungen der Unterwelt zu verstricken. Aber die Gilde wendet die Regel nicht oft genug an, um viel zu bewirken. Sie ist als Abschreckungsmittel so gut wie nutzlos, weil die reichen Novizen wissen, dass sie in ihrem Fall nicht zur Anwendung gebracht werden wird. Wenn wir uns dieser Regel entledigen, werden wir aufhören, Zeit und Aufmerksamkeit an Novizen zu verschwenden, deren Mütter Huren sind, und dann werden wir uns vielleicht jene Magier gründlicher ansehen, deren reiche Familien Geschäfte mit Dieben machen.*

Regin kam zum Ende und verneigte sich. Als er zu den Gegnern der Antragsteller zurückkehrte, fragte Sonea sich nicht zum ersten Mal, woran es lag, dass sie ihn nicht mehr so sehr hasste wie früher. *Ich schätze, wir sind beide erwachsen geworden. Aber das bedeutet nicht, dass ich ihn mögen muss.*

»Dies ist eine Angelegenheit, die einer gründlichen Erörterung bedarf«, erklärte Administrator Osen den versammelten Magiern. »Es ist überdies unklar, ob die Entscheidung durch die Höheren Magier oder durch eine allgemeine Abstimmung getroffen werden sollte. Daher werde ich eine Entscheidung aufschieben, bis ich mich davon überzeugt habe, welches Vorgehen das beste wäre, und all jenen, die Einblick und Informationen über die Angelegenheit wünschen, die Gelegenheit geben, ein Treffen mit mir zu verabreden.« Er verneigte sich. »Ich erkläre diese Anhörung für beendet.«

Sonea brauchte mehrere Minuten, um auf den Boden der Halle hinabzugelangen, da Lady Vinara beschloss, sie nach der Versorgung der Hospitäler zu befragen. Nachdem sie sich endlich von der Heilerin gelöst hatte, entdeckte sie Rothen in der Nähe. Als er auf sie zukam, verkrampfte sich ihr Herz. Er zeigte einen Gesichtsausdruck, den sie lange nicht mehr gesehen hatte, den sie jedoch sofort zu erkennen gelernt hatte. Es war der Gesichtsausdruck, den er zeigte, wenn Lorkin in Schwierigkeiten steckte.

»Was hat er jetzt wieder angestellt?«, murmelte sie und blickte sich um, um sich davon zu überzeugen, dass niemand nahe genug stand, um ihr Gespräch mit anzuhören.

»Ich habe soeben gehört, dass Lord Dannyl sich um die Position des Gildebotschafters in Sachaka beworben hat«, eröffnete ihr Rothen.

Das ist also alles. Erleichterung durchflutete sie. »Damit hätte ich nicht gerechnet. Andererseits ist es auch wieder keine so große Überraschung. Er war schon früher als Botschafter tätig. Hat er sein Buch beendet oder das Projekt aufgegeben?«

Rothen schüttelte den Kopf. »Weder das eine noch das andere, vermute ich. Er geht wahrscheinlich dorthin, um irgendeiner neuen Spur zu folgen.«

»Natürlich. Ich frage mich, ob er...« Sie brach ab, als ihr

klar wurde, dass Rothen noch immer die Miene eines Menschen zur Schau trug, der drauf und dran war, schlechte Nachrichten zu übermitteln. »Was?«

Rothen verzog das Gesicht. »Lorkin hat sich freiwillig für das Amt seines Gehilfen gemeldet.«

Sonea erstarrte.

Lorkin.

In Sachaka.

Lorkin hatte sich erboten, nach Sachaka zu gehen.

Sie begriff, dass sie ihn mit offenem Mund angestarrt hatte, und presste die Lippen aufeinander. Ihr Herz hämmerte. Ihr war übel. Rothen fasste sie am Arm und führte sie aus der Gildehalle, fort von den Magiern, die in Grüppchen herumstanden, um über den Antrag zu diskutieren. Sie nahm sie kaum wahr.

Sachakaner und Lorkin. Sie werden ihn töten. Nein – sie würden es nicht wagen. Aber Familien sind verpflichtet, Todesfälle in ihren Reihen zu rächen. Selbst wenn es sich bei den Toten um Ausgestoßene handelt. Und wenn sie nicht an dem Mörder Rache nehmen können, dann an seinen Nachkommen...

Sie straffte sich entschlossen. Die Sachakaner würden ihrem Sohn kein Haar krümmen. Sie würden es nicht tun, weil sie Lorkin nicht gestatten würde, zu einer derart dummen und gefährlichen Unternehmung aufzubrechen.

»Osen wird dem niemals zustimmen«, stieß sie hervor.

»Warum sollte er nicht? Er kann Lorkins Ersuchen nicht lediglich aufgrund seiner Herkunft ablehnen.«

»Ich werde mich an die Höheren Magier wenden. Sie müssen wissen, dass ihm größere Gefahr drohen wird als jedem anderen Magier – und das bedeutet, dass er eine Belastung ist. Dannyl kann nicht all seine Zeit damit verbringen, Lorkin zu beschützen. Und die Sachakaner könnten sich weigern, mit Dannyl zu reden, wenn sie erst wissen, wer der Vater seines Gehilfen war.«

Rothen nickte. »Alles gute Argumente. Aber es könnte sein, dass Lorkin, wenn du gar nichts sagst, Zeit haben wird, über all die Dinge nachzudenken, die schiefgehen könnten, und dann vielleicht seine Meinung ändert. Je mehr du dich bemühst, Lorkin aufzuhalten, desto größer wird vermutlich seine Entschlossenheit werden, Dannyl zu begleiten.«

»Ich kann das Risiko nicht eingehen, dass er nicht zu Verstand kommen wird.« Sie sah ihn an. »Wie würdet Ihr Euch fühlen, wenn Ihr ihn ziehen ließet und ihm etwas zustieße?«

Rothen hielt kurz inne, dann verzog er das Gesicht. »Also schön. Ich schätze, dann haben wir einiges zu tun.«

Eine Welle der Zuneigung stieg in ihr auf, und sie lächelte. »Danke, Rothen.«

Dannyl sah sich im Speisezimmer um und seufzte anerkennend. Ein Vorteil des Verzichts auf sein Zimmer in der Gilde und des Umzugs in ein Haus im Inneren Ring war der plötzliche Reichtum an *Raum* gewesen. Obwohl er jetzt einen großen Teil seines Einkommens für die Miete brauchte, war der Luxus von eigenen Räumen es wert. Er hatte nicht nur seine eigene großzügige Amtsstube und dieses geschmackvoll eingerichtete Speisezimmer, sondern auch seine persönliche Bibliothek und Räume für Gäste. Nicht dass er häufig Gäste im Haus hatte – nur gelegentlich einmal einen Gelehrten, der sich für Dannyls Geschichte interessierte, oder Tayends elynische Freunde.

Wie sehen eigentlich sachakanische Häuser aus?, fragte er sich. *Ich sollte es in Erfahrung bringen, bevor ich aufbreche. Falls ich aufbreche.*

Administrator Osen hatte gesagt, er könne keinen Grund sehen, warum man Dannyl die Position nicht geben sollte, da er gute Voraussetzungen mitbrachte und niemand sonst sich für das Amt beworben hatte.

Aber ich werde dieses Haus vermissen. Es wird gewiss Zeiten geben, da ich mir wünschen werde, ich könnte mir ein Buch aus meiner Bibliothek holen oder bei dem braven alten Yerak mein Lieblingsessen bestellen oder ...

Er blickte auf, als draußen vor dem Raum Schritte laut wurden. Es folgte eine Pause, dann spähte Tayend um den Bogengang. Seine Augen wurden schmal.

»Wer seid Ihr, und wo ist der echte Lord Dannyl?«

Dannyl runzelte die Stirn und schüttelte den Kopf. »Was redest du da?«

»Ich habe deinen Schreibtisch gesehen.« Der Gelehrte trat ein und sah Dannyl mit gespieltem Argwohn an. »Er ist aufgeräumt.«

»Ah.« Dannyl lachte leise. »Ich werde es dir gleich erklären. Setz dich. Yerak wartet, und ich bin im Augenblick zu hungrig für Erklärungen.«

Als Tayend Platz nahm, sandte Dannyl ein wenig Magie in Richtung des Essensgongs, so dass der Klöppel sachte gegen die Scheibe tippte.

»Du warst heute in der Gilde?«, fragte Tayend.

»Ja.«

»Neue Bücher?«

»Nein, ich hatte eine Besprechung mit Administrator Osen.«

»Wirklich? Worum ging es?«

Die Tür zur Küche öffnete sich und ersparte Dannyl eine Antwort. Diener kamen mit dampfenden Platten und Schalen voller Essen herein. Dannyl und Tayend füllten sich ihre Teller und begannen zu essen.

»Was hast du heute getan?«, fragte Dannyl zwischen zwei Bissen.

Der Gelehrte zuckte die Achseln, dann erzählte er eine Geschichte, die er von einem anderen im Ausland lebenden Elyner gehört hatte. Er hatte den Mann am Morgen besucht, und dieser hatte von einigen Feuelschmugglern aus Vin berichtet, die von ihren Waren gekostet hatten und nackt und mit Wahnvorstellungen an einem Flussufer gefunden worden waren.

»Also, was hatte Administrator Osen zu sagen?«, erkundigte sich Tayend, als die Teller abgeräumt waren.

Dannyl zögerte kurz, dann holte er tief Luft. *Ich kann es nicht länger hinausschieben.* Er sah Tayend an und setzte eine ernste Miene auf.

»Er sagte, es gäbe keine anderen Bewerber für die Position des Gildebotschafters in Sachaka, daher sei es sehr wahrscheinlich, dass ich die Position bekommen würde.«

Tayend blinzelte, dann klappte ihm der Unterkiefer herunter. »Botschafter?«, wiederholte er. »*Sachaka?* Das ist nicht dein Ernst.«

»Oh doch.«

In Tayends Augen leuchtete Erregung auf. »Ich war noch nie in Sachaka! Und um dort hinzugelangen, braucht man nicht einmal übers Meer zu reisen.«

Dannyl schüttelte den Kopf. »Du kommst nicht mit, Tayend.«

»Ich komme nicht mit?« Tayend starrte ihn an. »Natürlich komme ich mit!«

»Ich wünschte, ich könnte dich mitnehmen, aber ...« Dannyl breitete die Hände aus. »Alle Besucher Sachakas brauchen eine Genehmigung, entweder von der Gilde oder von ihrem König.«

»Dann werde ich ein Gesuch an meinen König richten.«

Wieder schüttelte Dannyl den Kopf. »Nein, Tayend. Ich ... es wäre mir lieber, wenn du es nicht tätest. Zunächst einmal ist es ein gefährliches Land, und obwohl Magier und die meisten Händler lebendig zurückkehren, weiß noch niemand, wie die Sachakaner auf einen adligen Nichtmagier reagieren, der in ihr Land reist.«

»Dann werden wir es herausfinden.«

»Außerdem wäre da noch die Etikette zu bedenken. Soweit ich bisher in Erfahrung bringen konnte, sind Sachakaner Knaben gegenüber weder tolerant, noch haben sie die Gewohnheit, uns hinrichten zu lassen. Sie betrachten uns jedoch als Personen von niederem Ansehen, und sie weigern sich häufig, Umgang mit Leuten zu pflegen, die in ihren Augen in der gesellschaftlichen Hierarchie zu weit unter ihnen stehen. Das wird weder in meiner Position hilfreich sein noch bei meiner Suche nach historischen Aufzeichnungen.«

»Sie werden es nicht erfahren, wenn wir diskret sind«, sagte Tayend. Dann runzelte er die Stirn und funkelte Dannyl an. »Das ist der Grund, warum du das tust, nicht wahr? Weitere Nachforschungen!«

»Natürlich. Dachtest du, ich hätte plötzlich das Verlangen, wieder Botschafter zu sein oder in Sachaka zu leben?«

Tayend erhob sich und begann im Raum auf und ab zu gehen. »Jetzt ergibt es einen Sinn.« Er hielt inne. »Über welchen Zeitraum sprechen wir?«

»Zwei Jahre, aber ich kann wenn nötig früher zurückkehren. Und ich kann zu Besuch nach Hause fahren.«

Tayend setzte sein Auf und Ab fort und tippte sich mit einem Finger ans Kinn. Plötzlich runzelte er die Stirn.

»Wer wird dein Gehilfe sein?«

Dannyl lächelte. »Lord Lorkin hat Interesse bekundet.«

Tayends Schultern entspannten sich. »Nun, das ist eine Erleichterung. *Er* wird dich nicht verführt haben, um dich dazu zu bringen, mich zurückzulassen.«

»Was macht dich da so sicher?«

»Oh, Soneas Sohn hat einen beachtlichen Ruf unter den Damen. Wahrscheinlich maßlos übertrieben wie immer. Aber es gibt eine hübsche Anzahl von Frauen, die es gern selbst herausfinden würden.«

Ein Stich der Neugier durchzuckte Dannyl. »Wirklich? Warum haben sie es dann nicht getan?«

»Anscheinend ist er wählerisch.«

Dannyl lehnte sich auf seinem Stuhl zurück. »Also, werde ich ihn in Sachaka im Auge behalten müssen oder nicht?«

Ein verschlagener Ausdruck glitt über die Züge des Gelehrten. »Ich könnte auf ihn aufpassen. Dann wärst du frei für deine Forschung.«

»Nein, Tayend.«

Tayends Gesicht spiegelte Ärger und Frustration wider, dann holte er tief Luft und atmete schnaubend aus.

»Du solltest deine Meinung besser noch ändern«, sagte er. »Und du solltest außerdem wissen, dass ich, wenn du deine Meinung nicht änderst...« Er hielt inne, dann straffte er die Schultern. »Dann wirst du mich vielleicht nicht länger hier vorfinden, wenn du in zwei Jahren nach Kyralia zurückkehrst.«

Dannyl sah seinen Geliebten an, plötzlich unsicher, was er sagen sollte. Sein Herz hatte bei der Drohung einen Satz getan, doch irgendetwas veranlasste ihn, Schweigen zu bewahren. Vielleicht war es die Tatsache, dass Tayend nicht versuchte, ihn zum Bleiben zu überreden. Er suchte lediglich die Chance zu einem weiteren Abenteuer.

Der Gelehrte erwiderte seinen Blick mit großen Augen. Dann schüttelte er den Kopf, drehte sich um und stolzierte aus dem Raum.

5 Vorbereitungen

Als Cery die Hand ausstreckte, um die Mauer zu berühren, verspürte er eine merkwürdige Zuneigung. Früher einmal war die Befestigung des äußeren Rings der Stadt ein Symbol für die Trennung zwischen Arm und Reich gewesen – eine Barriere, die nur Diebe und ihre Freunde überschreiten konnten, wenn die Säuberung alle Heimatlosen und die Bewohner der überfüllten Schlafhäuser jeden Winter aus der Stadt in die Hüttenviertel getrieben hatte.

Jetzt hatte die Stadtmauer für die Bewohner Imardins keine andere Bedeutung mehr als eine Erinnerung an die Vergangenheit. Hier, auf einem von Cerys Grundstücken, war sie sogar als praktische Außenmauer für ein weitläufiges Lagerhaus verwendet worden, in dem Händler sowohl legal importierte als auch geschmuggelte Waren lagerten. Es gab noch immer einige Eingänge zu dem unterirdischen Netzwerk von Tunneln, die als die Straße der Diebe bekannt waren, aber sie wurden selten benutzt. Er hatte sie nur als mögliche Fluchtrouten bewahrt, aber heutzutage war die Wahrscheinlichkeit, dass ein Dieb, der diese Straße benutzte, auf Schwierigkeiten stieß, genauso groß wie die, dass er unbehelligt fliehen konnte.

Cery trat von der Mauer weg und setzte sich. Er war zu dem Schluss gekommen, dass die gut eingerichtete Wohnung im Obergeschoss des Lagerhauses zum Leben geradeso gut geeignet war wie jeder andere Ort. Eine Rückkehr in sein altes Versteck war undenkbar. Selbst wenn es nicht schmerzhafte Erinnerungen beherbergt hätte, war es doch offenkundig nicht sicher genug gewesen. Nicht dass irgendeins seiner anderen Verstecke besser geschützt wäre, aber es bestand zumindest die Chance, dass der Mörder seiner Familie nicht wusste, wo sie sich befanden.

Er hatte jedoch nicht die Absicht, sich zu verstecken. Wie immer war er angreifbar, sobald er sich in die Stadt wagte, sei es in seinen eigenen Bezirk oder anderswohin. Was ihn auf die Frage brachte, ob er sich in der Annahme irrte, dass er das wahre Ziel des Mörders gewesen war.

Nein. Obwohl er gewartet hat, bis ich fort war, um meine Familie zu töten, war ich doch das wahre Ziel. Selia und die Jungen hatten keine Feinde.

Beim Gedanken an sie schnürte sich ihm die Brust zusammen, und einen Moment lang konnte er nicht atmen. Wenn der Mörder oder die Mörder oder ihr Auftraggeber beabsichtigt hatten, Cery zu verletzen, dann war es ihnen gelungen. Es war wichtiger herauszufinden, wer seine Familie getötet hatte und warum, als in Erfahrung zu bringen, wie es ihnen gelungen war, seine Wohnung zu finden und dort einzubrechen.

Er holte einige Male tief Luft. Gol hatte die Vermutung geäußert, dass der Jäger sie vielleicht getötet hatte, aber Cery hielt nichts von der Idee. Der legendäre Freischärler nahm nicht die Familien aufs Korn und tötete sie, um Diebe zu verletzen. Er tötete nur Diebe.

Ein schwaches Läuten drang an seine Ohren, in einem Muster, das er erkannte, daher stand er auf, ging zu einem Rohr, das aus der Wand ragte, und legte das Ohr daran. Die

Stimme, die darin widerhallte, war verzerrt, aber erkennbar. Cery bewegte sich durch den Raum, zog an Hebeln und drehte Knäufe, bis ein Teil der Wand aufglitt. Gol trat ein.

»Wie ist es gelaufen?«, fragte Cery, während er zu seinem Stuhl zurückkehrte. Gol nahm ihm gegenüber Platz und rieb sich die Hände.

»Das Gerücht macht bereits die Runde. Keine Ahnung, ob jemand von uns etwas ausgeplaudert hat oder ob das Messer geprahlt hat.« Cery nickte. Einige Auftragsmörder rühmten sich gern ihrer hochkarätigen Opfer, als demonstriere das ihre Gerissenheit. »Ich bezweifle, dass Anyi etwas sagen würde.«

»Sie würde es vielleicht tun, wenn sie es müsste. Hast du deine gewohnten Runden gemacht?«

Gol nickte.

»Und wie laufen die Geschäfte?«

Cery lehnte sich auf seinem Stuhl zurück und hörte zu, während sein Leibwächter und Freund berichtete, wo er gewesen war und mit wem er gesprochen hatte, seit er am frühen Morgen fortgegangen war. Es kostete ihn einige Anstrengung, den Worten des Mannes zu folgen, aber Cery zwang sich dazu. Zu seiner Erleichterung schienen die Geschäfte in seinem Bezirk weiterzugehen, wie sie das immer taten. Gol hatte keine Hinweise darauf gefunden, dass jemand jetzt schon Cerys Situation ausnutzte.

»Also«, sagte Gol. »Was wirst du jetzt tun?«

Cery zuckte die Achseln. »Gar nichts. Offensichtlich will irgendjemand, dass ich irgendwie reagiere. Ich werde ihm den Gefallen nicht tun. Ich werde meine Geschäfte wie gewöhnlich weiterführen.«

Gol runzelte die Stirn, öffnete den Mund und schloss ihn dann wieder, ohne etwas zu sagen. Cery brachte ein freudloses Lächeln zustande.

»Oh, denk nicht, die Ermordung meiner Familie hätte mich nicht wütend gemacht, Gol. Ich werde meine Rache bekommen. Aber wer immer in das Versteck eingebrochen ist, war klug und vorsichtig. Es wird seine Zeit dauern herauszufinden, wer es war und warum.«

»Sobald wir das Messer haben, werden wir in Erfahrung bringen, wer es bezahlt hat«, versicherte ihm Gol.

»Wir werden sehen. Ich habe so das Gefühl, dass mehr dazugehören wird.«

Gol nickte und runzelte die Stirn.

»Gibt es sonst noch etwas?«, fragte Cery.

Der große Mann biss sich auf die Unterlippe, dann seufzte er. »Nun... du weißt, dass Neg dachte, es müsse Magie benutzt worden sein, um in dein Versteck einzubrechen?«

»Ja.« Cery zog die Brauen zusammen.

»Dern stimmt ihm zu. Er meinte, es gebe keine Spuren eines Versuchs, die Tür zu öffnen. Er hat ein wenig Kitt in das Schloss gegeben, als er es fertigte, damit er genau das würde erkennen können.«

Dern war der Schlossmacher, der das Schließsystem von Cerys Versteck entworfen und angebracht hatte.

»Könnte es ein sehr geschickter Einbrecher gewesen sein? Oder sogar Dern selbst?«

Gol schüttelte den Kopf. »Er hat mir einen Hebel gezeigt, der sich nur drehen lässt, wenn das Schloss von innen geöffnet wurde – das heißt, aus dem Inneren des Schlosses heraus –, was nur mit Magie zu bewerkstelligen ist. Ich habe ihn gefragt, warum er sich diese Mühe gemacht hat, und er sagte, er habe es getan, um sich selbst zu schützen. Er verspricht niemals, dass seine Schlösser vor Magie sicher seien, daher muss er beweisen können, dass das der Grund ist, falls sie jemals aufgebrochen werden. Ich weiß nicht. Es scheint mir ein wenig übertrieben. Könnte sein, dass er es erfunden hat, um seine Spuren zu verbergen.«

Oder vielleicht auch nicht. Ein Kribbeln überlief Cery. Vielleicht hatte er sich geirrt. Vielleicht *war* es wichtig, in Erfahrung zu bringen, wie die Mörder an seine Familie herangekommen waren.

Er würde Dern selbst befragen und das Schloss untersuchen, um sicher zu sein. Aber wenn es sich als wahr erwies, dann hatte er immerhin einen Hinweis auf die Mörder seiner Familie. Einen Hinweis, der zwar beunruhigend war, aber immerhin ein Anfang.

»Ich werde wohl mit unserem Schlossmacher reden müssen.«

Gol nickte. »Ich werde sofort ein Gespräch arrangieren.«

Perler lächelte und nickte Lorkin zu, als er den Raum betrat. Lord Maron runzelte jedoch die Stirn.

»Vielen Dank, dass Ihr bereit wart, uns so kurzfristig ins Bild zu setzen«, sagte Lord Dannyl. Er deutete auf die Tische und Stühle, die einzigen Möbelstücke in dem kleinen Raum in der Universität, in dem Osen das Treffen arrangiert hatte, und sie alle nahmen Platz.

Marons Aufmerksamkeit verlagerte sich von Lorkin auf Dannyl, dann lächelte er. »Ihr müsst zuversichtlich sein, dass die Höheren Magier Lorkins Bitte, Euch nach Sachaka begleiten zu dürfen, gewähren werden«, sagte er. »Und dass Schwarzmagierin Soneas Protest scheitern wird.«

Dannyl lachte leise. »Nicht gänzlich zuversichtlich. Ich würde niemals den Einfluss seiner Mutter unterschätzen, und es könnte Faktoren geben, die die anderen Höheren Magier umstimmen könnten und von denen niemand von uns etwas weiß. Aber wenn wir die Entscheidung abwarten, bevor wir Lorkin über die Lage ins Bild setzen, dann wird er vielleicht schlecht informiert sein, wenn wir aufbrechen – und das wäre ein Fehler.«

»Ein Ersatzmann würde ebenfalls schlecht informiert

sein, sollten sie sich entscheiden, dass Lorkin Euch nicht begleiten darf.«

Dannyl nickte zustimmend. »Ich hätte einen möglichen Ersatzkandidaten mitgebracht, aber es hat keine anderen Freiwilligen gegeben.«

»Nun, falls es dazu kommt, werde ich einen anderen Gehilfen finden, ihn für Euch informieren und zu Euch schicken, wenn er so weit ist«, erbot sich Maron.

»Das wäre sehr freundlich«, erwiderte Dannyl mit einem dankbaren Nicken.

Lorkin behielt unterdessen einen neutralen Gesichtsausdruck bei. Es war ein wenig ärgerlich, dass sie über ihn sprachen, als wäre er nicht zugegen. Andererseits hätte man ihn ohne Weiteres von der Zusammenkunft ausschließen können, und er war Dannyl dankbar dafür, dass er ihn mitgenommen hatte.

»Also, wo soll ich anfangen?«, fragte Maron, während er eine Tasche öffnete und mehrere Bögen Papier herausholte. »Dies sind die Notizen, die ich gestern Abend zusammengestellt habe und die die Notizen meiner Vorgänger ergänzen. Ihr habt alle Berichte früherer Gildebotschafter in Sachaka erhalten?«

»Ja. Und ich habe sie alle gelesen. Es ist eine faszinierende Lektüre.«

Maron lachte trocken. »Sachaka unterscheidet sich sehr von Kyralia. Und von allen anderen Verbündeten Ländern. Die offensichtlichen Unterschiede haben ihren Ursprung in der allgemeinen Benutzung schwarzer Magie und in der Sklaverei, aber es gibt auch feinere Unterschiede. Zum Beispiel, wie sie ihre Frauen betrachten. Obwohl die Männer den Frauen ihrer Familie gegenüber einen stark ausgeprägten Beschützerinstinkt haben, betrachten sie doch alle anderen Frauen mit Argwohn und Furcht. Sie leben in dem seltsamen Glauben, dass Frauen sich abseits der Männer zusammenrotten und alle möglichen Arten von Unfug planen. Einige Sachakaner glauben sogar, es gebe eine geheime Organisation oder einen Kult, der Frauen von ihren Familien fortholt und mit Magie ihren Geist beeinflusst, um seine Opfer von seinen Ideen zu überzeugen.«

»Denkt Ihr, dass das der Wahrheit entspricht?«, erkundigte sich Lorkin.

Maron zuckte die Achseln. »Höchstwahrscheinlich ist es eine Übertreibung. Eine beunruhigende Geschichte, um Frauen daran zu hindern zusammenzukommen, zu tratschen und Ideen darüber auszutauschen, wie sie ihre Männer manipulieren können.« Er kicherte, dann seufzte er und wirkte plötzlich bekümmert. »Die wenigen Frauen, denen ich begegnet bin, waren unterwürfig und einsam. Ich habe die Gesellschaft gebildeter, selbstbewusster Frauen vermisst, obwohl ich den Verdacht habe, dass ich das überwinden werde, sobald ich mich mit meiner Schwester unterhalten habe.« Er machte eine knappe Handbewegung. »Aber ich schweife vom Thema ab. Wichtig zu wissen ist, dass Ihr Frauen nicht ansprechen dürft, es sei denn, Ihr werdet dazu aufgefordert.«

Während der ehemalige Botschafter weitersprach, begann Lorkin, sich in einem unbenutzten, in Leder gebundenen Notizbuch, das aus seinen Novizentagen übrig geblieben war, Anmerkungen zu machen. Maron ließ das Thema Frauen hinter sich und wandte sich den Themen Ehe, Familienleben und Erbschaften zu, bevor er auf die vielschichtigen Bündnisse und Konflikte zwischen den wichtigsten sachakanischen Familien zu sprechen kam. Zu guter Letzt brachte er die Rede auf die Protokolle, denen es in Bezug auf den König zu folgen galt.

»Es gab früher einen sachakanischen Kaiser«, bemerkte Dannyl. »Jetzt haben sie einen König. Ich konnte diese Veränderung lediglich auf die ersten Jahrhunderte nach dem sachakanischen Krieg einengen. Wisst Ihr, wann es zu der Veränderung kam und warum die Sachakaner nicht dazu zurückgekehrt sind, ihre Anführer ›Kaiser‹ zu nennen, nachdem sie begonnen haben, sich wieder selbst zu regieren?«

»Ich fürchte, es ist mir nie in den Sinn gekommen, jemanden danach zu fragen«, gestand Maron. »Ich hielt es für das Beste, nicht allzu offen auf die Tatsache anzuspielen, dass die Gilde einmal über Sachaka geherrscht hat. Denn deswegen gibt es großen Groll…« Er hielt inne und runzelte die Stirn. »Ich vermute allerdings, es hat mehr mit dem Ödland zu tun als mit den Veränderungen, die die Gilde in ihrer Gesellschaft bewirkt – oder zu bewirken versäumt – hat.«

»Wissen die Sachakaner, wie das Ödland geschaffen wurde?«, hakte Dannyl nach.

Maron schüttelte den Kopf. »Wenn sie es wissen, haben sie es mir gegenüber nie erwähnt. Ihr werdet diese Fragen selbst stellen müssen. Seid nur vorsichtig damit, wie und wann Ihr es tut. Nach allem, was ich gesehen habe, pflegen sie jede Art von Groll *sehr* lange.«

Dannyl sah Lorkin an. »Denkt Ihr, es wird für Lorkin gefährlich sein, nach Sachaka zu reisen?«

Lorkin hielt in seiner Mitschrift inne und blickte zu dem ehemaligen Botschafter auf. Sein Herz schlug ein wenig schneller. Seine Haut kribbelte.

Maron betrachtete Lorkin nachdenklich. »Im Prinzip droht ihm nicht mehr Gefahr als jedem anderen jungen Magier. Ich würde allerdings den Namen Eures Vaters nicht allzu oft erwähnen«, sagte er zu Lorkin. »Sie werden ihn als einen Verteidiger Kyralias respektieren, aber nicht für das, was vorher geschehen ist. Doch gleichzeitig räumen sie ein, dass Dakova, der Ichani, den Akkarin getötet hat, ein Ausgestoßener und ein Narr war, dass er einen Magier und Fremdländer versklavt hat und dass er sein Schicksal verdient habe. Ich denke nicht, dass irgendjemand außer Dakovas Bruder sich verpflichtet fühlen würde, Rache zu üben – und der ist bei der Invasion gefallen.«

Lorkin nickte, und Erleichterung löste die Anspannung in seinem Körper.

»Trotzdem«, beharrte Dannyl. »Sollte Lorkin von den Sachakanern oder ihren Sklaven erwarten, dass sie ihm Steine in den Weg legen werden?«

»Natürlich.« Maron lächelte und sah Perler an, der das Gesicht verzog. »Sie werden Euch bisweilen Steine in den Weg legen, ganz gleich wer Ihr seid. Abgesehen von den allgemeinen Problemen von Rang und Hierarchie sind die Sklaven ein wenig gewöhnungsbedürftig. Sie sind vielleicht nicht in der Lage, irgendetwas Bestimmtes für Euch zu tun, aber sie werden es nicht sagen, denn das wäre gleichbedeutend mit Befehlsverweigerung. Ihr müsst lernen zu deuten, was sie sagen und tun – es gibt Signale und Gesten, die Ihr irgendwann mitbekommen werdet –, und ich werde Euch erklären, wie Ihr einen Befehl am besten ausdrücken könnt.«

Es folgte ein komplizierter, aber überraschend logischer Kodex für das Verhalten im Umgang mit Sklaven, und Lorkin war ärgerlich, als sie einige Zeit später von einem Klopfen an der Tür unterbrochen wurden. Dannyl deutete auf die Tür, und sie schwang auf. Lorkin wurde prompt ein wenig flau, als er den Magier erkannte, der dahinter stand.

Oh-oh. Was hat Mutter jetzt wieder getan?

»Entschuldigt die Unterbrechung«, sagte Lord Rothen, dessen verrunzeltes Gesicht sich zu einem Lächeln verzog. »Könnte ich für einen Moment mit Lord Lorkin sprechen?«

»Natürlich, Lord Rothen«, sagte Dannyl mit einem breiten Lächeln. Er sah Lorkin an, dann deutete er mit dem Kopf auf den älteren Magier. »Geht nur.«

Lorkin unterdrückte ein Seufzen und erhob sich. »Ich werde so schnell wie möglich zurück sein«, sagte er zu den anderen, dann ging er zur Tür und trat an Rothen vorbei in den Flur dahinter. Als die Tür sich schloss, verschränkte Lorkin die Arme vor der Brust und wappnete sich für den Vortrag, der gewiss folgen würde.

Rothen wirkte wie immer sowohl streng als auch erheitert. »Bist du dir sicher, dass du nach Sachaka gehen willst, Lorkin?«, fragte er leise. »Du tust es nicht nur, um deine Mutter zu ärgern?«

»Ja«, antwortete Lorkin. »Und nein. Ich will nach Sachaka reisen, und ich versuche nicht, Mutter gegen mich aufzubringen.«

Der ältere Magier nickte, und seine Miene wirkte jetzt nachdenklich. »Du bist dir über die Risiken im Klaren?«

»Selbstverständlich.«

»Dann gibst du also zu, dass es Risiken gibt.«

Ha. Überlistet! Lorkin musste sich ein Lächeln verkneifen, als eine Woge der Zuneigung zu dem alten Mann in ihm aufstieg. Während all der Jahre von Lorkins Leben war Rothen da gewesen, er hatte sich um ihn gekümmert, wenn die Pflichten seiner Mutter sie fortriefen, und ihm geholfen, wenn er Verteidigung oder Unterstützung brauchte, er hatte ihn belehrt und gelegentlich bestraft, wenn er etwas Törichtes getan oder Gilderegeln gebrochen hatte.

Dies war etwas anderes, und Rothen musste es wissen. Lorkin brach keine Regeln. Er brauchte seinen alten Freund und Beschützer nur davon zu überzeugen, dass er nichts Törichtes tat.

»Natürlich gibt es Risiken – es gibt Risiken bei allem, was ein Magier tut«, wiederholte Lorkin etwas, das Rothen gern zu Novizen sagte.

Die Augen des alten Magiers wurden schmal. »Aber sind sie zu groß?«

»Das zu entscheiden wird bei den Höheren Magiern liegen«, antwortete Lorkin.

»Und du wirst ihre Entscheidung akzeptieren, ganz gleich wie sie ausfällt?«

»Natürlich.«

Rothen senkte den Blick, dann sah er Lorkin wieder in die Augen, und seine eigenen Augen waren voller Mitgefühl. »Ich verstehe, dass du etwas mit deinem Leben anfangen willst. Die Erwartungen an dich sind gewiss hoch. Du weißt, dass Sonea und ich für dich niemals etwas anderes wollten als ein sicheres, glückliches Leben?«

Lorkin nickte.

»Es wird andere Möglichkeiten geben, wie du etwas bewirken kannst«, erklärte Rothen. »Möglichkeiten, die genauso befriedigend sind und erheblich weniger riskant. Du brauchst nur Geduld zu haben und bereit zu sein, Möglichkeiten zu ergreifen, wenn sie sich bieten.«

»Und das werde ich tun. Ich habe die Absicht, Sachaka zu überleben und zu irgendwelchen anderen Möglichkeiten zurückzukehren, die sich mir bieten«, sagte Lorkin entschlossen. »Aber für den Augenblick ist es *dies*, was ich tun will.«

Rothen sah Lorkin lange schweigend an, dann zuckte er die Achseln und trat einen Schritt zurück. »Solange du dir sicher bist und du die vollen Konsequenzen bedacht hast... Oh, und bevor ich es vergesse, deine Mutter hat mich gebeten, dir auszurichten, dass sie sich freuen würde, wenn du dich heute Abend zum Essen zu ihr gesellen würdest.«

Lorkin verkniff sich ein Stöhnen. »Danke. Ich werde kommen.«

Als ob ich eine Wahl hätte, dachte er. Er hatte auf harte Weise gelernt, dass eine Ablehnung einer Einladung zum Abendessen etwas war, das seine Mutter nicht leicht verzieh. Es gab da ein einziges versäumtes Abendessen vor fünf Jahren – was nicht einmal zur Gänze seine Schuld gewesen war –, und sie schaffte es immer noch, ihm deswegen ein schlechtes Gewissen zu machen.

Rothen wandte sich zum Gehen. Lorkin drehte sich wieder zur Tür um, dann hielt er noch einmal inne und blickte über die Schulter.

»Werdet Ihr mit uns essen, Rothen?«

Der alte Mann lächelte. »Oh nein. Heute Abend wird sie dich ganz für sich allein haben.«

Diesmal schaffte Lorkin es nicht, ein Stöhnen zu unterdrücken. Als er Magie aussandte, um den Türknauf zu drehen, hörte er Rothen leise lachen, während er davonging.

Sonea betrachtete den Mann, der ihr gegenüber am Tisch saß, und fragte sich nicht zum ersten Mal an diesem Abend, warum er sich die Mühe gemacht hatte, sie aufzusuchen. Es war sowohl für Antragsteller als auch ihre Gegner normal zu versuchen, die Höheren Magier zu beeinflussen; es wurde sogar von ihnen erwartet. Aber gewiss musste offensichtlich sein, wie sie abstimmen würde, da sie selbst aus der unteren Klasse kam, der ihre ganze Sympathie gehörte. Warum die Zeit verschwenden, wenn er seine Bemühungen besser darauf richten sollte, andere Höhere Magier dazu zu überreden, sich auf seine Seite zu schlagen?

»Die Regel ist offenkundig am häufigsten im Fall von Novizen aus den unteren Klassen ungerecht angewandt worden«, räumte Regin ein. »Aber Tatsache ist, dass einige wirklich aus Familien kommen, die in kriminelle Machenschaften verstrickt sind.«

»Ich heile regelmäßig Menschen, die in kriminelle Machenschaften verstrickt sind«, erwiderte sie. »Und ich kenne Leute in der Stadt, die ihr Geld nicht auf legale Weise verdienen. Das macht mich nicht zur Verbrecherin. Ebenso wenig wird ein Magier zum Verbrecher, weil ein Verwandter zufällig einer ist. Gewiss ist es genug, dass ein

Magier – oder Novize – sich so benimmt, wie wir es von ihm wünschen.«

»Wenn wir nur darauf vertrauen könnten, dass sie es tun«, entgegnete Regin. »Aber ungeachtet ihrer Herkunft und ihres Vermögens trifft es auf alle Magier und Novizen zu, dass jene, die durch Familie oder Freunde unehrlichen Leuten und Geschäften ausgesetzt sind, eher der Versuchung einer kriminellen Verstrickung erliegen als jene, die diesen Einflüssen nicht ausgesetzt sind.« Er verzog das Gesicht. »Ich glaube, dass diese Regel ihnen hilft, insbesondere dann, wenn sie sich nicht selbst helfen können. Es kann eine Ausrede sein, um sich aus einer Situation zurückzuziehen, wenn man von anderen unter Druck gesetzt wird.«

»Oder es kann sie zur Rebellion treiben, wenn sie sehen, dass die Regel ungerecht angewandt wird. Oder wenn sie versehentlich gebrochen wird, könnte der Betreffende denken, dass es, wenn man erst eine Regel gebrochen hat, nicht mehr so sehr ins Gewicht fallen wird, wenn er noch eine bricht. Und dann sind da jene, die gerade das Verbotene am aufregendsten finden.«

»Weshalb wir die abschreckende Wirkung der Regel brauchen.«

»Ist sie abschreckend oder, verdrehterweise, ermutigend?« Sie seufzte. »Die Schwäche dieser Regel liegt darin, dass sie nicht durchgängig angewandt wird – und ich glaube nicht, dass sich dieses Problem lösen lässt.«

»Ich stimme zu, dass es eine Schwäche ist, aber nicht, dass das Problem sich nicht lösen lässt.« Regin lehnte sich auf seinem Stuhl zurück und schloss die Augen. »Die Sache ist die, die Dinge haben sich verändert. Das Verbrechen ist in die höheren Klassen eingesickert wie Feuchtigkeit in Wände. Sie sind es, für die wir die Regel brauchen, nicht die unteren Klassen.«

Sonea zog die Augenbrauen hoch. »Gewiss glaubt Ihr nicht, dass die höheren Klassen in der Vergangenheit nicht gespielt und gehurt haben? Ich kann Euch einige Geschichten erzählen...«

»Nein.« Regin öffnete die Augen wieder und sah sie an. »Ich rede nicht von den üblichen Missetaten. Was ich meine, ist größer. Bösartiger. Und erheblich besser organisiert.«

Sonea öffnete den Mund, um ihn um eine nähere Erklärung zu bitten, wurde jedoch von einem Klopfen an der Tür unterbrochen. Sie wandte sich ab und sandte ein wenig Magie aus, um die Tür zu entriegeln, und als sie einwärtsschwang, hob sich ihre Laune, denn Jonna trat ein, in den Händen ein großes, mit verschiedenen Speisen beladenes Tablett.

Soneas Tante und Dienerin blickte von ihr zu Regin und verneigte sich dann höflich. »Lord Regin.« Sie stellte das Tablett ab, schaute Sonea an und trat einen Schritt zurück.

»Geh nicht meinetwegen.« Regin erhob sich und drehte sich zu Sonea um. »Ich werde ein andermal wiederkommen.« Er neigte den Kopf. »Danke, dass Ihr mich angehört habt, Schwarzmagierin Sonea.«

»Gute Nacht, Lord Regin«, erwiderte sie.

Jonna trat beiseite, um ihn vorbeizulassen. Als die Tür sich hinter ihm schloss, kam die Frau herbei und stellte das Tablett auf den Tisch.

»Habe ich gestört?«, fragte sie.

»Ja. Gerade rechtzeitig. Danke.«

Während ihre Tante die abgedeckten Schalen auf den Tisch stellte, seufzte Sonea und blickte sich im Raum um.

Als man sie das erste Mal in die Räume im Magierquartier geführt hatte, hatte der Luxus sie beeindruckt, aber ihr war nichts Ungewöhnliches an der Größe dieser Räume aufgefallen. Sie hatte nicht gewusst, dass sie klein waren im Vergleich zu den Häusern, in denen die meisten Männer und Frauen der höheren Klasse lebten. Jede Zimmerflucht umfasste zwei bis vier Räume, je nach Größe der Familie des Magiers, und die Räume waren von bescheidenen Ausmaßen.

Abgesehen von gelegentlichen Klagen waren die meisten Magier bereit, in solch kleinen Quartieren zu leben, um innerhalb der Gilde wohnen zu können. Sie hatten sich an die Einschränkungen angepasst. So aßen sie zum Beispiel nicht an einem Esstisch; stattdessen wurden Mahlzeiten auf einem niedrigen Tisch serviert, den man vor die Stühle im Gästezimmer gestellt hatte. Die einzigen Ausnahmen waren die formellen Mahlzeiten der Gilde, und diese wurden an einem langen Esstisch im Bankettsaal innerhalb eines zweckmäßig gestalteten Gebäudes serviert.

Obwohl es noch eine andere Ausnahme gab – den kleinen Speiseraum in der Residenz des Hohen Lords.

Eine Erinnerung an diesen Raum flammte in ihr auf und an Speisen, die sie seit Jahren nicht mehr gekostet hatte. Nicht zum ersten Mal fragte sie sich, was aus Takan geworden war, Akkarins Diener, einem ehemaligen sachakanischen Sklaven, der solch wunderbare Gerichte gekocht hatte. Seit der Invasion hatte man nichts mehr von ihm gehört oder gesehen. Sie hatte immer gehofft, dass er überlebt hatte.

Jonna ließ sich mit einem schweren Seufzer der Erleichterung auf ihren Stuhl sinken. Sonea betrachtete die abkühlenden Gerichte auf dem Tisch. Es war keine exotische Mahlzeit, nur die gewohnte Kost aus der Küche der Gilde. Sie runzelte die Stirn. Es hätte Lorkin sein sollen, der Regin unterbrach.

»Er wird bald hier sein«, versicherte ihr Jonna, die die Quelle ihrer Sorge erraten hatte. »Er würde es nicht wagen, eine Mahlzeit mit seiner Mutter zu versäumen.«

Sonea stieß einen mürrischen Laut aus. »Er scheint durchaus bereit, mir zu trotzen und sich in Sachaka umbringen zu lassen. Warum sollte ihn ein bloßes versäumtes Abendessen kümmern?«

»Weil er in diesem Fall auch mir Rede und Antwort stehen müsste«, antwortete Jonna.

Sonea sah ihrer Tante in die Augen und lächelte. »Du kannst ruhig gehen. Ich werde dir ohnehin nur in den Ohren liegen.«

»Meine Ohren sind recht robust. Außerdem, wenn er nicht erscheint, dürfen wir all dieses Essen nicht verderben lassen.«

»Weißt du, ich werde ohnehin warten, bis es verdorben ist, daher hat es keinen Sinn, dass wir beide hungrig bleiben. Geh. Ranel hat gewiss auch Hunger.«

»Er arbeitet heute bis spät in den Abend hinein und wird drüben in den Dienstbotenquartieren essen.« Jonna erhob sich, betrachtete die Bücherregale und zog dann einen Lumpen aus ihrer Uniform, um eins davon abzuwischen.

Ich werde sie nicht umstimmen können, dachte Sonea. Nachdem sie in die Gilde umgezogen waren, um Sonea durch Schwangerschaft, Geburt und Mutterschaft zu helfen, hatten Jonna und Ranel sich eingelebt und Stellen als Dienstboten gefunden – Jonna als Soneas Dienerin und Ranel bei den Robenmachern. Ihre beiden Kinder waren hier aufgewachsen, hatten mit Lorkin gespielt und später gut bezahlte Stellen als Dienstboten in reichen Häusern in der Stadt gefunden. Jonna war sehr erfreut darüber. Es war das Beste, worauf ein Mitglied ihrer Klasse hoffen konnte. Nur indem man Magier wurde, konnten außerhalb der Häuser geborene Menschen in die Adelsklasse des Landes vordringen.

Ein Klopfen lenkte ihre Aufmerksamkeit auf die Tür. Sonea holte tief Luft, bevor sie ein wenig Magie zu dem Türriegel sandte. Der Riegel öffnete sich mit einem Klicken, und Lorkin trat mit zerknirschter Miene ein. Sie seufzte vor Erleichterung.

»Entschuldigt, dass ich mich verspätet habe«, sagte er. »Mutter. Jonna.« Er nickte beiden Frauen zu. »Die Besprechung ist erst vor wenigen Minuten zu Ende gegangen.«

»Nun, du kommst genau rechtzeitig«, erwiderte Jonna und ging zur Tür. »Wenn es noch länger gedauert hätte, hätte ich deine Mahlzeit für dich gegessen.«

»Warum bleibst du nicht und leistest uns Gesellschaft?«, fragte er mit einem hoffnungsvollen Lächeln.

Sie bedachte ihn mit einem abschätzenden Blick. »Damit wir beide dir sagen, was für ein Narr du bist?«

Er blinzelte, dann grinste er kläglich. »Gute Nacht, Jonna.«

Sie schnaubte erheitert, bevor sie zur Tür hinausschlüpfte und sie hinter sich zuzog.

Sonea schaute ihn an. Er sah ihr für einen kurzen Moment in die Augen und blickte sich dann im Raum um.

»Ist irgendetwas anders als sonst?«, fragte er.

»Nein.« Sie deutete auf den anderen Stuhl. »Setz dich. Iss. Es hat keinen Sinn, das Essen noch kälter werden zu lassen.«

Er nickte, und sie begannen ihre Teller zu füllen. Sonea bemerkte, dass er mit seiner gewohnten Begeisterung aß. Oder war er in Eile? Wollte er diese Mahlzeit hinter sich bringen? Um seiner herrischen Mutter zu entfliehen und nicht länger an Dinge erinnert zu werden, die er lieber ignorieren wollte – wie die Risiken einer Reise nach Sachaka?

Sie wartete, bis das Essen vorüber war und er erheblich entspannter wirkte, bevor sie das Thema anschnitt, von dem er wissen musste, dass es der Grund für seine Einladung hierher gewesen war.

»Also«, begann sie. »Warum Sachaka?«

Er blinzelte und wandte sich ihr zu. »Weil... weil das das Land ist, in das ich reisen will.«

»Aber warum willst du dorthin reisen? Von allen Orten ist es der gefährlichste – gerade für dich.«

»Lord Maron denkt das nicht. Ebenso wenig wie Lord Dannyl. Zumindest glauben sie nicht, dass es für mich gefährlicher sein wird als für jeden anderen.«

Sonea musterte ihn eingehend. »Das liegt nur daran, dass sie nichts glauben, bevor sie einen Beweis dafür sehen. Die einzige Möglichkeit, ihnen zu beweisen, dass eine Reise nach Sachaka für dich gefährlich ist, besteht darin, dich dort hinzubringen und zu beobachten, wie dir etwas Schlimmes zustößt.«

Er kniff die Augen zusammen. »Dann hast du auch keinen Beweis dafür.«

»Nicht diese Art von Beweis.« Sie zwang sich zu einem Lächeln. »Ich wäre kaum eine verantwortungsbewusste Mutter, wenn ich dich nach Sachaka brächte, nur um zu überprüfen, ob meine Einschätzung der Gefahr zutreffend ist.«

»Woher weißt du dann, ob es gefährlich ist?«

»Ich weiß es wegen der Dinge, die dein Vater mir erzählt hat. Wegen der Dinge, die Gildebotschafter und Händler seither bestätigt haben. Sie alle stimmen darin überein, dass Sachakaner durch ihren Ehrenkodex verpflichtet sind, Rache für den Tod eines Familienmitglieds zu nehmen – selbst wenn sie dieses Familienmitglied nicht mochten und selbst wenn dieses Familienmitglied ein Ausgestoßener war.«

»Aber die Gildebotschafter sind der Sache nachgegangen. Sie haben gesagt, dass die Familie von Kariko und Dakova keine Rache will. Die Brüder waren eine Belastung für sie, und sie haben ihren Tod offensichtlich als Erleichterung empfunden.«

»Sie haben auch gesagt, dass die Familie wegen der tollkühnen Invasion des Bruders einige Bewunderung gewonnen habe, trotz der Tatsache, dass sie Ausgestoßene waren und die Invasion gescheitert ist.« Sonea zuckte die Achseln. »Es ist einfacher, Dankbarkeit und Loyalität für jemanden zu empfinden, nachdem er tot ist. Du kannst die Tatsache nicht von der Hand weisen, dass die Botschafter nur mit einigen Familienmitgliedern gesprochen haben, nicht mit allen. Und dass, wenn das Oberhaupt der Familie eine Meinung äußert, andere, die eine abweichende Meinung vertreten, Stillschweigen bewahren würden.«

»Aber sie würden auch nicht gegen den Willen des Familienoberhaupts verstoßen«, bemerkte er.

»Nicht auf eine Art und Weise, die man zu ihnen zurückverfolgen könnte.«

Lorkin schüttelte frustriert den Kopf. »Niemand wird mir Gift ins Essen mischen oder mir im Schlaf die Kehle aufschlitzen. Selbst wenn ich keine Magie benutzen könnte, um das eine zu behandeln und mich gegen das andere zu beschirmen, wird niemand das Risiko eingehen, den Frieden zwischen unseren Ländern zu brechen.«

»Oder aber sie werden dich als den perfekten Vorwand dafür ansehen.« Sonea beugte sich vor. »Sie könnten Anstoß daran nehmen, dass die Gilde ihnen Akkarins Sohn geschickt hat. Deine kleine Vergnügungsreise könnte alles zerstören, wofür die Gilde seit der Invasion gearbeitet hat.«

Seine Augen weiteten sich, dann verhärteten sich seine Züge. »Es ist keine Vergnügungsreise. Ich... ich will Lord Dannyl helfen. Ich denke, was er zu tun versucht, ist... ist... es könnte uns helfen. Indem wir in die Vergangenheit schauen, könnten wir neues Wissen entdecken – neue Magie –, die uns helfen könnte, uns zu verteidigen. Vielleicht werden wir dann nicht länger schwarze Magie benutzen müssen.«

Einen Moment lang konnte Sonea nicht sprechen. Der Überraschung folgte schnell eine Woge des Schuldbewusstseins.

»Du ziehst doch nicht zu einer Mission aus, um mich zu retten, oder?«, fragte sie, und ihre Stimme klang schwächer als beabsichtigt.

»Nein!« Er schüttelte den Kopf. »Wenn wir solche Magie fänden, würde sie uns allen helfen. Sie könnte sogar den Sachakanern helfen. Wenn sie keine schwarze Magie bräuchten, wäre ihr Widerstand gegen eine Beendigung der Sklaverei vielleicht geringer.«

Sonea nickte. »Mir scheint, dass jeder sich auf die Suche nach dieser neuen Magie machen könnte. Lord Dannyl sucht bereits danach. Warum musst *du* gehen?«

Lorkin hielt inne. »Lord Dannyl interessiert sich nur dafür, die Lücken in der Geschichte zu füllen. Mich interessiert mehr, wie diese Geschichte – dieses Wissen – *jetzt* genutzt werden könnte. Und in der Zukunft.«

Ein kalter Schauer überlief sie. Eine Reise ins Ungewisse, um magisches Wissen zu gewinnen. Genau das, was Akkarin dazu getrieben hatte, die Welt zu erkunden und zu guter Letzt nach Sachaka zu reisen. Und seine Reise hatte ein sehr, sehr schlimmes Ende genommen.

»Ein solches Verlangen nach Wissen hat dazu geführt, dass dein Vater zum Sklaven wurde«, erklärte sie ihm, »und er konnte von Glück sagen, dass es nur dazu führte und nicht zu seinem Tod.«

Ein nachdenklicher Ausdruck glitt über Lorkins Züge, dann straffte er sich und schüttelte den Kopf. »Aber dies ist etwas anderes. Ich wandere nicht unwillkommen und schlecht informiert in ein feindseliges Land. Die Gilde weiß heute viel mehr über Sachaka. Die Sachakaner wissen mehr über uns.«

»Die Gilde weiß nur, was die Sachakaner uns zu wissen erlaubt haben. Es muss – es wird – eine Menge Dinge geben, die man vor unseren Botschaftern geheim gehalten hat. Sie können nicht mit absoluter Gewissheit sagen, dass du dort sicher sein wirst.«

Er nickte. »Ich werde nicht behaupten, dass es kein Risiko gäbe. Aber es liegt bei den Höheren Magiern zu entscheiden, ob das Risiko für mich größer wäre als für andere.«

Er hat Zweifel, ging es ihr durch den Kopf. *Er ist nicht blind gegen die Risiken.*

»Und ich bin davon überzeugt, dass du sie dazu bringen wirst, über jede mögliche Konsequenz genau nachzudenken«, fügte er hinzu und sah sie eindringlich an. »Wenn ich verspreche, dass ich nach Hause kommen werde, sobald Lord Dannyl oder ich auch nur das leiseste Anzeichen von Gefahr wahrnehmen, wirst du deinen Protest dann zurückziehen?«

Sie lächelte schief. »Natürlich nicht.«

Er runzelte die Stirn.

»Ich bin deine Mutter«, rief sie ihm ins Gedächtnis. »Es ist meine Aufgabe, dich daran zu hindern, dir Schaden zuzufügen.«

»Ich bin kein Kind mehr. Ich bin zwanzig Jahre alt.«

»Aber du bist immer noch mein Sohn.« Sie sah ihn an und hielt seinem Blick trotz des Ärgers in seinen Augen stand. »Ich weiß, dass du wütend auf mich sein wirst, wenn es mir gelingt, deine Reise zu verhindern. Das wäre mir lieber, als dich tot zu sehen. Es wäre mir lieber, du würdest dem Lonmar-Kult beitreten und ich würde dich nie wiedersehen. Dann wüsste ich zumindest, dass du lebst und glücklich bist.« Sie hielt inne. »Du sagst, du seist kein Kind mehr. Dann stell dir einmal folgende Fragen: Tust du dies, und sei es auch nur zum Teil, um deiner Mutter zu trotzen? Wie weit beruht dein Wunsch, diese Reise zu machen, auf dem Wunsch, dich als Erwachsener zu beweisen? Wenn du diese beiden Wünsche abziehst, würdest du dann immer noch so unbedingt nach Sachaka gehen wollen?«

Lorkin sagte nichts, aber sein Gesicht war angespannt vor Ärger. Plötzlich stand er auf.

»Du verstehst nicht. Endlich finde ich etwas, das sich zu

tun lohnt, und du ... du musst versuchen, es mir zu verderben. Warum kannst du mir nicht einfach Glück wünschen und dich darüber freuen, dass ich vielleicht mit meinem Leben etwas bewirke, statt herumzusitzen und mich zu betrinken oder Feuel zu nehmen?«

Mit rotem Gesicht stolzierte er zur Tür und verließ den Raum.

Sonea blieb wie gelähmt zurück, außerstande, etwas anderes zu tun, als die Tür anzustarren. Ihr Herz war hin- und hergerissen zwischen Liebe und Stolz, der Entschlossenheit, ihn zu beschützen, und der Angst, dass sie versagen könnte.

6 Die Anhörung

Vor der Gildehalle hatte sich eine beträchtliche Menge versammelt, wie Dannyl sah, als er die Große Halle betrat. Dankenswerterweise hatte Osen beschlossen, dass an der Anhörung zu der Frage, ob Lorkin nach Sachaka geschickt werden sollte, lediglich die Höheren Magier, Lorkin, er selbst und die früheren Gildebotschafter in Sachaka teilnehmen sollten. Während er die neugierigen Gesichter in der Menge betrachtete, fragte sich Dannyl, warum diese anderen Magier sich die Mühe gemacht hatten herzukommen, obwohl man sie nicht einlassen würde. Was hofften sie zu sehen? Wollten sie möglichst schnell herausfinden, welche Entscheidung getroffen wurde? Betraf der Ausgang sie in irgendeiner Weise?

Die Frage, ob Lorkin nach Sachaka reisen durfte oder nicht, konnte Hinweise darauf geben, ob auch andere Magier eine Chance hatten, das Land zu besuchen. *Nein, das kann es nicht sein. Es gibt immer nur wenige Freiwillige für Positionen dort.* Dannyl bemerkte ein vertrautes Gesicht in der Menge. *Regin. Was hat er dabei zu gewinnen, ob Lorkin geht oder bleibt?* Er runzelte die Stirn. *Vielleicht eine gewisse Befriedigung, wenn Soneas Protest überstimmt wird. Aber Regin hat seit ihrer Novizenzeit keine Anzeichen von Feindseligkeit oder Missbilligung ihr gegenüber an den Tag gelegt. Wenn er irgendeinen Groll hegt, hat er ihn gut verborgen.*

Die übrigen Magier wollten vielleicht einfach Soneas Reaktion sehen, falls es ihr nicht gelang zu verhindern, dass ihr Sohn nach Sachaka ging. Die Tatsache, dass die erste Schwarzmagierin der Gilde im Widerstreit mit dem Sohn des ehemaligen Hohen Lords lag, musste für eine Menge Tratsch gesorgt haben. Dannyl bedauerte beinahe, dass er sich abgewöhnt hatte, die geselligen Abende der Gilde im Abendsaal zu besuchen. Dann hätte er bereits gewusst, was die Menge heute angezogen hatte und was sie zu erleben hoffte und fürchtete.

Als Dannyl sich den Türen der Gildehalle näherte, trat ein anderer Magier aus einem Nebeneingang.

Schwarzmagier Kallen. Ich frage mich ... machen all die Neugierigen sich Sorgen, dass Sonea die Fassung verlieren und schwarze Magie benutzen wird, sollte es ihr nicht gelingen, Lorkin an einer Reise nach Sachaka zu hindern?

Wenn es so war, hätten sie sich lieber rar machen sollen. Eine zornige Schwarzmagierin konnte für jeden fatal sein, der sich in der Nähe befand. Aber sie vermuteten wahrscheinlich, dass Kallen sie aufhalten und dass die Konfrontation eher unterhaltsam als gefährlich sein würde.

Als Dannyl in die Gildehalle trat, sah er, dass die meisten der Höheren Magier ihre Plätze eingenommen hatten. Lorkin wartete bereits auf einer Seite des Raums. Er ging zu dem jungen Mann hinüber, der ihn mit einem wachsamen Lächeln begrüßte.

»Nervös?«

Lorkin lächelte schief. »Ein wenig.«

»Wie ist das Essen mit Eurer Mutter gestern Abend verlaufen?«

»Nicht gut.« Lorkins Lächeln verblasste, und er seufzte.

»Ich hasse es, mich mit ihr zu streiten. Aber ich hasse es auch, immer streiten zu müssen, um tun zu können, was ich tun will.«

»Immer?«, wiederholte Dannyl.

Lorkin verzog das Gesicht und wandte den Blick ab. »Nun, ich nehme an, nicht immer. Eigentlich überhaupt nicht oft. Nur jetzt, da es zählt. Da ich endlich etwas Wichtiges gefunden habe, an dem ich Anteil haben möchte.«

»Die Reise nach Sachaka ist Euch wirklich ein Anliegen?«, fragte Dannyl, ohne seine Überraschung zu verbergen.

»Natürlich.« Lorkin schaute in Dannyls fragende Augen. »Warum denkt Ihr, dass ich hingehen will? Doch gewiss nicht nur, um meiner Mutter zu trotzen?«

»Nein.« Dannyl zuckte die Achseln. »Ich dachte, Ihr würdet ein Abenteuer wollen. Von der langweiligen Gilde wegkommen, die Euch nur mit Einschränkungen belegt.« Er lächelte. »Ich hatte keine Ahnung, dass Ihr die Arbeit wirklich für so wichtig haltet.«

»Das tue ich«, versicherte Lorkin ihm. »Sowohl die Pflege guter Beziehungen mit Sachaka als auch die Erforschung der magischen Geschichte. Obwohl mich bei Letzterem mehr die Frage interessiert, was wir mit dem, was wir finden, machen können.«

Dannyl musterte Lorkin nachdenklich. Er hatte gehofft, dass der junge Magier schlechtestenfalls nützlich und bestenfalls ein guter Gefährte sein würde. Jetzt war er sehr zufrieden mit der Entdeckung, dass er vielleicht nicht nur bei seinen diplomatischen Pflichten, sondern auch bei seinen Forschungen einen Gehilfen haben würde, obwohl er sich ein wenig Sorgen machte, dass es ihm vielleicht nicht leichtfallen würde, Lorkin die minder wichtigen Pflichten zu überlassen, wenn er sich ein wenig Zeit wünschte, seinen eigenen Interessen nachzugehen.

Ein leises Raunen erfüllte die Halle, und Dannyl blickte sich um, um festzustellen, was es verursacht hatte. Sonea stand im Eingang, um – ausgerechnet – mit Lord Regin zu sprechen. Sie schien leicht verwirrt, nickte jedoch und wandte sich ab. Statt die Stufen an der Vorderseite der Halle zu ihrem gewohnten Platz hinaufzugehen, blieb sie Dannyl und Lorkin gegenüber stehen, während Regin fortging.

Sie wirkte gelassen, ja sogar ein wenig erheitert. Die übrigen Höheren Magier waren inzwischen eingetroffen. *Zweifellos hat sie ihre Ankunft so berechnet, dass sie eine der Letzten sein würde, um ihrem Sohn die Peinlichkeit ihrer Anwesenheit als Gegnerin zu ersparen.* Osen begann seinen langsamen Marsch entlang der Stirnseite der Halle, der darauf hinwies, dass er bereit war zu beginnen, und schon bald verstummten die Magier.

»Wenn es keinen Grund gibt, der dagegen spricht, erkläre ich die Anhörung jetzt für eröffnet«, sagte Osen. Er hielt inne, dann nickte er, als keine Stimme laut wurde, um ihm Einhalt zu gebieten. »Als Erstes werde ich unsere Gründe für die heutige Zusammenkunft umreißen«, fuhr er fort. »Lord Lorkin hat sich erboten, die Position des Assistenten des Gildebotschafters in Sachaka zu übernehmen. Als Botschafter wurde kürzlich Lord Dannyl ernannt. Schwarzmagierin Sonea hat Protest dagegen eingelegt, dass wir Lord Lorkin in dieser Rolle akzeptieren.« Er wandte sich an Sonea. »Aus welchem Grund protestiert Ihr?«

»Weil für Lorkin als meinem und dem Sohn des ehemaligen Hohen Lords Akkarin die Gefahr bestehen wird, dass die Familie von Kariko und Dakova – Ersteren habe ich selbst während der Ichani-Invasion getötet, und Letzteren hat Akkarin viele Jahre zuvor umgebracht – Rache für deren Tod suchen wird. Das Gleiche könnte für die Familien der anderen Ichani gelten, die während der Invasion umkamen. Selbst wenn ihre Familien nicht nach Rache trachten, könnte es als eine Beleidigung angesehen werden, ihn nach Sachaka zu schicken. In jedem Fall könnte seine Anwesenheit die Bemühungen um Frieden zwischen unseren beiden Ländern behindern.«

Osen wandte sich an Lorkin und Dannyl. »Und was sagt Ihr, Lord Lorkin, zur Antwort darauf?«

»Ich überlasse die Beurteilung, ob das Risiko so groß ist wie Mutt… Schwarzmagierin Sonea glaubt, den Höheren Magiern und werde jede Entscheidung akzeptieren, die sie fällen«, erwiderte Lorkin.

Ein schwaches Lächeln der Anerkennung glitt über Osens Züge. Dann wandte er den Blick Lord Dannyl zu.

»Und was sagt Ihr, Botschafter Dannyl?«

Dannyl zuckte die Achseln. »Ich vertraue auf die Beobachtungen und die Einschätzungen der ehemaligen Gildebotschafter in Sachaka. Sie haben mir erklärt, dass Lord Lorkins Anwesenheit in Sachaka ihrer Meinung nach kein Hindernis für meine Arbeit und keine Gefahr für sein Leben und Wohlergehen darstellen wird. Seine Unterstützung wäre mir sehr willkommen.«

»Dann rufe ich Lord Stanin und Lord Maron auf, ihre Ansichten zu der Angelegenheit zu äußern.«

Als der Administrator sich abwandte, konnte Dannyl Soneas Blick auf sich spüren. *Sie ist nicht glücklich darüber, dass ich Lorkin ermutige, aber ich kenne sie zu gut, um mich von ihren Blicken einschüchtern zu lassen.* Er sah auf und schaute ihr in die Augen. Ein verräterischer Schauder überlief ihn. Es war nicht so, dass ihr Gesichtsausdruck auch nur eine Spur von Anklage übermittelt hätte. Er verriet gar nichts, doch er war von einer solchen Intensität, dass Dannyl das Gefühl hatte, sie streife seine Haut beiseite und lese die Gedanken darunter. Er schaute weg. *Na schön. Vielleicht schüchtern ihre Blicke mich doch ein klein wenig ein.*

Noch bevor sie Novizin geworden war – lange bevor sie eine schwarze Magierin wurde –, hatte sie ihn bereits ein wenig nervös gemacht. Das war nur vernünftig, wenn man bedachte, dass sie als bloßes Straßenkind aus den Hüttenvierteln es fertiggebracht hatte, ihm einen Dolch ins Bein zu rammen. Wenn sie damals zu dieser Tat fähig gewesen war, bevor man sie dazu ausgebildet hatte, ihre Kräfte zu benutzen, war es keine Überraschung, dass sie ihn jetzt einschüchterte.

Er wollte nicht darüber nachdenken, was sie möglicherweise mit ihm machen würde, wenn Lorkin in Sachaka tatsächlich etwas zustieß, daher richtete er seine Aufmerksamkeit auf die ehemaligen Botschafter, die gerade sprachen. Die Höheren Magier stellten ihnen Fragen, und die Antworten waren eindeutig: Obwohl sie einräumten, dass kein Kyralier in Sachaka jemals ganz sicher sei, dachte keiner der Männer, dass Lorkin größere Gefahr drohen würde als jedem anderen Magier. Falls Lorkin sich überhaupt deswegen den Kopf zerbrach, sollte er es vermeiden, von seiner Herkunft zu sprechen. Aber da er in einer untergeordneten Rolle erscheinen würde, die man normalerweise einem Sklaven überließ, war es unwahrscheinlich, dass die Sachaka ihm überhaupt große Aufmerksamkeit schenken würden.

Jetzt wurde ein Händler aufgerufen, der Soneas vorsichtige Position teilte. Er erzählte von Fällen von Blutrache zwischen sachakanischen Familien, die jahrzehntelang gedauert hatten, wie er bei seinen alljährlichen Besuchen festgestellt hatte. Auch ihn befragten die Höheren Magier eingehend.

Schließlich bat Osen alle bis auf die Höheren Magier mit Ausnahme Soneas, die Halle zu verlassen, damit sie debattieren und zu einer Entscheidung kommen konnten. Dannyl hörte Lorkin erleichtert aufseufzen, als Sonea sich hastig umdrehte und mit plötzlich geistesabwesender Miene den Raum verließ. Als Dannyl in die überfüllte Große Halle hinaustrat, hielt er nach ihr Ausschau, aber sie war verschwunden.

Die Stimmen der Magier draußen vor der Gildehalle verklangen schnell, während Sonea in die Flure der Universität eilte, und wurden ersetzt durch höhere Stimmen, als sie sich dem Hauptflur zu den Klassenräumen näherte. Die Morgenkurse waren gerade zu Ende, und die Novizen waren unterwegs zur Speisehalle, wo sie ihre Mittagsmahlzeit einnahmen.

Als sie in den Flur hinaustrat, bereit, sich einen Weg durch die Novizen zu bahnen, verstummten die Stimmen abrupt. Sie schaute sich um und stellte fest, dass alle sie ansahen. Die Novizen in der Mitte des Flurs zogen sich hastig zurück, dann fiel ihnen allen gleichzeitig plötzlich wieder ihr gutes Benehmen ein, und sie verbeugten sich.

Sonea verkniff sich ein Lächeln und hoffte, dass man ihr den Anflug von Verlegenheit nicht ansah. *Ich weiß genau, was sie denken und fühlen.* In ihren Gedanken blitzte eine Erinnerung auf: Ein hochgewachsener, stirnrunzelnder Mann in schwarzen Roben schritt den Universitätsflur entlang, was unter ihren Mitschülern die gleiche furchtsame Erstarrung ausgelöst hatte. *Wenn ich zurückblicke, erstaunt mich unsere Angst vor Akkarin, als hätten wir irgendwie gewusst, dass er mächtiger war, als er sein sollte.* Bei der Erinnerung schnürte sich ihr die Brust zu, dennoch hielt sie daran fest. Sie kostete sie für einen Moment aus, dann ließ sie sie verblassen.

Ihr Schritte führten sie weiter bis zum vorletzten Klassenzimmer, das leer war bis auf einen rot gewandeten Magier, der ihr einst den Weg durch diese Flure zur Qual gemacht hatte.

»Lord Regin«, sagte sie. »Ich weiß nicht, wie viel Zeit mir bleibt. Was wolltet Ihr mir so dringend mitteilen?«

Er blickte zu ihr auf und nickte höflich. »Danke für Euer Kommen, Schwarzmagierin Sonea«, sagte er. »Ich werde sofort zur Sache kommen. Jemand, dessen Wort ich vertraue, hat mir berichtet, dass Pendels Anhänger eine Art Überfall oder einen Hinterhalt planen, mit dem sie die kriminellen Verbindungen reicher Novizen aufdecken wollen.«

Sonea seufzte. »Narren. Das wird ihrer Sache nicht dienlich sein. Ich hätte Pendel für klüger gehalten.«

»Ich bin mir nicht sicher, ob Pendel davon weiß. Das Problem ist, wenn er es nicht weiß, wird er vielleicht nicht geneigt sein, mir zu glauben, wenn ich es ihm erzähle, und wenn er es weiß, könnte ich unbeabsichtigt meinen Informanten preisgeben.«

»Ihr wollt, dass ich mit ihm rede?«, fragte Sonea.

»Ja. Aber ...« Regin runzelte die Stirn. »Mein Informant war sich in Bezug auf den Zeitpunkt nicht sicher. Ich fürchte, es könnte sehr bald passieren. Vielleicht schon heute. Es sei davon gesprochen worden, dass man sich den Umstand zunutze machen wolle, dass die Gilde abgelenkt sei. Die Magier, von denen ich vermute, dass sie damit zu tun haben, habe ich heute noch nicht gesehen.«

Sie blickte ihn an. »Ich muss zu der Anhörung zurückkehren, Lord Regin.«

»Natürlich. Aber ...« Er verzog das Gesicht. »Wenn Ihr so bald wie möglich mit ihm sprechen könntet ... Ich denke, er würde auf Euch hören.«

»Das werde ich tun«, erwiderte sie. »Aber jetzt sollte ich besser in die Halle zurückkehren. Ich darf Administrator Osen nicht warten lassen.«

Seine Mundwinkel zuckten nach oben, aber sein Blick blieb beunruhigt. Sonea wandte sich ab und eilte aus dem Klassenzimmer zurück in den Flur, wo die verbliebenen

Novizen erstarrten und sich nicht rechtzeitig erholten, um sich zu verbeugen, bis sie schon ein gutes Stück des Weges zurückgelegt hatte. Sobald sie außer Sicht war, begann sie zu laufen und verlangsamte ihre Schritte nur, wenn sie von einem Flur in den nächsten einbog, damit sie nicht mit jemandem zusammenstieß. Schließlich hatte sie es in die Große Halle zurückgeschafft. Zu ihrer Erleichterung standen Dannyl und Lorkin draußen vor der Gildehalle und warteten noch immer darauf, hineingerufen zu werden.

Eine von Verlegenheit erfüllte Wartezeit folgte. Sie wollte weder das Unbehagen ihres Sohnes noch vergrößern, indem sie sich zu ihm und Dannyl gesellte, noch war es geziemend für sie, mit den ehemaligen Botschaftern und dem Händler zu sprechen, die miteinander plauderten. Niemand aus der Menge schien geneigt zu sein, an sie heranzutreten, und sie entdeckte niemanden, den sie kannte und der im Moment nichts gegen ihre Gesellschaft einzuwenden gehabt hätte. Pendel war nirgends zu sehen. Also musste sie allein dastehen und warten.

Nach etlichen langen Minuten wurden die Türen der Gildehalle endlich geöffnet. Erleichtert beobachtete Sonea, wie Osen Dannyl und Lorkin bedeutete einzutreten. Er blickte auf und nickte ihr zu. Ausnahmsweise einmal war seine Miene nicht kalt und abweisend. Er wirkte beinahe mitfühlend.

Oh-oh. Bedeutet das, dass sie meinen Protest überstimmt haben?

Ihr Magen krampfte sich zusammen. Dann begann ihr Herz schneller zu schlagen. Sie hielt ihre Miene so neutral wie möglich, während sie an der Menge vorbei in die Halle ging. Dort angekommen, konnte sie nicht umhin, die Gesichter der Höheren Magier zu betrachten. Vinaras faltiges Antlitz schien Schuldgefühle auszudrücken. Peakin runzelte mit einem Ausdruck die Stirn, den man als Unsicherheit deuten konnte, aber Garrel wirkte selbstgefällig. Ihr Magen krampfte sich noch weiter zusammen.

Als sie höher hinaufschaute, begegnete sie Balkans Blick. Seine Miene verriet nichts. Aber Kallen... Kallen wirkte verärgert. Hoffnung stieg in ihr auf.

Dann sah sie Rothen an, und ihr Herz hörte auf zu schlagen. Er wusste, dass sie ihn heutzutage nur allzu gut durchschauen konnte, daher versuchte er nicht einmal, etwas zu verbergen. In seinen Augen stand eine ehrliche Entschuldigung, und er schüttelte den Kopf.

»Schwarzmagierin Sonea, die Höheren Magier haben Euren Protest sorgfältig erwogen. Sie sind zu der Feststellung gekommen, dass es keine handfesten Beweise dafür gibt, dass Lord Lorkin ernsthafte Gefahr droht, wenn er nach Sachaka reist, solange er unter dem Schutz von Lord Dannyl und dem Gildehaus verbleibt und nicht unnötig mit seiner Herkunft prahlt. Akzeptiert Ihr diese Entscheidung?«

Sie sah Osen an, holte tief Luft, zwang ihr Gesicht, keine Spuren des Aufruhrs zu zeigen, der in ihr tobte, und nickte.

»Das tue ich.«

»Dann erkläre ich diese Anhörung für beendet.«

Ungläubigkeit und dann Jubel erfüllten Lorkin, nachdem Lord Osen die Entscheidung der Höheren Magier verkündet hatte, und er verspürte den jähen Drang, in Freudengeheul auszubrechen. Aber das wäre in der würdevollen Umgebung der Gildehalle unpassend gewesen und seiner Mutter gegenüber nicht freundlich.

Wie immer ließ sie sich wenig von ihren Gedanken oder Gefühlen anmerken. Wie sie das fertigbrachte, konnte er nicht sagen. Lange Übung? Er hoffte, dass er diese Fähigkeit eines Tages erben würde. Trotzdem sah er kleine Hinweise, die anderen entgingen. Die leicht gebeugten Schultern. Das Zögern, bevor sie Osens letzte Frage beantwortet hatte. Und als sie auf ihn zukam, sah er, wie geweitet ihre Pupillen waren. Aber weit vor Ärger oder vor Angst?

»Macht Euch keine Sorgen wegen Lorkin«, sagte Dannyl leise zu ihr. »Ich werde dafür sorgen, dass ihm nichts zustößt. Das verspreche ich Euch.«

Sie sah ihn an, und ihre Augen wurden schmal. »Ich werde Euch beim Wort nehmen.«

Dannyl zuckte tatsächlich zusammen. »Ich weiß.«

»Und *du*«, sagte sie und sah jäh zu Lorkin hinüber. »Du solltest besser vorsichtig sein. Wenn irgendein Sachakaner dich im Schlaf ermordet, werde ich dir erscheinen und dich dazu zwingen zuzugeben, dass du dich geirrt hast.« Das winzige Zucken eines Lächelns hob ihre Mundwinkel an.

»Ich werde es nicht vergessen«, erwiderte er. »Mich nicht ermorden lassen.«

Das Lächeln verblasste, und sie musterte ihn einen Moment lang schweigend. Dann drehte sie sich abrupt zu Dannyl um.

»Wann werdet Ihr aufbrechen?«, fragte sie.

»So bald wie möglich, fürchte ich«, antwortete er entschuldigend. »Der Gilde wäre es lieber gewesen, es hätte jemand nach Sachaka gehen und sich dort von Lord Maron in seine Pflichten einweisen lassen können, bevor er sein Amt antritt, aber Maron musste ja in aller Eile nach Kyralia zurückkehren. Die Sache ist anscheinend die: Wenn wir das Gildehaus zu lange ohne einen Botschafter lassen, werden sie eine andere Verwendung dafür finden, und wir werden auf dem Land leben müssen.«

Sie zog die Augenbrauen hoch. »Wie lang ist zu lange?«

»Das wissen wir nicht. Sie haben es uns nicht gesagt.«

Sonea schnaubte leise. »Also halten sie Euch an der kurzen Leine. Ich bin froh, dass Ihr hingeht, nicht ich. Nicht dass ich es könnte, selbst wenn ich es wollte.« Sie drehte sich zu den Höheren Magiern um, von denen fast alle von ihren Plätzen heruntergekommen waren und die nun den Raum verließen. Osen schaute zu ihnen hinüber.

»Wir sollten besser gehen«, sagte Dannyl.

»Ja«, pflichtete Sonea ihm bei. Sie runzelte die Stirn, und ein abwesender Ausdruck trat in ihre Züge. »Ich muss mich um eine ziemlich dringende Angelegenheit kümmern.« Sie sah sie beide an und brachte ein dünnes Lächeln zustande. »Reist nicht ab, ohne Lebewohl zu sagen, ja?«

Ohne auf eine Antwort zu warten, stolzierte sie in Richtung Tür davon. Dannyl und Lorkin folgten ihr, wenn auch in langsamerem Tempo. Lorkin beobachtete, wie seine Mutter durch die Tür der Gildehalle verschwand.

»Ich habe nicht die Absicht, in Sachaka zu sterben«, erklärte Lorkin. »Tatsächlich werde ich mich so bedeckt wie möglich halten. Schließlich wird sie mich hierher zurückholen, sollte auch nur die leiseste Andeutung einer Torheit den Weg hierher finden.«

»Tatsächlich kann sie genau das nicht tun«, erwiderte Dannyl.

Lorkin sah den hochgewachsenen Magier stirnrunzelnd an.

»Vergesst nicht, sie ist eine Schwarzmagierin. Es ist ihr verboten, die Stadt zu verlassen. Wenn sie gegen diese Bedingung verstößt, wird man sie aus den Verbündeten Ländern verbannen.«

Ein kleiner, aber scharfer Stich der Angst durchzuckte Lorkin. *Also kann sie nicht zu meiner Rettung kommen, wenn ich in Schwierigkeiten gerate. Nun, dann sollte ich besser dafür sorgen, dass es keine Schwierigkeiten gibt. Oder ich sollte vielmehr darauf vorbereitet sein, mich auch wieder aus möglichen Schwierigkeiten zu befreien.* Er setzte ein strahlendes Lächeln auf und wandte sich an Dannyl.

»Aber ich brauche keine Mutter. Falls etwas geschieht, weiß ich, dass Ihr mich retten werdet.«

Dannyl zog die Augenbrauen hoch. »Schön zu wissen, dass Ihr solches Zutrauen in mich habt.«

»Oh, nichts dergleichen«, erwiderte Lorkin grinsend. »Ich weiß nur, dass Ihr vor meiner Mutter größere Angst habt als vor den Sachakanern.«

Der ältere Magier schüttelte seufzend den Kopf. »Was habe ich mir bloß dabei gedacht? Warum musste ich mir von allen Gehilfen, die infrage gekommen wären, ausgerechnet den mit der beängstigendsten Mutter aussuchen und den, dessen Herkunft die größten Schwierigkeiten mit sich bringen würde? Mein Schicksal ist besiegelt.«

7 Eine Reise beginnt

Als die Kutsche vor der Universität vorfuhr, kamen Sonea und Lorkin, gefolgt von Rothen, aus dem Gebäude. Eine Gruppe männlicher junger Magier, die im Schutz des Gebäudes herumgelungert hatten, winkten und riefen, und Lorkin wandte sich um, um zurückzuwinken. Auf eine weitere Geste hin eilte ein Diener mit einer einzigen kleinen Truhe herbei.

Ah, gut. Der junge Mann reist mit leichtem Gepäck, dachte Dannyl.

Frühherbstlicher Regen klatschte gegen einen unsichtbaren Schild über ihren Köpfen. Als Mutter und Sohn die Kutsche erreichten, hörte Dannyl, wie das Trommeln des Regens auf dem Dach abbrach, und er vermutete, dass derjenige Magier, der den Schild aufrechterhielt, ihn auf das Gefährt ausgedehnt hatte. Er öffnete die Tür und stieg hinunter, um sie zu begrüßen.

»Botschafter Dannyl«, sagte Sonea mit einem höflichen Lächeln. »Ich hoffe, Eure Truhen sind wasserdicht. Dieser Regen sieht nicht so aus, als würde er demnächst nachlassen.«

Dannyl blickte zu den beiden Kisten, die auf der Rückseite

der Kutsche befestigt waren; der Diener und ihr Fahrer banden soeben Lorkins Truhe obenauf. »Sie sind neu und unerprobt, aber der Kistenmacher hatte gute Empfehlungen.« Er drehte sich wieder um, um sie anzusehen. »Ich habe keine Originale dort drin. Nur Kopien. Eingewickelt in Ölhaut.«

Sie nickte. »Sehr klug.« Dann wandte sie sich an Lorkin, der ein wenig blass aussah. »Wenn du irgendetwas brauchst, weißt du, was zu tun ist.«

Er schenkte ihr zur Antwort ein schnelles Lächeln. »Ich bin davon überzeugt, dass ich alles werde kaufen können, was ich vergessen habe. Die Sachakaner mögen einige barbarische Sitten haben, aber es hört sich so an, als mangele es ihnen weder an Luxus noch an praktischen Dingen.«

Einen langen, verlegenen Moment sahen sie einander schweigend an.

»Nun, dann ab mit dir.« Sie deutete auf die Kutsche, als scheuche sie ein Kind, was den Eindruck von einem jungen Mann, der sich unabhängig in die Welt hinauswagte, gründlich verdarb. Dannyl vermutete, dass sie ihren Sohn lieber in die Arme geschlossen hätte, wusste aber, dass es ihm vor seinen Freunden peinlich gewesen wäre. Dannyl tauschte einen wissenden Blick mit Rothen. Sie beobachteten, wie Lorkin in die Kutsche stieg, einen Lederbeutel an die Brust gedrückt.

»Ich werde Euch auf Euer Versprechen festnageln, Dannyl«, sagte Sonea leise.

Der Drang zum Lächeln verschwand. Er wandte sich um, bereit, ihr noch einmal Mut zuzusprechen, aber in ihren Augen stand ein Funke der Erheiterung. Er drückte den Rücken durch. »Und ich beabsichtige, mein Versprechen zu halten«, erwiderte er. »Obwohl – wenn er nach seiner Mutter schlägt, kann man mich nicht zur Gänze dafür verantwortlich machen, falls er es sich in den Kopf setzen sollte, uns allen zu trotzen.«

Von Rothen hörte er ein leises Schnauben der Erheiterung. Sonea zog die Augenbrauen hoch, und er erwartete, dass sie Protest erheben würde, aber stattdessen zuckte sie nur die Achseln. »Nun, beklagt Euch nicht bei mir, wenn er Schwierigkeiten macht. Ihr hättet ihn nicht als Euren Gehilfen auszuwählen brauchen.«

Dannyl heuchelte Besorgnis. »Ist er wirklich so schlimm? Ich kann meine Meinung immer noch ändern und ihn zu Hause lassen, nicht wahr?«

Sonea musterte ihn eingehend. »Führt mich nicht in Versuchung, Dannyl.« Dann holte sie tief Luft und seufzte. »Nein, so schlimm ist er nicht. Und ich wünsche Euch Glück, Dannyl. Ich hoffe, Ihr findet, wonach Ihr sucht.«

»Noch einmal Lebewohl, alter Freund«, sagte Rothen. Wie damals, als er Dannyl an ebendiesem Ort zu dessen Reise nach Elyne und zu seinem ersten Posten als Botschafter verabschiedet hatte.

Wo ich Tayend kennengelernt habe ...

»Gehab dich wohl, noch älterer Freund«, entgegnete Dannyl. Rothen lachte, und die Runzeln auf seinem Gesicht vertieften sich. *Er sieht heutzutage so alt aus*, dachte Dannyl. *Aber andererseits tue ich das wohl auch.* Ein Stich des Bedauerns durchzuckte ihn, weil er seinen alten Mentor und Freund während der letzten Jahre nicht öfter besucht hatte. *Ich werde es wiedergutmachen müssen, wenn ich zurück bin.*

»Dann fort mit dir.« Rothen machte die gleiche Handbewegung wie zuvor Sonea, als scheuche er ihn weg. Dannyl lachte leise und gehorchte und stieg in die Kutsche, um neben Lorkin Platz zu nehmen. Er wandte sich dem jungen Mann zu.

»Bereit?«

Lorkin sah ein wenig krank aus, aber er nickte, ohne zu zögern.

»Kutscher! Es kann losgehen!«, rief Dannyl.

Eine Stimme erscholl, und der Wagen setzte sich ruckend in Bewegung. Dannyl blickte aus dem Fenster und sah, dass Sonea und Rothen die Kutsche beobachteten. Beide runzelten die Stirn, doch als sie ihn bemerkten, lächelten sie und winkten, ebenso wie die jungen Männer, die sich unter dem Eingang der Universität zusammengefunden hatten. Er winkte zurück, dann fuhr die Kutsche durch die Tore, und sie waren nicht länger zu sehen.

Sie wird sich die ganze Zeit, während er fort ist, Sorgen machen. So ist das Leben für Eltern. Er unterdrückte einen Seufzer. *Warum diese Melancholie? Die Aussicht auf das bevorstehende Abenteuer sollte mich mit Erregung erfüllen.* Als er zu Lorkin hinüberschaute, sah er, dass der junge Mann aus dem anderen Fenster blickte. *Ich bin also nicht der Einzige. Ich schätze, jede Reise macht es notwendig, irgendeinen Ort zu verlassen, und das bringt häufig ein wenig Kummer mit sich. Nun, zumindest hatte Lorkin jemanden, der ihn verabschiedet hat.*

Er runzelte die Stirn, als er an die vergangenen Tage zurückdachte. Seit ihrem Streit hatte Tayend kein Wort mehr mit ihm gesprochen. Nicht einmal als Dannyl ihm eröffnet hatte, dass er am nächsten Tag aufbrechen werde. Nicht ein einziges Wort zum Abschied. Er war auch nicht zugegen gewesen, als Dannyl seine Truhen auf die Kutsche geladen hatte und davongefahren war.

Warum muss er sich so verhalten? Es ist ja nicht so, als wollte er nach wie vor Anteil an den Forschungen nehmen. Tayend hatte im Laufe der Jahre immer weniger Interesse an der Arbeit gezeigt. Er fand den Klatsch und Tratsch des Hofes aufregender.

Dannyl hatte dem schweigenden Gelehrten erklärt, dass er, wenn er Sachaka für sicher genug halte, eine Nachricht schicken würde, und wenn Tayend dann immer noch darauf brenne, sich ihm anzuschließen, könne er den elynischen

König um seine Zustimmung bitten. Aber der Gelehrte hatte Dannyl nur angefunkelt und den Tisch verlassen, ohne seine Mahlzeit beendet zu haben.

Ich habe ihn noch nie so wütend gesehen. Es ist unvernünftig. Meine Forschungen werden keine Fortschritte machen, wenn ich nicht nach Sachaka gehe. Nun, ich hoffe, sie werden Fortschritte machen. Es wäre auch möglich, dass ich dort nichts finde.

Aber das würde er niemals wissen, wenn er es nicht versuchte.

Die Kutsche fuhr durch die Innere Stadtmauer hinaus ins Nordviertel. Lorkin starrte immer noch aus dem Fenster. Er wirkte in sich gekehrt und nachdenklich, was die Ähnlichkeit mit seinem Vater betonte.

Akkarin hat immer über irgendetwas nachgegrübelt. Nun, es stellte sich heraus, dass er allen Grund dazu hatte. Wer hätte gedacht, dass der Mann, dem so viele Magier mit Ehrfurcht begegneten, einst ein Sklave gewesen war? Gewiss hatte niemand Verdacht geschöpft, dass ihr Hoher Lord schwarze Magie beherrsche und sich in die Stadt hinausgewagt hatte, um sachakanische Spione zu töten.

Waren auch jetzt sachakanische Spione in der Stadt? Er lächelte. Natürlich waren welche da. Nur nicht die Art, die Akkarin gejagt hatte – ehemalige Sklaven, die von ihren Ichani-Herren nach Kyralia geschickt worden waren. Nein, die heutigen Spione würden von der altmodischen Art sein, ausgesandt oder in Dienst genommen von den Herrschern anderer Länder, um ein Auge auf ihre Nachbarn zu halten. Und sie würden sich nicht mit den ärmeren Bezirken abgeben, sondern stattdessen nach nützlichen Positionen mit Zugang zu Hof und Handel Ausschau halten.

Dannyl blickte aus dem Fenster. Er sah zu, wie die adretten Steinhäuser des Nordviertels an ihnen vorbeizogen, dann passierte die Kutsche die Äußere Stadtmauer und erreichte den Stadtteil, in dem einst die Hüttenviertel gelegen hatten.

Es hat sich so sehr verändert, ging es Dannyl durch den Kopf. Wo früher klapprige Hütten das Bild beherrscht hatten, standen jetzt saubere Ziegelsteinhäuser. Er wusste, dass manche Gebiete der Hüttenviertel nach wie vor schmutzig und gefährlich waren, aber sobald die Säuberung aufgehört hatte, war schnell klar geworden, dass der alljährliche, erzwungene Exodus die Ausdehnung der Stadt ebenso blockiert hatte, wie er die Armen an ihrem Betreten gehindert hatte.

Und die Armen hatten nicht nur Zugang zur Stadt, sondern konnten jetzt auch der Gilde beitreten – wenn sie über ausreichend starke magische Fähigkeiten geboten. Der Wohlstand, der mit einem solchen Privileg einherging, hatte mehr als nur wenige Familien aus der Armut befreit. Obwohl der Zustrom von Novizen aus den Klassen der Armen und der Dienstboten der Gilde einige Probleme bereitet hatte. Wie dieses jüngste Durcheinander, bei dem Magier und Novizen der höheren Klassen in einem von Schmugglern betriebenen Feuel- und Spielhaus gefunden worden waren. Sie hatten danach behauptet, die »Prollis« hätten ihnen den Weg zu dem Haus beschrieben. Das Beunruhigendste daran war der Umstand, dass es in einer Gasse im Inneren Ring lag, einem Stadtteil, von dem man immer geglaubt hatte, er sei frei von solch üblen Einrichtungen. Und es war nicht allzu weit entfernt von Dannyls und Tayends Zuhause gewesen.

Aber das war jetzt die Sorge anderer. Während die Kutsche an den letzten Häusern vorbeifuhr und auf die Nordstraße einbog, nickte Dannyl vor sich hin. Seine und Lorkins Zukunft lag vor ihnen, in dem uralten Land Sachaka.

Die Gute Gesellschaft war eins der größten Bolhäuser im Süden der Stadt. Als Cery und Gol eintraten, schlugen ihnen die warmen Ausdünstungen der zahlreichen Gäste, das Tosen von Stimmen und der schwere, süße Geruch von Bol entgegen. Es waren mehr Männer als Frauen dort, aber beide Geschlechter standen vor am Boden befestigten Tischen. Stühle gab es keine. Stühle hielten nicht lange. Das Lokal war in der ganzen Stadt für seine Schlägereien berüchtigt.

Während Cery sich einen Weg durch die Menge bahnte, nahm er die Atmosphäre in sich auf und betrachtete die Kundschaft, ohne eine einzelne Person lange genug anzusehen, um Aufmerksamkeit zu erregen. Im hinteren Teil des riesigen Raums waren Türen. Diese führten in den Keller hinunter, wo eine ganz andere Art von Gesellschaft darauf wartete, dass man ihre Dienste mietete.

Auf einer Bank in der Nähe der Türen saß eine rundliche Frau mittleren Alters in farbenprächtiger, übertrieben eleganter Kleidung.

»Wie kommt es, dass Hausmütter immer gleich aussehen?«, murmelte Gol.

»Die Verschlagene Lalli ist groß und schlank«, bemerkte Cery. »Die Brave Sis ist klein und zierlich.«

»Aber ich nehme an, die Übrigen sind sich ziemlich ähnlich. Groß, vollbusig und –«

»Still. Sie kommt her.«

Die Frau hatte bemerkt, dass sie sie beobachteten, und sich auf die Füße gehievt. Jetzt kam sie auf sie zu. »Ihr sucht nach Tantchen? Sie ist dort drüben.« Sie zeigte mit dem Finger durch den Raum. »He, Tantchen!«, rief sie.

Beide Männer drehten sich um und sahen eine hochgewachsene, elegante Frau mit langem, rotem Haar, die sich auf dem Absatz umdrehte, um sie zu betrachten. Auf einen Wink der rundlichen Frau lächelte sie und kam herbei.

»Wir sind wohl hier, um ein wenig gute Gesellschaft zu finden, hm?«, fragte sie. Sie sah Gol an, der beobachtete, wie die andere Frau zu ihrem Platz zurückkehrte. »Die Leute nehmen immer an, es sei Martia, die das Lokal führt«, sagte sie. »Aber sie ist hier, um ein Auge auf ihren Sohn zu halten, der im Ausschank arbeitet. Möchtet Ihr nach unten gehen?«

»Ja. Ich bin hier, um eine alte Freundin zu sehen«, erklärte Cery.

Sie lächelte wissend. »Das sind wir doch alle. Und welche alte Freundin wäre das?«

»Terrina.«

Die Frau zog die Augenbrauen hoch. »Ach, die? Nun, kein Mann fragt nach ihr, der nicht bereits weiß, was er bekommt. Ich werde dich zu ihr bringen.«

Sie führte sie durch die Tür, eine kleine Treppenflucht hinunter und in einen Raum unter dem Bolhaus. Er war so groß wie der Raum darüber, aber voller Reihen mit kleinen Zellen. Papierne Wandschirme dienten als deren Türen, und die meisten waren geschlossen, um das Innere zu verbergen – und nach den Geräuschen zu urteilen, die von allen Seiten kamen, wurden die meisten zu dem Zweck benutzt, zu dem sie erbaut worden waren.

Tantchen führte sie zu einer Zelle in der Nähe der Mitte des Raums. Die Wandschirme waren offen. In der Zelle stand ein einzelner Sessel. Es war ein großzügig bemessener Sessel mit einer breiten, gepolsterten Sitzfläche und stabilen Armlehnen. Alle Räume waren in dieser Art möbliert. Die Frauen hier wollten nicht, dass ihre Kunden es so bequem hatten, dass sie einschliefen und sie daran hinderten, weitere Kunden zu bedienen. Cery nickte Gol zu, der daraufhin in einigen Schritten Entfernung vor einem anderen leeren Raum Position bezog.

Als Cery in die Zelle trat, schloss Tantchen die Wandschirme. Er setzte sich, lauschte auf die Geräusche um ihn herum und konzentrierte sich dann inmitten des Stöhnens und des Gelächters auf Geräusche, die nicht dort hingehörten. Das Geräusch von Atem. Von Schritten. Das Rascheln von Kleidern.

Seine Nase fing einen Duft auf, der einen Strom von Erinnerungen heraufbeschwor, Erinnerungen, die viele Jahre alt waren. Er lächelte.

»Terrina«, murmelte er und wandte sich der hinteren Seite des kleinen Raums zu.

Ein Wandpaneel glitt beiseite und offenbarte eine Frau mit kurzem Haar und dunkler Kleidung. *Sie sieht aus wie immer. Vielleicht ist diese kleine Falte zwischen ihren Brauen eine Spur tiefer.* Sie war ein wenig zu mager und zu muskulös, um schön genannt zu werden, aber Cery hatte ihren athletischen Körperbau stets attraktiv gefunden. Als sie ihn erkannte, zog sie die Augenbrauen hoch und entspannte sich.

»Nun, nun. Ich habe dich lange nicht gesehen. Fünf Jahre?«

Cery zuckte die Achseln. »Ich habe dir gesagt, dass ich heiraten wollte.«

»Das hast du getan.« Die Auftragsmörderin lehnte sich an die Wand der Zelle und neigte den Kopf zur Seite. Ihre dunklen Augen waren so undeutbar wie eh und je. »Du hast auch gesagt, du seist der loyale Typ. Ich habe angenommen, du hättest ein anderes, sagen wir, Nebeninteresse gefunden.«

»Du warst niemals ein Nebeninteresse«, erwiderte Cery. »Das Leben ist zu kompliziert für mehr als eine Geliebte gleichzeitig.«

Sie lächelte. »Lieb von dir, das zu sagen. Ich kann von mir nicht das Gleiche behaupten – aber das wusstest du.« Dann wurde ihre Miene erst. Sie trat ein und zog das Paneel zu. »Du bist wegen des Geschäftes hier, nicht wegen des Vergnügens.« Es war keine Frage, sondern eine Feststellung.

»Du hast mich schon immer allzu leicht durchschaut«, erwiderte er.

»Nein, ich tue nur so als ob. Wen möchtest du tot sehen?« Ihre Augen blitzten vor Eifer und Erregung. »Hat dich in letzter Zeit jemand geärgert?«

»Ich brauche Informationen.«

Ihre Schultern sackten vor Enttäuschung herunter. »Warum, warum, warum? Ständig wollen sie Informationen.« Sie warf die Hände hoch. »Oder wenn sie das ganze Paket wollen, machen sie einen Rückzieher, bevor ich auch nur meine Messer schärfen kann.« Sie schüttelte den Kopf, dann sah sie ihn hoffnungsvoll an. »Werden die Informationen zu dem ganzen Paket führen?«

Sie genießt ihre Arbeit viel zu sehr, dachte Cery. *Hat es immer getan. Es war einer der Gründe, warum sie so aufregend war.*

»Möglicherweise, aber dann würde ich die Sache lieber selbst erledigen.«

Terrina zog einen Schmollmund. »Typisch.« Dann lächelte sie und machte eine wegwerfende Handbewegung. »Aber ich kann es dir nicht übel nehmen, wenn es etwas Persönliches ist. Also, was musst du wissen?«

Cery holte tief Luft und wappnete sich gegen den Stich des Schmerzes, der mit seinen nächsten Worten einhergehen würde.

»Wer in mein Versteck eingedrungen ist und meine Frau und meine Söhne getötet hat«, sagte er leise, damit keiner der anderen Gäste es hörte. »Wenn du es nicht mit Bestimmtheit weißt, dann genügt mir auch Tratsch, den du aufgeschnappt hast.«

Sie blinzelte und starrte ihn an.

»Oh«, war alles, was sie sagte. Sie betrachtete ihn nachdenklich. Der Tratsch von Auftragsmördern ging nur selten über ihre eigenen Reihen hinaus. Alle akzeptierten, dass man ihn zu einem hohen Preis kaufen konnte, aber wenn das dazu führte, dass ein anderer Auftragsmörder ein Geschäft verlor oder getötet wurde, wurde der Verkäufer streng bestraft. »Du weißt, wie viel das kosten wird?«

»Natürlich ... Es hängt allerdings davon ab, ob du die Information hast, die ich brauche.«

Sie nickte, ging in die Hocke, so dass sie mit ihm auf gleicher Augenhöhe war, und sah ihn ernst an. »Nur für dich, Cery. Wie lange ist es her?«

»Neun Tage.«

Sie runzelte die Stirn und schaute ins Leere. »Ich habe nichts Derartiges gehört. Die meisten Auftragsmörder hätten inzwischen davon geredet. Ein Einbruch in das Versteck eines Diebes ist beeindruckend. Er wird versucht haben, dich dort zu töten, weil es beweist, wie gerissen er ist. Erzähl mir, wie er es gemacht hat.«

Er beschrieb die unangetasteten Schlösser, die in einen Hinterhalt gelockten Wachen, ließ jedoch aus, was der Schlossmacher über Magie gesagt hatte.

»Ich nehme an, er würde den Mund halten, wenn man ihm genug bezahlt hat. Es würde einiges kosten. Der Kunde ist also reich oder hat lange gespart. Entweder das, oder er hat es selbst getan, oder es war jemand, der dir nahesteht und der den Weg hinein kannte – aber ich schätze, das hast du überprüft. Oder ...« Sie sah ihn jäh an. »Oder es war der Jäger der Diebe.«

Cery runzelte die Stirn. »Doch warum sollte er warten, bis ich fort war, und dann meine Familie töten?«

»Vielleicht wusste er nicht, dass du ausgegangen warst. Vielleicht wusste er nicht, dass du eine Frau und Kinder hattest. Ich habe niemandem erzählt, dass du heiraten wolltest, obwohl das daran lag, dass ich es nicht geglaubt habe. Und wenn du sie gut genug versteckt hast...« Sie zuckte die Achseln. »Er ist reingegangen, sie haben ihn gesehen, er musste sie töten, weil sie ihn hätten erkennen können.«

»Wenn es nur eine Möglichkeit gäbe, wie ich mir sicher sein könnte.« Cery seufzte.

»Jeder Mörder hinterlässt seine Spuren. Bestimmte Zeichen. Hat seine eigenen Angewohnheiten und Fähigkeiten. Anhand dieser Dinge kannst du sie erkennen, wenn du genug Morde hast, die du vergleichen kannst.« Sie stand auf. »Ich würde dir Einzelheiten über den Jäger nennen können, nur dass wir sie für den Augenblick für uns behalten, für den Fall, dass einer von uns der Mörder ist.«

Cery nickte. Wenn Terrina sagte, dass sie keine weiteren Informationen preisgeben würde, konnte man sie ihr mit nichts entlocken. »Hast du irgendeine Ahnung, warum der Jäger uns einen nach dem anderen tötet?«

Sie schüttelte den Kopf. »Tut mir leid, ich war keine große Hilfe. Ich kann nichts anderes tun, als dir Angst vor jemandem zu machen, von dem du bereits weißt und von dem ich dir nichts Nützliches berichten kann.« Sie wandte den Blick ab und runzelte die Stirn. »Dafür kann ich dir wirklich nicht viel berechnen.«

Cery öffnete den Mund, um um das Honorar zu feilschen, das er ihr für die Mühe, sich mit ihm zu treffen, bezahlen würde, aber sie blickte plötzlich auf.

»Oh, eines kann ich dir durchaus erzählen, weil niemand es ernst nimmt.«

»Ja?«

»Die Leute glauben, der Jäger der Diebe benutze Magie.«

Eine Woge der Kälte schlug über Cery zusammen. Er starrte sie an. »Warum sagen sie das?«

»Ich dachte, die Leute glaubten nur deshalb, er müsse Magie benutzen, weil er so gut ist. Aber ich habe einmal in einem Bolhaus mit einem Wachsoldaten geplaudert, der für einen der ermordeten Diebe gearbeitet hatte, und er sagt, er habe einen Lichtstrahl gesehen und Dinge, die durch die Luft flogen. Natürlich meinen alle, es sei der Schlag auf den Kopf gewesen, der dazu geführt hat, dass er Dinge sah, aber ... er war sich so sicher, und er ist ein Mann, der durchaus mit gesundem Menschenverstand gesegnet ist.«

»Wie interessant«, erwiderte Cery. *Es könnte dennoch bloße Fantasie sein und die Wirkung von schon umlaufenden Gerüchten. Wenn ich nicht mit eigenen Augen die Beweise des Schlossmachers gesehen hätte, würde ich es nicht glauben.* Aber zusätzlich zu den anderen Gerüchten über Magie, die dort auftauchte, wo sie nichts zu suchen hatte, begann er sich langsam zu fragen, wie viel Wahrheit darin steckte.

Wenn es wahr war, dann beschäftigt sich entweder ein Gildemagier mit Dingen, von denen er die Finger lassen sollte, oder es gab einen wilden Magier in der Stadt. So oder so, der Betreffende konnte mit der Ermordung seiner Familie durchaus zu tun haben.

Plötzlich musste er an Skellins offenkundigen Wunsch denken, seinen eigenen wilden Magier in Dienst zu nehmen. *Wenn dieser Jäger ein wilder Magier ist, wird er keine Mühe haben, an Skellin heranzukommen. Hmm, sollte ich Skellin warnen? Aber gewiss hat er bereits von den Gerüchten über Magie gehört... Ah! Vielleicht ist das der Grund, warum er mich nach Magie gefragt hat. Er wusste, dass ich in der Vergangenheit Beziehungen zur Gilde hatte, und hat mich auf die Probe gestellt, um zu erfahren, ob ich diese Beziehungen immer noch habe. Was bedeuten würde, dass er den Verdacht hatte,* ich hätte den Jäger in Dienst genommen.

Dann kam ihm eine andere Möglichkeit in den Sinn.

Ist ein Dieb zu dieser Schlussfolgerung gelangt und hat einen Auftragsmörder ausgeschickt, der mich töten sollte, ohne zu ahnen, dass er ebenden magiebegabten Mörder anheuerte, vor dem alle solche Angst haben? Er runzelte die Stirn. *Zumindest weiß ich, dass es nicht Skellin gewesen sein kann, da er mich wohl kaum in sein Haus eingeladen und einen Auftragsmörder losgeschickt hätte, der mich gleichzeitig in meinem eigenen Haus töten sollte.*

Er schüttelte den Kopf. Die Möglichkeiten schienen endlos. Aber hier war abermals Magie erwähnt worden. Sie war benutzt worden, um das Schloss seines Verstecks zu öffnen, und man glaubte, dass der Jäger Magie benutzte. Zufall? Vielleicht. Aber es war der einzige Hinweis, den er hatte, also konnte er ihm geradeso gut nachgehen.

Wann immer Sonea die Amtsstube des Administrators betrat, stiegen Erinnerungen in ihr auf. Obwohl Osen die Möbel anders aufgestellt hatte und den Raum stets mit einer Lichtkugel erhellte, konnte sie sich noch immer daran erinnern, wie es hier ausgesehen hatte, als Lorlen noch lebte. Und sie fragte sich stets, ob Osen wusste, dass es hinter der Vertäfelung einen Eingang zu den geheimen Gängen der Universität gab.

Lorlen wusste es nicht, daher bezweifle ich, dass Osen es weiß.

»Erzählt mir, wie es gekommen ist, dass man Euch im *Namenlosen* angetroffen hat?«, fragte Osen die beiden jungen Magier, die links von seinem Schreibpult standen.

Alle drehten sich um, um Reater und Sherran anzusehen. Sonea war entsetzt über die Entdeckung gewesen, dass die beiden Magier, die man in dem Haus gefunden hatte, Lorkins Freunde waren. Die beiden sahen zuerst einander an, dann blickten sie zu Boden.

»Man hat uns einen Zettel gegeben«, antwortete Reater. »Darauf wurde der Weg zu dem besten neuen Spielhaus in der Stadt beschrieben. Für die ersten fünfzig Kunden sollte es verschiedene Dinge kostenlos geben.«

»Und das Haus liegt im Inneren Ring, daher haben wir gedacht, es sei sicher«, ergänzte Sherran.

»Wo ist dieser Zettel jetzt?«, fragte Osen.

Lord Vonel, einer der beiden älteren Magier, die rechts von Osen standen, trat vor und überreichte dem Administrator einen winzigen weißen Papierstreifen. Osen begann stirnrunzelnd zu lesen, dann ertastete er die Dicke des Papiers und drehte es um, um die Rückseite zu untersuchen.

»Es ist von guter Qualität. Ich werde die Alchemisten, die die Druckmaschinen betreiben, bitten, das Papier zu untersuchen und festzustellen, ob sie uns etwas über die Herkunft sagen können.«

»Haltet es ins Licht«, schlug Vonel vor.

Osen folgte dem Vorschlag und kniff die Augen zusammen. »Ist das ein Teil des Wappens der Gilde?«

»Ich glaube, ja.«

»Hmm.« Osen legte den Zettel auf den Tisch, dann blickte er wieder zu Vonel auf. »Also, wie habt Ihr von dem *Namenlosen* erfahren?«

»Ein Novize hat mir das da gegeben«, antwortete Vonel und deutete mit dem Kopf auf das Papier.

»Und?«

»Ich habe Carrin gebeten, mich dorthin zu begleiten, damit wir feststellen konnten, um was für ein Lokal es sich bei diesem ›Spielhaus‹ handelte und ob Mitglieder der Gilde das Angebot genutzt hatten.«

»Und was habt Ihr bei Eurem Eintreffen vorgefunden?«

»Glücksspiel, Alkohol, Glühbecken für Feuel und Frauen, deren Dienste man kaufen konnte«, erwiderte Carrin. »Lord Reater machte hohe Verluste bei einem neuen Spiel, Lord Sherran war vom Feuelrauch einem Koma nah. Insgesamt haben wir dort diese beiden sowie zwölf Novizen entdeckt, die die volle Palette der angebotenen Produkte kosteten.«

Osen griff nach einem Bogen Papier. »Produkte, die hier aufgelistet sind.«

»Ja.«

Der Administrator überflog die Liste, dann legte er sie beiseite und blickte zu Regin und Sonea auf.

»Und welche Rolle habt Ihr gespielt, Lord Regin und Schwarzmagierin Sonea?«

»Mich hat ein besorgter Novize informiert, der mitangehört hatte, dass da möglicherweise irgendwelche Missetaten im Gange waren, obwohl er keine Einzelheiten nennen konnte«, antwortete Regin. »Da ich weiß, dass Schwarzmagierin Sonea sich für die Debatte über das Verbot für Magier, sich mit Kriminellen einzulassen, interessiert, habe ich ihr davon erzählt und gehofft, sie hätte genauere Informationen. Sie hatte keine.«

»Aber als ich Zeit dazu hatte, habe ich mich auf die Suche nach dem Lokal gemacht«, ergänzte Sonea. »Und ich bekam eine Adresse. Ich ersuchte um Erlaubnis, die Gilde verlassen zu dürfen, um der Angelegenheit nachzugehen, aber als ich die Erlaubnis bekam, waren bereits zwölf Magier in das Spielhaus gelockt worden.«

»Warum habt Ihr nicht veranlasst, dass jemand anderer hinging?«, hakte Osen nach.

Ärger flammte in Sonea auf. Warum sollte sie das Gelände nicht verlassen, wenn sie lediglich versuchte zu verhindern, dass einige Novizen und Magier in eine Falle tappten? Aber sie und Regin hatten nicht genug Beweise dafür, dass es sich tatsächlich um eine Falle handelte. Viele Magier, Osen eingeschlossen, dachten noch immer, dass sie die Einschränkung ihrer Bewegungsfreiheit verdiene, als Strafe dafür, dass sie vor all jenen Jahren schwarze Magie erlernt und der Gilde getrotzt hatte.

»Wir dachten, je weniger Personen von diesem Ort Kenntnis hätten, umso besser wäre es«, erklärte Regin. »Nur Ihr selbst, Lord Vonel und Lord Carrin.«

Dankbarkeit stieg in ihr auf, gefolgt von Erheiterung darüber, dass diese Dankbarkeit ausgerechnet Regin galt.

Osen besah sich abermals die Liste der Novizen. »Dafür ist es jetzt zu spät. Die Wache hat das Spielhaus geschlossen, daher stellt es für niemanden mehr eine Versuchung dar. Jetzt gibt es nicht mehr zu tun, als über die Bestrafung zu entscheiden.« Er drehte sich zu Reater und Sherran um, die sich wanden und überall hinschauten, nur nicht zu den anderen Magiern. »Von Euch wird wie von allen Magiern erwartet, dass Ihr jenen gegenüber, die sich noch in den Jahren ihrer Ausbildung befinden, ein Vorbild an Zurückhaltung und geziemendem Verhalten seid. Ihr habt ferner die Pflicht, die Gilde als eine ehrenhafte und vertrauenswürdige Institution zu repräsentieren. Aber Euer Abschluss liegt noch nicht lange zurück, und wir alle nehmen einige der törichten Neigungen der Novizenzeit in unsere ersten Jahre als Magier mit. Ich werde Euch beiden noch eine Chance geben, Euch zu bessern.«

Die beiden jungen Männer entspannten sich sichtlich. *Wenn sie das Missgeschick gehabt hätten, aus einer der unteren Klassen zu stammen, wäre das Ergebnis ganz anders ausgefallen,* dachte Sonea düster.

»Die Novizen...« Osen klopfte auf die Liste. »Sollten nach den Regeln der Universität bestraft werden. Ich werde die Angelegenheit dem Universitätsadministrator übergeben.«

Oh, wunderbar, dachte Sonea. *Wie ich mein Glück kenne, werden sie in den Hospitälern landen, wo alle Laster, die sie in Schwierigkeiten gebracht haben, nur wenige Straßenzüge entfernt zu haben sind. Sie werden sich davonschleichen, sobald sie eine Chance dazu bekommen, und mir wird man die Schuld daran geben.*

»Ihr habt getan, wozu man Euch ausgesandt hat«, sagte Osen und nickte Vonel und Carrin zu. »Ich habe einen Brief an die Wache geschickt und mich dafür bedankt, dass sie so schnell gehandelt hat.« Er sah Regin an. »In Zukunft sollten wir alle zusammenarbeiten, damit etwas Derartiges nicht noch einmal vorkommt. Ihr dürft gehen.«

Sonea drehte sich um, ging auf die Tür zu, die sie mit ein wenig Magie öffnete, und trat in den Flur hinaus. Regin folgte ihr, und vor der Tür blieben sie beide stehen und warteten, bis die zwei jüngeren Magier erschienen. Sonea vertrat ihnen den Weg. Reater und Sherran sahen sie entsetzt an.

Sie lächelte mitfühlend. »Ihr seid also nur wegen des Feuel dorthin gegangen. Was hat es eigentlich damit auf sich? Was ist so reizvoll daran, dass Ihr Euch dafür in die Hände von offenkundigen Verbrechern begeben habt?«

Reater zuckte die Achseln. »Es gibt einem ein gutes Gefühl. Man hat keine Sorgen mehr.«

Sonea nickte, aber ihr war aufgefallen, dass in Sherrans Zügen ein Ausdruck der Sehnsucht aufgeflackert war, während Reater lediglich resigniert wirkte. Sie beugte sich vor und senkte die Stimme.

»Hat Lorkin jemals ...?«

Sherran sah sie an, dann blickte er hastig wieder zu Boden. »Einmal. Es hat ihm nicht gefallen.«

Sonea richtete sich auf. Er konnte durchaus lügen, weil er fürchtete, sie werde ihm Vorwürfe machen, falls er eine andere Antwort gab. *Aber dann hätte er mir erzählt, Lorkin habe es niemals versucht. Ich denke, dies ist die Wahrheit.*

»Ihr zwei habt Glück, dass Administrator Osen sich in diesem Fall entschieden hat, Nachsicht zu üben. Ich würde seine Bereitschaft, das wieder zu tun, nicht auf die Probe stellen.«

Die beiden jungen Männer nickten schnell. Sie lächelte und bedeutete ihnen, dass sie gehen könnten, woraufhin sie davoneilten.

»Lorkin ist zu klug, um sich beim Feuelrauchen erwischen zu lassen«, murmelte Regin. »Und der gleiche gesunde Menschenverstand wird verhindern, dass er in Sachaka in Schwierigkeiten gerät.« Er seufzte. »Ich wünschte nur, meine eigenen Töchter wären halb so reif wie er.«

Sie sah ihn an, überrascht und erheitert. »Machen sie Euch immer noch Ärger?«

Er verzog das Gesicht. »Sie schlagen nach ihrer Mutter, obwohl in ihrer Rivalität genug Grausamkeit steckt, um mich an mich selbst in ihrem Alter zu erinnern.« Er schüttelte den Kopf. »Es ist schlimm genug zurückzublicken und seine jugendliche Arroganz zu bedauern, auch ohne dann noch die Arroganz seiner Sprösslinge bedauern zu müssen.«

Sonea lachte, dann ging sie den Flur hinunter. »Ich hoffe, dass ich diese Erfahrung niemals selbst machen muss. Aber eingedenk der Dinge, die ich in meiner Jugend getan habe, würde ich sagen, dass Lorkin noch einen weiten Weg vor sich hat, bevor er mir solche Schande macht, wie ich es getan habe.«

8 Zeichen

Nach zwei Tagen Kutschfahrt über zunehmend holprige Straßen hatte Lorkin das Gefühl, das vorrangige Ziel dieser Reise müsse darin bestehen, sämtliche Knochen in seinem Leib durcheinanderzuschütteln und in einer möglichst schmerzhaften Weise vollkommen neu zu arrangieren. Er musste ständig die Wehwehchen seines Körpers heilen und Kopfschmerzen mildern, aber vor allem langweilte er sich. Nach Stunden des Unbehagens war er zu müde und zu mürrisch für Gespräche, und er hatte die Entdeckung gemacht, dass das Holpern der Kutsche auf den Straßen ihm Übelkeit bescherte, wenn er zu lesen versuchte.

Offenkundig hatte die Aufregung des Reisens keinen Anteil an der eigentlichen Reise. Wahrscheinlich war das Ankommen das Interessantere. Obwohl er argwöhnte, dass er, wenn sie Arvice erreichten, eher Erleichterung als Erregung empfinden würde.

Lord Dannyl – oder Botschafter Dannyl, wie er ihn jetzt zu nennen nicht vergessen durfte – ertrug die Fahrt mit einer seltsamen Art glücklicher Resignation, was Lorkin ein wenig Hoffnung machte, dass das Ganze sich lohnen würde. Oder vielleicht war eine holprige Kutschfahrt einfach nur verhältnismäßig erträglich im Vergleich zu den Unannehmlichkeiten einer Seereise oder langer Stunden im Sattel – Strapazen, die Dannyl von seinen Reisen vor über zwanzig Jahren zur Genüge kannte.

Lorkin wusste, dass der ehemalige Administrator Dannyl damals aufgetragen hatte, auf der Suche nach altem, magischem Wissen Akkarins Reise nachzuvollziehen. Die Geschichten, die Dannyl erzählte, waren faszinierend und weckten in Lorkin den Wunsch, die Gräber der Weißen Tränen und die Ruinen von Armje selbst zu besuchen.

Aber ich reise an einen Ort, den weder mein Vater noch Dannyl je zuvor gesehen haben: in die Hauptstadt Sachakas.

Es würde ein vollkommen anderes Sachaka sein als das, in das sein Vater hineingestolpert war. Es würde keine Ichani geben, die darauf warteten, ihn zu versklaven. Wenn überhaupt, würden Perlers Berichten zufolge die mächtigen Männer und Frauen der Hauptstadt, insbesondere die Ashaki-Patriarchen, sich nur widerstrebend dazu herablassen, von dem Gehilfen eines Botschafters Notiz zu nehmen.

Trotzdem fand er das leichte Gewicht des Rings, der tief in der Tasche seiner Robe verborgen lag, beruhigend. Er hatte ihn am Morgen in seiner Truhe gefunden, in einer kleinen Schatulle tief zwischen seinen Besitztümern. Es hatte keine Notiz oder Erklärung beigelegen, aber er erkannte den schlichten, goldenen Ring und den glatten, darin eingelassenen roten Edelstein. Hatte seine Mutter ihren Blutsteinring heimlich in seine Truhe geschmuggelt, weil sie nicht die Erlaubnis hatte, ihn ihm zu geben, oder weil sie nicht hatte riskieren wollen, dass er sich weigern würde, ihn anzunehmen?

Er und Dannyl begannen jeden Reisetag, indem sie mehrmals die Mitglieder der mächtigsten sachakanischen Familien aufzählten, sich wesentliche Eigenschaften und Bündnisse ins Gedächtnis riefen und einander dabei halfen, sich diese Dinge einzuprägen. Sie waren alles durchgegangen, was sie über die sachakanische Gesellschaft wussten, und hatten spekuliert, wo ihr Wissen lückenhaft war. Lorkin fühlte sich dem älteren Magier beinahe ebenbürtig, aber er war davon überzeugt, dass sich das ändern würde, sobald sie Sachaka erreichten und ihre jeweiligen Rollen einnehmen mussten.

Das Schwanken der Kutsche veränderte sich, und Lorkin blickte auf. Nur Dunkelheit lag hinter den Fenstern, aber das dumpfe Klappern der Hufe auf der Straße hatte sich verlangsamt. Dannyl richtete sich höher auf und lächelte.

»Entweder liegt ein Hindernis auf der Straße, oder wir werden gleich für die Nacht aus unserem Käfig befreit«, murmelte er.

Als die Kutsche zum Stehen kam, schwankte sie sachte auf ihren Federn, dann rührte sie sich nicht mehr. Lorkin konnte durch das linke Fenster ein von Lampenlicht erhelltes Gebäude sehen. Der Fahrer gab einen unverständlichen Laut von sich, den Dannyl irgendwie als ein Zeichen zum Aussteigen deutete. Der Magier öffnete die Tür und kletterte aus der Kutsche.

Während Lorkin ihm folgte, atmete er die frische Nachtluft ein und spürte, dass sein Kopf klarer wurde. Er sah sich um. Sie waren in einem winzigen Dorf angekommen, das lediglich aus wenigen Gebäuden zu beiden Seiten der Straße bestand. Es existierte wahrscheinlich nur zur Bedienung Reisender. Das größte Gebäude, vor dem sie vorgefahren waren, war ein Bleibehaus. Im Eingang stand ein untersetzter Mann, der sie heranwinkte.

»Willkommen, Mylords, in Ferguns Rasthaus«, sagte er. »Ich bin Fondin. Meine Stallarbeiter werden sich um Eure Pferde kümmern, wenn Ihr sie nach hinten bringt. Wir haben saubere Betten und gutes Essen, alles dargeboten mit einem Lächeln.«

Auf Dannyls Gesicht lag ein Ausdruck der Überraschung und Erheiterung, dann zuckte er die Achseln und ging hinein. Lorkin überlegte, ob der Mann wohl mit Absicht angedeutet hatte, dass seine Betten mit einem Lächeln dargeboten würden. *Durchaus möglich. Die Bleibehäuser auf dem Land stehen häufig in diesem Ruf.*

Dannyl stellte sie vor und bestellte etwas zu essen für sie und den Fuhrmann. Der Besitzer führte sie in einen großen Speisesaal. Nur eine weitere Gruppe von Gästen befand sich im Raum. Händler, wie es aussah. Sie unterhielten sich leise und warfen Lorkin und Dannyl bloß einige wenige neugierige Blicke zu.

Es dauerte nicht lange, bis das Mahl gebracht wurde: Eine junge Frau erschien mit einem Tablett mit mehreren Sorten Fleisch, wohlschmeckenden Brötchen, gedämpftem Gemüse und kleinen, wahrscheinlich einheimischen Früchten. Ihr höfliches Lächeln galt beiden Magiern, aber für Lorkin war es um einiges strahlender. Als sie später mit Bol auf Kosten des Hauses zurückkehrte, hielt sie kurz inne, um ihm einen koketten Blick zuzuwerfen, bevor sie ihm seinen Becher reichte. Dann ging sie wieder, mit einladend wiegenden Hüften, und warf noch einen kurzen Blick zurück. Lorkin hatte ihr nachgeschaut, und ihr Mienenspiel machte deutlich, dass sie ihm noch weitere Gunst erweisen würde.

»Ich frage mich, ob Sonea von mir erwartet, dass ich Eure Tugend schütze, während Ihr nicht in der Gilde seid«, bemerkte Dannyl.

Lorkin kicherte und wandte sich wieder dem anderen Magier zu. Dannyl füllte seinen Teller von dem Tablett und blickte nicht auf.

»Tugend?«

»Ja, hm, ich schätze, auf Eure Tugend müsst Ihr selbst

achtgeben. Aber als älterer und weiserer Gefährte verspüre ich in diesem Moment einen seltsamen Drang, Euch um Eurer Gesundheit und Eurer Brieftasche willen von der Versuchung abzulenken.«

»Eure Sorge ist vermerkt«, erwiderte Lorkin lächelnd. »Soll ich Euch meinerseits den gleichen Dienst anbieten?«

Dannyl blickte zu Lorkin auf, und seine Miene war für einen Moment wachsam und ernst. Dann lächelte er. »Natürlich. Wir werden aufeinander aufpassen.« Er stieß ein kurzes, leises Lachen aus. »Obwohl ich vermute, dass Eure Aufgabe die leichtere sein wird.«

Der Boden vibrierte auf eine Weise, die in Cery alte Erinnerungen wachrief. Früher hatten die Diebe die Abwasserkanäle benutzt, die auch diesen Abschnitt der äußeren Stadtmauer unterqueren, um von den Hüttenvierteln in die Stadt und zurück zu gelangen. Es war eine unangenehme und manchmal gefährliche Route gewesen. Die Stadtwache hatte irgendwann entdeckt, dass die Kanalisation als Weg in die Stadt benutzt wurde, und begonnen, sie in regelmäßigen Abständen zu fluten. Die Diebe waren übereingekommen, Wächter aufzustellen, die ein Signal gaben, wenn eine Flutung begann, und so war diese Gefahr gebannt worden. Es war ein größtenteils verlässliches System gewesen, und er hatte es vor vielen Jahren benutzt, um Sonea in die Gilde zu bringen, bevor sie Magierin geworden war.

Aber jetzt war die Kanalisation unter den Dieben aufgeteilt, durch deren Territorium sie verlief, und viele von ihnen waren Rivalen. Der Wegezoll, den sie für die Benutzung der Kanäle erhoben, kostete ein Vermögen, und die Wächter waren nicht länger verlässlich. Es hieß, der Dieb, der ertrunken war, sei umgekommen, weil der Jäger einen stromaufwärts postierten Wächter getötet hatte. Mit dem Dieb waren alle Wächter weiter stromabwärts ertrunken.

Jetzt, da die Säuberung geendet hat, gibt es nicht mehr viele Gründe für die Benutzung der Kanalisation, dachte Cery. *Sie ist nur dann von Nutzen, wenn man triftige Gründe hat, sich ungesehen fortzubewegen.*

Da er auch die Straße der Diebe nicht mehr benutzte, um lange Strecken zu überwinden, ging Cery tagsüber wie die meisten Bürger durch die Straßen von Imardin. Das war immer noch das Sicherste – trotz der Gefahr, die durch Räuber oder Banden drohte. Erstere schreckte der massige Gol ab, während Cerys Ansehen ihn noch immer vor Letzteren schützte.

Ich sollte mich wahrscheinlich nicht zu sehr darauf verlassen. Oder darauf, dass der arme Gol mögliche Angreifer einschüchtert. Eines Tages wird das eine oder andere nicht mehr reichen, um Angreifer abzuschrecken, und wir werden in Schwierigkeiten geraten. Aber wenn ich nicht auf Schritt und Tritt von einer Truppe von Wachsoldaten umringt sein will, ist das ein Risiko, das ich eingehen muss.

Nachdem er einen der neuen, in die alte Mauer eingelassenen Bögen passiert hatte, machte Cery sich auf den Weg in seinen eigenen Teil der ehemaligen Hüttenviertel. Gol ging neben ihm her.

»Was hältst du von Thims Geschichte, Gol?«

Der große Mann runzelte die Stirn. »Wir haben nichts Neues erfahren. Niemand hat irgendwelche Informationen, aber dafür gibt es jede Menge von den gleichen alten Gerüchten.«

»Ja. Doch zumindest lauten sie gleich. Alle denken, dass es sich um ein und dieselbe Person handelt. Alle haben die gleichen Ideen, was die Fähigkeiten dieser Person betrifft.«

»Aber jeder hat einen anderen Grund, auf diese Ideen zu kommen«, bemerkte Gol.

»Ja. Dinge bewegen sich durch die Luft, die dazu kein Recht haben. Seltsame Brandspuren. Schattenhafte Gestalten, die man nicht erdolchen kann. Blitzende Lichter. Unsichtbare Mauern. Was glaubst du, Gol?«

»Dass es immer besser ist, übervorsichtig zu sein als tot.«

Erheiterung blitzte in Cery auf. Er blieb stehen und drehte sich zu Gol um. »Also benehmen wir uns so, als sei der Jäger der Diebe real, als benutze er Magie und habe bereits einen Anschlag auf mich verübt.«

Gol zog die Brauen zusammen und blickte sich um, um festzustellen, ob jemand Cery gehört hatte. »Du hast gehört, was ich darüber gesagt habe, dass wir übervorsichtig sein sollten?«, fragte er mit einem Anflug von Ärger in der Stimme.

»Ja.« Cery seufzte. »Aber welchen Unterschied macht es, ob jemand uns hört? Wenn mein Feind ein Magier ist, ist mein Schicksal besiegelt.«

Die Falte zwischen Gols Brauen wurde noch tiefer. »Was ist mit der Gilde? Sie würden es wissen wollen, wenn... sie würden dies hier wissen wollen. Du könntest es... deiner alten Freundin erzählen.«

»Könnte ich. Aber solange ich nichts Greifbares habe, was ich ihr erzählen kann, wird sie nicht in der Lage sein, etwas zu unternehmen. Wir müssen uns Gewissheit verschaffen.«

»Dann müssen wir eine Falle stellen.«

Cery sah Gol überrascht an, dann schüttelte er den Kopf. »Und was denkst du, wie wir diese Art von Gefangenen darin festhalten sollen?«

»Keine Falle, um ihn zu fangen.« Gol zuckte die Achseln. »Nur um zu bestätigen, dass er ein Magier ist. Indem wir ihn irgendwo hinlocken und dazu verleiten zu benutzen, was er benutzen kann, während wir ihn beobachten. Das

Beste wäre, wenn er gar nicht begriffe, dass es sich um eine Falle handelt.«

Cery setzte sich wieder in Bewegung und dachte über die Idee nach. Sie war nicht schlecht. »Ja. Wir sollten ihn nicht wütend machen... Und wenn er nicht begreift, dass er beim ersten Mal in eine Falle getappt ist, könnten wir ihn abermals in die Falle locken – während meine Freundin zugegen ist, um es zu beobachten.«

»Jetzt begreifst du langsam«, sagte Gol mit einem übertriebenen Seufzer. »Manchmal dauert es bei dir so lange, bis du verstehst...«

»Natürlich müsste ich der Köder sein«, sagte Cery.

Gols neckender Ton verschwand. »Nein, wirst du nicht. Nun, du brauchst nicht wirklich der Köder zu *sein*. Es wird das *Gerücht* die Runde machen, dass du dort sein wirst.«

»Es wird ein ziemlich überzeugendes Gerücht sein müssen«, erwiderte Cery.

»Wir werden uns etwas einfallen lassen.«

Schweigend setzten sie ihren Weg fort. Cery plante im Geiste bereits Einzelheiten. *Also, wohin können wir den Jäger locken? Es wird ein Ort sein müssen, an dem man erwartet, mich zu sehen. Terrina sagte, er habe sich das Versteck vorgenommen, weil es als besonderes Kunststück gelte, mich an meinem sichersten Ort zu töten. Also muss ich mich in einem neuen Versteck niederlassen und dafür sorgen, dass einige Leute es ausplaudern und erzählen, um wie viel sicherer es sei als mein altes Versteck. Es wird einige gute Gucklöcher haben müssen und den einen oder anderen Fluchtweg. Und es muss den Jäger dazu bringen, seine Kräfte auf eine augenfällige Weise einzusetzen.*

Zum ersten Mal seit Wochen durchdrang ein Kitzel der Erregung die Oberfläche der Düsternis, die ihn eingehüllt hatte. Selbst wenn die Falle ihm zunächst keine Rache für den Tod seiner Familie verschaffen sollte, würden ihn die

Planung und der Aufbau der Falle davon abhalten, über ihren Tod nachzugrübeln.

Die steile, gewundene Bergstraße, die zum Pass führte, erinnerte Dannyl an jene Straßen, die er und Tayend vor so vielen Jahren in Armje bereist hatten. Was wenig überraschend war, da die Hänge hier zu dem gleichen Gebirgszug gehörten, der Sachaka von den Verbündeten Ländern trennte. Auch hier wurde der Wald am Rand der Berge dünner und machte verkümmerten Pflanzen und felsigen Hängen Platz.

Die Kutsche fuhr langsam, während die Pferde sie stetig hügelaufwärts zogen. In Lorkins Augen lag ein inzwischen vertrauter Ausdruck der Langeweile, während er mit düsterer, resignierter Miene aus dem Fenster starrte. Sie waren beide bereits über das Stadium hinaus, in dem sie noch hätten Gespräche führen mögen, obwohl es noch nicht einmal Mittag war, und das Schweigen machte das Kriechtempo nur noch unerträglicher.

Dann umrundete die Kutsche ohne Vorwarnung abrupt eine Biegung und nahm Geschwindigkeit auf, während die Straße ebener wurde. Sie fuhren jetzt zwischen zwei glatten Felswänden hindurch. Lorkin richtete sich auf, entriegelte das Fenster an seiner Seite und spähte hinaus.

»Wir sind da«, sagte er.

Ein Prickeln der Erregung breitete sich auf Dannyls Haut aus. Er lächelte erleichtert, und Lorkin grinste. In angespannter Erwartung saßen sie da, alle Aufmerksamkeit auf die Bewegungen der Kutsche konzentriert, die vorbeiziehenden Wände und das Geräusch der Hufschläge, bis der Fuhrmann einen Ruf ausstieß und das Gefährt langsam zum Stehen kam.

An dem Fenster neben Lorkin erschien ein Gesicht – ein Mann in roten Roben blickte zwischen Lorkin und Dannyl hin und her und nickte höflich.

»Willkommen im Fort, Botschafter Dannyl und Lord Lorkin. Ich bin Wächter Orton. Werdet Ihr über Nacht hierbleiben oder die Reise nach Sachaka fortsetzen?«

»Bedauerlicherweise können wir nicht verweilen, da Administrator Osen erpicht ist, uns so schnell wie möglich in Sachaka niedergelassen zu sehen«, antwortete Dannyl.

Der Mann lächelte mitfühlend. »Dann lade ich Euch ein, Euch die Beine zu vertreten und Euch umzusehen, während wir Eure Pferde gegen frische austauschen.«

»Ein Angebot, das wir mit Freuden annehmen.«

Lorkin entriegelte die Tür und folgte Dannyl dann aus der Kutsche. Sobald der junge Mann einen Fuß auf den Boden gesetzt hatte, blickte er auf und sog scharf die Luft ein.

»Ah ja. Es ist ein beeindruckendes Gebäude«, bemerkte Orton, der Lorkins Blick gefolgt war.

Dannyl schaute ebenfalls hoch, und ein Schauer überlief ihn. Die Front des Forts ragte über ihm auf und spannte sich von einer Seite der schmalen Schlucht zur anderen. Der Stein war glatt und makellos bis auf die Stellen, an denen die Schatten gewaltige, mit weiterem Stein gefüllte Risse in der Fassade zeigten, wo Reparaturen vorgenommen worden waren.

»Sind das Schäden, die bei der Ichani-Invasion entstanden sind?«, erkundigte sich Lorkin.

»Ja, obwohl es drinnen schlimmer aussah«, antwortete Orton. Er setzte sich in Bewegung und führte sie in eine höhlenartige Öffnung. Dannyls Augen brauchten einige Sekunden, um sich anzupassen, dann konnte er von Lampen beleuchtete Tunnelwände vor sich sehen. Geringfügige Unterschiede in der Farbe zeigten, wo Bereiche mit neuem Stein ausgebessert worden waren. »An einigen Stellen waren Lücken, die mehrere Stockwerke emporreichten.«

»Haben wir die ursprünglichen Fallen hier durch neue ersetzt?«, fragte Dannyl.

»Einige davon.« Orton zuckte die Achseln. »Die meisten waren simple Barrieren, dazu gedacht, Angreifer aufzuhalten und ihre Kräfte aufzuzehren. Wir haben an ihrer Stelle komplexere Verteidigungssysteme errichtet. Tricks, die einen Eindringling vielleicht zu Fall bringen, wenn er nicht wachsam ist. Illusionen, die seine Macht vergeuden. Aber nichts, was eine Gruppe mächtiger sachakanischer Schwarzmagier lange aufhalten könnte, was der Grund ist, warum wir so viel Zeit und Energie darauf verwenden, auch Fluchtwege aus dem Fort zu schaffen. Zu viele sind bei der Invasion gestorben, die nicht hätten sterben müssen. Ah – hier haben wir ein Andenken an jene, die bei der tapferen Verteidigung des Passes ihr Leben gelassen haben.«

Zwischen zwei Lampen war in die Wand eine Liste mit Namen eingemeißelt worden. Dannyl verspürte eine Mischung aus Beunruhigung und Erheiterung, als sein Blick auf einen vertrauten Namen fiel. *Soweit ich mich erinnere, wurde Fergun von den Sachakanern aus irgendeinem Versteck gezerrt. Wohl kaum das, was ich eine tapfere Verteidigung des Passes nennen würde. Aber die Übrigen... sie starben, ohne zu verstehen, womit sie es zu tun hatten, weil die Gilde Akkarins Warnungen keinen Glauben geschenkt hatte. Sie war nicht in der Lage gewesen, die von ihm geschilderte Bedrohung zu begreifen, da sie vergessen hatte, wozu schwarze Magie einen Magier befähigen konnte.*

Sie standen lange schweigend da, dann hallten Hufgetrappel und das Knarren von Rädern im Tunnel wider. Als Dannyl sich umdrehte, sah er, dass der Fahrer frische, an die Kutsche geschirrte Pferde auf sie zuführte.

»Gleich werdet Ihr das Fort von der sachakanischen Seite sehen«, sagte Orton, während er seinen Weg durch den Tunnel fortsetzte.

Dannyl und Lorkin folgten ihm. Der Lärm der Kutsche

war unangenehm in dem beengten Raum, daher sprachen sie kein Wort, bis sie aus dem Tunnel traten. Wiederum erhoben sich zu beiden Seiten steile Felswände. Vor ihnen machte die Schlucht eine Biegung, so dass sie von Sachaka noch nicht viel sahen. Als Orton sich umdrehte und aufblickte, folgten Lorkin und Dannyl seinem Beispiel. Zwischen den Wänden der Schlucht, durchbrochen von vielen kleinen Fenstern, erstreckte sich eine weitere glatte Wand. Zwei riesige Steinquader, die offensichtlich früher einmal ein einziger Stein gewesen waren, lagen an einer Seite an der Felswand der Schlucht.

»Das war einmal eine Art Tür«, erklärte Orton. »Sie wurde hinuntergeworfen, um den Tunnel zu versperren.« Er zuckte die Achseln. »Ich frage mich allerdings, warum die Magier, die das Fort erbauten und die selbst Schwarzmagier waren, glaubten, solche Dinge würden einen Eindringling aufhalten.«

»Jedes noch so kleine Fünkchen Macht, das der Feind verbraucht, könnte ein gerettetes Leben bedeuten«, meinte Lorkin.

Orton sah den jungen Mann an und nickte. »Vielleicht.« Die Kutsche tauchte aus dem Tunnel auf, und der Fahrer hielt die Pferde neben ihnen an. Orton wandte sich an Dannyl. »Frische Pferde sowie Futter und Wasser für die drei Tage, die Ihr für die Durchquerung des Ödlands benötigen werdet. Außerdem haben wir Vorräte für Euch selbst eingepackt, und ich habe den Koch gebeten, für Eure nächste Mahlzeit etwas Besonderes zusammenzustellen. Nichts Großartiges, aber es könnte für einige Zeit Eure letzte kyralische Mahlzeit sein.«

»Vielen Dank, Wächter Orton.«

Der Mann lächelte. »Es war mir ein Vergnügen, Botschafter Dannyl.« Dann sah er Lorkin an. »Ich hoffe, Ihr und Lord Lorkin werdet sicher ans Ziel kommen und könnt bei

Eurer Rückkehr nach Kyralia für ein Weilchen hier haltmachen.«

Dannyl nickte. »Wir werden unser Bestes tun, um mögliche Eindringlinge davon abzuhalten, Eure neuen Verteidigungseinrichtungen zu erproben.«

Orton lachte leise und drehte sich zu der Kutsche um. »Ich weiß, dass Ihr das tun werdet.«

Die Kutschentür schwang auf, geöffnet zweifellos durch Ortons Magie. Dannyl stieg ein und setzte sich, dann wappnete er sich gegen das Schaukeln des Gefährts, als Lorkin ihm eifrig folgte. Sie winkten Orton zum Abschied zu und riefen noch einige Dankesworte, während die Kutsche davonrollte und Orton außer Sicht geriet.

Dannyl sah Lorkin an, der zurückgrinste.

»Ich nehme an, Wächter Orton bekommt nicht viele Besucher zu Gesicht.«

»Nein. Ihr seht erheblich besser gelaunt aus als heute Morgen«, bemerkte Dannyl.

Lorkins Grinsen wurde breiter. »Wir sind in Sachaka.«

Ein Schauder überlief Dannyl. *Er hat recht. Als wir aus dem Tunnel traten, waren wir nicht länger in unserem eigenen Land. Wir sind im exotischen Sachaka, dem Herzen des ehemaligen Reiches, das einst Kyralia und Elyne umschloss. Dem Land der Schwarzmagier. Alle so viel mächtiger als ich...*

So musste sich ein Händler oder Diplomat fühlen, der in den Verbündeten Ländern mit Magiern zu tun hatte und sich stets darüber im Klaren war, wie hilflos er im Angesicht von Magie sein würde, der sich jedoch auf Diplomatie verließ und auch die Drohung eines Vergeltungsschlags von Seiten seines Heimatlandes, um sicher vor Schaden zu sein. Dannyl dachte an den Blutring, den Administrator Osen ihm gegeben hatte, geschaffen von Schwarzmagier Kallen aus Osens Blut, damit Dannyl sich mit ihm in Verbindung setzen konnte. *Für allmonatliche Berichte. Davon abgesehen darf er nur in Notfällen benutzt werden. Als ob er aus dieser Entfernung einen Schwarzmagier daran hindern könnte, mich zu töten...*

Plötzlich war die Felswand neben ihm verschwunden und hatte einer großen, hellen Fläche Platz gemacht. Lorkin stieß einen überraschten Laut aus, wechselte auf den Sitzplatz Dannyl gegenüber und rückte nah ans Fenster, um hinauszuschauen.

»Das ist also das Ödland«, sagte er leise.

Ein baumloser Hang fiel steil vom Rand der Straße zu den felsigen, erodierten Hügeln unter ihnen ab. An ihnen züngelte wie ein gefrorenes Meer die Wüste, deren Dünen sich durchs Land wellten. Die Luft war trocken, wie Dannyl plötzlich bemerkte, und schmeckte nach Staub.

»Ich schätze, so ist es«, erwiderte er.

»Es ist... größer, als ich dachte«, sagte Lorkin.

»Man lehrt uns, dass das Ödland eine Barriere sein soll«, erklärte Dannyl. »Aber die älteren Aufzeichnungen besagen nur, dass es als eine solche dienen *könne*. Das legt die Vermutung nahe, dass das Ödland nicht ganz absichtlich geschaffen wurde. Dass es zumindest nicht von der Gilde geplant worden war.«

»Also weiß niemand mit Bestimmtheit, warum es geschaffen wurde, geschweige denn, wie?«

»In einigen Unterlagen findet sich der Hinweis, dass die Schöpfer des Ödlandes Sachaka schwächen wollten, indem sie sein fruchtbarstes Land zerstörten. Ich habe Briefe gefunden, in denen Magier die Idee unterstützten, und andere, wo es für eine schreckliche Idee gehalten wurde. Aber die Briefe machen den Eindruck, als drehten sie sich um Gerüchte, nicht um eine offizielle Entscheidung.«

Lorkin verzog das Gesicht. »Es wäre nicht das erste Mal in der Geschichte, dass jemand unabhängig von der Gilde gehandelt hätte.«

»Nein.« Dannyl fragte sich, ob Lorkin auf seine Eltern anspielte. Sein Tonfall war trocken gewesen.

Einige Minuten lang betrachteten sie das Ödland, ohne zu sprechen. Dann schüttelte Lorkin den Kopf und seufzte.

»Das Land hat sich nie erholt. Nicht nach siebenhundert Jahren. Hat irgendjemand versucht, es wiederherzustellen?«

Dannyl zuckte die Achseln. »Das weiß ich nicht.«

»Vielleicht ist es gut, dass niemand weiß, wie es entstanden ist. Wenn wir es jemals mit einem richtigen Krieg zu tun bekämen – statt mit einem Haufen Ausgestoßener –, wären wir in ernsten Schwierigkeiten.«

Dannyl, der über das verwüstete Land blickte, musste ihm recht geben. »Nach allem, was man hört, waren die Sachakaner furchtbar wütend über die Zerstörung. Wenn sie gewusst hätten, wie sie zurückschlagen können, wäre das gewiss geschehen. Ich glaube nicht, dass sie mehr wissen als wir.«

Lorkin nickte. »Es ist wahrscheinlich besser so.« Dann runzelte er die Stirn und sah Dannyl an. »Aber wenn wir doch etwas finden...«

»Dann werden wir es geheim halten müssen. Zumindest bis wir die Information an den Hohen Lord Balkan weiterleiten können. Es wäre noch gefährlicher als die Kenntnis der schwarzen Magie.«

9 Auf der Suche nach Wahrheiten

Wie viele niedrig geborene Novizen aus den ärmeren Teilen der Stadt war Norrin von kleinem Wuchs. Und zwischen den beiden Kriegern, die ihn in die Gildehalle eskortierten, wirkte er noch kleiner. Soneas Herz zog sich vor Mitgefühl zusammen, als er zu den Reihen der Magier emporblickte, die von beiden Seiten auf ihn herabstarrten. Er wurde weiß im Gesicht, dann blickte er zu Boden.

Es ist grausam, ihn vor die ganze Gilde zu zerren, dachte sie. *Eine Anhörung vor den Höheren Magiern wäre einschüchternd und demütigend genug gewesen. Aber irgendjemand wollte an ihm ein Exempel statuieren.*

Nach den Regeln der Gilde wurde jeder Novize, der nicht am Unterricht in der Universität teilnahm oder sich weigerte, auf dem Gelände der Gilde zu leben, als potenzieller wilder Magier betrachtet und musste vor die versammelte Gilde gebracht werden, um sein Verhalten zu erklären, selbst wenn nur die Höheren Magier seine Taten beurteilten und über eine Strafe entschieden.

Wenn er nicht unmittelbar vor einer Vollversammlung der Gilde erwischt worden wäre, wäre ihm dies vielleicht erspart geblieben. Aber es ist viel leichter, eine Anhörung am Ende einer

Versammlung anzuberaumen, als eigens dafür eine Versammlung einzuberufen. Wenn Osen nur für diese Anhörung die ganze Gilde hätte zusammenrufen müssen, hätte er die Regeln wahrscheinlich gebeugt und es bei den Höheren Magiern belassen.

Die Eskorte und Norrin blieben stehen und verneigten sich vor den Höheren Magiern. Administrator Osen schaute zu den Höheren Magiern hinüber – zu Sonea. Für einen Moment trafen sich ihre Blicke, dann sah er weg.

Andere hatten diesen Blickwechsel bemerkt, und der Hohe Lord Balkan, Lady Vinara und Direktor Jerrik musterten Sonea neugierig. Sie widerstand dem Drang, die Achseln zu zucken, um anzudeuten, dass sie keine Ahnung hatte, warum Osen diesen Moment ausgewählt hatte, um sie anzusehen. Stattdessen ignorierte sie die fragenden Blicke und richtete ihre Aufmerksamkeit auf den Novizen.

Der Administrator näherte sich Norrin, der die Schultern sinken ließ, aber nicht aufsah.

»Novize Norrin«, begann Osen. »Ihr seid der Universität und dem Gelände der Gilde zwei Monate lang ferngeblieben. Ihr habt Bitten um Eure Rückkehr ignoriert und uns gezwungen, Euch in Gewahrsam zu nehmen. Ihr kennt das Gesetz, dass die Freizügigkeit eines Novizen einschränkt und festlegt, wo er wohnen darf. Warum habt Ihr es gebrochen?«

Norrins Schultern hoben und senkten sich, als er tief Luft holte und den Atem wieder ausstieß. Er straffte sich und schaute zu dem Administrator auf.

»Ich will kein Magier werden«, sagte er. »Ich würde es wollen, wenn ich mir nicht noch mehr wünschte, mich um meine Familie kümmern zu können.« Er brach ab und senkte den Blick wieder. Sonea konnte Osens Gesicht nicht sehen, aber seine Haltung verriet nichts als geduldiges Abwarten.

»Eure Familie?«, hakte er nach.

Norrin blickte sich um, dann errötete er. »Meine jüngeren Geschwister. Mutter kann sich nicht um sie kümmern. Sie ist krank.«

»Und niemand sonst kann diese Verantwortung übernehmen?«, fragte Osen.

»Nein. Meine Schwester – nach mir die Älteste – ist im vergangenen Jahr gestorben. Die Übrigen sind zu jung. Ich habe nicht ein einziges Mal Magie benutzt«, fügte er hastig hinzu. »Ich weiß, dass mir das nicht gestattet ist, wenn ich kein Magier werde.«

»Wenn Ihr nicht den Wunsch habt, Magier zu werden – wenn Ihr den Wunsch habt, die Gilde zu verlassen –, müssen Eure Kräfte blockiert werden«, erklärte ihm Osen.

Der Novize blinzelte, dann schaute er mit solcher Hoffnung zum Administrator auf, dass es Sonea einen Stich versetzte. »Das könnt Ihr tun?«, fragte Norrin mit kaum hörbarer Stimme. »Dann kann ich mich um meine Familie kümmern, und es wird niemanden stören?« Er runzelte die Stirn. »Es kostet doch nicht viel, oder?«

Osen sagte nichts, dann schüttelte er den Kopf. »Es kostet gar nichts außer verlorene Möglichkeiten für Euch selbst. Könnt Ihr nicht noch einige Jahre warten? Wäre es für Eure Familie nicht besser, wenn Ihr ein Magier wärt?«

Norrins Gesicht verdüsterte sich. »Nein. Ich darf sie nicht besuchen. Ich darf ihnen kein Geld geben. Ich kann die… Krankheit meiner Mutter nicht heilen. Und die anderen sind zu jung, um sich selbst überlassen zu bleiben.«

Osen wandte sich den Höheren Magiern zu. »Ich schlage vor, dass wir darüber diskutieren.«

Sonea nickte zustimmend, ebenso wie die anderen. Der Administrator bedeutete der Eskorte, den Jungen aus der Halle zu führen. Sobald die Türen sich schlossen, stieß Lady Vinara einen lauten Seufzer aus und wandte sich den übrigen Magiern zu.

»Die Mutter des Jungen ist eine Hure. Sie ist nicht krank, sie ist süchtig nach Feuel.«

»Das ist wahr«, bekräftigte Universitätsdirektor Jerrik. »Aber er hat die Gewohnheiten seiner Mutter nicht übernommen. Er ist ein vernünftiger junger Mann, fleißig und wohlerzogen und mit starken Kräften. Es wäre ein Jammer, ihn zu verlieren.«

»Er ist zu jung, um zu wissen, was er aufgibt«, fügte Lord Garrel hinzu. »Er wird es bedauern, dass er die Magie um seiner Familie willen geopfert hat.«

»Aber er würde es noch mehr bedauern, wenn er seine Familie um der Magie willen opferte«, konnte Sonea nicht umhin zu bemerken.

Etliche der Anwesenden wandten sich zu ihr um. Sie hatte es sich während der vergangenen zwanzig Jahre nicht zur Gewohnheit gemacht, an den Debatten der Höheren Magier teilzunehmen. Zuerst hatte sie es nicht getan, weil sie sich zu jung fühlte und zu unerfahren in Bezug auf die Politik der Gilde, später weil ihre Position unter ihnen ihr nicht aus Respekt zugebilligt worden war, sondern weil man widerstrebend ihre Kräfte und ihre Mitwirkung bei der Verteidigung des Landes anerkannte.

Doch wann immer ich spreche, scheine ich erheblich mehr Aufmerksamkeit zu erregen, als die Angelegenheit es rechtfertigt.

»Ihr habt viel mit Norrin gemeinsam«, begann Osen. »Auch Ihr wolltet der Gilde nicht beitreten – wenn auch nicht aus familiären Gründen«, fügte er hinzu. »Was würdet Ihr vorschlagen, das wir tun sollen, um ihn zum Bleiben zu überreden?«

Sonea widerstand dem Drang, die Augen zu verdrehen. »Er will seine Familie besuchen und ihr helfen. Gewährt ihm das, und ich bin davon überzeugt, dass er überglücklich wäre, bei uns zu bleiben.«

Die Höheren Magier tauschten Blicke. Sonea sah Rothen

an. Er verzog das Gesicht und übermittelte ihr mit diesem einen Blick, wie unwahrscheinlich es war, dass die Höheren Magier dem zustimmen würden.

»Aber das würde dazu führen, dass Geld der Gilde an eine Hure ginge und zweifellos für die Befriedigung ihrer Sucht verbraucht werden würde«, stellte Garrel fest.

»Es fließt erheblich mehr Geld der Gilde jede Nacht in die Bezahlung von Huren, als notwendig wäre, um Norrins Familie übers Jahr zu ernähren und mit einem Dach überm Kopf zu versorgen«, erwiderte Sonea, dann zuckte sie angesichts der Schärfe ihres Tonfalls zusammen.

Die Magier zögerten abermals. *Und auch das scheint immer zu geschehen, wenn ich es wage zu sprechen*, überlegte sie. Lady Vinara hatte sich, wie sie bemerkte, eine Hand vor den Mund gelegt.

»Es wird Norrins Aufgabe sein sicherzustellen, dass das Geld, das er seiner Mutter gibt, nicht in Feuel umgesetzt wird«, erklärte Sonea ihnen in einem Tonfall, von dem sie hoffte, dass er versöhnlicher klang. »Es ist offensichtlich nicht sein Ziel, seine Mutter umzubringen.« Dann hatte sie plötzlich eine Inspiration. »Wenn er sich bereit erklärt zu bleiben, schickt ihn zur Arbeit in die Hospitäler, als Strafe, wenn es sein muss. Ich werde dafür sorgen, dass seine Familie ihn dort besuchen kann. Auf diese Weise kann er sie sehen, *und* wir machen deutlich, dass er wegen des Verstoßes gegen das Gesetz bestraft wird.«

Die Magier im Raum nickten.

»Eine hervorragende Lösung«, sagte Lord Osen. »Vielleicht könnt Ihr seine Mutter gleichzeitig dazu überreden, die Droge aufzugeben.« Er sah sie erwartungsvoll an. Sie erwiderte nichts, sondern schaute ihm nur direkt in die Augen. *Ich bin nicht dumm genug, um irgendwelche Versprechungen zu machen, wenn es um Feuel geht.*

Osen wandte den Blick ab und drehte sich zu den anderen um. »Hat irgendjemand Einwände oder einen anderen Vorschlag?«

Die Höheren Magier schüttelten den Kopf. Osen rief die Eskorte und Norrin herein. Als man ihm Soneas Vorschlag unterbreitete, sah er mit offener Dankbarkeit zu ihr empor. *Da ist ein bisschen zu viel Bewunderung,* ging es ihr durch den Kopf. *Ich sollte besser dafür sorgen, dass er hart arbeiten muss, damit er nicht anfängt, mich zu idealisieren – oder, wichtiger noch, zu denken, dass das Brechen von Regeln dazu führt, dass er seinen Willen bekommt.*

Als Osen die Anhörung und die Versammlung für beendet erklärte und Sonea sich erhob und die Stufen hinabsteigen wollte, vertrat Lady Vinara ihr den Weg.

»Es ist schön zu sehen, dass Ihr endlich Eure Meinung sagt«, erklärte die ältere Heilerin. »Ihr solltet das häufiger tun.«

Sonea blinzelte überrascht und wusste nichts zu erwidern, das nicht abgedroschen geklungen hätte. Vinaras Lächeln wich einem ernsteren Ausdruck. Sie blickte zu der Stelle hinab, an der Norrin gestanden hatte.

»Dieser Fall demonstriert eindeutig die Notwendigkeit, eine prompte Entscheidung darüber zu treffen, ob die Regel gegen die Verbindung mit Kriminellen und Personen schlechten Rufes verändert oder abgeschafft werden soll.« Sie senkte die Stimme. »Ich bin für eine Klärung. Die Regel lässt sich zu leicht auf eine Weise auslegen, die die Arbeit meiner Heiler einschränken würde.«

Sonea nickte und brachte ein Lächeln zustande. »In meinem Fall ist es noch schlimmer. Was denkt Ihr, wann der Administrator zu einer Entscheidung rufen wird?«

Vinara runzelte die Stirn. »Er hat noch nicht festgelegt, ob es eine Entscheidung für uns oder für die Gilde sein sollte. Es mag als ungerecht angesehen werden, sollte er sich für Ersteres entscheiden, da Ihr die einzige Höhere Magierin seid, die die Magier und Novizen von niederer Herkunft repräsentieren würde. Aber wenn wir die Frage der ganzen Gilde vorlegen ...«

»Dann würde das vielleicht keinen allzu großen Unterschied machen«, beendete Sonea ihren Satz. »Und es würden gewiss Bemerkungen fallen, die, wenn sie öffentlich gemacht werden, dauerhaften Groll verursachen könnten.«

Vinara zuckte die Achseln. »Oh, ich glaube nicht, dass wir das vermeiden können. Aber es wird erheblich mehr Aufhebens und Arbeit verursachen, und Osen ist sich nicht sicher, ob das Thema diesen Aufwand rechtfertigt.«

»Nun denn.« Sonea lächelte grimmig und trat an der Frau vorbei. »Vielleicht wird Norrins Fall seine Meinung ändern.«

Lorkin blickte über die Felder neben der Straße und fragte sich, wie lange er brauchen würde, um sich an all das Grün zu gewöhnen. Drei Tage lang waren sie durch das Ödland gereist, und es fühlte sich so an, als hätte die staubige Trockenheit jede Falte seiner Haut und jeden Hohlraum seiner Lunge gefüllt. Er freute sich mehr als je im Leben auf ein Bad.

Nachts hatten sie abwechselnd Wache gehalten für den Fall, dass sich ihnen Ichani näherten, oder in der Kutsche geschlafen. Das Ödland galt als der gefährlichste Teil ihrer Reise – daher die Vorsichtsmaßnahmen –, aber niemand hatte jemals Magier der Gilde überfallen. Frühere Gildebotschafter hatten in der Ferne Gestalten gesehen, die sie beobachteten, aber keine davon hatte sich je genähert.

Lorkin bezweifelte, dass sie einem Überfall durch Ichani-Banditen lange hätten trotzen können, aber der frühere Botschafter hatte ihnen erklärt, dass sie sich immer darauf verlassen hatten, dass es Abschreckung genug sei, den Eindruck zu erwecken, als seien sie auf einen Kampf vorbereitet. Die Ichani, die im Ödland und in den Bergen umherstreiften, wussten, dass die Gilde es geschafft hatte, Kariko und seine Bande zu töten, obwohl sie keine Ahnung von dem *Wie* hatten, und so hielten sie sich von jedweden in Roben gewandeten Besuchern fern.

Am zweiten Tag hatte ein Sandsturm Dannyl gezwungen, neben dem Fahrer Platz zu nehmen und mit einer magischen Barriere Pferd und Kutsche zu schützen und dafür zu sorgen, dass die Straße sichtbar blieb. Am dritten Tag hatte die Sandfläche Grasbüscheln und verkümmerten Büschen Platz gemacht. Während die Pflanzenwelt dichter wurde, waren auch grasende Tiere erschienen. Dann wichen diese Flächen den ersten kümmerlichen Getreidefeldern, die langsam gesünder und üppiger wirkten, bis alles angenehm und ländlich aussah – solange man nicht allzu genau zum südwestlichen Horizont blickte.

Ab und zu tauchten Ansammlungen weißer Gebäude und Mauern mehrere hundert Schritte von der Straße entfernt auf. Es waren die Güter von Sachakas mächtigen Landbesitzern, den Ashaki. Erst als sie die ersten dieser Güter passierten, wurde Lorkin klar, dass die Ruinen im Ödland wahrscheinlich einst genauso ausgesehen hatten.

Heute Abend sollten Lorkin und Dannyl bei einem Ashaki übernachten. Lorkin war sich nicht sicher, wie viel von seiner nervösen Gespanntheit, endlich einem Sachakaner zu begegnen, auf Aufregung zurückzuführen war und wie viel auf Furcht. Dannyl hatte sich in Imardin mit dem sachakanischen Botschafter getroffen, aber Lorkin war damals offiziell noch nicht sein Gehilfe gewesen und hatte daher nicht an dem Treffen teilgenommen.

Ich will, dass wir uns beeilen und unser Ziel erreichen, aber wie viel davon ist auf Hunger und den Wunsch nach einem bequemen Bett und einer durchgeschlafenen Nacht zurückzuführen?

Die Kutsche verlangsamte ihr Tempo, dann bog sie von der Hauptstraße ab. Lorkins Herz begann zu rasen. Als er sich dichter zum Fenster hinüberbeugte, sah er weiße Gebäude am Ende der schmalen Straße, der die Kutsche folgte. Die Wände waren glatt und gewölbt, ohne scharfe Kanten. Als sie näher kamen, konnte er durch einen Torbogen vor ihnen schlanke, umherhuschende Gestalten sehen. Eine davon blieb im Torbogen stehen, dann drehte sie sich um und winkte den anderen, bevor sie verschwand.

Als sie durch das Tor fuhren, fanden sie sich in einem beinahe verlassenen Innenhof wieder. Wer immer die Leute waren, sie hatten sich zurückgezogen. Ein einzelner Mann trat aus einer schmalen Tür, als die Kutsche zum Stehen kam, und ließ sich mit dem Gesicht nach unten auf den Boden fallen.

Er war offensichtlich ein Sklave. Lorkin sah Dannyl an, der grimmig nickte und ausstieg. Der Mann auf dem Boden rührte sich nicht. Lorkin folgte Dannyl und schaute zu dem Fahrer auf. Der Mann runzelte missbilligend die Stirn.

Nun, man hat uns gesagt, dass wir dies erwarten müssten. Das macht es allerdings nicht weniger beunruhigend. Trotzdem, die Dinge werden hier anders gehandhabt. Der Herr des Hauses erscheint nicht, um seine Gäste zu begrüßen. Er heißt sie willkommen, sobald sie eingetreten sind.

»Bring uns zu deinem Herrn«, wies Dannyl den Mann an. Sein Tonfall war weder befehlend, noch klang er wie eine Bitte. Lorkin kam zu dem Schluss, dass dies ein guter Kompromiss sei, und nahm sich vor, das Gleiche zu tun, wenn er einen Sklaven ansprach.

Der liegende Mann erhob sich, und ohne aufzublicken oder etwas zu sagen, kehrte er durch die Tür in das Gebäude zurück. Dannyl und Lorkin folgten ihm in einen Flur. Die Innenwände waren genauso wie die äußeren Mauern, wenn auch vielleicht eine Spur glatter. Als Lorkin genauer hinschaute, sah er Fingerabdrücke auf der Oberfläche. Die Wände waren mit einer Art Putz bestrichen worden. Er fragte sich, ob sich darunter ein Mauerkern aus massivem Stein oder Ziegelsteinen verbarg oder ob es sich um reine, aus mehreren Schichten aufgebaute Lehmwände handelte.

Am Ende des Flurs angelangt, trat der Sklave beiseite und warf sich zu Boden. Dannyl und Lorkin gingen in einen großen Raum, dessen weiße Wände mit Wandbehängen und Schnitzereien geschmückt waren. Auf einem von drei niedrigen Hockern saß ein Mann, der jetzt aufstand und sie anlächelte.

»Willkommen. Ich bin Ashaki Tariko. Ihr müsst Botschafter Dannyl und Lord Lorkin sein.«

»So ist es«, erwiderte Dannyl. »Es ist uns eine Ehre, Euch kennenzulernen, und wir danken Euch für die Einladung in Euer Heim.«

Der Mann war einen Kopf kleiner als Dannyl, aber sein kräftiger Körperbau weckte den Eindruck von Stärke. Seine Haut war von dem typisch sachakanischen Braunton – heller als die eines Lonmars, aber dunkler als der honigbraune Teint eines Elyners. Aufgrund der Falten um Mund und Augen schätzte Lorkin ihn auf ein Alter zwischen vierzig und fünfzig. Er trug eine mit bunter Stickerei bedeckte kurze Jacke über einem schlichten Untergewand sowie eine Hose aus dem gleichen Tuch wie die Jacke, wenn auch nicht so kunstvoll geschmückt.

»Kommt und setzt Euch zu mir«, lud Ashaki Tariko sie ein und deutete auf die Hocker. »Ich habe Wächter auf der Straße postiert, die mich über Euer Kommen verständigt haben, so dass ich eine Mahlzeit für Eure Ankunft bereithalten konnte.« Er wandte sich an den auf dem Boden liegenden Sklaven. »Melde der Küche, dass unsere Gäste eingetroffen sind«, befahl er.

Der Mann sprang auf und eilte davon. Während Lorkin

Dannyl zu den Hockern folgte, sah er ein Aufblitzen von etwas Metallischem an Tarikos Hüfte und schaute genauer hin. Der Ashaki trug am Gürtel eine reich verzierte Scheide, aus der der ebenfalls kunstvoll gearbeitete Griff eines Messers ragte. Die Waffe war recht schön, mit Juwelen besetzt und mit goldenen Einlegearbeiten versehen.

Dann überlief Lorkin ein kalter Schauer.

Es ist das Messer eines Schwarzmagiers. Ashaki Tariko ist ein Schwarzmagier. Einen Moment lang stieg eine Woge der Furcht in ihm auf, die seltsam berauschend war, aber das Gefühl verebbte schnell und ließ einen enttäuschenden Zynismus zurück.

Ja, und das Gleiche gilt für deine Mutter, dachte er, und plötzlich wusste er, dass das Leben in einem Land voller Schwarzmagier nicht gar so aufregend und neuartig sein würde, wie er es sich vorgestellt hatte.

Seine Gedanken wurden durch einen Strom von Männern und Frauen unterbrochen, die sehr schlicht gekleidet waren: Sie hatten sich ein Tuch um den Leib gewickelt, das von einer Schnur um die Taille zusammengehalten wurde. Jeder trug ein Tablett voller Speisen oder Krüge und Kelche. Exotische Gerüche drangen an seine Nase, und sein Magen begann zu knurren. Jeder Sklave ging auf Ashaki Tariko zu, streckte ihm mit gesenktem Kopf seine Last entgegen und kniete dann vor ihm nieder. Der Erste hielt die Utensilien, mit denen der Gastgeber und seine Gäste essen würden: für jeden einen Teller und ein Messer mit einer gegabelten Spitze. Dann wurden die Kelche dargeboten und mit Wein gefüllt. Zu guter Letzt wurden Schalen dargeboten, von denen der Herr des Hauses die erste auswählte, dann Dannyl, dann Lorkin. Tariko entließ jeden Sklaven mit einem leisen »Geh«.

Der Herr des Hauses zuerst, sagte Lorkin sich im Stillen vor. *Magier vor Nichtmagiern, Ashaki vor landlosen freien Män-*

nern, Alter vor Jugend, Männer vor Frauen. Nur wenn eine Frau Magierin *und* Oberhaupt ihrer Familie war, wurde sie vor den Männern bedient. *Und Frauen essen ohnehin oft getrennt von den Männern. Ich frage mich, ob Ashaki Tariko eine Ehefrau hat.*

Das Essen war kräftig gewürzt, manches davon so scharf, dass er innehalten und sich zwischen den Bissen den Mund mit Wein abkühlen musste. Er widerstand so lange wie möglich, sowohl in der Hoffnung, dass er sich später an die Schärfe gewöhnen würde, als auch, weil er sich nicht bis zur Besinnungslosigkeit betrinken wollte – schon gar nicht an seinem ersten Abend als Gast im Haus eines sachakanischen Schwarzmagiers.

Während Dannyl und ihr Gastgeber über die Reise durch das Ödland, das Wetter, das Essen und den Wein sprachen, beobachtete Lorkin die Sklaven. Diejenigen von ihnen, die als Letzte ihre Lasten präsentiert hatten, hatten am längsten gewartet, doch ihre Arme zitterten nicht. Es war sehr seltsam, diese stummen Menschen im Raum zu haben, die praktisch ignoriert wurden, während Tariko und Dannyl sich unterhielten.

Diese Leute sind Tarikos Besitz, rief er sich ins Gedächtnis. *Man lässt sie wie Vieh arbeiten und züchtet sie auch wie Vieh.* Er versuchte sich vorzustellen, wie ein solches Leben wäre, und schauderte. Erst als die letzte Speise dargeboten und der letzte Sklave entlassen war, konnte Lorkin seine Aufmerksamkeit auf das Gespräch richten.

»Wie ist es, so nah am Ödland zu leben?«, erkundigte sich Dannyl.

Tariko zuckte die Achseln. »Wenn der Wind aus dieser Richtung kommt, saugt er die Feuchtigkeit aus allen Dingen. Er kann eine Ernte zerstören, wenn er zu lange weht. Anschließend ist alles von einer feinen Sandschicht bedeckt, drinnen wie draußen.« Er blickte auf, über die Mauern hinweg in Richtung des Ödlands. »Die Ödländer werden mit jedem Jahr ein wenig größer. Eines Tages, vielleicht in tausend Jahren, werden die Sandflächen sich mit jenen im Norden vereinen, und ganz Sachaka wird eine Wüste sein.«

»Es sei denn, es lässt sich umkehren«, sagte Dannyl. »Hat irgendjemand hier versucht, den Ödländern das Land wieder abzuringen?«

»Viele.« *Natürlich haben wir es versucht*, schien Tarikos Gesichtsausdruck zu sagen. »Manchmal mit Erfolg, aber niemals dauerhaft. Jene, die die Ödländer studiert haben, sagen, dass die fruchtbare obere Schicht des Landes weggerissen wurde, und ohne sie lässt sich das Wasser nicht festhalten, und Pflanzen können nicht zurückkehren.«

Interesse glitzerte in Dannyls Blick. »Aber Ihr habt keine Ahnung, wie?«

»Nein.« Tariko seufzte. »Alle paar Jahre fällt in der nördlichen Wüste Regen, und binnen weniger Tage wird das Land grün. Die Erde ist reich an Asche von den Vulkanen. Einzig der Mangel an Regen führt dazu, dass das Land eine Wüste bleibt. Hier haben wir jede Menge Regen, aber es wächst trotzdem nichts.«

»Das klingt wie ein Wunder, das man gesehen haben muss«, murmelte Lorkin. »Ich meine, die nördliche Wüste in Blüte.«

Tariko lächelte ihn an. »Das ist es auch. Die Duna-Stämme kommen nach Süden, um die Wüstenpflanzen abzuernten und die getrockneten Kräuter, Früchte und Samen in Arvice zu verkaufen. Wenn Ihr Glück habt, wird ein solches Ereignis während Eures Aufenthalts stattfinden, und Ihr werdet die Gelegenheit haben, einige seltene Gewürze und Delikatessen zu kosten.«

»Ich hoffe es«, sagte Lorkin. »Obwohl ich mir nichts Exotischeres und Köstlicheres vorstellen kann als die Mahlzeit, die wir gerade genossen haben.«

Der Sachakaner lachte leise, erfreut über die Schmeichelei. »Ich sage immer, dass von allen Sklaven gute Köche die zusätzlichen Ausgaben am meisten lohnen. Und Pferdeausbilder.«

Lorkin gelang es nur mit knapper Not zu verhindern, dass er angesichts einer solch lässigen Bemerkung über den Kauf von Menschen zusammenzuckte, und er war froh, dass Tariko nicht weiter darüber sprach. Nach einer Erörterung der einheimischen sachakanischen Speisen, während derer Tariko ihnen empfahl, bestimmte Gerichte zu kosten und andere zu meiden, straffte sich der Ashaki.

»Nun, Ihr müsst müde sein, und nachdem Ihr jetzt gegessen habt, will ich Euch nicht länger von einem Bad und Eurem Bett fernhalten.«

Dannyl wirkte enttäuscht, als ihr Gastgeber sich erhob, protestierte jedoch zu Lorkins Erleichterung nicht dagegen. Ein Gong erschallte, und zwei junge Frauen kamen hereingeeilt, um sich auf den Boden zu werfen.

»Bringt unsere Gäste in ihre Zimmer«, befahl er. Dann lächelte er Dannyl und Lorkin zu. »Ruht wohl, Botschafter Dannyl und Lord Lorkin. Ich werde Euch morgen früh wiedersehen.«

Cery schob die Kappe darüber nach oben, legte ein Auge an das Guckloch hin und spähte in den Raum dahinter. Er war schmal, aber sehr lang, so dass er insgesamt geräumig wirkte. Die Form hatte ihm nicht gefallen, aber man konnte den Raum in eine Reihe kleinerer Zimmer mit zahlreichen Fluchtmöglichkeiten unterteilen.

Mehrere Männer arbeiteten in dem Raum; sie bedeckten die Ziegelsteinmauern mit Vertäfelung, bauten das Gerüst für die Trennwände und kachelten den Boden. Zwei arbeiteten am Kamin und beseitigten eine Verstopfung. Sobald sie alle fertig waren und man gründlich sauber gemacht hatte, würde es ans Einrichten gehen, und Cerys neues Versteck – und die Falle für den Jäger der Diebe – würde zu einer geschmackvollen, luxuriösen Wohnung werden.

»Bist du dir sicher, dass du denselben Schlossmacher benutzen willst?«, fragte Gol.

Cery drehte sich um und sah das Auge seines Leibwächters, das von einem kleinen Lichtkreis hinter einem anderen Guckloch erhellt wurde.

»Warum sollte ich nicht?«

»Du hast gesagt, du glaubtest nicht, dass Dern dich verraten habe, und wenn niemand dich verrät, dann wird der Diebesjäger auch niemals in unsere Falle tappen.«

Cery, der sich wieder dem Guckloch zuwandte, beobachtete die Männer bei der Arbeit. »Ich will nicht, dass die Leute denken, ich gäbe ihm die Schuld.«

»Ich bin trotzdem immer noch ein wenig argwöhnisch, was das Schloss betrifft. Warum sollte Dern es so bauen, dass man erkennen kann, ob Magie benutzt wurde, wenn es so unwahrscheinlich ist, dass Magie überhaupt benutzt werden würde?«

»Vielleicht dachte er, es sei durchaus wahrscheinlich. Schließlich bin ich ein Dieb. Diebe werden jetzt schon seit einigen Jahren ermordet.«

»Dann muss er einen Grund zu der Annahme haben, sie seien durch Magie getötet worden.«

»Vielleicht hat er diesen Grund. Vielleicht ist das, was Auftragsmörder wissen, nicht so geheim, wie sie glauben. Aber mir schien Dern stets gewohnheitsmäßig so gründlich zu sein, dass es schon ans Lächerliche grenzte, und ich denke, das ist der Grund, warum er das Schloss so gebaut hat, nicht der Umstand, dass er etwas über den Jäger und dessen Methoden wusste.«

Gol seufzte. »Ja ... manchmal macht er tatsächlich diesen Eindruck. Und obwohl er dankbar dafür war, weitere

Aufträge von dir zu erhalten, wirkte er auch, nun ja, nervös. Angespannt. Er sagte immer wieder, wenn der Jäger und der wilde Magier tatsächlich real seien und ein und dieselbe Person, welche anderen Legenden könnten dann noch wahr sein? Wie die Legende von den Riesen-Ravis, die Menschen bei lebendigem Leib fressen, wenn sie sich in die Kanalisation begeben, oder plötzlich daraus auftauchen und Leute von der Straße der Diebe wegreißen.«

»Es ist nur natürlich, dass er sich solche Fragen stellt.« Cery schüttelte den Kopf. »Ich habe den wilden Magier auch immer für einen Mythos gehalten. Die Leute erzählen sich, es habe sich zwanzig Jahre lang ein Magier in der Stadt versteckt, obwohl Senfel sich der Gilde wieder angeschlossen hat, nachdem man ihm Straffreiheit gewährt hatte, und er ist an Altersschwäche gestorben... Wann war das noch? Vor neun oder zehn Jahren?«

»Senfel hat die Leute auf diese Idee gebracht – genauso wie Sonea. Jetzt ist jedes seltsame Ereignis, das magischer Natur sein könnte, Beweis dafür, dass weitere wilde Magier in der Stadt leben.«

»Sieht so aus, als könnten sie da recht haben.« Cery runzelte die Stirn. »Aber das ist ein Grund mehr, warum wir uns sicher sein müssen, bevor wir es Sonea sagen.«

Gol brummte zustimmend. »Denkst du, wir sollten Skellin erzählen, was wir tun?«

»Skellin?« Einen Moment lang fragte sich Cery, warum, dann fiel ihm die Übereinkunft wieder ein, die er mit dem anderen Dieb geschlossen hatte. »Wir wissen nicht mit Bestimmtheit, ob die Person, die wir in die Falle locken wollen, tatsächlich der Jäger ist. Es könnte auch jemand sein, der es einfach auf mich abgesehen hat. Und der Magie benutzt.«

»Der wilde Magier?«

»Vielleicht. Wir werden es bald wissen. Und wenn es

dann einen guten Grund zu der Annahme gibt, er sei der Jäger, werden wir es Skellin erzählen.«

Für eine Weile blickten sie beide nur schweigend durch die Gucklöcher, dann ließ Cery die Kappe seines Gucklochs zurückschwingen. Die Arbeiter kannten die Fluchtwege, die sie bauten, aber keinen von denen, die bereits existierten. Ebenso wenig wussten sie von den Gucklöchern, durch die Cery und Gol sie beobachteten.

»Lass uns gehen.«

Das Loch aus Licht vor Gols Auge verschwand. Cery setzte sich in Bewegung und strich dabei mit einer Hand an der Wand entlang.

Ich frage mich, welcher der Arbeiter, die ich eingestellt habe, den Standort meines neuen Verstecks durchsickern lassen wird. Obwohl Cery Arbeiter immer gut behandelte und sie gerecht und ohne Verzug entlohnte, konnte er sich ihrer Loyalität oder ihrer Fähigkeit, Geheimnisse zu hüten, niemals ganz sicher sein. Er brachte so viel wie möglich über sie in Erfahrung: ob sie Familie hatten, ob ihnen diese Familie am Herzen lag, ob sie Schulden hatten, für wen sie in der Vergangenheit gearbeitet hatten, wer für sie gearbeitet hatte. Ob es jemanden – insbesondere die Wache – gab, dem sie lieber nicht begegnen wollten.

Nicht diesmal. Gol hat begonnen, Informationen zusammenzutragen, aber es ist nicht genug Zeit, um gründlich zu sein. Damit die Falle funktionierte, brauchte Cery jemanden, der Informationen darüber preisgab. *Aber wenn ich nicht gewisse Vorkehrungen treffe, könnte der Jäger vielleicht denken, es sei untypisch für mich, und argwöhnisch werden.*

Der Gang machte eine Biegung und dann noch eine.

»Du kannst die Lampe jetzt wieder öffnen«, murmelte Cery.

Nach einem Moment der Stille folgte ein schwaches Quietschen, und plötzlich war der Tunnel sichtbar.

»Weißt du, jeder dieser Arbeiter könnte der Jäger sein.«
Cery blickte über die Schulter zu seinem Freund hinüber. »Gewiss nicht.«

Gol zuckte die Achseln. »Selbst der Jäger muss essen und braucht ein Dach überm Kopf. Er muss irgendeine Art von Arbeit haben.«

»Es sei denn, er ist reich«, bemerkte Cery, bevor er sich wieder umdrehte.

»Es sei denn, er ist reich«, pflichtete Gol ihm bei.

Früher hätte man mit Sicherheit davon ausgehen können, dass der Jäger reich war. Nur reiche Leute erlernten Magie. Aber heutzutage konnten alle Klassen der Gilde beitreten. Und wenn der Jäger es sich nicht leisten konnte, Leute zu bestechen, konnte er sie immer noch erpressen und bedrohen – möglicherweise noch wirksamer mit Magie, mit der er seine Opfer einschüchtern konnte.

Ich wünschte, ich könnte Sonea fragen, ob irgendwelche Magier oder Novizen verschwunden sind. Aber ich will kein erneutes Treffen mit ihr riskieren, bis ich Beweise dafür habe, dass sich ein wilder Magier in der Stadt aufhält.

Und in der Zwischenzeit sollte er am besten dafür sorgen, dass er diesen Beweis bekam, ohne dabei getötet zu werden.

10 Eine neue Herausforderung

Der ehemalige Gildebotschafter in Sachaka hatte Dannyl gesagt, dass Arvice nicht von Mauern umschlossen war. Das heißt, nicht von Mauern, die zur Verteidigung gedacht waren. Davon abgesehen gab es jede Menge Grenzmauern in Sachaka. Höher als ein Mann oder so niedrig, dass man darüber hinwegsteigen konnte, und immer weiß getüncht, markierten sie die Grenzen von Besitztümern. Der einzige Hinweis darauf, dass er und Lorkin die Stadt erreicht hatten, war der Umstand, dass jetzt hohe Mauern die Straßen säumten statt niedriger, mit Ausnahme der Stellen, an denen sie eingestürzt und nicht repariert worden waren.

Wir haben eine Menge Ruinen gesehen, ging es Dannyl durch den Sinn. *Draußen im Ödland und dann gelegentlich eingestürzte Mauern innerhalb von Gütern, die aussahen, als wären sie einst Herrenhäuser gewesen. Und jetzt dies…* Die Kutsche fuhr an einer weiteren eingestürzten Mauer vorbei, und durch die Lücke konnte er die versengten, verfallenen Überreste eines Gebäudes sehen. *Es ist so, als liege der sachakanische Krieg nur wenige Jahre zurück und als hätten sie noch keine Zeit für den Wiederaufbau gehabt.*

Aber wenn die Erschaffung des Ödlands die Nahrungsmittelproduktion Sachakas halbiert hatte, wie Ashaki Tariko behauptete, dann war die Bevölkerung vielleicht in gleichem Maße geschrumpft. Häuser würden nicht wieder aufgebaut werden, wenn es niemanden gab, der in ihnen leben wollte.

Der Krieg liegt siebenhundert Jahre zurück. Gewiss sind die Häuser, die damals verlassen wurden, längst verschwunden. Diese Ruinen müssen jüngeren Datums sein. Vielleicht geht die Bevölkerung immer noch langsam zurück. Oder vielleicht sind die Besitzer zu arm, um sich Reparaturen oder einen Wiederaufbau leisten zu können.

Die Kutsche näherte sich einer jungen Frau, die barfuß die Straße entlangging und das schlichte, gegürtete Gewand einer Sklavin trug. Beim Näherkommen des Gefährts blickte sie auf, dann weiteten sich ihre Augen. Sie ging aus dem Weg, verbeugte sich und richtete den Blick zu Boden, als die Kutsche vorüberfuhr.

Dannyl runzelte die Stirn, dann beugte er sich näher zum Fenster vor, damit er nach vorn schauen konnte: Weitere Sklaven waren auf der Straße zu sehen. Auch sie reagierten mit Furcht, als die Kutsche näher kam. Einige drehten sich um und rannten davon. Jene, die in der Nähe von Nebenstraßen waren, machten sich diese zunutze. Andere erstarrten und pressten sich gegen die nächste Mauer.

Ist das ein normales Verhalten für Sklaven? Weichen sie vor allen Kutschen zurück, oder liegt es daran, dass dies eine Kutsche der Gilde ist? Wenn Letzteres zutrifft, warum fürchten sie uns? Haben irgendwelche von meinen oder Lorkins Vorgängern ihnen Grund zur Furcht gegeben? Oder fürchten sie Kyralia nur wegen vergangener Ereignisse?

Die Kutsche bog in eine andere Straße ein und überquerte dann eine breitere Durchgangsstraße. Dannyl bemerkte, dass die Sklaven hier nicht ganz so furchtsam waren, obwohl sie durchaus einen großen Bogen um die Kutsche machten. Nach einigen weiteren Biegungen fuhr die Kutsche plötzlich zwischen zwei Toren hindurch in einen Innenhof und blieb stehen. Ein Aufblitzen von Gold erregte seine Aufmerksamkeit, und er sah die Tafel an der Seite des Hauses: *Gildehaus von Arvice.*

Dannyl drehte sich zu Lorkin um. Der jüngere Mann saß sehr aufrecht da, und seine Augen leuchteten vor Erregung. Er sah Dannyl an, dann deutete er auf die Kutschentür.

»Der Botschafter zuerst«, sagte er grinsend.

Dannyl öffnete die Tür und stieg aus. In ihrer Nähe lag ein Mann auf dem Boden. Einen Moment lang zuckte Sorge in Dannyl auf, denn er fürchtete, der Fremde sei zusammengebrochen. Dann fiel es ihm wieder ein.

»Ich bin Gildebotschafter Dannyl«, sagte er. »Dies ist Lord Lorkin, mein Gehilfe. Du darfst dich erheben.«

Der Mann rappelte sich hoch, wobei er den Blick weiter zu Boden gerichtet hielt. »Mir wurde aufgetragen, Euch willkommen zu heißen, Botschafter Dannyl und Lord Lorkin, und Euch ins Haus zu geleiten.«

»Danke«, erwiderte Dannyl automatisch und erinnerte sich zu spät daran, dass derartige gesellschaftliche Gewohnheiten von Sachakanern als erheiternd und töricht angesehen wurden. »Führe uns hinein.«

Der Mann deutete auf eine nahe Tür, dann drehte er sich um und trat hindurch. Er blickte zurück, um sich davon zu überzeugen, dass sie ihm folgten, während er einen Flur entlangging. Geradeso wie in Ashaki Tarikos Haus führte er zu einem großen Raum – dem Herrenzimmer. Aber in diesem Raum herrschte Stimmengewirr. Es überraschte Dannyl, dass mindestens zwanzig Männer dort standen, alle in den üppig verzierten kurzen Jacken, die offensichtlich unter sachakanischen Männern gerade in Mode waren.

Bei seinem Eintritt drehten sich alle nach ihm um, und die Stimmen verstummten sofort.

»Botschafter Dannyl und Lord Lorkin«, verkündete der Sklave.

Einer der Männer trat lächelnd vor. Er hatte den typischen breitschultrigen Körperbau seiner Rasse, aber in seinem Haar waren einige graue Strähnen, und die Falten um Mund und Augen verliehen seinem Gesicht einen fröhlichen Ausdruck. Seine Jacke war dunkelblau und mit Goldstickerei besetzt, und an seinem Gürtel hing ein Schmuckmesser.

»Willkommen in Arvice, Botschafter Dannyl, Lord Lorkin«, sagte er und sah Lorkin kurz an, bevor er seine Aufmerksamkeit wieder auf Dannyl richtete. »Ich bin Ashaki Achati. Meine Freunde und ich haben darauf gewartet, Euch zu begrüßen und Euch sachakanische Gastfreundschaft zuteilwerden zu lassen.«

Ashaki Achati. Erregung durchzuckte Dannyl, als er sich an den Namen erinnerte. *Ein wichtiger Mann und Freund des sachakanischen Königs.*

»Danke«, erwiderte Dannyl. »Ich…« Er sah Lorkin an und lächelte. »Wir fühlen uns geschmeichelt und geehrt.«

Ashaki Achatis Lächeln wurde breiter. »Erlaubt mir, Euch alle anderen vorzustellen.«

Wieder erfüllten Stimmen den Raum, während Achati die übrigen Männer einzeln oder paarweise herbeirief, um sie mit Dannyl bekannt zu machen. Ein fülliger Mann wurde als königlicher Meister des Handels vorgestellt, ein kleiner, gebeugter Mann entpuppte sich als der Meister des Gesetzes. Der Meister des Krieges schien eine eigenartige Wahl für dieses Amt zu sein – dünn für einen Sachakaner und übertrieben respektlos im Benehmen für eine so gewichtige und ernste Rolle. Die Freundlichkeit des Meisters der Dokumente wirkte erzwungen, aber Dannyl sah keine Abneigung in seinem Benehmen, nur eine Spur Langeweile.

»Und, habt Ihr schon irgendwelche Pläne zu Eurer Unterhaltung, falls Ihr von Euren diplomatischen Pflichten einmal nicht beansprucht seid?«, fragte ein Mann namens Ashaki Vikato, nachdem sie miteinander bekannt gemacht worden waren.

»Ich finde die Vergangenheit faszinierend«, antwortete Dannyl. »Ich würde gern mehr über Sachakas Geschichte erfahren.«

»Ah! Nun, dann solltet Ihr mit Kirota sprechen.« Der Mann deutete auf den Meister des Krieges. »Er redet immer über irgendwelche obskuren Teile der Vergangenheit oder liest alte Bücher. Was für die meisten sachakanischen Jungen eine lästige Pflicht ist, ist für ihn ein angenehmer Zeitvertreib.«

Dannyl schaute zu dem dünnen Mann hinüber, der über irgendeine Bemerkung grinste.

»Nicht mit dem Meister der Dokumente?«

»Nein«, sagte Ashaki Achati kopfschüttelnd. »Es sei denn, Ihr habt Probleme mit dem Einschlafen.«

Ashaki Vikato lachte leise. »Der alte Richaki hat mehr Interesse daran, die Gegenwart zu dokumentieren, als die Vergangenheit ans Licht zu zerren. Meister Kirota!«

Der dünne Mann drehte sich um und lächelte dann, als Vikato ihn heranwinkte. Er bahnte sich einen Weg durch den Raum.

»Ja, Ashaki Vikato?«

»Botschafter Dannyl interessiert sich für Geschichte. Was würdet Ihr vorschlagen, wie er diesem Interesse nachgehen kann, während er sich in Arvice aufhält?«

Kirota zog die Augenbrauen hoch. »Wirklich?« Dann runzelte er die Stirn und dachte nach. »Es ist nicht leicht, Zugang zu Aufzeichnungen oder Bibliotheken zu erhalten«, warnte er. »All unsere Bibliotheken befinden sich in Privatbesitz, und Ihr müsstet Meister Richaki um Erlaubnis bitten, die Palastdokumente einsehen zu dürfen.«

Achati nickte. »Ich stehe mit den meisten Bibliotheksbesitzern in Arvice auf gutem Fuß. Wenn Ihr wollt, kann ich Euch mit ihnen bekannt machen und feststellen, ob wir zu einigen der Bibliotheken Zutritt erlangen können.«

»Dafür wäre ich Euch überaus dankbar«, erwiderte Dannyl.

Achati lächelte. »Es wird keine Probleme geben. Sie werden alle den derzeitigen Gildebotschafter kennenlernen wollen. Die einzige Schwierigkeit könnte darin bestehen, ihnen die Erlaubnis abzuringen, Euch lange genug allein zu lassen, um etwas zu lesen. Gibt es irgendeinen Aspekt der Geschichte, der Euch besonders interessiert?«

»Je älter, desto besser. Und...« Dannyl hielt inne, um darüber nachzudenken, wie er sein Anliegen ausdrücken sollte. »Obwohl ich gerne meine Wissenslücken in Bezug auf die sachakanische Geschichte füllen würde, interessiert mich doch auch alles, was einige der Lücken in der kyralischen Geschichte füllen könnte.«

»Ihr habt Lücken?« Kirota zog abermals die Augenbrauen hoch. »Aber andererseits – haben wir die nicht alle?« Er lächelte, und die Linien auf seinem dünnen Gesicht vertieften sich, so dass Dannyl bewusst wurde, dass der Mann älter sein musste, als er anfangs vermutet hatte. »Vielleicht könnt Ihr mir ja helfen, auch einige der Lücken in unserer Geschichte zu füllen, Botschafter Dannyl.«

Dannyl nickte. »Ich werde tun, was ich kann.«

Während Achati sich im Raum umsah, vielleicht um festzustellen, ob er es versäumt hatte, irgendjemanden mit den Neuankömmlingen bekannt zu machen, bemerkte Dannyl, dass er sich vollkommen wohlfühlte, obwohl er von Schwarzmagiern umringt war. Dies waren Männer von

Macht und Einfluss, und mit solchen Männern hatte er in der Vergangenheit häufig zu tun gehabt. *Vielleicht wird meine Aufgabe nicht viel schwerer sein, als sie es in Elyne gewesen war. Nicht dass es dort ein Zuckerschlecken gewesen wäre. Und mir scheint, dass auch schwarze Magie niemanden daran hindert, gelehrten Interessen nachzugehen.* Ein Prickeln der Erwartung durchlief ihn bei dem Gedanken an die Dokumente, über die er vielleicht in diesen privaten Bibliotheken stolpern würde, die Achati erwähnt hatte. Dann durchzuckte ihn ein Stich des Schuldgefühls und des Kummers. *Es wäre schön gewesen, diese Entdeckungen mit Tayend zu teilen. Aber ich bin mir nicht sicher, ob er sich jetzt noch so sehr dafür interessiert. Und so freundlich diese Männer wirken, er ist daheim in Kyralia sicherer aufgehoben.*

Die Menschenmenge vor dem Nordseite-Hospital war kleiner als gewöhnlich. Bleiche Gesichter wandten sich der Kutsche zu, und die Augen der Menschen leuchteten vor Hoffnung, obwohl ihre Mienen wachsam blieben. Sonea fuhr mit ihrem Wagen durch das Tor und musste unwillkürlich seufzen.

Als die Hospitäler seinerzeit eröffnet worden waren, hatten sich Horden kranker Menschen draußen vor den Toren versammelt und sich zu denen gesellt, die nur gekommen waren, um die legendäre Magierin aus den Hüttenvierteln, die ehemalige Verbannte und Verteidigerin Kyralias zu sehen. Jene Menschen, die ihre schwarzen Roben nicht eingeschüchtert hatten, hatten sie bettelnd umringt und es ihr erschwert, ins Hospital zu gelangen und die Arbeit zu tun, die sie tun musste. Sie hatte sich nicht dazu überwinden können, die Bittsteller mithilfe ihrer Magie fortzuschieben. Andere Heiler hatten ähnliche Probleme gehabt, wenn die Kranken, die noch nicht im Hospital aufgenommen worden waren, oder ihre Familien um Hilfe bettelten.

Daher hatte man geschlossene Kutschenwege neben den Hospitälern erbaut, mit Wachen an den Toren und einem Nebeneingang. Diese ermöglichten es den Heilern, unbehelligt im Hospital anzukommen und aus der Kutsche zu steigen. Sonea wartete, bis die Wachen ihr zuriefen, dass der Weg frei sei, dann stieg sie aus der Kutsche. Als sie sich den Männern zuwandte, um ihnen zum Dank ein Lächeln zu schenken, verbeugten die beiden Wachen sich. Dann hörte sie, dass die Nebentür des Hospitals geöffnet wurde.

»… und es wird auch Zeit – oh!«

Als Sonea sich umdrehte, sah sie Heilerin Ollia, die sie entsetzt anstarrte.

»Entschuldigung, ähm, Schwarzmagierin Sonea. Ich war … wir waren …«

»Ich bin diejenige, die sich entschuldigen sollte.« Sonea lächelte. »Ich bin spät dran, weil ich unerwartet für Heiler Draven einspringen muss. Seine Mutter ist plötzlich erkrankt.« Sie trat beiseite und nickte in Richtung Kutsche. »Fahrt nur. Ihr müsst müde sein.«

»Ähm. Danke.« Errötend eilte Ollia an ihr vorbei und stieg in die Kutsche.

Sonea wandte sich ab und ging hinein. Im Hospital bildete ein großer Raum voller Vorräte mit einem zentralen Sitzbereich für erschöpfte Heiler und Helfer einen Hort der Ungestörtheit zwischen dem Personaleingang und den öffentlichen Räumen. Auf einem der Stühle saß eine junge Frau in grünen Roben, deren Mundwinkel zu einem schiefen Lächeln emporzuckten.

»Guten Abend, Schwarzmagierin Sonea«, begrüßte Nikea sie.

»Heilerin Nikea«, erwiderte Sonea. Sie mochte Nikea. Die junge Heilerin hatte sich, nicht lange nachdem sie der Gilde beigetreten war, freiwillig gemeldet, um im Hospital auszuhelfen, und ihre Liebe sowohl zum Heilen als auch zum Helfen entdeckt. Ihre Eltern waren Dienstboten in einem der weniger mächtigen Häuser. »Sieht still aus heute Abend.«

»Mehr oder weniger.« Nikea zuckte die Achseln. »Habe ich richtig gehört? Ihr springt für Heiler Draven ein?«

»Ja.«

Nikea erhob sich. »Dann sollte ich Adrea besser wissen lassen, dass Ihr hier seid.«

»Ich werde Euch begleiten.«

Sonea folgte ihr durch die Tür in den Hauptteil des Hospitals und schloss sie hinter sich mit Magie. Während sie den Flur entlanggingen, lauschte sie auf die Geräusche, die aus den Behandlungsräumen drangen. Schnarrendes Keuchen sagte ihr, dass sich in einem Raum ein Patient mit Atemproblemen befand, und Stöhnen hinter einer anderen Tür deutete auf Schmerzen hin. Alle Räume waren wie immer besetzt – einige sowohl mit einem Patienten als auch den beiden Familienmitgliedern, denen es gestattet war, zu bleiben und bei der Pflege zu helfen.

Es waren zu wenig Heiler bereit, in den Hospitälern zu arbeiten, um die Vielzahl der Kranken, die sie besuchten, zu behandeln, und selbst mit vereinten Kräften hatten sie nicht genug Macht, um die Nachfrage zu befriedigen. Aber auch wenn alle Heiler der Gilde gezwungen würden, täglich in den Hospitälern zu arbeiten, würde ihre Zahl immer noch nicht ausreichen. Sonea hatte gewusst, dass sie in diesen Häusern mit einem begrenzten Kontingent magischer Heilkraft auskommen müssten.

Daher hatte sie dafür gesorgt, dass man heilende Magie bei der Behandlung wie eine seltene und machtvolle Medizin einsetzte. Nur jene, die ohne sie nicht überleben würden, wurden mit Magie geheilt. Die Übrigen behandelte man mit Medikamenten und Operationen.

Dadurch indes war offenbar worden, dass die Heiler der

Gilde nicht so viel über nichtmagische Heilung wussten, wie sie gedacht hatten. Diejenigen Heiler, die Sonea bei der Behandlung der Armen unterstützten, hatten begonnen, ihr Wissen auf Gebieten zu erweitern, die lange Zeit vernachlässigt worden waren. Einige Heiler betrachteten das Heilen ohne Magie als primitiv und unnötig, aber Lady Vinara, das Oberhaupt der Heiler, war nicht geneigt, ihnen recht zu geben. Sie schickte Sonea jetzt Novizen, die eine Vorliebe für die heilende Disziplin zeigten, damit sie lernten, wie man nichtmagische Heilung anwandte und warum sie immer noch benötigt wurde.

Nikea bog in den Hauptflur ein und führte Sonea in den allgemeinen Eingangsraum des Hospitals. Dort ging eine kleine, rundliche Frau mit grauen Strähnen im Haar auf und ab und beobachtete mit vor der Brust verschränkten Armen und strenger Miene die Menschen, die auf Bänken an den Wänden saßen. Sonea verkniff sich ein Lächeln.

Adrea. Eine unserer ersten nichtmagischen Helferinnen.

Als die ersten Hospitäler eröffnet worden waren, hatten die Heiler zu viel Zeit damit verbracht, mit allen Besuchern zu reden, um herauszufinden, wer krank war und wer nicht. Außerdem mussten sie entscheiden, wie ernst die Krankheit oder Verletzung war, und den Patienten an einen Heiler mit der entsprechenden Erfahrung und dem notwendigen Wissen weiterleiten. Schon bald klagten Heiler darüber, dass sie ihre Zeit damit verbrächten, Leute hin und her zu schicken, statt sie zu heilen. Sie versuchten, die Aufgabe Novizen zu übertragen, aber die neuen Novizen waren entweder zu jung oder zu unerfahren, um mit beunruhigten Patienten und ihren Familien fertigzuwerden, und die älteren mussten mehr lernen, als Krankheiten zu diagnostizieren und Leute hin und her zu schaffen.

Es war Lady Vinaras Idee gewesen, in den Häusern nach Freiwilligen für die Hospitäler zu suchen. Sonea hatte keine

Reaktion darauf erwartet, daher hatte es sie überrascht, als einige Tage später drei Frauen an der Tür erschienen waren. Sie hatte sich binnen kurzem nützliche Aufgaben ausdenken müssen, die für Frauen aus den höheren Klassen nicht zu einfach, aber auch nicht so wichtig waren, dass allzu viele Probleme aufgeworfen oder größere Schäden angerichtet wurden, wenn man ihnen mehr schlecht als recht nachkam.

Nur eine dieser Frauen war nach jenem ersten Tag ins Hospital zurückgekehrt, aber nach einigen Wochen hatte sie nicht nur bewiesen, dass sie tüchtig war, sie überredete auch bald drei andere Frauen – Freundinnen und Verwandte –, es einmal als »Hospitalhelferinnen« zu versuchen.

Einige Wochen später waren weitere Helferinnen gekommen. Gerüchte über die ursprünglichen Helferinnen hatten die Runde gemacht, und man fand allenthalben, dass sie Bewunderung für ihre noble Bereitschaft verdienten, zum Wohl der Stadt Zeit zu opfern und ihre persönliche Sicherheit zu riskieren. Plötzlich kam es regelrecht in Mode, in den Hospitälern zu helfen, und es gab eine Flut von Freiwilligen.

Die Realität der Arbeit dämpfte aber bald vielfach die Begeisterung der Helfer, und die Zahl neuer Freiwilliger sank wieder. Die Helfer, die verblieben, setzten ihre Arbeit in den Hospitälern nicht nur fort, sondern organisierten sich zu Schichten und hielten Versammlungen ab, um über neue oder bessere Möglichkeiten zu sprechen, wie Nichtmagier den Armen und den Heilern helfen konnten.

»Adrea!«, rief Nikea.

Die Frau drehte sich um, und als sie Sonea sah, verneigte sie sich tief. »Schwarzmagierin Sonea«, sagte sie.

»Adrea«, erwiderte Sonea. »Ich nehme heute Abend den Platz von Heiler Draven ein. Gebt mir ein paar Minuten, und dann schickt den ersten herein.«

Die Frau nickte. Sonea wandte sich wieder dem Flur zu, machte einen Schritt in Richtung des Untersuchungsraums und blieb dann stehen, um Nikea noch einmal anzusehen.

»Hier gibt es nichts, was spezieller Aufmerksamkeit bedürfte?«, fragte sie und deutete den Flur entlang zu den Patientenräumen.

Nikea schüttelte den Kopf. »Nichts, womit wir nicht fertigwerden können. Wir kümmern uns zu dritt um die Räume. Alle Patienten haben zu essen bekommen, und die Hälfte von ihnen schläft wahrscheinlich bereits. Ich werde es Euch wissen lassen, wenn sich etwas ergeben sollte.«

Sonea nickte. Sie trat vor die erste Tür auf der linken Seite und öffnete sie. Der Raum dahinter war groß genug für zwei Stühle, einen verschlossenen Schrank und ein schmales Bett an einer der Wände. Es war dunkel, daher schuf sie eine Lichtkugel und ließ sie in der Mitte des Raums unter der Decke schweben.

Nachdem sie sich auf einen der Stühle gesetzt hatte, holte sie tief Luft und bereitete sich auf den ersten Patienten vor. Adrea würde einen Gong läuten, wenn jemand kam, der sofort behandelt werden musste. Die Übrigen wurden in den Untersuchungsraum geschickt, wo ein Heiler sie befragte, bevor er sie entweder mit Magie heilte oder mit Medikamenten oder einer kleineren Operation behandelte. Wenn größere Operationen vonnöten waren, baten sie den Patienten, an einem anderen Tag wieder herzukommen.

Es klopfte an der Tür. Sonea zog ein wenig Magie in sich hinein und sandte sie zur Tür, drehte den Knauf und zog sie nach innen auf. Der Mann auf dem Flur wirkte überrascht, als er niemanden hinter der Tür stehen sah, obwohl er das Hospital bereits einige Male zuvor besucht hatte. Als sie ihn erkannte, hob sich ihre Stimmung sofort.

»Steinmetz Berrin«, sagte Sonea. »Kommt herein.«

Als er sie sah, wirkte er erleichtert. Er verneigte sich, schloss die Tür, ging zu dem Stuhl und setzte sich.

»Ich hatte gehofft, dass Ihr hier sein würdet«, erklärte er.

Sie nickte. »Wie geht es Euch?«

Der Mann rieb sich die Hände und hielt inne, um nachzudenken, bevor er antwortete: »Ich glaube nicht, dass es funktioniert hat.«

Sonea musterte ihn nachdenklich. Er war vor fast einem Jahr zum ersten Mal ins Hospital gekommen und hatte sich geweigert zu erzählen, was ihm fehlte. Sie hatte etwas Peinliches und Privates vermutet, aber was er dann langsam und widerstrebend enthüllt hatte, war eine Abhängigkeit von Feuel.

Es hatte einigen Mut gekostet, das zuzugeben, das wusste sie. Er war der Typ Mann, der hart arbeitete und sich rühmte, »ehrliche« Arbeit zu tun. Aber als seine Frau bei der Geburt ihres ersten Kindes, das nicht überlebt hatte, gestorben war, war er so voller Trauer und Schuldgefühle gewesen, dass er die Ware eines Feuelverkäufers mit Hingabe gekostet hatte. Als der Schmerz weit genug zurückgegangen war, um seine frühere Arbeit wiederaufzunehmen, hatte er festgestellt, dass er die Droge nicht mehr aufgeben konnte.

Zuerst hatte sie ihn ermutigt, seinen Verbrauch von Feuel zu reduzieren und die Schmerzen, das ständige Verlangen und die Übellaunigkeit, die damit einhergingen, schlicht mannhaft zu ertragen. Er hatte sich gut gemacht, aber es hatte ihn erschöpft. Und sein Verlangen nach dem betäubenden, befreienden Gefühl des Feuel hatte dadurch nicht im Mindesten nachgelassen. Schließlich, nach etlichen Monaten, hatte Sonea Mitleid mit ihm und beschloss zu sehen, ob Magie den Prozess beschleunigen könnte.

Alle Heiler waren übereingekommen, dass die Abhängigkeit von Feuel keine Krankheit sei; daher galt die Benutzung von Magie zur Heilung der Sucht als eine Verschwendung des kostbaren Gutes. Sonea hatte ihnen zugestimmt, aber Berrin war ein guter Mann, den man verleitet hatte, als er am verletzlichsten gewesen war. Sie hatte ihn heimlich geheilt.

»Warum denkt Ihr, dass es nicht funktioniert hat?«, fragte sie ihn.

Er senkte den Blick, und seine Augen waren groß vor Kummer. »Ich will es immer noch. Nicht mehr so sehr wie früher. Ich dachte, es würde immer weniger werden. Aber so ist es nicht. Es ist wie ... ein tropfender Hahn. Leise, aber wenn man innehält und lauscht, ist es da und nagt an einem.«

Sonea runzelte die Stirn, dann bedeutete sie ihm, näher zu kommen. Er schob den Stuhl neben ihren. Sie beugte sich vor, legte ihm die Hände an die Seiten des Kopfes und schloss die Augen.

Es war eine seltsame Erfahrung gewesen, ihn zu heilen. Es hatte ihm nichts Offenkundiges gefehlt. Kein Bruch, kein Riss und keine Infektion, mit der sein Körper bereits fertig zu werden versuchte. Meistens konnte ein Heiler aus dem Körper ersehen, was nicht stimmte, und sich von ihm bei der Anwendung von Magie zur Behebung des Schadens leiten lassen. Manchmal war das Problem zu unterschwellig, aber wenn man dem Körper erlaubte, Magie zu benutzen, um den Fehler zu bereinigen, funktionierte das fast immer.

In Berrin hatte sie einen Kummer, einen Schmerz gespürt, der an verschiedenen Stellen in ihm wohnte – in den Pfaden seiner Wahrnehmung und in seinem Gehirn. Aber er war so schwer greifbar gewesen, dass sie nicht verstanden hatte, wie sie das Problem beheben sollte. Also hatte sie sich von seinem Körper leiten lassen, und als das Gefühl des Kummers verschwunden war, hatte sie gewusst, dass ihre Arbeit getan war.

Die Schmerzen waren verschwunden, und seine Stimmung hatte sich gebessert. Er hatte jedoch nichts davon erzählt, dass ein schleichendes Verlangen nach Feuel zurückgeblieben war. Aber vielleicht war es anfangs zu gering gewesen, als dass er es wahrgenommen hätte. *Oder vielleicht hat er wieder angefangen, es zu inhalieren.*

Sonea sandte ihren Geist aus und suchte in seinem Körper nach dem Gefühl des Kummers. Zu ihrer Überraschung fand sie nichts. Sie konzentrierte sich angestrengter und nahm einen natürlichen Heilungsprozess rund um einige Blasen an seinen Händen wahr und einige angespannte Muskeln in seinem Rücken. Aber was seinen Körper betraf, war er gesund und kräftig.

Sie öffnete die Augen und ließ die Hände sinken.

»Euch fehlt nichts«, sagte sie lächelnd. »Ich kann keinen der Hinweise finden, die ich zuvor verspürt habe.«

Er machte ein langes Gesicht und sah sie forschend an. »Aber... ich lüge nicht. Das Verlangen ist immer noch da.«

Sonea runzelte die Stirn. »Das ist... seltsam.« Sie betrachtete seinen festen Blick und bedachte, was sie über ihn wusste. *Er ist nicht der Typ, der lügt. Die bloße Vorstellung, jemand könne denken, er würde lügen, bereitet ihm Unbehagen. Tatsächlich ahne ich, wie seine nächste Frage lauten wird...*

»Denkt Ihr, ich erfinde es?«, fragte er mit leiser, furchtsamer Stimme.

Sie schüttelte den Kopf. »Aber es ist verwirrend. Und frustrierend. Wie kann ich heilen, was ich nicht wahrnehmen kann?« Sie breitete die Hände aus. »Ich kann nur sagen, gebt der Sache Zeit. Es könnte sein, dass da noch ein Echo des Verlangens ist. Wie die Erinnerung an die Berührung eines Menschen oder an den Klang einer Stimme. Wenn Ihr diese Erinnerung nicht auffrischt, wird Euer Körper sie mit der Zeit vergessen.«

Er nickte, und seine Miene war jetzt nachdenklich. »Das

kann ich tun. Das ergibt einen Sinn.« Er richtete sich auf und sah sie erwartungsvoll an.

Sie erhob sich, und er folgte ihrem Beispiel. »Gut. Kommt zurück und sprecht mit mir, falls es schlimmer wird.«

»Vielen Dank.« Er verneigte sich unbeholfen, ging auf die Tür zu, drehte sich noch einmal kurz um und lächelte nervös, als die Tür durch ein Ziehen ihrer Magie aufschwang.

Als die Tür sich hinter ihm schloss, dachte Sonea über das nach, was sie in seinem Körper gefunden – oder eben nicht gefunden – hatte. War es möglich, dass Magie Sucht nicht heilen konnte? Dass Feuel eine Art körperlicher Veränderung bewirkte, die dauerhaft und unaufspürbar war?

Wenn das der Fall ist, kann der Körper eines Magiers dann die Wirkung seiner eigenen Feuelsucht heilen? Der Körper eines Magiers heilte sich selbsttätig; daher waren Magier selten krank und lebten häufig länger als Nichtmagier. *Wenn der Körper es nicht heilen kann, dann wäre es möglich, dass auch ein Magier nach der Droge süchtig wird.*

Aber gewiss nicht sofort. Viele Novizen hatten Feuel probiert und waren nicht süchtig geworden. Vielleicht waren nur einige Leute anfällig für Sucht. Oder vielleicht sammelte sich das Gift im Körper – es musste sich genug davon anhäufen, bevor dauerhafter Schaden entstand.

So oder so, es konnte sowohl tragische als auch gefährliche Konsequenzen haben. Nach Feuel süchtige Magier konnten von ihren Lieferanten bestochen und beherrscht werden. Und die Lieferanten waren höchstwahrscheinlich Verbrecher oder mit der Unterwelt verbunden.

Plötzlich erinnerte sie sich an Regins Behauptung, dass Novizen und Magier der höchsten Klassen sich heutzutage häufiger mit Kriminellen einließen. Sie hatte geglaubt, die Situation sei nicht schlimmer, als sie es immer gewesen war. Hatte er recht? Und war Feuel der Grund? Ein kalter Schauer überlief sie.

Als es abermals an der Tür klopfte, holte sie tief Luft und schob den Gedanken beiseite. Für den Augenblick galt ihre Sorge den Kranken der unteren Klassen. Mit den törichteren Mitgliedern der Häuser würde die Gilde fertigwerden müssen.

Aber es schadet gewiss nicht festzustellen, ob jemand von den anderen Heilern – oder sogar den Hospitalhelfern – von Magiern gehört hat, die nach Feuel süchtig geworden sind oder in die Welt der Verbrecher hineingezogen wurden. Und es wird nützlich sein, sie auch einige Fragen an ihre Patienten stellen zu lassen. Es gibt nichts, was gelangweilte Patienten und ihre Familien zum Zeitvertreib lieber tun, als zu tratschen.

Lorkin hatte keine Ahnung, wie spät es war, als die Besucher endlich gingen und er und Dannyl frei waren, sich für die Nacht zurückzuziehen. Sobald der letzte Gast das Haus verlassen hatte, sahen sie einander an und verzogen vor Erleichterung das Gesicht.

»Sie sind freundlicher, als ich erwartet habe«, bemerkte Dannyl.

Lorkin nickte zustimmend. »Ich könnte eine Woche lang schlafen.«

»So wie es sich anhört, werden wir uns glücklich schätzen können, wenn wir einen Tag Zeit haben, um uns von der Reise zu erholen. Am besten wir schlafen, solange wir können.« Dannyl wandte sich an eine Sklavin – eine junge Frau, die sich prompt mit dem Gesicht nach unten auf den Boden warf. »Bring Lord Lorkin in seine Zimmer.«

Sie sprang wieder auf, sah Lorkin kurz an und deutete dann auf eine Tür.

Während Lorkin ihr durch einen Gang folgte, sank seine Stimmung ein wenig. *Wann immer sie das tun, fühlt es so falsch an. Liegt das nur daran, dass ich weiß, dass sie Sklaven* sind? *Es verneigen sich auch Leute vor mir, weil ich ein Magier bin, und es macht mir nichts aus. Wo liegt der Unterschied?*

Die Leute, die sich vor ihm verneigten, hatten die Wahl. Sie taten es, weil das gute Benehmen es so verlangte. Niemand würde sie auspeitschen oder hinrichten lassen oder was immer die Sachakaner mit ungehorsamen Sklaven machten.

Der Flur bog nach links ab und folgte der merkwürdigen runden Form des Herrenzimmers. Dann teilte er sich, und die Sklavin wählte die rechte Abzweigung. *Ich frage mich, warum sie ihre Wände nicht gerade bauen. Ist es leichter, sie so zu konstruieren? Oder schwerer? Ich wette, dadurch entstehen hier und dort seltsame kleine Nischen.* Er streckte die Hand aus, um die glatte Wand zu berühren. *Es hat einen seltsamen Reiz. Keine scharfen Kanten.* Die Sklavin trat abrupt durch eine Tür. Lorkin folgte ihr und blieb in der Mitte eines weiteren, seltsam geformten Raumes stehen.

Er war beinahe, aber nicht ganz rund. Beleuchtet wurde er von kleinen Lampen, die auf im Raum verteilten Ständern ruhten. Die Wände waren mit Stoffbehängen oder in Nischen eingelassenen Schnitzereien geschmückt. Zwischen den Nischen befanden sich Durchgänge. In der Mitte des Raums standen Hocker und lagen große Polster. Seine Reisetruhe stand neben einem der Durchgänge auf dem Boden. Der Raum dahinter wurde ebenfalls durch Lampen erhellt, und er konnte ein Bett erkennen, das zu seiner Erleichterung nicht anders aussah als ein gewöhnliches kyralisches Bett.

Die Sklavin blieb neben einer Wand stehen, den Kopf gesenkt und den Blick zu Boden gerichtet. *Wird sie hierbleiben oder gehen? Vielleicht wird sie gehen, sobald ich zu erkennen gegeben habe, dass ich mit den Räumen zufrieden bin.*

»Danke«, sagte er. »Es gefällt mir gut.«

Sie tat nichts, sagte nichts. Ihr Gesichtsausdruck – das wenige, was er davon sehen konnte – veränderte sich nicht.

Was wird sie tun, wenn ich ins Schlafzimmer gehe? Er trat an ihr vorbei in die Schlafkammer und betrachtete das Bett. *Ja, es sieht definitiv aus wie ein normales Bett.* Als er sich umdrehte, sah er, dass sie jetzt an der Wand der Schlafkammer stand, in der gleichen Haltung. *Ich habe nicht mal gehört, dass sie mir gefolgt ist.*

Er konnte sie wahrscheinlich wegschicken, aber als er den Mund öffnete, um zu sprechen, zögerte er. *Ich sollte die Gelegenheit nutzen herauszufinden, wie es zwischen Herren und Sklaven genau zugeht. Ist sie meine persönliche Dienerin, oder haben verschiedene Diener unterschiedliche Aufgaben?*

»Nun«, begann er, »wie heißt du?«

»Tyvara«, antwortete sie. Ihre Stimme war unerwartet tief und melodisch.

»Und was ist deine Rolle hier, Tyvara?«

Sie zögerte kurz, dann blickte sie auf und lächelte. *So ist es schon besser*, dachte er. Aber als er in ihre Augen blickte, sah er, dass das Lächeln nicht bis dorthin reichte. Die Augen verrieten nichts. Sie waren so dunkel, dass er kaum erkennen konnte, wo die Pupillen begannen und die Farbe endete. Ihn überlief ein Gefühl, das nicht ganz ein kalter Schauder war, noch war es wirklich ein Prickeln der Erregung.

Sie stieß sich von der Wand ab und kam auf ihn zu. Ihr Blick ruhte auf seiner Brust. Sie streckte eine Hand aus, griff nach der Schärpe seiner Robe und begann sie zu öffnen.

»Wa-was tust du da?«, fragte er und ergriff ihre Handgelenke, um sie aufzuhalten.

»Eine meiner Pflichten«, sagte sie stirnrunzelnd und ließ die Schärpe los.

Sein Herz raste. Sein Körper hatte sich dafür entschieden, sich eher auf die Seite der Erregung zu stellen. *Ich darf hier keine voreiligen Schlüsse ziehen*, ermahnte er sich. *Außerdem ist es beunruhigend genug, von jemandem bedient zu werden, der keine Wahl hat; ich schätze, es wäre noch abstoßender, das Bett mit einer Frau zu teilen, die keine Wahl hat.* Er stellte sich vor, in diese dunklen, leeren Augen zu blicken, und alles Interesse zerstob.

»Wir Kyralier ziehen es vor, uns selbst auszukleiden«, erklärte er und ließ ihre Hände los.

Sie nickte und trat zurück, und ihre rätselhaften Augen drückten Verwirrung und Duldung aus. *Besser das als gar nichts.* Nachdem sie sich an die Wand zurückgezogen hatte, nahm sie wieder ihre frühere Haltung ein. Er unterdrückte einen Seufzer.

»Du darfst gehen«, sagte er zu ihr.

Sie zögerte einen winzigen Moment, und ihre Augenbrauen zuckten in die Höhe. Dann löste sie sich schnell von der Wand und verschwand durch die Tür. Ihre Schritte waren lautlos.

Lorkin ging zum Bett hinüber und setzte sich.

Nun, das war peinlich und unangenehm. Und ein wenig seltsam. Sie hatte seine Frage nicht beantwortet. Aber andererseits, wenn man eine Sklavin, die in einem Schlafzimmer stand, nach ihrer Rolle befragte, war das vielleicht ein massiver Hinweis, dass man sie in seinem Bett haben wollte.

Ich bin ein Idiot. Natürlich ist es so. Er seufzte. *Ich habe noch viel zu lernen*, dachte er kläglich. *Und da Dannyl die einzige weitere freie Person hier ist, kann ich nur von den Sklaven lernen. Wenn Tyvara meine persönliche Dienerin ist, dann werde ich sie am häufigsten von allen Sklaven sehen. Und wenn ich einen Sklaven befragen will, sollte ich das besser an einem Ort tun, wo kein Sachakaner hören kann, wie ich meine Unwissenheit offenbare.*

Bei der nächsten sich bietenden Gelegenheit, beschloss er, würde er sie nach der Etikette zwischen Herr und Sklave befragen.

Und hoffentlich können wir einige Regeln für unser Miteinan-

der aufstellen. Diese ganze Unterwürfigkeitsgeschichte auf einen Punkt verringern, an dem es für mich nicht so beunruhigend ist, ohne so weit zu gehen, dass sie sich dabei unbehaglich fühlt.

Einfach ausgedrückt, er würde sich mit ihr anfreunden müssen. Und das sollte nicht zu schwierig sein. Er hatte in der Vergangenheit nie große Probleme gehabt, Frauen für sich zu gewinnen, obwohl ihm das gelegentlich mehr Schereien eingetragen hatte, als es wert war. Herauszufinden, wie man sich mit einer sachakanischen Sklavin anfreundete, mochte eine neue Herausforderung ein, aber gewiss eine, die seine Fähigkeiten nicht überforderte.

11 Verlockende Informationen

Allein in dem neuen Versteck lauschte Cery in die Stille. Wenn alles so ruhig war, wenn Gol fort war, um Dinge zu erledigen, konnte Cery die Augen schließen und die Erinnerungen an die Oberfläche steigen lassen. Zuerst kam der Klang der Stimmen und des Gelächters seiner Kinder. Akki, der Ältere, der Harrin neckte. Dann die sanfte Schelte von Selia.

Wenn er Glück hatte, sah er sie lächelnd und lebendig. Aber wenn nicht, stieg die Erinnerung an ihre Leiber in ihm auf, und er verfluchte sich dafür, sie sich angesehen zu haben, obwohl er gewusst hatte, dass die Bilder ihn für immer quälen würden. *Aber sie haben es verdient, gesehen zu werden. Verabschiedet zu werden. Und wenn ich sie nicht gesehen hätte, würde ich mich vielleicht an den Gedanken klammern, der mir kommt, wenn ich am Morgen aufwache, dass sie nämlich noch da sind und auf mich warten.*

Ein grobes Klirren unterbrach seine Gedanken, aber als er sich aus seiner Versunkenheit hochrappelte, beschloss er, dass es ihm nichts ausmachte. Trauer war zu erwarten gewesen, aber sich dadurch von seiner Aufgabe ablenken zu lassen konnte dazu führen, dass er genauso endete wie seine Familie. Das Geräusch war ein Signal, dass sich jemand dem Versteck näherte.

Cery erhob sich von seinem Stuhl und ging langsam im Raum auf und ab. Das erste Geräusch war inzwischen erstorben, und ein neues war an seine Stelle getreten. Jede Stufe der Treppe, die von der Bolbrauerei über dem Versteck hinabführte, bog sich leicht unter dem Gewicht eines Menschen und löste einen Mechanismus aus, der ein Klappern durch die Räume darunter hallen ließ. Cery zählte die Schritte und spürte, dass sein Herzschlag sich beschleunigte.

Ist das der Jäger der Diebe? Er betrachtete die Vertäfelung, hinter der die nächste sichere Fluchtroute lag. *Ich bin seit über einer Woche hier. Das ist nicht sehr lange. Ich würde gründlich planen wollen, wenn ich beabsichtigte, einen Dieb zu töten. Ich würde mir so viel Zeit nehmen, wie ich glaubte, mir leisten zu können, und mein Opfer auskundschaften.* Er runzelte die Stirn. *Aber ich will nicht wochenlang hier warten. Vielleicht gibt es eine Möglichkeit, wie wir den Jäger der Diebe auf den Gedanken bringen können, dass er nicht viel Zeit hat ...*

Es folgte ein Augenblick der Stille. Dann erklang ein Läuten in vertrautem Rhythmus, und Cery stieß den Atem aus, von dem er gar nicht bemerkt hatte, dass er ihn angehalten hatte. Es war Gols Signal.

Cery ging zu der anderen Wand hinüber, schob einen der Papierschirme beiseite, die an den Wänden angebracht waren, um Fenster nachzuahmen und das bedrückende Gefühl zu lindern, unter der Erde zu sein. Dahinter befand sich in einer flachen Nische ein Luftschachtrost. Er klappte den Rost auf und drückte den Hebel in der Nische. Dann spähte er durch verdunkeltes Glas, um sich davon zu überzeugen, dass die herannahende Person tatsächlich Gol war.

Als die Gestalt in den Flur hinter der Glasscheibe trat, erkannte Cery seinen Freund ebenso sehr an seinen Bewegungen wie an seiner Statur und seinem Gesicht. Der große Mann ging ans Ende des Flurs und wartete. Cery trat wieder an den Rost und drückte den Hebel nach oben.

Einen Moment später schwang die Tür des Verstecks auf, und Gol kam herein. Er zog die Augenbrauen hoch.

»Keine Besucher, während ich fort war?«

Cery zuckte die Achseln. »Kein einziger. Ich bin wohl nicht mehr so beliebt wie früher.«

»Ich habe immer gesagt, es sei besser, einige wenige gute Freunde zu haben als viele schlechte.«

»Jemand wie ich hat keine große Wahl.« Cery trat zu einem der Schränke und öffnete ihn. »Wein?«

»So früh?«

»Die einzige Alternative ist, dass wir spielen und du wieder verlierst.«

»Also dann Wein.«

Nachdem er eine Flasche und zwei Gläser aus dem Schrank genommen hatte, trug Cery sie zu dem kleinen Tisch zwischen den luxuriösen Sesseln in der Mitte des Raums. Gol nahm ihm gegenüber Platz, ergriff die Flasche und machte sich daran, den Korken herauszuziehen.

»Ich habe heute einige gute Neuigkeiten aufgeschnappt«, berichtete Gol.

»Tatsächlich?«

»Ich habe gehört, dass du ein neues Versteck hättest und dass es sicherer sei als das eines jeden anderen Diebes in der Stadt.« Der Korken löste sich, und Gol begann, ein wenig Wein in die Gläser zu gießen.

»Ist das so?«

»Ja, und dass du nicht so klug bist, wie du denkst. Es gibt eine Möglichkeit einzubrechen, wenn man weiß, wie.« Gol hielt Cery ein Glas hin.

Cery heuchelte Besorgnis, als er es entgegennahm. »Wie schrecklich. Ich muss die Zeit finden, das in Ordnung zu bringen. Irgendwann.« Er trank einen Schluck. Der Wein schmeckte würzig und voll. Er wusste, dass er exzellent war, aber es erregte ihn nicht. Er hatte nie echten Gefallen an Wein gefunden und zog einen wärmenden Becher Bol vor. Aber in mancher Gesellschaft zahlte es sich aus, einen guten Wein von einem schlechten unterscheiden zu können, und gute Jahrgänge konnten eine einträgliche Investition sein.

Er stellte das Glas ab und seufzte. »Ich denke, ich weiß jetzt, wie Sonea sich vor all jenen Jahren gefühlt hat, als sie in Farens Versteck eingesperrt war. Obwohl ich nicht versuche zu lernen, wie man Magie kontrolliert, und stattdessen die Möbel in Brand stecke.«

»Nein, aber es geht trotzdem nur um Magie.« Gol nippte an dem Wein und machte ein nachdenkliches Gesicht. »Ich habe neulich abends über diesen Jäger nachgegrübelt. Was denkst du, wie gut er sich auf seine Magie versteht?«

Cery zuckte die Achseln. »Gut genug, um ein Schloss zu öffnen.« Er runzelte die Stirn. »Er muss Kontrolle darüber haben, da er die Magie seit Jahren benutzt, wenn die Gerüchte der Wahrheit entsprechen. Wäre es anders, hätte die Magie ihn schon vor langer Zeit getötet.«

»Dann muss ihn jemand unterwiesen haben, richtig?«

»Ja.«

»In dem Fall gibt es entweder einen anderen wilden Magier, der es ihm beigebracht hat, oder ein Gildemagier war sein Lehrer.« Gol blinzelte, als ihm ein Gedanke kam. »Vielleicht war es Senfel, bevor er starb.«

»Ich denke nicht, dass Senfel derart vertrauensvoll gewesen wäre.«

Gols Augen weiteten sich. »Hast du mal in Erwägung gezogen, dass der Jäger ein Gildemagier sein könnte, der versucht, die Stadt von allen Dieben zu befreien?«

»Natürlich.« Ein kalter Schauer überlief Cery. Der verstorbene Hohe Lord hatte jahrelang in der Stadt sachakanische Schwarzmagier gejagt, ohne dass die Gilde davon wusste. Ein Magier, der versuchte, die kriminellen Unterweltführer auszulöschen, war im Vergleich dazu gar keine so weit hergeholte Idee.

Nun, wenn der Jäger in meine Falle tappt, werden wir es herausfinden.

»Ich wünschte, es würde nicht so lange dauern«, seufzte Cery. Er erwog seinen früheren Gedanken, dass er dem Jäger vielleicht Grund zu der Annahme geben könnte, dass ihm nicht viel Zeit blieb. Dass die Chance kurzlebig sein würde. *Vielleicht setze ich das Gerücht in Umlauf, dass ich Imardin in Bälde verlassen werde.*

Doch ein solches Gerücht würde den Jäger der Diebe wahrscheinlich von seinem Vorhaben abhalten. Der Mann musste bereit sein, sich Zeit zu lassen, da er die Diebe im Laufe vieler Jahre getötet hatte. *Ich bin die Art von Köder, die Geduld haben muss. Niemand wird einen Dieb ohne ausgiebige Planung angreifen.*

Gab es noch eine andere Art von Köder, bei dem der Jäger vielleicht nicht so vorsichtig oder geduldig wäre? Etwas, das man an einem Ort liegen lassen konnte, der weniger gut geschützt war, ohne dass es untypisch und verdächtig wirkte?

Was würde einen wilden Magier so in Versuchung führen, dass er Jagd darauf machen oder es stehlen wollte?

Die Antwort wurde von einer Woge der Erregung begleitet, und Cery sog scharf die Luft ein.

Magisches Wissen! Cery richtete sich in seinem Sessel auf. *Wenn unser Jäger ein wilder Magier ist, muss er außerhalb der Gilde Magie gelernt haben. Denn wenn ein Magier die Gilde verlassen hätte, aber in Imardin geblieben wäre, hätte die Gilde ihn inzwischen gewiss zur Strecke gebracht. Also muss es ihn nach der großen Menge an Wissen gelüsten, über das die Gilde ver-*

fügt. Selbst wenn er ein Gildemagier wäre, wäre er verpflichtet, einem solchen Gerücht nachzugehen und jedwedes magisches Wissen auszulöschen, das in die falschen Hände geraten war oder geraten könnte.

»Was ist los?«, fragte Gol. Er sah sich um. »Ist ein Alarm losgegangen?«

»Nein«, versicherte ihm Cery. »Aber ich glaube nicht, dass es noch länger eine Rolle spielt. Mir ist eine noch bessere – und schnellere – Möglichkeit eingefallen, unsere Beute dazu zu verlocken, sich zu offenbaren.« Er begann seine Idee zu erklären und beobachtete, wie Gols Miene von Überraschung zu Aufregung wechselte und dann zu Bestürzung.

»Du wirkst enttäuscht«, bemerkte Cery.

Gol zuckte die Achseln und deutete mit einer Handbewegung auf den Raum. »Ich schätze, wir werden all das jetzt nicht mehr benötigen. So viel Arbeit und Geld sind in dieses Versteck geflossen. Und wir haben all diese Mängel eingebaut, so dass du später nicht zurückkommen und hierbleiben kannst. Das scheint mir eine Schande zu sein.«

Cery sah sich nachdenklich um. »Das ist es wohl. Wenn all dies vorüber ist und die Leute es vergessen haben, können wir die Mängel vielleicht beheben. Aber für den Augenblick ist es kein guter Ort, um unseren neuen Köder auszulegen. Wir brauchen etwas, das weniger sicher ist, so dass er umso schneller zuschlagen wird.«

»Dann sollte ich wohl besser gehen und dir einige Bücher über Magie kaufen«, meinte Gol und stellte sein Glas weg.

»So ohne Weiteres wirst du sie nicht finden. Wenn du es könntest, hätte es keinen Sinn, sie als Köder zu benutzen.«

Gol lächelte. »Oh, ich habe nie gesagt, dass es echte Bücher sein würden. Gute Fälschungen werden viel mehr Gerede verursachen als nicht existente Bücher. Und vielleicht ist alles, was wir brauchen, das *Gerücht*, dass irgendwo Bücher zu finden seien.«

»Also schön, dann lass einige Fälschungen herstellen.« Cery verzog das Gesicht. »Nur ... sieh zu, dass die Fälscher nicht so lange brauchen wie richtige Buchkopierer, oder ich kann genauso gut hierbleiben und darauf warten, dass der Jäger mich findet.«

Dannyl überließ seinen Teller der Sklavin und widerstand dem Drang, sich zufrieden auf den Bauch zu klopfen. Langsam gewann er Gefallen an der seltsamen Art und Weise, in der man in Sachaka Mahlzeiten servierte. Indem man die Gäste Speisen von den dargebotenen Tabletts wählen ließ, gestattete man es ihnen, so viel oder so wenig zu essen, wie sie mochten. Zuerst hatte er sich verpflichtet gefühlt, jede Speise zu kosten, aber ihm war aufgefallen, dass andere Gäste das nicht taten – wenn überhaupt, so trugen sie einen wählerischen Geschmack zur Schau, der dem Gastgeber nichts auszumachen schien.

Außerdem war ihm aufgefallen, dass niemand hier eine Bemerkung zu dem Essen machte. Was eine Erleichterung war, denn einige der Speisen waren so scharf gewürzt oder aber unerwartet bitter oder salzig, dass er nicht aufessen konnte, was er sich genommen hatte. In Sachaka gab es anscheinend keinen Nachtisch, obwohl man, wenn man tagsüber Besuch empfing, dafür Sorge trug, dass auf den Tischen Teller mit Nüssen, süßen Früchten oder Konfekt standen.

An diesem Abend war Dannyls Gastgeber ein wohlbeleibter Sachakaner namens Ashaki Itoki. Er wusste, dass der Mann zu den mächtigsten in Sachaka zählte und ein Cousin des sachakanischen Königs war. Anscheinend hatte man Ashaki Achati, dem Mann, der Dannyl und Lorkin bei ihrer Ankunft im Gildehaus begrüßt hatte, die Aufgabe übertragen, dafür zu sorgen, dass Dannyl den richtigen Leuten in der richtigen Reihenfolge vorgestellt wurde. Obwohl er Dannyl dies nicht offen erklärt hatte, hatte er es doch angedeutet.

»Was wollen wir jetzt tun?«, fragte Itoki und blickte zwischen Dannyl und Achati hin und her. »Trinken oder reden? Meine Bäder sind groß genug, um Gäste aufzunehmen, und meine Sklaven sind gut ausgebildet in der Kunst der Massage.«

»Botschafter Dannyl interessiert sich vielleicht für diese alten Karten, die Ihr sammelt«, schlug Achati vor.

Hoffnung blitzte in Dannyl auf. Er hatte alte Karten immer faszinierend gefunden, und es war jederzeit möglich, dass sie für seine Forschungen wichtige Informationen enthielten.

»Ich möchte meinen Gast nicht gern langweilen«, erwiderte Itoki zweifelnd.

»Vergesst nicht, ich habe Euch erzählt, dass Botschafter Dannyl Historiker ist. Ich bin mir sicher, dass er sie sehr interessant finden wird.«

Itoki sah Dannyl hoffnungsvoll an. Dannyl nickte zustimmend. »Es wäre mir ein Vergnügen.«

Der Mann lächelte breit, dann rieb er sich die Hände. »Oh, Ihr werdet beeindruckt sein, davon bin ich überzeugt. Die fortschrittlichsten Karten, die je gezeichnet wurden.« Er erhob sich, und Achati und Dannyl folgten seinem Beispiel. »Ich werde Euch in die Bibliothek bringen.«

Sie gingen durch kurvige, weiße Flure zu einer Flucht von Räumen ähnlich denen, die man Dannyl im Gildehaus zugewiesen hatte oder die er und Lorkin während ihres Aufenthalts bei Ashaki auf ihrer Reise nach Arvice benutzt hatten. Es war interessant zu sehen, dass andere sachakanische Häuser demselben Muster folgten. Waren sie alle gleich? Wie lange bauten die Sachakaner ihre Häuser schon so?

In dem zentralen Raum fanden sich einige Hocker und ein großer Stapel Polster in der Mitte, und an den Wänden standen mehrere Schränke. Durchgänge führten zu allen Seiten aus dem Raum, und hinter ihnen sah man weitere Türöffnungen. Itoki ging zu einem der Schränke hinüber und nahm einen Schlüssel aus einer Innentasche seiner Jacke. Er öffnete das Schloss des Schranks und zog die Türen auf.

Darin standen mehrere Metallröhren. Itoki strich ehrfürchtig darüber, dann wählte er eine aus und nahm sie heraus. Er ging zu den Kissen hinüber, schob mehrere beiseite, um Platz auf dem Boden zu schaffen, und ließ sich schließlich mit einem Ächzen auf einem Hocker nieder.

»Wenn Ihr dort und dort Platz nehmen wollt«, sagte er und wies auf andere Hocker, »können wir jeder eine Ecke festhalten und die vierte beschweren.« Achati schob einen Hocker auf einen der angewiesenen Plätze, und Dannyl tat das Gleiche mit dem zweiten Hocker. Sie setzten sich und beobachteten, wie Itoki den Deckel der Röhre abnahm und eine Rolle vergilbten Papiers herauszog.

»Dies ist natürlich nicht das Original«, sagte der Mann. »Es ist eine Kopie, aber sie ist trotzdem über vierhundert Jahre alt und ein wenig empfindlich.« Er legte die Rolle auf den Boden und öffnete sie. Dannyl griff automatisch nach der Kante, die ihm am nächsten war, damit sie nicht zurücksprang. Achati tat das Gleiche. Auf einen Blick von Itoki hin erhob sich ein Hocker und schwebte zu der letzten Ecke hinüber, um sie zu beschweren.

Eine große kreiselnde Masse von Linien wurde sichtbar. Blaue Flüsse schlängelten sich durch sie hindurch, und neben etlichen von ihnen passten sich Straßen jeder Biegung an. Winzige Zeichnungen von Gebäuden, Feldern und den niedrigen Grenzmauern bedeckten die Karte. *Konturlinien auf einer vierhundert Jahre alten Karte? Die Gilde hat die Benut-*

zung von Konturlinien erst vor zweihundert Jahren entwickelt. Aber ... dies ist eine Kopie.

»Wie alt war die ursprüngliche Karte?«, erkundigte er sich.

»Über siebenhundert Jahre«, erwiderte Itoki mit einem Anflug von Stolz. »Sie sind seit dem Sachakanischen Krieg in meiner Familie von Generation zu Generation weitergegeben worden.«

»Habt Ihr auch die Originale?«

»Ja.« Itoki grinste. »Aber nur Bruchstücke, und sie sind zu empfindlich, um sie zu benutzen.«

Dannyl blickte erneut auf die Karte hinab. »Was zeigt diese Karte?«

»Eine Region im westlichen Sachaka, in der Nähe der Berge. Ich will Euch auch noch die anderen zeigen.« Itoki erhob sich wieder und holte zwei weitere Metallröhren aus dem Schrank. Die Karte, die er als Nächstes entrollte, zeigte ein Küstengebiet; in die Nähe der Gewässer waren winzige Boote gezeichnet, und neben Felsen und Riffen waren Warnungen geschrieben. Die nächste Karte zeigte ein weiteres ländliches Gebiet.

»Dies ist – war – im Süden«, erklärte Itoki ihnen.

Wo das Ödland liegt, dachte Dannyl. *Er spricht es nicht aus. Das muss er auch nicht.* Die Felder und Güter deuteten auf fruchtbares, grünes Land hin, wo jetzt Sand und Staub vorherrschten.

Sie betrachteten die Karten einige Zeit lang, bis Itoki auf ein Zeichen von Achati hin begann, sie vorsichtig aufzurollen und zurück in ihre Röhren zu schieben.

»Für welche Bereiche der Geschichte interessiert Ihr Euch denn?«, fragte er Dannyl.

Dannyl zuckte die Achseln. »Für die meisten. Obwohl ich annehme, je älter, desto besser, und natürlich interessieren mich sämtliche Hinweise auf Magie.«

»Natürlich. Das schließt die Geschichte der Gilde mit ein, oder ist diese bereits gut dokumentiert?«

»Ja und nein. Es schließt sie in der Tat mit ein, aber es gibt einige Lücken in der Geschichte der Gilde, die ich zu füllen versuche.«

»Ich bezweifle, dass ich Euch dabei helfen könnte, obwohl ich durchaus einige Dokumente aus der kurzen Zeit habe, während derer Kyralia Sachaka regiert hat.« Itoki erhob sich, kehrte zu dem Schrank zurück, um die Kartenröhren wieder hineinzulegen, verschloss den Schrank dann und bedeutete ihnen, ihm in eins der Nebenzimmer zu folgen. Dannyl und Achati taten wie geheißen. Die hohen, schweren Schränke im Raum waren wie Soldaten, die im Dienst Wache standen, still und reglos. Itoki ging zu einem hinüber und öffnete die Türen. *Die nicht verschlossen sind*, bemerkte Dannyl. *Was sich in diesen Schränken befindet, ist offensichtlich nicht so wertvoll wie die Kopien der Landkarten.*

Der vertraute Geruch von altem Papier und alten Bindungen wehte ihnen entgegen. In dem Schrank fanden sich mehrere alte Bücher mit fehlenden oder zerrissenen Buchdeckeln, außerdem ausgefranste Papierrollen und Umschläge aus Leder, die um Papierstapel gewickelt waren. Itoki durchsuchte sie vorsichtig, dann nahm er einen Stapel Papiere und ein Buch heraus.

»Dies sind Briefe und Dokumente eines Gildemagiers, der während der Jahre der Besetzung in Sachaka lebte. Ich habe sie aus einem alten Gut am Rand des Ödlands, das in die Hände des Königs gefallen war, nachdem kein legitimer Erbe sich meldete, um es für sich zu fordern.«

Er überreichte Dannyl das Buch. Dannyl öffnete es und blätterte vorsichtig die ersten brüchigen Seiten durch. Wie viele der alten Dokumente kyralischer Magier enthielten sie sowohl Rechnungslisten als auch Tagebucheinträge. In dem Wissen, dass die beiden Männer ihn beobachteten, begann er, den Inhalt zu überfliegen.

»… angeboten, unser Haus zu erwerben. Ich habe natürlich abgelehnt. Das Gebäude gehört seit über zweihundert Jahren meiner Familie. Obwohl der Preis eine Versuchung war. Ich erklärte, dass wir, wenn wir kein Haus in Imardin besäßen, das Recht verlieren würden, uns Lord und Lady zu nennen. Er sagte, Landbesitz sei auch hier in Sachaka ein wichtiger Faktor von Macht und Einfluss.«

Dannyl runzelte die Stirn. *Dies wurde nach dem Krieg geschrieben, und doch findet sich hier ein Hinweis auf ein Gebäude, das mindestens zweihundert Jahre alt ist und noch steht. Es ist ein Beweis dafür, dass Imardin während des Krieges nicht dem Erdboden gleichgemacht wurde, wie unsere Geschichtsbücher behaupten.* Sein Herz setzte einen Schlag aus. Er blickte zu den beiden Sachakanern auf. Offensichtlich würde er nicht das ganze Buch lesen und sich Notizen machen können, während sie warteten.

»Habt Ihr etwas dagegen, wenn ich mir diese Passage abschreibe?«, fragte er.

Itoki schüttelte den Kopf. »Ganz und gar nicht. Ihr habt etwas Bemerkenswertes gefunden?«

»Ja.« Dannyl zog das Notizbuch und einen eingewickelten Stab aus gepresster Kohle heraus, die er immer in seinen Roben trug. »Es bestätigt, was ich vermutet habe.«

»Und das wäre?«, hakte Achati nach.

Dannyl hielt inne, um den Eintrag abzuschreiben, dann blickte er auf. »Dass Imardin während des Sachakanischen Krieges nicht zerstört wurde.«

Itoki zog die Augenbrauen hoch. »So etwas habe ich noch nie gehört. Unseren historischen Dokumenten zufolge ereignete sich die letzte Schlacht vor den Toren, und unsere Armeen wurden besiegt.«

Dannyl stutzte. »Armeen? Es gab mehr als eine?«

»Ja. Sie haben sich zu der letzten Schlacht vereint. Ihr müsstet Meister Kirota nach Einzelheiten fragen, aber ich kann Euch einige Karten zeigen, die nach dem Krieg gezeichnet wurden und die drei Routen der Armeen darstellen. Aber sie sind nicht so alt, und sie haben auch nichts mit Magie zu tun.«

»Nein, doch es hört sich so an, als wären sie sehr interessant.«

Als der Mann Dannyl das Buch abnahm und es zusammen mit dem Stapel Briefe zurück in den Schrank legte, durchzuckte Dannyl ein Stich der Enttäuschung. In den wenigen kurzen Augenblicken, die er Zugang zu der Bibliothek dieses Mannes gehabt hatte, hatte er etwas bestätigt gefunden, das jahrelang an ihm genagt hatte. Wie viel mehr konnte er hier noch lernen?

Aber es war spät, und er durfte seinem Gastgeber nicht allzu sehr zur Last fallen. Und zweifellos würde Ashaki Achati bald nach Hause zurückkehren wollen. *Vielleicht kann ich irgendwann einmal hierher zurückkommen.* Dann verließ ihn plötzlich der Mut. *Aber es wird wohl eine ganze Weile dauern, denn ich muss zuerst alle anderen Sachakaner besuchen, die den neuen Gildebotschafter kennenlernen wollen, sonst könnte man mir vorwerfen, dass ich einen von ihnen bevorzuge. Verflucht sei die Politik dieses Landes!*

Er würde sein Bestes tun, um einen weiteren Besuch zu arrangieren. In der Zwischenzeit musste er sich sämtliche Möglichkeiten zunutze machen, die sich ihm boten. Als Ashaki Itoki ihnen voran den Raum verließ, um ihm die Schlachtenkarten zu zeigen, schluckte Dannyl seine Ungeduld herunter und folgte ihm.

Heilerin Nikea erwartete Sonea an der Tür zum Hospital.

»Ich habe einen Raum für uns beschafft, Schwarzmagierin Sonea«, sagte sie lächelnd und drehte sich um, um

Sonea den Weg zu weisen. »Er ist klein, aber wir werden uns alle hineinzwängen können.«

»Alle?«

Nikea blickte über die Schulter. »Ja. Einige der Heiler, mit denen ich gesprochen habe, hatten interessante Geschichten zu erzählen, und wir waren uns alle einig, dass Ihr sie aus erster Hand hören solltet.«

Sonea bedachte den Rücken der jungen Frau mit einem schiefen Lächeln. *Die meiste Zeit ist es eine Erleichterung, mit jemandem zusammen zu sein, der mir nicht mit Furcht oder Argwohn begegnet, aber manchmal hat es auch seine Nachteile. Ich wünschte, Nikea hätte mich in dieser Angelegenheit zuerst gefragt. Ich möchte nicht, dass zu viele Leute erfahren, dass ich mich nach reichen Magiern erkundige, die mit Kriminellen Umgang pflegen.*

Der Raum, zu dem die junge Heilerin sie führte, war ein schmaler Lagerraum mit beunruhigend wenigen Vorräten darin. Entlang der Wände waren mehrere Stühle aufgestellt worden. Nikea trat nicht ein, sondern wartete, bis ein anderer Heiler im Flur an ihr vorbeiging, und fragte ihn: »Heiler Gejen, könntet Ihr die Übrigen zusammenrufen?«

Er nickte und eilte davon. Einige Minuten später kehrte er mit fünf weiteren Frauen zurück. Zwei waren Helferinnen, wie Sonea bemerkte. Alle traten in den Raum und setzten sich, dann bedeutete Nikea Sonea, ihnen zu folgen. Schließlich schloss sie die Tür hinter sich.

Eine Lichtkugel mit scharfer Helligkeit leuchtete auf. Alle sahen Sonea erwartungsvoll an, bis auf Nikea.

»Nun denn«, begann Nikea. »Wer möchte als Erster sprechen?«

Nach einer kurzen Pause räusperte sich eine der Helferinnen. Es war Irala, eine stille Frau in mittleren Jahren. Eine tüchtige Frau, wenn auch bisweilen ein wenig kalt zu den Patienten.

»Ich werde sprechen«, erbot sie sich. Ihr Blick wanderte zu Sonea hinüber. »Es wird langsam Zeit, dass die Gilde aufhört, dieses Problem zu ignorieren.«

»Von welchem Problem genau sprecht Ihr?«, fragte Sonea.

»Feuel. Und jenen, die es verkaufen. Es ist überall. In den Häusern heißt es, die Droge habe sich wie eine Seuche von den Hüttenvierteln aus verbreitet, aber hier draußen heißt es, die Häuser verbreiteten sie, um die Armen zu unterdrücken und ihre Zahl zu verringern. Niemand weiß wirklich, woher sie kommt. Ich habe jedoch Gerüchte und Geschichten gehört, die besagen, dass diejenigen, die Feuel verkaufen, reich sind und so mächtig wie die Häuser, dass sie aber mit den Füßen in der Unterwelt verwurzelt seien.«

»Ich habe viele Leute sagen hören, die Diebe benutzten es, um die Stadt zu übernehmen«, fügte Gejen hinzu. »Eine Person erzählte mir, Feuel würde von Fremdländern eingeführt, um uns zu schwächen, bevor sie Kyralia überfallen wollten. Der Betreffende hatte die Elyner in Verdacht.«

Die anderen belächelten diese Idee. Offensichtlich glaubte keiner von ihnen daran.

»Hat einer von euch von Novizen oder Magiern gehört, die nach Feuel süchtig sind? Die nicht aufhören können, es zu nehmen?«

Die andere Helferin und eine der Heilerinnen nickten. »Ein ... ein Verwandter von mir«, sagte die Helferin, dann zuckte sie entschuldigend die Achseln. »Er hat mich schwören lassen, es niemals jemandem zu erzählen, daher werde ich seinen Namen nicht nennen. Er sagt, ganz gleich, wie lange er widerstehe, das Verlangen gehe nicht weg. Ich erkläre ihm immer wieder, dass er einfach so lange aufhören müsse, bis sein Körper wirklich geheilt ist, aber er tut es nicht.«

Sonea wurde schwer ums Herz. »Wisst Ihr, von wem er das Feuel kauft?«

»Nein, er will es mir nicht sagen, aus Furcht, dass ich seinen Nachschub irgendwie zum Erliegen bringen könnte.« Die Frau runzelte die Stirn. »Und er sagte etwas des Sinnes, dass die Quelle ein Freund sei. Wenn er einen anderen Verkäufer finden müsste, würde der Betreffende vielleicht mehr als Geld verlangen.«

Sonea nickte und sah die anderen an. »Habt Ihr je von Novizen oder Magiern gehört, die sich mit Verbrechern eingelassen haben – seien es Feuelverkäufer oder andere? Ich rede nicht von Besuchen in Freudenhäusern. Ich meine solche Personen, die über Verbrecher oder mit ihnen Geschäfte machen und Magie gegen Geld oder Gefälligkeiten wirken?«

»Ich habe etwas Derartiges gehört«, sagte die andere Heilerin. Sie war in den Dreißigern und hatte eine junge Familie, über die ihr nichtmagischer Ehemann wachte, während sie im Hospital arbeitete – ein praktisches Arrangement, das nur die Heiler nicht bemerkenswert zu finden schienen. »Vor einigen Jahren, vor meiner Heirat mit Torken, hat ein Freund, den ich seit unseren Universitätstagen kannte, sich aus unserer Gesellschaft zurückgezogen – das heißt von uns und meinen anderen Freunden von der Universität. Er bevorzugte einige nichtmagische Freunde in der Stadt, die sich in einem dieser Lusthäuser trafen. Er erzählte uns, er habe kein Interesse an den Dingen, die die Leute dort kauften; es gehe ihm nur um das Arrangement, das er mit den Besitzern hätte. Eine Art von Importarrangement. Er wollte uns nie verraten, worum es sich handelte. Jetzt lebt er nicht einmal mehr in der Gilde. Er ist in ein Haus in der Stadt umgezogen und verbringt seine ganze Zeit damit, seinen neuen Freunden zu helfen.«

»Denkt Ihr, die Geschäfte sind illegal?«

Sie nickte. »Aber ich habe keinen Beweis dafür.«

»Ist er süchtig nach Feuel?«

Die Heilerin schüttelte den Kopf. »Dafür ist er zu klug.«

Sonea runzelte die Stirn. Das waren schlimme Neuigkeiten und etwas, für das Regin sich interessieren würde, aber es bewies nicht, dass Feuel benutzt wurde, um Magier zu kriminellen Taten zu verlocken.

»Nun, es war immer bekannt, dass einige Novizen aus den Häusern mit Dieben zu tun haben«, sagte die andere Frau. Sie war eine dünne Frau namens Sylia und eine mächtige und begabte Heilerin.

»Aber sind das Gerüchte, oder gibt es Beweise?«, fragte Sonea.

»Es gibt niemals Beweise.« Sylia zuckte die Achseln. »Aber junge Novizen haben immer damit geprahlt. Häufig um sich aus Schwierigkeiten mit anderen Novizen herauszuwinden, aber wenn man genug Fragen stellte, stieß man immer auf einige Gerüchte, die einen höheren Wahrheitsgehalt zu haben schienen als andere.«

Die übrigen Frauen nickten. »Es steckt Wahrheit in diesen Gerüchten«, bekräftigte Gejen. »Es ist nur schwierig zu wissen, welches Gerücht ein Körnchen Wahrheit in sich trägt.«

»Nun... denkt Ihr, dass die Regel gegen die Verbindung von Novizen oder Magiern mit Verbrechern oder Personen von schlechtem Ruf überhaupt eine Wirkung auf Novizen höherer Klassen hat?«

Sie tauschten erwartungsvolle Blicke.

»Ja und nein«, antwortete Gejen. »Es besteht kein Zweifel daran, dass die Regel einige daran hindert, das Risiko einzugehen, aber jene, die töricht sind oder deren Familien bereits mit Verbrechen zu tun haben, wird das nicht abhalten.« Die anderen nickten zustimmend, und einige lächelten wissend.

»Und wenn die Regel außer Kraft gesetzt würde, würden sich dadurch mehr Novizen versucht fühlen?«

Die Frauen sahen einander an.

»Wahrscheinlich«, sagte Sylia und zuckte die Achseln. »Wenn die Diebe dahinterstecken und reich und mächtig genug sind, um eine verlockende Entlohnung anzubieten.«

»Und dann ist da noch das Feuel«, fügte Irala hinzu.

»Alles, was die Zahl von Novizen und Magiern verringert, die sich mit Glücksspiel, Alkohol und Feuel beschäftigen, ist in meinen Augen gut«, erklärte Gejen. Die anderen murmelten zustimmend.

»Aber die Regel ist ungerecht und wenig wirksam, so wie sie jetzt besteht«, fügte Sylia hinzu. »Sie sollte nicht außer Kraft gesetzt, sondern nur verändert werden.«

Während die Frauen über das Wie diskutierten, einige von ihnen recht leidenschaftlich, überlief Sonea ein Schauder der Erkenntnis. *Sie alle haben über dieses Thema nachgedacht. Und es erörtert. Haben andere Magier der Regel genauso viel Aufmerksamkeit geschenkt? Diskutieren sie alle darüber?* Dann setzte ihr Herz mit einem Mal einen Schlag aus. *Kann ich von ihrer Meinung darauf schließen, wie die Gilde vielleicht abstimmen wird, falls die Angelegenheit der gesamten Gilde übergeben werden sollte?*

Sie hörte genau zu, und während die Frauen redeten, legte sie sich noch weitere Fragen zurecht, die sie ihnen stellen wollte. Diese Versammlung würde mehr nützliche Informationen liefern, als sie geplant oder erwartet hatte.

12 Entdeckungen

Während Lorkin dem Sklaven durch den Flur in Ashaki Itokis Haus folgte, holte er tief Luft und stieß den Atem langsam wieder aus. Trotz allem, was sein Freund Perler ihm erzählt hatte, war Lorkin sich noch immer nicht ganz sicher, wie er sich dem Ashaki gegenüber verhalten sollte. Magier und Landbesitzer genossen abgesehen vom König das höchste Ansehen in der sachakanischen Gesellschaft. Ein Magier, der kein Land besaß, jedoch Erbe eines Ashaki war, stand im Ansehen eine Stufe unter dem Ashaki. Ein Magier, der kein Erbe war, kam als Nächster, dann alle freien Nichtmagier – sie waren in Bezug auf ihr Einkommen abhängig von einem Ashaki und auf dessen Vermittlung angewiesen, wenn sie Verträge schließen oder heiraten wollten.

Wenn Sachakaner von niederem Ansehen wichtige Aufgaben zugewiesen bekamen – wie zum Beispiel Kirota in seiner Rolle als Meister des Krieges –, gewannen sie dadurch genug zusätzliches Ansehen, um sich unter mächtigeren Männern bewegen zu können. Dannyl besaß kein Land, aber seine Rolle als Botschafter hob sein Ansehen so sehr, dass die Ashaki mit ihm Umgang pflegen konnten. Lorkin dagegen war ein bloßer Gehilfe – nicht ganz auf gleicher Stufe mit einem erblosen sachakanischen Magier, weil er keine schwarze Magie beherrschte. Perler hatte ihn gewarnt, dass in den Augen einiger Sachakaner die Rolle eines Gehilfen nicht viel besser war als die eines Dieners. Und dass man ihn tatsächlich mit geringerem Respekt behandeln würde als einen freien Nichtmagier.

Ashaki Itoki ist einer der mächtigsten Männer Sachakas. Ich habe keine Ahnung, wie ich mich ihm gegenüber verhalten soll. Und als wäre das nicht schon genug, kann ich mich noch immer nicht an die Vorstellung gewöhnen, dass diese Männer Schwarzmagier sind, die möglicherweise über ungeheure magische Macht gebieten und mich, sollte ich sie versehentlich kränken, wahrscheinlich zu Asche verbrutzeln könnten.

Der Sklave erreichte das Ende des Flurs, trat einige Schritte in den Raum hinein und warf sich auf den Boden. Lorkins Magen krampfte sich zusammen, und ein unbehagliches Gefühl rieselte ihm den Rücken herunter. *Ich kann mich auch nicht daran gewöhnen, Menschen das tun zu sehen. Und es ist schlimmer, wenn sie es mir gegenüber tun.*

Als er aufblickte, sah er einen großen Mann, dessen protzige, allzu reich verzierte Kleider sich straff über seine üppige Leibesfülle spannten. Als der Sklave ihm Lorkins Namen mitteilte, lächelte der Mann dünn.

»Willkommen, Lord Lorkin. Ihr habt eine langwierige Aufgabe vor Euch, also will ich Euch nicht aufhalten. Mein Sklave wird Euch in meine Bibliothek bringen und sein Bestes tun, um Euch alles zu verschaffen, was Ihr braucht.«

Lorkin neigte den Kopf. »Vielen Dank, Ashaki Itoki.«

»Okka. Bring Lord Lorkin in die Bibliothek«, befahl der Sachakaner. Der Mann sprang auf die Füße, machte Lorkin mit gesenktem Blick ein Zeichen und ging dann auf eine Tür zu. Lorkin nickte Itoki abermals zu und folgte dem Sklaven aus dem Raum.

Außer Hörweite des Ashaki stieß Lorkin einen Seufzer der Erleichterung aus. Er würde sich nicht vollauf entspannen, bevor er das Haus des Mannes verlassen hatte. Oder vielleicht auch erst, wenn er zurück im Gildehaus war. *Aber ich bin nicht hier in Sachaka, um mich zu entspannen oder mich sicher und behaglich zu fühlen. Ich bin hier, um Dannyl bei seinen Forschungen zu helfen.*

Der Sklave führte ihn in einen zentralen großen Raum und von dort aus weiter in einen der Nebenräume. Vor einem Schrank blieb er stehen.

»Mein Meister sagt, die Unterlagen, die Ihr sehen wollt, seien hier drin«, erklärte er und streckte eine Hand danach aus. Dann ging er zu der Wand neben der Tür und lehnte sich mit dem Rücken dagegen, so wie die Sklaven im Gildehaus es taten, wenn sie nicht beschäftigt waren oder entlassen wurden.

Er ist bereit, mir zu Diensten zu sein, falls ich es wünsche. Und vielleicht ein Auge auf mich zu halten und dafür zu sorgen, dass ich mir nichts ansehe, was ich nicht sehen soll. Oder etwas stehle.

Lorkin öffnete die Doppeltüren und untersuchte die Stapel in Leder eingewickelter Papiere, die Pergamentrollen und die Bücher. Er fand das Buch, das Dannyl ihm beschrieben hatte, und nahm es heraus, bevor er sein Notizbuch aus seinen Roben zog. Als er sich umschaute, stellte er fest, dass sich nirgendwo eine Sitzgelegenheit befand oder ein Tisch, an dem er hätte arbeiten können. Er wandte sich an den Sklaven.

»Kann ich mich irgendwo hinsetzen?«

Der Sklave zögerte, dann nickte er. *Verflucht, ich habe es schon wieder getan. Ich muss daran denken, Bitten wie Befehle zu formulieren und nicht wie Fragen.*

»Bring mir eine Sitzgelegenheit«, sagte er und verkniff sich das »Bitte«, das er normalerweise hinzugefügt hätte.

Er hatte herausgefunden, dass es irgendwie unpassend klang und dass sowohl freie Sachakaner als auch Sklaven es seltsam und erheiternd zu finden schienen.

Der Mann ging in den Hauptraum und brachte einen der schlichten Hocker herein, die die Sachakaner anscheinend bevorzugten. *Seltsam, dass ein Volk mit so viel Macht und allem Reichtum seines Landes solch primitive Möbel benutzt. Ich hätte erwartet, dass sie in Sesseln liegen würden, die genauso groß und übertrieben schmuckvoll sind wie sie selbst.*

Es schien im Hauptraum nichts zu geben, was einem Tisch ähnelte, daher zog Lorkin eins der größeren Bücher aus dem Schrank. Er setzte sich, legte das Buch auf die Knie und sein Notizbuch darüber. Dann begann er, in den alten Aufzeichnungen zu lesen.

Binnen weniger Seiten hatte Lorkin mit Unsicherheit zu kämpfen. Offensichtlich konnte er in der ihm zugebilligten Zeit nicht den ganzen Inhalt kopieren. Dannyl hatte ihm nicht aufgetragen, irgendeine bestimmte Passage zu kopieren, sondern sich einfach alles zu notieren, was von Bedeutung sein könnte. Es war schmeichelhaft, dass der Magier darauf vertraute, dass Lorkin zu beurteilen vermochte, was von Bedeutung war – *oder er hatte keine andere Wahl, als die Entscheidung mir zu überlassen* –, aber das machte die Aufgabe nicht leichter.

Das Buch war auch nicht die reiche Informationsquelle, die Lorkin sich erhofft hatte. Es war zum Teil Rechnungsbuch, zum Teil Tagebuch, wie es die Dokumentenbücher landbesitzender Magier in jenen Zeiten häufig gewesen waren. Er konnte es sich nicht leisten, irgendetwas zu überfliegen oder sich ablenken zu lassen, sonst würde er womöglich etwas übersehen. Aber die Listen von Haushaltseinkäufen und die Beschreibungen von Handelsabschlüssen waren kaum eine faszinierende Lektüre.

Er notierte sich jeden Hinweis auf Magie sowie die Namen der Besucher im Haus des Magiers. Als er fertig war, legte er das Buch zurück und begann, ein Bündel Briefe zu lesen. Diese waren alt, aber gut erhalten, geschrieben auf kleinen, quadratischen Papieren, die nicht zusammengefaltet worden waren, so dass sie nicht in Stücke brachen. Ein Freund in Imardin hatte die Briefe an den Magier geschickt. Lorkin konnte nicht ermitteln, ob der Freund ein Magier gewesen war oder nicht, da er wusste, dass der Titel »Lord« zu jener Zeit nur von Landbesitzern und ihren Erben benutzt worden war. Der Freund erkundigte sich in den meisten Briefen nach Fortschritten in dem Bemühen, der Sklaverei in Sachaka ein Ende zu machen, was ihm und anderen in Imardin ein ernsthaftes Anliegen war.

Wie es sich anhört, war das eine Angelegenheit von größter Dringlichkeit, überlegte Lorkin. *Aber ich nehme an, es war damals noch nicht so lange her, seit Kyralier Sklaven gewesen waren.*

Als er mit den Briefen fertig war, untersuchte er die Pergamentrollen, die sich als Rechnungsbücher erwiesen. Andere Mappen enthielten weitere Briefe, diesmal von der Schwester des Magiers. Sie schien sich sehr dafür zu interessieren, wie es den befreiten Sklaven erging, und Lorkin stellte fest, dass ihm die mitfühlenden und auch praktischen Vorschläge der Frau gefielen.

Ich wünschte, ich könnte seine Erwiderungen lesen. Ich würde die Antworten auf die Fragen, die sie nach den Plänen der Gilde für Sachaka stellte, wirklich gern erfahren. Vielleicht würde uns das Hinweise darauf geben, warum die Gilde Sachaka verlassen hat.

Ein Sklave kam mit Essen und Trinken. Lorkin aß schnell, dann machte er sich wieder an die Arbeit. Als er schließlich alles im Schrank gelesen hatte, wurde ihm klar, dass mehrere Stunden vergangen waren. Er betrachtete sein Notizbuch und verspürte eine vage Enttäuschung. *Ich bin mir nicht sicher, ob ich etwas besonders Nützliches gefunden habe, aber vielleicht wird Dannyl ja etwas auffallen, was mir nicht aufgefallen ist.*

Als er die Hand ausstreckte, um die Schranktüren zu schließen, wurde ihm bewusst, dass er noch immer das Buch, das er als Stütze für sein Notizbuch benutzt hatte, in Händen hielt. Er schlug es auf und stellte fest, dass es sich um weitere Aufzeichnungen handelte. Es schien dort einzusetzen, wo das vorige geendet hatte, aber nur ein Drittel der Seiten war beschrieben.

Nachdem Lorkin den letzten Eintrag erreicht hatte, begann er zu lesen. Sofort begann seine Haut zu kribbeln. Die Eintragung war kurz und hastig hingekritzelt worden.

Schreckliche Neuigkeiten. Der Lagerstein ist verschwunden. Lord Narvelan ist ebenfalls verschwunden, und viele halten ihn für den Dieb. Der Narr weiß, dass wir den Stein unbedingt für die Kontrolle der Sachakaner benötigen. Ich muss jetzt aufbrechen und mich der Suche nach ihm anschließen.

Die leeren Seiten nach diesem Eintrag waren plötzlich voller Fragen und Möglichkeiten. Warum hatte der Magier seine Aufzeichnungen nicht fortgesetzt? War er gestorben? Hatte er diesen Lord Narvelan zur Rede gestellt und war infolge dieser Begegnung ums Leben gekommen?

Und was hat es mit diesem »Lagerstein« auf sich, der offenbar so wichtig für die Kontrolle der Gilde über Sachaka war? Wurde er wiedergefunden? Wenn nicht, war das der Grund, warum die Gilde die Kontrolle über Sachaka aufgab?

Und wenn der Stein nie wiedergefunden wurde – was war mit ihm geschehen? Gab es einen magischen Gegenstand, dessen Macht so groß war, dass man damit eine Nation – ein gefürchtetes *Reich* schwarzer Magier – unterwerfen konnte? Lorkin setzte sich wieder auf den Hocker und begann den Eintrag zu kopieren.

Ich habe recht. Es gibt eine Art alter Magie, die helfen könnte,

Kyralia zu schützen. Sie ist seit über siebenhundert Jahren verloren, und ich werde sie finden.

Gol hatte bei seinen Nachforschungen gute Arbeit geleistet. Der Laden war auf den Kauf und Wiederverkauf der Besitztümer von Schuldnern und Verzweifelten spezialisiert. Außerdem lag er in einem Stadtteil, in dem man Cery wahrscheinlich nicht erkennen würde. An einer Ecke lehnten papierene Fensterschirme aller Größen und Formen an der Wand. An Ständern hingen Mäntel und Umhänge, und darunter standen zu Paaren angeordnete Schuhe. Alle möglichen Haushaltsgegenstände aus Ton, Glas, Metall und Stein sowie andere Dinge füllten Regale hinter dem Stuhl und dem Tisch des Besitzers. Und in einem schweren, kunstvollen Käfig aus Schmiedeeisen lagen Tabletts mit Schmuck – obwohl es sich bei den meisten Stücken allem Anschein nach um Fälschungen handelte oder Dinge, die einfach schlecht gemacht waren.

Auf weiteren Regalen standen Bücher aller Größen. Einige waren in Papier gebunden, und die Fäden der Bindung lagen bloß und waren ausgefranst. Mehrere waren in Leder gebunden, und auch von denen waren die meisten abgenutzt und brüchig, aber einige glänzten noch immer, als seien sie neu.

»Bücher über *Magie*?«, fragte der Besitzer des Pfandgeschäfts. Seine Stimme schwoll an, und dann lachte er. »Ich bekomme von Zeit zu Zeit welche herein. Oh, dort werdet Ihr keine finden, junger Mann.«

Cery drehte sich um und stellte fest, dass der Mann ihn ansah. Sein Lächeln geriet für einen Moment ins Schwanken, als er seinen Fehler erkannte.

»Die Gilde nimmt sie Euch ab?«, fragte Cery.

Der Mann schüttelte den Kopf. »Nein, die Wache kommt ab und zu vorbei, um nachzusehen, aber ich bin kein Narr, dass ich derartige Dinge zur Schau stellen würde. Außerdem gehen die Bücher dafür zu schnell weg.«

»Wie bringt Ihr sie denn in Euren Besitz – wenn Ihr mir die Frage gestattet?«

Der Mann zuckte die Achseln. »Meistens bekomme ich sie von Novizen. Von denjenigen, die hier aus der Gegend stammen. Aus irgendeinem Grund können sie ihren Familien nicht direkt Geld schicken, daher stehlen sie Bücher und verkaufen sie mir, und ich leite das Geld dann weiter.«

»Gegen ein Honorar«, ergänzte Cery.

Der Mann schüttelte den Kopf. »Oh, ich mache genug Profit beim Verkauf der Bücher. Ich behandle meine Novizen gut, denn wenn ich es nicht täte, gäbe es jede Menge anderer Leute, an die sie sich wenden könnten.« Er runzelte die Stirn. »Natürlich versuchen einige von ihnen, mich dazu zu bewegen, das Geld stattdessen an Feuerverkäufer weiterzuleiten. Das dulde ich nicht. Abscheuliche Leute, diese Feuerverkäufer. Mit denen will ich nichts zu tun haben.«

»Ich auch nicht«, erwiderte Cery. »Woher wisst Ihr, ob ein Buch echt ist oder eine Fälschung?«

Der Mann straffte sich. »Viele Jahre Erfahrung. Und einige davon habe ich für die Gilde gearbeitet, als ich noch ein junger Mann war.«

»Wirklich? Ihr habt für die Gilde gearbeitet?« Cery beugte sich zu dem Mann vor. »Weshalb hat man Euch hinausgeworfen?«

Der Mann verschränkte die Arme vor der Brust. »Habe ich etwa gesagt, dass ich hinausgeworfen wurde?«

Cery sah den Mann mit hartem Blick an. »Ihr habt eine solche Stellung *aufgegeben*?«

Der Verkäufer zögerte, dann zuckte er die Achseln. »Es gefiel mir nicht, ständig gesagt zu bekommen, was ich tun soll. Wie meine verstorbene Frau sagte, es ist nichts für jeden. ›Makkin der Aufkäufer‹ ist der Name, der am besten zu mir passt.«

»Kann ich verstehen«, erwiderte Cery. »Ich glaube, ich könnte mich auch nicht damit abfinden. Also... was denkt Ihr, wann Ihr vielleicht einige neue Bücher hereinbekommen werdet und welche Art von Büchern ich kaufen kann?«

Makkins Augen glänzten vor Freude. »In ein paar Tagen. Ich kann versuchen, Euch zu beschaffen, was Ihr wollt, aber es ist nicht immer möglich – oder aber es wird länger dauern. Der Preis hängt von der Schwierigkeit ab, und ich muss Euch warnen, manchmal interessiert sich einer meiner, ähm, einflussreicheren Kunden für mein Geschäft und kauft alles, was ich habe.« Der Mann rieb sich die Hände. »Worauf seid Ihr denn besonders aus?«

»Auf etwas... Ungewöhnliches, Seltenes. Zu einem speziellen Thema. Nicht nur Novizenbücher.«

Der Mann nickte. »Ich werde sehen, was ich tun kann. Kommt in einigen Tagen wieder her, und ich werde Euch sagen, was meine Jungs haben oder beschaffen können.« Er strahlte Cery an. »Immer schön, einen neuen Kunden zu haben.«

Cery nickte. »Immer.« Er neigte den Kopf leicht zur Seite. »Ich nehme nicht an, dass Ihr uns verraten könnt, wer Eure anderen Kunden sind? Nur damit ich weiß, mit wem ich es zu tun habe.«

Makkin schüttelte den Kopf. »Wenn ich das täte, wäre ich nicht mehr lange im Geschäft.«

»Ja, da habt Ihr wahrscheinlich recht.« Cery wandte sich der Tür zu, dann drehte er sich noch einmal mit nachdenklicher Miene um. »Nur aus Neugier: Wie viel müsste ein Mann Euch anbieten, damit es sich für Euch lohnen würde, das Risiko einzugehen?«

»Ich lebe zu gern, als dass ich auch nur darüber nachdächte.«

Cery zog die Augenbrauen hoch. »Ihr müsst *sehr* einflussreiche Kunden haben.«

Der Mann lächelte. »Ich freue mich darauf, mit Euch Geschäfte zu machen.«

Cery verkniff sich ein Lachen und wandte sich ab. Gol öffnete ihm die Tür, und sie traten auf die Straße hinaus.

Die Sonne würde bald untergehen, und die Menschen, die noch draußen waren, eilten rasch und entschlossen ihrer Wege, zweifellos weil sie begierig darauf waren, ihr Ziel zu erreichen. Als sie sich einige Schritte von dem Laden entfernt hatten, überquerte Cery die Straße und trat in den Schatten der gegenüberliegenden Gebäude. Dann blieb er stehen und blickte zurück.

»Was geht dir im Kopf herum?«, fragte Gol. »Du hast diesen Blick.«

»Ich denke, dass Makkin und sein Laden ein guter Platz für unsere Falle sein könnten.«

»Was? Willst du dafür sorgen, dass ihm etwas Besonderes in die Hände fällt, und feststellen, wer kommt, um es zu kaufen?«

»Ja. Obwohl wir unserer Beute einen Grund liefern müssen, Magie zu benutzen, um es zu bekommen. Ich frage mich… er sagte, er bewahre diese Bücher an einem anderen Ort auf als die übrigen. Vielleicht in einem Tresor?«

»Ich werde es herausfinden. Wir werden dafür sorgen müssen, dass Makkin es niemand anderem verkauft. Hoffentlich wird das den Jäger dazu bringen einzubrechen, um es sich zu holen.«

»Und Magie zu benutzen.« Cery nickte. »Wir werden einen sicheren Ort brauchen, von dem aus wir den Laden beobachten können. Und Sorge tragen, dass wir wegkommen, falls etwas schiefläuft oder Makkin herausfindet, was vorgeht.«

Gol nickte. »Ich werde mich damit beschäftigen.«

Es war bereits spät, als Dannyl endlich durch die Tür zu seinen Räumen im Gildehaus trat. Er hatte am Abend einen alten Ashaki besucht, der darauf bestanden hatte, Dannyl über die geschäftlichen Leistungen seiner sämtlichen Vorfahren ins Bild zu setzen. Außerdem hatte er mit übertriebener Häme geschildert, wie seine Familie andere Händler durch großangelegten Betrug in den Ruin trieb.

Er schaute ins Nebenzimmer, das er wie frühere Botschafter als Büro benutzte, und als er etwas Neues auf dem Schreibtisch liegen sah, blieb er stehen und betrachtete es sich näher. Ein Notizbuch lag dort. Er ging in den Raum und nahm es in die Hand. Als er die Seiten aufblätterte, erkannte er Lorkins Handschrift, und plötzlich fiel alle Müdigkeit, die er während der letzten Stunden verspürt hatte, von ihm ab.

Irgendwann hatte ein früherer Botschafter einen gewöhnlichen Stuhl mit Rückenlehne für das Büro gekauft oder anfertigen lassen. Dannyl setzte sich mit einem zufriedenen Seufzer darauf und begann zu lesen. Die ersten Passagen, die Lorkin kopiert hatte, stammten aus dem Dokument, das Dannyl bereits überflogen hatte. Es waren nicht viele Einträge, stellte er fest, und ein Stich der Sorge durchzuckte ihn, als ihm bewusst wurde, dass der junge Mann den Eintrag über das Haus in Imardin nicht kopiert hatte. Dannyl hatte ihn nicht erwähnt, weil er neugierig darauf war zu sehen, ob Lorkin ebenfalls darauf stoßen würde.

Aber es war kein augenfälliger Hinweis. Lorkin wird zweifellos andere Dinge sehen. Obwohl er nicht alles aufnehmen wird, was ich aufgenommen hätte, könnte er einige Dinge finden, die ich nicht finden würde.

Die Idee, Lorkin an Dannyls Stelle auszuschicken, war eine brillante Lösung des Problems gewesen, dass er wichtige Sachakaner nicht zweimal hintereinander besuchen konnte, weil er fürchten musste, ungebührliche politische

Bevorzugung an den Tag zu legen. Es würde nicht das Gleiche sein, als hätte er die Nachforschungen persönlich angestellt, aber indem er Lorkin damit beauftragte, bekam er zumindest einiges an Material, das er untersuchen und bedenken konnte, bis es ihm freistand, den Ashaki selbst noch einmal aufzusuchen.

Während er weiterlas, verebbte seine Aufregung langsam. Hier fand sich nur wenig, was von Nutzen war. Dann wurde Lorkins Handschrift plötzlich kühner und eckiger, und ein Wort war wiederholt unterstrichen. Dannyl las den Eintrag und las ihn abermals, ebenso wie Lorkins Überlegungen dazu, und seine Stimmung hob sich wieder.

Lorkin hat recht. Dieser »Lagerstein« ist offensichtlich wichtig. Obwohl er annimmt, dass es sich dabei um einen magischen Gegenstand handelt... Nun, es könnte aber auch etwas von politischem Wert sein – ein Gegenstand, der darauf hinweist, dass der Besitzer wichtig ist, wie der Ring eines Königs oder der Schatz eines religiösen Führers.

Der Name »Narvelan« kam ihm bekannt vor, aber er konnte sich nicht daran erinnern, warum. Er rieb sich die Stirn und stellte fest, dass sein Kopf zu schmerzen begann und er Durst hatte. Die Mahlzeit war übermäßig salzig gewesen, und als einziges Getränk hatte man ihm Wein angeboten. Als er durch die Tür in den Hauptraum schaute, sah er, dass ein Sklave an der gegenüberliegenden Wand stand.

»Hol mir etwas Wasser, ja?«, rief er.

Der junge Mann eilte davon. Dannyl wandte sich wieder Lorkins Notizen zu, las sie noch einmal durch und versuchte, sich daran zu erinnern, wo er den Namen »Narvelan« schon einmal gehört hatte. Als er den Sklaven zurückkehren hörte, blickte er auf. Statt des jungen Mannes stand ein Junge da und hielt ihm einen Krug und ein Glas hin.

Dannyl zögerte, dann nahm er beides entgegen, wobei er sich fragte, warum er jetzt von einem anderen Sklaven bedient wurde. Der Junge schaute zu Boden und mied seinen Blick. Nicht zum ersten Mal fragte er sich, wer darüber entschied, welche Sklaven was taten. Wahrscheinlich der Sklavenmeister, der sich am ersten Tag vorgestellt hatte. Lord Maron hatte ihm erklärt, dass die Sklaven eigentlich dem König gehörten, aber eine »Leihgabe« an das Gildehaus seien. Dies hinderte die Gilde daran, in Sachaka das Gesetz gegen die Versklavung anderer durch Kyralier zu brechen – eine Regel, die verhindern sollte, dass Kyralier Gefallen an der Idee fanden und versuchten, sie in ihrem Heimatland einzuführen.

Der Junge biss sich auf die Unterlippe, dann machte er einen Schritt auf Dannyl zu.

»Wünscht mein Meister heute Nacht Gesellschaft im Bett?«, fragte er.

Dannyl erstarrte innerlich, dann schlug eine Woge des Entsetzens über ihm zusammen.

»Nein«, sagte er schnell und entschieden. Dann fügte er hinzu: »Du darfst jetzt gehen.«

Der Junge tat wie geheißen und verriet weder durch seinen Gang noch durch seine Haltung Enttäuschung oder Erleichterung. Dannyl schauderte. *Gerade als ich mich daran gewöhne, überall Sklaven zu sehen...* Aber vielleicht war es besser, kein allzu großes Wohlbehagen zu entwickeln. Vielleicht war es gut, daran erinnert zu werden, wie barbarisch das sachakanische Volk sein konnte.

Aber warum ein Junge? Keine der Sklavinnen ist so keck gewesen. Es war wahrscheinlich, dass die Spione des sachakanischen Königs seine Vergangenheit durchleuchtet hatten und auf seine skandalöse, jedoch nicht gar so geheime Vorliebe für Männer in seinem Bett gestoßen waren. *Aber das bedeutet nicht, dass ich ein bloßes Kind mit ins Bett nähme.*

Oder einen Sklaven, der in der Angelegenheit keine Wahl hat. Letzteres stieß ihn ab, aber Ersteres erfüllte ihn mit Abscheu.

Hat Lorkin ein ähnliches Angebot erhalten? Die Frage erfüllte ihn für einen Moment mit Furcht, aber dann erinnerte er sich an den Gesichtsausdruck, den Lorkin stets zeigte, wenn ein Sklave sich vor dem jungen Mann niederwarf. *Wenn er ein solches Angebot erhalten hat, denke ich nicht, dass er es angenommen hat. Trotzdem, ich muss ein Auge auf ihn halten.*

Aber nicht heute Nacht. Es war spät, und Lorkin schlief wahrscheinlich schon längst. Dannyl sollte sich ebenfalls zurückziehen. Morgen Abend würde er einen anderen Ashaki besuchen und ihm zuhören müssen und am Abend darauf ebenfalls, und auch die Liste mit Belangen von Handel und Diplomatie, die es tagsüber abzuarbeiten galt, begann zu wachsen.

Doch als er endlich im Bett lag, träumte er, er habe einen Streit mit Tayend, der sich irgendwie in einen sachakanischen Ashaki verwandelt hatte; in dem Streit ging es um die umwerfend gut aussehenden männlichen Sklaven in seinem Besitz. *Tu, was die Einheimischen tun*, erklärte ihm Tayend. *Wir würden das Gleiche von ihnen erwarten, wenn sie nach Kyralia kämen. Und denk daran, ich bin nicht der erste Gildemagier, der Sklaven besitzt. Denk daran, morgen früh.*

13 Die Falle

Als die Kutsche vor der Tür von Regins Haus stehen blieb, beschlich Sonea ein Gefühl des Widerstrebens. Sie blieb sitzen, während Erinnerungen daran in ihr aufstiegen, erschöpft und hilflos zu sein, spätnachts in den Tiefen der Universität gepeinigt von einem jungen Novizen und seinen Freunden.

Dann erinnerte sie sich daran, dass derselbe Novize vor einem sachakanischen Ichani zurückgewichen war, nachdem er sich freiwillig erboten hatte, als Köder zu dienen, der leicht auch hätte verschluckt werden können. Und sie erinnerte sich an seine Worte: »...*falls ich all das überleben sollte, werde ich versuchen, es wiedergutzumachen.*«

Hatte er das getan? Sie schüttelte den Kopf. Nach dem Krieg hatten viele von Imardins großen Häusern darauf gebrannt, Familienmitglieder zu ersetzen, die in der Schlacht gestorben waren, wohl wissend, dass mit der Zahl der Magier eines jeden Hauses auch das Prestige wuchs. Regin hatte kurz nach dem Abschluss geheiratet, und den Gerüchten zufolge, die in der Gilde die Runde machten, mochte er die Ehefrau, die seine Familie für ihn ausgewählt hatte, nicht besonders.

Seit jenen frühen Tagen an der Universität hatte er Sonea nichts Unerfreuliches mehr angetan. Gewiss hatte es keine der schäbigen Streiche des Novizen mehr gegeben, aber er hatte auch als Erwachsener keine Schritte gegen sie unternommen. Warum also widerstrebte es ihr derart, ihm in seinem eigenen Haus gegenüberzutreten? War sie immer noch auf der Hut vor ihm? Oder machte sie sich Sorgen, dass sie aus alter Abneigung und Misstrauen gegen ihn unhöflich sein würde? Es war kindisch, ihm Dinge zu verübeln, die er ihr angetan hatte, als er jung und töricht gewesen war. Rothen hatte recht damit, dass Regin zu einem vernünftigen Mann herangereift war.

Aber alte Gewohnheiten wird man ebenso schwer los wie alte Flecken, dachte sie.

Schließlich zwang sie sich, sich zu erheben, und stieg aus der Kutsche. Wie immer hielt sie kurz inne, um ihre Umgebung in sich aufzunehmen. Da Kallen jedes Mal einen Grund zu hören verlangte, wenn sie das Gelände der Gilde verließ, hatte sie nicht häufig Gelegenheit, die Straßen der Stadt zu sehen.

Natürlich lag diese Straße im Inneren Ring, da Regins Familie und Haus alt und mächtig waren und nur die Wohlhabendsten und Einflussreichsten es sich leisten konnten, so nah beim Palast zu leben. Die Straße sah ziemlich genauso aus, wie es die Straßen im Inneren Ring immer getan hatten, mit großen zwei- und dreigeschossigen Gebäuden, von denen viele unterschwellige Anzeichen von Reparaturen zeigten oder gänzlich neu gefertigte Fassaden, Arbeiten, die bald nach der Ichani-Invasion vollendet worden waren.

Sonea richtete ihre Aufmerksamkeit auf die Menschen auf der Straße. Einige Männer und Frauen schlenderten vorbei, und ihre Kleidung verriet ihren hohen Rang. Auch einen Magier entdeckte sie. Die Übrigen waren Dienstboten. Aber dann bemerkte sie eine Gruppe von vier Männern, die ein Gebäude am Ende der Straße verließen und in eine Kutsche stiegen. Obwohl sie den Prunkstaat reicher Menschen trugen, hatten ihre Haltung und ihre Bewegungen etwas an sich, das Sonea an die selbstbewusste Brutalität von Straßenbanden erinnerte.

Möglich, dass ich es mir nur einbilde, sagte sie sich. *Ich könnte die Verbindung herstellen, nur weil ich Regin in letzter Zeit so oft über kriminelle Verbindungen in den Häusern habe sprechen hören.*

Sie wandte sich ab, ging auf die Tür von Regins Haus zu und klopfte an. Einen Moment später wurde die Tür geöffnet, und ein schlanker, säuerlich dreinblickender Diener begrüßte sie mit einer tiefen Verbeugung.

»Schwarzmagierin Sonea«, sagte er mit unerwartet tiefer Stimme. »Lord Regin erwartet Euch. Ich werde Euch zu ihm geleiten.«

»Danke«, erwiderte sie.

Er führte sie durch eine große Halle und eine gewundene Treppe hinauf. Nachdem sie eine weitere Halle durchquert hatten, gelangten sie in einen großen Raum voller dick gepolsterter Sessel. Durch hohe Fenster an einer Seite fiel Sonnenlicht. Der Stoff, der die Sessel bedeckte, sowie die Wände und die Papierschirme waren in leuchtenden Farben gehalten.

Zwei Personen erhoben sich von ihren Plätzen – Regin und eine Frau, die Sonea für seine Ehefrau hielt. Die Frau trat mit ausgestreckten Armen auf Sonea zu, als wolle sie ihre Besucherin an sich ziehen, aber im letzten Moment verschränkte sie die Hände.

»Schwarzmagierin Sonea!«, rief sie aus. »Es ist eine solche Ehre, Euch in unserem Haus zu haben.«

»Das ist Wynina, meine Gemahlin«, erklärte Regin.

»Es ist mir eine Freude, Euch kennenzulernen«, sagte Sonea zu Wynina.

Die Frau strahlte. »Ich habe so viel von Euch gehört. Es kommt nicht oft vor, dass wir eine historische Gestalt in unserem Heim begrüßen dürfen.«

Sonea versuchte, sich auf eine Antwort zu besinnen, brachte aber keine zustande. Die Frau errötete und schlug die Hand vor den Mund. »Nun«, sagte sie und blickte zwischen Regin und Sonea hin und her. »Ihr zwei habt ernste Dinge zu besprechen. Ich werde Euch allein lassen.«

Sie ging auf die Tür zu, drehte sich noch einmal um, um Sonea zuzulächeln, und verschwand dann im Flur dahinter.

Regin lachte leise. »Sie ist ziemlich eingeschüchtert von Euch«, sagte er mit leiser Stimme und deutete einladend auf die Sessel.

»Wirklich?«, erwiderte Sonea, während sie zu einem der Sessel hinüberging und Platz nahm. »Diesen Eindruck machte sie gar nicht auf mich.«

»Oh, sie ist normalerweise viel redseliger.« Er lächelte dünn. »Aber ich nehme an, Ihr seid wegen wichtigerer Dinge hergekommen?«

»Ja.« Sonea hielt inne, um Luft zu holen. »Ich habe in den Hospitälern Heiler und Helfer befragt, und das Ergebnis dieser Gespräche führt mich dazu, Euch recht zu geben: Es wäre schädlich, die Regel gegen eine Verbindung mit Kriminellen außer Kraft zu setzen.«

Sie hatte beschlossen, nichts von ihrem Verdacht zu erwähnen, dass Feuel möglicherweise im Körper eines Magiers dauerhafte Spuren hinterlassen könnte. Als sie ihren Verdacht Lady Vinara gegenüber erwähnt hatte, hatte die Frau höfliche Ungläubigkeit zum Ausdruck gebracht. Es würde erheblich mehr dazugehören als die Behauptungen eines einzelnen Steinmetzen, um Magier davon zu überzeugen, dass sie die Wirkung der Droge nicht einfach »heilen« konnten. Bis sie Zeit gefunden hatte, ihre Theorie zu überprüfen, würde sie die Idee für sich behalten. Und selbst wenn sie es beweisen konnte, gab es manch einen in der Gilde, der die Schuld an dem Problem bei den unteren Klassen suchen würde, und das würde die Situation nur verschlimmern, in die die Regel die »Prollis« gebracht hatte.

Er richtete sich auf und zog die Augenbrauen leicht hoch. »Ich verstehe.«

»Aber ich glaube immer noch, dass die Regel ungerecht gegenüber Novizen und Magiern aus den unteren Klassen ist und dass wir etwas tun müssen, um dieses Problem zu lösen, oder wir werden talentierte und mächtige Novizen verlieren oder sie sogar zur Rebellion verleiten.«

Regin nickte. »Ich gebe Euch in diesem Punkt inzwischen recht. Und aus gänzlich anderen Gründen habe ich das Gefühl, dass wir einen Punkt gewährleisten müssen: Die Magier, die damit beauftragt sind, dafür zu sorgen, dass die Regel befolgt wird, und jene zu bestrafen, die dagegen verstoßen, müssen dies gerecht und ohne Begünstigung tun.«

Lange Sekunden musterten sie einander, dann lächelte Sonea. »Nun, das war einfacher, als ich gedacht hatte.«

Er lachte leise. »Ja. Jetzt kommen wir zu dem schwierigen Teil. Wie sollte die Regel verändert werden, und wie überzeugen wir die Höheren Magier – oder den Rest der Gilde –, so abzustimmen, wie wir es wollen?«

»Hm.« Sonea runzelte die Stirn. »Es wäre vielleicht einfacher, unser Vorgehen zu planen, wenn wir wüssten, wer abstimmen wird.«

Regin legte die Fingerspitzen aneinander. »Die Wahrscheinlichkeit, dass Osen in unserem Sinne entscheidet, wird größer sein, wenn wir beide das Gleiche vorschlagen. Wir müssen getrennt zu ihm gehen und ihn über unsere Wünsche in Kenntnis setzen. Oder Ihr müsst Lord Pendel dazu überreden, es zu tun, da er der Anführer jener ist, die die Abschaffung der Regel erstreben.«

Sonea nickte. »Ich denke, er wird auf mich hören. Aber ich werde ihm gute Gründe nennen müssen, warum er das eine oder das andere vorschlagen sollte.«

»Dann müssen wir die Vor- und Nachteile beider Möglichkeiten ausloten.«

»Angesichts der Entscheidung zwischen einer Abschaffung der Regel, ihrer Beibehaltung oder ihrer Veränderung vermute ich, dass die meisten Höheren Magier dafür stimmen würden, die Dinge so zu belassen, wie sie sind.«

»Wahrscheinlich habt Ihr recht. Wenn wir die ganze Gilde abstimmen lassen, ist der Ausgang vielleicht weniger berechenbar, wird aber höchstwahrscheinlich zu der Suche nach einem Kompromiss führen – und das wird die Veränderung der Regel sein. Der eigentliche Kern der Debatte wird die Frage sein, wie die Regel verändert werden soll.«

»Ja.« Sonea lächelte schief. »Was uns zu der schwierigsten Frage zurückführt: Wie wollen wir die Regel verändern?«

Regin nickte. »Nun, ich habe einige Ideen. Soll ich anfangen?«

Sie nickte. »Nur zu.«

Während er begann die Veränderungen zu erklären, die ihm vorschwebten, konnte Sonea nicht umhin, eine widerstrebende Bewunderung für die Umsicht zu empfinden, mit der er an das Problem herangegangen war. Es war offenkundig, dass er nicht erst während der wenigen Wochen darüber nachgedacht hatte, seit das Thema in der Gilde diskutiert wurde. Doch im Gegensatz zu einigen der Frauen und Männer, die sie befragt hatte, waren die Lösungen, die er vorschlug, praktisch und unvoreingenommen. *Wo ist der arrogante, mit Vorurteilen behaftete Snob, den ich als Novizen gekannt habe? Versteht er sich heute lediglich besser darauf, diese Dinge zu verbergen?*

Oder hatte er sich wirklich verändert? Selbst wenn dem

so war, würde es mehr brauchen als einige kluge Lösungen für ein Klassenproblem innerhalb der Gilde, um sie davon zu überzeugen, dass sie ihm trauen konnte. Ganz gleich, was er sagte, sie würde immer darauf warten, dass die grausame Seite, von der sie wusste, dass Regin sie besaß, wieder an die Oberfläche trat.

Nachdem Dannyl für den Abend ausgegangen war und die Sklaven das Essen serviert hatten, war Lorkin in seine Räume zurückgekehrt. Noch gab es nicht viel für ihn zu tun. Abgesehen von dem einen Besuch in Ashaki Itokis Haus hatte er das Gildehaus nicht verlassen. Dannyl konnte von der Arbeit, die er tagsüber erledigte, nur einen kleinen Teil Lorkin überlassen, so dass dieser die Abende damit verbrachte, zu lesen oder die Sklaven zu befragen.

Letzteres erwies sich als schwieriger, als er erwartet hatte. Obwohl die Sklaven seine Fragen immer beantworteten, boten sie ihm nie mehr als die grundlegendsten Tatsachen an. Wenn er sie fragte, ob es noch irgendetwas sonst gebe, das er wissen müsse, wirkten sie verwirrt und ängstlich.

Aber es ist wahrscheinlich unmöglich für sie zu ahnen, was ich wissen muss, dachte er. *Und es widerstrebt ihnen, einfach nur zu raten für den Fall, dass sie etwas falsch machen und mich verärgern. Initiative ist wahrscheinlich eine Eigenschaft, zu der man einen Sklaven nicht gerade ermutigt.*

Er hatte das Gefühl, dass das dunkeläugige Mädchen, das ihn an ihrem ersten Tag in sein Zimmer geführt hatte – Tyvara –, vielleicht offener wäre, obwohl er sich nicht sicher war, warum er so dachte. Seit jenem ersten Abend hatte sie ihn jedoch nicht wieder bedient. Heute Abend hatte er nichts Wichtiges zu tun, daher bat er die Sklavin, die ihn bediente, sie zu ihm zu bringen.

Sie denken wahrscheinlich alle, dass ich sie in mein Bett neh-

men will, überlegte er und dachte an ihr Missverständnis an jenem ersten Abend. *Tyvara wird wahrscheinlich das Gleiche vermuten. Ich werde ihr versichern müssen, dass dies nicht meine Absicht ist. Gibt es irgendeine Möglichkeit, wie ich sie dazu ermutigen kann, frei zu sprechen?*

Er schaute sich um, und sein Blick blieb an dem Schrank haften, in dem Wein und Gläser für seine eigene Benutzung oder für eventuelle Gäste bereitstanden. Bevor er den Raum durchqueren konnte, um sie zu holen, sah er eine Bewegung an der Tür. Tyvara kam herein und blieb einige Schritte entfernt stehen, um sich zu Boden zu werfen.

»Steh auf, Tyvara«, sagte er. Sie erhob sich, hielt den Blick jedoch weiterhin zu Boden gerichtet. Ihr Gesicht war ausdruckslos, und er war sich nicht sicher, ob er sich nur einbildete, dass sie ein wenig angespannt wirkte. »Hol mir zwei Gläser und etwas Wein«, befahl er.

Sie gehorchte; ihre Bewegungen waren schnell, aber anmutig. Er setzte sich auf einen der Hocker in der Mitte des Raums und wartete auf sie. Sie stellte die Gläser und eine Flasche auf den Boden, dann kniete sie daneben nieder.

»Öffne die Flasche«, wies er sie an. »Und füll beide Gläser. Eins ist für dich.«

Sie hatte die Hände nach der Flasche ausgestreckt, aber dann zögerte sie. Einen Moment später tat sie wie geheißen. Als beide Gläser gefüllt waren, reichte sie ihm eins davon. Er nahm es entgegen und deutete auf das andere.

»Trink. Ich habe einige Fragen an dich. Nur Fragen«, fügte er hinzu. »Hoffentlich nichts, was dich irgendwie gefährden wird. Wenn ich etwas frage, für dessen Antwort du Schwierigkeiten bekommen wirst, sag mir das einfach.«

Sie betrachtete das Glas, dann ergriff sie es mit offenkundigem Widerstreben. Er nippte an dem Wein. Sie folgte seinem Beispiel, und die Muskeln um ihren Mund verzogen sich zu einer schwachen Grimasse.

»Der Wein schmeckt dir nicht?«, fragte er.

Sie schüttelte den Kopf.

»Oh.« Er sah sich um. »Dann trink ihn nicht. Stell ihn beiseite.«

Die Art, wie sie das Glas so weit entfernt von sich wegstellte wie möglich, verriet deutliche Abneigung. Er nahm noch einen Schluck von seinem eigenen Glas und überlegte, was er als Nächstes fragen sollte.

»Sollte... sollte ich mich den Sklaven hier gegenüber auf eine Art benehmen, die ich bisher vermissen lasse... oder falsch anwende?«

Sie schüttelte schnell den Kopf. Zu schnell. Er überdachte die Frage.

»Könnte ich mein Verhalten gegenüber den Sklaven hier irgendwie verbessern? Die Dinge einfacher machen?«

Wieder schüttelte sie den Kopf, aber nicht so schnell wie zuvor.

»Mache ich mich total zum Narren, wenn ich mit Sklaven zu tun habe?«

Der denkbar winzigste Anflug eines Lächelns umspielte ihre Lippen, dann schüttelte sie ein drittes Mal den Kopf.

»Du hast gerade gezögert«, bemerkte er und beugte sich vor. »Da ist doch etwas, nicht wahr? Ich mache mich nicht zum Narren, aber stattdessen tue ich etwas Unnötiges oder Dummes, richtig?«

Sie zögerte, dann zuckte sie die Achseln.

»Was ist es?«

»Ihr braucht uns nicht zu danken«, sagte sie.

Ihre melodische, heisere Stimme war eine Offenbarung nach all den schweigenden Gesten. Ein Schauder überlief ihn. *Wenn sie keine Sklavin wäre, denke ich, würde ich sie ungeheuer faszinierend finden. Und wenn sie nicht dieses abscheuliche Wickelkleid trüge, fände ich sie wahrscheinlich auch ziemlich attraktiv.*

Aber er hatte sie nicht hergerufen, um sie zu verführen.

»Ah«, erwiderte er. »Das ist eine Angewohnheit – etwas, das in Kyralia als gutes Benehmen gilt. Aber wenn es die Dinge leichter macht, werde ich versuchen, es nicht zu tun.«

Sie nickte.

Was jetzt? »Abgesehen davon, dass ich Sklaven unnötig danke, gibt es irgendetwas, das ich oder Dannyl den Sklaven gegenüber getan haben und das uns in den Augen von freien Sachakanern wie Narren erscheinen lassen würde?«

Sie runzelte die Stirn, und ihr Mund öffnete sich, aber dann schien sie zu erstarren. Er sah, wie sie den Blick über den Boden gleiten ließ und kurz bei seinen Füßen verweilte.

Sie hat Angst, wie ich auf ihre Antwort reagieren werde.

»Die Wahrheit wird mich nicht verärgern, Tyvara«, sagte er sanft. »Stattdessen könnte sie eine große Hilfe für uns sein.«

Sie schluckte, dann senkte sie den Kopf noch weiter.

»Ihr werdet Ansehen verlieren, wenn Ihr keine Sklavin ins Bett nehmt.«

Ein Gefühl des Schocks durchzuckte ihn, gefolgt von Erheiterung. Fragen schossen ihm durch den Kopf. Kümmerte es ihn oder Dannyl, wenn sie aus solch einem Grund Ansehen verloren? Sollte es sie kümmern? Wie schädlich war ihre Untätigkeit? Hatten frühere Gildebotschafter und ihre Assistenten die Sklaven hier in ihr Bett geholt?

Aber, wichtiger noch, woher erfuhren die anderen Sachakaner, ob der neue Gildebotschafter und sein Gehilfe mit ihren Sklaven das Bett teilten oder nicht?

Gewiss wird eine solche Information nicht geheim gehalten. Schließlich sind die Sklaven hier Besitz des sachakanischen Königs. Es wäre töricht zu denken, dass unsere Leistungen im Schlafzimmer nicht erörtert und bewertet werden würden.

Und dann lächelte er bei dem Gedanken an all die mächtigen sachakanischen Ashaki, die wie alte Weiber klatschten.

Er sollte herausfinden, wie die Konsequenzen aussahen, solange Tyvara mit ihm redete.

»Wie viel an Ansehen werden wir verlieren?«, erkundigte er sich.

Sie schüttelte den Kopf. »Das kann ich nicht sagen. Ich weiß nur, dass sie Euch weniger respektieren werden.«

Bedeutet das, dass keiner der früheren Bewohner des Gildehauses dies herausgefunden hat, weil keiner von ihnen die Gelegenheit ausgeschlagen hat? Er sah Tyvara an. *Wenn sie mich doch nur anschauen würde. Und zwar ohne Zögern oder Unterwürfigkeit. Wenn ich sie hoch aufgerichtet mit Selbstvertrauen und ohne Furcht dastehen sähe oder diese dunklen Augen echtes, williges Verlangen ausdrückten, würde ich sie ohne zu zögern in mein Bett nehmen. Aber dies… ich könnte es nicht tun. Nicht einmal, um Dannyl zu helfen, in den Augen der Ashaki Respekt zu erringen.*

Und es war auch unwahrscheinlich, dass Dannyl irgendwelche weiblichen Sklaven in sein Bett holte.

»Mir ist mein Ansehen gleich«, erklärte er Tyvara. »Ein Mann sollte nach seinem Anstand beurteilt werden, nicht nach der Zahl der Frauen, die er in sein Bett nimmt – Sklavinnen oder Freie, Willige oder Unwillige.«

Sie sah ihn für einen winzigen Moment an, einen brennenden Blick in den Augen, aber dann senkte sie den Kopf hastig wieder. Er sah ihre Zähne aufblitzen, als sie sich auf die Unterlippe biss, dann verzog sie das Gesicht.

»Was ist los?«, fragte er. *Sie hat Angst. Wie wirkt das auf sie? Natürlich! Sie wird bestraft, wenn man denkt, sie habe mir kein Vergnügen bereitet.* »Was werden sie mit dir machen?«

»Sie werden… sie werden jemand anderen schicken. Und noch jemanden.« *Und sie werden alle bestraft werden*, schienen ihre Worte anzudeuten.

Er unterdrückte einen Fluch. »Wenn sie das tun, werde ich nach dir fragen. Natürlich nur, wenn du es willst«, fügte er hinzu. »Wir werden reden. Einander von uns selbst und von unseren Ländern erzählen oder irgendetwas. Ich sehe nicht, wie ich sonst etwas über Sachaka erfahren soll, eingesperrt im Gildehaus – und ich würde wirklich gern mehr über dein Volk erfahren. Und über dich selbst. Wie klingt das? Wird es funktionieren?«

Sie zögerte kurz, dann nickte sie. Erleichtert holte er tief Luft und stieß den Atem wieder aus. »Also, dann erzähl mir etwas über dich. Wo wurdest du geboren?«

Noch während sie die Zuchtstation beschrieb, in der sie aufgewachsen war, spürte er, wie das Grauen ihrer Geschichte von etwas Unerklärlichem gelindert wurde. Sie redete mit ihm. Endlich erfuhr er von einem Sachakaner über Befehle und Antworten hinaus etwas Näheres. Während er ihr zuhörte, stellte er fest, dass sie plötzlich viel menschlicher wirkte – etwas, das er später vielleicht bereuen würde. Aber für den Augenblick entspannte er sich, lauschte der schönen, hypnotischen Stimme dieser Sklavin und kostete jedes Wort aus.

Das Dach des Pfandhauses war überraschend solide gebaut. Cery und Gol waren vor einigen Stunden hinaufgeklettert, als die volle Dunkelheit der Nacht sich herabgesenkt hatte. Sie hatten die Ziegel abgenommen, die zu lockern sie früher am Tag ein Straßenkind ausgeschickt hatten, und blickten jetzt durch Ritzen in den Raum hinab, in dem Makkin der Aufkäufer seinen Tresor stehen hatte.

In dem Tresor befanden sich Makkins wertvollste Bücher, darunter ein Band über heilende Magie. Nachdem Cery den Laden besucht, sich das Buch angesehen und sichergestellt hatte, dass Makkin es nicht verkaufte, bevor er mit dem Geld dafür zurückkehren konnte, hatte er einige von ihm kontrollierte Bolhäuser aufgesucht, um mit dem besonderen Buch zu prahlen, das er zu kaufen plane, sobald jemand seine Schuld bei ihm beglich – was wahrscheinlich morgen geschehen würde.

Es könnte eine lange Nacht werden, dachte Cery, während er vorsichtig die Steifheit aus seinem Bein schüttelte. *Aber wenn alles plangemäß verläuft, werden wir nur eine Nacht hier draußen in der Kälte ausharren müssen. Wir müssen einfach hoffen, dass der Jäger tatsächlich ein Magier ist ... und den Hunger nach Wissen hat, den wir bei ihm vermuten ... und dass ihm meine Prahlerei heute zu Ohren gekommen ist ... und dass er heute Nacht nichts Wichtigeres zu tun hat.*

Cery musste zugeben, dass er einzig aufgrund von Gerüchten und Vermutungen handelte. Er könnte sich in etlichen Dingen durchaus irren. *Aber es ist keine so verrückte Idee, dass es sich nicht lohnte, den Versuch zu machen.*

Er verlagerte sein Gewicht und streckte das andere Bein aus. In Zeiten wie dieser war ihm nur allzu bewusst, dass er älter wurde. Er konnte nicht mehr mithilfe weniger Steinlücken im Mauerwerk oder einem Seil an Gebäuden hinaufklettern oder gar furchtlos über die Lücken zwischen den Dächern springen. Seine Muskeln wurden in der kalten Luft schnell steif, und es dauerte länger, bis er sich davon erholte.

Und ich habe keine schöne Sachakanerin bei mir, die mich mit ihrer Magie auffängt, sollte das Dach einstürzen.

Erinnerungen blitzten in ihm auf. *Savara*. Rätselhaft. Verführerisch. Gefährlich. Eine begabte Kämpferin. Die Übungskämpfe, die er mit ihr ausgefochten hatte, waren aufregend gewesen und eine Herausforderung, und er hatte mehr als nur eine Handvoll neuer Tricks gelernt. Sie hatte zu viel über das Abkommen gewusst, das er mit dem Hohen Lord Akkarin getroffen hatte, um die sachakanischen Sklaven zu töten, die die Ichani nach Imardin geschickt hatten, damit sie die Schwächen der Gilde erprobten. Aber er hatte auch gespürt, dass er sie nicht leicht würde loswerden können. Dass es besser war, ihr etwas zu tun zu geben, indem er sie denken ließ, sie helfe ihm, ohne ihr zu erlauben, der Wahrheit zu nahe zu kommen.

Das hatte sie ziemlich schnell begriffen. Und dann war da jene Nacht gewesen, in der sie beobachtet hatten, wie Sonea und Akkarin gegen eine Ichani gekämpft und sie getötet hatten. Während des Kampfes war das Dach unter ihnen eingestürzt, aber Savara hatte seinen Sturz mit Magie gebremst. Und dann waren die Dinge erheblich persönlicher geworden...

Nach der Ichani-Invasion war sie fortgegangen, war zu den Leuten zurückgekehrt, für die sie arbeitete. Er hatte sie nie wiedergesehen, obwohl er sich oft gefragt hatte, wo sie war und ob sie lebte und in Sicherheit war. Höchstwahrscheinlich hatte sie sich wieder und wieder um ihres Volkes willen in gefährliche Situationen begeben, so dass es durchaus möglich war, dass eine davon zu ihrem Tod geführt hatte.

Ich war nie verliebt in sie, rief er sich ins Gedächtnis. *Ebenso wenig war sie in mich verliebt. Ich habe sie bewundert, sowohl ihren Körper als auch ihren Verstand. Sie hatte in mir einen nützlichen und unterhaltsamen Verbündeten und eine Ablenkung gefunden. Wenn sie geblieben wäre, wären wir nicht...*

Ein Geräusch unter ihm holte ihn in die Gegenwart zurück. Cery spähte wieder durch den Ritz zwischen den Dachziegeln und sah zwei Personen die Treppe in den kleinen Raum unter ihm hinaufgehen. Eine erkannte er sofort: Es war Makkin, und er trug eine Lampe. Die andere Person war eine dunkelhäutige Frau.

»Ist es das?«, fragte sie. Ihre Stimme hatte einen seltsamen Akzent und die Heiserkeit des Alters, aber sie bewegte sich mit der Vitalität einer jüngeren Frau. *Der Jäger der Diebe ist eine Frau*, dachte Cery. *Das ist ... interessant. Wie es aussieht, bin ich dazu verurteilt, entweder der Verbündete oder die Zielscheibe sehr mächtiger und gefährlicher Frauen zu werden.*

»Ja«, antwortete Makkin. »Das ist es. Sie sind dort drin. Aber –«

»Öffne es!«, befahl die Frau.

»Ich kann nicht! Sie haben den Schlüssel mitgenommen. Sie meinten, auf diese Weise könne ich es niemand anderem verkaufen, bevor sie mit dem Geld zurückkommen würden.«

»Was? Du lügst!«

»Nein! Neinneinneinneinnein!« Der Besitzer des Pfandhauses warf die Arme hoch und wich vor ihr zurück. Sein Verhalten war ein wenig extrem für jemanden, der einen Kopf größer war als die Frau, die drohend auf ihn zukam. *Als wüsste er, dass sie gefährlicher ist, als sie zu sein scheint.*

Die Frau wedelte mit den Armen. »Geh!«, befahl sie. »Lass die Lampe hier, verlass diesen Laden und komm nicht vor morgen zurück.«

»Ja! Danke! Es tut mir leid, dass ich Euch nicht –«

»HINAUS!«

Er rannte die Treppe hinunter, als sei ihm eine wilde Bestie auf den Fersen. Die Frau wartete, während sie auf Makkins Schritte lauschte. Das Geräusch der Ladentür, die zugeschlagen wurde, hallte zu Cery hinauf.

Die Frau wandte sich um, um den Tresor zu betrachten, dann straffte sie die Schultern. Sie näherte sich ihm langsam, ging davor in die Hocke und wurde vollkommen reglos. Cery konnte ihr Gesicht nicht erkennen, aber er sah, wie ihre Schultern sich hoben und senkten, während sie tief atmete.

Einen Moment später sprang das Schloss mit einem Klicken auf.

Gol keuchte leise. Cery lächelte grimmig. *Schlösser öffnen sich nicht einfach von selbst. Sie muss Magie benutzt haben. Ich habe den Beweis, dass wir eine wilde Magierin in der Stadt haben.* Das war jedoch nicht der Beweis, dass sie die Jägerin war; was, wenn es sich so verhielt? Bei dem Gedanken überlief ihn ein Schauer. War die Frau dort unten wirklich der Mörder, der so viele Diebe getötet hatte?

Sie betrachtete jetzt die Bücher im Tresor. Er erkannte den Band über Magie. Seine Entdeckung hatte Cery und Gol die Mühe, die Zeit und die Kosten für die Anfertigung einer Fälschung erspart und außerdem das Risiko, dass Makkin es bemerkt hätte, aber das Buch war nicht annähernd so bemerkenswert, wie er in den Bolhäusern prahlerisch behauptet hatte. Die Frau öffnete es, blätterte die Seiten durch, murmelte dann etwas und warf es beiseite. Danach griff sie nach einem anderen Buch und untersuchte auch dieses gründlich. Als sie sich sämtliche Bücher angesehen hatte, stand sie langsam auf. Sie ballte die Fäuste und sprach ein fremdartiges Wort.

Was hat sie gesagt? Er runzelte die Stirn. *Einen Moment mal. Das war eine andere Sprache. Sie ist eine Fremdländerin.* Aber sie hatte zu wenig gesagt, als dass er die Sprache oder auch nur ihren Akzent hätte erkennen können. *Wenn sie doch nur noch einmal sprechen würde. Einen ganzen Satz, nicht nur ein Fluchwort.*

Aber die Frau bewahrte Stillschweigen. Sie erhob sich und wandte dem Tresor und seinem Inhalt, der jetzt im Raum verteilt lag, den Rücken zu. Dann durchquerte sie den Raum, ging zur Treppe und verschwand in der Dunkelheit des Ladens darunter. Wieder schlug die Tür zu. Schwache Schritte verklangen auf der Straße.

Cery blieb stumm und reglos sitzen und wartete, bis sie sicher waren, dass jemand, der den Ausruf der Frau gehört hatte und den Laden deshalb beobachtete, inzwischen das Interesse verloren haben würde. Währenddessen dachte er über seinen Plan nach. *Wir haben die Information, die wir brauchten. Die einzige Überraschung war der Umstand, dass der wilde Magier eine Frau und eine Fremdländerin ist. Das macht sie nicht weniger gefährlich, ob sie nun die Jägerin der Diebe ist oder nicht. Und wenn fremdländische Magier in Imardin Quartier beziehen, wird Sonea das definitiv erfahren wollen.*

Und Skellin. Sollte er es dem anderen Dieb erzählen?

Ich habe keinen Beweis dafür, dass sie der Jäger ist. Mir wäre es lieber, Skellin würde nicht erfahren, dass Sonea und ich immer noch in Verbindung stehen. Wenn die Gilde die wilde Magierin einfängt, werden sie ihre Gedanken lesen und endgültig feststellen, ob sie die Mörderin ist. Wenn sie es nicht ist, dann habe ich Skellin nichts zu sagen.

Und wenn sie es doch war... Nun, dann brauchte Cery Sonea nur zu erzählen, was er wusste, und es würde keinen Jäger der Diebe mehr geben, über den man etwas zu berichten hatte.

14 Unerwartete Verbündete

»Also, wen treffe ich heute Abend?«, fragte Dannyl Ashaki Achati, als die Kutsche vor dem Gildehaus losfuhr.

Der sachakanische Magier lächelte. »Euer Plan, nicht zu bitten und zu insistieren, den König zu sehen, hat funktioniert. Er hat Euch in den Palast eingeladen.«

Dannyl blinzelte überrascht, dann bedachte er alles, was Lord Maron ihm über den sachakanischen König und das Protokoll berichtet hatte. Der ehemalige Botschafter hatte gesagt, dass der König eine Audienz geradeso oft ablehnte, wie er eine gewährte. »Mir war nicht klar, dass ich etwas hätte unternehmen sollen. Sollte ich mich dafür entschuldigen?«

Achati kicherte. »Nur wenn Ihr das Gefühl habt, Ihr müsstet es tun. Da ich der Mittler zwischen dem Gildehaus und dem König bin, liegt es an mir, Euch zu raten, wie und wann Ihr um eine Audienz bei ihm ersuchen solltet. Ich hätte Euch geraten zu warten, bis er Euch einlädt. Da Ihr keine Fehler gemacht habt, gab es wenig Grund, das Thema anzusprechen.«

»Also war es kein Fehler, *nicht* um eine Audienz zu bitten.«

»Nein. Obwohl eine Demonstration von Desinteresse irgendwann möglicherweise als Kränkung betrachtet worden wäre.«

Dannyl nickte. »Als ich Zweiter Gildebotschafter in Elyne war, wurde von mir verlangt, mich einmal dem König zu präsentieren, was der Erste Gildebotschafter für mich arrangiert hat. Danach folgten nur noch Besprechungen in wichtigen Angelegenheiten, wobei sich der Erste Botschafter in der Regel darum gekümmert hat.«

»Das ist interessant. Dann habt Ihr also zwei Botschafter in Elyne?«

»Ja. Für eine Person gibt es dort zu viel Arbeit. Irgendwie hatten wir genauso viel Arbeit, die nichts mit der Gilde und Magiern zu tun hatte, wie solche Arbeit, die sich um diese Belange drehte.«

»Eure Arbeit hier hat noch weniger Bezug zu Magie und Magiern«, bemerkte Achati. »Ihr braucht keine neuen Rekruten zu prüfen oder den Überblick über Magier zu behalten, die ihren Abschluss bereits gemacht haben. Größtenteils habt Ihr es hier mit Handelsfragen zu tun.«

Dannyl nickte. »Die Arbeit hier ist vollkommen anders, doch bisher war sie sehr angenehm. Ich nehme an, sobald ich alle wichtigen Leute kennengelernt habe, wird man mich nicht länger mit abendlichen Mahlzeiten und Gesprächen verwöhnen.«

Achati zog die Augenbrauen hoch. »Oh, sobald von mir nicht länger erwartet wird, Euch zu begleiten, werdet Ihr vielleicht feststellen, dass Ihr noch gefragter seid als zuvor. Es kann eine anstrengende und politisch gefährliche Übung sein, einen anderen Sachakaner zu bewirten. Ihr seid sowohl exotisch als auch nicht leicht zu kränken und daher ein angenehmer Gast.« Er deutete auf das Kutschenfenster. »Schaut nach draußen, wenn wir um die Ecke fahren.«

Die Kutsche wurde langsamer, und die Mauer neben ihnen endete. Eine breite Straße kam in Sicht. Langgestreckte Blumenbeete erschienen, beschattet von riesigen Bäumen. Wo diese Gärten endeten, stand ein großes Gebäude. Weiße Mauern beschrieben von einem zentralen Torbogen aus weite Kurven wie sorgfältig drapierte Vorhänge. Über ihnen erhoben sich flache, im Sonnenlicht glänzende Kuppeln. Der Anblick tat Dannyl gut.

»Es ist wunderschön«, sagte er und beugte sich vor, um das Gebäude im Blick zu behalten, während die Kutsche auf die Straße einbog. Aber schon bald konnte er nur noch die weißen Mauern der Herrenhäuser am Straßenrand sehen. Er wandte sich wieder zu Ashaki Achati um und stellte fest, dass der Mann anerkennend lächelte.

»Es ist über tausend Jahre alt«, sagte der Sachakaner voller Stolz. »Natürlich mussten im Laufe der Jahre einige Teile wieder aufgebaut werden. Die Mauern sind zweifach verstärkt, so dass Verteidiger sich darin verstecken und Eindringlinge durch Löcher und Luken angreifen können.« Er zuckte die Achseln. »Nicht dass sie jemals zu diesem Zweck benutzt worden wären. Als die kyralische Armee hier eintraf, war unsere Armee bereits besiegt, und der letzte Kaiser hat sich ohne Widerstand ergeben.«

Dannyl nickte. So viel wusste er bereits aus den grundlegenden historischen Kursen an der Universität, und seine Nachforschungen hatten es bestätigt.

»Der dritte König hat die Kuppeln mit Gold überziehen lassen«, fuhr Achati fort. Dann schüttelte er den Kopf. »Ein frivoler Luxus war das in einer Zeit des Hungers, aber sie sind so schön, dass niemand sie je entfernt hat, und von Zeit zu Zeit sorgt ein König dafür, dass sie gereinigt und neu poliert werden.«

Die Kutsche wurde langsamer und umrundete eine Kurve, und Dannyl schaute eifrig aus dem Fenster, als der Palast wieder in Sicht kam. Sobald er und Achati ausgestiegen waren, hielten sie inne, um für einen Moment voller Bewunderung zu dem Gebäude aufzublicken, bevor sie auf den zentralen Torbogen zugingen.

Wachsoldaten zu beiden Seiten des Eingangs behielten ihre starre Haltung und ihren in die Ferne gerichteten Blick bei. Sie waren keine Sklaven, erinnerte sich Dannyl, sondern wurden aus den niedersten Rängen der sachakanischen Familien rekrutiert. *Ich nehme an, es wäre nicht besonders nützlich, seinen Palast von Sklaven bewachen zu lassen. Wachen, die sich auf den Boden werfen, wann immer jemand Wichtiges vorbeikommt, werden kaum schnell reagieren, um irgendetwas oder irgendjemanden zu verteidigen.*

Sie gingen durch zwei offene Türen, dann folgten sie einem breiten Flur ohne Nebeneingänge. Am Ende dieses Flurs befand sich ein großer Raum voller Säulen, dessen Boden und Wände aus poliertem Stein waren und in dem ihre Schritte widerhallten. Am Ende des Raums stand ein großer, steinerner Stuhl, und darauf saß ein alter Mann, der die kunstvollsten Kleider trug, die Dannyl seit seiner Ankunft bei irgendeinem Sachakaner gesehen hatte.

Und es sieht nicht so aus, als fühle er sich wohl, bemerkte er. *Es wirkt, als würde er gern bei der ersten sich bietenden Gelegenheit von diesem Thron aufstehen.*

Einige Männer standen im Raum, allein oder in Gruppen von zwei oder drei Personen. Schweigend beobachteten sie, wie Dannyl und Ashaki Achati näher kamen. Etwa zwanzig Schritte vom König entfernt blieb Achati stehen und sah Dannyl an.

Der Blick war ein Signal. Achati machte eine tiefe Verbeugung. Dannyl ließ sich auf ein Knie fallen.

Lord Maron hatte erklärt, dass die traditionelle kyralische und elynische Geste des Gehorsams einem König gegenüber am passendsten sei, trotz der Tatsache, dass Sachakaner vor ihrem eigenen König nicht niederknieten.

»Erhebt Euch, Botschafter Dannyl«, erklang eine alte Stimme. »Seid mir gegrüßt, Ihr und mein guter Freund, Ashaki Achati.«

Dannyl war dankbar dafür, dass die Berührung mit dem Boden kurz ausgefallen war. Der Stein war kalt. Er blickte zum König auf und stellte zu seiner Überraschung fest, dass der Mann vom Thron aufgestanden war und auf sie zukam.

»Es ist mir eine Ehre, Euch kennenlernen zu dürfen, König Amakira«, erwiderte er.

»Und mir ist es eine Freude, endlich den neuen Gildebotschafter kennenzulernen.« Die Augen des alten Mannes waren dunkel und undeutbar, aber die Runzeln darum herum vertieften sich zu einem echten Lächeln. »Würdet Ihr gern mehr vom Palast sehen?«

»Ja, Euer Majestät«, antwortete Dannyl.

»Kommt. Folgt mir, und ich werde Euch herumführen.«

Ashaki Achati machte eine Handbewegung, um Dannyl zu bedeuten, dass er neben dem König hergehen solle, dann bildete er selbst die Nachhut, während der Herrscher sie durch einen Nebeneingang aus der Halle führte. Ein breiter Flur verlief entlang der Halle und zweigte dann in eine andere Richtung ab. Während der König wiederholte, was Achati Dannyl über das Alter des Palastes erzählt hatte, führte er sie durch mehrere gewundene Flure und seltsam geformte Räume. Schon bald hatte Dannyl jede Orientierung verloren. *Ich frage mich, ob das der Sinn all der gewundenen Mauern ist. Und ob der Eingangsflur und die Empfangshalle die einzigen eckigen Räume im Gebäude sind.*

»Ich höre, Ihr interessiert Euch für Geschichte«, sagte der König und sah Dannyl mit hochgezogenen Augenbrauen an.

»Ja. Ich schreibe eine Geschichte der Magie, Euer Majestät.«

»Ein Buch! Ich würde auch gern eines Tages ein Buch schreiben. Wie nahe seid Ihr der Fertigstellung?«

Dannyl zuckte die Achseln. »Das weiß ich nicht. Es gibt einige Lücken in der kyralischen Geschichte, die ich gern füllen würde, bevor ich das Buch drucken lasse.«

»Was sind das für Lücken?«

»Gemäß der Geschichte, die an der Universität der Gilde gelehrt wird, wurde Imardin während des Sachakanischen Krieges dem Erdboden gleichgemacht, aber ich habe keine Beweise dafür gefunden. Tatsächlich habe ich in Ashaki Itokis Sammlung einige Beweise für das Gegenteil gefunden.«

»Natürlich wurde die Stadt nicht dem Erdboden gleichgemacht!«, rief der König lächelnd. »Wir haben die letzte Schlacht verloren!«

Dannyl breitete die Hände aus. »Sie könnte vor dieser Schlacht zerstört worden sein.«

»Nicht nach unseren Unterlagen. Obwohl... nur wenige Sachakaner überlebten die letzte Schlacht, und noch weniger kehrten nach Hause zurück, daher haben wir die meisten Informationen von den Kyraliern, die uns erobert haben. Ich schätze, sie hätten ein besseres Bild zeichnen können, als es die Wirklichkeit gewesen war.« Der König zuckte die Achseln. »Also, was glaubt Ihr, woher diese Idee stammt, die Stadt sei dem Erdboden gleichgemacht worden?«

»Von Karten und dem Alter der Gebäude«, antwortete Dannyl. »Es gibt keine Gebäude, die älter sind als vierhundert Jahre, und die wenigen Karten, die wir aus der Zeit vor dem Sachakanischen Krieg haben, zeigen einen ganz anderen Straßenplan.«

»Dann solltet Ihr Euch die Ereignisse vor vierhundert Jahren ansehen«, schlussfolgerte der König. »Gab es zu der Zeit irgendeine Schlacht, die in der Stadt ausgefochten wurde? Oder eine Katastrophe wie eine Überschwemmung oder ein Feuer?«

Dannyl nickte. »Die gab es, aber nur wenige Magier glauben, dass sie dramatisch genug war, um die Stadt zu zerstören. Es wurden jedoch viele Unterlagen aus jener Zeit vernichtet.« Er hielt inne und hoffte, dass der König nicht um Einzelheiten bitten würde. Es schien ihm keine gute Idee zu sein, den sachakanischen König daran zu erinnern, dass die meisten Gildemagier keine schwarze Magie erlernten, und die Geschichte von Tagin, dem Verrückten Novizen, war die Geschichte, warum schwarze Magie verbannt worden war.

»Wenn dieses Ereignis bedeutend genug war, um eine Stadt zu zerstören, hätte es auch sämtliche Unterlagen innerhalb der Stadt vernichtet.«

Dannyl nickte. »Aber die Gilde wurde nicht zerstört. Ich habe viele Hinweise auf die Bibliothek gefunden, die dort untergebracht war. Allen Berichten zufolge war sie gut ausgestattet.«

»Vielleicht wurden diese Bücher an einen anderen Ort gebracht.«

Dannyl runzelte die Stirn. *Ich schätze, es ist möglich, dass Tagin den Inhalt der Gildebibliothek in den Palast bringen ließ. Er war nur ein Novize, daher musste er Wissenslücken haben, die zu füllen er erpicht war. Ich hatte angenommen, dass die Bücher alle mit Absicht zerstört wurden. Aber wenn sie zerstört wurden, als Tagin starb, dann wäre das gar nicht mehr nötig gewesen.*

»Es überrascht mich, dass die kyralische Geschichte so verworren ist. Aber auch wir haben Lücken in unserer Geschichte. Kommt hier herein.« Der König geleitete Dannyl und Achati in einen kleinen, runden Raum. Die Wände und der Boden waren ebenso wie die Decke aus poliertem Stein. Es gab nur einen einzigen Eingang. In der Mitte stand eine etwa hüfthohe Säule.

»Hier hat einst etwas Wichtiges gelegen«, sagte der König und strich mit einer Hand über die flache Oberseite der Säule. »Wir wissen nicht, was es war, aber zwei Dinge wissen wir durchaus: Es war etwas von großer Macht, entweder magischer oder politischer Macht, und die Gilde hat es gestohlen.«

Dannyl sah zuerst den König an, dann wieder die Säule. *Der Lagerstein, auf den Lorkin Hinweise gefunden hat?* Die Miene des Königs war ernst, und er beobachtete Dannyl genau.

»Ich habe einen Hinweis auf ein Artefakt gefunden, das aus diesem Palast entfernt wurde«, erklärte Dannyl. »Aber vor meinem Eintreffen in Sachaka hatte ich noch nichts darüber gehört. Dieser Hinweis klang so, als sei der Gegenstand von den Gildemagiern gestohlen worden.«

Der König zuckte die Achseln. »Nun, das ist es, was die Palastfolklore behauptet. Unsere Unterlagen besagen nicht mehr, als dass etwas, das man einen ›Lagerstein‹ nannte, von einem Gildemagier gestohlen wurde.« Er trommelte mit beiden Händen auf die Oberseite der Säule. »Nicht lange nach seinem Verschwinden entstand das Ödland. Manche Leute glauben, dass die Entfernung des Talismans eine Art magischen Schutz vom Land genommen hat, der für seine Fruchtbarkeit gesorgt hatte.«

»Nun, das ist eine neue und interessante Idee«, bemerkte Dannyl. *Lorkin wird fasziniert sein, dies zu hören. Er scheint überaus interessiert am Ödland und dessen Erschaffung zu sein und möglicherweise auch an dessen Wiederherstellung.* »Man hat mir erzählt, es seien Versuche unternommen worden, das Ödland in seinen früheren Zustand zurückzuversetzen, dass diese Versuche jedoch erfolglos gewesen seien.«

Der König zog die Augenbrauen hoch. »Oh ja. Viele haben es versucht; alle sind gescheitert. Selbst wenn wir wüssten, wie wir den Schutz, der entfernt wurde, wieder aufbauen könnten, vermute ich, dass es eine zu große Aufgabe für einige wenige Magier wäre. Es würde Tausender bedürfen.« Er lächelte schief. »Und Sachaka stehen nicht länger Tausende von Magiern zur Verfügung – und selbst die zu einen, die wir haben, wäre wie der Versuch, den Aufgang der Sonne zu verhindern oder das Steigen des Meeres bei Flut.«

Dannyl nickte. »Aber es gab nur einen einzigen Talisman, nicht wahr? Manchmal bedarf es nur eines einzigen Mannes und ein klein wenig Wissens, um große Dinge zu tun.«

Wieder lächelte der König. »Ja. Und manchmal bedarf es eines einzigen Mannes und ein wenig Wissens, um großen Schaden anzurichten.« Er trat von der Säule zurück und deutete auf die Tür. »Ihr scheint mir nicht diese Art von Mann zu sein, Botschafter Dannyl.«

»Ich bin froh, dass Ihr das so seht«, erwiderte Dannyl.

Der König lachte leise. »Genauso wenig wie ich. Kommt, es wird Zeit, dass ich Euch die Bibliothek zeige.«

Von ihrem Platz hoch oben an der Frontseite der Gildehalle beobachtete Sonea, wie sich der Raum mit Magiern füllte. Einige Fleckchen aus Purpur, Rot und Grün hatten sich gebildet, was ein jüngeres Phänomen war. Magier aus den Häusern neigten dazu, bei Familienmitgliedern und Verbündeten zu sitzen, statt bei Mitgliedern ihrer eigenen Disziplin, und das führte zu einer Mischung von Robenfarben. Aber Magier von außerhalb der Häuser neigten dazu, Freundschaften mit Vertretern derselben Disziplin zu schließen, und das Ergebnis war eine Ansammlung der gleichen Robenfarbe im Publikum.

Als die letzten Nachzügler ihre Plätze einnahmen, holte sie tief Luft und stieß den Atem langsam wieder aus. *Wie werden sie abstimmen? Werden sie aus der Furcht heraus handeln, dass die »Prollis« gegen die Regeln der Gilde rebellieren könnten, falls sie zu streng sein sollten? Werden sie aus der Furcht heraus handeln, dass kriminelle Gruppen zu viel Einfluss auf Magier gewinnen könnten? Oder werden sie die Regel abschaffen wollen, damit sie sich in Freudenhäusern und anderen Lokalen tummeln können, die von Dieben betrieben werden, ohne Strafe befürchten zu müssen? Oder um weiterhin von ihren illegalen Unternehmungen zu profitieren, und das mit einer geringeren Gefahr, entdeckt zu werden?*

Ein Gong erklang. Als Sonea hinabblickte, sah sie Osen zu seinem Platz im vorderen Teil der Halle gehen. Das Stimmengewirr verebbte sofort, und als es ganz still geworden war, erklang die Stimme des Administrators.

»Heute haben wir uns versammelt, um zu entscheiden, ob die von Lord Pendel und anderen vorgetragene Bitte gewährt werden soll oder nicht. Es geht darum, eine Regel abzuschaffen, die besagt: ›Kein Magier oder Novize darf Verbindung zu Kriminellen und Personen von unzuträglicher Art pflegen.‹ Ich bin zu dem Schluss gekommen, dass dies eine Entscheidung ist, die von allen Magiern getroffen werden sollte, und zwar durch Abstimmung. Ich bitte jetzt darum, dass die Seite, die für die Abschaffung der Regel ist, ihre Position und ihre Argumente zusammenfasst.«

Lord Pendel hatte am Rand des Raums gestanden und trat nun vor. Er wandte sich der Mehrheit der Magier zu und begann zu sprechen.

Sonea hörte genau zu. Es war nicht leicht gewesen, ihn dazu zu überreden, der Gilde einen Kompromiss anzubieten, und nicht einmal jetzt war sie sich ganz sicher, ob er es tun würde. Er begann mit Hinweisen darauf, wo die Regel versagt hatte oder ungerecht angewandt worden war. Dann griff er die Argumente jener an, die gegen eine Abschaffung der Regel waren. Anschließend entwarf er als Schlussfolgerung das Bild einer Gilde, in der mehr innere Einheit herrschte, als es jetzt der Fall war. Sonea runzelte die Stirn.

Er wird seine Ansprache beenden, ohne auch nur einen Hinweis darauf zu geben, dass ein Kompromiss möglich sein könnte.

»Wenn es eine Regel geben soll, die Magier und Novizen daran hindert, sich auf kriminelle Unternehmungen einzulassen – und ich denke tatsächlich, dass es eine solche Regel geben sollte –, dann sollte sie zu diesem Zweck *formuliert* sein. Die von mir beschriebenen Fälle machen klar, dass die bestehende Regel für diesen Zweck ungeeignet ist. Sie ist unwirksam und sollte abgeschafft werden.«

Ich nehme an, die Botschaft ist darin verborgen, wenn auch nur sehr unterschwellig, dachte Sonea. *Und jetzt wollen wir sehen, ob Regin seine Seite unserer Übereinkunft einhält.*

Als Lord Pendel sich vor dem Publikum verneigte und beiseitetrat, kehrte Administrator Osen nach vorn zurück.

»Ich rufe jetzt Lord Regin als Sprecher für die Gegner der Abschaffung der Regel auf.«

Regin ging nach vorn. Wenn er von Pendels Bemühung, einen Kompromiss vorzuschlagen, enttäuscht war, so ließ er es sich nicht anmerken. Er wandte sich der Halle zu und begann zu sprechen.

Angesichts dessen, was sie über die Korruption unter den Novizen höherer Klassen wusste, konnte Sonea nicht umhin zu bewundern, wie Regin es fertigbrachte, nichts auszusprechen, was direkt darauf hinwies, wer die Schuldigen und die Opfer waren. Dennoch schreckte er nicht vor der Behauptung zurück, dass es eine derartige Korruption tatsächlich gebe, und Sonea hörte nur einige wenige Protestbekundungen von den in der Halle anwesenden Magiern.

Ich wünschte, ich hätte ihm Beweise für die dauerhaften Wirkungen von Feuel auf Magier liefern können. Es hätte uns vielleicht geholfen, Magier davon zu überzeugen, dass die Regel nicht abgeschafft, sondern verändert werden sollte.

Als Regin zum Ende seiner Ansprache kam, setzte Soneas

Herz einen Schlag aus. Er hatte keinen Kompromiss vorgeschlagen. Aber als er seine Argumente zusammenfasste, begriff sie, dass in seinen Worten der Anflug eines Eingeständnisses lag, dass die bestehende Regel unwirksam war. Eine subtile Veränderung seiner Position, aber auch nicht stärker oder schwächer als die von Pendel.

Hatte er das vorhergesehen, oder hatte er seine Taktik in Reaktion auf Pendels Ansprache geändert? Oder hatte er für den Fall verschiedener Möglichkeiten unterschiedliche Vorgehensweisen geplant? Sie schüttelte den Kopf. *Ich bin nur froh, dass ich nicht dort unten stehe und an seiner Stelle spreche.*

»Ich gebe jetzt zehn Minuten Zeit für Diskussionen«, sagte Osen. Der Gong erklang ein zweites Mal, und sofort füllte sich die Halle mit Stimmen. Sonea drehte sich um, um den Höheren Magiern zuzuhören.

Zuerst sagte niemand etwas. Alle wirkten zögerlich und unentschlossen. Dann seufzte der Hohe Lord Balkan.

»Beide Seiten haben etwas für sich«, erklärte er. »Bevorzugt einer von euch die eine oder andere?«

»Ich bin dafür, die Regel beizubehalten«, erwiderte Lady Vinara. »Dies sind schlechte Zeiten, um die Kontrolle über Magier zu lockern. Die Stadt ist verderbter denn je, und jetzt, da wir nicht länger alle ähnliche Stärken und Schwächen haben, ist es noch komplizierter geworden, uns dagegen zu wehren.«

Sonea verkniff sich ein Lächeln. *»Stärken und Schwächen«. Eine kluge Art, darauf hinzuweisen, dass wir aus unterschiedlichen Verhältnissen kommen, ohne das eine besser als das andere klingen zu lassen.*

»Aber es ist klar, dass die Regel ungerecht ist, und wir riskieren in der Tat schlimmstenfalls eine Rebellion oder bestenfalls den Verlust dringend benötigter Talente«, wandte Lord Peakin ein.

»Mangelhaft ist nur die Anwendung der Regel«, entgegnete Vinara.

»Ich glaube nicht, dass die Prollis ein Versprechen, in Zukunft gerechter zu sein, akzeptieren werden«, bemerkte Lord Erayk. »Sie werden eine echte Veränderung wollen.«

»Veränderung klingt für mich nach der richtigen Lösung«, sagte Lord Peakin. »Eine Veränderung der Regel. Was ist schließlich eine Person von ›unzuträglicher Art‹?« Er zog die Augenbrauen hoch und sah sich um. »Ich würde zum Beispiel jemanden, der schlecht riecht, für unzuträglich befinden. Das ist jedoch kaum eine Rechtfertigung, um einen Magier zu bestrafen.«

Gekicher wurde laut.

»Schwarzmagierin Sonea.«

Soneas Schultern sanken ein wenig herab, als sie Kallens Stimme erkannte. Sie blickte an dem Hohen Lord Balkan vorbei zu dem Mann hinüber.

»Ja, Schwarzmagier Kallen?«, erwiderte sie.

»Ihr habt Euch mit Vertretern beider Seiten getroffen. Zu welchem Schluss seid Ihr gekommen?«

Die anderen sahen sie jetzt erwartungsvoll an. Sie hielt inne, um über ihre Antwort nachzudenken.

»Ich bin dafür, die Regel zu verändern. Die Entfernung des Ausdrucks ›Personen von unzuträglicher Art‹ lockert nicht nur die Einschränkungen und kann helfen, Vorurteile gegenüber Novizen und Magiern aus ärmeren Schichten abzubauen, es stärkt auch die Betonung von ›Kriminellen‹ als jenen, zu denen Mitglieder der Gilde keinen Kontakt haben sollten.«

Zu ihrer Bestürzung wirkte keiner der Höheren Magier überrascht. Nicht einmal Rothen. *Sie haben offenkundig erwartet, dass ich diese Position einnehmen würde. Ich hoffe, das liegt daran, dass es gerechter ist, nicht daran, dass ich in den alten Hüttenvierteln aufgewachsen bin.*

»Selbst mit dieser Veränderung liegt die Schwäche der Regel in der Unklarheit der Frage, was ein Krimineller ist oder ob ein bestimmtes Tun als Verbrechen gilt«, sagte Lord Erayk.

»Der König wird es vielleicht nicht gern hören, wenn Ihr seine Gesetze als ›unklar‹ bezeichnet«, meldete sich Lord Peakin zu Wort.

»Ich stimme zu, dass gewisse Taten definiert werden müssen«, sagte Lady Vinara. »Beim heutigen Stand der Gesetze ist es schwierig für uns zu verhindern, dass Verbrecher Magier ausnutzen, wenn diese sich in ihren Lusthäusern aufhalten – indem sie sie dazu verleiten, Spielschulden zu machen, ihren Geist mit Alkohol verwirren, sie mit kostenlosen Huren belohnen oder sie mit Feuel vergiften. Wenn es nach mir ginge, wäre der Verkauf von Feuel ein Verbrechen.«

»Warum Feuel?«, hakte Lord Telano nach. »Es unterscheidet sich nur geringfügig von Alkohol, und ich bin davon überzeugt, dass keiner von uns es gern sähe, wenn Wein für illegal erklärt würde.« Er blickte in die Runde, lächelte und bekam von vielen der Anwesenden zur Antwort ein Nicken.

»Feuel verursacht weit mehr Schaden«, entgegnete Vinara.

»Wie das?«

Sie öffnete den Mund, schüttelte dann jedoch den Kopf, als der Gong abermals erklang. »Kommt in die Heilerquartiere – oder in die Hospitäler von Schwarzmagierin Sonea –, und ihr werdet die Wahrheit sehen.«

Soneas Herz setzte einen Schlag aus. Hatte Vinara die Wirkungen von Feuel untersucht, seit Sonea ihr davon erzählt hatte? Sie sah Vinara an, aber die Aufmerksamkeit der Frau galt jetzt Telano. Er hatte sich abgewandt, und Vinara beobachtete ihn mit einem besorgten Stirnrunzeln.

Auch Lord Telano machte ein finsteres Gesicht, wie Sonea auffiel. *Ich frage mich, warum Vinaras Position ihn so sehr stört. Und als Heiler hat er gewiss gesehen, welche Wirkung Feuel auf seine Opfer hat – selbst wenn ihm nicht klar ist, dass die Schäden dauerhaft sein könnten. Ich muss mir unser Oberhaupt der Heilenden Studien und seine Familie einmal genauer ansehen. Außerdem sollte ich noch einmal mit Lady Vinara sprechen.*

Administrator Osen verkündete das Ende der Diskussionszeit, und alle kehrten auf ihre Plätze zurück. »Wünscht irgendjemand noch etwas zu diesem Thema zu sagen, das bisher noch nicht angesprochen wurde?«, fragte er.

Einige Magier hoben die Hand. Sie wurden nach unten gerufen. Der erste schlug vor, dass Magier denselben Gesetzen unterworfen werden sollten wie gewöhnliche Kyralier und dass es überhaupt keine Gilderegeln geben solle. Seine Idee traf allenthalben auf ein Gemurr der Missbilligung. Ein zweiter Magier erklärte, dass die Regel verändert werden sollte, aber sein Vorschlag sah vor, dass die Regel Magiern jedwede Beteiligung an kriminellen Aktivitäten oder einen Profit durch solche verbieten sollte. Daraufhin ging ein nachdenkliches Raunen durch die Reihen der anwesenden Magier. Der letzte Sprecher sagte nur, dass die Entscheidung beim König liegen sollte.

»Der König weiß und hat akzeptiert, dass die Regeln der Gilde im Gegensatz zu den Gesetzen von der Gilde gemacht werden«, versicherte Osen ihnen allen. Dann wandte er sich nach vorn. »Möchte einer der Höheren Magier noch etwas hinzufügen?«

Bisher hatte noch niemand die simple Veränderung vorgeschlagen, den Ausdruck »und Personen von unzuträglicher Art« aus der Regel herauszunehmen. Sonea holte tief Luft und machte Anstalten, sich zu erheben.

»Ich habe noch etwas zu sagen«, erklärte der Hohe Lord Balkan. Sonea sah ihn an, dann entspannte sie sich. Er stand auf. »Eine kleine Veränderung kann einen großen Unterschied ausmachen. Ich schlage vor, dass wir den Wortlaut der Regel verändern und den Teil über Personen von unzuträglicher Art weglassen, da er unklar ist und zu ungerechter Deutung einlädt.«

Osen nickte. »Danke.« Er wandte sich wieder der Halle zu. »Es besteht wohl Einigkeit darüber, dass wir vier annehmbare Möglichkeiten haben: Wir können die Regel als Ganzes abschaffen, sie so belassen, wie sie ist, den Hinweis auf Personen von unzuträglicher Art streichen oder die Regel dahingehend zuspitzen, dass sie nur die Verstrickung in und Profit durch kriminelle Aktivitäten verbietet. Formt jetzt eure Lichtkugeln und bringt sie in die richtige Position.«

Sonea konzentrierte ein wenig Macht, schuf eine Lichtkugel und sandte sie empor zu der kleinen Wolke anderer Lichtkugeln, so dass sie unter der Decke der Gildehalle schwebte. Hunderte weiterer Lichter gesellten sich dazu. Die Wirkung war sinnbetörend.

»Diejenigen, die für eine Abschaffung der Regel sind, färben ihre Lichter blau«, befahl Osen. »Diejenigen, die für eine Veränderung der Regel sind, machen ihr Licht grün. Wer überhaupt keine Veränderung will, lässt sein Licht rot leuchten.«

Das blendende Weiß verwandelte sich in eine strahlende Mischung von Farben. Sonea blinzelte nach oben. *Viele rote Lichter sind nicht dabei. Ein wenig mehr blaue als rote. Aber die grünen Lichter sind eindeutig in der Mehrheit.*

»Die Magier, die sich für eine Abschaffung der Regel oder einen Verzicht auf jewede Veränderung ausgesprochen haben, mögen ihre Lichtkugeln bitte entfernen«, rief Osen. Die roten und blauen Lichter erloschen. »Jetzt bewegen bitte alle, die für die Streichung der ›Personen von unzuträglicher Art‹ plädieren, ihr Licht in den vorderen Teil der Halle, und alle, die die Regel so geändert sehen wollen, dass sie lediglich Verstrickung in und Profit durch kriminelle Machenschaften verbietet, lenken ihr Licht bitte in den hinteren Teil der Halle.«

Bälle grünen Lichts schossen in unterschiedliche Richtungen. Es folgte ein langer Augenblick, während Osen zur Decke hinaufschaute. Seine Lippen bewegten sich, während er zählte. Dann wandte er sich den Höheren Magiern zu.

»Wie viele Lichter von jeder Sorte zählt Ihr?«

»Fünfundsiebzig hinten, neunundsechzig vorn«, erwiderte Lord Telano.

Soneas Herz setzte einen Schlag aus. *Aber das bedeutet...*

Osen nickte. »Meine Zählung stimmt mit der von Lord Telano überein.« Er wandte sich der Halle zu. »Die Abstimmung ist beendet. Wir werden die Regel verändern. Sie wird fortan Magiern verbieten, sich an kriminellen Aktivitäten zu beteiligen oder davon zu profitieren.«

Sonea, die zu den Lichtkugeln hinaufblickte, beobachtete, wie sie erloschen, bis nur noch eine übrig war. Ihre. Sie löschte sie ebenfalls, dann sah sie zu Regin hinab. Seine Miene spiegelte wider, was sie selbst empfand. Überraschung. Erstaunen. *Sie haben eine Möglichkeit gewählt, die im letzten Moment eingeführt wurde und die die Regel vollkommen verändert hat. Die sie schwächt und ihre Wirksamkeit enger eingrenzt. Magier und Novizen können nicht länger für Besuche in Lusthäusern bestraft werden, weil es ihnen nicht länger verboten ist, Umgang mit Verbrechern zu pflegen. Aber zumindest dürfen sie sich nicht zu kriminellen Taten verleiten lassen, und das zu verhindern war der ursprüngliche Sinn der alten Regel.*

Regin sah zu ihr auf und zog leicht die Augenbrauen hoch. Sie hob die Schultern ein wenig und ließ sie wieder sinken. Er schaute weg, und sie folgte seinem Blick zu Pendel hinüber. Der junge Mann lächelte und winkte seinen Anhängern zu.

Er hat ein besseres Ergebnis erzielt, als er sich erhofft hatte. Aber Regin wirkt jetzt besorgt, dachte Sonea. *Oje. Ich kann nicht glauben, dass ich es tatsächlich kaum erwarten kann, mich abermals mit ihm zu treffen und zu hören, was er davon hält.*

Aber sie hätte auch nie gedacht, dass sie sich jemals mit ihm beraten und mit ihm Pläne schmieden würde. *Ich schätze, das ist der Preis, den man bezahlt, wenn man sich in die Politik der Gilde hineinziehen lässt. Plötzlich muss man zu alten Feinden höflich sein. Nun, glücklicherweise ist jetzt alles entschieden. Ich brauche nicht noch einmal mit Regin zu sprechen.*

Sie schaute noch einmal zu ihm hinab. Er wirkte definitiv besorgt. Sie seufzte.

Ich schätze, es wird nichts schaden, noch einmal mit ihm zu reden.

15 Nächtliche Besucher

Die Wände des Raums waren rund wie das Innere einer Kugel. *Wie die Kuppel in der Gilde,* dachte Lorkin. *Sind wir bereits zu Hause?*

Ein großer Stein lag auf dem Boden, an der tiefsten Stelle. Er hatte ungefähr die Größe eines kleinen, zusammengerollten Kindes, aber als Lorkin die Hand danach ausstreckte, stellte er fest, dass der Stein klein genug war, um auf seine Handfläche zu passen. Als er die Finger um den Stein legte, schrumpfte er schnell und verschwand dann.

Oh nein! Ich habe den Lagerstein gefunden, aber ich habe ihn wieder verloren. Ich habe ihn zerstört. Wenn die Sachakaner das herausfinden, werden sie erzürnt werden! Sie werden mich und Dannyl töten!

Doch das Gefühl der Furcht verblasste schnell. Stattdessen fühlte er sich gut. Nein, er fühlte sich *sehr* gut. Als würden die Laken auf seinem Bett über seine Haut gleiten und ziemlich persönliche Stellen seines Körpers berühren...

Plötzlich war er hellwach.

Da war noch jemand, ganz nah. Der sich über ihn beugte. Glatte Haut strich über seine. Ein angenehmer Duft drang an seine Nase. Das Geräusch von Atem liebkoste sein Ohr.

Er konnte nichts sehen. Es war vollkommen dunkel im Raum.

Tyvara!

Er konnte spüren, dass sie nackt war. Und jetzt machte sie es sich auf ihm bequem. Er hätte entsetzt sein sollen – hätte sie wegstoßen sollen –, doch stattdessen durchflutete ihn eine Woge des Interesses. Sie wählte diesen Augenblick, um seine Erregung auszunutzen, und er keuchte angesichts der unerwarteten Wonne, die ihr Körper und ihre nunmehr innige Verbindung ihnen verschafften. *Verräter*, tadelte er seinen Körper. *Ich sollte sie aufhalten.* Aber er tat es nicht. *Es ist nicht so, als wäre sie nicht willig*, kam ihm ein anderer Gedanke.

Er dachte kurz an die Zeit, die sie im Gespräch verbracht hatten, und dass er unter der erzwungenen Unterwürfigkeit eine kluge, starke Frau gesehen hatte, die er zu mögen gelernt hatte. *Du magst sie*, versicherte er sich. *Das bedeutet, dass es in Ordnung ist, nicht wahr?* Aber es fiel ihm immer schwerer zu denken. Seine Gedanken lösten sich wieder und wieder unter Wellen puren körperlichen Vergnügens auf.

Ihre Atmung und ihre Bewegungen begannen sich zu beschleunigen, und das Gefühl wurde intensiver. Er hörte auf zu versuchen, an irgendetwas zu denken, und gab nach. Dann versteifte sich ihr Körper; sie zuckte und bäumte sich über ihm auf. Er lächelte. *Nun, das beweist, dass sie es ebenfalls genießt.* Dann stieß sie einen gedämpften Schrei aus.

Gedämpft?

Plötzlich drang grelles Licht an seine Augen. Er blinzelte, während seine Augen sich an das Licht gewöhnten, dann wurden ihm zwei Dinge klar.

Eine Hand bedeckte Tyvaras Mund.

Und es war nicht Tyvara.

Eine andere Frau ragte über ihm und der Fremden auf,

und ihn durchzuckte jähes Begreifen, als er sie erkannte. *Dies* war Tyvara.

Aber ihr Gesicht war zu einer grimmigen Maske verzerrt. Sie mühte sich, die Fremde festzuhalten, die immer noch gedämpfte Laute von sich gab. Etwas Warmes und Nasses tropfte ihm auf die Brust. Er blickte hinab. Es war rot, und ein Rinnsal davon lief die Seite der Fremden hinunter.

Blut!

Er fror plötzlich, dann gab ihm das Entsetzen neue Kraft, und er stieß die Fremde und Tyvara von sich und kroch von den beiden weg. Durch den Stoß hatte Tyvara die Hand vom Mund der Fremden genommen und wäre beinahe vom Fußende des Bettes gefallen. Als die Fremde sich auf die Seite rollte, starrte sie Tyvara wild in die Augen.

»Du! Aber... er muss sterben. Du...« Blut sickerte aus ihrem Mund. Sie hustete. Ihre Miene verzerrte sich vor Hass, während sie gleichzeitig an Kraft zu verlieren schien. »Du bist eine Verräterin an deinem Volk«, zischte sie.

»Ich habe dir gesagt, dass ich dir nicht erlauben würde, ihn zu töten. Du hättest meine Warnung ernst nehmen und verschwinden sollen.«

Die Frau öffnete den Mund zu einer Antwort, dann erstarrte sie, als ein Krampf ihre Muskeln erfasste. Tyvara packte den Arm der Frau.

Sie stirbt, durchzuckte es Lorkin. *Ich weiß nicht, was hier vorgeht, aber ich kann sie nicht einfach sterben lassen.* Er sandte seine Magie aus, umfasste Tyvara damit, um sie wegzustoßen, sprang aufs Bett und griff nach der sterbenden Frau.

Und spürte, dass ihm selbst und seiner Magie mühelos eine andere Kraft entgegengesetzt wurde. Sie zerschmetterte seine magischen Bande und rollte ihn vom Bett, so dass er hart auf dem Boden aufschlug. Benommen lag er da. *Sie hat Magie. Tyvara hat Magie. Sie ist nicht, was sie zu sein vorgibt. Und... autsch!*

»Es tut mir leid, Lord Lorkin.«

Als er aufblickte, sah er, dass Tyvara über ihm stand. *Wie stark ist sie?* Er musterte sie zweifelnd. *Ist sie eine sachakanische Schwarzmagierin? Aber sie lehren Frauen keine Magie. Nun, ich nehme an, sie würden es vielleicht tun, wenn sie einen Spion brauchten* ...

»Diese Frau stand im Begriff, Euch zu töten«, erklärte sie ihm.

Er starrte sie an. »Da habe ich aber einen anderen Eindruck gewonnen.«

Sie lächelte, doch es lag keine Freude in diesem Lächeln. »Doch, sie wollte Euch töten. Sie ist hierhergeschickt worden, um es zu tun. Ihr habt Glück, dass ich rechtzeitig gekommen bin, um sie daran zu hindern.«

Sie ist wahnsinnig, dachte er. Aber sie war auch eine Magierin, und er hatte keine Ahnung, wie groß ihre Macht war. In jedem Fall wäre es sicherer, mit ihr zu reden, anstatt zu versuchen, um Hilfe zu rufen. Und wenn er mit ihr reden wollte, würde es überzeugender sein, wenn er nicht unbekleidet auf dem Boden hockte.

Langsam stand er auf. Sie machte keine Anstalten, ihn daran zu hindern. Er sah, dass die Frau, die sie erstochen hatte, zur Decke emporstarrte. Oder darüber hinaus. *Und sie sieht absolut nichts – und wird nie wieder etwas sehen.* Er schauderte.

Dann wich er rückwärts zu den an der Wand hängenden Roben zurück, die die Sklaven für ihn gereinigt und bereitgelegt hatten, und ergriff die Hose. Auf seiner Brust waren Blutflecken. Er wischte das Blut mit einem Tuch ab, das die Sklaven jeden Abend in seinem Zimmer ließen, zusammen mit einer Schale Wasser, damit er sich am Morgen waschen konnte.

»Ich entnehme Eurer Skepsis, dass Ihr den ›Liebestod‹ nicht kennt«, sagte Tyvara. »Es ist eine Form höherer Magie. Wenn ein Mann oder eine Frau während der Liebe den Gipfel der Lust erreicht, versagt sein oder ihr natürlicher körpereigener Schutz gegen das Eindringen fremder Magie, und der Betreffende ist so verletzbar, dass man ihm alle Macht – und sein Leben nehmen kann. Sachakanische Männer wissen um den ›Liebestod‹ und sind davor auf der Hut, aber sie wissen nicht, wie er praktiziert wird. Früher wussten sie es anscheinend, verloren das Wissen jedoch, als sie aufhörten, Frauen in Magie zu unterweisen.«

»Du bist eine Frau«, bemerkte Lorkin, während er seine Hose anzog. »Wie kommt es also, dass du Magie beherrschst?«

Sie lächelte. »Männer haben aufgehört, Frauen in der Magie zu unterweisen. Die Frauen jedoch haben nicht damit aufgehört.«

»Weißt du ebenfalls, wie man diesen ›Liebestod‹ wirkt?« Sein Notizbuch und der Blutring seiner Mutter lagen auf dem Tisch. Er hob den Ring auf, während er nach der Robe an der Wand griff, und hoffte, dass sie nur letztere Bewegung wahrnehmen würde. Als er die Robe überstreifte, hielt er den Ring fest in der Hand. Dann griff er nach seinem Notizbuch, schob es in die Innentasche und ließ gleichzeitig den Ring hineinfallen.

»Ja. Obwohl es nicht meine bevorzugte Methode des Auftragsmordes ist.« Sie sah die Fremde an. Lorkin, der ihrem Blick folgte, betrachtete den Leichnam. *Wenn Tyvara eine Methode höherer Magie kennt, besteht durchaus die Möglichkeit, dass sie noch andere kennt. Und dass sie viel, viel stärker ist als ich.*

»Was bist du wirklich? Du bist offensichtlich keine echte Sklavin.«

»Ich bin eine Spionin. Ich wurde hierhergeschickt, um Euch zu beschützen.«

»Von wem?«

»Das kann ich Euch nicht sagen.«

»Aber wer immer es ist, er oder sie will, dass ich am Leben bleibe?«

»Ja.«

Er blickte zu der toten Frau hinüber. »Du... äh, Ihr habt sie getötet, um mich zu retten.«

»Ja. Wenn ich sie nicht hier bei Euch gefunden hätte, wärt Ihr die Leiche gewesen, nicht sie.« Sie seufzte. »Ich entschuldige mich. Ich habe einen Fehler gemacht. Ich dachte, Ihr wärt in Sicherheit. Schließlich habt Ihr mir erklärt, dass Ihr nicht die Absicht hättet, irgendwelche Sklavinnen in Euer Bett zu nehmen. Ich hätte Euch nicht glauben sollen.«

Er spürte, wie sein Gesicht heiß wurde. »Es war auch nicht meine Absicht.«

»Ihr habt nicht gerade versucht, sie aufzuhalten.«

»Es war dunkel. Ich dachte, sie sei...« Er riss sich zusammen. Tyvara war nicht die Person, für die er sie gehalten hatte. Sie war eine Schwarzmagierin, wahrscheinlich eine Spionin, und sie hatte zugegeben, bevorzugte Methoden des Auftragsmordes zu haben. Es war vielleicht keine gute Idee, sie denken zu lassen, dass er Gefallen an ihr gefunden hatte. *Und ich bin mir nicht sicher, ob mir die Person, die sie wirklich ist, tatsächlich gefällt.*

Ihre Augen waren dunkler denn je. Dann wurden sie schmal. »Ihr dachtet, sie sei was?«

Er sah weg, dann zwang er sich, ihrem Blick zu begegnen. »Jemand anderer. Ich war nicht richtig wach. Ich dachte, ich würde träumen.«

»Ihr müsst interessante und angenehme Träume haben«, bemerkte sie. »Und jetzt nehmt Eure Sachen.«

»Sachen?«

»Was immer Ihr nicht zurücklassen wollt.«

»Ich gehe fort?«

»Ja.« Wieder schaute sie zu der toten Frau hinüber.

»Wenn die Leute, die sie geschickt haben, begreifen, dass es ihr nicht gelungen ist, Euch zu töten, werden sie jemand anderen herschicken, der die Aufgabe erledigt. Und sie werden gleichzeitig jemanden ausschicken, der mich tötet. Es ist für keinen von uns sicher hier, und ich brauche Euch lebendig.«

»Und D... Botschafter Dannyl?«

Sie lächelte. »Er ist kein Ziel.«

»Wie könnt Ihr Euch da so sicher sein?«

»Weil er nicht der Sohn des Mannes ist, der ihnen in die Quere gekommen ist.«

Er erstarrte vor Überraschung. *Hatte Mutter recht? Sie war sich so sicher, dass jemand wegen meiner Eltern einen Groll gegen mich hegen würde.*

Sie machte einen Schritt auf die Tür zu. »Beeilt Euch. Wir haben nicht viel Zeit.«

Er bewegte sich nicht. *Glaube ich ihr? Habe ich eine Wahl? Sie versteht sich auf schwarze Magie. Sie kann mich wahrscheinlich dazu zwingen, sie zu begleiten. Und wenn sie mich tot sehen will, warum sollte sie mir dann das Leben retten? Es sei denn, es war eine Lüge, und sie hat soeben eine unschuldige Sklavin getötet, um mich davon zu überzeugen... um mich von irgendetwas zu überzeugen.*

Dann erinnerte er sich an den Ausdruck auf dem Gesicht der Fremden, als sie Tyvara erblickte. »*Aber... er muss sterben*«, hatte sie gesagt. Das bestätigte, dass sie die Absicht gehabt hatte, ihn zu töten. »*Du bist eine Verräterin an deinem Volk!*«, hatte sie außerdem zu Tyvara gesagt. Bezog sich »an deinem Volk« auf das sachakanische Volk? Plötzlich erschienen ihm die Sorgen seiner Mutter allzu real. *Zumindest scheint Tyvara mich am Leben lassen zu wollen. Wenn ich hierbleibe, wer weiß, was dann geschehen wird? Nun, Tyvara glaubt, dass jemand anderer versuchen wird, mich zu töten.*

Er steckte in Schwierigkeiten. Aber er erinnerte sich an

das, was er bei der Anhörung beschlossen hatte. In welche Schwierigkeiten er auch geraten sollte, er musste das Problem selbst lösen. Während er die Möglichkeiten abwog, die er hatte, entschied er sich für das, wovon er hoffte, es sei die beste dieser Möglichkeiten.

Er blickte sich im Raum um. Brauchte er sonst noch etwas? Nein. Er ging zu Tyvara hinüber.

»Ich habe alles, was ich brauche.«

Sie nickte, wandte sich der Tür zu und spähte in den Flur hinaus.

»Also, was sagtet Ihr noch, wer genau es war, dem mein Vater in die Quere gekommen sei?«, fragte er.

Sie verdrehte die Augen. »Wir haben keine Zeit für Erklärungen.«

»Ich wusste, dass Ihr das sagen würdet.«

»Aber ich werde es Euch später erklären.«

»Ich nehme das als Versprechen«, erwiderte er.

Sie runzelte die Stirn, legte eine Hand auf die Lippen, um ihn zum Schweigen zu ermahnen, dann bedeutete sie ihm, ihr zu folgen, und schlüpfte leise in die dunklen Flure des Gildehauses hinaus.

Früher hätte Cery sich ohne ein Licht durch die vertrauten Teile der Straße der Diebe bewegt. In der Dunkelheit war die Gefahr gering gewesen, einem Messer zu begegnen, da nur jene, die von den Dieben gebilligt wurden, das Netzwerk der Gänge unter der Stadt benutzt hatten, und der Waffenstillstand zwischen den Dieben hatte dafür gesorgt, dass nur von den Dieben gebilligte Mörder in den Tunneln anzutreffen gewesen waren.

Jetzt gab es keinen Waffenstillstand, und jeder, der es wagte, konnte die Straße benutzen. Es war schnell so gefährlich geworden, dass nur wenige es taten, was ironischerweise die verlassenen Teile umso sicherer machte. Und Geschichten über übergroße Nagetiere und Ungeheuer hielten alle bis auf die Kühnsten von Erkundungszügen ab.

Aber ich würde trotzdem nicht ohne ein Licht weitergehen, dachte Cery, als er eine Ecke umrundete. Sein Herz hatte, seit sie auf der Straße angekommen waren, unbehaglich schnell geschlagen. Er würde sich erst wieder entspannen, wenn sie sie verließen. Nachdem er um die Biegung geschaut hatte, hob er die Lampe, und eine neuerliche Welle der Erleichterung schlug über ihm zusammen, als er sah, dass sich niemand im Tunnel vor ihnen aufhielt. Dann wurde ihm klar, dass das, was er für die nächste Biegung gehalten hatte, tatsächlich Schutt war, der ihm den Weg versperrte. Seufzend drehte er sich zu Gol um.

»Eine weitere Blockade«, sagte er.

Gol zog die Augenbrauen hoch. »Die war letztes Mal nicht da.«

»Nein.« Cery blickte zur Decke auf. Als er den Riss dort sah, wo sich das Mauerwerk aus Ziegeln teilte, zuckte er zusammen. »Niemand kümmert sich heutzutage noch um die Wartung. Wir werden darum herumgehen müssen.«

Sie gingen ein Stück zurück, und Cery wählte einen nach rechts führenden Gang. Gol zögerte, bevor er ihm folgte.

»Kommen wir da nicht …?«, begann der große Mann.

»… der Schneckenstadt ziemlich nahe?«, beendete Cery seine Frage. »Ja. Wir sollten besser leise sein.«

Die Schnecken waren eine Gruppe von Straßenkindern gewesen, die Zuflucht in den unterirdischen Gängen gefunden hatten, nachdem ihre Gegend der Hüttenviertel neuen Straßen und Gebäuden hatte weichen müssen. Sie hatten sich unter der Erde eingerichtet und kamen nur nach oben, um Essen zu stehlen. Irgendwie hatten sie überlebt, waren erwachsen geworden und hatten in der Dunkelheit ihrerseits Kinder bekommen, und jetzt verteidigten sie ihr Territorium mit grimmiger Wildheit.

Der Dieb, der in dem Gebiet über der Schneckenstadt arbeitete, hatte einmal versucht, sie unter seine Kontrolle zu bringen. Sein Leichnam und die seiner Männer waren einige Tage später aus der Kanalisation gespült worden.

Danach hatten die Menschen, die über der Schneckenstadt lebten, begonnen, an bekannten Tunneleingängen Essen zurückzulassen, in der Hoffnung, sich die Schnecken gewogen zu halten.

An jedem Tunneleingang hob Cery seine Lampe und betrachtete das Steinwerk. Die Schnecken zeichneten an die Wände an den Grenzen ihres Territoriums stets ein Symbol. Erst als er und Gol die Domäne der Unterweltbürger hinter sich gelassen hatten, hörte er auf, nach Spuren von ihnen Ausschau zu halten. Unglücklicherweise stieß er wiederum auf eingestürzte Tunnel und Anzeichen von Verfall. Aber schon bald erreichten sie den alten Eingang zu den Gängen unter der Gilde.

Der Eingang war nach der Ichani-Invasion zerstört worden, aber Cery hatte dafür gesorgt, dass ein neuer Tunnel gegraben wurde. Als Vorsichtsmaßnahme hatte er falsche Eingänge und kluge Täuschungsmanöver eingerichtet, die mögliche Entdecker wieder in andere Richtungen führten. Jetzt hielt er inne, um zu lauschen und nach möglichen Beobachtern Ausschau zu halten, dann schlüpfte er, gefolgt von Gol, durch den richtigen Eingang.

»Viel Glück«, sagte Gol, als er neben der Nische stehen blieb, wo er normalerweise wartete, wenn Cery eine seiner Wanderungen unternahm, um sich mit Sonea zu treffen.

»Dir auch«, erwiderte Cery. »Und sprich nicht mit Fremden.«

Der große Mann stieß ein unverständliches Brummen aus und hob seine Lampe, um die Nische in Augenschein zu nehmen. Nachdem er einige Faren-Netze weggewischt hatte, setzte er sich auf den Vorsprung und gähnte. Cery wandte sich ab und machte sich auf den Weg in die Gänge unter dem Gelände der Gilde.

Wie große Teile der Straße der Diebe waren diese Tunnel verfallen. Sie waren ohnehin nie in gutem Zustand gewesen, außer an den Stellen, wo der Hohe Lord Akkarin Reparaturen vorgenommen hatte. Aber der heimlichtuerische Magier war nicht imstande gewesen, allzu viele Baumaterialien aufzutreiben, da ein solches Tun Verdacht erregt hätte, so dass er im Wesentlichen Ziegelsteine aus anderen Teilen des Labyrinths benutzt hatte, um die Wände auszubessern. Die tiefer liegenden Probleme von Feuchtigkeit und sich bewegender Erde waren nie gelöst worden.

Ich bin davon überzeugt, der Gilde wäre es lieber, sie würden zugeschüttet. Ich würde sie ja selbst in Ordnung bringen, aber wenn die Gilde einen Dieb dabei ertappte, wie er ihre unterirdischen Gänge reparierte, glaube ich nicht, dass sie allzu erfreut wären. Ich bezweifle, dass sie die Entschuldigung akzeptieren würden, dass ich lediglich die Möglichkeit haben will, mich ab und zu mit Sonea zu treffen.

Cerys Herz hämmerte noch immer, aber jetzt mehr vor Aufregung als vor Furcht. Es versetzte ihn stets in kindliche Erregung, wenn er sich in die Gilde schlich. Die Notwendigkeit, gefährliche Bereiche oder Tunneleinstürze zu meiden, zwang Cery zu einer komplizierteren Route, aber sobald er sich unter den Grundmauern der Universität befand, verbesserte sich die Situation. Am heikelsten war der Gang von der Universität zu den Magierquartieren, da dieser die einzige unterirdische Route zwischen den Gebäuden war. Seine Hauptfunktion war die eines Abwasserrohrs, an dessen Seite ein schmaler Gang für Wartungsarbeiten verlief. Aber er vermutete, dass hier seit Jahren nichts mehr getan worden war. Wasser floss aus Rissen in den Wänden und sickerte durch die Kuppeldecke.

Eines Tages wird es einen Einsturz geben, und sie werden fest-

stellen, dass die Vernachlässigung ihrer Kanalisation einen ziemlich stark riechenden Nachteil hat.

Sobald er unter den Grundmauern der Magierquartiere angekommen war, wurde der Gang ein wenig breiter. Unter rechteckige Löcher in der Decke waren Zahlen eingemeißelt worden. Er fand das Loch, nach dem er suchte, stellte seine Lampe an einer trockenen Stelle ab und kletterte dann die Wand hinauf in die Öffnung.

Dies war der schwierigste Teil der Reise. Die Öffnungen bildeten das untere Ende von Schächten oder Kaminen, die bis zum Dach des Gebäudes darüber führten. Durch diese Schächte floss ständig frische Luft herunter. Cery hatte zwei Lieblingstheorien: Entweder handelte es sich um ein Belüftungssystem, um zu verhindern, dass die Luft in der Kanalisation allzu giftig wurde, oder es waren Abfallrohre, die so angelegt waren, dass der Geruch der Kanalisation nicht in ihnen aufsteigen konnte.

Die Schächte waren eng, aber glücklicherweise trocken. Er kletterte langsam hinauf, wobei er sich Zeit ließ und häufig Pausen einlegte. *Eines Tages werde ich zu alt dafür sein. Dann werde ich vorn durch die Tore gehen müssen. Oder Sonea wird zu mir kommen müssen.*

Endlich erreichte er die Wand hinter ihren Räumen. Er hatte vor langer Zeit einen Teil des Mauerwerks entfernt und die Holzvertäfelung dahinter bloßgelegt. Jetzt legte er ein Auge an das Guckloch, das er in das Holz gebohrt hatte.

Der Raum dahinter war dunkel und leer. Aber das war die gewohnte Situation zu dieser Zeit der Nacht. Vorsichtig und leise legte er die Hände auf die Griffe, die er an die hintere Seite der Vertäfelung angebracht hatte, hob sie hoch und drehte.

Die Vertäfelung quietschte ein wenig, als sie sich löste. *Ich sollte beim nächsten Mal etwas Wachs mitbringen, um das zu beheben*, dachte er. Er trat durch die Öffnung, dann schob er die Vertäfelung wieder an ihren Platz.

Es erfüllte ihn mit einigem Stolz und Befriedigung, dass Sonea ihn nie auf diese Weise hatte hereinkommen sehen. Sie bestand darauf, nicht zu erfahren, wie er in ihre Räume gelangte oder sie wieder verließ. Je weniger sie wusste, desto besser war es für sie beide. Es war nicht lebensgefährlich hierherzukommen, aber die Konsequenzen für Sonea würden nicht gut sein, sollten seine Besuche entdeckt werden, und dieses Wissen dämpfte seine schelmische Freude darüber, ihr Quartier unbemerkt erreichen zu können.

Er machte bewusst einige Geräusche, polterte gegen Möbelstücke und trat auf ein Dielenbrett, von dem er wusste, dass es knarrte, dann wartete er ab. Aber sie kam nicht aus dem Schlafzimmer. Also bewegte er sich auf die Tür zu und öffnete sie einen Spaltbreit. Das Bett war gemacht und unbenutzt. Der Raum war leer.

Enttäuschung ließ die verbliebene Erregung über seine Wanderung durch die Tunnel erlöschen. Er setzte sich. Er hatte sie bisher stets angetroffen. *Ich habe nie darüber nachgedacht, dass sie nicht hier sein könnte. Was mache ich jetzt? Auf sie warten?*

Aber wenn sie nicht allein, sondern in Begleitung zurückkehrte, könnte es ein wenig unangenehm werden. Er würde keine Zeit haben, in den Schacht zu entkommen. Und der Schacht war ein zu unbequemer Ort, um dort zu warten und nach ihr Ausschau zu halten.

Leise fluchend stand er wieder auf und untersuchte sorgfältig den Inhalt ihrer Möbelstücke. Schließlich fand er Papier und einen Stift. Er riss eine kleine Ecke von einem Blatt ab, zeichnete ein winziges Bild eines Ceryni, des Nagetiers, das sein Namensvetter war, und schob es unter der Tür zu ihrem Schlafzimmer hindurch.

Dann kehrte er zu der Vertäfelung zurück und machte sich auf den langen Heimweg.

Der Sklave, der Dannyl an der Tür des Gildehauses begrüßte, hatte es besonders eilig, sich zu erniedrigen. Zu viele aufregende Entdeckungen beschäftigten Dannyl jedoch, und er nahm nicht wahr, was der Mann sagte. Auf dem Rückweg vom Palast hatte er in seinem Notizbuch so viel wie möglich von dem, was der König ihm über sachakanische Geschichte erzählt hatte, niedergeschrieben, aber noch während er den Flur entlangging, fiel ihm etwas ein, das er vergessen hatte.

Ich muss mich hinsetzen und all das zu Papier bringen. Es wird eine lange Nacht werden, vermute ich. Ich frage mich, ob Achati morgen für mich einen stillen Abend arrangieren könnte... Was ist das?

Im Hauptraum bedeckte ein Meer von Sklaven den Boden. Der Türsklave hatte sich neben sie gelegt. Es war ein so unwirklicher Anblick, dass er für einen Moment nicht sprechen konnte.

»Erhebt euch«, befahl er.

Wie aufs Stichwort erhob sich die Gruppe langsam auf die Füße. Er sah Männer und Frauen, die er nicht erkannte: einige in der robusten Kleidung für die Arbeit im Freien, andere mit Lederschürzen mit Essensflecken darauf.

»Warum seid ihr alle hier?«, fragte er.

Die Sklaven tauschten Blicke, dann schauten sie zu dem Türsklaven hinüber. Der Mann beugte sich vor, als hätten ihre Blicke Gewicht.

»L-Lord Lorkin ist... ist... ist...«

Dannyls Herz setzte einen Schlag aus, dann begann es zu rasen. Nur etwas Schreckliches konnte dieses Maß an Unterwürfigkeit rechtfertigen.

»Er ist was? Tot?«

Der Mann schüttelte den Kopf, und eine Welle der Erleichterung schlug über Dannyl zusammen. »Was dann?«

»W-weg.«

Der Mann warf sich abermals zu Boden, und der Rest der Sklaven folgte seinem Beispiel. Verärgert holte Dannyl tief Luft und zwang sich, gelassen zu bleiben.

»Wohin weg?«

»Das wissen wir nicht«, antwortete der Türsklave mit erstickter Stimme. »Aber ... er hat ... in seinem Zimmer ... gelassen.«

Er hat etwas in seinem Zimmer zurückgelassen. Höchstwahrscheinlich einen Brief, in dem er erklärt, warum er fortgegangen ist. Und aus irgendeinem Grund denken die Sklaven, dass ich wütend sein werde. Hat Lorkin es sich in den Kopf gesetzt, nach Hause zu reisen?

»Steht auf«, befahl er. »Ihr alle. Kehrt an eure Arbeit zurück. Nein. Wartet.« Die Sklaven hatten begonnen, sich hochzurappeln. *Möglicherweise werde ich sie befragen müssen.* »Bleibt hier. Du«, er zeigte auf den Türsklaven, »du kommst mit mir.«

Das braune Gesicht des Mannes nahm eine teigige Farbe an. Stumm folgte er Dannyl durch das Gildehaus zu Lorkins Gemächern. Überall im Hauptraum waren Lampen entzündet worden, und im Schlafzimmer brannte ebenfalls noch eine.

»Lord Lorkin?«, rief Dannyl, ohne wirklich eine Antwort zu erwarten. Wenn Lorkin ihnen gesagt hatte, dass er fortgehe, würde er wohl kaum hier sein. Trotzdem ging Dannyl zum Schlafzimmer hinüber und schaute hinein.

Bei dem Anblick, der sich ihm bot, gefror ihm das Blut zu Eis.

Eine nackte Sachakanerin lag dort, so verrenkt, dass ihr Gesicht der Decke zugewandt war, ihr Rücken jedoch zu ihm zeigte. Ihre Augen waren starr. Die Laken um sie herum waren voller dunkelroter Flecken. An manchen Stellen glänzten sie noch feucht. Er konnte das Messer sehen, das in ihrem Rücken steckte.

Einen Moment später fuhr Dannyl herum und bedachte den Türsklaven mit einem strengen Blick. »Wie ist das geschehen?«

Der Mann wand sich. »Ich weiß es nicht. Niemand weiß es. Wir haben Geräusche gehört. Stimmen. Nachdem sie verstummt waren, sind wir hergekommen, um nachzusehen.« Sein Blick wanderte zu der Leiche, dann sah er schnell wieder weg.

Hat Lorkin das getan?, hätte Dannyl gern gefragt. *Aber wenn der Mann sagt, er wisse nicht, was geschehen ist, wird er auch nicht wissen, ob Lorkin dafür verantwortlich ist.*

»Wer ist sie?«, fragte Dannyl stattdessen.

»Riva.«

»Ist sie eine der Sklavinnen dieses Hauses?«

»J-ja.«

»Ist sonst noch jemand verschwunden?«

Der Mann runzelte die Stirn, dann weiteten sich seine Augen. »Tyvara.«

»Noch eine Sklavin?«

»Ja. Wie Riva. Eine Dienstsklavin.«

Dannyl betrachtete noch einmal die Tote. Hatte diese Tyvara irgendwie mit dem Mord zu tun? Oder hatte sie das gleiche Schicksal erlitten?

»Waren Riva und Tyvara ... miteinander befreundet?«, fragte Dannyl. »Hat irgendjemand sie miteinander sprechen sehen?«

»I-ich weiß nicht.« Der Mann blickte zu Boden. »Ich werde fragen.«

»Nein«, erwiderte Dannyl. »Bring die Sklaven zu mir. Sie sollen sich draußen im Flur in einer Reihe aufstellen, und sag ihnen, dass sie nicht miteinander sprechen sollen.« Der

Mann eilte davon. *Ich nehme an, sie hatten bereits Zeit, ihre Aussagen aufeinander abzustimmen und sich gute Alibis oder Entschuldigungen auszudenken. Aber sie werden ihre Geschichte nicht abändern können.*
Er würde unverzüglich eine Nachricht an Ashaki Achati schicken müssen. Die Sklaven gehörten dem König. Dannyl war sich nicht sicher, ob die Ermordung eines dieser Sklaven ein großes Problem darstellen würde. Aber Lorkins Verschwinden war ein Problem. Vor allem wenn man ihn gegen seinen Willen aus dem Gildehaus weggebracht hatte. Vor allem wenn er die Sklavin ermordet hatte.
Achati wird zweifellos alle Sklaven selbst befragen. Er wird wahrscheinlich ihre Gedanken lesen. Es ist möglich, dass er Informationen, die er vor mir geheim halten will, verbergen wird. Also muss ich so viel wie möglich in Erfahrung bringen, bevor Achati eintrifft.
Er richtete sich auf, als ihn ein kalter Schauer überlief. *Ist es ein Zufall, dass ich in der Nacht in den Palast eingeladen werde, in der eine der Sklavinnen des Königs hier ermordet wird?*
Hatte Lorkin die Sklavin getötet? Gewiss nicht. Aber es sah eindeutig so aus. War es Selbstverteidigung gewesen? *Ich sollte auch nach Beweisen für das eine oder das andere suchen, bevor die Männer des Königs erscheinen.* Dannyl ging weiter in den Raum hinein und starrte die Leiche an. Abgesehen von der Messerwunde sah er auf ihrem Arm eine Linie roten, geperlten Blutes entlang eines flachen Schnitts. *Interessant. Das sieht aus wie ein Beweis für schwarze Magie.* Er zwang sich, den Schenkel der Frau zu berühren und mit seinen Sinnen zu suchen. Und tatsächlich, jemand hatte die Energie aus dem Körper gesogen. Es war schwarze Magie benutzt worden. Seine Erleichterung war überwältigend. *Es kann nicht Lorkin gewesen sein.*
Warum war Lorkin dann verschwunden? War er ein Ge-

fangener eines sachakanischen Schwarzmagiers? Plötzlich wurde Dannyl übel.

Wenn Sonea das herausfindet... Aber würde sie es erfahren müssen? Wenn es ihm gelang, Lorkin schnell aufzuspüren, würde es keine schlechten Nachrichten zu überbringen geben.

Er musste Lorkin finden, und zwar schnell. Geräusche aus dem Flur verrieten ihm, dass die Sklaven zu der Befragung eingetroffen waren. Er seufzte. Es *würde* eine lange Nacht werden. Aber nicht aus den Gründen, die er vorgezogen hätte.

Zweiter Teil

16 Der Jäger

Während Sonea die besudelten Verbände mit Magie in der Luft hielt, sandte sie einen Hitzeblitz in den Stoff. Die Verbände gingen in Flammen auf und zerfielen schnell zu Asche. Der Geruch von verbranntem Tuch, vermischt mit einem widerwärtigen Gestank nach gekochtem Fleisch, lag in der Luft. Sonea ließ die Asche in einen Eimer fallen, der eigens zu diesem Zweck im Raum stand, dann erhitzte sie mit Magie ein wenig Duftöl in einer Schale, bis dessen würziger Geruch die anderen, weniger angenehmen überlagerte. Nachdem sie hinter dem letzten Patienten sauber gemacht hatte, ließ sie die Tür zum Untersuchungsraum aufspringen.

Der Mann, der hereinkam, war in mittleren Jahren, vertraut und eher klein. Ihr Herz machte einen Satz, als sie ihn erkannte.

»Cery!«, flüsterte sie. Sie sah sich hastig im Raum um, obwohl sie wusste, dass niemand außer ihr da war. »Was tust du hier?«

Er zuckte die Achseln und setzte sich auf einen der Stühle für Patienten und ihre Familien. »Ich habe es in deinen Räumen in der Gilde versucht, aber du warst nicht da.«

»Du hättest morgen Nacht zurückkommen können«, sagte sie. Wenn er erkannt wurde und jemand der Gilde seinen Besuch meldete, würden alle wissen, dass sie Verbindung zu einem Dieb hatte. *Obwohl das jetzt nicht länger gegen irgendwelche Regeln verstößt.* Aber man würde es als verdächtig ansehen, so kurz nachdem sie auf die Veränderung der Regel gedrängt hatte. Wenn es so aussah, als benutzte sie das Hospital, um sich mit Dieben zu treffen, konnte das alles gefährden, was sie hier erreicht hatte.

Ironischerweise war die Gefahr, dass er erkannt wurde, im Hospital größer als in der Gilde. Sonea bezweifelte, dass irgendjemand außer Rothen sich nach all den Jahren noch an Cery erinnern würde. Aber bei den Patienten im Hospital war es eher wahrscheinlich, dass sie wussten, wie Cery aussah, und sie könnten einem Helfer oder einem Heiler erzählen, mit wem sie sich traf.

»Es ist zu wichtig, um zu warten«, erklärte Cery.

Sie blickte ihm direkt in die Augen. Seine ernste Miene ließ ihn so anders aussehen als den Straßenjungen, mit dem sie als Kind so viel Zeit verbracht hatte. Er wirkte ausgezehrt und traurig, und ein frischer Stich des Mitgefühls durchzuckte sie. Er trauerte weiter um seine Familie. Sie holte tief Luft und stieß den Atem langsam wieder aus.

»Wie kommst du zurecht?«

Er hob die Schultern. »Recht gut. Ich beschäftigte mich mit der Suche nach einem wilden Magier in der Stadt.«

Sie blinzelte, dann konnte sie sich ein Lächeln nicht verkneifen. »Ein wilder Magier, hm?«

»Ja.«

Sie lehnte sich auf ihrem Stuhl zurück. »Sprich weiter. Fang am Anfang an.«

Er lächelte. »Nun, begonnen hat alles, als mein Schlossmacher behauptete, die Schlösser zu meinem Versteck seien mit Magie geöffnet worden.«

Während er weitersprach, beobachtete sie ihn genau. Bei der Erwähnung seiner Familie zuckte er zusammen, als litte er Schmerzen. Die Trauer war noch frisch. Aber wann immer er von dem Jäger der Diebe sprach, glänzten seine Augen, und sein Kinn verhärtete sich. *Diese Suche ist ebenso sehr eine Möglichkeit, sich von dem Verlust abzulenken, wie sie der Rache gilt.*

Schließlich erzählte er ihr triumphierend, dass er die fremdländische Frau beobachtet habe, wie sie Magie benutzte, um den Tresor zu öffnen.

»Eine Frau«, wiederholte er. »Mit dunkler Haut wie ein Lonmar und glattem, schwarzem Haar. Aufgrund ihrer Stimme würde ich sagen, dass sie alt war, aber sie bewegte sich nicht wie ein alter Mensch. Und ihr Akzent war fremdländisch, aber keiner, den ich schon einmal gehört habe. Ich würde wetten, dass sie nicht aus einem der Verbündeten Länder kommt.«

»Sachakanerin?«

»Nein. Eine Sachakanerin hätte ich erkannt.«

In der Gilde gab es niemanden, auf den diese Beschreibung passte. Cery könnte sich geirrt haben, und die Frau war eine Lonmar, aber die Lonmar schickten keine Frauen in die Gilde. *Obwohl das der Grund sein könnte, warum die Frau der Gilde nicht beigetreten ist. Wenn sie ein Naturtalent war und ihre Macht sich spontan entwickelt hatte, hätten die Lonmar sie lehren müssen, wie sie ihre Macht kontrollieren konnte. Aber danach... Wir sind uns nicht sicher, was die Lonmar tun. Wir nehmen an, dass sie den Frauen einfach verbieten, Magie zu benutzen, aber es ist möglich, dass sie ihre Kräfte blockieren. Diese wilde Magierin könnte weggelaufen sein, um einem solchen Schicksal zu entgehen.*

Aber warum sollte sie nach Imardin kommen? Gewiss wusste sie, dass die Bedingungen des Bündnisses die Gilde zwangen, Lonmars Gesetze in Bezug auf weibliche Magier zu respektieren. Wenn sie sie fanden, würden sie sie nach Hause zurückschicken müssen.

Cery hat die Antwort darauf erraten: Bücher. Wenn sie weggelaufen ist, um frei zu sein, Magie zu erlernen und zu benutzen, dann war Imardin der Ort, an dem für sie die größte Wahrscheinlichkeit bestand, an magische Informationen heranzukommen. Aber Bücher über Magie können nicht billig sein. Stiehlt sie sie oder das Geld dafür den Dieben, die sie tötet, oder verdingt sie sich als Mörderin von Dieben?

Oder es war keins von beidem. Cery hatte gesagt, dass das Schloss zu seinem Versteck mit Magie geöffnet worden sei, nicht dass seine Familie damit getötet wurde. Sie runzelte die Stirn. »Wie kannst du dir sicher sein, dass diese Frau und der Jäger der Diebe ein und dieselbe Person sind?«

»Entweder ist sie der Jäger, oder sie arbeitet für den Jäger, oder es gibt da draußen zwei wilde Magier. Sobald du sie gefangen hast, kannst du ihre Gedanken lesen und es herausfinden.«

»Hast du den Verkäufer anschließend befragt?«

Er schüttelte den Kopf. »Wir brauchen ihn und seinen Laden für eine weitere Falle.« Er grinste. »Nur dass du beim nächsten Mal bei mir sein wirst, und wir werden uns einen wilden Magier fangen.«

Sonea runzelte die Stirn. »Ich wünschte, das wäre möglich, aber heutzutage steht es mir nicht frei, in der Stadt herumzulaufen, Cery.«

Seine Schultern sackten in beinahe kindlicher Enttäuschung herab. Er wirkte nachdenklich. »Vielleicht wenn ich sie irgendwie hierherlocken könnte.«

»Ich bezweifle, dass sie sich freiwillig in die Nähe von Magiern begeben wird, und die Hospitäler sind immer voll von ihnen.«

»Es sei denn, du veranlasst, dass an einem Abend alle

fortgehen, und wir setzen ein Gerücht in Umlauf, dass hier Bücher über Heilkunst herumliegen.«

»Ich würde den anderen Heilern meine Gründe nennen müssen, und wenn ich das tue, kann ich geradeso gut der Gilde von der wilden Magierin erzählen und es ihr überlassen, sie zu finden.«

»Kannst du dir keinen anderen Grund ausdenken?«

Sonea seufzte. Sie bezweifelte, dass es Cery kümmerte, ob man es ihm als Verdienst anrechnen würde, eine wilde Magierin entdeckt und der Gilde geholfen zu haben, sie zu fangen. Er wollte nur Rache – und zweifellos wollte er verhindern, dass er selbst zum nächsten Opfer des Jägers der Diebe wurde.

Ich würde ihm gern helfen. Aber wenn die Gilde von mir erwartet, dass ich die Neuigkeit über die wilde Magierin an sie weiterleite, und wenn ich das nicht tue, wird es ein Grund mehr sein, mir zu misstrauen.

Ihre makellose Vertrauenswürdigkeit seit der Ichani-Invasion würde durch die Lüge besudelt werden, und die Leute waren bereits so empfindlich, was ihre Vergangenheit und ihre Kenntnis schwarzer Magie betraf. Sie würden ihr die Freiheit nehmen, die Hospitäler zu leiten. Sie würden sie zwingen, das Gelände der Gilde nicht mehr zu verlassen.

Ich bin besser beraten, die Information an die Höheren Magier weiterzuleiten und es ihnen zu überlassen, darauf zu reagieren. Es spielt keine Rolle, ob ich diejenige bin, die die wilde Magierin findet, oder jemand anderer. Es zählt nur, dass sie gefunden wird. So oder so, Cery wird sowohl seine Rache haben als auch ein gewisses Maß an Sicherheit.

»Weißt du, wo die Frau jetzt ist?«, fragte sie.

Cery schüttelte den Kopf. »Aber ich weiß jetzt, wie sie aussieht, und ihre Erscheinung ist so auffällig, dass ich andere beauftragen kann, ebenfalls nach ihr Ausschau zu halten.«

»Lass nicht zu, dass irgendjemand sie anspricht«, warnte sie. »Sie hat offensichtlich die Kontrolle über ihre Kräfte, und sie ist alt genug, um sie mit einiger Geschicklichkeit benutzen zu können.«

»Oh, sie ist ganz anders, als du warst«, pflichtete Cery ihr grinsend bei. »Du magst vor all jenen Jahren vielleicht den Wunsch gehabt haben, den einen oder anderen Dieb zu töten, aber du bist nie so weit gegangen, sie zu jagen und... oder...« Er wandte den Blick ab, und seine Miene war plötzlich grimmig.

... oder ihre Familien zu töten, beendete sie seinen Satz im Stillen, und abermals verspürte sie Mitgefühl. »Ich muss darüber nachdenken, aber ich werde wahrscheinlich die Gilde informieren und es ihr überlassen müssen, nach der wilden Magierin zu suchen.«

»Nein!«, protestierte er. »Sie werden es einfach verpfuschen, wie sie es bei dir gemacht haben.«

»Oder sie werden sich das, was sie aus jener Erfahrung gelernt haben, zu Herzen nehmen und diesen Fall anders angehen.«

Er runzelte finster die Stirn. »*Ganz* anders, hoffe ich.«

»Bist du bereit, mit ihnen zusammenzuarbeiten?«, fragte sie, suchte seinen Blick und hielt ihm stand.

Er verzog das Gesicht, dann seufzte er. »Vielleicht. Ja. Ich schätze, ich muss es tun. Ich habe keine große Wahl, oder?«

»Eigentlich nicht. Sag mir, wie sie sich mit dir in Verbindung setzen können.«

Cery seufzte. »Könntest du... darüber schlafen, bevor du es irgendjemandem erzählst?«

Sie lächelte. »In Ordnung. Ich werde mich vor der heutigen Nachtschicht entscheiden. Du wirst entweder von mir hören, oder die Gilde wird an deine Tür klopfen.«

Die Augen des Küchensklaven waren rund geworden, sobald er den Raum betreten und die Leiche entdeckt hatte, und während Dannyls gesamtem Verhör waren sie so groß geblieben. Doch er hatte gelassen und ohne Zögern geantwortet.

»Wann hast du Tyvara zum letzten Mal gesehen?«, fragte Dannyl.

»Gestern Abend. Ich bin im Flur an ihr vorbeigegangen. Sie war auf dem Weg zu diesen Räumen.«

»Hat sie etwas gesagt?«

»Nein.«

»Wirkte sie irgendwie anders als sonst? Vielleicht nervös?«

»Nein.« Der Sklave hielt inne. »Sie wirkte wütend, denke ich. Es war dunkel.«

Dannyl nickte und registrierte die kleine Einzelheit. Er hatte inzwischen eine recht ansehnliche Liste von Details, aber andererseits befragte er nun schon seit einigen Stunden die Sklaven.

»Du sagtest, sie und Riva hätten einander gekannt. Hast du sie jemals streiten sehen? Ist dir etwas Merkwürdiges zwischen den beiden Frauen aufgefallen?«

»Sie haben sich gestritten, ja. Tyvara hat Riva oft gesagt, was sie tun solle. Riva hat das nicht gefallen. Tyvara hatte kein Recht dazu. Aber«, der Mann zuckte die Achseln, »es kommt vor.«

»Dass einige Sklaven andere herumkommandieren?«

Der Mann nickte. »Ja.«

»Hast du sie gestern irgendwann streiten sehen oder hören?«

Der Mann öffnete den Mund zu einer Antwort, hielt jedoch inne, als es leise an der Tür klopfte. Dannyl blickte auf. Der Sklave, der stets die Tür des Gildehauses öffnete, stand nervös im Eingang. Im nächsten Moment warf der Mann sich auf den Boden.

»Du darfst dich erheben. Was hast du mir zu sagen?«, fragte Dannyl.

»Ashaki Achati ist soeben eingetroffen.« Der Sklave rang die Hände, wie er es seit Dannyls Rückkehr ins Gildehaus jedes Mal getan hatte, wenn Dannyl ihn sah.

Dannyl wandte sich an den Küchensklaven, den er gerade befragt hatte. »Du darfst gehen.«

Beide Sklaven huschten davon, während Dannyl sich erhob und sein Notizbuch ins Gewand steckte. Er sah sich in Lorkins Räumen um, dann verließ er sie und machte sich auf den Weg in den Hauptraum. Er kam gerade rechtzeitig, um Achati zu begrüßen.

»Willkommen, Ashaki Achati«, sagte er.

»Botschafter Dannyl«, erwiderte Achati. »Ich fürchte, Euer Sklave hat einige Zeit gebraucht, um mich aufzuspüren. Was ist passiert? Er wollte mir nicht mehr erzählen, als dass es dringend sei.«

Dannyl bedeutete Achati, ihm zu folgen. »Kommt mit, und ich werde es Euch zeigen.«

Der Sachakaner folgte Dannyl durch das Gildehaus, und zu Dannyls Erleichterung schwieg er. Die späte Stunde und das langwierige Verhör der Sklaven forderten ihren Tribut. *Aber es ist noch viel zu tun. Ich werde noch eine Weile auf Schlaf verzichten müssen.* Er zog ein wenig Magie in sich hinein und benutzte sie, um die Müdigkeit zu lindern. *Ich schätze, ich werde das in den kommenden Tagen noch einige Male tun müssen.*

Sie erreichten Lorkins Räume. Dannyl führte Achati hinein und weiter zur Tür des Schlafzimmers. Die Lampen waren heruntergebrannt, aber der Anblick der Leiche war immer noch so schockierend wie zuvor.

»Eine tote Sklavin«, sagte Achati und trat in den Raum, um sie zu betrachten. »Ich verstehe, warum Ihr Euch Sorgen macht.«

»Gelinde gesagt.«

»Hat Euer ...?«

»Nein. Der Körper ist ohne jede Energie. Wer immer sie getötet hat, hat höhere Magie benutzt, in die Lorkin niemals eingewiesen wurde.«

Achati sah ihn an, dann runzelte er die Stirn und berührte den Arm der toten Frau. Obwohl die Gilde nicht wollte, dass die Sachakaner wussten, wie wenige kyralische Magier schwarze Magie benutzen konnten, hatten sie nicht von Dannyl verlangt, so zu tun, als verstünden sie sich alle darauf. Es würde plausibel erscheinen, dass Lorkin als Magier niederen Ranges noch nicht darin unterwiesen worden war. *Es wird schwerer sein, die Tatsache zu verbergen, dass ich ebenfalls keine schwarze Magie wirken kann.*

»Ihr habt recht«, sagte Achati, während er mit einer Grimasse des Abscheus die Hand zurückzog. »Aber das bedeutet, dass, wer immer sie getötet hat, in schwarzer Magie unterwiesen wurde.«

»Eine der anderen Sklavinnen, eine Frau namens Tyvara, ist ebenfalls verschwunden. Ich habe die meisten Sklaven hier befragt, und sie steht als die wahrscheinlichste Schuldige da.«

Statt Überraschung auszudrücken, wie Dannyl es erwartete, wirkte Achati besorgt. »Ihr habt ihre Gedanken gelesen?«

»Nein. Gildemagiern ist es nicht gestattet, ohne Erlaubnis die Gedanken anderer zu lesen.«

Achati zog die Augenbrauen hoch. »Woher wollt Ihr dann wissen, ob sie Euch die Wahrheit gesagt haben?«

»Die Sklaven haben damit gerechnet, dass ich ihre Gedanken lesen würde. Sie würden sich keine falsche Geschichte ausgedacht oder Antworten zurechtgelegt haben, bevor ich begann, sie zu befragen. Ich hatte dafür gesorgt, dass sie schweigend im Flur warten mussten, damit sie das nicht nachholen konnten, sobald ihnen klar wurde, dass ich ihre Gedanken nicht lesen würde.«

Der Sachakaner wirkte fasziniert. »Aber was könnt Ihr durch eine Befragung der Sklaven herausfinden, das Ihr nicht herausfinden würdet, indem Ihr ihre Gedanken lest?«

»Vielleicht gar nichts.« Dannyl zog sein Notizbuch hervor und lächelte. »Aber es hat möglicherweise Vorteile. Das werden wir erst wissen, wenn wir unsere Methoden vergleichen.«

Achati wirkte erheitert. »Soll ich jetzt ihre Gedanken lesen, um festzustellen, welche Methode die bessere ist, oder wollt Ihr mir erzählen, was Ihr herausgefunden habt?«

Dannyl betrachtete den Leichnam. »Es wäre besser, wenn ich es Euch erzählte, um Zeit zu sparen. Gebt Ihr mir recht, dass dies eher den Eindruck eines spontanen Mordes macht und nicht den eines geplanten?«

Achati nickte.

»Ich habe erfahren, dass Tyvara und die Tote, Riva, häufig miteinander gestritten haben. Riva scheint Tyvara unterstellt gewesen zu sein. Riva wollte am Tag von Lorkins Ankunft dessen Dienstsklavin werden, aber Tyvara hat ihren Platz eingenommen. Beide Frauen stammten offiziell aus Ashaki Tikakos Haushalt und erhielten oft Nachrichten von dortigen Sklaven – aber jede der beiden von einer anderen Person. Sie haben keine Nachrichten von Sklaven aus anderen Häusern erhalten, daher scheint mir Tikakos Haus der wahrscheinlichste Ort zu sein, an dem Tyvara und Lorkin vielleicht zu finden sein könnten.«

Achati runzelte die Stirn. »Wenn wir dort nach ihnen suchen sollen, müssen wir unserer Sache sicher sein. Könnte jemand anders ihn von hier fortgebracht haben?«

»Lorkin hatte keine anderen Besucher. Wenn er gegen seinen Willen weggebracht wurde, muss es sich bei dem Entführer um einen mächtigen Magier handeln. Wenn nicht...«

Dannyl zuckte die Achseln. »Dann muss der Betreffende über große Überredungskraft verfügen.«

Achati seufzte und nickte. »Wenn diese Tyvara tatsächlich über höhere Magie verfügt, ist sie wahrscheinlich keine echte Sklavin. Sie muss eine Spionin sein.«

»Eine Spionin für wen?«, fragte Dannyl.

»Das weiß ich nicht.« Achati verzog das Gesicht. »Keine Spionin des Königs, da er mir davon erzählt hätte. Aber wenn ihr Auftraggeber Lorkin hätte tot sehen wollen, wäre er tot. Wenn der Betreffende ihn lebendig haben wollte, muss er ein bestimmtes Ziel verfolgen.«

»Welches Ziel?«

»Vielleicht Erpressung?« Achati blickte nachdenklich drein. »Die Frage ist: Ist das Ziel König Amakira oder die Gilde – oder beide?«

Dannyl lächelte schief. »Es muss die Gilde sein. Wenn Tyvaras Auftraggeber den König in Verlegenheit stürzen wollte, hätte er mich entführen lassen. Ein entführter Botschafter ist für das Gastland viel peinlicher als ein bloßer Gehilfe.«

»Aber er ist kein bloßer Gehilfe«, bemerkte Achati und zog die Augenbrauen hoch. »Ihr habt doch nicht geglaubt, wir wüssten nicht um seine Herkunft, oder?«

Dannyl seufzte. »Ich schätze, es war naiv zu hoffen, Ihr hättet es nicht bemerkt.«

»Wenn es Euch beruhigt, wir dachten nicht, dass ihm deswegen Gefahr drohen würde. In Wahrheit glaubten wir, dass die Aussicht, seine Mutter könne ihre gerechte Rache üben, falls ihm etwas zustieße, genug sei, um törichte Taten wie diese zu verhindern. Obwohl…« Er brach ab, wandte sich wieder der toten Frau zu und runzelte die Stirn, als sei ihm ein Gedanke gekommen.

»Ja?«, hakte Dannyl nach.

Der Sachakaner schüttelte den Kopf. »Ich habe über eine

andere Gruppe nachgedacht, aber sie hätte nichts von einer Entführung Lord Lorkins. Nein. Wir werden Ashaki Tikako einen Besuch abstatten. Wenn wir Glück haben, werden wir Euren Assistenten dort finden und ihn ins Gildehaus zurückbringen, bevor der Tag vorüber ist.« Er hielt inne. »Obwohl Ihr vielleicht den Wunsch habt, Euch vorher noch des Leichnams der Sklavin zu entledigen.«

Dannyl nickte zustimmend. »Nicht gerade ein angenehmes Willkommensgeschenk. Wenn Ihr mit Eurer Untersuchung der Toten fertig seid, werde ich den Sklaven befehlen, mit ihr zu tun, was immer sie mit ihren Toten tun.«

Da sie das neue Versteck nicht als Falle für den Jäger der Diebe benötigten, hatte Cery Anweisung gegeben, es zu versiegeln. Er und Gol waren in seine Wohnung in dem Lager neben der alten Stadtmauer zurückgekehrt.

Cery hatte Gol bis zum Morgen nichts von seinem Gespräch mit Sonea erzählt. Ihre Reaktion auf seine Neuigkeiten war so anders ausgefallen, als er erwartet hatte, dass er Zeit zum Nachdenken brauchte, Zeit, um seine Pläne noch einmal zu untersuchen und sich zu fragen, ob er bereuen würde, wozu er ja gesagt hatte.

»Warum macht sie sich nicht selbst auf die Suche nach der wilden Magierin?«, fragte Gol einmal mehr.

Cery seufzte und hob die Schultern. »Sie meinte, es stünde ihr heutzutage nicht frei, in der Stadt herumzulaufen. Sie muss sich bestimmten Einschränkungen fügen, die festlegen, wohin sie gehen darf und was sie tun kann.«

Gol runzelte die Stirn. »Undankbare Mistkerle. Nach allem, was sie getan hat, um die Stadt zu retten.«

Ja, aber die meisten Kyralier haben Angst vor ihr, dachte Cery. *Sie gehen keine Risiken ein. Sie kennen sie nicht, daher trauen sie ihr nicht. Das kann ich verstehen. Aber es macht die Dinge für mich ein wenig unbequem.*

»Also werden wir mit der Gilde zusammenarbeiten?«
»Wir müssen.« Cery verzog das Gesicht. »Niemand außer uns kann die wilde Magierin erkennen. Und vielleicht können wir helfen zu verhindern, dass sie das Ganze furchtbar vermasseln.«
Gols Gesichtsausdruck verriet Cery, wie wenig er an diese Möglichkeit glaubte. »Was ist mit Skellin? Wirst du es ihm erzählen?«
»Wir haben keine Beweise dafür, dass die Frau der Jäger der Diebe ist, nur dass sie Magie benutzt.«
»Was der Grund ist, warum du sie jetzt ›die wilde Magierin‹ nennst«, bemerkte Gol.
»Ja. Bis wir mit Bestimmtheit wissen, dass sie der Jäger ist.«
»Und damit du es Skellin nicht zu erzählen brauchst.« Gol verschränkte die Arme vor der Brust. »Du hast Angst, dich zum Narren zu machen.«
Cery sah seinen Freund tadelnd an. »Ich will seine Zeit nicht verschwenden. Oder ihm irgendetwas schuldig bleiben, wenn ich es vermeiden kann.«
»Aber du hast gesagt, er sei nicht das, wofür du ihn gehalten hast.«
Cery schnitt eine Grimasse. »Aber er ist trotzdem ein Dieb und ein Feuel-Händler. Bessere Männer als du und ich haben aus Gründen, die sie für gut hielten, schlimme Dinge getan.«
»Sie sind die Gefährlichen«, pflichtete Gol ihm bei. »Schütze Familie oder den Stolz eines Hauses oder die Verteidigung des Landes vor, und alles ist entschuldbar.«
Cery nickte. »Wenn es ums Geschäft geht, ziehe ich es vor, mir gegenüber ehrlich zu sein. Ich wollte wohlhabender sein als die meisten Hüttenbewohner. Ich wollte nicht als Bettler sterben. Und ich werde nicht so tun, als verfolgte ich höhere Ziele als dieses.«

»Du brauchst also Geld. Und um Geld zu bekommen, brauchst du Macht. Und wenn du nicht aus einem der Häuser stammst, hast du keine Chance, durch ein ehrliches Gewerbe Macht zu gewinnen.«

»Es geht stets ums Überleben. Und ich denke, genau das tut Skellin. Er sagte, er habe versucht, Feuel zu importieren, weil es eine Möglichkeit war, sich als Dieb zu beweisen.«

»Es hat funktioniert.«

Cery seufzte. »Das hat es. Und sein Gewissen plagt ihn nicht so sehr, dass er sich von dem Gewerbe abgewandt hätte.«

»Aber er sagte, er würde es tun.«

»Das werde ich erst glauben, wenn ich es sehe. Feuel hat ihn zu einem der mächtigsten Männer der Stadt gemacht. Die meisten Diebe arbeiten für ihn oder schulden ihm Gefälligkeiten. Ich glaube nicht, dass er das allzu schnell aufgeben wird.« Er schüttelte den Kopf. »Wenn ich es irgendwie vermeiden kann, werde ich nicht das Risiko eingehen, in diese Sache hineingezogen zu werden.«

Gol schnaubte. »Du bist zu klug, um dich von ihm zu irgendetwas überreden zu lassen, Cery.«

Cery sah seinen Freund und Leibwächter an. »Du denkst, ich sollte es ihm erzählen?«

Der große Mann schürzte die Lippen. »Wenn dir irgendetwas sagt, dass du es nicht tun sollst, dann lass es. Aber wenn wir Schwierigkeiten haben, den Jäger der Diebe zu finden, schätze ich, wäre es interessant zu sehen, wozu Skellin imstande ist.« Er zuckte die Achseln. »Vielleicht ist es nicht viel. Oder vielleicht würde er offenbaren, wie mächtig er wirklich ist.«

17 Gejagt

Obwohl er inzwischen mehrere Stunden in dem Raum verbracht hatte, brannten Lorkins Augen noch immer. Die Luft war schwer vom Gestank des Urins, der in offenen Fässern auf einer Seite des Raums gelagert wurde. Tyvara hatte ihm geraten, in flachen Zügen zu atmen, um sich nicht die Lunge zu verätzen, und die Augen geschlossen zu halten. Sie hatte ihm auch erklärt, dass nur Sklaven den Raum betreten würden und dass er Stillschweigen bewahren solle. Dann war sie wieder verschwunden.

Die Zeit verging sehr langsam, wenn jeder Atemzug einem die Kehle mit sauren Dämpfen von Exkrementen versengte. Außerdem machte es die Flucht in die Nacht hinaus zu einem weit weniger aufregenden Abenteuer, als es zuerst den Anschein gehabt hatte.

Nicht dass ich es um des Kitzels wegen getan hätte. Ich glaube tatsächlich, dass es meine einzige Chance war. Dass ich in Gefahr war. Und es immer noch sein könnte.

War er ein Narr, Tyvara zu glauben? Sein einziger Beweis dafür, dass sie die Wahrheit sagte, war die Reaktion der Sklavin, die sie getötet hatte.

»Du! Aber ... er muss sterben. Du ... Du bist eine Verräterin!«

Daraus hatte er drei Dinge geschlossen: Die Sklavin hatte Tyvara gekannt, sie hatte geglaubt, dass er getötet werden sollte, und sie hatte Tyvara für eine Verräterin gehalten. Was hatte Tyvara geantwortet?

»*Ich habe dir gesagt, dass ich dir nicht erlauben würde, ihn zu töten. Du hättest meine Warnung ernst nehmen und verschwinden sollen.*«

Daraus konnte er den Schluss ziehen, dass Tyvara um die Absicht der Frau gewusst und der Sklavin eine Chance gegeben hatte, von ihrer Mission abzulassen. *Oder sie hatte es in der Hoffnung gesagt, dass ich genau das glauben würde.* Aber welchen Grund könnte sie dafür haben, ihn zu täuschen? *Vielleicht um mich davon zu überzeugen, dass sie der Frau eine Chance gegeben hatte fortzugehen. Dass sie keine so gnadenlose Mörderin war, wie es den Anschein hatte.*

Eines war klar. Wenn Tyvara ihn hätte töten wollen, hätte sie es getan. Schließlich verstand sie sich auf schwarze Magie. Sie konnte ihn mühelos töten, wenn sie es wollte.

Aber in der Frage, ob es notwendig gewesen war, mit ihr zu fliehen, war er sich nicht sicher. Sobald Dannyl erfahren hätte, was geschehen war, hätte er gewiss einen besseren Schutz für ihn arrangiert. *Aber wie sollte er das tun? Es wird mehrere Tage dauern, bis irgendwelche Magier von der Gilde hier ankommen, und keiner von ihnen ist so stark wie die meisten sachakanischen Magier. Nicht einmal Mutter oder Kallen, die sich mit schwarzer Magie würden stärken müssen, bevor sie aufbrechen. Was die sachakanischen Magier betrifft... Würden einige von ihnen sich dazu herablassen, als Leibwächter für den Gehilfen eines Gildebotschafters zu dienen? Wie könnten wir wissen, dass nicht gerade sie Riva geschickt hatten, um mich zu töten?*

Was die Frage betraf, wer ihn tot sehen wollte, konnte er nur vermuten, dass es die Familien der Sachakaner waren, die seine Eltern während der Ichani-Invasion getötet hatten. Seine Mutter musste recht haben. Ihre Familien fühlten sich offensichtlich immer noch verpflichtet, Rache für den Tod ihrer Verwandten zu üben, obwohl diese Verwandten Ausgestoßene gewesen waren.

Die Höheren Magier waren davon überzeugt, dass diese Gefahr nicht bestand. Das Gleiche gilt für Lord Maron und die anderen Gildebotschafter, die hier gelebt haben. Haben diese Familien ihre Absichten in der Hoffnung verborgen, dass Mutter oder ich eines Tages nach Sachaka reisen würden?

Er dachte an den Ring in seiner Tasche. *Sollte ich mich mit meiner Mutter in Verbindung setzen? Was wird sie sagen? Wahrscheinlich wird sie verlangen, dass ich ins Gildehaus zurückkehre und es Dannyl überlasse, sich um alles zu kümmern. Sie wird jetzt keine Mühe haben, die Gilde dazu zu überreden, meine Rückkehr zu befehlen.* Ein Gefühl der Rebellion stieg in ihm auf, verebbte jedoch schnell wieder. *Sie hatte recht*, rief er sich ins Gedächtnis. *Es war zu gefährlich für mich hierherzukommen. Doch irgendetwas sagt mir, dass eine Rückkehr ins Gildehaus im Augenblick auch nicht sicher wäre. Wenn Tyvara mich gerettet hat, will sie mich am Leben erhalten, und sie denkt offensichtlich nicht, dass ich im Gildehaus –*

Die Tür zu dem Raum wurde abrupt geöffnet, und Lorkin zuckte zusammen. Es waren immer wieder Sklaven gekommen und gegangen, aber sie schienen nicht überrascht gewesen zu sein, ihn hier zu sehen. Beim ersten Mal war er gerade drauf und dran gewesen, den Blutring seiner Mutter zu benutzen, und hatte ihn gerade noch im Rücken seines Notizbuches verbergen können. Danach hatte er es nicht gewagt, es noch einmal zu versuchen, für den Fall, dass sie es mitbekamen und den Verdacht schöpften, dass er versuchte, sie zu verraten, und ihm den Ring wegnahmen.

Aber es war Tyvara, die in der Tür stand. Wie bei ihrer ersten Begegnung durchzuckte ihn der Gedanke, dass sie verlockend rätselhaft und exotisch war. Diesmal stand sie jedoch nicht mit gesenktem Blick vor ihm. Noch warf sie sich auf den Boden. Stattdessen musterte sie ihn voller Erheiterung, und ihre Haltung war selbstbewusst und entspannt.

Was definitiv eine Verbesserung ist, befand er.

»Wie geht es Euch?«, fragte sie und verzog angesichts des Geruchs das Gesicht.

»Ich atme noch«, antwortete er. »Obwohl ich beinahe wünschte, ich täte es nicht. Werdet Ihr mir das alles jetzt erklären?«

Sie lächelte schwach. »Ja. Kommt mit nach draußen.«

Er erhob sich und ging zur Tür, und als sie beiseitetrat, gelangte er in einen großen Arbeitsraum. Vier Sklavinnen saßen an einem breiten Tisch und beobachteten ihn mit unverhohlener Neugier, jedoch ohne eine Spur Freundlichkeit. Zwei von ihnen waren etwa in Tyvaras Alter, die beiden anderen waren älter, aber es ließ sich schwer einschätzen, ob ihre Falten von harter Arbeit und Sonnenlicht herrührten oder von vorgerückten Jahren. Als er sie anschaute, wandten sie den Blick ab, dann strafften sie sich und richteten ihre Aufmerksamkeit wieder auf ihn. *Als triebe Gewohnheit sie dazu, zunächst einmal jeden Blickkontakt zu vermeiden. Tyvara muss jedoch so tun, als sei sie eine Sklavin... Ich denke... ich denke, diese Frauen wurden als Sklavinnen erzogen, während Tyvara als freie Frau zur Welt kam.*

»Setzt Euch«, lud Tyvara ihn ein und deutete auf einen Hocker neben dem Tisch. Während er Platz nahm, setzte sie sich auf die Kante eines anderen Hockers. »Ich würde Euch ja mit allen bekannt machen, aber es ist immer sicherer, es zu vermeiden, Namen auszutauschen. Ich kann Euch sagen, dass Ihr bei diesen Frauen sicher seid.«

Lorkin nickte ihnen höflich zu. »Dann danke ich Euch für Eure Hilfe.«

Die vier sagten nichts, aber sie hatten die Augenbrauen hochgezogen und tauschten einige schnelle Blicke.

»Wir sind eine Gruppe, die sich die Verräterinnen nennt«, erklärte Tyvara. »Vor einigen hundert Jahren, nachdem die Kyralier Sachaka erobert hatten, taten sich freie Frauen mit Sklavinnen zusammen und entkamen an einen entlegenen, verborgenen Ort. Dort bauten sie ein Zuhause auf, in dem niemand Sklave war und alle einander ebenbürtig.«

Lorkin runzelte die Stirn. »Eine Gesellschaft, die ausschließlich aus Frauen besteht? Aber wie –«

»Nicht ausschließlich aus Frauen.« Tyvara lächelte. »Es gibt dort auch Männer. Aber sie führen nicht über alles das Kommando, wie es überall sonst auf der Welt der Fall ist.«

Wie faszinierend. Lorkin musterte Tyvara eingehend. *Natürlich. Es ist nicht nur so, dass sie als freie Frau geboren wurde. Sie ist es gewohnt, das Sagen zu haben.* Dann wurde ihm etwas anderes klar. Sie hatte ihn immer an jemanden erinnert, und jetzt wusste er, wer es war. *Meine Mutter!* Bei diesem Gedanken wurde ihm flau im Magen. *Das wäre vielleicht kein guter Gedanke, der mir in den Sinn kommen könnte, sollten wir jemals... nein, denk nicht darüber nach.*

»Irgendwelche Fragen?«, wollte sie wissen.

»Warum nennt Ihr Euch ›die Verräterinnen‹?«

»Anscheinend wurden wir nach einer sachakanischen Prinzessin benannt, die von ihrem Vater dafür getötet wurde, dass einer seiner Verbündeten sie vergewaltigt hatte. Er nannte sie eine Verräterin, und aus Mitgefühl begannen Frauen jener Zeit, sich ebenfalls so zu nennen.«

Lorkin dachte daran, was die sterbende Sklavin gesagt hatte. Hatte sie »Verräterin« gemeint? Nein, das ergab keinen Sinn. Aber wenn Riva gewusst hatte, dass Tyvara eine Spionin war...

»Wusste Riva, dass Ihr eine Verräterin seid?«

»Ja.«

»Warum hat sie gesagt, Ihr wärt eine Verräterin an Eurem Volk?«

Tyvaras Mundwinkel hoben sich zu einem schiefen Lächeln. »Sie meinte das sachakanische Volk. Ich fürchte, die Tatsache, dass wir weder dem Herrscher noch dem Gesetz folgen und die Gewohnheit haben, uns in die sachakanische Politik einzumischen, bedeutet, dass die meisten Sachakaner uns für Verräter halten.«

»Wie verhindert Ihr, dass sachakanische Magier Euch alle finden? Gewiss brauchten sie nur Eure Gedanken zu lesen?«

»Wir haben eine Möglichkeit, unsere Gedanken vor ihnen verborgen zu halten. Sie werden nur sehen, was wir sie sehen lassen wollen. Es bedeutet, dass wir Leute in den Häusern mächtiger Ashaki überall im Land haben können.«

Lorkins Herz setzte einen Schlag aus. *Magie, von der ich noch nie gehört habe!*

»Könnt Ihr mir erzählen, wie Ihr das macht?«

Sie schüttelte den Kopf. »Wir Verräterinnen geben unsere Geheimnisse nicht gern preis.«

Er nickte. *Irgendetwas, das den Geist davor bewahrt, entblößt zu werden – ganz ähnlich, wie Blutsteine verhindern, dass Gedankenrede zwischen Magiern von anderen Magiern belauscht werden kann.*

»Funktioniert es wie ein Blutsteinring?«, fragte er.

Eine der anderen Frauen lachte. Sie sah ihm kurz in die Augen, dann blickte sie Tyvara an. »Der junge Mann ist klug. Du wirst genau aufpassen müssen, was du sagst.«

Tyvara schnaubte leise. »Ich weiß.« Dann verebbte ihre Erheiterung. Seufzend wandte sie sich wieder an Lorkin. »Wir müssen von hier fortgehen. Das Gildehaus ist zu nah, und einige der Sklaven dort wussten, dass ich Verbindungen hierher habe. Ihr werdet diese hübschen Kleider hergeben und Euch als Sklave tarnen müssen. Könnt Ihr das tun?«

Lorkin blickte auf seine Roben hinab und unterdrückte ein Seufzen. »Wenn es sein muss.«

»Sein Gesicht ist zu blass«, bemerkte eine der jüngeren Sklavinnen. »Wir werden es färben müssen.« Eine ältere Sklavin musterte ihn von Kopf bis Fuß. »Er ist ziemlich mager für einen Sachakaner. Aber das ist besser als zu fett. Man findet nicht viele fette Sklaven.« Sie erhob sich. »Ich werde einige Kleider holen.«

»Ihr braucht auch einen Sklavennamen«, erklärte Tyvara. »Wie wäre es mit Ork? Das kommt Eurem wahren Namen so nah, dass die Leute es vielleicht nicht bemerken werden, falls ich Euch versehentlich Lorkin nennen sollte.«

»Ork«, wiederholte Lorkin achselzuckend. *Klingt wie ein Ungeheuer. Meine Freunde zu Hause würden das sehr komisch finden.* Dann durchzuckte ihn ein Stich des Kummers. *Sie werden sich Sorgen um mich machen, wenn sie erfahren, dass ich verschwunden bin. Ich wünschte, es gäbe eine Möglichkeit – abgesehen davon, mich durch den Blutring mit Mutter in Verbindung zu setzen –, wie ich sie wissen lassen könnte, dass es mir gut geht.* Er verzog das Gesicht. *Nun, dass ich zumindest noch am Leben bin.*

Die ältere Sklavin hatte ein langes, rechteckiges Tuch von einem Ständer gezogen, an dem mehrere solcher Tücher hingen. Mit dem Tuch und einem Seil kam sie auf ihn zu. Die Frauen feixten, während er sein Übergewand ablegte. Er wickelte den Stoff um seinen Körper und gürtete ihn wie geheißen mit dem Seil, dann zog er seine Hose aus. Er war froh, dass er den Blutring seiner Mutter im Rücken seines Notizbuchs versteckt hatte. Es wäre schwierig gewesen, ihn unbemerkt aus seinen Roben zu klauben.

»Das könnt Ihr nicht mitnehmen«, sagte Tyvara, als sie das Notizbuch bemerkte.

Lorkin blickte auf das Buch hinab. »Kann man es ins Gildehaus zurückschicken?«

Die Sklavinnen schüttelten den Kopf. »Das lässt sich kaum machen, ohne dass irgendjemand erfährt, dass es von dir gekommen ist«, erklärte eine der Frauen.

»Es muss zerstört werden«, beschloss Tyvara und streckte die Hand danach aus.

»Nein!« Lorkin riss es an sich. »Darin habe ich all meine Forschungsergebnisse notiert.«

»Was kein Sklave bei sich tragen würde.«

»Ich werde es versteckt halten«, erwiderte er. Er stopfte es in den Ausschnitt seines provisorischen Kittels.

»Und wenn ein Ashaki Eure Gedanken liest, wird er erfahren, dass Ihr es dort versteckt.«

»Wenn ein Ashaki seine Gedanken liest, wird er erfahren, dass er kein Sklave ist«, bemerkte eine der älteren Frauen grinsend. »Lass ihn sein Buch behalten.«

Tyvara runzelte die Stirn, dann seufzte sie. »Also schön. Haben wir irgendwelche Schuhe?«

Eine der anderen Frauen holte ein Paar schlichter Lederschuhe, die aus nicht viel mehr bestanden als einem Stück Leder, das zu einem fußförmigen Beutel vernäht war. Den Beutel band man dann mit einem anderen, dünneren Seil am Knöchel fest. Tyvara nickte anerkennend.

»Wir haben es fast geschafft. Während unsere Freundinnen hier die Farbe für Eure Haut zubereiten, sollte ich Euch besser erklären, welches Benehmen man von einem Sklaven erwartet«, sagte Tyvara. »Ich vermutete, das wird für Euch der schwierigste Teil werden. Wie überzeugend Ihr seid, könnte den Unterschied zwischen Überleben und Tod ausmachen.«

»Das werde ich im Kopf behalten«, erwiderte er. »Es ist etwas, was ich wohl kaum vergessen werde.«

Sie lächelte grimmig. »Man kann es sehr leicht vergessen, wenn man ausgepeitscht wird, nur weil jemand einen schlechten Tag hatte. Glaubt mir. Ich weiß es.«

Während Sonea den Flur des Magierquartiers hinunterging, gähnte sie. Die Sonne war bei ihrer Rückkehr über den Hügel hinter der Gilde gekrochen und hatte einen bleichen Schimmer über den Himmel geworfen. Jetzt hatte sie sich hinter die Stadt zurückgezogen und alles der Dunkelheit, dem Lampenlicht oder, für einige wenige Glückliche, magischer Beleuchtung überlassen.

Die Nachtschichten im Hospital waren die unbeliebtesten, daher übernahm sie sie, wann immer sie es einrichten konnte. Trotz der späten Stunde waren viele Patienten da gewesen – wobei einige der Heiler scherzhaft meinten, dass die nächtlichen Patienten die interessantesten seien. Sie hatte gewiss während dieser Schichten einige einzigartige Verletzungen behandelt. Sie argwöhnte, dass erheblich mehr nächtliche Besucher als jene, die gezwungen waren, aufgrund der Natur ihrer Erkrankung oder Verletzung ihr Gewerbe zuzugeben, in Geschäfte verstrickt waren, die die meisten Gildemagier und ihre Familien entsetzt hätten.

Cerys Neuigkeiten waren ihr viele Male durch den Kopf gegangen. Sie hatte unvernünftigerweise ein schlechtes Gewissen, weil sie sich nicht bereit erklärt hatte, ihm bei der Suche nach der wilden Magierin zu helfen. Aber sie konnte nicht erkennen, wie sie das insgeheim hätte tun sollen, was ihr das Misstrauen und die Missbilligung der Gilde eingetragen hätte. Und das wiederum würde die Hospitäler gefährden.

Trotzdem ging sie nicht direkt zu Administrator Osen, als sie in der Gilde ankam. Stattdessen beschloss sie, darüber zu schlafen, wie Cery es vorgeschlagen hatte. Und jetzt, da sie wach war und der Schlaf ihr keine Gewissheit gebracht hatte, hatte sie sich vorgenommen, mit Rothen darüber zu sprechen. Er war schließlich derjenige gewesen, der damals, als sie selbst eine wilde Magierin gewesen war und sich vor der Gilde versteckt hatte, nach ihr gesucht und sie gefunden hatte.

An seiner Tür angekommen, klopfte sie. Eine vertraute Stimme antwortete ihr von der anderen Seite. Die Tür wurde geöffnet, und Rothen lächelte, als er sie sah.

»Sonea. Komm herein.« Er zog die Tür weiter auf und ließ sie eintreten. »Setz dich. Möchtest du etwas Raka?«

Sie ließ ihren Blick durch das Gästezimmer wandern, dann drehte sie sich wieder zu ihm um. »Cery war gestern Nacht bei mir. Er hat eine neue wilde Magierin in der Stadt entdeckt. Eine Frau, die volle Kontrolle über ihre Kräfte hat. Ich kann mich natürlich nicht selbst darum kümmern, aber ... denkt Ihr, die Gilde wird es diesmal wieder vermasseln?«

Rothen sah sie überrascht an, dann blickte er über ihre Schulter.

»Ich wäre bereit, das Vermögen meiner Familie darauf zu verwetten, dass sie es genauso vermasseln werden wie beim letzten Mal«, erklang eine vertraute Stimme.

Soneas Schultern sackten herunter. Sie setzte eine ernste Miene auf und drehte sich um. Ein Mann trat aus dem Raum, der einst ihr Schlafzimmer gewesen war, und in der Hand hielt er eins der vielen Bücher, die Rothen jetzt dort aufbewahrte.

»Regin und ich haben über einige Schwierigkeiten unter den Novizen gesprochen«, sagte Rothen mit einem entschuldigenden Unterton in der Stimme.

Sonea musterte Regin. *Verflucht soll er sein. Das bedeutet, dass ich es sofort den Höheren Magiern werde berichten müssen. Hoffentlich werden sie mir verzeihen, dass ich zuerst Rothen um Rat gefragt habe.*

»Noch mehr Schwierigkeiten?«, fragte sie ihn.

»Oh, irgendeine Art von Schwierigkeiten gibt es immer«, antwortete Regin achselzuckend.

»Was diese wilde Magierin betrifft... Ich stimme Regin zu«, bemerkte Rothen. »Obwohl ich nicht ganz so pessimistisch sein würde wie er. Der Hohe Lord Balkan und Administrator Osen würden in ihrer Suche subtilere Methoden anwenden, aber sie haben nicht die Einblicke, die Erfahrung und die Möglichkeiten, die wir beide haben.«

Sonea drehte sich wieder zu ihm um. »Wie kann ich nach einer wilden Magierin suchen, wenn ich mich nicht ohne Erlaubnis in der Stadt bewegen darf?«

Rothen lächelte. »Bitte nicht um Erlaubnis.«

»Aber wenn sie herausfinden, dass ich in der Stadt umhergeschlichen bin oder es versäumt habe, dies den Höheren Magiern zu melden, oder sogar mit einem Dieb gesprochen habe, wird es die Meinung all jener Leute bestätigen, die sagen, man könne mir nicht trauen.«

»Und wenn Ihr eine wilde Magierin aufspürt, werden die Leute, die zählen, das übersehen«, meldete Regin sich zu Wort.

Sie verschränkte die Arme vor der Brust. »Ich werde auf keinen Fall die Hospitäler gefährden, damit ich etwas tun kann, das andere ebenso gut tun könnten.«

»Lady Vinara und die Heiler würden niemals irgendjemanden in die Nähe der Hospitäler lassen«, versicherte ihr Regin.

»Aber sie könnten mich daran hindern, dort zu arbeiten«, konterte Sonea.

»Das bezweifle ich. Selbst Eure Kritiker müssten zustimmen, dass das eine Vergeudung Eurer Talente wäre.«

Sie sah Regin einen Moment lang an, dann wandte sie den Blick ab. Er war viel zu entgegenkommend. Das machte sie argwöhnisch. Drängte er sie, heimlich nach der wilden Magierin zu suchen, um ihr Verhalten später aufzudecken? *Es würde ihm nichts einbringen bis auf eine schäbige Befriedigung über meinen Niedergang.*

»Wenn die Zeit kommt, unsere Methoden zu offenbaren, werde ich allen sagen, dass ich dich beraten und dir geholfen habe«, erklärte Rothen. Dann sah er Regin an. »Ich bin davon überzeugt, Regin wird mit Freuden das Gleiche tun.«

»Natürlich. Ich werde es aufschreiben und unterzeichnen, wenn Ihr das wünscht.« In Regins Stimme schwang ein leicht sarkastischer Unterton mit. *Er weiß, dass ich ihm immer noch nicht traue,* dachte sie und verspürte ein unerwartetes Gefühl der Schuld. Wenn sie früher mit ihm zusammengearbeitet hatte, hatte er keine Spur von Unehrlichkeit gezeigt oder den Drang, sie irgendwie zu manipulieren.

»Die Leute werden dir auch weiterhin Einschränkungen auferlegen, solange du es ihnen gestattest«, erklärte Rothen. »Du hast ihnen während der letzten zwanzig Jahre keinen Grund gegeben, dir zu misstrauen. Es ist –«

»Genau«, unterbrach ihn Regin. »Ich sehe Kallen nicht um Erlaubnis fragen, um in der Stadt umherzustreifen, ebenso wenig wie ich Euch dabei sehe, dass Ihr Eure Lakaien ausschickt, damit sie jede seiner Bewegungen beobachten.«

»Das liegt daran, dass ich keine Lakaien habe«, entgegnete Sonea. »Oder die Zeit, es selbst zu tun.«

»Aber wenn Ihr das eine oder das andere hättet, würdet Ihr es tun?«, fragte Regin.

Sie sah ihn mit schmalen Augen an. »Wahrscheinlich.«

Er zog die Augenbrauen hoch. »Ihr haltet ihn für gefährlich?«

»Nein.« Stirnrunzelnd blickte sie zum Fenster. »Nicht für gefährlich. Aber eines Tages könnte seine... seine *Gründlichkeit* mehr Schaden als Nutzen stiften.«

»Wie zum Beispiel jetzt«, sagte Rothen. »Er hat dich zu

gut unter Kontrolle, als dass du tun würdest, wozu du die geeignetste Person wärst: diese wilde Magierin zu finden und sie in die Gilde zu bringen.«

Sie starrte zum Fenster hinaus. Direkt dahinter lag die Universität und dahinter die Stadt und in ihr eine Frau, die Magie benutzte – wahrscheinlich, um damit zu töten. »Es wird nicht so sein wie früher. Cery sagte, sie sei älter, daher hat sie vielleicht schon viele Jahre lang Magie benutzt. Und er vermutet, dass sie der Jäger der Diebe ist.«

»Dann ist es noch wichtiger, sie schnell zu finden«, bemerkte Regin. »Bevor sie nicht nur Verbrecher tötet, sondern jeden, der ihr in die Quere kommt.«

Sonea dachte an Cerys Familie und schauderte. *Sie könnte es bereits getan haben.* Sie wandte sich vom Fenster ab und blickte von Regin zu Rothen. »Aber wenn ich den mir auferlegten Einschränkungen offen trotze, werde ich Aufmerksamkeit erregen und Tadel auf mich ziehen, bevor wir sie finden können.«

Rothen lächelte. »Sobald du etwas entdeckt hast, schick an uns beide eine Nachricht. Einer von uns kann der Sache dann auf den Grund gehen, wenn du dich nicht davonstehlen kannst, um es selbst zu tun.«

Sonea sah Regin an, der nickte. Sie spürte, wie die Anspannung von ihr abfiel. Es war ein Kompromiss, aber kein perfekter Kompromiss. Es könnte immer noch Missbilligung erregen, wenn sie die Angelegenheit nicht den Höheren Magiern unterbreitete, aber zumindest würde sie das Risiko vermeiden, dass sie es, wenn sie sich selbst auf die Suche nach der Frau machten, vermasseln würden. Sowohl Cery als auch die Hospitäler würden sicher sein.

Aber es bedeutete, dass Rothen und Regin sich die Missbilligung der Gilde zuziehen würden, wenn offenbar wurde, dass sie diese Information nicht weitergeleitet hatten.

Hoffen wir, dass Regin recht hat und sie diesen Umstand über-

sehen werden, wenn sie sich um eine eingefangene wilde Magierin kümmern müssen.

»Ich sollte jetzt besser gehen«, sagte Regin und nickte Sonea zu. »Ich werde bereit sein, Euch meine Unterstützung zu gewähren, wenn Ihr sie braucht.« Er nickte Rothen zu, der die Geste erwiderte, dann ging er zur Tür und verließ den Raum.

Sobald er fort war, setzte Sonea sich hin und stieß einen Seufzer aus. *Ich weiß, dass die Jagd in den richtigen Händen ist*, dachte sie ironisch. *Ich habe bereits genug Sorgen, mit Lorkin in Sachaka und den Hospitälern voller Feuelbenutzer.*

»Du siehst müde aus«, bemerkte Rothen, während er zu dem Beistelltisch ging, um Sumi und Raka für sie beide zuzubereiten.

»Ich hatte die Nachtschicht.«

»Du bist in letzter Zeit sehr lange in den Hospitälern.«

Sie zuckte die Achseln. »Auf diese Weise habe ich etwas zu tun.« Dann stieß sie ein kurzes Lachen aus. »Und jetzt habe ich noch mehr zu tun, indem ich Informationen über die wilde Magierin an Euch und Regin weiterleiten muss.«

»Die Hospitäler werden sich um sich selbst kümmern«, entgegnete er. Dann ging er zu den Stühlen hinüber und reichte ihr eine Tasse dampfenden Raka. »Und wir werden uns um dich kümmern.«

Sonea zog eine Augenbraue hoch. »Ihr und Regin?«

Er nickte. »Ich habe es dir gesagt: Er ist zu einem vernünftigen jungen Mann herangereift.«

»*Junger* Mann?«, spottete Sonea. »Nur im Vergleich mit Euch selbst, alter Freund. Er ist lediglich ein oder zwei Jahre jünger als ich und hat zwei erwachsene Töchter.«

»Trotzdem«, erwiderte Rothen mit einem Lachen. »Er hat sich sehr gut entwickelt, seit du ihn als Novizen in der Arena verprügelt hast.«

Sie wandte den Blick ab. »So musste es wohl kommen,

oder? Viel schlimmer hätte er nicht werden können.« Sie sah ihn forschend an. »Denkt Ihr, wir können ihm trauen?«

Er blickte ihr mit ernster Miene in die Augen. »Ich glaube es. Ihm waren Dinge wie die Gilde und die Rechtschaffenheit seines Hauses und seiner Familie stets teuer. Das war die Quelle seiner Arroganz als junger Mann und ist jetzt als Erwachsener sein Antrieb. Es bekümmert ihn, dass sich in diesen Bereichen so viel Gesetzlosigkeit breitgemacht hat. Dies ist eine weitere Möglichkeit, wie er helfen kann, die Dinge in Ordnung zu bringen. Und er ist vernünftig genug, um zu begreifen, dass wir das Problem am besten gemeinsam in Angriff nehmen sollten und im Geheimen. Die Gilde mag die Suche nach der wilden Magierin vielleicht nicht vermasseln, aber dafür gibt es keine Garantie. Wir können das Risiko nicht eingehen.«

»Ihr habt wahrscheinlich recht.« Sonea verzog das Gesicht. »Und Ihr solltet auch in Bezug auf Regin besser recht haben, denn wenn er mir das Leben unangenehm machen will, hat er jetzt gewiss die Möglichkeit dazu.«

Das Badehaus Zum Schwarzen Zuber war nicht so sauber, wie Cery es gern gehabt hätte. Es stank nach Moder und dem billigen Parfüm, das diesen Geruch überlagern sollte, und die Gewänder, die man ihm und Gol gegeben hatte, wiesen einige interessante Flecken auf. Aber das Badehaus war die einzige Einrichtung in Sichtweite des Pfandleihers, in der sie sich plausiblerweise über einen längeren Zeitraum hinweg aufhalten konnten, daher mussten sie es wohl oder übel einmal in Augenschein nehmen.

Man hatte sie in einen Umkleideraum geführt und dort allein gelassen. Er lag im Erdgeschoss, und billige, schmucklose Fensterschirme verbargen die Kunden vor Blicken von der Straße. Nachdem sie sich umgezogen hatten, war Gol aus dem Raum geschlüpft, um die Nebenräume zu erkunden, und Cery hatte einen Stuhl vor eins der Fenster gestellt. Jetzt zog Cery den Fensterschirm auf und lächelte zufrieden, als er feststellte, dass der Laden des Pfandleihers tatsächlich in Sichtweite war.

Die Tür wurde wieder geöffnet, aber es war nur Gol, der zurückkam.

»Was denkst du?«

»In den Räumen um uns herum ist niemand, aber für das obere Stockwerk kann ich mich nicht verbürgen. Wir können reden, sollten es aber leise tun.« Dann verzog er das Gesicht. »Es ist ziemlich heruntergekommen.«

»Und die Bedienung ist langsam«, pflichtete Cery ihm bei. »Wahrscheinlich haben sie zu wenig Personal.« Er deutete auf das Fenster. »Aber die Aussicht ist gut.«

Gol trat näher und spähte hinaus. »Das ist sie allerdings.«

»Wir sollten uns abwechseln. Der eine beobachtet den Laden, während der andere sich wäscht.«

Der große Mann schnitt eine Grimasse. »Ich hoffe nur, dass das Wasser nicht so übel ist wie der Geruch hier.« Er holte sich einen weiteren Stuhl und nahm Platz. »Hat deine Freundin etwas darüber gesagt, wie sie vorgehen will?«

Cery schüttelte den Kopf. Soneas Nachricht war kryptisch gewesen; sie hatte ihm lediglich mitgeteilt, dass sie sich um die Angelegenheit, auf die er sie aufmerksam gemacht hatte, kümmern werde. Außerdem hatte sie ihm für die Information gedankt und ihn gebeten, weitere Neuigkeiten ans Hospital zu schicken. *Sie hat sich offensichtlich für den Fall so kryptisch ausgedrückt, dass der Brief abgefangen werden sollte. Wenn sie sich um die wilde Magierin kümmert, dann ist es unwahrscheinlich, dass sie der Gilde etwas erzählt hat. Sie würden ihr die Aufgabe, die Frau zu suchen, nicht anvertrauen.*

Es klopfte. Cery schob den Fensterschirm wieder vors Fenster.

»Herein«, rief er.

Dieselbe dünne junge Frau, die sie in den Umkleideraum geleitet hatte, öffnete die Tür und trat ein. Sie sah ihnen nicht in die Augen.

»Das Bad ist fast fertig. Möchtet Ihr es warm oder heiß haben?«

»Heiß«, antwortete Cery.

»Welchen Duft wünscht Ihr? Wir haben –«

»Nein«, unterbrach Gol sie entschlossen.

»Hast du ein wenig Salz?«, fragte Cery. Er hatte gehört, dass ein Salzbad gut für angeschlagene Muskeln sei, und er hatte noch immer Schmerzen von dem Übungsmesserkampf, den er am Morgen ausgefochten hatte. Außerdem war Salz auch gut zur Reinigung von schlechtem Wasser.

»Ja.« Sie nannte einen Preis, bei dem Gol die Augenbrauen hochzog.

»Wir nehmen es«, erklärte Cery.

Das Mädchen nickte höflich und verließ den Raum. Cery wandte sich dem Fenster zu, öffnete abermals den Schirm und schaute hinaus. Auf der Straße waren inzwischen mehr Menschen unterwegs.

»Sollen wir Makkin den Aufkäufer dazu überreden, uns zu helfen?«, fragte Gol. »Er hat ohnehin schon Angst vor ihr, daher wird es sie nicht argwöhnisch machen, wenn er ein wenig nervös ist.«

»Er ist der Typ Mann, der sich demjenigen fügt, vor dem er am meisten Angst hat«, erwiderte Cery. »Wenn er weiß, dass sie über Magie gebietet, wird er vor ihr mehr Angst haben als vor uns.«

»Sie hat ihn aus dem Raum geschickt, bevor sie den Tresor geöffnet hat. Das legt für mich die Vermutung nahe, dass er nichts von ihrer Magie weiß.«

»Ja, aber –«

Gol zischte. Cery schaute den Mann an und sah, dass er aus dem Fenster starrte.

»Was?«

»Ist sie das? Vor Makkins Laden.«

Cery wirbelte zum Fenster herum. Eine gebeugte Frau war vor dem Laden stehen geblieben. Ihr Haar war durchzogen von grauen Strähnen. Einen Moment lang war Cery davon überzeugt, dass Gol sich irrte – so sehr, dass er ihn gerade deswegen aufziehen wollte –, doch dann drehte die Frau den Kopf, um die Straße zu betrachten. Ein Schauder des Wiedererkennens durchlief ihn.

Er sah Gol an. Gol starrte ihn an. Dann blickten sie beide auf die Tücher hinunter, die sie trugen.

»Ich werde hingehen«, sagte Gol. »Du schaust zu.« Er sprang zu dem Stapel Kleider, die er abgelegt hatte, und begann sich hastig anzuziehen. Cery wandte sich wieder dem Fenster zu und beobachtete, wie sie den Laden betrat.

Sein Herz hämmerte. Er spürte, wie sämtliche Muskeln in seinem Körper sich langsam anspannten, und zählte jeden Atemzug.

»Ist sie noch drin?«

»Ja«, antwortete Cery. »Was immer du tust, lass sie nicht merken, dass du ihr folgst. Selbst wenn du jemanden bezahlen musst, um –«

»Ich weiß, ich weiß«, sagte Gol ungeduldig. Cery hörte, wie er die Tür öffnete. Zur gleichen Zeit sah er, dass die Ladentür geöffnet wurde und die Frau herauskam.

»Sie geht«, sagte er.

Gol antwortete nicht. Als Cery sich umdrehte, war der große Mann bereits verschwunden, und die Tür stand offen. Er blickte wieder auf die Straße hinab und konnte die Frau gerade noch sehen, bevor sie verschwand. Einen Moment später erschien Gol. Cery stieß einen Seufzer der Erleichterung aus, als sein Freund und Leibwächter zuversichtlichen Schrittes in die gleiche Richtung ging.

Gib auf dich acht, alter Freund, dachte Cery.

»Ähm... tut mir leid, dass Ihr warten musstet.«

Er wandte sich dem Badehausmädchen zu, das in der Tür stand. Sie sah zuerst ihn an und dann den Fensterschirm, bevor sie zu Boden blickte. Cery schloss den Schirm und stand auf.

»Das Bad ist bereit?«

»Ja.«

»Gut. Mein Freund musste gehen. Bring mich zu der Badewanne.«

Bei den Nachrichten, dass sie einen Kunden verloren hatte, sanken ihre Schultern ein wenig herab, dann bedeutete sie ihm, ihr zu folgen, und führte ihn aus dem Raum.

18 Der Verräter

Während der Sklave wimmerte, sein Kopf eingezwängt zwischen den großen Händen von Ashaki Tikako, konnte Dannyl nicht verhindern, dass er zusammenzuckte. Obwohl es Dannyl selbst noch nie passiert war, dass ein Schwarzmagier seine Gedanken gelesen hatte, war es, wenn man nach der Reaktion der Sklaven dieses Mannes urteilen konnte, anscheinend keine angenehme Erfahrung.

Tikako gab einen verärgerten Laut von sich und stieß den Sklaven weg. Der Mann fiel auf eine Schulter, dann huschte er auf allen vieren davon, während sein Herr ihn anschrie, dass er verschwinden solle. Die Sklaven, die in der Nähe knieten und darauf warteten, befragt zu werden, duckten sich, als der Ashaki seine Aufmerksamkeit auf sie richtete.

Es waren nicht mehr viele Sklaven übrig. Dannyl hatte bisher mehr als achtzig gezählt. Keiner von ihnen hatte nützliche Informationen über Lorkin und Tyvara gehabt. Sie konnten nicht einmal bestätigen, ob Tyvara jemals mit irgendjemandem auf dem Gut gesprochen hatte.

Der Ashaki deutete mit dem Finger auf eine junge Frau, die widerstrebend auf den Knien herbeigerutscht kam, die von dem langen Verharren auf dem rauen Steinpflaster gerötet waren. Tikako packte ihren Kopf, bevor sie sich auch nur vor ihm niedergelassen hatte. Sie zog die Brauen zusammen, und Dannyl hielt den Atem an und hoffte, dass sie das Geheimnis um Lorkins Verschwinden würde lösen können, selbst wenn das bedeutete, dass sie wahrscheinlich getötet werden würde, weil sie die Information nicht preisgegeben hatte, als ihr Herr das erste Mal danach verlangte.

Nach einem langen Augenblick starrte Tikako sie an, dann warf er sie mit einem wortlosen Brüllen des Zorns von sich. Sie riss die Augen auf, als er sie durch den Raum schleuderte. Sie krachte gegen einen der großen Tonkrüge, die im Raum verteilt waren, und hübsche, blühende Pflanzen quollen aus dem Krug. Nachdem sie sich in eine sitzende Position erhoben hatte, blinzelte sie langsam und mit glasigen Augen.

Dannyl verkniff sich einen weiteren Fluch. *Die Brutalität dieser Leute. Sie halten sich gern für so würdevoll, mit all ihren Ritualen und ihrer Hierarchie, aber darunter sind sie noch immer genauso grausam, wie die Historiker sie stets beschrieben haben.* Nach dem heutigen Tag wusste Dannyl, dass er so leicht nicht vergessen würde, warum man die Sachakaner so sehr fürchtete, obwohl seine Gastgeber absolut respektvoll und wohlerzogen waren. Es war nicht die Macht, die sie besaßen, die sie grausam machte, sondern ihre Bereitschaft, sie gegen Menschen einzusetzen, die schwächer waren als sie selbst.

Die junge Frau hatte sich nicht erhoben, und es war auch keiner der anderen Sklaven herbeigekommen, um ihr zu helfen. Als Ashaki Tikako einen weiteren Sklaven zu sich rief, verließ Dannyl verstohlen Ashaki Achati und trat auf sie zu. Sie blinzelte ihn überrascht an, dann senkte sie hastig den Blick, als er neben ihr in die Hocke ging.

»Lass mich das sehen«, sagte er. Sie senkte passiv den Kopf, während er den hinteren Teil ihres Schädels untersuchte. Die Kopfhaut blutete und begann anzuschwellen. Er legte eine Hand auf die Wunde, konzentrierte sich und sandte heilende Magie hinein. Ihre Augen weiteten sich, und ihr Blick wurde wieder klar.

»Besser?«, fragte er, als er fertig war.

Sie nickte, dann beugte sie sich zu ihm vor. »Diejenigen, die Ihr sucht, sind fort«, sagte sie mit leiser Stimme. »Er ist jetzt wie ein Sklave gekleidet, und seine Haut ist gefärbt worden, damit er aussieht wie wir. Sie fahren mit einem Karren zu dem Landgut des Herrn im Westen.«

»Meinst du...?«, begann Dannyl. Aber sie schüttelte langsam den Kopf, als versuche sie, ihn frei zu bekommen, und wich vor ihm zurück.

»Verschwendet nicht Eure Kraft, Botschafter.« Als Dannyl aufblickte, sah er, dass Ashaki Tikako ihn angrinste. »Es wird nicht viel kosten, sie zu ersetzen.«

Dannyl erhob sich. »Euch ein wenig Geld zu sparen ist das Mindeste, was ich tun kann, nachdem Ihr so viel Zeit und Mühe darauf verwendet habt, Eure Sklaven zu befragen.«

»Ohne großen Erfolg, wie ich zugeben muss.« Tikako seufzte und betrachtete die letzten fünf Sklaven. Er winkte sie müde heran; sein Ärger hatte sich inzwischen in Resignation verwandelt.

Während der Ashaki begann, ihre Gedanken zu lesen, kehrte Dannyl zu Achati zurück. Der Mann sah ihn fragend an. Dannyl schüttelte schwach den Kopf. Er konnte Achati in Tikakos Hörweite nicht erzählen, was er erfahren hatte. Wenn Tikako mitbekam, dass es der Sklavin gelungen war, etwas vor seiner Durchleuchtung ihres Geistes verborgen zu halten, würde er sich gedemütigt fühlen. Die Sklavin würde abermals befragt und wahrscheinlich getötet werden. Das wäre gewiss keine nette Art, der jungen Frau für ihre Information zu danken.

Obwohl es möglich ist, dass es eine List war. Dannyl runzelte die Stirn. *Warum hat sie es ihrem Herrn dann nicht erzählt, als er das erste Mal um Informationen gebeten hat? Sie wollte nicht, dass er erfuhr, was sie mir berichtet hat. Warum hat sie ihrem Herrn das Wissen nicht anvertraut? Arbeitet er mit der Frau zusammen, die Lorkin entführt hat?*

Welches auch immer der Grund sein mochte, die sachakanische Methode des Gedankenlesens war nicht so gründlich, wie sie dachten. Ashaki Tikako schickte den letzten Sklaven weg und wandte sich Dannyl und Achati zu. Er entschuldigte sich dafür, dass es ihm nicht gelungen war, Lorkin zu finden. Dennoch klang seine Stimme nicht so, als müsse er sich verteidigen. Er fühlte sich bestätigt. Keiner seiner Sklaven hatte Flüchtlinge versteckt. Keiner hatte gelogen mit seiner Behauptung, nichts zu wissen.

Oder vielleicht wussten sie es durchaus, und er hat nur vorgegeben, nichts herausgefunden zu haben, um seinen Stolz und seine Ehre zu schützen – oder zu verbergen, dass er an der Entführung beteiligt gewesen war.

Achati schien jedoch zufrieden zu sein. Er dankte Tikako und erklärte, dass seine Unterstützung belohnt werden würde. Schon bald kehrten er und Dannyl zu ihrer Kutsche zurück, verabschiedeten sich von ihrem Gastgeber und stiegen ein. Die beiden Sklaven Achatis, zwei junge Männer, wirkten erleichtert, dass sie aufbrechen konnten.

Als der Wagen durch die Tore von Tikakos Herrenhaus gerollt war, wandte Achati sich Dannyl zu, die Stirn gerunzelt vor Sorge.

»Ich muss gestehen, dass ich nicht weiß, wohin wir als Nächstes fahren sollen. Ich –«

»Nach Westen«, unterbrach ihn Dannyl. »Lorkin ist jetzt wie ein Sklave gekleidet, und er und Tyvara fahren in einem Karren zu Ashaki Tikakos Landgut.«

Achati starrte ihn an, dann lächelte er. »Das Sklavenmädchen. Sie hat Euch das erzählt?«

»Ja.«

»Eure Untersuchungsmethoden, so unwahrscheinlich sie sein mögen, scheinen doch zu funktionieren.« Das Lächeln des Mannes verblasste. »Hmm. Das bedeutet ... das legt die Vermutung nahe, dass eine der schlimmsten Möglichkeiten, die ich erwogen habe, die zutreffende sein könnte.«

»Dass Ashaki Tikako die Gedanken seiner Sklavin gelesen und uns nichts verraten hat, weil er an Lorkins Entführung beteiligt war, oder dass die sachakanischen Methoden des Gedankenlesens nicht so wirksam sind, wie sie sein sollten?«

Achati zuckte die Achseln. »Ersteres ist unwahrscheinlich. Tikako ist mit dem König verwandt und einer seiner größten Anhänger. Letzteres ist schon immer der Fall gewesen. Man braucht Zeit und Konzentration, um einen Geist zur Gänze zu durchsuchen.« Er verzog das Gesicht. »Aber es ist die Natur des Geistes, dass das, was er am dringendsten verbergen will, dazu neigt, die Oberfläche zu streifen, wenn die Gedanken des Betreffenden gelesen werden. Tikako hätte diese Information sehen sollen. Die Tatsache, dass es der jungen Frau gelungen ist, es zu verbergen, deutet auf Fähigkeiten hin, die sie nicht haben sollte. Fähigkeiten, über die nur die Mitglieder einer bestimmten Gruppe von Rebellen gebieten.«

»Rebellen?«

»Sie nennen sich die Verräterinnen. Sie benutzen Sklavinnen als Spione und zur Ausführung von Morden und Entführungen. Einige Leute – größtenteils Frauen – glauben, dass es sich bei den Verräterinnen um eine ausschließlich aus Frauen bestehende Gesellschaft handelt, weil es angeblich vor allem Frauen in schwierigen und unglücklichen Umständen sind, die sie aufnehmen. Ich habe den

Verdacht, dass es sich dabei um ein Gerücht handelt, mit dessen Hilfe sie sich die Fügsamkeit ihrer Opfer sichern, und dass der wahre Grund für die Entführung der Frauen darin liegt, dass sie sie in die Sklaverei verkaufen, hier oder in einem anderen Land.«

Ein kalter Schauer überlief Dannyl. »Was wollen sie dann von Lorkin?«

»Ich bin mir nicht sicher. Manchmal mischen sie sich in Politik ein. Im Allgemeinen mit Bestechungen oder Erpressung, aber manchmal auch durch einen Auftragsmord. Der einzige Gewinn, den sie durch eine Entführung Lorkins haben können, ist meiner Meinung nach der, dass sie den König damit in Verlegenheit bringen würden.« Er runzelte nachdenklich die Stirn. »Es sei denn, sie wollen einen Krieg zwischen unseren Ländern heraufbeschwören.«

»Wenn das ihre Absicht wäre, hätten sie Lorkin gewiss getötet.«

Achatis Miene war grimmig, als er Dannyl in die Augen sah. »Möglicherweise haben sie das immer noch vor.«

»Dann müssen wir sie schnell finden. Gibt es viele Straßen, die nach Westen führen, zu Tikakos Landgut?«

Der Sachakaner antwortete nicht. Seine Miene spiegelte Verwirrung und Geistesabwesenheit wider. »Aber warum es uns erzählen?«, fragte er.

»Wer?«, fragte Dannyl.

»Das Sklavenmädchen. Warum hat sie uns erzählt, wie wir Lorkin finden können, wenn sie eine Verräterin ist? Versucht sie, uns von der richtigen Spur abzubringen?«

»Vielleicht haben die Verräterinnen nichts damit zu tun und wollen vermeiden, dass man ihnen die Schuld an Lorkins Entführung gibt.«

Achati zog die Brauen zusammen. »Nun, es ist der einzige Hinweis, den wir haben. Ob es eine List ist oder nicht, wir haben keine andere Möglichkeit, als der Angelegenheit nachzugehen.«

Auf der Straße zu Tikakos Landgut herrschte ein ständiger Verkehrsstrom, der Lorkin zwang, während des größten Teils des Tages Tyvaras Rat zu befolgen und kein Wort zu sagen, für den Fall, dass sein kyralischer Akzent Aufmerksamkeit erregen sollte. Er konnte sie nicht nach dem Ziel ihrer Reise fragen oder um Informationen über die Leute bitten, die versucht hatten, ihn zu töten. Seine Haut juckte von der Farbe, die sie bedeckte. Wenn er sich kratzte, warf sie ihm einen missbilligenden Blick zu und trat ihm sachte gegen den Knöchel, wenn er sich vergaß und die Leute, an denen sie vorbeikamen, direkt anschaute. Das war ungeheuer frustrierend und machte das langsame Fortkommen des Karrens, der von einem uralt aussehenden Pferd gezogen wurde, fast unerträglich.

Von Zeit zu Zeit sah er sie verstohlen an und bemerkte die Anspannung ihres Körpers und wie sie auf ihrer Unterlippe kaute. Außerdem konnte er nicht umhin, ihre beinahe makellose braune Haut zu bewundern. Es war das erste Mal, dass er sie draußen im Freien und im Sonnenlicht sah, statt im Licht einer Lampe oder einer magischen Kugel. Ihre Haut hatte einen gesunden Schimmer, und er ertappte sich bei der Frage, ob sie sich so warm anfühlen würde wie die Haut von Riva. Dann kam die unausweichliche Erinnerung an Rivas Tod, an die blicklosen Augen, und er wandte sich ab.

Es ist gefährlich, sich zu Tyvara hingezogen zu fühlen, dachte er. *Aber aus irgendeinem Grund machen das Rätsel, das sie umgibt, und der Umstand, dass ich nicht weiß, wie mächtig sie ist, sie noch reizvoller. Trotzdem, dies ist nicht der Zeitpunkt, um wegen einer Frau den Verstand zu verlieren. Es besteht eine sehr reale Gefahr, dass ich am Ende mehr verlieren könnte als nur den Verstand.*

Als sie ihm schließlich zumurmelte, dass sie in Kürze ihr Ziel erreichen würden, schwebte die Sonne direkt über dem Horizont. Er verspürte eine Erleichterung, die sich alsbald in Luft auflöste, als sie ihm sagte, was er als Nächstes tun sollte. Sie würden ein weiteres Gut erreichen, in dem man sie erwartete. Dort würden sie essen und schlafen, aber Tyvara würde erst dann wissen, was sie danach tun sollten, wenn sie Verbindung zu ihren Leuten aufgenommen hatte. Dies würde der erste Test seiner Fähigkeit sein, sich wie ein Sklave zu benehmen. Sie hatte ihm eingeschärft, dass er nicht mehr als nötig sprechen sollte, dass er den Blick stets gesenkt halten und ohne Zögern oder Protest gehorchen musste. Außerdem sollte er sich, wenn irgend möglich, in der Dunkelheit halten.

Jetzt deutete sie mit dem Kopf auf eine Lücke in der Mauer vor ihnen und wies ihn an, das Pferd darauf zuzulenken. Es war ein wenig seltsam, dass eine Haussklavin einen Liefersklaven begleitete, daher hatten sie sich eine Ausrede zurechtgelegt: Angeblich zeigte sie ihm den Weg und lehrte ihn, wie man den Karren fuhr, weil keine anderen Sklaven dafür freigestellt werden konnten. Er hatte die Fahrlektionen genossen, obwohl er nicht viele Fragen stellen konnte, weil sie befürchten mussten, belauscht zu werden.

Sie schafften es ohne Missgeschick durch die Lücke in der Mauer, obwohl der Wagen an einer Seite die Steine berührte. Lorkin schaute zu den Gebäuden hinüber. Gestalten bewegten sich zwischen ihnen hindurch – der Kleidung nach allesamt Sklaven. Als der Wagen sich näherte, blieben die Leute stehen, um einen Moment zuzuschauen, bevor sie ihre Pflichten wieder aufnahmen.

»Dort hindurch«, sagte Tyvara und deutete auf eine Toreinfahrt. Er lenkte den Karren auf einen kleinen Innenhof. Ein hochgewachsener Sklave, der das Kopfband eines Sklavenmeisters trug, trat aus einer Tür und bedeutete Lorkin anzuhalten.

Sie brachten den Wagen zum Stehen. Lorkin, der sich des durchdringenden Blicks des Sklavenmeisters vollauf bewusst war, schaute zu Boden. Zwei weitere Sklaven kamen herbei und traten neben den Kopf des Pferdes.

»Euch zwei habe ich noch nie gesehen«, bemerkte der Mann.

Tyvara nickte. »Das ist Ork. Er ist neu.«

»Ein bisschen mager für einen Liefersklaven.«

»Mit ein wenig Arbeit wird er schon Muskeln zulegen.« Der Mann nickte. »Und du?«

»Vara. Ich musste ihm den Weg zeigen.« Sie klang selbstgefällig. »Niemand sonst war abkömmlich.«

»Hm.« Der Sklavenmeister machte ihnen ein Zeichen und wandte sich ab. »Du wirst froh sein, dass du dich ausruhen konntest. Der Herr will, dass der Wagen sofort beladen wird, damit ihr beim ersten Tageslicht aufbrechen könnt, und wir bekommen nichts zu essen, bevor die Arbeit getan ist.«

Tyvara sah Lorkin an, dann zuckte sie die Achseln. »Also komm, Ork.«

Sie stiegen vom Wagen. Einer der anderen Sklaven griff nach den Zügeln, während der zweite dem Pferd das Geschirr abnahm. Lorkin folgte Tyvara in einen großen, hölzernen Raum. Der schwere, süße Geruch von Reberwolle erfüllte die Luft.

»Das ist die Ladung.« Der Sklavenmeister deutete auf einen Haufen Vliesbündel, die in Öltuch eingewickelt waren. Die Fracht schien die doppelte Größe dessen zu haben, was der Karren tranportieren konnte. Der Mann blickte von Lorkin zu Tyvara. »Ihr wisst, wie man einen Wagen belädt?«

»Ich habe viele Male zugesehen«, antwortete Tyvara. Sie begann, die Vorgehensweise zu beschreiben.

Der Mann nickte und stieß ein anerkennendes Brummen aus. »Das Wesentliche hast du verstanden. Ich werde es überprüfen, wenn ich zurückkomme. Wenn es falsch ist«, er musterte Lorkin vielsagend, »werdet ihr ausladen und richtig wieder aufladen müssen, und das bedeutet, dass ihr bis morgen früh auf euer Essen werdet warten müssen.«

»In Ordnung«, erwiderte Tyvara und schaute Lorkin an. »Es wird Zeit, etwas Neues zu lernen.«

Lorkin war froh darüber, dass der Sklavenmeister nicht zurückblieb, um sie zu beobachten, aber es tauchten jede Menge weiterer Sklaven auf, von denen einige stehen blieben, um ihn und Tyvara zu mustern. Glücklicherweise schien sie tatsächlich zu wissen, wie man Karren belud, und gab acht, dass er nichts verkehrt machte. Aber es waren eine Menge Bündel, und er hatte während der vergangenen Nacht nur wenig Schlaf gefunden. Obwohl er seine Erschöpfung geheilt hatte, wann immer sie begann ihn zu behindern, kehrte die Müdigkeit mit jedem Mal schneller zurück.

Die Bündel waren alle gleich, doch irgendwie wurden sie schwerer, während er arbeitete. Er musste die letzten zu Tyvara hinaufwerfen, die auf dem Stapel im Karren balancierte. Als er Schritte hinter sich hörte, zuckte er zusammen und verfehlte sein Ziel. Tyvaras Hände rutschten ab, und das Bündel fiel zu Boden. Lorkin wich zurück, um es aufzuheben, doch stattdessen trat er auf irgendetwas.

»Narr!«, brüllte eine vertraute Stimme. Eine Hand kam aus dem Nichts und schlug Lorkin so heftig gegen den Kopf, dass ihm die Ohren dröhnten. Er hielt sich den Kopf und stolperte davon. Da er vermutete, dass es einem Sklaven ähnlicher sähe, sich auf den Boden zu kauern, als aufzustehen, duckte er sich und wartete ab.

»Sitz nicht da und schmolle. Heb das Bündel auf und beende die Arbeit«, befahl der Sklavenmeister.

Lorkin rappelte sich in gekrümmter Haltung hoch und vermied es, den Mann anzusehen. Dann lief er zu dem letzten Bündel und hob es vom Boden auf. Er blickte zu Tyvara empor. Sie runzelte besorgt die Stirn, streckte jedoch die Hände aus zum Zeichen, dass sie bereit war. Er warf und seufzte vor Erleichterung, als sie das Bündel auffing und geschickt zu den übrigen legte.

Dann drückte ihm der Sklavenmeister, der Lorkin offensichtlich verziehen hatte, dass er ihm auf den Fuß getreten war, Seile in die Hand und half ihnen, die Vliesballen auf dem Wagen festzubinden. Als sie fertig waren, nickte er anerkennend.

»Ich werde den Küchenjungen mit Essen und Decken hinausschicken. Ihr könnt im Lager schlafen. Haltet euch bereit, früh aufzubrechen.«

Mit diesen Worten drehte er sich um und stolzierte davon. Als Lorkin ihm nachsah, bemerkte er aus dem Augenwinkel eine Bewegung. Er widerstand der Versuchung, nach der Quelle Ausschau zu halten. Der Innenhof wurde nicht länger vom Licht des späten Nachmittags beleuchtet, und die Dunkelheit unter den Veranden war fast undurchdringlich. Schließlich tat Lorkin so, als betrachte er in dem verblassenden Licht seine Hände, dann schaute er darüber hinweg und machte eine weibliche Gestalt in einer Tür aus. Sie beobachtete ihn und Tyvara mit schmalen Augen.

»Ork«, rief Tyvara. Er drehte sich zu ihr um. Sie stand neben dem Karren. »Komm und hilf mir, das hier zu richten.«

Er trat neben sie. Sie zupfte an einem der Bündel, an dessen Platzierung nichts auszusetzen schien.

»Meine gewohnte Kontaktperson ist nicht erschienen«, murmelte sie. »Ich habe keine andere Tür zum Lager entdeckt. Lasst uns für den Augenblick hier draußen bleiben.«

»Da war vorhin eine Frau, die uns beobachtet hat«, erwiderte er. »Hast du sie gesehen?«

Sie runzelte die Stirn und schüttelte den Kopf. Als Schritte erklangen, spähte sie um den Wagen herum und lächelte.

»Essen!«

Lorkin folgte ihr, als sie dem Jungen, der auf sie zukam, entgegenging. Seine Augen weiteten sich, dann senkte er hastig den Blick und hielt ihnen zwei faustgroße, noch dampfende Brötchen und zwei Becher hin. Die Flüssigkeit darin erzitterte, da die Hand des Jungen bebte. Tyvara nahm das Essen und reichte Lorkin seinen Anteil. Sobald er frei von seiner Last war, drehte der Junge sich um, rannte zurück zu einer Tür und stürzte hindurch.

»Er hatte Angst«, murmelte Lorkin.

»Ja«, pflichtete Tyvara ihm bei. »Und er hätte keine Angst haben dürfen.« Sie ging zurück zum Wagen. »Außerdem hat er keine Decken mitgebracht. Folge mir.« Tyvara ging am Wagen vorbei auf das Lager zu. Lorkin schloss sich ihr an, wobei er achtgab, den Inhalt seines Bechers nicht zu verschütten. Jetzt erhellte eine einzelne Lampe den Raum und warf Schatten an die Wände. Sobald sie im Lager waren, nahm Tyvara ihm den Becher und das Brötchen ab und stellte beides zusammen mit ihrem Essen neben einen Eimer, der stark nach Urin roch.

»Wir können das nicht essen«, erklärte sie ihm, während sie sich im Raum umblickte. »Es könnte mit Drogen versetzt sein.«

»Drogen?« Er betrachtete das Brötchen und den Becher. »Sie wissen, wer wir sind?«

»Möglicherweise. Ah! Gut. Komm her.«

»Aber wie können sich die Neuigkeiten so schnell bis hierher rumgesprochen haben?«, fragte er, während er ihr zur gegenüberliegenden Wand folgte. Sie drehte sich um, und der Blick, den sie ihm zuwarf, besagte deutlich, dass sie seine Frage für idiotisch hielt.

»Benutzen Kyralier keine Blutringe?«

»Doch, aber –«

»Ich nehme an, ihr habt keine Sklaven, die hinter eurem Rücken schwatzen. Aber gewiss könnt ihr euch eines denken: Wenn wir zu Fuß gereist sind, konnte jeder mit einem Pferd die Neuigkeiten schneller verbreiten, als wir unser Ziel erreichen konnten.«

»Hm, ja …«

Sie verdrehte die Augen, dann wandte sie sich ab und schlüpfte hinter einige Kisten, die voller mit Wachspfropfen verschlossener Tonkrüge waren. Als er ihr folgte, sah er eine kleine Tür, die mit Brettern dauerhaft vernagelt war. Sie drehte sich zu der Lampe um, dann zu den Kisten mit Krügen. Schließlich trat sie einen Schritt zurück und starrte die Kisten an. Sie begannen sich zu bewegen und schwankten gefährlich hin und her, als sie vorwärtsrutschten, um den Blick zum Eingang des Lagers zu versperren.

Dann wandte sie sich den Brettern über der kleinen Tür zu und starrte sie an, bis sie begannen, sich vom Türrahmen zu lösen.

»Lösch die Lampe«, befahl sie, ohne den Blick von ihrem Werk abzuwenden.

Lorkin schaute zu der Lampe hinüber, dann zog er Macht in sich hinein, sandte sie aus und formte sie zu einer kleinen Barriere, die die Flamme ausblies. Als Dunkelheit sich über den Raum legte, spürte er eine frische Brise und drehte sich um; wo die Tür gewesen war, erstreckte sich jetzt ein dunkelblaues Rechteck mit orangefarbenen Wolken. Er trat darauf zu, aber der Himmel verschwand, als Tyvara die Tür wieder zuschwang, und er spürte ihre Hand auf seiner Brust, um ihn aufzuhalten.

»Warte«, murmelte sie. »Lass dich nicht sehen.«

Vor der Tür des Hauptlagers ertönten Geräusche. Licht fiel in den Raum und bewegte sich, als die Quelle näher kam. Dann traten der Sklavenmeister und der Junge ein, gefolgt von einer Frau. Sie beide starrten auf die Becher und die Brötchen, die unberührt waren, dann sahen sie sich im Lager um.

»Sie sind weg«, sagte der Junge.

»Sie können nicht weit gekommen sein«, meinte die Frau. »Sollen wir mit der Suche beginnen?«

»Nein«, antwortete der Sklavenmeister. »Zu gefährlich. Wenn sie das sind, was du behauptest, kann nur der Herr mit ihnen fertig werden, und er ist in der Stadt.«

Die Frau sah aus, als wolle sie Einwände erheben, doch stattdessen nickte sie nur steif und verließ das Lager. Der Sklavenmeister sah sich abermals im Raum um. Einen Moment lang machte er den Eindruck, als würde er ihn vielleicht durchsuchen, aber dann schüttelte er den Kopf und ging zur Tür.

Sobald er fort war, verspürte Lorkin abermals die Brise. Tyvara packte ihn am Arm und zog ihn durch die Tür in eine Lücke zwischen zwei Gebäuden. Sie hielt seine Arme mit starkem Griff umfasst. Ihm wurde flau, als sie sich plötzlich in die Luft erhoben.

Levitation, dachte er und blickte hinab, wo die unsichtbare Kraft unter ihren Füßen sein musste. *Ich hatte jahrelang keinen Grund mehr, das zu tun.*

Sie traten auf das Dach des Lagers. Tyvara hockte sich hin und begann, langsam und leise über das Dach zu kriechen, wobei sie sich dicht unter dem First hielt, damit die Leute im Innenhof sie nicht sehen konnten. Lorkin folgte ihr und zuckte bei jedem Knarren der hölzernen Ziegel zusammen. Die Sklavenschuhe waren viel leiser als Magierstiefel und griffen überraschend gut auf den Dachziegeln.

Am Ende des Lagerdachs kletterten sie zum Nachbargebäude hinunter, dann weiter zum nächsten und schließlich zu einem, das im Schatten eines großen Schornsteins ein gutes Versteck bot. Von unten kam ein lautes Knirschen, das sämtliche Geräusche, die sie machten, überdecken würde.

Vielleicht kann ich ihr jetzt einige Fragen stellen.

»Wenn es richtig dunkel ist, werden wir zur Straße zurückkehren«, eröffnete ihm Tyvara.

»Und wenn wir jemandem begegnen?«

»Niemand wird uns allzu genau ansehen. Sklaven auf der Straße sind nichts Ungewöhnliches, nicht einmal bei Nacht. Aber wenn wir querfeldein gehen, werden wir zu Eindringlingen. Obwohl die Feldsklaven sich uns nicht nähern werden, werden sie uns ihrem Herrn melden. Selbst wenn wir wegkommen, bevor er Nachforschungen anstellt, wird jeder, der auf solche Berichte achtet, wissen, in welche Richtung wir uns bewegen.« Sie seufzte. »Ich hatte gehofft, weiter von der Stadt wegzukommen, bevor dies geschieht.«

»Du hast damit gerechnet?«

»Ja.«

»Sind deine Kontaktpersonen hier sicher?«

»Ja.«

»Also... sie sind hier, aber das Gleiche gilt für die Leute, die versucht haben, mich zu töten?«

»Ja.« Sie schüttelte den Kopf. »Aber... es ist noch komplizierter.«

Er sah sie erwartungsvoll an, doch sie sagte nichts mehr, sondern starrte nur über die Felder hinweg. *Sie will offensichtlich nicht darüber reden. Aber sie kann nicht andeuten, dass mehr dahintersteckt als das, was sie mir erzählt hat, ohne damit zu rechnen, dass ich nachhake.*

»Warum ist es komplizierter?«, fragte er. Dann runzelte er überrascht die Stirn. Seine Stimme hatte härter geklungen als beabsichtigt.

Sie musterte ihn, und ihre Augen waren in der wachsenden Dunkelheit kaum sichtbar.

»Ich sollte nicht... aber ich schätze, es hat keinen Sinn,

es noch länger geheim zu halten.« Sie holte tief Luft, dann stieß sie den Atem wieder aus. »Wir können jetzt keinen Sklaven mehr vertrauen, nicht einmal jenen, die Verräterinnen sind. Wir Verräterinnen... wir sind nicht immer der gleichen Meinung. Aufgrund sehr unterschiedlicher Meinungen zu einigen Fragen haben sich bei uns bestimmte Gruppen gebildet.«

»Parteien?«, fragte er nach.

»Ja, ich nehme an, so könnte man sie nennen. Die Partei, zu der ich gehöre, glaubt, dass du ein potenzieller Verbündeter seist und nicht getötet werden solltest. Die andere... glaubt das nicht.«

Lorkin schnappte nach Luft. *Ihre Leute wollen mich tot sehen!* Ein flaues Gefühl stieg in ihm auf, aber er schob es beiseite. *Nein, nur einige von ihnen wollen das. Tyvara ist ein guter Mensch...*

»Meine Partei hat mehr Einfluss auf unsere Leute«, erklärte sie ihm. »Wir sagen, dass deine Ermordung zu einem Krieg zwischen Sachaka und Kyralia führen könnte. Dass wir nur dann töten sollten, wenn es sich nicht vermeiden lässt. Dass es die Denkweise der Sachakaner ist, ein Kind für die Taten der Eltern verantwortlich zu machen, nicht unsere. Aber...«

Sie hielt inne, und als sie weitersprach, senkte sie die Stimme. »Aber ich habe etwas getan, das das Machtverhältnis verändert haben könnte.« Sie holte erneut tief Luft, und diesmal zitterte ihr Atem ein wenig. »Die Frau, die ich getötet habe, um Euch zu retten – Riva –, war keine Auftragsmörderin, die von einer sachakanischen Familie geschickt worden war. Sie war eine Verräterin. Eine von der anderen Partei.«

»Du hast gelogen«, stellte Lorkin fest.

»Ja. Andernfalls wärst du nicht mit mir gekommen, und dann wärst du inzwischen wahrscheinlich tot.«

Lorkin legte die Stirn in Falten. *Welche anderen Lügen hatte sie ihm noch erzählt?* Aber wenn alles andere, was sie sagte, der Wahrheit entsprach, vor allem in Bezug auf die Verräterinnen, verstand er die Täuschung. *Ich wäre nicht mit ihr fortgegangen. Ich wäre zu verwirrt gewesen.*

»Wenn meine Leute erfahren, dass ich sie getötet habe, wird die andere Partei an Unterstützung gewinnen«, fuhr Tyvara fort. »Und nach den Ereignissen hier zu urteilen, würde ich sagen, dass die Neuigkeit uns eindeutig überholt hat. Niemand von der anderen Partei wird uns helfen. Sie könnten versuchen, dich zu töten. Sie könnten versuchen, uns beide zu töten.«

»Und die Verräterinnen von deiner Partei?«

»Sie werden sich nicht sicher sein, was sie tun sollen. Sie werden nicht versuchen, uns zu töten, aber sie werden uns vielleicht auch nicht helfen, falls sie sich damit der Unterstützung einer Mörderin schuldig machen. Irgendwann werden die Nachrichten das Sanktuarium erreichen, und unsere Anführerinnen werden alle Befehle aufheben, die die Führungsleute der Kundschafter ausgegeben haben. Dann wird es offizielle Befehle von höchster Stelle geben.«

Lorkin schwirrte der Kopf von all diesen neuen Informationen. Überall in Sachaka gab es Leute – eine ganze Gesellschaft –, die darüber befanden, ob er getötet werden sollte oder nicht. Er schüttelte sich. *Und was meinte sie mit »ein Kind für die Taten der Eltern verantwortlich machen«? Was haben meine Eltern getan, um sie so sehr in Wut zu versetzen?* Er hatte zu viele Fragen, und sie konnten jeden Augenblick entdeckt werden. Am besten, er beschränkte sich auf die unmittelbareren. Wie zum Beispiel die Frage, welche Gefahr ihm von diesen Verräterinnen drohte.

»Also, wenn deine Partei die Oberhand hatte, warum hat Riva dann versucht, mich zu töten?«

Tyvara stieß ein kurzes, bitteres Lachen aus. »Sie hat ihre Befehle nicht befolgt. Sie hat mir nicht gehorcht.«

»Und niemand weiß das, daher denken sie, du hättest sie ermordet?«

Eine Pause folgte. »Ja, aber selbst wenn sie den Grund erfahren, warum ich sie getötet habe... Verräterinnen töten keine Verräterinnen. Es ist ein weit schwerwiegenderes Verbrechen als Befehlsverweigerung. Selbst meine eigene Partei wird mich dafür bestrafen wollen.«

»Sie werden dich töten?«

»Ich... ich weiß es nicht.« Sie klang so unsicher, so verängstigt, dass er plötzlich dem Drang widerstehen musste, die Arme um sie zu legen und ihr zu versichern, dass alles gut gehen würde. Aber die Worte wären eine Lüge gewesen. Er hatte keine Ahnung, was geschehen würde, wohin sie gehen sollten oder auch nur, wo er war. Sie hatte ihn von allem fortgeholt, was er verstand. Dies war ihre Welt. Sie war diejenige, die sich auskannte. Ob es ihm gefiel oder nicht, sie musste das Kommando führen.

»Wenn uns irgendjemand da rausbringen kann, dann bist du es«, erklärte er. »Also, was sollen wir jetzt tun? Nach Arvice zurückkehren? Nach Kyralia gehen?«

»Wir können weder das eine noch das andere tun. Wir haben fast in jedem Haushalt in Sachaka Verräterinnen. Jetzt, da meine Leute wissen, was ich getan habe, werden Verräterinnen den Pass im Auge behalten.« Er hörte das leise Geräusch von Fingern, die auf irgendetwas trommelten. »Wir können nicht weglaufen. Was wir tun müssen, ist Folgendes: Wir müssen zu meinen Leuten gehen – zu meiner Partei. Wir werden eine Chance haben, unser Verhalten zu erklären, und du wirst in Sicherheit sein. Ganz gleich was mit mir geschieht, sie werden dich beschützen.« Sie lachte leise. »Ich brauche dich nur sicher durch den größten Teil Sachakas und in die Berge zu bringen, ohne dass die andere Partei uns findet. Oder irgendwelche Kyralier und Sachakaner, die gewiss nach dir suchen.«

»Die Berge, hm?«

»Ja. Und jetzt, da es dunkel ist, denke ich, ist es an der Zeit, dass wir aufbrechen. Wir werden an dieser Mauer herunterspringen und dann die Mauern entlang bis zur Straße gehen. Bist du bereit?«

Er nickte, dann grinste er kläglich, als ihm klar wurde, dass sie ihn nicht sehen konnte.

»Ja«, sagte er. »Ich bin bereit.«

Die junge Frau im Untersuchungsraum hatte dunkle Ringe unter den Augen. Auf ihrem Schoß zappelte ein kleines Kind, das das Gesicht verzog, während es mit beinahe unmenschlicher Stärke heulte.

»Ich weiß nicht, was ich mit ihm machen soll«, gestand die Frau. »Ich habe alles versucht.«

»Lass mich mal sehen«, erbot sich Sonea.

Die Mutter reichte ihr das Kind. Sonea setzte sich den kleinen Jungen auf den Schoß und untersuchte ihn gründlich, sowohl mit den Händen und den Augen als auch mit ihrer Magie. Zu ihrer Erleichterung gab es keine Anzeichen für Verletzungen oder Krankheiten. Sie spürte jedoch ein alltäglicheres Problem.

»Es geht ihm gut«, versicherte sie der Mutter. »Er hat nur Hunger.«

»Jetzt schon?« Die junge Frau griff sich an die Brust. »Ich scheine nicht genug Milch –«

Plötzlich wurde die Tür geöffnet, und Heilerin Nikea schlüpfte in den Raum.

»Es tut mir leid, dass ich stören muss«, sagte sie und sah die junge Frau entschuldigend an. Dann blickte sie zu Sonea hinüber. »Hier ist ein Bote für Euch. Er sagt, es sei dringend.«

Soneas Herz setzte einen Schlag aus. War es Cery? Sie erhob sich und gab das Kind seiner Mutter zurück. »Ihr schickt ihn besser herein. Und könntet Ihr diese junge Frau zu Adrea bringen?« Sie sah die Mutter an und lächelte. »Adrea ist eine Expertin, was solche Probleme und alternative Speisen betrifft. Ich wünschte, ich hätte sie gekannt, als mein Sohn geboren wurde. Sie wird dir helfen.«

Die junge Frau nickte und folgte Nikea aus dem Raum. Die Tür schloss sich hinter ihnen. Sonea starrte sie an, während sie auf Cery wartete. Als die Tür endlich geöffnet wurde, war es jedoch ein massiger Mann, der den Raum betrat. Er kam ihr bekannt vor, und nach einem Moment des Nachdenkens fiel ihr wieder ein, wer er war.

»Gol, nicht wahr?«, fragte sie.

»Ja, Mylady«, antwortete er.

Sie lächelte. Es war lange her, seit jemand sie das letzte Mal »Mylady« genannt hatte statt »Schwarzmagierin«. »Was gibt es Neues?«

»Wir haben sie gefunden«, sagte der große Mann, dessen Augen sich vor Aufregung weiteten. »Ich habe sie bis zu ihrem Wohnort verfolgt, und jetzt behält Cery sie im Auge, bis Ihr sie erreichen könnt.«

Abermals setzte Soneas Herz kurz aus, aber dann wurde ihr flau im Magen. *Ich werde sie nicht erreichen. Ich muss nach Rothen schicken und nach Regin.* Konnte sie es einfach unterlassen, Regin zu rufen? *Nein, wenn diese Frau eine starke Magierin ist, könnte sie Rothen überwältigen. Vielleicht ihn sogar töten. Es ist besser, wenn zwei Magier sie zur Rede stellen als nur einer. Oh, ich wünschte, ich könnte mit ihm gehen! Aber wenn ich Regin vertrauen muss, dass er nichts darüber verlauten lässt, dass ich Informationen über eine Magierin zurückgehalten habe, dann muss er sich ebenfalls die Hände schmutzig machen.*

»Wie viel Zeit haben wir?«, fragte sie.

Gol zuckte die Achseln. »Als wir sie das letzte Mal gesehen haben, war sie gerade ins Bett gegangen, also... Ich nehme an, es hat keine Eile.«

»Dann würde ich gern nach Hilfe schicken. Zwei Magier sind in dieser Situation besser als einer.« Sie nahm ein Stück Papier und kritzelte hastig die Wort »Nordseite« und »Jetzt?« darauf. Dann faltete sie das Blatt zusammen, schrieb auf die Rückseite Regins Namen und Titel und verfasste anschließend die gleiche Nachricht für Rothen. »Gib dies Heilerin Nikea – der Frau, die dich hereingeführt hat.«

Gol nahm die Papiere entgegen und schlüpfte aus dem Raum.

Als die Tür wieder geöffnet wurde, erwartete Sonea, dass Gol noch einmal zurückgekommen war. Stattdessen war es Heilerin Nikea. Als die junge Frau näher trat, sah sie Sonea in die Augen und wandte den Blick dann wieder ab. Soneas Haut begann sofort zu kribbeln. *Sie wird mich fragen, was es damit auf sich hatte. Vielleicht hat sie Gol erkannt oder herausgefunden, dass er für einen Dieb arbeitet. Ich bezweifle, dass sie mich schelten wird, aber Nikea ist nicht die Art Frau, die etwas, das sie missbilligt, unerwähnt lässt und ignoriert.*

»Äh... ich wollte sagen...«, begann die junge Frau und rieb sich mit untypischer Nervosität die Hände.

»Ja?«, hakte Sonea nach.

»Was immer Ihr tut, ich weiß, dass es einem guten Zweck dienen muss.« Nikea straffte sich. »Wenn Ihr hier jemanden braucht, der... der ›Eure Spuren verwischt‹, wie man so schön sagt, könnt Ihr Euch auf mich verlassen. Und auch auf einige der anderen Heiler. Wir werden den Leuten erzählen, dass Ihr hier wart, falls Ihr ausgehen müsst.«

Sonea wurde bewusst, dass ihr vor Überraschung der Unterkiefer heruntergeklappt war, und sie schloss hastig den Mund.

»Wie viele von euch denken so?«, brachte sie schließlich heraus.

»Wir sind zu viert. Sylia, Gejen, Colea und ich.«
Erheitert unterdrückte Sonea den Drang zu lächeln. »Ihr habt das bereits besprochen?«
Nikeas Blick war fest. »Ja. Wir waren uns nicht sicher, was vorgeht, falls überhaupt etwas vorgeht. Aber wir alle dachten, es müsse wichtig sein und dass wir bereit wären, Euch zu helfen.«
Sonea spürte, dass ihr Gesicht heiß wurde. »Danke, Nikea.«
Die junge Frau zuckte die Achseln, dann ging sie rückwärts auf die Tür zu. »Natürlich würden wir liebend gern wissen, was vorgeht, falls Ihr es uns erzählen könnt.« Sie berührte die Klinke, dann blickte sie noch einmal hoffnungsvoll zurück.
Sonea lachte leise. »Wenn ich es kann, werde ich es tun.«
Nikea grinste. »Ich werde den Boten wieder hereinschicken.«
»Vielen Dank. Noch einmal.«
Als sich die Tür hinter der Heilerin schloss, konnte Sonea sich ein Grinsen nicht verkneifen. *Anscheinend denken nicht alle in der Gilde, dass ich mich, sobald sie mich nicht mehr sehen können, in eine verrückte, schwarze Magie benutzende Mörderin verwandle.* Das Vertrauen der Heilerin berührte sie. Vielleicht konnte sie es doch riskieren, das Hospital zu verlassen. *Was für Rothen und Regin sicherer wäre. Obwohl nichts darauf hindeutet, dass es sich bei der wilden Magierin um eine Schwarzmagierin handelt, könnte das Ganze sehr unangenehm werden, falls sich herausstellt, dass sie tatsächlich eine ist.*
Und Sonea musste zugeben, dass die Vorstellung, wieder mit Cery in der Stadt umherzuschleichen, sie sowohl mit Wehmut als auch mit Erregung erfüllte. Es wäre nicht gerecht, wenn Rothen und Regin den ganzen Spaß haben würden, während sie nur dasitzen und auf Neuigkeiten warten durfte.

19 Das Versteck

Wie Gol berichtet hatte, war der Stadtteil, in dem die wilde Magierin lebte, überraschend respektabel und nicht die Art von Ort, an dem man herumlungern konnte, ohne aufzufallen. Cery hatte einige seiner Leute in umliegende Läden geschickt, um festzustellen, ob er die Frau aus einem von ihnen beobachten konnte. Einer seiner Männer hatte einen Ladenbesitzer sagen hören, dass sein Nachbar abgereist sei, um die Familie seiner Frau in Elyne zu besuchen, und einige aufgebrochene Schlösser später saß Cery im Gästezimmer des abwesenden Ladenbesitzers entspannt in einem gemütlichen Sessel an dem Fenster, das zur Straße hinausging, und beobachtete, wie die Nacht sich herabsenkte und Lampenanzünder die Straße nach und nach in helles Licht tauchten.

Außerdem hatte er einige Leute ausgeschickt, den Hintereingang des Hauses der wilden Magierin zu beobachten. Sie wohnte im Keller, den man durch den Laden darüber und durch eine eingefallene Hintertür erreichte. Regelmäßige Berichte versicherten ihm, dass sie nicht weggegangen war.

Doch Gol brauchte länger, als er hätte brauchen dürfen. *Habe ich Soneas Nachricht missverstanden? Sie sagte, sie werde* sich um »die Angelegenheit« kümmern und dass ich Informationen ins Hospital schicken solle. Nun, das habe ich getan.

Im unteren Stockwerk wurde eine Tür geöffnet, und Cery straffte sich. Die Schritte von zwei oder drei Leuten waren zu hören, die die Treppe heraufgestapft kamen. Waren es seine Leute, oder kehrten der Ladenbesitzer und seine Familie zurück? Er versteckte sich schnell hinter der offenen Tür, wo er hoffentlich unbemerkt aus dem Raum schlüpfen konnte, wenn es sein musste. Für den Fall, dass sie doch etwas bemerkten, schob er eine Hand in seinen Mantel, wo er sein beeindruckendstes Messer aufbewahrte.

»Cery?«, erklang eine vertraute Stimme.

Gol. Cery stieß einen Seufzer der Erleichterung aus und trat hinter der Tür hervor. Sein Leibwächter und zwei Personen in langen Umhängen, die ihre Züge verbargen, näherten sich dem oberen Ende der Treppe. Er erkannte Sonea. Mit schmalen Augen betrachtete Cery den anderen Mann. Irgendwie kam er ihm vertraut vor. Als die drei ins Licht traten, stieg eine alte Erinnerung in Cerys Gedächtnis an die Oberfläche.

»Regin«, sagte er. »Oder heißt es jetzt Lord Regin?«

»So ist es«, erwiderte der Mann.

»So hieß er übrigens immer, Cery«, rief Sonea ihm ins Gedächtnis. »Aber es kommt einem immer ein wenig verfrüht vor, Novizen ›Lord‹ oder ›Lady‹ zu nennen. Lord Regin und Lord Rothen haben sich erboten, mir zu helfen, die wilde Magierin einzufangen, was sich als überaus wichtig erweisen könnte, sollte ich mich irgendwann einmal nicht unbemerkt aus dem Hospital fortschleichen können.«

»Wenn das Glück auf unserer Seite ist, wirst du dich nicht noch einmal davonstehlen müssen«, erwiderte Cery. »Kommt Lord Rothen ebenfalls?«

Sie schüttelte den Kopf. »Er hielt es für überflüssig, wenn ich hingehe.«

Cery beobachtete Regin, der Sonea in den Raum folgte. *Sonea hatte früher einmal nicht viel für ihn übrig. Er hat ihr das Leben als Novizin schwer gemacht.* Aber als Cery Regin während der Ichani-Invasion kennengelernt hatte, hatte der junge Mann sich freiwillig erboten, als Köder zu dienen, der einen sachakanischen Magier in Soneas und Akkarins Falle gelockt hatte. Es war ein mutiger Schritt gewesen. Wäre der Zeitpunkt falsch gewesen, hätte der Sachakaner Regin alle Magie und alles Leben ausgesaugt – und soweit Cery sich erinnerte, wäre es tatsächlich beinahe dazu gekommen.

Wenn er es nicht besser gewusst hätte, hätte Cery niemals geglaubt, dass dieser Mann der Novize war, über dessen Streiche Sonea sich so bitter beklagt hatte. Lord Regins Gesicht schien zu einem permanenten Ausdruck der Ernsthaftigkeit verzogen zu sein. Obwohl sein Körperbau das gesunde Gewicht eines Menschen hatte, der ein privilegiertes Leben führte, sprachen die Linien um seine Brauen und seinen Mund von Sorge und Resignation. *Aber in diesen Augen liegt unbestreitbar Intelligenz,* bemerkte er. *Ich würde wetten, dass er heute nicht weniger gefährlich ist als während seiner Novizenzeit. Trotzdem, Sonea vertraut ihm genug, um ihn in dieser Angelegenheit hinzuzuziehen.* Dann blickte er sie an und sah die Wachsamkeit in ihrer Haltung, während sie ihren magischen Helfer betrachtete. *Oder vielleicht hat sie keine andere Wahl. Ich sollte sie besser nach ihm fragen, sobald ich die Möglichkeit habe, allein mit ihr zu reden.*

»Also, wo ist unsere wilde Magierin?«, fragte Sonea.

Cery trat ans Fenster. »Im Keller des Schuhmachers auf der anderen Seite der Straße.«

Sie spähte nach draußen. »Wie viele Eingänge?«

»Zwei. Beide werden beobachtet.«

»Dann sollten wir uns in zwei Gruppen aufteilen. Mit einem Magier in jeder Gruppe.«

Cery nickte zustimmend. »Ich werde mit dir durch die Vordertür gehen. Gol kann Regin durch die Hintertür hineinbringen. Wir werden uns im Keller treffen, wo ihr tun werdet, was immer ihr tun müsst.« Er sah die anderen an. Die beiden Männer nickten. »Irgendwelche Fragen?« Sie tauschten Blicke, dann schüttelten alle den Kopf. »Also schön, gehen wir.«

Am Fuß der Treppe angekommen, demonstrierte Cery einige Signale, die er und Gol als Warnungen benutzen würden oder um einen Rückzug zu veranlassen, dann traten sie ins Freie. Es war jetzt vollkommen dunkel. Die Lampen warfen Kreise aus Licht auf den Boden. Gol führte Regin in Richtung des Hintereingangs. Cery und Sonea gaben ihnen Zeit, ins Haus zu gelangen, dann überquerten sie die Straße zur Schuhmacherwerkstatt.

Sie gingen die Treppe hinauf und näherten sich der Tür. Cery förderte ein Ölkännchen zutage und schmierte die Türangeln hastig ein. Dann zog er einige Einbruchwerkzeuge aus seinem Mantel. Sonea, deren Gesicht im Schatten lag, sagte nichts, während er das Schloss öffnete. *Ich schätze, sie könnte das mit Magie erledigen – wahrscheinlich schneller, als ich es kann. Warum schlage ich es dann nicht vor? Gebe ich hier etwa an?*

Das Schloss klickte leise. Cery drehte langsam den Knauf, gewappnet für den Moment, in dem der Bügel aufsprang. Er zog die Tür auf, erleichtert, als sie nur ein leises Knarren von sich gab. Sonea trat hindurch, dann wartete sie auf ihn, während er die Tür hinter ihnen schloss.

Es war dunkel in der Werkstatt, und als seine Augen sich daran gewöhnt hatten, konnte er Reihen von Schuhen auf Regalen und einen Arbeitstisch erkennen. Der Tür gegenüber führte eine schmale Treppe nach unten und eine weitere nach oben. Seinen Spionen zufolge lag der Schuhmacher im oberen Stockwerk und schlief.

Sonea ging zur Treppe und betrachtete die Stufen, die nach unten führten. Sie schüttelte den Kopf, dann winkte sie Cery heran. Als er näher kam, fasste sie ihn am Arm und zog ihn an sich. Er starrte sie überrascht an, als ihm klar wurde, dass sie in dem fahlen Licht aussah wie das junge Mädchen, dem er vor so vielen Jahren geholfen hatte, sich vor der Gilde zu verstecken. Ihr Gesicht zeigte den gleichen eindringlichen, besorgten Ausdruck.

Dann spürte er, wie er in die Luft gehoben wurde, und alle Gedanken an die Vergangenheit waren vergessen. Er blickte hinab. Obwohl er etwas unter seinen Füßen fühlen konnte, konnte er es nicht sehen. Was immer es war, es trug ihn und Sonea die Treppe hinunter.

Ich schätze, das bedeutet, dass wir nicht Gefahr laufen, von knarrenden Stufen verraten zu werden.

Ein spärlich möblierter Raum wurde sichtbar, als sie sich dem Boden des Kellers näherten. Blendendes Licht erfüllte den Keller, als eine leuchtende Kugel über Soneas Kopf erschien. Cery suchte nach dem Bett, fand es und wurde dann von Enttäuschung übermannt. Es war leer.

Eine Tür öffnete sich, und sie fuhren beide herum, seufzten dann jedoch, als sie Regin und Gol den Raum betreten sahen. Beide runzelten die Stirn, als sie feststellen mussten, dass die wilde Magierin nirgends zu sehen war.

»Sucht«, sagte Sonea. »Aber vorsichtig.«

Sie entschieden sich jeder für eine Wand, beäugten die Möbel, schauten unter dem Bett nach und öffneten Schränke.

»Dieser Raum wird nicht benutzt«, bemerkte Regin. »Die Kleider in diesem Schrank sind staubig.«

Cery nickte und stieß gegen eine Schale mit schmutzigen Bechern, Tellern und Besteck darin. »Und diese Sachen sind schon so lange schmutzig, dass sie modrig werden.«

»Aha!«, rief Gol leise aus. Sie drehten sich um und sahen,

dass er auf die Wand deutete. In einem Bereich waren die Ziegelsteine anders angeordnet als im übrigen Teil der Wand und ließen sich beiseitedrehen, als er gegen ein Ende drückte. Dahinter befand sich ein dunkler Raum. Cery ging hinein und schnupperte.

»Die Straße der Diebe«, erklärte er. »Oder ein Tunnel, der dort hinführt.«

Sonea lachte leise. »Also doch nicht zwei Eingänge. Es überrascht mich, dass du nicht nach unterirdischen Eingängen gesucht hast.«

Cery zuckte die Achseln. »Es ist eine neue Straße. Wenn der König die alten abreißt, sorgt er dafür, dass auch die Straße der Diebe verschwindet.«

»Diesmal war er nicht gründlich genug«, erwiderte sie. Sie trat näher und strich mit der Hand über das Mauerwerk. »Oder vielleicht war er es doch. Dies hier ist neu – kaum Staub oder Spinnweben darauf. Sollen wir feststellen, wo sie hinführt?«

»Wenn du die Gegend erkunden willst, nur zu«, entgegnete Cery. »Aber dies ist nicht mein Territorium. Ich darf nicht ohne Genehmigung eintreten. Wenn ich es doch tue, wird der Jäger einen Dieb weniger haben, den er um die Ecke bringen muss.«

»Ist dieser Tunnel ein Hinweis darauf, dass unsere wilde Magierin mit dem ansässigen Dieb zusammenarbeitet?«, fragte Regin.

Sonea sah Cery an. »Wenn sie der Jäger der Diebe ist, dann bezweifle ich es. Wenn sie es nicht ist, dann hat sie Fähigkeiten, die ein Dieb sehr nützlich finden würde.«

Mit anderen Worten, sie hält dies für einen Beweis, dass die wilde Magierin nicht der Jäger ist, dachte Cery.

Regin spähte mit konzentrierter Miene in den Tunnel. Er sah aus, als wolle er hineintreten, aber dann zog er sich zurück und richtete sich auf.

»Ich vermute, dass sie schon lange fort ist. Welches Vorgehen empfiehlst du uns jetzt, Cery?«, erkundigte er sich.

Cery sah den Magier überrascht an. Ein Magier, der ihn nach seiner Meinung fragte, war ein seltenes Ereignis. »Ich stimme zu, dass Ihr sie wohl kaum in den Tunneln finden werdet.« Er streckte die Hand aus und drehte die Ziegelsteine wieder in ihre frühere Position. »Wenn sie nicht bemerkt, dass wir in ihren Raum eingedrungen sind, benutzt sie ihn vielleicht weiterhin als Zugang zu den Tunneln. Wir sollten sicherstellen, dass alles genauso ist, wie wir es vorgefunden haben. Ich werde eine Wache vors Haus stellen und es Euch wissen lassen, sollte sie zurückkehren.«

»Und wenn sie doch etwas bemerkt?«, hakte Regin nach.

»Dann müssen wir hoffen, dass ein weiterer Glücksfall uns abermals zu ihr führen wird.«

Regin nickte, dann sah er Sonea an. Sie zuckte die Achseln. »Es gibt nicht viel, was wir jetzt noch tun können. Falls irgendjemand sie wiederfinden kann, dann ist es Cery.«

Freude stieg in Cery auf, gefolgt von einer nagenden Sorge, dass sie sich irren könnte. Er hatte die wilde Magierin durch Zufall entdeckt. Es würde vielleicht nicht so einfach sein, sie wiederzufinden. Zu viert bewegten sie sich eilig durch den Raum und sorgten dafür, dass alles wohlgeordnet war, bevor sie auf dem gleichen Weg wieder gingen, auf dem sie gekommen waren. Sonea verschloss die Vordertür mit Magie, dann schlüpften sie durch den Hintereingang hinaus. Wieder auf der Straße, tauschten sie Blicke, verhielten sich jedoch still. Die beiden Magier hoben zum Abschied die Hand, bevor sie davongingen. Cery und Gol kehrten in das verlassene Haus des Ladenbesitzers zurück.

»Nun, das war enttäuschend«, bemerkte Gol.

»Ja«, pflichtete Cery ihm bei.

»Denkst du, die wilde Magierin wird zurückkommen?«

»Nein. Sie wird irgendeine Vorsichtsmaßnahme getroffen haben, die ihr verrät, ob jemand zu Besuch war.«

»Was tun wir dann als Nächstes?«

»Das Haus beobachten und hoffen, dass ich mich irre.« Er sah sich in dem Raum um. »Und herausfinden, wann der Besitzer des Ladens zurückerwartet wird. Wir wollen ihn und seine Familie doch nicht halb zu Tode erschrecken, indem sie einen Dieb im Haus antreffen.«

Bevor er sich zu ihren Füßen auf den Boden warf, wirkte der Sklavenmeister überrascht, Dannyl und Ashaki Achati zu sehen – aber nicht weil ein mächtiger Sachakaner und ein kyralischer Magier zu Besuch gekommen waren. Auf dem Gut war man darauf vorbereitet, dass irgendjemand eintreffen würde.

»Ihr seid schneller gekommen, als wir gehofft hatten«, sagte der große Mann, als Achati erklärte, dass sie auf der Suche nach einer entflohenen Sklavin und einem als Sklaven verkleideten Kyralier seien.

»Hast du die beiden, die ich beschrieben habe, gesehen?«, wollte Achati wissen.

»Ja. Vor zwei Nächten. Eine der Sklavinnen dachte, es seien Leute, vor denen man uns gewarnt hatte, aber als wir sie befragen wollten, waren sie bereits weggelaufen.«

»Habt ihr nach ihnen gesucht?«

»Nein.« Der Mann neigte den Kopf. »Man hat uns gewarnt, dass sie Magier wären und dass nur Magier sie fangen könnten.«

»Wer hat euch diese Warnung zukommen lassen?«

»Der Herr, in einer Nachricht.«

»Wann ist die Nachricht eingetroffen?«

»Einen Tag, bevor die beiden hier angekommen sind.«

Achati sah Dannyl an, die Augenbrauen ungläubig hochgezogen. *Wenn also Ashaki Tikako die Nachricht nicht geschickt hat, wer war es dann?* Dannyls Herz setzte einen Schlag aus. *Die Verräterinnen. Sie müssen sehr gut organisiert sein, um so schnell solche Nachrichten an ländliche Güter zu schicken.*

»Wie lange ist es her, dass ihr die Nachricht geschickt habt, in der ihr euren Herrn von ihrem Auftauchen hier informiert habt?«

»Das war vor zwei Nächten – gleich nachdem die beiden verschwunden waren.«

Achati drehte sich zu Dannyl um. »Wenn er auf dem Weg hierher ist, wird er erst morgen eintreffen. Ich fürchte, wir werden warten müssen. Ich habe nicht die Befugnis, die Gedanken der Sklaven eines anderen Mannes zu lesen.«

»Habt Ihr die Befugnis, sie zu befragen?«, erkundigte sich Dannyl.

Der Magier runzelte die Stirn. »Es gibt keine Sitte und kein Gesetz, die mich daran hindern. Oder Euch.«

»Dann sollten wir sie befragen.«

Achati lächelte. »Wir machen es auf Eure Weise? Warum nicht?« Er lachte leise. »Wenn Ihr nichts dagegen habt, würde ich gern zusehen und von Euch lernen. Ich wüsste nicht, welche Fragen ich stellen müsste, die einen Sklaven dazu bringen könnten, uns mehr zu erzählen, als er will.«

»Es gibt dabei eigentlich keine Tricks«, versicherte ihm Dannyl.

»Welchen Sklaven wollt Ihr als ersten befragen?«

»Diesen Mann und jeden, der Lorkin und Tyvara gesehen hat. Und vor allem die Sklavin, die sie gesehen hat und dachte, sie könnten die Leute sein, vor denen man sie gewarnt hatte.« Dannyl zog sein Notizbuch heraus und betrachtete den Sklavenmeister. »Und ich brauche ein Zimmer – nichts Vornehmes –, wo ich sie allein befragen kann, ohne dass andere unsere Gespräche belauschen können.«

Der Mann blickte unsicher zwischen Dannyl und Achati hin und her.

»Veranlasse es«, befahl Achati. Als der Mann davoneilte, drehte der sachakanische Magier sich mit einem schiefen Lächeln zu Dannyl um. »Ihr müsst lernen, Eure Bitten wie Befehle zu formulieren, Botschafter Dannyl.«

»Ihr habt hier die größere Autorität«, erwiderte Dannyl. »Und ich bin ein Fremdländer. Es wäre unhöflich von mir, mir die Befehlsgewalt anzumaßen.«

Achati musterte ihn nachdenklich, dann zuckte er die Achseln. »Da habt Ihr wahrscheinlich recht.«

Der Sklavenmeister kehrte zurück und führte sie dann in einen kleinen Raum im Haus, der nach Getreide roch. Der Boden war bedeckt mit feinem Staub, durch den sich die Rillen eines Besens zogen. Staubflöckchen hingen in den Sonnenstrahlen, die durch ein hohes Fenster hereinfielen. Unter das Fenster hatte man zwei Stühle gestellt.

»Nun, es ist definitiv nicht vornehm«, bemerkte Achati, der sich nicht die Mühe machte, seine Erheiterung zu verbergen.

»Was würdet Ihr denn vorschlagen, wo wir sie befragen sollen?«, fragte Dannyl.

Achati seufzte. »Ich schätze, es wäre anmaßend, wenn wir sie in Tikakos Herrenzimmer befragten, und Gästezimmer würden allzu deutlich machen, dass wir hier nichts zu sagen haben. Nein, ich nehme an, dies ist ein passender Ort.« Er ging zu einem der Stühle und setzte sich.

Dannyl nahm auf dem anderen Stuhl Platz, dann befahl er dem Sklavenmeister einzutreten. Der Mann berichtete, dass die beiden Sklaven mit einem leeren Karren eingetroffen seien. Der Mann sei offensichtlich neu gewesen, aber ein wenig dünn für einen Liefersklaven, und die Frau habe ihn begleitet, um ihm den Weg zu zeigen. Während sie den Wagen beladen hatten, hatte eine der Küchensklavinnen ihn darauf aufmerksam gemacht, dass es sich bei den beiden um die Leute handeln könnte, nach denen sie

Ausschau halten sollten. Von ihr war auch der Vorschlag gekommen, ihr Essen mit einer Droge zu versetzen, da sie schlafend weniger gefährlich sein würden.

Bei der Erwähnung von Drogen im Essen musste Dannyl sein Entsetzen verbergen. Glücklicherweise waren Lorkin und Tyvara nicht in die Falle getappt. Sie waren geflohen.

Als Nächstes befragte er die Frau, die Verdacht geschöpft hatte, dass die beiden nicht die waren, die zu sein sie behauptet hatten. Als sie den Raum betrat, bemerkte er, dass ihr Blick scharf war, obwohl sie ihn nur kurz anschaute, bevor sie den Kopf senkte und sich zu Boden warf. Er befahl ihr aufzustehen, doch sie hielt den Blick weiter gesenkt.

Ihre Ausführungen passten zu denen des Sklavenmeisters, und sie stimmten auch mit dem überein, was dieser ihnen über die Nachricht erzählt hatte, die sie vor zwei gefährlichen Magiern gewarnt hatte, die sich als Sklaven ausgaben.

»Was hat dich auf den Gedanken gebracht, sie könnten die Leute sein, vor denen man euch gewarnt hatte?«, fragte Dannyl.

»Sie entsprachen der Beschreibung. Ein hochgewachsener Mann mit heller Haut und eine kleinere Sachakanerin.«

Helle Haut? Dannyl runzelte die Stirn. Der Sklavenmeister hat Lorkins Haut nicht erwähnt, und gewiss wäre sie ungewöhnlich genug gewesen, um aufzufallen. Moment ... hatte die Frau, die ich bei Tikako zu Hause geheilt habe, nicht gesagt, Lorkins Haut sei gefärbt worden?

Hatte die Farbe sich abgenutzt, oder gab diese Frau ihm die Informationen, von denen sie dachte, er erwarte sie?

»Hochgewachsen, klein, männlich, weiblich – gewiss würde keine dieser Eigenschaften sie von anderen Sklaven unterscheiden. Was hat dich darauf gebracht, dass sie anders waren?«

Der zu Boden gerichtete Blick der Frau flackerte. »Die Art, wie sie sich bewegt und gesprochen haben. Als seien sie es nicht gewohnt, Befehle zu befolgen.«

Also nicht die helle Haut. Dannyl hielt inne, dann schrieb er ihre Antwort auf, während er über seine nächste Frage nachdachte. Vielleicht war es Zeit, direkter zu sein.

»Ein Sklave, mit dem ich vor einigen Tagen gesprochen habe, dachte, die Frau sei eine Verräterin und dass sie vorhätte, den Mann zu töten, den sie entführt hat. Hältst du es für wahrscheinlich, dass sie ihn töten wird?«

Die Frau hielt sich sehr reglos, als sie antwortete: »Nein.«

»Weißt du von den Verräterinnen?«

»Ja. Das tut jeder Sklave.«

»Warum hältst du es für unwahrscheinlich, dass die Verräterinnen den Mann töten wollen?«

»Einfach deshalb: Wenn sie ihn tot sehen wollten, hätten sie ihn getötet und ihn nicht entführt.«

»Was haben sie deiner Meinung nach dann mit ihm vor?«

Sie schüttelte den Kopf. »Ich bin nur eine Sklavin. Ich weiß es nicht.«

»Was denken denn die anderen Sklaven, was die Verräterinnen mit ihm vorhaben?«

Sie zögerte kurz und hob leicht den Kopf, bevor sie ihn wieder senkte, als widerstehe sie dem Drang, ihn anzusehen.

»Ich habe jemanden etwas sagen hören«, antwortete sie langsam. »Dass die Frau eine Mörderin sein soll. Dass die Verräterinnen wollen, dass Ihr sie findet.«

Ein Schauder überlief Dannyl. Tyvara hatte eine Sklavin getötet. Was war, wenn diese Sklavin die Verräterin gewesen war und nicht Tyvara?

»Wer hat das gesagt?«, fragte er.

»Ich ... ich erinnere mich nicht.«

»Gibt es irgendwelche Sklaven, die so etwas eher sagen würden als andere?«

Sie hielt inne, dann schüttelte sie den Kopf. »Alle Sklaven tratschen.«

Nach einigen weiteren Fragen wusste er, dass er von ihr nicht mehr erfahren würde. Sie hatte alles gesagt, was sie sagen wollte, und wenn sie Informationen zurückhielt, würde sie sie nicht freiwillig preisgeben. Er schickte sie weg.

Ich möchte wetten, dass sie mehr weiß. Und dann ist da die Beschreibung von Lorkins heller Haut. Sie wollte, dass ich mir sicher bin, dass Lorkin hier war. Was Sinn ergibt, wenn dieses Gerücht, nach dem die Verräterinnen wollen, dass ich Tyvara und Lorkin finde, wahr ist.

Aber es konnte auch eine List sein. Trotzdem, die Sklavin, der er in Tikakos Haus geholfen hatte, hatte die Wahrheit gesagt. Tyvara und Lorkin waren tatsächlich auf seinem Landgut gewesen.

Was war, wenn die Verräterinnen von ihm wollten, dass er die beiden fand? *Dann werden sie dafür sorgen, dass wir das auch tun. Obwohl ich mir nicht vorstellen kann, dass Tyvara sich kampflos von uns einfangen lassen wird. Und wir müssen auf jede erdenkliche Reaktion von Lorkin gefasst sein. Es ist möglich, dass sie ihn dazu überredet hat, sie zu begleiten – vielleicht hat sie ihn sogar verführt –, und er könnte sich gegen eine Rettung wehren.*

Er wollte glauben, dass Lorkin dazu zu vernünftig war, aber er hatte in der Gilde die Gerüchte gehört, nach denen der junge Mann eine Schwäche für hübsche, kluge Frauen hatte. Als Sohn von Schwarzmagierin Sonea und dem verstorbenen Hohen Lord Akkarin hatte der junge Mann auch nicht zwangsläufig die Weisheit seiner Eltern geerbt. Diese Eigenschaften kamen nur mit der Erfahrung. Indem man Fehler machte und Entscheidungen traf und aus den Konsequenzen lernte.

Ich hoffe nur, dass dies kein Fehler ist und dass die Konsequenzen von der Art sind, aus der er lernen kann, nicht solche, die dazu führen werden, dass ich den Rest meines Lebens in Sachaka verbringen werde, aus Furcht vor dem, was Sonea mit mir machen könnte, sollte ich jemals in die Gilde zurückkehren.

Lorkin hätte gedacht, dass zwei Sklaven, die mitten in der Nacht über eine ländliche Straße gingen, Verdacht erregen würden, aber die wenigen Sklaven, an denen sie vorbeigekommen waren, hatten sie kaum angesehen. Einmal hatte eine Kutsche sie überholt, und Tyvara hatte ihm zugezischt, dass darin wahrscheinlich ein Magier saß oder ein Ashaki-Lord, aber sie hatte ihm lediglich befohlen, die Straße freizumachen und den Blick gesenkt zu halten.

»Sollte irgendjemand fragen: Man hat uns ausgeschickt, damit wir auf dem Gut von Ashaki Catika arbeiten«, hatte sie ihm zu Beginn der Nacht erklärt. »Wir sind beide Haussklaven. Wir reisen nachts, weil er will, dass wir bis morgen Abend dort sind, und das bedeutet, dass wir Tag und Nacht gehen müssen.«

»Ashaki Catika ist für diese Art Grausamkeit bekannt?«

»Dafür sind alle sachakanischen Magier bekannt.«

»Gewiss gibt es ein oder zwei gute Magier.«

»Es gibt einige, die ihre Sklaven besser behandeln als andere, aber die Versklavung einer anderen Person ist eine Grausamkeit an sich, daher würde ich keinen von ihnen als gut bezeichnen. Wären sie gut, würden sie ihre Sklaven freilassen und jene bezahlen, die bereit sind, zu bleiben und für sie zu arbeiten.« Sie hatte ihn angesehen. »Wie die Kyralier es tun.«

»Nicht alle Kyralier sind freundlich zu ihren Dienern«, hatte Lorkin erwidert.

»Zumindest können diese Diener fortgehen und sich einen neuen Arbeitgeber suchen.«

»Das können sie, aber es ist nicht so einfach, wie es klingt. Die Positionen von Dienern sind sehr gefragt, und ein Diener, der seine Stellung kündigt, wird vielleicht Schwierigkeiten haben, anderswo Arbeit zu finden. Die meisten Häuser neigen dazu, Dienstboten von derselben Familie einzustellen, statt es mit Dienern zu versuchen, die sie nicht kennen. Natürlich kann ein Diener sich an einer anderen Arbeit versuchen, wie zum Beispiel dem Handel, aber in diesem Fall müsste er mit Familien konkurrieren, die dem Gewerbe seit Generationen nachgehen.«

»Dann denkst du, die Sklaverei sei besser?«

»Nein. Auf keinen Fall. Ich sage nur, dass die Alternative nicht einfacher ist. Wie gut behandeln die Verräterinnen ihre Diener?«

»Wir sind alle Diener. So wie wir alle Verräterinnen sind«, hatte Tyvara erklärt. »Das ist kein Ausdruck wie ›Ashaki‹ oder ›Lord‹. Es ist ein Wort für einen Menschen.«

»Aber nicht für eine Rasse?«

»Nein. Wir sind Sachakanerinnen, obwohl wir uns nicht häufig so nennen.«

»Also üben selbst Magierinnen die Arbeiten von Dienern aus? Sie putzen und kochen?«

»Ja und nein.« Sie hatte das Gesicht verzogen. »Zuerst sollte es so funktionieren. Wir sollten alle die gleiche Arbeit tun. Eine Verräterin kann in einem Augenblick schmutziges Geschirr waschen und im nächsten dann bei wichtigen Entscheidungen mitstimmen, wie zum Beispiel der Frage, welche Getreidesorten angebaut werden sollen. Aber es hat nicht funktioniert. Es wurden einige schlechte Entscheidungen getroffen, weil die Leute, die nicht klug oder gebildet genug waren, um die Konsequenzen zu überblicken, eine schlechte Wahl trafen.

Wir haben eine Reihe von Prüfungen eingeführt, die dazu gedacht sind, das Talent einer Person zu ermitteln und weiterzuentwickeln, so dass die geeignetste Person am Ende die Aufgaben übernahm, für die ihre jeweiligen Fähigkeiten vonnöten waren. Obwohl das bedeutete, dass wir nicht länger alle die gleichen Dinge taten, war es immer noch besser als Sklaverei. Solange die für die Führung unseres Hauses und die Ernährung unserer Leute notwendigen Arbeiten getan wurden, wurde niemand aufgrund seines familiären Ansehens oder seiner Klasse dazu gezwungen, eine gewisse Aufgabe zu übernehmen, oder daran gehindert, etwas zu tun, für das er Talent hatte.«

»Klingt wunderbar«, hatte Lorkin bemerkt.

Sie zuckte die Achseln. »Meistens funktioniert es, aber wie alle Systeme ist es nicht perfekt. Es gibt einige Magier, die ihre Zeit lieber damit verbringen würden, sich zu beklagen und andere zu manipulieren, als ihre Magie für die Bestellung von Feldern oder die Heizung von Eisenerzöfen einzusetzen.«

»Die meisten Gildemagier würden es genauso sehen. Aber wir arbeiten dennoch für die Menschen. Wir halten den Hafen betriebsfähig. Wir bauen Brücken und andere Gebäude. Wir verteidigen das Land. Wir heilen die Kranken und –«

Bei dem Blick, den sie ihm zugeworfen hatte, waren ihm die Worte im Hals stecken geblieben. Zuerst hatte sie ihn wild angestarrt, dann hatte sie bekümmert das Gesicht verzogen, und schließlich hatte sie sich von ihm abgewandt.

»Was ist los?«, hatte er gefragt.

»Da kommt jemand«, hatte sie geantwortet und die dunkle Straße vor ihnen entlanggeschaut. »Jeder, an dem wir vorbeikommen, könnte eine Verräterin sein. Wir sollten nicht reden. Irgendjemand könnte uns hören und begreifen, wer wir sind.«

Die herannahende Gestalt entpuppte sich als ein weiterer Sklave. Von da an wollte Tyvara nicht mehr reden und befahl ihm zu schweigen, wann immer er versuchte, ein weiteres Gespräch zu beginnen. Als der Himmel heller wurde, begann sie die Umgebung nach einem geeigneten Versteck abzusuchen, wie sie es am vergangenen Morgen getan hatte. Schließlich verließen sie die Straße und gingen zu einer Stelle, an der einige dünne Bäume nur mit knapper Not eine Feldmauer verdeckten.

Sie hatten sich am vergangenen Tag zwischen dichten, dornigen Büschen versteckt. Diese Bäume würden ihren Zweck jedoch nicht genauso gut erfüllen. Tyvara starrte zu Boden. Er nahm eine Vibration wahr, dann hörte er ein seltsames, reißendes Geräusch, dem ein dumpfer Aufprall und ein Knacken folgten. Eine Staubwolke erhob sich hinter der Mauer, und im nächsten Moment war die Luft erfüllt von Staub und dem Geruch nach Erde.

Vor ihren Füßen tat sich ein Loch auf.

»Hinein mit dir«, sagte Tyvara und deutete auf das Loch.

»Dort hinein?« Lorkin ging in die Hocke und spähte in die Dunkelheit. »Hoffst du, mich bei lebendigem Leib begraben zu können?«

»Nein, du törichter Kyralier«, blaffte sie. »Ich versuche, uns beide zu verstecken. Hinein mit dir, bevor uns jemand sieht.«

Er legte die Hände an die Seiten des Lochs und ließ die Beine hinabbaumeln. Da war kein Boden, den er erreichen konnte. Die Aussicht, in die Dunkelheit zu fallen, hatte keinen Reiz für ihn, daher schuf er einen Lichtfunken. Er erhellte einen gewölbten Boden nicht weit unter seinen Füßen. Er ließ sich fallen, dann hockte er sich hin, so dass er sich in dem Raum darunter bewegen konnte.

Es war ein kugelförmiger Hohlraum, der zum größten Teil unterhalb der Mauer lag. Ein weiteres Loch zeigte einen Kreis heller werdenden Himmels über dem Feld auf der anderen Seite. Durch dieses war die Erde entfernt worden, vermutete er. Zweifellos verhinderte Tyvara mit ihrer Magie, dass der ganze Hohlraum in sich zusammenfiel.

Sie ließ sich fallen und glitt neben ihn, wo sie sich sofort hinsetzte und ihm das Gesicht zuwandte. Der Raum war klein für zwei Personen, und ihre Beine berührten die seinen. Er hoffte, dass sich das Aufblitzen von Interesse, das sich in ihm regte, nicht irgendwie zeigte. Sie sah ihm kurz in die Augen, dann seufzte sie und wandte den Blick ab.

»Entschuldige, dass ich dich angefahren habe. Es kann nicht leicht für dich sein, mir zu vertrauen.«

Er lächelte kläglich. *Das Problem ist, ich will ihr vertrauen. Ich sollte jeden Schritt, den sie tut, hinterfragen, vor allem nach dem, was sie mir neulich nachts erzählt hat. Nun, ich würde es tun, aber immer wenn ich sie zum Reden bringe, geschieht etwas, und sie verstummt wieder.* Sie betrachtete ihn mit entschuldigender Miene. *Vielleicht sollte ich es noch einmal versuchen.*

»Schon in Ordnung. Aber es ist nicht das erste Mal, dass ich dich heute Nacht verärgert habe. Was habe ich gesagt, als wir heute Abend über Diener und die Verräterinnen sprachen, das dich gestört hat?«, fragte er.

Ihre Augen weiteten sich, dann verzog sich ihr Mund zu einer dünnen Linie des Widerstrebens. Er dachte, dass sie nicht antworten würde, aber sie schüttelte den Kopf.

»Irgendwann werde ich es dir erklären müssen.« Sie verzog das Gesicht und blickte auf ihre Knie hinab. »Vor vielen Jahren bemerkten meine Leute, dass einer der Ichani, die durch das Ödland streiften, einen seltsamen Sklaven hatte. Einen blassen Mann, wahrscheinlich einen Kyralier.« Ihr Blick flackerte zu seinen Augen, dann wandte sie sich wieder ab. »Dein Vater. Sie haben ihn lange beobachtet und irgendwann begriffen, dass der Sklave ein Gildemagier war. Das war ungewöhnlich, wie du vielleicht bereits weißt, da Sachakaner es nicht dulden, wenn Sklaven sich auf Magie verstehen. Falls ein Sklave auf natürlichem Wege Kräfte entwickelt, töten sie ihn. Die Versklavung eines fremdländischen Magiers – insbesondere eines Gildemagiers – war außerordentlich und verboten. Aber dies war kein gewöhnlicher Ichani. Er war schlau und ehrgeizig.

Während meine Leute die beiden beobachteten, errieten sie, dass dein Vater nicht über höhere Magie gebot. Eines Tages wurde dann die Tochter der Anführerin meiner Leute furchtbar krank, und schon bald war klar, dass sie im Sterben lag. Unsere Anführerin hatte von den Fähigkeiten der Gilde gehört, mit Magie zu heilen. Wir hatten selbst jahrelang versucht, das Geheimnis zu ergründen, doch ohne Erfolg. Also schickte unsere Anführerin eine von uns zu Eurem Vater, um ihm ein Angebot zu unterbreiten.« Tyvaras Miene verdüsterte sich. »Sie wollte ihn im Gegenzug für heilende Magie höhere Magie lehren.«

Sie sah zu ihm auf. Lorkin starrte sie an. Seine Mutter hatte nie erwähnt, dass sein Vater sich bereitgefunden hatte, eine Gegenleistung für schwarze Magie zu erbringen.

»Und?«, hakte er nach.

»Er war einverstanden.«

»Das darf – durfte – er nicht tun!«, platzte Lorkin heraus.

Tyvara runzelte die Stirn. »Warum nicht?«

»Es ist… es ist eine Entscheidung, die nur die Höheren Magier treffen können. Und dann wahrscheinlich auch nur mit Zustimmung des Königs. Ein so wertvolles Wissen einer anderen Rasse zu geben… einem Volk, das nicht zu den Verbündeten Ländern gehört… es ist zu riskant. Und es würde etwas im Gegenzug gegeben werden müssen.«

»Höhere Magie«, rief sie ihm ins Gedächtnis.

»Was sie niemals akzeptiert hätten. Es ist…« Er riss sich zusammen. Wenn er offenbarte, dass schwarze Magie in Kyralia verboten war, würde er die größte Schwäche der Gilde preisgeben. »Es stand ihm nicht zu, diese Entscheidung zu treffen.«

Tyvara presste missbilligend die Lippen zusammen. »Doch hat er das Angebot angenommen«, sagte sie. »Er hat sich bereit erklärt, zu uns zu kommen und uns das Heilen beizubringen – etwas, von dem er sagte, man könne es nicht binnen eines Augenblicks lernen, wie man es mit höherer Magie tun kann. Also lehrte man ihn höhere Magie, und er benutzte sie, um seinen Herrn zu töten. Dann verschwand er, kehrte nach Imardin zurück und brach sein Versprechen. Die Tochter unserer Anführerin starb.«

Lorkin konnte ihrem anklagenden Blick nicht standhalten. Er schaute zu Boden, griff nach einer Handvoll Erde und ließ sie zwischen seinen Fingern hindurchrieseln.

»Ich kann verstehen, warum deine Leute schlecht auf ihn zu sprechen sind«, sagte er matt.

Sie wandte den Blick ab. »Nicht alle. Eine Frau von meinen Leuten reiste später nach Imardin, als klar war, dass der Bruder des ehemaligen Herrn deines Vaters sich anschickte, Kyralia zu überfallen. Sie entdeckte, dass dieser Ichani schon seit einiger Zeit Spione nach Imardin schickte und dass dein Vater sie insgeheim tötete. Es könnte sein, dass dein Vater nach Hause zurückgekehrt war, weil er die Gefahr erkannte, die der Bruder seines Herrn darstellte.«

»Oder er hat angenommen, dass ihr verstehen würdet, dass er die Gilde überreden musste, ihm zu gestatten, euch die Heilkunst zu lehren, bevor er zurückkehren konnte.«

Sie sah ihn an. »Denkst du, das ist wahr?«

Lorkin schüttelte den Kopf. »Nein. Er hätte ihnen nicht von euch erzählen können, ohne zu offenbaren, dass er ...« *Dass er schwarze Magie erlernt hatte.* »Dass er hier versklavt worden war.«

»Er hat aus Stolz sein Versprechen gebrochen?« Ihr Tonfall war missbilligend, wenn auch nicht so sehr, wie er erwartet hätte. Vielleicht verstand sie, warum es seinem Vater widerstrebt hatte, seine Geschichte zu erzählen.

»Ich bezweifle, dass das der einzige Grund war«, sagte er. »Er hat die Wahrheit durchaus enthüllt, als es notwendig war. Oder den größten Teil der Wahrheit, wie sich jetzt herausstellt«, fügte er hinzu.

»Nun«, sagte sie achselzuckend. »Was auch immer der Grund dafür war, er hat sein Versprechen nicht gehalten. Einige meiner Leute – die Partei, die ich neulich abends erwähnte – wollen dich dafür bestraft sehen.« Sie lächelte schief, als er sie entsetzt anstarrte. »Was der Grund ist, warum man Riva ausgeschickt hat, um dich zu töten, entgegen den Befehlen unserer Anführerin. Aber die meisten von uns vertreten das Prinzip, dass wir besser sind als unsere barbarischen sachakanischen Vetter. Wir bestrafen das Kind nicht für die Verbrechen des Vaters.«

Lorkin seufzte vor Erleichterung. »Freut mich, das zu hören.«

Sie lächelte. »Stattdessen geben wir ihm eine Chance zur Wiedergutmachung.«

»Aber was kann ich tun? Ich bin nur der Gehilfe eines Botschafters. Ich gebiete nicht einmal über höhere Magie.«

Ihre Miene wurde ernst. »Du kannst uns die Heilkunst lehren.«

Sie sahen einander lange an. Dann senkte sie den Blick.

»Aber wie du gerade erklärt hast, hast du nicht die Befugnis, uns dieses Wissen zu geben.«

Er schüttelte den Kopf. »Kann ich irgendetwas anderes tun?«, fragte er entschuldigend.

Sie runzelte die Stirn, den Blick auf die Erdmauer gerichtet, während sie überlegte. »Nein.« Sie verzog den Mund. »Das ist nicht gut. Wir haben verhindert, dass die andere Partei an Beliebtheit gewann, indem wir die Vorstellung vertraten, dass du uns geben kannst, was dein Vater versprochen hat. Wenn meine Leute begreifen, dass du ihnen die Heilkunst nicht geben kannst, werden sie enttäuscht sein. Und wütend.« Sie neigte den Kopf. »Vielleicht wäre es besser, wenn ich dich nicht dorthin brächte. Vielleicht sollte ich dich nach Hause zurückschicken.«

»Willst du nicht, dass ich dir zu beweisen helfe, dass Riva mich entgegen ihren Befehlen zu töten versucht hat?«, fragte er.

»Es würde meine Position verbessern.«

»Wenn ich ins Sanktuarium ginge, um zu deinen Gunsten zu sprechen, würde das mein Ansehen unter deinen Leuten nicht verbessern?«

Sie runzelte die Stirn und sah ihn an. »Doch ... aber zuerst müssten wir das Sanktuarium erreichen.«

Während Lorkin darüber nachdachte, stiegen widerstrebende Gefühle in ihm auf. *Ich habe gehofft, sie nach Hause bringen und mehr über ihre Leute erfahren zu können – und herauszufinden, was sie über Steine mit magischen Eigenschaften wissen. Und was wird mit ihr geschehen? Sie hat eine der ihren getötet, um mich zu retten. Obwohl Riva Befehlen zuwidergehandelt hat, werden sie Tyvara vielleicht trotzdem bestrafen. Möglicherweise werden sie sie sogar hinrichten. Es scheint mir nicht recht zu sein, nach Hause zu laufen, wenn sie vielleicht dafür sterben wird, dass sie mir das Leben gerettet hat. Und mir gefallen auch meine Aussichten nicht, überhaupt nach Hause zu kommen – sei es allein oder mit Dannyls Hilfe –, solange schwarze Magie benutzende Verräterinnen in ganz Sachaka versuchen, mich zu töten.*

»Dann werde ich hierbleiben und mit dir ins Sanktuarium gehen.«

Ihre Augen weiteten sich, und sie sah ihn an. »Bist du dir sicher?«

Er zuckte die Achseln. »Ich bin der Gehilfe eines Botschafters. Vielleicht kein richtiger Botschafter, aber es ist trotzdem meine Aufgabe, dabei zu helfen, freundschaftliche Beziehungen zwischen Kyralia und Sachaka aufzubauen und zu erhalten. Wenn sich herausstellt, dass es einen Teil von

Sachaka gibt, in dem wir keine freundschaftlichen Beziehungen aufbauen konnten, ist es meine Pflicht, dafür zu sorgen, dass dieser Teil nicht ignoriert oder vernachlässigt wird.«

Jetzt starrte sie ihn mit offenem Mund an, obwohl er nicht wusste, ob es aus Überraschung geschah oder weil er in ihren Ohren wie ein kompletter Idiot klang.

»Und da meine Vorgänger einen so schlechten Eindruck auf deine Leute gemacht haben, ist es noch wichtiger, dass ich alles in meiner Macht Stehende tue, um ihre Meinung über die Gilde und die Kyralier zu verbessern«, fuhr er fort. Dann hatte er plötzlich eine Eingebung, die ihn mit einem berauschenden Gefühl des Schwindels erfüllte. »Und um über die Möglichkeit zu reden, einen Austausch von magischem Wissen zu vereinbaren, diesmal unter Beteiligung der entsprechenden Parteien.«

Tyvara klappte den Mund zu, und einen Moment lang musterte sie ihn mit einer solchen Eindringlichkeit, dass er sie nur mit einem hoffnungsvollen, törichten Lächeln ansehen konnte. Dann warf sie den Kopf in den Nacken und lachte. Das Lachen hallte in dem Loch wider, und sie schlug die Hand vor den Mund.

»Du bist verrückt«, sagte sie, als ihre Schultern aufgehört hatten zu zittern. »Zu deinem Glück ist es eine Verrücktheit, die mir gefällt. Wenn du wirklich dein Leben riskieren willst, indem du mich ins Sanktuarium begleitest, ob nun, um mich zu verteidigen oder um zu versuchen, meine Leute dazu zu überreden, dir im Gegenzug für etwas, das ihnen ihrer Meinung nach bereits zusteht, etwas zu geben... dann habe ich das eigensüchtige Gefühl, dass ich nicht versuchen sollte, es dir auszureden.«

Er zuckte die Achseln. »Es ist das Mindeste, was ich tun kann. Dafür, dass du mir das Leben gerettet hast. Und dass deine Leute das Leben meines Vaters gerettet haben. Wirst du mich mitnehmen?«

»Ja.« Sie schüttelte den Kopf. »Und wenn du mir hilfst, dann werde ich alles in meiner Macht Stehende tun, um dir zu helfen zu überleben, wenn du dort ankommst.«

»Auch das wäre mir sehr willkommen.«

Sie sah aus, als wolle sie noch etwas hinzufügen, aber dann wandte sie den Blick ab. »Nun, zuerst müssen wir unser Ziel erreichen. Es ist ein langer Fußmarsch. Du solltest besser ein wenig schlafen.«

Er beobachtete, wie sie sich auf dem Boden zusammenrollte und sich einen Arm unter den Kopf schob, dann legte er sich ebenfalls nieder. Es war unmöglich, auf dem gewölbten Boden eine bequeme Haltung zu finden, und schließlich ahmte er sie nach und rollte sich auf der Seite zusammen, wobei er ihr den Rücken zuwandte. Er konnte die Wärme ihres Körpers spüren. *Nein, denk nicht daran, oder du wirst niemals einschlafen.*

»Könntest du das Licht ausmachen?«, murmelte sie.

»Kann ich es stattdessen etwas dämpfen?« Die Aussicht, von absoluter Dunkelheit umgeben zu sein, behagte ihm überhaupt nicht.

»Wenn es sein muss.«

Er verkleinerte den Lichtfunken, bis er kaum noch sie beide beleuchtete. Dann lauschte er dem Geräusch ihres Atems und wartete auf den langsamen, tiefen Rhythmus des Schlafs. Er wusste, dass er ihren Körper so dicht neben seinem zu deutlich wahrnahm, um einschlafen zu können. Aber er war sehr müde...

Es dauerte nicht lange, da trieb er in merkwürdige Träume, in denen er am Rand einer Straße aus Erde entlangging. Die Erde war so weich, dass er hindurchwaten musste, während Tyvara, die leichter und beweglicher war, den Boden kaum aufwühlte und ihm immer weiter und weiter vorausging...

20 Verbündete und Feinde

In der Straße unter ihm blieb auf der anderen Seite ein Mann stehen und blickte zum Fenster empor. Cery widerstand dem Drang zurückzuweichen. Es war zu spät, um es zu vermeiden, gesehen zu werden, und die Bewegung würde bestätigen, dass er nicht hätte hier sein dürfen.

»Oh-oh«, sagte Gol. »Das ist der Ladenbesitzer von nebenan.«

»Sieht so aus, als sei er dahintergekommen, dass sein Nachbar ungebetene Gäste hat.«

Der Mann schaute weg, auf den Boden. Kurz darauf straffte er sich und schritt über die Straße auf den Laden zu. Ein lautes Klopfen folgte.

Gol stand auf. »Ich wimmele ihn für dich ab.«

»Nein.« Cery erhob sich und reckte sich. »Ich werde mich darum kümmern. Bleib hier und halte Wache. Wie war noch mal sein Name?«

»Tevan.«

Als Gol sich wieder hinsetzte, murmelte er etwas des Sinnes, dass das Ganze Zeitverschwendung sei. *Er hat wahrscheinlich recht*, dachte Cery. *Die wilde Magierin wird nicht zu-*

rückkommen. Aber wir können geradeso gut Wache halten, denn wir werden ziemlich dumm dastehen, wenn wir uns irren und sie doch zurückkommt. Und wir haben keine anderen Hinweise, denen wir folgen könnten.

Er verließ den Raum und ging über die Treppe ins Erdgeschoss hinunter. Dann trat er durch die Tür des Ladens und sah sich interessiert um. Sie hatten die Hintertür benutzt, daher war er noch nie zuvor hier gewesen. Der Raum war voller feiner Keramikschalen. Er blinzelte und schaute genauer hin, dann kicherte er. Es waren allesamt Toilettenschüsseln, so kunstvoll bemalt und gemeißelt wie Vasen oder Essgeschirr.

Durch die trübe Glastür konnte er die gebeugte Silhouette des Ladenbesitzers von nebenan sehen. Der Mann hatte wahrscheinlich versprochen, den Laden und das Haus seines Nachbarn im Auge zu behalten, und fühlte sich verpflichtet, die Eindringlinge zur Rede zu stellen.

Die Vordertür war verschlossen, und es war kein Schlüssel im Schloss oder irgendwo in der Nähe. Cery stellte zu seiner Erheiterung fest, dass er das Schloss aufbrechen musste. Sobald er das getan hatte, öffnete er die Tür, lächelte den Ladenbesitzer an und ahmte den kultivierten Akzent nach, mit dem Händler gern reiche Kunden zu beeindrucken versuchten.

»Es tut mir leid, der Laden ist geschlossen.« Cery tat so, als bedenke er den Mann mit einem zweiten Blick. »Aber das wisst Ihr, nicht wahr? Ihr seid... Tevan? Euch gehört der Laden nebenan, richtig?«

Der Mann war von durchschnittlicher Größe und trug das überschüssige Gewicht eines Menschen in mittleren Jahren, der seit langer Zeit nicht gezwungen gewesen war, eine Mahlzeit auszulassen – falls überhaupt je.

»Wer seid Ihr, und was tut Ihr in Vendels Haus?«, fragte er scharf.

»Ich bin Vendels Cousin, Delin, und ich habe mir für die Woche sein Haus geliehen.«

»Vendel hat keinen Cousin. Er hat überhaupt keine Familie. Er hat es mir erzählt.«

»Cousin zweiten Grades, angeheiratet«, erklärte Cery. »Er hat Euch nicht erzählt, dass ich hier wohnen werde?« Er runzelte mit gespielter Verwirrung die Stirn. »Ich nehme an, es wurde erst sehr spät entschieden.«

»Er hat nichts davon gesagt. Und es ist etwas, das zu erzählen er kaum versäumt hätte.« Tevan kniff die Augen zusammen, dann machte er einen Schritt rückwärts. »Ich rufe jetzt die Wache. Wenn Ihr lügt, verschwindet Ihr besser, solange Ihr noch die Chance dazu habt.« Der Mann drehte sich um und machte einen Schritt in Richtung Gehsteig.

»Die Wache wird Euch und Vendel wahrscheinlich größere Schwierigkeiten machen als mir«, erwiderte Cery, ließ den Akzent Akzent sein und brachte den Tonfall der Hüttenviertel ins Spiel. »Die Wachen werden hier überall herumkriechen und auf der Suche nach Beweisen für unsere Anwesenheit alle möglichen Dinge zerbrechen, und am Ende werden sie sagen, Ihr hättet es erfunden. Lasst uns das unter uns regeln.«

Tevan war stehen geblieben und sah Cery jetzt mit einem besorgten Stirnrunzeln an.

»Ich brauche nur eine Woche hierzubleiben, vielleicht weniger«, erklärte Cery. »Vendel wird nichts davon merken, dass ich hier war. Ich würde ihm Miete zahlen, wenn er da wäre, aber da er nicht anwesend ist...« Er griff in seinen Mantel, wobei er das Heft eines Messers für einen kurzen Moment aufblitzen ließ, und zog einen flachen Beutel mit Goldmünzen heraus, den er dort für Augenblicke wie diesen bereithielt. Die Augen des Mannes weiteten sich.

»Eine Woche?«, wiederholte er. Er war wie gebannt von all dem Gold.
»Oder weniger.«
Der Mann hob den Blick. »Die Miete hier in der Gegend ist teuer.«
»Euer Haus wäre billiger«, erwiderte Cery.
Tevan schluckte. Er schaute abermals auf die Münzen, dann nickte er. »An was hattet Ihr gedacht?«
»Ein halbes Goldstück pro Tag«, antwortete Cery. Er ließ den Beutel wieder in seinen Mantel gleiten. »Ihr werdet sie vor Eurer Hintertür finden, nachdem ich fort bin.«
Der Mann nickte, aber sein Mund war zu einer dünnen Linie der Ungläubigkeit verzogen. Trotzdem brachte er seine Zweifel nicht zum Ausdruck. Stattdessen blickte er über die Straße.
»Ihr beobachtet etwas«, sagte er. »Oder Ihr sucht nach jemandem. Irgendetwas, wobei ich helfen kann?«
»Hofft Ihr, mich früher loszuwerden?«, fragte Cery lächelnd. Ein Ausdruck der Verwirrung trat in die Augen des Mannes. *Nein, vielleicht denkt er, er hat noch eine Möglichkeit gefunden, Profit zu machen.* »Nun, wenn Ihr dort drüben etwas Verdächtiges beobachtet habt ...«
Tevan runzelte die Stirn. »Da ist eine ausländische Frau, die zu seltsamen Stunden kommt und geht. Der Schuhmacher sagt, sie habe seinen Keller gemietet. Wir sind nie dahintergekommen, womit sie sich ihren Lebensunterhalt verdient. Zu alt und zu hässlich, um herumzuhuren ... Meine Frau hat sie freitags morgens bei den Gewürz- und Kräuterverkäufern auf dem Markt gesehen. Wir denken, dass sie vielleicht ...« Er kam näher und senkte die Stimme. »... jungen Frauen aus unerwünschten Situationen heraushilft.«
Cerys Herz setzte einen Schlag aus, aber er ließ sich nichts anmerken. Tevan sah ihn erwartungsvoll an.

»In diese Richtung geht mein Interesse nicht«, sagte er achselzuckend. »Noch irgendetwas anderes?«

Der Mann schüttelte den Kopf. »Dies ist ein sauberes, anständiges Viertel. Wenn etwas im Gange ist, geschieht es wohl im Verborgenen.« Er hielt inne. »Irgendetwas, das ich wissen sollte?«

Cery schüttelte den Kopf. »Nichts, was Ihr würdet wissen wollen.«

»In Ordnung.« Tevan trat wieder zurück. »Dann viel Glück.«

»Gute Nacht.«

Der Mann drehte sich um und ging auf den Laden nebenan zu. Cery schloss die Tür, verriegelte sie und lief dann die Treppe hinauf, wobei er zwei Stufen gleichzeitig nahm. Als er das obere Stockwerk erreicht hatte, hielt er inne, um wieder zu Atem zu kommen. Das Herz hämmerte ihm in der Brust.

»Was ist los?«, fragte Gol.

»Nichts. Nicht mehr... so jung... wie ich mal war«, keuchte Cery. Dann kehrte er zu seinem Stuhl zurück. »Ich sollte häufiger rausgehen. Irgendeine Spur von unserer wilden Magierin?«

»Nein.«

»Hat irgendjemand dem nachbarschaftlichen Wortwechsel große Aufmerksamkeit geschenkt?«

»Nein, eigentlich nicht.«

»Gut. Einer von uns muss morgen auf den Freitagsmarkt gehen. Zu den Gewürzverkäufern.«

»Ach ja?«

»Unsere wilde Magierin scheint sie regelmäßig zu besuchen.«

»Das ist Skellins Territorium.«

Cery fluchte. Gol hatte recht. Während es einigen Dieben nichts ausmachte, wenn andere ohne Genehmigung in ihrem Territorium herumschnüffelten – solange das Schnüffeln nicht ihren Unternehmungen galt –, sahen andere das nicht so. Cery hätte wetten mögen, dass Skellin zu letzterer Sorte zählte.

»Ich bezweifle, dass er dir die Erlaubnis verwehren würde«, meinte Gol.

»Ja, aber um seine Erlaubnis zu bekommen, müsste ich erklären, was ich tue. Und dann würde er wissen, dass ich ihn nicht um seine Hilfe bei der Suche nach jemandem gebeten habe, den ich für den Jäger der Diebe hielt, obwohl ich ihm genau das zugesagt hatte.«

»Sag ihm einfach die Wahrheit: Du bist dir nicht sicher, ob es der Jäger ist, und du wolltest ihn nicht behelligen, bevor du Beweise hattest.«

»Wenn er denkt, es bestünde die Chance, dass ich recht habe, wird er uns bei der Suche nach ihr helfen wollen«, bemerkte Cery.

»Wir könnten Hilfe gebrauchen«, erwiderte Gol.

Cery seufzte. »Könnten wir. Aber was wird Sonea von uns halten, wenn wir einen anderen Dieb hinzuziehen?«

Gol sah ihn ernst an. »Es wird sie nicht kümmern, solange nur die wilde Magierin gefangen wird.«

»Was wird Skellin davon halten, mit der Gilde zusammenarbeiten zu müssen?«

»Er wird keine andere Wahl haben.« Gol lächelte. Und nach dem, was du über sein Interesse an Magiern gesagt hast, wird er die Chance vielleicht mit Begeisterung aufnehmen.«

Cery musterte seinen Freund nachdenklich. »Du willst, dass ich Skellin um Hilfe bitte, nicht wahr?«

Gol zuckte die Achseln. »Wenn diese Frau der Jäger ist, will ich, dass sie schnell gefangen wird. Je eher sie verschwindet, umso sicherer wirst du sein.«

»Und du.«

Der große Mann breitete die Arme aus. »Ist es falsch, das zu wollen?«

»Hmph.« Cery blickte hinaus und sah die ersten Lampenanzünder auftauchen. Es wurde bereits dunkel. »Ganz und gar nicht. Sobald Skellin begreift, dass es sich bei dem Jäger um eine Magierin handeln könnte, wird ihm klar sein, dass er keine andere Wahl hat, als mit der Gilde zusammenzuarbeiten. Er wird selbst nicht in der Lage sein, sie zu fangen oder zu töten.«

»Also wirst du zu ihm gehen?«

Cery seufzte. »Ich schätze, es muss sein.«

Da Achati Ashaki Tikako nichts von seiner Absicht erzählt hatte, sein Landgut zu besuchen – damit hätte er auf die demütigende Tatsache hingewiesen, dass der Mann die Gedanken seiner Sklaven nicht ordentlich gelesen hatte –, wollte er ihm nicht länger zur Last fallen, indem er die Nacht dort verbrachte. Stattdessen reisten er und Dannyl weiter die Straße entlang zu einem anderen Gut, das einem älteren Ashaki gehörte, und erbaten im Namen des Königs eine Mahlzeit und Betten.

Der alte Mann und seine Frau waren offensichtlich nicht an Gesellschaft gewöhnt und spielten nur widerstrebend Gastgeber und Gastgeberin. Aber die Tradition machte es unmöglich, dem Abgesandten des Königs etwas zu verwehren. Die beiden taten Achati leid, und er aß wenig und hastig, und die beiden Alten waren froh, als er sagte, dass er und Dannyl müde seien und sich früh für die Nacht zurückziehen wollten.

Als sie in den Gästezimmern untergebracht waren, gingen sie nicht sofort zu Bett, sondern saßen noch beisammen und sprachen über das, was sie erfahren hatten.

»Wenn die Verräterinnen wollen, dass wir sie finden, werden wir sie finden«, sagte Achati.

»Ihr glaubt, dass sie so viel Macht und Einfluss haben?«
Der Sachakaner verzog das Gesicht und nickte. »Bedauerlicherweise ja. Sie sind uns jahrhundertelang ausgewichen. Viele frühere Könige haben versucht, sie auszulöschen oder ihren Stützpunkt zu finden, aber sie sind in dem, was sie tun, nur besser geworden. König Amakira hat mir erklärt, dass es möglicherweise besser wäre, wenn wir sie in Ruhe lassen, da sie vielleicht schwächer werden, wenn sie nichts haben, wogegen sie kämpfen können.«
Dannyl lachte leise. »Er könnte recht haben, aber ich bezweifle es.«
»Warum?«
»Ohne Konflikte, die Einzelne von ihnen töten und ihre Zeit kosten, werden sie Familien großziehen. Sie werden vielleicht schwächer werden, was ihre kämpferischen Fähigkeiten betrifft, aber dafür wird ihre Zahl größer werden.«
Achati runzelte nachdenklich die Stirn. »Irgendwann wird es zu viele Mäuler zu füttern geben. Sie werden Hunger leiden.« Er lächelte. »Also hat der König vielleicht doch recht.«
»Nur wenn die Verräterinnen im Verborgenen bleiben.«
»Ihr denkt, sie werden gezwungen sein hervorzukommen? Um Essen zu erbetteln?«
»Oder sie werden sich dafür entscheiden, sich auf andere Weise zu offenbaren. Wie stark ist Eure Armee?«
Achati schnaubte verächtlich. »Höchstwahrscheinlich hundert Mal größer und stärker als ihre. Wir wissen, dass ihr Stützpunkt sich im Gebirge befindet, wo das Land hart und unfruchtbar ist. Sie können keine Bevölkerung ernähren, die es mit dem Rest des Landes aufnehmen kann, daher bezweifle ich, dass ihre Armee genauso groß ist wie unsere oder sogar noch größer.«
Dannyl nickte zustimmend. »Was der Grund ist, wa-

rum sie schlaue, heimlichtuerische Methoden benutzen. Ich frage mich... Denkt Ihr, sie könnten einen Umsturz bewirken, einfach indem sie die richtigen Personen ermorden oder manipulieren?«

Achatis Miene wurde ernst. »Es ist möglich, aber wenn sie es in der Vergangenheit hätten tun können, wäre es gewiss bereits geschehen.«

»Vielleicht hat sich noch keine Gelegenheit geboten. Es könnte eines neuen und außerordentlichen Faktors bedürfen.«

Achati zog die Augenbrauen hoch. »Wie der Chance, den Sohn einer mächtigen Gildemagierin zu entführen?«

»Denkt Ihr, das wäre außerordentlich genug?«

»Nein.« Er schüttelte den Kopf und lächelte. »Es wäre zu riskant, Kyralia und Sachaka dahingehend zu manipulieren, dass sie gegeneinander Krieg führen. Was ist, wenn Kyralia siegt? Was, wenn wir uns ihren Manipulationen widersetzten, uns zusammentäten und die Verräterinnen gemeinsam angriffen? Die Gilde könnte besser darin sein als wir, Jagd auf sie zu machen.« Er hielt inne. »Wobei mir etwas einfällt. Hat die Gilde bereits auf die Neuigkeit von Lorkins Entführung reagiert?«

»Nein.« Dannyl wandte den Blick. *Ich werde dies nicht länger aufschieben können. Achati wird sich langsam fragen, warum wir so lange brauchen.* »Nun... ich sollte schauen, welche Fortschritte sie machen.«

»Dann werde ich Euch jetzt allein lassen.« Achati erhob sich. »Es ist spät, und ich sollte ein wenig schlafen. Erzählt mir morgen, was sie gesagt haben.«

»Das werde ich.«

Als die Tür zum Raum des Sachakaners sich schloss, griff Dannyl in seine Robe und zog Administrator Osens Blutring hervor. Er betrachtete ihn lange, ging im Geiste alle Möglichkeiten durch, wie er die schlechten Nachrichten formulieren könnte, und entschied sich für das, wovon er hoffte, es sei das Beste.

Dann streifte er den Ring über.

Als Sonea die Tür ihrer Gemächer öffnete, fand sie zu ihrer Überraschung Administrator Osen draußen vor, der gerade eine Hand gehoben hatte, um anzuklopfen. Der verblüffte Ausdruck auf seinem Gesicht verblasste, und er straffte sich.

»Schwarzmagierin Sonea«, sagte er. »Ich muss mit Euch sprechen.«

»Es ist ein Glück, dass wir dich noch erwischt haben, bevor du zu den Hospitälern aufbrichst.« Als sie sich umdrehte, sah sie Rothen hinter dem Administrator stehen. Sofort wurde ihr flau im Magen, und ihr Herz begann zu rasen. *Da ist wieder dieser Blick. Lorkin ist etwas zugestoßen...*

»Kommt herein«, erwiderte sie, trat zurück und bedeutete ihnen ungeduldig, ihr zu folgen.

Osen kam herein, gefolgt von Rothen. Sie schloss die Tür und sah den Administrator erwartungsvoll an. Er betrachtete sie ernst.

»Ich muss Euch davon in Kenntnis setzen, dass Euer Sohn...« Osen hielt inne und runzelte die Stirn. »Ich bin mir nicht sicher, wie ich es formulieren soll. Es scheint, dass Lorkin entführt wurde.«

Soneas Beine verloren alle Kraft, und sie spürte, dass sie ein wenig schwankte. Rothen machte einen Schritt auf sie zu, aber sie bedeutete ihm, stehen zu bleiben. Sie holte tief Luft und wandte sich erneut Osen zu.

»Entführt?«, wiederholte sie.

»Ja. Von einer jungen Frau, die sich als Sklavin ausgegeben hat. Botschafter Dannyl glaubt, es bestehe eine gewisse Chance, dass Euer Sohn freiwillig mitgegangen ist, aber er sei sich nicht sicher.«

»Ah.« Eine verräterische und verführerische Erleichterung durchlief Sonea. *Frauen. Wieso sind es bei Lorkin immer Frauen?* Ihr Herzschlag verfiel wieder in einen ruhigeren Rhythmus. »Dies ist also eher eine Frage von gesellschaftlicher Ungehörigkeit als eine, bei der es um seinen bevorstehenden und gewissen Tod geht?«

»Wir hoffen es sehr. Aber es ist komplizierter. Anscheinend sind wir nicht das einzige Volk mit einer geheimen und nicht ganz gesetzmäßigen Untergrundgesellschaft, und diese Leute könnten damit zu tun haben.«

»Verbrecher?«

Osen schüttelte den Kopf. »Botschafter Dannyl hat sie als Rebellen beschrieben. Sie nennen sich die Verräterinnen. Es geht das Gerücht, dass es sich ausschließlich um Frauen handelt.« Osen zog die Augenbrauen hoch und deutete damit an, dass er dies für unwahrscheinlich hielt. »Sie sind außerdem Magierinnen – Schwarzmagierinnen. Die Frau, die Lorkin entführt hat, ist eindeutig eine. Sie hat in derselben Nacht eine andere Sklavin getötet und ihr alle Macht genommen. Dannyl ist sich nicht sicher, ob die Entführerin die Verräterin ist und die Sklavin ihr lediglich in die Quere kam oder ob die tote Sklavin eine Verräterin war und die Entführerin keine. So oder so, die Verräterinnen haben durchblicken lassen, dass sie sie und Lorkin finden wollen.«

Sonea nahm sich einen Moment Zeit, um das Gesagte zu verarbeiten. »Und wann wurde Lorkin weggebracht?«

»In der Nacht vor drei Tagen.«

Soneas Herz blieb stehen. »Vor drei Tagen! Warum hat man mich nicht sofort informiert?«

»Ihr seid soeben informiert worden.« Osen lächelte schief. »Als ich dem neuen Botschafter eingeschärft habe, dass er sich nur im äußersten Notfall mit mir in Verbindung setzen dürfe, hat er mich zu ernst genommen. Er hatte erwartet, Lorkin schnell zu finden, und hat mir erst heute Nacht von der Situation berichtet.«

»Ich werde ihn umbringen«, murmelte sie und begann im Raum auf und ab zu gehen. »Wenn diese Frau eine Schwarzmagierin ist – gibt es dort überhaupt andere Magier? –, wie soll Dannyl sie dann zwingen, Lorkin zurückzugeben?«

»Er hat die Unterstützung des Beauftragten des sachakanischen Königs.«

»Was ist, wenn sie nicht gefunden werden will? Ob sie eine Spionin ist oder eine Rebellin, sie wird erwarten, dass der Beauftragte des Königs sie tötet, wenn man sie findet. Wer weiß, was sie tun wird, um zu überleben? Damit drohen, Lorkin zu töten?« Sonea blieb stehen, weil sie plötzlich außer Atem war. Sie hatte das Gefühl, als stieße ihre Lunge nicht so viel Luft aus, wie sie einatmete. Ihr Kopf begann sich zu drehen. Sie hielt sich an der Rückenlehne eines Stuhls fest und zwang sich, langsam ein- und auszuatmen. Als ihr Kopf wieder klar war, wandte sie sich Osen zu. »Ich muss dort hinreisen. Ich muss dort sein, wenn sie ihn finden.«

Osens Gesichtsausdruck war offen und mitfühlend gewesen. Jetzt verschloss sich seine Miene und wurde hart.

»Ihr wisst, dass Ihr das nicht tun könnt«, sagte er.

Sie sah ihn mit schmalen Augen an, und ein tiefer Zorn stieg in ihr auf. »Wer würde es wagen, mich aufzuhalten?«

»Es müssen zu allen Zeiten zwei Schwarzmagier in der Gilde zugegen sein«, rief er ihr ins Gedächtnis. »Der König wird Euch niemals gestatten, Imardin zu verlassen, geschweige denn Kyralia.«

»Hier geht es um meinen *Sohn*!«, blaffte sie.

»Und der sachakanische König wäre vielleicht nicht damit einverstanden, dass wir Euch in sein Land schicken – oder Euch die Reise dorthin gestatten«, fuhr Osen fort,

»was eine politisch gefährliche Situation noch verschlimmern und andeuten würde, dass seine Leute ein solches Problem nicht selbst lösen können.«

»Und was ist, wenn sie –«

»Lorkin ist nicht dumm, Sonea«, unterbrach Rothen sie leise. »Und Dannyl ist es auch nicht.«

Sie funkelte ihn an und bemühte sich, das Aufwallen von Kränkung und Ärger darüber zu unterdrücken, dass er gegen sie war. *Aber wenn Rothen nicht denkt, dass ich gehen sollte...*

»Ich glaube nicht, dass Lorkin mit dieser Frau gegangen wäre, hätte es dafür nicht einen guten Grund gegeben.«

»Was ist, wenn der Grund darin bestand, dass er keine Wahl hatte?«, wandte sie ein.

»Dann müssen wir Dannyl vertrauen. Du weißt, dass er uns sofort informiert hätte, wenn die Situation wahrhaft ernst wäre. Wenn Lorkin eine Geisel ist, dann wirst du für ihn nicht mehr tun können als Dannyl. Dannyl versteht sich besser als du auf die Kunst des Verhandelns. Und die Sachakaner helfen ihm.« Seine Stimme wurde härter. »Wenn du dich in diese Unternehmung hineinstürzt, könntest du die Situation viel schlimmer machen, nicht nur für Lorkin, sondern auch für Kyralia und Sachaka.«

Plötzlich fühlte sie sich schwach und kraftlos. Hilflos. *Welchen Nutzen hat all diese Macht, wenn ich sie nicht einsetzen darf, um meinen eigenen Sohn zu retten?*

Aber vielleicht braucht er nicht gerettet zu werden, sagte eine schwache Stimme irgendwo in ihrem Hinterkopf.

Osen seufzte. »Ich fürchte, ich muss Euch verbieten, die Stadt zu verlassen, Schwarzmagierin Sonea. Und mit irgendjemand anderem über diese Angelegenheit zu sprechen als mit mir, dem König, dem Hohen Lord Balkan und Lord Rothen.«

»Nicht einmal mit Akkarins Familie?«

Er schüttelte den Kopf. »Nicht einmal mit ihnen. Als Lorkins Mutter habt Ihr ein Recht zu wissen, was geschieht, und ich werde Euch über die Situation auf dem Laufenden halten. Ich werde heute Abend mit dem Hohen Lord Balkan über Möglichkeiten sprechen, wie wir Lord Dannyl helfen können, und es wird auch um die Frage gehen, ob wir jemanden zu seiner Unterstützung nach Sachaka schicken sollen. Wenn wir es tun, werde ich Euch so viele Einzelheiten wissen lassen, wie ich es gefahrlos tun kann.«

Das möchte ich dir auch geraten haben, dachte sie. »Ich werde regelmäßige Berichte erwarten«, sagte sie steif.

Er bedachte sie mit einem langen, nachdenklichen Blick. »Gute Nacht, Schwarzmagierin Sonea.«

Sie folgte ihm zur Tür und öffnete sie mit Magie. Bevor er hindurchtrat, nickte er ihr höflich zu. Dann war er fort, und als sie hörte, dass seine Schritte sich den Flur hinunter entfernten, schloss sie die Tür.

Sie drehte sich zu Rothen um. »Ich werde trotzdem gehen«, erklärte sie ihm und machte sich dann auf den Weg in ihr Schlafzimmer. Auf dem Kleiderschrank lag ein kleiner Koffer. Sie hob ihn mit Magie an und stellte ihn auf den Boden.

»Man wird dich nicht ein zweites Mal zurückkehren lassen«, erwiderte Rothen von der Tür aus.

Sie ging zum Schrank hinüber und öffnete ihn. Er war voller schwarzer Roben. »Das ist mir gleich. Ich werde Lorkin finden, dann werden wir auf Reisen gehen. Es wird ihr Verlust sein, nicht meiner.«

»Ich meinte nicht die Gilde. Ich meinte das Land. Die Verbündeten Länder.«

»Ich weiß. Aber es gibt auch Länder jenseits des Bundes.«

»Ja. Doch während die Gilde einen anderen Schwarzmagier ausbilden kann, der an deine Stelle treten wird, wirst du keine andere Gilde finden, um sie zu ersetzen.

Dir mag das gleichgültig sein, aber wird Lorkin es genauso sehen?«

Sie starrte noch immer die Roben an. Sie waren nicht das, was ein Magier tragen sollte, wenn er die Fesseln der Gilde abschüttelte. Sonea war sich nicht sicher, was ein Magier tragen sollte, wenn er rebellierte und aus dem Land stürmte, nur dass dies ganz und gar nicht passend war. Aber es war alles, was sie zum Anziehen hatte.

Ich kann nicht glauben, dass ich mir in diesem Moment den Kopf über Kleidung zerbreche!

»Du musst die wilde Magierin finden, Sonea.«

»Regin kann sie finden.«

»Cery traut ihm nicht.«

»Da kann ich ihm keine Vorwürfe machen«, murmelte sie. »Cery wird zurechtkommen müssen.«

Rothen seufzte. »Sonea.« Seine Stimme hatte jetzt einen väterlichen, strengen Tonfall angenommen.

Sie verschränkte die Arme vor der Brust, setzte ihren besten Komm-mir-nicht-in-die-Quere-ich-habe-es-schon-mit-schlimmeren-Gegnern-als-dir-aufgenommen-Blick auf, der dazu führte, dass Novizen zusammenzuckten und Magier ihre Worte noch einmal überdachten, und drehte sich zu ihm um. »*Was?*«

Wie immer blieb er unbeeindruckt.

»Du weißt, dass du nicht gehen kannst«, antwortete er. »Du weißt, dass du Lorkins Situation höchstwahrscheinlich verschlimmern wirst, statt sie zu verbessern, und dass er, wenn dies vorüber ist, eine gut geschützte Gilde braucht, in die er zurückkehren kann – *mit seiner Mutter darin.*«

Sie starrte ihn lange an, dann fluchte sie.

»Warum habt Ihr immer recht, Rothen?«

Er zuckte die Achseln. »Ich bin älter und klüger als du. Und nun müssen wir beide reden und weniger durchschaubare und zerstörerische Pläne schmieden. Für den

Anfang denke ich, dass wir jemanden nach Sachaka schicken sollten, der in deinem Namen handelt.«
»Wen?«
Er lächelte. »Ich habe da einige Leute im Sinn. Setz dich hin, und ich werde es dir erzählen.«

21 Willkommene Unterstützung

Der Bach sah nicht sauber aus, nicht einmal im weichen Licht der herannahenden Morgendämmerung. Ein bloßes Rinnsal, das sich träge durch einen schmalen Graben wand, war er gesäumt von grünem Schleim und roch nach Moder und fauliger Vegetation. Tyvara war ungerührt. Sie ging in die Hocke und schöpfte eine Handvoll Wasser.

Lorkin beobachtete, wie sie das Wasser einen Moment lang betrachtete und es dann herunterschluckte.

»Du wirst krank werden«, sagte er.

Sie blickte zu ihm auf. »Keine Sorge. Ich sauge es erst aus.«

»Du saugst es aus?«

»Ich ziehe alles Leben darin heraus. Es ist immer noch körnig von Ablagerungen, aber das ist unangenehm, nicht gefährlich. Das ist viel schneller und wirksamer als das, was ihr tut, da ich Energie nehme, statt welche zu verbrauchen. Willst du nicht trinken? Wir können nicht wissen, wann wir wieder Wasser finden werden.«

Lorkin betrachtete ihre Hände, die noch schmutzig vom Wasser waren. »Ich dachte, Blut sei die einzige Substanz, aus der man Magie ziehen kann.«

Sie lächelte und schöpfte weiteres Wasser. »Du weißt, dass Menschen und die meisten Tiere einen Schutz gegen eindringende Magie haben, der normalerweise auf der Haut liegt?«

»Ja.«

»Um daran vorbeizugreifen, muss man diese Schicht aufbrechen, und das lässt sich am einfachsten bewerkstelligen, indem man die Haut zerschneidet. Natürlich führt das zu einer Blutung, so dass die Menschen denken, das Blut sei von entscheidender Bedeutung. Das ist es nicht.« Ihre Stimme wurde heiser, während sie sprach. Es war zu lange her, seit sie das letzte Mal Wasser gefunden hatten. Sie hielt inne, um das Wasser in ihren Händen zu betrachten, dann trank sie, bevor sie wieder zu ihm aufsah. »Es gibt winzige Lebensformen im Wasser – man kann es spüren, auch wenn man es nicht sehen kann –, und sie sind es, die einen Menschen krank machen. Aber sie haben anscheinend keine Schutzschicht, daher ist es einfach, ihre Energie herauszuziehen. Doch auf so eine schwächliche Quelle würde man sich nicht verlassen wollen.« Sie blickte hinab. »Pflanzen scheinen einen schwächeren Schutz zu haben als Tiere. Es ist möglich, ihnen die Macht zu entziehen, ohne sie aufzuschneiden, obwohl es langsam geht und man nur so wenig gewinnt, dass man sich die Mühe nicht machen würde.« Sie tauchte die Hand abermals ins Wasser.

Lorkin seufzte und setzte sich. Er zog Magie in sich hinein, sammelte etwa so viel Wasser aus dem Bach, wie in eine Tasse hineingepasst hätte, und hielt es innerhalb einer unsichtbaren Machtkugel. Die Flüssigkeit war trüb und wenig reizvoll. Er sandte weitere Magie aus und erhitzte das Wasser, bis es kochte.

In den Kursen zum Thema Heilkunst, in denen die Reinigung von Wasser gelehrt wurde, hatte er erfahren, dass man das Wasser am besten mehrere Minuten lang kochte. Aber Tyvara hatte schon bald genug getrunken und beobachtete ihn erwartungsvoll, offensichtlich erpicht darauf, wieder aufzubrechen. Er hörte auf, das Wasser zu erhitzen, und ließ es auf eine Temperatur abkühlen, bei der er es berühren und trinken konnte. Glücklicherweise hatte sich der Schmutz im Wasser auf dem Boden abgelagert, und er konnte saubereres Wasser von oben abschöpfen. Einige Schlucke später war er fertig, und sie standen auf. Lorkin sah Sonnenstrahlen durch die Wipfel der Bäume scheinen, die sie umringten. Ihm war nicht bewusst gewesen, dass es so spät war.

»Wohin als Nächstes?«, fragte Lorkin.

»In den Wald. Ich dachte, es wäre dir vielleicht lieb, über dem Boden zu schlafen.«

Er verzog das Gesicht. Obwohl sie tagelang in einem Loch unter der Erde geschlafen hatten, fühlte er sich mit dem Wissen, dass ihn nur eine magische Barriere davor bewahrte, lebendig begraben zu sein, noch immer nicht wohler. »Das ist allerdings richtig.«

»Dann komm.«

Sie verließ die Straße und machte sich auf den Weg in den Wald, und Lorkin folgte ihr. Zuerst stolperte er über Hindernisse und wich Zweigen aus, die Tyvara weggeschoben hatte, so dass sie ihm entgegenschlugen. Seine dünnen Schuhe blieben immer wieder zwischen Steinen hängen, und der unebene Boden stellte seinen Gleichgewichtssinn auf die Probe. Er brauchte all seine Konzentration, um nicht hinzufallen. Tyvara entfernte sich immer weiter von ihm, bis sie bemerkte, dass er zurückfiel, und stehen blieb, um auf ihn zu warten.

»Bist du schon jemals in einem Wald gewesen?«, erkundigte sie sich.

»Nein.«

»Hast du vor dieser Reise jemals Imardin verlassen?«

»Nein.«

»Warum nicht?«

Weil meine Mutter die Stadt nicht verlassen darf. Aber das konnte er ihr nicht erzählen, ohne den Grund dafür zu erklären, und er durfte nicht offenbaren, wie wenige Kyralier sich auf schwarze Magie verstanden.

»Ich hatte nie einen Grund dazu.«

Sie schüttelte ungläubig den Kopf, dann drehte sie sich um und setzte den Weg durch den Wald fort. Diesmal schien sie ihre Schritte sorgfältiger zu wählen, und ihr Weg wurde erheblich einfacher. Dann begriff er, dass es ein Weg *war*. Ein sehr schmaler Pfad, aber offensichtlich war irgendjemand oder irgendetwas oft genug hier vorbeigekommen, um eine Spur im Unterholz zu hinterlassen.

»Warst du schon einmal hier?«, fragte er.

»Nein.«

»Dann weißt du also nicht, wohin dieser Weg führt.«

»Es ist ein Tierpfad.«

»Ah.« Er senkte den Blick, und sein Herz setzte einen Schlag aus. »Und warum sind dann hier Schuhabdrücke?«

Tyvara blieb stehen und folgte seinem Blick.

»Der Wald gehört dem Ashaki, dem auch dieses Land gehört. Es wird Sklaven geben, die im Wald etwas sammeln oder die Tiere jagen, die hier leben.« Sie runzelte die Stirn und sah sich um. »Ich nehme an, wir können es nicht riskieren, noch weiter zu gehen. Wir sollten uns trennen – aber bleib so nah bei mir, dass du mich sehen und hören kannst. Halte Ausschau nach dichter Vegetation. Oder einer Senke im Boden, die wir abdecken können. Wenn du irgendetwas findest, pfeif.«

Er ging nach rechts. Nachdem er eine Weile umhergestreift war, fand er eine Stelle, an der vor langer Zeit ein riesiger Baum umgestürzt war. Alles, was von dem Baum noch übrig war, war ein riesiger Stumpf. Wurzeln ragten wie schützende Arme aus dem Stumpf hervor, und um die aufgewühlte Erde herum waren dichte, niedrige Büsche gewachsen. In der Annahme, dass dort, wo einst die Wurzeln gewesen waren, eine Senke sein würde, zwängte er sich durchs Gebüsch. Ein Loch, halb so tief, wie er groß war, war zurückgeblieben.

Dichte Vegetation und eine Senke, dachte er befriedigt. *Es ist perfekt.*

Als er sich umdrehte, um nach Tyvara Ausschau zu halten, sah er, dass sie etwa zwanzig Schritte von ihm entfernt war. Er pfiff, und als sie aufblickte, winkte er sie heran. Sie kam auf ihn zu und zwängte sich durch die Büsche. Dann blieb sie am Rand des Lochs stehen und untersuchte es interessiert. Schließlich schnupperte sie.

»Riecht feucht. Du zuerst.«

Lorkin zog Magie in sich hinein, schuf eine Barriere in der Form einer Scheibe am Rand des Lochs und trat darauf. Dann ließ er sich in das Loch hinab. Die Erde unter der Barriere wurde flach gedrückt, als er unten ankam. Nachdem er die Barriere entfernt hatte, sank er noch weiter ein. Schlammiges Wasser stieg auf und floss ihm in die Schuhe. Mit einem Fuß berührte er festen Boden, aber der andere sank weiter hinab, und Lorkin riss die Arme hoch und versuchte, zur Seite zu treten, um nicht das Gleichgewicht zu verlieren.

Aber der Schlamm hielt ihn fest. Er kippte hintenüber und landete mit einem lauten Spritzen in dem klebrigen, stinkenden Morast.

Der Wald hallte wider von Tyvaras Gelächter.

Lorkin blickte zu ihr auf und lächelte kläglich. *Sie hat ein wunderbares Lachen,* dachte er. *Als würde sie nicht oft lachen, aber wenn sie es tut, dann genießt sie es.* Er wartete, bis sie aufgehört hatte, dann klopfte er auf den Schlamm an seiner Seite.

»Komm herunter. Es ist feucht, aber viel weicher als diese Löcher im Boden«, erklärte er.

Sie kicherte noch ein wenig, schüttelte den Kopf und öffnete dann den Mund, um zu sprechen. Aber irgendetwas erregte ihre Aufmerksamkeit. Sie blickte auf, dann fluchte sie leise.

»Du da!«, erklang eine Stimme. »Komm her.«

Sie sah Lorkin nicht an, sondern zischte mit zusammengebissenen Zähnen: »Ashaki. Er hat mich gesehen. Bleib in deinem Versteck. Bleib hier.«

Dann ging sie davon und verschwand durch die Büsche. Lorkin hockte sich hin und stellte fest, dass der Boden des Lochs unter dem Schlamm flach war, wenn auch immer noch glitschig. Er lauschte aufmerksam und hörte irgendwo hinter sich das Klirren eines Pferdegeschirrs. Hinter dem am Boden liegenden Baum.

Nachdem er sich zu der Masse von Wurzeln bewegt hatte, richtete er sich auf und spähte zwischen ihnen hindurch. Ein Sachakaner stand neben einem Pferd und starrte etwas an, das auf dem Boden war. Seine Kleidung war nicht die kunstvolle Gewandung der Ashaki, die er bisher kennengelernt hatte, aber sie war gut geschneidert und besser fürs Reiten geeignet.

Dann sah Lorkin das Messer am Gürtel des Mannes. Sein Mund wurde trocken.

»Steh auf«, befahl der Ashaki.

Tyvara erhob sich vom Boden. Lorkin kämpfte gegen den Drang, ihr zur Seite zu eilen. *Sie ist eine Magierin. Eine Schwarzmagierin. Sie kann auf sich selbst aufpassen. Und es wird ihr wahrscheinlich umso leichter fallen, wenn sie nicht noch gleichzeitig mich beschützen muss.*

»Was tust du hier?«, fragte der Mann scharf.

Ihre Antwort war unterwürfig und leise.

»Wo ist deine Wasserflasche? Deine Vorräte?«

»Ich habe sie irgendwo abgelegt. Jetzt finde ich sie nicht wieder.«

Der Mann musterte sie nachdenklich. »Komm her«, sagte er schließlich.

Mit hängenden Schultern ging sie auf den Mann zu. Lorkins Herz erstarrte, als der Mann ihr die Hände an die Seiten des Kopfes legte. *Ich sollte das verhindern. Er wird erfahren, wer wir sind. Aber warum sollte sie ihm gestatten, ihre Gedanken zu lesen? Gewiss hätte sie, sobald sie begriff, was er beabsichtigte, doch gegen ihn gekämpft?*

Einen Moment später ließ der Mann sie los.

»Es scheint, als seist du genauso dumm, wie du sagst. Folge mir. Ich werde dich zur Straße zurückbegleiten.«

Als der Mann sich umdrehte, um auf sein Pferd zu steigen, schaute Tyvara zu Lorkin hinüber und lächelte. Der Triumph in ihren Zügen zerstreute seine frühere Besorgnis. Er beobachtete, wie sie dem Mann unterwürfig in den Wald folgte. Als die beiden nicht mehr zu sehen waren, drehte Lorkin sich um und setzte sich auf eine der dickeren unteren Wurzeln des Baums.

Bleib in deinem Versteck. Bleib hier, hat sie gesagt. Ich schätze, sie meint, dass sie zurückkommen wird, sobald der Magier sie zur Straße geführt hat und wieder seiner Wege gegangen ist. Er betrachtete die Position des Sonnenlichts, das durch die Bäume fiel, und kam zu dem Schluss, dass er, wenn sie nicht innerhalb einer Zeitspanne von ungefähr einer Stunde zurückkehrte, sich auf die Suche nach ihr machen würde.

Es war eine lange Stunde. Die Zeit schleppte sich dahin. Die Sonnenstrahlen krochen mit qualvoller Langsamkeit über das Unterholz. Während der Schlamm trocknete, kratzte er sich und wischte ihn sich von der Haut und den Kleidern. Er versuchte, sich nicht vorzustellen, was ihr zustoßen könnte, sollte der Magier entdecken, wer und was sie war, doch es gelang ihm nicht. Er versuchte, sich keine Sorgen darüber zu machen, dass der Magier von seinem Versteck erfuhr und zurückkam und ...

»Gut zu sehen, dass du Befehle befolgen kannst«, erklang eine Stimme hinter ihm.

Er fuhr herum und sah sie oben auf dem Stumpf stehen und zu ihm herablächeln. Mit hämmerndem Herzen beobachtete er, wie sie in die Luft trat und herunterschwebte.

»Wie hast du das gemacht?«, fragte er.

Sie runzelte die Stirn und betrachtete die schimmernde Scheibe aus Magie, die unter ihren Füßen gerade noch sichtbar war. »Genauso, wie du es gemacht hast.«

»Ich spreche nicht vom Schweben. Ich möchte wissen, wie du ihn daran gehindert hast, deine Gedanken zu lesen.«

»Ah, das.« Sie verdrehte die Augen. »Erinnerst du dich nicht, dass ich dir erzählt habe, dass wir eine Möglichkeit kennen, Magier das sehen zu lassen, was wir sie sehen lassen wollen?«

Er dachte an ihr erstes Versteck zurück und an die andere Sklavin. »Ah. Ja. Ich verstehe. Irgendeine Art von Blutstein, richtig?«

Sie lächelte. »Vielleicht. Vielleicht auch nicht.«

Blutstein. Lorkins Herz schlug schneller. *Ich hätte Mutters Ring benutzen können, während sie fort war, aber ich habe ihn vollkommen vergessen!* Er hatte sich zu große Sorgen um Tyvara gemacht.

»Was ist los?«, fragte sie.

Er schüttelte den Kopf. »Was ist, wenn er mich entdeckt hätte? Wenn er meine Gedanken gelesen hätte?«

»Ich hätte ihn daran gehindert.« Sie zuckte die Achseln. »Obwohl es grundsätzlich das Beste ist, eine Konfrontation zu vermeiden, lässt sich das nicht immer bewerkstelligen.«

»Du würdest gegen ihn kämpfen? Würde das nicht Aufmerksamkeit auf uns lenken?«

»Vielleicht.« Sie deutete auf ihre Umgebung. »Aber wir sind gut versteckt. Ich würde versuchen, ihn schnell zu erledigen.«

»Du würdest ihn töten?«

»Natürlich. Wenn ich es nicht täte, würde er uns verfolgen.«

»Und wenn sein Leichnam entdeckt würde, würde jemand anders uns verfolgen. Wäre es nicht alles in allem besser, wenn ich meine Gedanken verbergen könnte?«

Sie kicherte. »Selbst wenn ich bereit wäre, den Verräterinnen noch einen Grund zu liefern, auf mich wütend zu sein, selbst wenn ich dächte, wir könnten das Sanktuarium nicht erreichen, ohne dass ich dir dieses Geheimnis offenbare, könnte ich es nicht tun. Ich habe einfach nicht die Materialien oder die Zeit dazu.«

Ihm stockte der Atem. »Es ist wie ein Blutstein, nicht wahr?«

Wieder verdrehte sie die Augen. »Leg dich hin und schlaf, Lorkin.«

Er blickte auf den Schlamm hinab, dann sah er sie ungläubig an. »Es war nur ein Scherz, als ich sagte, er würde ein weiches Bett abgeben.«

Sie seufzte und machte eine knappe Handbewegung. »Tritt zurück.«

Er gehorchte und setzte sich auf seinen früheren Platz, und da er erriet, was sie vorhatte, hob er die Füße und die durchweichten Schuhe aus dem Schlamm. Schon bald begann die Luft über dem Matsch zu dampfen. Für eine Weile wurden sie von heißem Dampf eingehüllt, dann klärte sich die Luft, und er sah, dass nur rissige, getrocknete Erde zurückgeblieben war. Tyvara stieg von der magischen Scheibe unter ihren Füßen auf den gehärteten Boden. Dann klopfte sie mit dem Fuß darauf.

»Du solltest schlafen, solange du kannst«, bemerkte sie.

»Ich werde dich in einigen Stunden wecken, dann kannst du Wache halten. Ich denke nicht, dass unser Gastgeber allzu bald zurückkehren wird, aber er unternimmt offensichtlich gern Ausritte auf seinem Gut. Wir sollten auf ihn gefasst sein.«

Seufzend legte Lorkin sich auf den harten Boden und versuchte zu tun, was sie vorgeschlagen hatte.

Ein sanfter Herbstregen begann auf den Garten des Sonnenhauses zu fallen, aber in der kleinen Steinhütte saßen Cery und Skellin im Trockenen. Gol stand in der Nähe und blinzelte sich Regen aus den Augen, während er Skellins Leibwächter beobachtete, der auf der gegenüberliegenden Seite der Hütte Position bezogen hatte. Sie waren allein, da bei dem trostlosen Wetter kaum jemand seine Behausung verließ; nur der Eigentümer des Grundstücks murmelte in einer anderen Ecke des Gartens vor sich hin.

Als Cery mit seiner kurzen Beschreibung dessen, was er und Gol vom Dach des Pfandleihers aus gesehen hatten, fertig war, wirkte Skellin nachdenklich.

»Eine Frau, ja? Konntet Ihr einen guten Blick auf sie werfen?«

Cery zuckte die Achseln. »Es war dunkel, und wir haben sie von oben beobachtet, aber ich schätze, ich würde sie wiedererkennen. Sie hat dunkle Haut und dunkles Haar. Sie ist etwa so groß ...« Cery streckte ein Hand aus, um die geschätzte Größe der Frau zu demonstrieren.

»Jetzt, da du weißt, dass sie über Magie gebietet, wie willst du sie fangen?«

»Oh, ich brauche sie nur zu finden.« Cery hob die Schultern. »Es ist Aufgabe der Gilde, wilde Magier zu fangen. Was nur gut ist, denn wenn sie der Jäger ist, dürfen weder du noch ich hoffen, sie aufhalten zu können.«

Skellins Augen blitzten auf. »Du arbeitest für die Gilde!«

»Ich *helfe* der Gilde. Wenn ich für sie arbeitete, würde ich erwarten, entlohnt zu werden.«

»Du wirst nicht entlohnt?« Skellin schüttelte den Kopf, und seine Miene wurde wieder ernst. »Aber ich schätze, es gibt andere Vorteile. Als ich von deiner Familie hörte, dachte ich, du würdest Rache üben wollen.« Er lachte leise. »Aber deine Suche nach dem Mörder hat sich in eine Suche nach dem Jäger der Diebe verwandelt, und jetzt hat sich deine Suche nach dem Jäger in eine Suche nach einer wilden Magierin verwandelt.«

»Es waren ziemlich aufregende Wochen«, erwiderte Cery.

»Ich hoffe, du wirst mir verzeihen, wenn ich dich darauf hinweise, dass du ein wenig von der Spur abgekommen bist.«

Cery nickte. »Es könnte sich immer noch herausstellen, dass die drei ein und dieselbe Person sind. Ich schätze, wir werden es erfahren, sobald wir sie gefangen haben.«

»Falls du die Wahrheit aus ihr herausholen kannst.«

Cery öffnete den Mund, um Skellin ins Gedächtnis zu rufen, dass die Gilde jetzt im Stande war, die Gedanken von Personen zu lesen, die sich der Prozedur widersetzten. Dann besann er sich jedoch eines Besseren. Es hatte keinen Sinn, diese Information preiszugeben, bevor es unbedingt sein musste. »Bist du daran interessiert, uns zu helfen, sie zu finden?«

Der andere Dieb schürzte die Lippen, während er nachdachte, dann lachte er abermals. »Natürlich bin ich interessiert. Wenn sie sich als wilde Magierin entpuppen sollte, werde ich zumindest die Chance haben, einige Freunde in der Gilde zu gewinnen. Sollte sie sich als der Jäger der Diebe entpuppen, wird das für uns alle eine schöne Dreingabe sein.« Er rieb sich die Hände. »Also, erzähl es mir: Wo hast du sie das letzte Mal gesehen?«

»Wir haben eine Frau aus dem Laden des Pfandleihers

kommen sehen, die aussah wie sie, daher habe ich Gol hinter ihr hergeschickt.« Während Cery den Keller beschrieb, den die Frau benutzt hatte, und den unterirdischen Tunnel, der von dem Keller wegführte, runzelte Skellin die Stirn.

»Ich wusste gar nicht, dass es dort Gänge gibt«, sagte er. »Sie hätten eigentlich beim Wiederaufbau zerstört werden sollen. Aber ich schätze, wenn man über Magie gebietet, wäre es einfach, sich einen neuen zu bauen.«

»Ich bin nicht ganz auf dem Laufenden, was die Grenzen betrifft. Zu wessen Territorium gehört das Gebiet gegenwärtig?«

Skellin verzog das Gesicht. »Tatsächlich gehört es zu meinem.« Er begegnete Cerys überraschtem Gesicht, dann lächelte er schief. »Weißt du zu jeder Zeit, was in jeder Ecke deines Territoriums vor sich geht?«

Cery schüttelte den Kopf. »Wahrscheinlich nicht. Ich habe keine Gebiete, in denen so viel umgebaut wurde. Einer der anderen Ladenbesitzer meinte, sie sei auf dem Markt gesehen worden, wo sie Kräuter kaufte.«

»Ich werde es überprüfen«, erwiderte Skellin. »Und feststellen, ob einer meiner Verbindungsmänner von einer Frau gehört hat, auf die deine Beschreibung passt. Es klingt, als sei sie die Art Frau, die einem im Gedächtnis bleibt. Sollte ich etwas hören, werde ich es dich wissen lassen. Wir können ihr eine Falle stellen und nach deinen Gildefreunden schicken.«

Cery nickte. »Und ich werde es dich wissen lassen, falls ich sie aufspüre.«

»Ich werde dich beim Wort nehmen«, sagte Skellin lächelnd. »Ich möchte die Chance nicht versäumen, einige Gildemagier kennenzulernen.« Er zog die Augenbrauen hoch. »Es handelt sich nicht zufällig bei einem von ihnen um deine berühmte Kindheitsfreundin, oder?«

»Möglich wäre es. Aber wenn du Sonea kennenlernen willst, brauchst du nur in eins der Hospitäler zu gehen.«

»Dann müsste ich so tun, als sei ich krank.« Skellin zuckte die Achseln. »Und ich glaube nicht, dass sie es gern sähe, wenn ich den Platz von jemandem einnähme, der ihre Hilfe braucht.«

»Nein. Wahrscheinlich nicht. Du wirst also niemals krank?«

»Niemals.«

»Du Glückspilz.«

Skellin grinste. »Es war schön, wieder einmal mit dir zu reden, Ceryni von der Nordseite. Ich hoffe, wir werden das bald wiederholen und dass ich dann gute Neuigkeiten für dich habe.«

Cery nickte. »Ich freue mich darauf, und ich wünsche dir einen sicheren Heimweg.«

»Dir auch.«

Der andere Dieb wandte sich seinem Leibwächter zu und ging davon. Cery trat aus der Hütte, stellte seinen Kragen hoch, um den Regen abzuhalten, und ging zu Gol hinüber. Der große Mann schwieg zuerst und lief stumm neben Cery her. Dann, als das Sonnenhaus bereits weit hinter ihnen lag, fragte er, wie die Besprechung gelaufen sei. Cery berichtete ihm die Einzelheiten.

»Ich wusste gar nicht, dass Skellins Territorium so weit reicht«, unterbrach er ihn.

»Ich auch nicht«, erwiderte Cery. »Es ist zu lange her, seit wir in Erfahrung gebracht haben, wo die Grenzen verlaufen.«

»Ich kann es für dich herausfinden.«

»Ich hatte gehofft, dass du das sagen würdest.«

Gol lachte. »Natürlich hattest du das gehofft.«

Warum hat er den Ring nicht benutzt?

Sonea erhob sich von ihrem Stuhl und trat ans Fenster. Sie schob den Papierschirm beiseite, schaute über das Gelände der Gilde und seufzte. Vielleicht hatte Lorkin den Blutring nicht gefunden. Vielleicht lag er noch immer im Gildehaus in Arvice, tief in seiner Reisetruhe. Selbst der Gedanke bereitete ihr Unbehagen. Wenn Dannyl und Lorkin beide nicht im Gildehaus waren, war es dann möglich, dass ein neugieriger Sklave den Ring fand? Wenn er in die falschen Hände fiel... Sie schauderte. Einer der sachakanischen Ichani, die vor zwanzig Jahren Kyralia überfallen hatten, hatte Rothen gefangen und aus seinem Blut einen Ring gemacht, den er danach benutzte, um Rothen geistige Bilder all seiner Opfer zu schicken. Wenn Lorkins Entführer den Ring fand und ihn benutzte, um ihr Bilder zu schicken, wie ihr Sohn gefoltert wurde...

Ihr stockte das Herz. *Ich glaube nicht, dass ich es ertragen könnte. Ich würde ihren Forderungen zustimmen, ganz gleich worin sie bestünden. Und Rothen hat recht. Es würde die Situation noch verschlimmern, wenn ich dort wäre. Ich hoffe nur, dass sie, wenn sie den Ring finden, begreifen, dass der Hersteller zu weit entfernt ist, als dass sie ihn sinnvoll einsetzen könnten.*

Sie entfernte sich vom Fenster und ging im Zimmer umher. Ihre Schicht im Hospital begann erst in einigen Stunden. Die Heiler waren kühner geworden, seit sie sich erboten hatten, ihre Abwesenheit zu vertuschen, sollte sie einmal in die Stadt hinausgehen müssen. Der Beschützertrieb, den sie ihr gegenüber entwickelt hatten, war inzwischen beinahe lästig, und sie plagten sie mit Fragen darüber, wie viel Schlaf sie bekäme, wann immer sie frühzeitig zu einer Schicht erschien oder länger blieb.

Aber wenn Cery die wilde Magierin findet, wird er mich im Hospital einfacher und schneller erreichen. Ich wünschte, er würde sich endlich melden. Die Jagd nach dieser Frau würde mir zumindest genug zu tun geben, um mich für eine Weile daran zu hindern, mich zu sehr um Lorkin zu sorgen.

Sofort tat sich wieder die tiefe Grube der Angst in ihrem

Magen auf, und Gedanken an das, was ihrem Sohn zustoßen könnte, drohten herauszuquellen. Sie zwang sich, sich auf etwas anderes zu konzentrieren. *Die wilde Magierin*, dachte sie. *Denk an die wilde Magierin.*

Seit ihrem gescheiterten Versuch, die Frau zu fangen, waren nur wenige Tage vergangen, aber es kam ihr erheblich länger vor. Sie grübelte über den Tunneleingang nach, den sie gefunden hatten. Wenn die Frau Zugang zur Straße der Diebe hatte, bedeutete das, dass sie Verbindungen zu einem Dieb hatte? Früher einmal hätte es genau das bedeutet, aber die alten Regeln und Einschränkungen hatten in Imardins Unterwelt keine Gültigkeit mehr.

Eine andere Möglichkeit beunruhigte sie. Wenn die Frau Zugang zur Straße der Diebe hatte, wusste sie von den Tunneln unter der Gilde?

Ein Klopfen an der Haupttür unterbrach Soneas Gedanken. Sie erhob sich und eilte darauf zu. Vielleicht war es Rothen. Möglicherweise hatte er Neuigkeiten von Lorkin. Selbst wenn es jemand anderer war, würde er sie zumindest ein wenig von ihren Gedanken ablenken. Mit einem kleinen Stoß Magie entriegelte sie die Tür, und sie schwang nach innen auf.

Regin stand draußen. Er neigte höflich den Kopf.

»Schwarzmagierin Sonea«, sagte er.

»Lord Regin.« Sie hoffte, dass er ihr ihre Enttäuschung nicht ansehen würde.

»Habt Ihr irgendetwas gehört?«, fragte er mit gesenkter Stimme.

»Nein.«

Er nickte und wandte den Blick ab. In dem Moment kam ihr der Gedanke, dass es unerwartet rücksichtsvoll von ihm war, vorbeizukommen und sich nach Lorkin zu erkundigen, und sie hatte ein schlechtes Gewissen wegen der Feindseligkeit, die sie ihm gegenüber empfand. Sie öffnete den Mund, um ihm zu danken, aber er redete weiter, ohne zu bemerken, dass sie im Begriff gewesen war, etwas zu sagen.

»Ich habe einige Erkundigungen eingeholt, und sie haben zu ein paar kleinen Ideen geführt«, begann er, dann zuckte er die Achseln und sah sie an. »Wahrscheinlich nicht der Mühe wert, und sie könnten sich mit den Plänen Eures Freundes überschneiden, aber ich dachte, ich sollte mit Euch darüber reden.«

Mit den Plänen meines Freundes? Plötzlich verstand Sonea. Er sprach nicht von Lorkin, sondern von Cery und der Jagd nach der wilden Magierin. Sie schüttelte den Kopf. *Natürlich, er weiß nicht einmal von Lorkin. Ich bin eine solche Närrin...*

»Nein?« Regin trat einen Schritt zurück, zweifellos weil sie den Kopf geschüttelt hatte. »Ich kann ein andermal zurückkommen, wenn es Euch besser passt.«

»Nein – kommt herein. Ich würde Eure Ideen gern hören«, sagte sie und trat beiseite, um ihn eintreten zu lassen. Er sah sie fragend an, dann lächelte er schwach und folgte ihr in den Hauptraum. Sie deutete auf die Sessel und lud ihn ein, Platz zu nehmen, dann schloss sie mit Magie die Tür.

»Sumi?«, fragte sie.

Er nickte. »Danke.« Er beobachtete sie, während sie zu einem Schränkchen ging, in dem sie ein Tablett mit den Utensilien aufbewahrte, mit denen man Sumi machte. »Ich dachte, Ihr würdet keinen Sumi mögen.«

»Ich mag ihn auch nicht, aber ich lerne ihn langsam zu schätzen. Von Raka werde ich neuerdings ein wenig reizbar. Erzählt mir von Euren Ideen.«

Während er zu sprechen begann, brachte sie das Tablett zu den Sesseln hinüber und begann, das heiße Getränk zuzubereiten. Sie zwang sich, ihm zuzuhören. Er hatte sich mit einigen Magiern getroffen, von denen er vermutete, dass sie Verbindungen zu Unterwelthändlern hatten; vor ein paar Monaten hatte er sich mit diesen Magiern angefreundet, um Informationen für die Anhörung zu sammeln. Regin verzog das Gesicht. »Sie waren ziemlich erfreut über das Ergebnis der Anhörung. Dadurch, dass es jetzt nur noch verboten ist, für Verbrecher zu arbeiten, statt mit ihnen Umgang zu pflegen, können sie ihren zwielichtigen Freunden ohne Weiteres helfen – solange sie nicht auf irgendeine offenkundige Art dafür bezahlt werden.« Er seufzte. »Sie sind ziemlich zufrieden mit uns, was zumindest den Vorteil hat, dass sie immer noch gern mit mir reden. Und sich über eine gewisse ausländische Magierin beklagen, die Geld als Gegenleistung für die Benutzung von Magie erhält.«

»Eine Ausländerin, hm?« Sonea reichte ihm eine Tasse. »Cery sagte, die wilde Magierin sei Ausländerin.«

»Ja.« Regins Miene wurde nachdenklich, und er legte den Kopf leicht schräg, während er sie musterte. »Das Gesetz, das jedem außerhalb der Gilde verbietet, Magie zu erlernen und auszuüben, ist nicht immer zweckdienlich. Es hat nur deshalb funktioniert, weil die Verbündeten Länder allesamt damit einverstanden waren. Aber was ist mit Magiern aus anderen Ländern? Wenn sie einen Fuß auf die Erde eines der Verbündeten Länder setzen und zufällig Magie benutzen, verstoßen sie sofort gegen ein Gesetz. Das scheint kaum gerecht zu sein.«

»Oder praktikabel«, pflichtete Sonea ihm bei. »Der König und die Höheren Magier diskutieren schon seit Jahren darüber. Natürlich hoffen wir, dass Sachaka irgendwann den Verbündeten Ländern beitreten wird und dass seine Magier Mitglieder der Gilde werden und damit an unsere Gesetze gebunden sind. Ersteres Ziel zu erreichen mag zu schwierig sein, da sie dazu die Sklaverei aufgeben müssten. Die

Erreichung des zweiten Ziels scheint dagegen unmöglich zu sein.«

»Die andere Alternative besteht darin, das Gesetz zu ändern.«

»Ich bezweifle, dass die Gilde ihre Kontrolle über Magier aufgeben würde, insbesondere ihre Kontrolle über ausländische Magier.«

»Nur jene, die in den Verbündeten Ländern leben«, sagte Regin. »Aber es könnte *Besuchern* gestattet werden, unsere Länder zu bereisen ohne die Verpflichtung, der Gilde beizutreten.«

»Ich hoffe, dass ihrem Besuch in diesem Fall eine zeitliche Beschränkung auferlegt werden würde.«

»Natürlich. Und kein Gebrauch von Magie aus Gewinnsucht.«

Sonea lächelte. »Wir können nicht zulassen, dass die Gilde noch ärmer wird.«

Regin lachte. »Wenn die Reaktionen meiner Magierfreunde mit zweifelhaften Verbindungen ein Maßstab sind, würde kein fremdländischer Magier für lange Zeit die Erlaubnis erhalten, Handel zu treiben.«

»Wissen sie, wo diese fremdländische Magierin ist?«

Er schüttelte den Kopf. »Ich könnte sie nach Informationen graben lassen, wenn Ihr glaubt, dass das nicht Cerys Plänen zuwiderlaufen wird.«

Sie nippte an ihrem Sumi und dachte nach. Dann nickte sie schließlich. »Ich werde ihn fragen. In der Zwischenzeit wird es nicht schaden, wenn sie die Ohren offen halten und Informationen an Euch weitergeben.«

Regin verzog das Gesicht und stellte seine leere Tasse ab. »Es wird nur meinem Sinn für guten Geschmack schaden. Das ist kaum die Art Gesellschaft, die ich bevorzuge. Ihre Vorstellung von Unterhaltung ist...« Er rümpfte die Nase. »Rüde.«

Sonea setzte eine neutrale Miene auf. Regin war immer ein Snob gewesen. Aber andererseits gab es viele Magier aus den Häusern und nicht nur aus den unteren Klassen, deren Vorliebe für Rauschmittel, Huren und Glücksspiel wohlbekannt war und missbilligt wurde. *Wie einige von Lorkins Freunden, wie es scheint,* dachte sie und erinnerte sich an den jungen Magier, den man in einem Bordell gefunden hatte. *Vielleicht ist es ganz gut, dass Lorkin nicht in Imardin ist.*

Dann kehrte die ganze schmerzliche Wahrheit über seine Abenteuer in Sachaka zurück, und sie zuckte zusammen. Sie erhob sich und brachte die Sumi-Utensilien und die leeren Tassen wieder zu dem Schränkchen.

»Hoffentlich wird Cery sie bald finden, und Ihr werdet Euch nicht um sie kümmern müssen«, sagte sie. Als sie sich Regin wieder zuwandte, war sie erleichtert zu sehen, dass er den Fingerzeig verstanden hatte und aufgestanden war. »Danke, dass Ihr vorbeigekommen seid.«

Er neigte den Kopf. »Ich danke Euch, dass Ihr mich angehört habt. Ich werde es Euch wissen lassen, sobald ich weitere Informationen habe.« Er drehte sich zur Tür um, und als sie sie mit Magie öffnete, verließ er den Raum.

Sie schloss die Tür, stützte sich auf die Rückenlehne eines Sessels und seufzte. *Zumindest einige Minuten der Ablenkung. Ist es noch zu früh, um ins Hospital zu gehen?* Sie betrachtete das mechanische Zeitgerät, das Rothen ihr im vergangenen Jahr geschenkt hatte. *Ja.*

Mit einem neuerlichen Seufzer begann sie abermals im Raum auf und ab zu gehen und sich um ihren Sohn zu sorgen.

22 Ein Wiedersehen

Nach einer Nacht im Haus des alten Ashaki waren Achati und Dannyl einen halben Tag lang in Richtung Nordwesten gereist und hatten dann auf dem Gut des Vetters von Achati, Ashaki Tanucha, Halt gemacht. Wenn auch nicht viel jünger als ihr vorheriger Gastgeber, war Tanucha offensichtlich ein weit wohlhabenderer und geselligerer Mann. Seine erheblich jüngere Gemahlin, eine Frau in mittleren Jahren, erschien nur beim Abendessen und war ansonsten damit beschäftigt, sich um ihre sieben Kinder zu kümmern, darunter fünf Jungen.

»Sieben! Ich weiß, es ist eher die Auffassung eines Städters, aber es scheint mir doch eine Spur verantwortungslos zu sein«, hatte Achati leise zu Dannyl gesagt, als sie sich nach dem Abendessen in die Gästezimmer zurückgezogen hatten. »Nur einer kann erben. Für die Übrigen muss er eine Beschäftigung finden. Die Töchter werden natürlich so gut wie möglich verheiratet. Aber die Söhne...« Er seufzte. »Ohne Land und abhängig von ihrem Bruder, ebenso wie ihre Söhne es sein werden – falls sie überhaupt Ehefrauen anlocken können.« Er schüttelte den Kopf. »So werden Ichani gemacht.«

»Sie rebellieren gegen ihre Brüder?«

»Gegen das ganze Land. Es ist besser, die jüngeren Söhne nicht in Magie ausbilden zu lassen, aber nur selten versagt ein Vater, der sein Kind liebt, ihm dieses Wissen, wenn es bedeutet, dass jüngere Söhne einen noch geringeren Status haben werden.«

»In Kyralia ist es gerade bei den jüngeren Söhnen am wahrscheinlichsten, dass sie Magier werden«, hatte Dannyl ihm erzählt. »Ein Magier sollte sich nicht in die Politik einmischen, und man hält es für besser, wenn der Sohn, der dazu bestimmt ist, eines Tages Oberhaupt der Familie zu sein, derjenige mit politischem Einfluss ist.«

Achati hatte nachdenklich genickt. »Ich denke, mir gefällt Eure Methode besser. Sie gibt sowohl den älteren als auch den jüngeren Söhnen Macht.«

Den nächsten Tag verbrachten sie mit Ausritten auf Tanuchas Gut und den Abend damit, zu essen und zu reden. Anschließend plauderten Achati und Dannyl bis spät in die Nacht hinein. Am nächsten Tag schliefen sie lange, dann erkundeten sie Tanuchas Bibliothek, die enttäuschend klein und vernachlässigt war. Obwohl Dannyl dankbar für die Ruhe war, konnte er sich nicht entspannen. Als sie sich für die Nacht in die Gästezimmer zurückzogen, fragte er Achati, wann sie weiterreisen würden.

»Das hängt von den Verräterinnen ab, nicht wahr?«, erwiderte Achati, während er sich auf die Kissen im Raum legte.

»Gewiss werden wir nicht einfach darauf warten, dass sie Lorkin und Tyvara bei uns abgeben?«, hakte Dannyl nach und nahm auf einem der Hocker Platz. Er konnte sich nicht daran gewöhnen, auf dem Boden zu liegen, wie die Sachakaner es taten.

»Warum nicht? Wenn wir keinen festen Standort haben, werden sie vielleicht nicht wissen, wo wir zu finden sind.

Oder wir könnten am Ende in die falsche Richtung reisen – weg von jenen, die sie zu uns bringen wollen.«

Dannyl runzelte die Stirn. »Ich bin mir nicht sicher, warum, aber ich kann mir nicht vorstellen, dass diese Verräterinnen mit Lorkin und Tyvara in Ketten am Tor von Tanuchas Gut erscheinen werden. Sie würden sich nicht auf solche Weise offenbaren.«

»Was denkt Ihr dann, was sie tun werden?«

Dannyl überlegte. »Wenn ich an ihrer Stelle wäre ... ich würde uns zu Lorkin und Tyvara führen. Ich würde uns Hinweise zuspielen – wie sie es bereits getan haben –, damit wir den beiden irgendwann über den Weg laufen.«

»Haben sie uns in letzter Zeit irgendwelche Fingerzeige gegeben?«

»Nein«, sagte Dannyl. »Aber sie haben uns auch nicht aufgetragen zu bleiben, wo wir sind.«

Achati lachte. »Ich entwickle langsam eine echte Zuneigung zu Euch, Botschafter Dannyl. Ihr habt einen einzigartigen Verstand.« Er wandte sich einem seiner Sklaven zu, einem gutaussehenden jungen Mann, der sich hauptsächlich um seine Bedürfnisse kümmerte, während die Rolle des anderen Sklaven darin zu bestehen schien, schwere Arbeiten zu verrichten und die Kutsche zu fahren. »Hol uns noch etwas Wasser, Varn.«

Der Sklave griff nach einem Krug und eilte davon.

»Natürlich könnte es eine List von ihnen sein, uns zu sagen, sie wollten, dass wir Lorkin finden«, bemerkte Dannyl.

»Wenn es so wäre, wohin würden wir dann als Nächstes gehen?«

Dannyl schüttelte seufzend den Kopf. »Ich weiß es nicht. Wenn die Verräterinnen tatsächlich wollten, dass wir das Mädchen und Lorkin nicht finden, wohin würden sie sie bringen?«

»In ihr Zuhause in den Bergen.«

»Und in welche Richtung waren die zwei unterwegs?«
»In Richtung der Berge.«
»Sie sind wahrscheinlich vor uns.« Er warf Achati einen Blick zu. »Das ist die Richtung, in die ich gehen würde.« Achati nickte, dann zog er warnend eine Augenbraue hoch. »Wir wissen nicht, wo ihr Zuhause ist«, rief er Dannyl ins Gedächtnis. »Nur dass es in den Bergen liegt.«
»Das habe ich nicht vergessen. Habt Ihr jemals Fährtensucher benutzt?«
»Gelegentlich. Wenn wir einer Sklavin folgen mussten, von der wir mit Sicherheit wussten, dass sie zu den Verräterinnen gehört.«
»Und weshalb ist es schiefgegangen?«
»Die Spuren brechen immer ab.« Achati zuckte die Achseln. »Die Verräterinnen sind keine Narren. Sie verstehen sich darauf, ihre Spuren zu verwischen. Was nicht schwierig ist, wenn das Land aus glattem Stein besteht und man in der Lage ist zu schweben.«
Dannyl runzelte die Stirn, dann schüttelte er den Kopf. »Wenn die Verräterinnen wollten, dass wir an einem bestimmen Ort bleiben oder in eine andere Richtung weiterreisen, hätten sie es uns wissen lassen.«
»Diese ganze Reise und all die Hinweise, denen wir gefolgt sind, könnten eine List gewesen sein«, bemerkte Achati. »Dazu gedacht, uns etwas zu tun zu geben und uns in die falsche Richtung zu schicken.«
»Dann spielt es keine Rolle, ob wir weiterreisen. Sie haben uns bereits zu Narren gemacht. Aber wenn es eine Chance gibt, dass sie es nicht getan haben und wir auf der richtigen Spur sind, dann bin ich bereit, das Risiko einzugehen, einen noch größeren Narren aus mir zu machen, indem ich weiter in Richtung der Berge reise. Die Chance, Lorkin zu finden, ist es wert.«
Achati musterte Dannyl nachdenklich, dann nickte

er. Der Sklave kehrte zurück und reichte ihm den Krug.
»Dann werden wir aufbrechen. Reicht Euch morgen früh?« Er füllte seinen Kelch nach, hielt jedoch inne, um Dannyls Antwort abzuwarten.

Dannyl betrachtete den Mann und bemerkte Anzeichen von Widerstreben. *Ich sollte ihn nicht zu sehr bedrängen,* dachte er. Er nickte. »Natürlich. Aber eine Abreise am frühen Morgen wäre das Beste.«

Der Achati seufzte, nickte und leerte dann seinen Kelch. »Ich werde einen Sklaven ausschicken, damit er Tanucha davon in Kenntnis setzt, dass wir weiterreisen werden, und um einige Vorräte für die Reise zu erbitten. Im Gebirge gibt es weniger Güter, und sie sind in der Regel nicht allzu wohlhabend. Außerdem werden wir einige magische Unterstützung benötigen. Ich werde mich mit dem König in Verbindung setzen und ihn bitten, uns jemanden zu schicken.« Mit einem Ächzen erhob er sich. »Wartet nicht auf mich. Geht zu Bett. Dies könnte einige Zeit dauern.«

Magische Unterstützung. Mit dem König in Verbindung setzen. Ein Stich der Sorge durchzuckte Dannyl. *Er hält diese Verräterinnen wirklich für gefährlich.*

»Ashaki Achati?«, sagte Dannyl.

Der Mann drehte sich zu ihm um. »Ja?«

Dannyl lächelte. »Danke.«

Achatis Stirnrunzeln verschwand, und in seine Augen trat ein warmer Ausdruck der Gutmütigkeit. »Ich denke, ich könnte mich an das kyralische Benehmen gewöhnen.« Dann wandte er sich um und verschwand durch die Tür in sein Zimmer.

Lorkin öffnete die Augen. Orangefarbene Wolken zogen über den Himmel. Er runzelte die Stirn. Er hatte geträumt, aber er konnte sich nicht an den Traum erinnern. Irgendetwas hatte ihn geweckt. Er hatte dieses unangenehme, beunruhigende Gefühl, gestört worden zu sein. Aus dem Schlaf gerissen worden zu sein, bevor er dazu bereit gewesen war.

Er spürte eine Berührung, und plötzlich hämmerte sein Herz.

Als er den Kopf hob, sah er, dass Tyvara im Sitzen eingeschlafen war. Gegen die Mauer der alten Ruine gelehnt, war sie zur Seite gerutscht und hatte instinktiv das rechte Bein angewinkelt, um nicht umzukippen. Ihr Knie war auf seinen Arm gesunken.

Ihre Haut war wunderbar warm – ein scharfer Kontrast zu dem kalten Boden unter ihm und der wachsenden Kühle der hereinbrechenden Nacht. Obwohl Sachaka tagsüber warm war, konnten die Abende überraschend kalt sein.

Was soll ich tun? Wenn ich mich bewege, wird sie aufwachen. Aber sie sollte Wache halten, und es ist ohnehin beinahe Zeit, wieder aufzubrechen. Doch sie brauchte den Schlaf. Sie hatte nachts länger Wache gehalten als er, obwohl er einwandte, dass er durchaus in der Lage war, die Last mit ihr zu teilen. Er brachte es nicht übers Herz, ihr zu sagen, dass er die Erschöpfung auf magische Weise heilen konnte. Es wäre unsensibel gewesen, wenn man bedachte, was sein Vater den Verräterinnen versprochen und dann nicht gehalten hatte.

Die kalte Luft verriet ihm, dass sie auch den magischen Schild, der sie schützte, hatte fallen lassen, daher zog er einen eigenen Schild hoch und wärmte dann die Luft darin. Er hielt sich möglichst reglos, um sie nicht zu stören, und beobachtete sie im Schlaf. Die dunklen Ringe unter ihren Augen und die kleine Falte auf ihrer Stirn machten ihm Sorgen. Aber sie so eindringlich betrachten zu können, ohne sie zu beunruhigen oder in Verlegenheit zu stürzen ... Er konnte die weibliche Wölbung ihres Kinns bewundern und den exotischen Schnitt ihrer Augen, die Wölbung ihrer Lippen…

Die plötzlich zuckten. Hastig wandte er den Blick ab.

Er spürte, wie sie schnell einen Schild hochriss, als sie aufwachte und feststellte, dass sie ihren alten Schild hatte sinken lassen, daher zog er seinen so weit zurück, dass er nur noch ihn selbst umgab. Während er lauschte, wie sie tief einatmete und dann gähnte, musterte er die Ruinen, in denen sie sich versteckten. Hoch oben auf einem felsigen Hügel gelegen, boten sie einen Blick auf die Stelle, an der die Straße, der sie gefolgt waren, auf eine weitere Straße stieß. Da die Sonne kurz nach ihrer Ankunft aufgegangen war, hatte er Einzelheiten des Gebirges erkennen können, das zuvor nur eine neblige, ungleichmäßige blaugraue Linie am Horizont gewesen war.

Jetzt, während die Nacht sich vertiefte, konnte er niedrige Hügel ausmachen. Hinter ihnen lag größtenteils ebenes Bauernland, hier und da unterbrochen von Obstplantagen oder kleinen Wäldern für das Wild und kreuz und quer durchzogen von niedrigen Mauern.

»Wie weit sind wir noch entfernt?«, hatte er gefragt.

»Wir werden noch drei oder vier Nächte durch die Vorhügel wandern und dann noch einige weitere, um in die Berge hinaufzuklettern.«

Obwohl Tyvara schon früher hier gewesen war, wusste sie nichts über die Ruine. Er sah sie an und stellte fest, dass sie wach war, wenn auch anscheinend noch ein wenig müde.

»Hast du etwas dagegen, wenn ich mich umsehe?«, fragte er.

Sie blickte zum Himmel empor, der jetzt von einem dunklen Scharlachrot war, aber die Nacht war noch nicht dunkel genug, um sich weit vorzuwagen. »Geh nur. Aber sorg dafür, dass man dich von der Straße aus nicht sehen kann.«

»Natürlich.«

Sie hatten in einem offenen Geviert von Mauern Zuflucht gesucht. Er steuerte eine der Lücken an, um sich das Gebäude von außen näher anzusehen.

Eine Frau trat in die Lücke.

Er blieb wie angewurzelt stehen. Die Frau war wie eine Sklavin gekleidet, aber ihr Benehmen war vollkommen falsch. Sie lächelte ihn an, doch das Lächeln war nicht freundlich. Instinktiv stärkte er seinen Schild. Sie machte einen Schritt auf ihn zu und kniff die Augen zusammen.

Sein Schild vibrierte heftig, als Magie dagegenschlug. Die Luft zwischen ihnen schimmerte. Er wich zurück. Der Blick der Frau war kalt und eindringlich. Er zweifelte nicht daran, dass sie ihn zu töten beabsichtigte. Sein Herz begann vor Furcht schneller zu schlagen. Er spürte den wachsenden Drang, die Flucht zu ergreifen. *Was vernünftig wäre*, dachte er. *Sie muss eine Verräterin sein, was bedeutet, dass sie eine Schwarzmagierin ist, was bedeutet, dass sie erheblich stärker ist als ich.* Aber bevor er diesen Gedanken auch nur zu Ende gedacht hatte, trat Tyvara an ihm vorbei. Der Blick der Frau wanderte zu ihr hinüber. Eine schwindelerregende Woge der Erleichterung schlug über ihm zusammen. Sie blieb einen Schritt vor ihm stehen, und er spürte, wie ihr Schild den seinen umschlang. Obwohl der magische Angriff abbrach, sorgte er dafür, dass sein Schild innerhalb dem von Tyvara stark blieb, für den Fall, dass ihrer ins Wanken geriet.

»Lass das, Rasha«, sagte Tyvara.

»Nur wenn du es auch lässt«, erwiderte die Frau.

»Schwörst du, dass du mich oder Lorkin nicht angreifen wirst?«

»Ich schwöre, dass ich dich nicht angreifen werde. Aber er...« Der Blick der Frau wanderte zu ihm herüber. »Er muss sterben.«

Lorkin schauderte. Doch er bemerkte auch, dass die Frau aufgehört hatte, Tyvara anzugreifen.

»Die Königin hat verboten, ihn zu töten.«

»Sie hat kein Recht, uns zu sagen, dass wir keine Rache üben dürfen«, zischte Rasha.

»Ishira war die Erste.«

Die Augen der Frau blitzten vor Wut auf. »Die Erste oder die Letzte, welche Rolle spielt das?«

»Sie war auch meine Spielkameradin. Denkst du, ich würde sie nicht vermissen? Denkst du, ich habe nicht getrauert?«

»*Du weißt nicht, wie es ist, ein Kind zu verlieren!*«, rief die Frau.

»Nein«, antwortete Tyvara mit einem scharfen Unterton. »Aber ich würde die Königin als ein Beispiel dafür ansehen, wie man mit dem Verlust lebt, nicht jene, die das Kind eines anderen wegen dessen Fehlern oder Verbrechen ermorden würden.«

Rasha starrte Tyvara an, ihr Gesicht eine Maske des Hasses. »Nicht jeder kann so versöhnlich sein. Nicht in einem solchen Fall. Und nicht, wenn es darum geht, dass du eine von uns ermordet hast.« Die Augen der Frau glänzten. »Du verschwendest deine Stärke auf seinen Schutz. Überlass ihn mir.«

»Was wirst du mit mir machen, nachdem du ihn getötet hast?« Tyvara klang bemerkenswert gelassen, wie Lorkin feststellte. Aber ihre Haltung war angespannt, als erwarte sie jeden Augenblick einen weiteren Angriff. *Sie versucht, die Frau am Reden zu halten. Nun, ich hoffe, sie tut das. Sie könnte auch im Begriff stehen, mein Leben gegen das ihre einzutauschen.*

»Du kommst mit mir zurück ins Sanktuarium. Alle Verräterinnen müssen wissen, dass es der Königin lieber ist, dass eine der unseren stirbt als der Sohn des Mannes, der ihre Tochter getötet hat.«

»Tatsächlich wäre es der Königin lieber, man würde ihre Befehle befolgen. Dann würde niemand getötet werden«, erklang eine hohe Stimme. »Es ist ein ziemlich vernünftiger Befehl und gut für alle.«

Rasha trat beiseite und drehte sich mit der gleichen Bewegung um. Eine weitere wie eine Sklavin gekleidete Frau stand hinter ihr und lehnte sich in einer bewusst lässigen Pose an die Mauer.

»Chari«, sagte Tyvara, in deren Stimme jetzt Erleichterung und Wärme lagen.

Sie schenkte ihnen allen ein fröhliches Lächeln, dann trat sie mit der ganzen Würde einer jungen Kyralierin, die bei einem Ball einen großen Auftritt hinlegte, in das Gebäude.

»Ich habe neue Befehle von der Königin«, eröffnete sie ihnen. »Lord Lorkin wird kein Haar gekrümmt. Tyvara soll ins Sanktuarium gebracht werden, um wegen der Ermordung Rivas vor Gericht gestellt zu werden.« Sie wandte sich an Rasha. »Da ich im Rang über dir stehe, fällt diese kleine Aufgabe mir zu. Du solltest besser loslaufen, bevor dein Herr feststellt, dass du fort bist, und einen Suchtrupp mit Peitschen hinter dir her schickt.«

Rasha starrte Chari einen Moment lang an, dann zischte sie und stolzierte durch die Lücke in der Mauer. Man konnte das Knacken und Knistern hören, als die Frau durch die stacheligen Büsche auf dem Hügel stapfte.

Chari wandte sich Tyvara zu. »Du steckst *so* tief in Schwierigkeiten.«

Tyvara zuckte die Achseln. »Danke, dass du eingegriffen hast. Woher wusstest du, wo wir sind?«

Die junge Frau zuckte mit den Schultern. »Ich wusste es nicht. Ich habe natürlich nach dir Ausschau gehalten, aber ich hätte nicht gedacht, dass du hierherkommen würdest. Es ist das offensichtlichste Versteck in diesem Gebiet. Was hast du dir nur dabei gedacht?«

Tyvara zuckte erneut die Achseln. »Ich weiß es nicht.« Sie rieb sich das Gesicht, und ihre Erschöpfung war ihr plötzlich deutlich anzumerken. »Wir hatten unsere Sache so gut gemacht... Ich dachte, die Leute würden vielleicht annehmen, dass wir gar nicht zum Sanktuarium gehen würden.«

Chari schüttelte den Kopf. »Nur gut, dass ich ein Auge auf Rasha gehalten habe. Sie ist auf dem Nachbargut die oberste Wächterin, und sie war überaus erpicht darauf, euch zu fangen. Als ich hörte, dass sie eine Gruppe zusammengestellt hatte und auf dem Weg war, euch zu holen, bin ich davongeschlüpft und ihr gefolgt.«

»Eine Gruppe?« Tyvara runzelte die Stirn. »Wo sind denn die anderen?«

»Zu eurem Glück hat sie ihnen aufgetragen zu warten, damit sie vorgehen und deinen neuen Freund hier erledigen konnte.« Chari sah Lorkin an und lächelte. »Ich habe sie zuerst erwischt und nach Hause geschickt.«

»*Ich stehe im Rang über dir*«, hatte Lorkin sie zu Rasha sagen hören. *Sie ist offensichtlich eine ziemlich mächtige Verräterin. Und wenn sie Ränge haben, dann sind sie doch nicht so gleichberechtigt, wie Tyvara behauptet.*

»Nun... ich danke dir dafür.« Tyvara hielt inne. »Also, was hast *du* mit uns vor?«

Chari antwortete nicht. Sie senkte den Blick, schürzte die Lippen und kam näher. Einige Schritte entfernt blieb sie stehen. Dann sah sie Tyvara forschend an. »Ist es wahr?«

»Ja.«

Chari nickte und seufzte. »Riva war eine Unruhestifterin. Wenn dir irgendjemand einen Grund dazu geben würde, dann war sie es.«

Tyvara schüttelte den Kopf. »Wenn es irgendeine andere Möglichkeit gegeben hätte...«

»Nun, es ist gut, dass du es nicht abstreitest. Wie sehen deine Pläne aus?«

»Nach Hause gehen und es regeln.«

Charis Blick wanderte zu Lorkin, und sie musterte ihn von Kopf bis Fuß. »Was ist mit ihm?«

Lorkin beschloss, die Initiative zu ergreifen. Er neigte höflich den Kopf. »Es ist mir eine Ehre, dich kennenzulernen, Chari von den Verräterinnen.«

Die Frau grinste und trat vor ihn hin. »Ich mag ihn. Es ist mir ebenfalls eine Ehre, dich kennenzulernen.«

»Er hat sich erboten, mit mir zurückzukehren, um bei der Verhandlung zu meiner Verteidigung zu sprechen.«

Chari zog die Augenbrauen hoch. »Du willst mit ihr gehen?«, fragte sie ihn.

»Ja.«

Ein anerkennender und abschätzender Ausdruck trat in ihre Züge. »Du bist ein mutiger Mann. Wirst du uns geben, was dein Vater uns nicht gegeben hat?«

»Wir werden das besprechen, wenn wir dort angekommen sind«, erwiderte Tyvara, bevor er reagieren konnte.

Die Frau kicherte. »Davon bin ich überzeugt. Natürlich ist es nicht das, was eigentlich geschehen sollte. Du solltest nach Arvice zurückgebracht werden. Gewiss sollen wir dich nicht mit in unser geheimes Zuhause bringen. Dafür werde ich mir eine Erlaubnis einholen müssen.«

»Wie lange wird das dauern?«

Chari überlegte. »Sechs oder sieben Tage. Wir können die Zeit abkürzen, indem wir uns bei den Gerberhütten mit Sprecherin Savara treffen.« Sie wandte sich an Lorkin. »Sie war Tyvaras Mentorin – und meine – und ist eine unserer Anführerinnen. Wenn du immer noch ins Sanktuarium mitkommen willst, wirst du sie dazu überreden müssen, dich aufzunehmen.«

»Wie sollte ich das am besten angehen?«

Chari zuckte die Achseln.

»Mit deinem gewohnten Charme und deiner Begeisterung«, erwiderte Tyvara. »Aber mach keine Versprechen. Meine Leute würden dergleichen mit Argwohn betrachten, wenn sie dir überhaupt Glauben schenken. Du brauchst lediglich anzudeuten, dass du bereit wärst, darüber nachzudenken, Entschädigung für den Verrat deines Vaters zu leisten. Du brauchst nicht zu erwähnen, wie du das anstellen willst.«

Er nickte. »Das kann ich tun.«

Tyvara lächelte. »Ich freue mich darauf zu beobachten, wie du es versuchst.«

»Ich auch«, bemerkte Chari. Dann blickte sie auf seine Schuhe hinab. »Wie geht es deinen Füßen?«

»Sie sind viel benutzt worden.«

»Lust auf eine Fahrt im Wagen? Wir haben eine Fuhre Futter, die morgen zu einem der entlegenen Güter gebracht werden muss. Ich bin davon überzeugt, dass da noch Platz für zwei weitere Sklaven ist.«

Lorkin sah Tyvara an. »Können wir ihr trauen?«

Sie nickte. »Chari ist eine alte Freundin von mir. Wir sind zusammen ausgebildet worden.«

Er lächelte Chari an und neigte den Kopf. »Dann nehme ich dein Angebot an. Tatsächlich klingt es so, als sei es zu gut, um es abzulehnen.«

»Dann tut es auch nicht.« Chari lächelte strahlend. »Ich kann euch auf meinem Gut bequemere Betten anbieten als einen Flecken Erde in einer alten Ruine. Und«, sie beugte sich zu Lorkin vor und schnupperte, »es riecht, als hättest du dich seit Tagen nicht mehr gewaschen.«

Lorkin sah Tyvara an. Sie runzelte die Stirn.

»Was ist los?«, fragte er.

Sie schüttelte den Kopf. »Nichts.« Seufzend sah sie Chari an. »Bist du dir sicher, dass Lorkin auf deinem Gut keine Gefahr droht?«

Die junge Frau grinste. »Der Herr ist ein lieber alter Trinker. Ich treffe alle Entscheidungen dort, und das bezieht sich auch darauf, welche Sklaven er kauft. Es gibt nicht einen einzigen Sklaven dort, den ich nicht billigen würde, und die wenigen Male, dass Sprecherin Tückisch versucht hat, eins ihrer Mädchen auf das Gut zu bringen, habe ich andere Plätze für sie gefunden.«

Tyvara schüttelte langsam den Kopf. »Du wirst eine sehr beängstigende Frau sein, solltest du jemals beschließen, dir einen Platz in der Führungsriege zu sichern.«

»Darauf kannst du wetten.« Chari grinste. »Also solltet ihr euch besser gut mit mir stellen. Und so wie es riecht, werdet ihr beide, was das betrifft, bessere Chancen haben, wenn ihr erst einmal ein Bad nehmt. Kommt jetzt. Lasst uns nach Hause gehen, bevor der Herr mich vermisst.«

»Sie würde nicht um ein Treffen mit dir bitten, wenn sie keinen guten Grund dazu hätte«, sagte Gol, während er hinter Cery hereilte.

»Soll ich mich jetzt besser fühlen?«, entgegnete Cery.

»Nun... ich sage nur, dass sie ein vernünftiges Mädchen ist.«

»Mir wäre es erheblich lieber, sie wäre *nicht* vernünftig und hätte *keinen* Grund, sich mit mir zu treffen.« Cery runzelte die Stirn. »Wenn sie vernünftig ist und einen guten Grund hat, dann besteht eine größere Chance, dass etwas Schlimmes geschehen ist.«

Gol seufzte und erwiderte nichts mehr. Cery schlängelte sich in der Gasse an Kisten mit verfaulendem Essen vorbei. *Zumindest weiß ich, dass Anyi noch lebt*, dachte er. Gol hatte gelegentlich versucht, sie zu finden, und Cery war erfreut gewesen, dass es ihm nicht gelungen war – und er hatte versucht sich einzureden, dass sein Freund sie deshalb nicht gefunden hatte, weil sie sich erfolgreich versteckte, und nicht, weil ihre Leiche niemals gefunden oder erkannt worden war.

Kurz vor dem Ende der Gasse blieb er stehen und hämmerte gegen eine Tür. Nach einem kurzen Moment der Stille schwang die Tür nach innen auf, und ein Mann mit einem vernarbten Gesicht geleitete sie hinein. Eine bekannte Frau trat aus einer Nebentür, um ihn zu begrüßen.
»Donia«, sagte Cery und brachte ein schwaches Lächeln zustande. »Was machen die Geschäfte?«
»Das Übliche«, antwortete sie und hob den Mundwinkel zu einem schiefen Lächeln. »Schön, dich wiederzusehen. Ich habe die Räume so eingerichtet, wie es dir gefällt. Sie wartet dort oben.«
»Danke.«
Er und Gol gingen die Treppe hinauf. Die Sorge machte ihn reizbar, und er konnte nicht umhin, durch Türen und um Ecken zu spähen, auf der Suche nach einem möglichen Hinterhalt. Obwohl Cery nicht glaubte, dass Donia ihn freiwillig verraten würde, hielt er es doch niemals für ausgeschlossen, dass jemand sich daran erinnern könnte, dass sie in ihrer Jugend Freunde gewesen waren, und ihm in ihrem Bolhaus eine Falle stellte. Oder ihm nachspionierte. Wenn er Versammlungen abhielt, ließ er Donia stets die Räume im oberen Stock zu beiden Seiten seines Zimmers und darunter freimachen, damit niemand lauschen konnte.

Als er die Tür zu demselben Raum erreichte, in dem er sich das letzte Mal mit Anyi getroffen hatte, sah er sie zu seiner Erheiterung in genau der gleichen Position dasitzen wie bei ihrer vorangegangenen Begegnung. Ohne sich eine Regung anmerken zu lassen, folgte er Gol hinein. Der große Mann sah sich im Raum um, dann schloss er die Tür. Cery betrachtete seine Tochter genauer.

Unter ihren Augen lagen dunkle Ringe, und sie schien noch dünner geworden zu sein, aber ihr Blick war scharf und furchtlos.

»Anyi«, sagte er. »Ich freue mich zu sehen, dass du dich aus Schwierigkeiten heraushalten konntest.«

Ihre Mundwinkel zuckten. »Es ist auch schön zu sehen, dass du noch lebst. Hattest du Glück bei der Suche nach dem Mörder meiner Brüder?«

Ein vertrauter Stich des Kummers durchzuckte ihn. »Ja und nein.«

»Und das bedeutet was?«

Cery unterdrückte einen Seufzer. Auch ihre Mutter hatte nichts übrig gehabt für ausweichende Antworten.

»Ich habe jemanden verfolgt, aber bevor ich ihn gefangen habe, kann ich mir nicht sicher sein, ob es die richtige Person ist.«

Sie schürzte die Lippen und nickte. »Warum hast du zugelassen, dass auf der Nordseite Glühhäuser eröffnet wurden?«

Er blinzelte überrascht. »Das habe ich nicht getan.«

»Du weißt nichts davon?« Sie zog die Augenbrauen hoch und richtete ihre Aufmerksamkeit auf Gol. »*Er* weiß es nicht?«

»Nein.« Cery sah Gol an. »Aber jetzt wissen wir es.«

»Du wirst sie schließen lassen?«

»Natürlich.«

Sie runzelte die Stirn. »Aber du wirst es nicht selbst tun, nicht wahr? Nicht persönlich.«

Er zuckte die Achseln. »Wahrscheinlich nicht. Warum fragst du?«

»Eins hat neben dem Haus geöffnet, in dem ich gewohnt habe. Das ist der Grund, warum ich jetzt nicht mehr dort wohne. Sehr, sehr unangenehme Leute. Ich habe sie mit den früheren Bewohnern reden hören. Die Wände sind so dünn, dass es schwer war, nicht zu lauschen.« Sie kniff die Augen zusammen. »Sie haben dem Mann erklärt, dass sie sein Haus und den Laden übernehmen würden. Sie sagten, wenn er irgendjemandem davon erzähle, würden sie ihm und seiner Familie Dinge antun. Da war eine Frau mit einem seltsamen Akzent – nichts, was ich je zuvor gehört habe. Sie sagte etwas, woraufhin der Stiefelmacher zu brüllen begann. Anschließend, als sie fort waren, hörte ich den Schuhmacher seiner Frau erzählen, was geschehen war, als sie nach Hause kam. Er sagte, sie hätten ihm mit Magie Schmerzen zugefügt.« Anyi sah Cery durchdringend an. »Hältst du das für möglich, oder haben sie nur eine List angewandt?«

Cery hielt ihrem Blick stand. *Wenn das die wilde Magierin ist ... wenn sie der Jäger ist ... schlängelt sie sich dann näher an Skellin heran, indem sie für seine Feuelverkäufer arbeitet?* »Ein seltsamer Akzent«, wiederholte er.

»Ja.«

»Konntest du einen Blick auf sie werfen?«

»Nein. Aber in der Stadt kursieren schon seit Jahren Gerüchte über wilde Magier. Es ergibt durchaus Sinn, wenn es sich dabei um Fremdländer handelt. Magier, die nicht aus den Verbündeten Ländern stammen, werden nicht Teil der Gilde sein.« Sie hielt inne, dann zuckte sie die Achseln. »Natürlich hätte sie einen falschen Akzent annehmen können.«

Cery nickte und lächelte anerkennend. »Es war richtig von dir, von dort wegzuziehen. Hast du ein anderes Versteck?«

Sie zog die Brauen zusammen. »Nein. Ich hatte einige, aber sie sind alle auf die eine oder andere Weise unbrauchbar gemacht worden.« Sie blickte zu ihm auf. »So wie es aussieht, geht es dir gut.«

»Ich bin mir nicht sicher, wie viel davon auf mein Tun zurückgeht oder auf bloßes Glück«, gab er zu.

»Trotzdem, mit deinem Geld und deinen Verbindungen musst du eine bessere Chance haben als ich.«

Cery nickte. »Diese Dinge helfen.«

»Ja, nicht wahr? Nun, wie wäre es dann, wenn ich bei dir bliebe? Denn mit Verstecken verdiene ich kein Geld, und ich habe all meine Ersparnisse aufgebraucht, ebenso wie meine Beziehungen.«

Als Cery den Mund öffnete, um zu protestieren, sprang sie auf.

»Erzähl mir nicht, ich wäre sicherer, wenn ich mich nicht in deiner Nähe aufhielte. Niemand außer dir und Gol weiß, dass wir verwandt sind, und ich habe nicht die Absicht, es zu öffentlichem Klatsch zu machen. Ich werde nicht ständig bei dir sein, weil ich deine Tochter bin.« Sie straffte sich und stemmte die Hände in die Hüften. »Ich werde als deine Leibwächterin da sein.«

Gol gab einen erstickten Laut von sich.

»Anyi…«, begann Cery.

»Sieh den Tatsachen ins Auge, du brauchst einen Leibwächter. Gol wird alt und langsam. Du brauchst jemand Junges, dem du genauso vertrauen kannst wie ihm.«

Aus dem erstickten Laut, den Gol von sich gegeben hatte, wurde ein Prusten.

»Jugend und Vertrauenswürdigkeit sind nicht alles, was ein Leibwächter haben muss«, bemerkte Cery.

Sie lächelte und verschränkte die Arme vor der Brust. »Du glaubst nicht, dass ich kämpfen kann? Ich kann kämpfen. Ich hatte sogar eine gewisse Ausbildung. Ich werde es beweisen.«

Cery verkniff sich die skeptische Bemerkung, die er normalerweise gemacht hätte. *Sie ist meine Tochter. Wir haben seit Jahren nicht mehr so viele Worte gewechselt. Ich werde nichts gewinnen, indem ich sie wegschicke. Und … vielleicht hat sie tatsächlich ein wenig von dem Talent ihres Vaters.*

»Nun denn«, sagte er. »Wie wär's, wenn du das tätest? Zeig mir, wie alt und langsam Gol ist.«

Bei dem Ausdruck auf dem Gesicht seines Leibwächters hätte er beinahe laut aufgelacht. Gols gekränkter, entsetzter Blick machte Wachsamkeit Platz, als Anyi sich ihm zuwandte und in die Hocke ging. In einer Hand blitzte Metall auf. Cery hatte sie nicht nach dem Messer greifen sehen. Er bemerkte, wie sie das Messer hielt, und nickte anerkennend. *Das könnte interessant werden.*
»Aber töte ihn nicht«, erklärte er ihr.

Gol hatte sich inzwischen von seiner Überraschung erholt und näherte sich Anyi mit den vorsichtigen, gut ausbalancierten Schritten, die Cery so vertraut waren, und langsam zog er ein Messer. Der große Mann mochte nicht schnell sein, aber er war so massig wie eine Mauer und wusste, wie er den Schwung und das Gewicht eines Gegners gegen ihn einsetzen konnte.

Anyi bewegte sich ebenfalls auf Gol zu, aber Cery stellte zu seiner Freude fest, dass sie nichts überstürzte. Doch sie umkreiste Gol, und das war nicht gut. Ein Leibwächter sollte sich zwischen einem Angreifer und seinem Schutzbefohlenen halten. *Das werde ich ihr noch beibringen müssen.*

Dann fasste Cery sich wieder und runzelte die Stirn. *Werde ich das tun? Sollte ich sie überhaupt in meiner Nähe halten, geschweige denn sie in eine Position bringen, in der die Wahrscheinlichkeit eines Angriffs auf sie noch größer wird? Ich sollte ihr Geld geben und sie wegschicken.*

Irgendwie wusste er, dass sie damit nicht zufrieden sein würde. Ob er sie wegschickte oder sie bei sich behielt, sie würde irgendetwas *tun* wollen. *Und sie hat kein Versteck. Wie kann ich sie wegschicken?*

Aber sie war zäh. Wenn er sie aus der Stadt schickte – vor allem wenn er ihr Geld gab –, würde sie neue Orte finden und sich dort verstecken. *Oder sie wird zu dem Schluss kom-*

men, dass sie es nicht länger ertragen kann, eingesperrt zu sein, und alle Vorsicht in den Wind schlagen.

Ein Wirbel von Bewegungen lenkte seine Aufmerksamkeit auf den Kampf. Anyi hatte Gol angegriffen, wie er bemerkte. Wiederum nicht der beste Schritt für einen Leibwächter. Gol war ihrem Messer geschickt ausgewichen, hatte ihren Arm gepackt und ihren Sprung genutzt, um sie hinter sich auf den Boden zu befördern. Sie stieß ein Heulen des Protestes und des Schmerzes aus, als er ihr den Arm hinter den Rücken drehte und sie damit daran hinderte, sich zu erheben.

Cery trat vor, wand ihr das Messer aus der Hand und wich dann zurück.

»Lass sie aufstehen.«

Gol ließ sie los und zog sich zurück. Er begegnete Cerys Blick und nickte knapp. »Sie ist schnell, aber sie hat einige schlechte Angewohnheiten. Wir werden sie neu ausbilden müssen.«

Cery sah den Mann stirnrunzelnd an. *Er hat bereits beschlossen, dass ich sie behalten werde!*

Anyi erhob sich, musterte Gol mit zusammengekniffenen Augen, sagte jedoch nichts. Sie sah Cery an, dann blickte sie zu Boden.

»Ich werde lernen«, sagte sie.

»Du hast eine Menge zu lernen«, entgegnete Cery.

»Also wirst du mich als Leibwächterin zu dir nehmen?«

Er hielt inne, bevor er antwortete: »Ich werde darüber nachdenken, sobald du richtig ausgebildet bist, und wenn ich dich für gut genug halte. So oder so, du arbeitest jetzt für mich, und das bedeutet, dass du tun musst, was ich dir befehle. Keine Widerrede. Selbst wenn du nicht weißt, warum.«

Sie nickte. »Das ist gerecht.«

Er ging auf sie zu und gab ihr das Messer zurück. »Und

Gol ist nicht alt. Er ist ungefähr im gleichen Alter wie ich.«

Anyi zog die Augenbrauen hoch. »Wenn du glaubst, das bedeute, dass er nicht alt ist, dann brauchst du wirklich einen neuen Leibwächter.«

23 Neue Helfer

Heilerin Nikea kam in den Untersuchungsraum, als Soneas letzte Patientin ging – eine Frau, die erfolglos versuchte, Feuel aufzugeben. Sonea hatte die Frau geheilt, aber ihr Verlangen war dadurch nicht gestillt worden.

»Ich muss Euch etwas zeigen«, sagte Nikea.

»Ja?« Sonea blickte von den Notizen auf, die sie sich gemacht hatte. »Und was?«

»Etwas«, antwortete Nikea. Sie lächelte und riss vielsagend die Augen auf.

Irgendwie brachte Soneas Herz es fertig, einen Schlag auszusetzen und ihr direkt danach in die Magengegend zu sinken. Wenn Cery eine Nachricht geschickt hatte, hätte Nikea sie ihr überbracht. Dieser vielsagende Blick legte die Vermutung nahe, dass mehr als eine Notiz angekommen war, und Sonea vermutete, dass dieses »Etwas« Cery war.

Er wusste, dass es ihr nicht recht war, wenn er hierherkam. Trotzdem, er musste einen guten Grund dafür haben.

Sie stand auf, verließ den Raum und folgte Nikea den Flur entlang. Sie kamen in den nicht öffentlichen Teil des Hospitals. Zwei Heiler standen im Gang und hatten tuschelnd die Köpfe zusammengesteckt. Ihr Blick ruhte auf der Tür zu einem Lagerraum, wanderte jedoch zu Sonea hinüber, als sie erschien. Sofort richteten sie sich auf und nickten ihr höflich zu.

»Schwarzmagierin Sonea«, murmelten sie, bevor sie davoneilten.

Nikea führte Sonea zu der Tür, die die beiden so interessant gefunden hatten, und öffnete sie. Darin saß auf einer kurzen Leiter eine vertraute Gestalt zwischen Regalreihen voller Bandagen und anderer Krankenhausvorräte. Er lächelte und stand auf. Seufzend trat Sonea ein und zog die Tür hinter sich zu.

»Cery«, sagte sie. »Gibt es gute Neuigkeiten oder schlechte?«

Er lachte leise. »Mir geht es gut, danke der Nachfrage. Wie geht es dir?«

Sie verschränkte die Arme vor der Brust. »Bestens.«

»Du wirkst ein wenig reizbar.«

»Es ist mitten in der Nacht, doch aus irgendeinem Grund haben wir genauso viele Patienten wie tagsüber, nichts, was ich versuche, heilt die Feuersucht, in der Stadt streunt eine wilde Magierin umher, und statt der Gilde davon zu erzählen, riskiere ich das wenige an Freiheit, was ich habe, indem ich mit einem Dieb zusammenarbeite, der darauf besteht, mich an einem öffentlichen Ort aufzusuchen, und mein Sohn ist noch immer in Sachaka verschollen. Und da soll ich guter Laune sein?«

Cery verzog das Gesicht. »Wohl eher nicht. Also... keine Neuigkeiten über Lorkin?«

»Nein.« Sie seufzte abermals. »Ich weiß, dass du nicht hergekommen wärst, wenn du keinen guten Grund hättest, Cery. Erwarte nur nicht von mir, dass ich dein Erscheinen hier vollkommen ruhig und gelassen aufnehme. Was gibt es Neues?«

Er setzte sich wieder. »Was würdest du davon halten,

wenn noch ein Dieb dir helfen würde, die wilde Magierin zu finden?«

Sonea sah ihn überrascht an. »Ist es jemand, den ich kenne?«

»Das bezweifle ich. Er ist einer von den Neuen. Farens Nachfolger. Sein Name ist Skellin.«

»Er muss eine Menge zu bieten haben, wenn du sein Angebot in Erwägung ziehst.«

Cery nickte. »Das hat er. Er ist einer der mächtigsten Diebe in der Stadt. Er hat ein spezielles Interesse am Jäger der Diebe. Vor einer Weile hat er mich gefragt, ob ich ihn auf dem Laufenden halten würde, sollte mir etwas zu Ohren kommen. Er weiß, dass die wilde Magierin vielleicht nicht der Jäger der Diebe ist, hält es aber für lohnend, sie aufzuspüren, um es herauszufinden.«

»Was hat er davon?«

Er lächelte. »Er würde dich gern treffen. Es klingt, als hätte Faren ihm Geschichten erzählt, daher verspürt er den Wunsch, die Legende kennenzulernen.«

Sonea stieß einen wenig damenhaften Laut aus. »Solange er nicht die gleichen Vorstellungen hat wie Faren, was die Frage betrifft, wie nützlich ich ihm sein könnte...«

»Ich bin davon überzeugt, die hat er, aber er wird nicht erwarten, dass du diese Ideen mit ihm teilst.«

»Hat er eine bessere Chance als du, die wilde Magierin zu finden?«

Cery wurde ernst. »Es hat sich herausgestellt, dass sie einem Feuelhändler Gefälligkeiten erwiesen hat. Der Mann hatte sein Geschäft in meinem Gebiet aufgezogen, bis ich der Sache Einhalt geboten habe. Skellin kontrolliert den größten Teil des Handels, daher hoffe ich, er kann –«

»Der Dieb, mit dem wir zusammenarbeiten, ist die Hauptquelle von Feuel?«, unterbrach ihn Sonea.

Cery nickte und rümpfte angewidert die Nase. »Ja.«

Sie wandte sich ab. »Oh, das ist einfach wunderbar.«
»Wirst du seine Hilfe annehmen?«
Sie sah ihn an. Sein Blick war hart und herausfordernd. Doch was hatte er gesagt? »*...hatte sein Geschäft in meinem Gebiet aufgezogen, bis ich der Sache Einhalt geboten habe.*« Vielleicht gefiel ihm genauso wenig wie ihr, was Feuel den Menschen antat. Aber er hatte keine andere Wahl, als mit Leuten wie Skellin zusammenzuarbeiten. »*Er ist einer der mächtigsten Diebe in der Stadt.*« Wenn die wilde Magierin für einen Feuelhändler arbeitete, dann machte es Sinn, sich der Hilfe eines Importeurs der Droge zu versichern. Vielleicht war sie süchtig nach der Droge, und der Verkäufer zwang sie, ihre Magie für Verbrecher einzusetzen, um Nachschub zu bekommen.

Sonea massierte sich die Schläfen, während sie nachdachte. *Ich breche bereits einen ganzen Haufen Regeln. Ironischerweise wird dies die Dinge nicht schlimmer machen, soweit es die Gilde betrifft. Es wird sich nur für mich schlimmer anfühlen.*

»Dann rekrutiere ihn. Solange er begreift, dass eine Begegnung mit mir nicht mehr bedeutet, als dass wir beide ein einziges Mal am selben Ort sein und uns für eine vernünftig bemessene Zeitspanne freundlich unterhalten werden – und solange du es für notwendig hältst, ihn mit einzubeziehen –, habe ich nichts dagegen einzuwenden.«

Cery nickte. »Ich denke tatsächlich, dass wir ihn brauchen. Und ich werde dafür sorgen, dass er versteht, dass man deine Dienste nicht mieten kann.«

Nachdem Dannyl und Achati aus der Kutsche gestiegen waren, drehten sie sich um, um ihre Umgebung zu betrachten. Die Straße, auf der sie in Richtung Norden unterwegs gewesen waren, endete an einer von Osten nach Westen verlaufenden Durchgangsstraße, die neben einem Fluss herführte. Hügel umgaben sie, und Felsbrocken ragten aus wilder Vegetation hervor.

»Wir werden hier warten«, sagte Achati.

»Was denkt Ihr, wie lange es dauern wird?«, fragte Dannyl.

»Eine Stunde, vielleicht zwei.«

Achati hatte veranlasst, dass die Gruppe einheimischer Magier, die ihnen magische Unterstützung gewähren wollten, sie an der Kreuzung traf. Sie brachten einen Fährtensucher mit. Er hatte ihnen erklärt, wie er die Dinge sah: Wenn sie bis zu den Bergen kamen und die Straße verlassen mussten, würde das Risiko, von den Verräterinnen angegriffen zu werden, dramatisch steigen.

Der Sachakaner drehte sich um und sprach mit seinen Sklaven, die er anwies, für ihn, Dannyl und sie selbst Wasser und Essen zu holen. Als die beiden jungen Männer gehorchten, ging Dannyl nicht zum ersten Mal durch den Kopf, dass Achati seine Sklaven gut behandelte. Er schien sie beinahe zu mögen.

Während sie die kleinen, flachen Pasteten verzehrten, die man ihnen auf dem letzten Gut mitgegeben hatte, betrachtete Dannyl abermals die Hügel. Die Felsvorsprünge erregten seine Aufmerksamkeit. Stirnrunzelnd bemerkte er, dass einige eher wie Mauern aus Felsblöcken wirkten. Und dass diese Felsblöcke sich so perfekt einer an den anderen fügten, dass es kaum noch allein auf eine Laune der Natur zurückgeführt werden konnte.

»Ist das eine Ruine dort oben?«, fragte er, an Achati gewandt.

Der Mann folgte Dannyls ausgestreckter Hand und nickte.

»Wahrscheinlich. Davon gibt es einige in diesem Gebiet.«

»Wie alt sind sie?«

Achati zuckte die Achseln. »Alt.«

»Habt Ihr etwas dagegen, wenn ich sie mir ansehe?«

»Natürlich nicht.« Achati lächelte. »Ich werde Euch ein Zeichen geben, wenn die anderen eintreffen.«

Dannyl aß die letzte Pastete, dann überquerte er die Straße und begann hügelaufwärts zu gehen. Der Hügel war steiler, als es von der Straße aus den Anschein gehabt hatte, und als Dannyl den ersten Haufen Felsbrocken erreichte, war er außer Atem. Bei deren Untersuchung kam er zu dem Schluss, dass es sich um einen Teil einer Mauer handelte. Eine Weile ging er auf dem Hang umher, fand weitere Mauerabschnitte und ruhte sich aus, um wieder zu Atem zu kommen. Als er sich erholt hatte, beschloss er festzustellen, was diese Befestigungsanlage umgab, und machte sich erneut auf den Weg hügelaufwärts.

Je näher er dem Gipfel kam, desto dichter und höher wurde die Vegetation. Nachdem sein Ärmel sich an einem Dornenstrauch verfangen hatte und es ihm gelungen war, den Stoff zu zerreißen, machte er um solche Pflanzen einen großen Bogen. Es war nicht weiter schwierig, Stoff mit Magie zu trocknen und sogar einige Flecken zu entfernen, aber das Flicken von Rissen überstieg sein Vermögen. Es mochte irgendwie möglich sein, die feinen Fäden wieder zusammenzufügen, aber das würde Zeit und Konzentration erfordern.

Enttäuscht stellte er fest, dass er zwar vor sich die Überreste weiterer Mauern sehen konnte, dass sie jedoch inmitten eines anscheinend undurchdringlichen Gürtels miteinander verwachsener Dornensträucher emporragten. Er schuf einen magischen Schild, damit er sich zwischen ihnen hindurchzwängen konnte. Oben befand sich ein flacher Bereich innerhalb der niedrigen Mauern, der alles war, was von einem Gebäude übrig geblieben war, aber darüber hinaus gab es nichts zu sehen als verwitterte Steine.

Hier werde ich nichts Neues erfahren, überlegte er. *Nicht ohne all das auszugraben.* Er verließ das Gebäude und machte sich auf den Rückweg zur Straße.

Ein kleines Stück weiter den Hang hinunter teilte sich die Vegetation, und er hatte einen unverstellten Blick auf die Kutsche und die Straße unter ihm. Achati saß in der schmalen Tür des Wagens. Der gutaussehende Sklave namens Varn kniete vor dem Magier und hielt die Hände hoch, die Innenflächen nach außen gekehrt. Etwas in Achatis Hand fing das Licht auf.
Ein Messer.
Dannyls Magen krampfte sich zusammen, und er blieb stehen. Achati hob die kunstvoll geschmückte Klinge, die normalerweise in ihrer Scheide an seiner Seite ruhte, und berührte damit leicht die Handgelenke des Sklaven. Er steckte das Messer weg und legte beide Hände um das Gelenk des Mannes. Während Dannyl das Schauspiel beobachtete, raste sein Herz. Nach kurzer Zeit ließ Achati den Sklaven los.

Ich schätze, das bedeutet, dass Varn Achatis Quellsklave ist, dachte Dannyl. Dann wurde ihm klar, dass sein Herz nicht vor Furcht raste. *Eher vor Aufregung. Ich habe soeben ein uraltes schwarzmagisches Ritual beobachtet.* Magie war vom Sklaven an seinen Herrn weitergereicht worden. Und dazu war es nicht vonnöten gewesen, jemanden zu ermorden. Das Ganze war bemerkenswert ruhig und würdevoll abgelaufen.

Der junge Mann stand nicht auf, sondern rückte näher an seinen Herrn heran. Statt den Blick wie üblich gesenkt zu halten, sah er zu Achati auf. Dannyl starrte den Mann an, fasziniert von seinem Gesichtsausdruck. *Falls ich aus dieser Entfernung keinem Trugschluss erliege, würde ich sagen, dass es ein Ausdruck der Bewunderung ist.* Er lächelte. *Ich schätze, es wäre einfach, einen Herrn zu lieben, der einen gut behandelt.*

Dann lächelte der Sklave und trat *sehr* nah an Achati heran. Der Magier legte dem jungen Mann eine Hand auf die Wange und schüttelte den Kopf. Dann beugte er sich vor und küsste Varn auf die Lippen. Der Sklave bewegte sich wieder von ihm weg, immer noch lächelnd.

Dannyl wurden mehrere Dinge gleichzeitig klar. Erstens, dass die beiden Männer sich als Nächstes umschauen würden, um festzustellen, ob jemand sie gesehen hatte. Er wandte den Blick ab und ging weiter den Hang hinunter, damit sie ihn nicht dabei ertappten, dass er sie beobachtet hatte. Zweitens, dass der Sklave seinen Herrn nicht nur mochte – er *liebte* seinen Herrn. Und drittens, dass die Art, wie Achati den jungen Mann liebkost hatte, vermuten ließ, dass es für ihn um mehr ging, als einen Sklaven zu seinem Vergnügen zu haben.

Ist das die einzige Art, wie es hier funktioniert, fragte er sich. *Was ist mit Männern ähnlichen Ranges?*

Aber er hatte keine Zeit, darüber nachzudenken. Als er durch die dichte Vegetation brach, blieb er stehen, um in westlicher Richtung auf die Straße hinabzuschauen, und sah nicht weit entfernt fünf Männer und einen Karren. Sie würden die Kreuzung bald erreichen. Dannyl eilte den Hügel hinunter, blieb auf der Straße stehen und winkte, als Achati ihn entdeckte. Der Sachakaner erhob sich und kam auf ihn zu.

»Ihr kommt genau zur richtigen Zeit, Botschafter Dannyl«, sagte er und schaute blinzelnd zu den Gestalten in der Ferne hinüber. »Habt Ihr dort oben etwas gefunden?«

»Jede Menge Dornenbüsche«, erwiderte Dannyl kläglich. »Ich fürchte, Eure Freunde werden in Kürze einen schäbigen Kyralier kennenlernen.«

Achati betrachtete Dannyls zerrissene Robe. »Ah ja. Die sachakanische Vegetation kann genauso widerborstig sein wie das Volk. Ich werde Varn auftragen, Eure Robe für Euch zu flicken.«

Dannyl nickte. »Vielen Dank. Und nun, gibt es irgendetwas Spezielles, was ich bei der Begrüßung unserer neuen Gefährten sagen oder tun sollte?«

Achati schüttelte den Kopf. »Wenn Ihr Euch nicht sicher seid, überlasst das Reden mir.«

Der Bauernkarren war groß und bewegte sich langsam. Er war hoch beladen mit Viehfutterballen, und seine Ladung war mit vielen Seilen gesichert. Vier Gorin zogen den Wagen – das erste Mal, dass Lorkin die großen Tiere in Sachaka sah. Der Fuhrmann war ein kleiner, schweigsamer Sklave, der auf dem einzigen Sitz des Gefährts hockte.

Die drei anderen Passagiere saßen in einer Höhle innerhalb der Ballen. Lücken zwischen den Ballen, die das Dach bildeten, ließen ein wenig Luft in den engen Raum, aber die Wände der Höhle waren dicht gepackt. Drei kleine Bündel hatten sie dabei, und er vermutete, dass sie voller Essen und Vorräte für die Reise in die Berge waren. Sie saßen so, dass er Chari den Rücken zuwenden musste, um Tyvara anzusehen, und umgekehrt.

Chari stieß ihn mit dem Ellbogen an. »Definitiv bequemer als zu gehen, richtig?«

»Definitiv. War das deine Idee?«

Sie machte eine wegwerfende Handbewegung. »Nein, wir machen das schon seit Jahrhunderten so. Irgendwie muss man die Sklaven ja von einem Ort zum anderen bringen.«

Er runzelte die Stirn. »Würden da nicht Verräterinnen, die einen solchen Karren sehen, Verdacht schöpfen, dass jemand darin reist?«

Chari zuckte die Achseln. »Ja, aber solange sie keinen guten Grund haben, werden sie sich uns nicht nähern. Erst recht nicht tagsüber. Sklaven halten die Karren anderer Güter nicht auf. Das geht sie nichts an. Wenn ein Ashaki sie dabei erwischte, würde er das seltsam finden und der

Sache nachgehen.« Sie runzelte die Stirn. »Indem wir dich versteckt halten, gewinnen wir noch den zusätzlichen Vorteil, Begegnungen wie die, die du mit Rasha hattest, zu vermeiden. Ich habe die Autorität, Verräterinnen wie sie aufzuhalten – keine Sorge, wir wollen dich nicht alle tot sehen –, aber es würde eine Verzögerung darstellen. Wenn andere Verräterinnen tatsächlich Verdacht schöpften, dass du hier drin bist, werden sie zu Recht vermuten, dass du nicht ohne Wissen anderer Verräterinnen hier bist. Das ist etwas, das du unmöglich allein arrangiert haben könntest.«

»Und lasst uns nicht die Leute vergessen, die nach Lorkin suchen«, fügte Tyvara hinzu. »Botschafter Dannyl und der Abgesandte des Königs, Ashaki Achati.«

»Diese beiden?« Chari machte eine abschätzige Handbewegung. »Wir haben dafür gesorgt, dass sie von der richtigen Fährte abgelenkt werden, wenn sie das nächste Mal auf einem Gut herumschnüffeln.« Sie lächelte. »Sie könnten an uns vorbeireiten, ohne zu ahnen, dass wir hier sind.« Sie blickte zu den Ballen über ihnen auf. »Obwohl es an heißen Tagen ein wenig stickig werden kann. Nur gut, dass ihr zwei gestern Abend ein Bad genommen habt, hm?«

Lorkin nickte und blickte an sich hinab. Der letzte Rest der Farbe war von seiner Haut verschwunden. Er klopfte auf das saubere Sklavengewand. »Und ich danke dir auch für die neuen Kleider.«

Sie sah ihn an und verzog das Gesicht. »Wir werden sie dir bald abnehmen und dich vernünftig einkleiden.«

»Ich hätte nie gedacht, dass ich das einmal sagen würde, aber ich vermisse meine Gilderoben«, lamentierte er.

»Warum hast du sie früher nicht gemocht?«

»Weil jeder Magier sie trägt. Es wird ein wenig langweilig. Die einzige Abwechslung, die man bekommt, erlebt man bei seinem Abschluss, wenn man vom Novizen zum Magier aufsteigt – es sei denn, man wird eines Tages einer der Höheren Magier, und die meisten von denen tragen lediglich eine Schärpe von anderer Farbe.«

»Ein Novize ist ein Schüler, richtig? Wie lange bleiben sie Novizen?«

»Ja. Alle Neuzugänge der Gilde sind Novizen. Sie verbringen etwa fünf Jahre an der Universität, bevor sie ihren Abschluss machen.«

»Welcher Art von Magie lernt ihr an der Universität?«

»Zuerst handelt es sich um eine ganze Palette von Dingen«, antwortete er. »Natürlich Magie, aber auch nichtmagische Studien wie Geschichte. Die meisten von uns sind in irgendeiner Disziplin besser als in den anderen, und am Ende dürfen wir uns eine der drei Disziplinen aussuchen, der wir folgen wollen: Heilkunst, Kriegskunst oder Alchemie.«

»Wofür habt Ihr Euch entschieden?«

»Alchemie. Man kann erkennen, wer die Alchemisten sind, weil wir Purpur tragen. Heiler tragen Grün und Krieger Rot.«

Chari runzelte die Stirn. »Was tun Alchemisten denn?«

»Alles, was Heiler und Krieger nicht tun«, erläuterte Lorkin. »Meistens geht es um Magie, aber manchmal auch nicht. Botschafter Dannyl, der Magier, mit dem ich hierhergekommen bin und dem ich behilflich sein sollte, ist Historiker, und bei diesem Fach ist überhaupt keine Magie im Spiel.«

»Kann man auch zwei Disziplinen wählen? Alchemist sein und Krieger – oder Alchemist und Heiler? Oder –«

»Das wissen wir bereits, Chari«, unterbrach Tyvara sie.

Lorkin drehte sich zu ihr um. Sie sah ihn entschuldigend an. »Wir lernen während unserer Ausbildung die Kultur vieler anderer Länder kennen und auch einiges über die Gilde«, erklärte sie ihm.

»Ja, aber ich habe damals nicht besonders gut aufge-

passt«, erwiderte Chari. »Und es ist um so vieles interessanter, wenn man es von einem kyralischen Magier hört.«
Lorkin drehte sich wieder zu ihr um und sah, dass sie ihn erwartungsvoll musterte. »Was wolltet Ihr sagen?«, hakte sie nach.
Er schüttelte den Kopf. »Nein, wir dürfen nicht mehr als eine Disziplin wählen, aber wir erhalten ohne Ausnahme eine grundlegende Ausbildung in allen drei Disziplinen.«
»Dann kannst du also heilen?«
»Ja, aber nicht mit dem Geschick und dem Wissen eines voll ausgebildeten Heilers.«
Chari öffnete den Mund, um eine weitere Frage zu stellen, aber Tyvara kam ihr zuvor.
»Du kannst auch Fragen stellen«, sagte sie zu Lorkin. »Chari mag bei einigen davon nicht in der Lage sein, sie zu beantworten, aber wenn du alle Fragen ihr überlässt, wird sie dich den ganzen Weg bis zu den Bergen aushorchen.«
Er sah Tyvara überrascht an. Während ihrer Reise von Arvice hatte es ihr widerstrebt, seine Fragen zu beantworten. Als sie seinen Blick bemerkte, presste sie die Lippen zu einer dünnen Linie zusammen und schaute zu Chari hinüber. Er drehte sich zu der anderen Frau um. Chari betrachtete Tyvara mit einiger Erheiterung.
»Nun denn«, sagte sie an Lorkin gewandt. »Was würdest du gern wissen?«
Obwohl es Hunderte von Dingen gab, die er über die Verräterinnen und ihr geheimes Zuhause wissen wollte und Chari Fragen gegenüber viel aufgeschlossener wirkte, vermutete er, dass Tyvaras Neigung zur Heimlichkeit schon bald dazu führen würde, dass sie jedes Gespräch zwischen Chari und ihm unterbinden würde. Aber wie konnte er das vermeiden, wenn so viele Informationen über die Verräterinnen geheim waren?

Ich sollte definitiv nicht fragen, wie sie das Gedankenlesen abwehren. Obwohl ich immer noch den Verdacht habe, dass dazu ein Prozess gehört, ähnlich dem, der für die Herstellung eines Blutsteins vonnöten ist. Plötzlich erinnerte er sich an die Hinweise auf einen Lagerstein in den Unterlagen, die er für Dannyl gelesen hatte. Vielleicht war es das Beste, überhaupt nicht über die Verräterinnen zu reden.

War es ein Risiko, den Lagerstein zu erwähnen? Es war nicht so, als wüsste er, wo er zu finden war oder wie man einen herstellte, daher würde er niemandem eine Waffe in die Hand geben.

»Erinnerst du dich, dass ich gesagt habe, Botschafter Dannyl sei Historiker?«, fragte er.

Chari nickte.

»Er arbeitet an einer Geschichte der Magie. Wir haben hier in Sachaka beide ein wenig Nachforschungen angestellt. Dannyl interessiert sich mehr dafür, die Lücken in unserer Geschichte zu füllen – wie das Ödland geschaffen oder wann und wie Imardin zerstört und wieder aufgebaut wurde. Ich interessiere mich dagegen mehr dafür, wie alte Arten von Magie funktioniert haben.«

Er hielt inne, um ihre Reaktion einzuschätzen. Chari musterte ihn eindringlich, während Tyvara ihn mit hochgezogenen Augenbrauen ansah, was er dahingehend deutete, dass sie interessiert war und auch ein wenig überrascht.

»Als ich für Dannyl Notizen machte, fand ich einen Hinweis auf einen Gegenstand, der als Lagerstein bezeichnet wurde«, fuhr er fort, »und der sich in Arvice befand. Es war offensichtlich ein Gegenstand von großer Macht. Einige Jahre nach dem sachakanischen Krieg ging er verloren – anscheinend hat ein kyralischer Magier ihn gestohlen. Wisst ihr etwas darüber?«

Chari sah Tyvara an, die die Achseln zuckte und den Kopf schüttelte.

»Ich weiß zwar nichts über dieses Exemplar im Besonderen, wohl aber ein wenig über die Lagersteine im Allgemeinen. Schon der Name legt nahe, dass es sich um Steine handelte, die Macht aufspeicherten«, antwortete Chari. »Und das muss eine sehr nützliche Eigenschaft gewesen sein. Aber sie waren selten. So selten, dass man früher den einzelnen Steinen Namen gab und ihre Geschichte aufzeichnete, als seien sie Menschen. Aber alle Lagersteine, von denen wir gehört haben, wurden vor langer Zeit zerstört. Seit es das letzte Mal einen solchen Stein gegeben hat, sind wahrscheinlich tausend Jahre vergangen oder eher noch mehr. Sollte dieser Lagerstein kurz nach dem sachakanischen Krieg existiert haben, wäre er der jüngste, von dem etwas bekannt ist. Also habt ihr bisher nichts darüber gewusst?«

Er schüttelte den Kopf.

Sie machte ein nachdenkliches Gesicht. »Dann hat der Dieb ihn entweder zu gut versteckt, oder er wurde zerstört. Du sagtest, Imardin sei zerstört und wieder aufgebaut worden?«

»Ja.«

»Die Zerstörung eines Lagersteins ist angeblich gefährlich. Sie entfesselt die Magie darin auf eine unkontrollierte Art und Weise. Vielleicht war es das, was Imardin zerstörte.«

Lorkin runzelte die Stirn. »Ich halte das für möglich.«

Das Einzige, was mich an der Theorie stört, dass die Entfesselung von Tagins Macht bei seinem Tod die Stadt dem Erdboden gleichgemacht haben soll, war die Frage, wie er nach dem Sieg über die Gilde noch mächtig genug sein konnte, um solche Zerstörung über das Land zu bringen. Aber wenn er den Lagerstein hatte?

»Wir könnten die Dokumentenhüter im Sanktuarium danach fragen«, sagte Chari. »Ich meine, nach älteren Lagersteinen. Ich bezweifle, dass sie etwas über Imardins Geschichte wissen.«

»Königin Zarala könnte etwas wissen«, bemerkte Tyvara. Chari zog die Augenbrauen hoch. »Ich nehme an, wenn sie ihn in die Stadt lässt, wird sie ihn überprüfen wollen.«

»Das wird sie.« Tyvara musterte ihn mit einer seltsamen, selbstgefälligen Erheiterung. »Definitiv.«

Chari kicherte und wandte sich zu Lorkin um. »Bist du dir sicher, dass du ins Sanktuarium kommen willst?«

»Natürlich.«

»Tyvara hat dir erzählt, dass es von Frauen geleitet wird, nicht wahr? Männer können dort niemanden herumkommandieren. Nicht einmal Magier wie du.«

Er zuckte die Achseln. »Ich verspüre keinerlei Verlangen, irgendjemanden herumzukommandieren.«

Sie lächelte. »Du bist ein so vernünftiger Mann. Ich dachte immer, Kyralier seien arrogant und unehrlich. Ich schätze, ihr könnt nicht alle gleich sein. Tyvara würde dich nicht dorthin bringen, wenn du so wärst. Und es ist so lieb von dir, den ganzen weiten Weg zu machen und dein Leben für Tyvara zu riskieren.«

»Nun, sie hat mir das Leben gerettet.«

»Das ist wahr.« Chari streckte die Hand aus und tätschelte ihm sachte den Arm. »Ehrenhaft und gutaussehend. Ich schätze, du wirst deine Sache gut machen. Meine Leute werden ihre Meinung über die Kyralier ändern, sobald sie dich kennengelernt haben.«

»Ja, und im Nu werden wir Geschenke und Rezepte austauschen«, murmelte Tyvara trocken.

Lorkin drehte sich zu ihr um. Sie sah ihm kurz in die Augen, dann wandte sie stirnrunzelnd den Blick ab. *Irgendetwas missfällt ihr*, dachte er. Sein Herz setzte einen Schlag aus. *Denkt sie, dass Chari uns verraten wird?*

»Also, erzähl mir mehr über die Gilde«, sagte Chari hinter ihm.

Tyvara verdrehte seufzend die Augen. Erleichterung und Erheiterung traten an die Stelle des besorgten Ausdrucks. Sie fand Charis Geplapper einfach lästig. *Nun, ich hoffe, das ist es. Ich wünschte, ich könnte mit ihr reden.* Seit Chari sie gefunden hatte, hatten sie keinen ungestörten Augenblick mehr zusammen gehabt.

Ein Stich der Frustration durchzuckte ihn. *Ich wünschte, ich könnte mit vielen Leuten reden. Angefangen mit Mutter und Dannyl.* Er dachte an den Blutstein, der noch immer im Rücken seines Notizbuchs verborgen war. Er hatte keine Chance gehabt, ihn zu benutzen, ohne ihn Tyvara zu offenbaren. Und jetzt, da Chari bei ihnen war, würde es erst recht keine Gelegenheit dazu geben. Vielleicht sollte er Tyvara wissen lassen, dass er diesen Stein besaß. *Aber er ist meine einzige Verbindung zur Gilde. Wenn ich schon das Risiko eingehen muss, ihn zu verlieren, sollte ich warten, bis das Risiko sich nicht mehr vermeiden lässt. Und wenn ich irgendeine Art von Handel oder Bündnis zwischen der Gilde und den Verräterinnen aushandeln soll, werde ich eine Möglichkeit brauchen, um zwischen ihnen zu vermitteln.*

In der Zwischenzeit konnte er genauso gut sein Bestes tun, um eine Grundlage für gute Beziehungen zwischen seinem Land und den Verräterinnen zu schaffen. Er wandte sich wieder Chari zu und lächelte.

»Mehr über die Gilde? Was würdest du denn gern erfahren?«

24 Die Verbündeten, die man braucht

Das Sonnenhaus machte seinem Namen alle Ehre. Warmes Sonnenlicht umhüllte den Garten und die Ruinen und ließ die farbenfrohen Blumen in dem Meer aus grüner Vegetation leuchten. Skellin erwartete Cery in derselben Hütte, in der sie sich beim letzten Mal getroffen hatten, und sein Wachposten stand in der Nähe.

Gol blieb ebenso weit von der Hütte entfernt wie der andere Wächter. Cery ging weiter, wobei er dem Drang widerstand, sich umzudrehen und hinter sich zu blicken, aber nicht wegen seines Freundes und Leibwächters. Wie immer hatte er dafür gesorgt, dass einige seiner Leute ihm folgten und Wache hielten, bereit zu helfen, falls er sie brauchte, oder um ihn vor nahenden Gefahren zu warnen. Er nannte sie seine »Schattenwache«. Nur dass diesmal ein neues Gesicht unter den vertrauten war.

Anyi. Sie lernte schnell. Sie war flink und beweglich und bisweilen ein wenig zu verwegen. Es hatte sich jedoch herausgestellt, dass die Risiken, die sie einging, häufiger auf Unwissenheit beruhten als auf Torheit, und sie nahm seine und Gols Unterweisung und Ratschläge mit beruhigender Begeisterung und Intelligenz auf. Ihm zu folgen und zu beobachten war die sicherste Methode, um ihr das Gefühl zu geben, dass sie die Arbeit machte, die sie wollte, ohne das Risiko einzugehen, irgendjemandem ihre Identität zu offenbaren oder sie wirklich in Gefahr zu bringen.

Doch die Straßen, durch die sie gegangen waren, waren niemals vollkommen sicher, und er konnte nicht umhin, sich zu sorgen, dass irgendein törichter Straßenschläger sie provozieren und das dann zu einem Kampf führen könnte.

Als Cery die Hütte erreichte, stand Skellin auf, um ihn zu begrüßen.

»Was hast du mir zu sagen, Freund?«, fragte der andere Dieb.

»Neuigkeiten, die ich gestern bekommen habe.«

Die Geschichte von dem Feuelverkäufer und seiner fremdländischen Helferin trieb ein Stirnrunzeln auf das exotische Gesicht des Mannes. Cery log, was die Quelle der Information betraf, und behauptete, es sei eine Wäscherin gewesen, die das Gespräch belauscht hatte. Es war besser, Anyis Namen aus dieser Geschichte herauszuhalten.

»Hmm«, war alles, was Skellin von sich gab. Er wirkte verstimmt. Vielleicht sogar wütend.

»Ich habe meine Freundin außerdem darüber in Kenntnis gesetzt, dass du sie gern treffen würdest«, fügte Cery hinzu. »Sie ist damit einverstanden.«

Skellins Miene hellte sich auf, und er straffte die Schultern. »Ach ja?« Lächelnd rieb er sich die Hände. »Nun, das ist etwas, worauf ich mich freuen kann. Was deine ziemlich schlechten Neuigkeiten betrifft… Ich werde der Sache nachgehen.« Er seufzte. »Es sieht nicht gut aus, nicht wahr? Zuerst wird sie auf meinem Territorium gesehen, und jetzt arbeitet sie für meine Feuelhändler.«

»Es sei denn, es wären die Feuelhändler eines anderen.«

Der Mund des Diebes verzog sich zu einem schiefen Lächeln. »Was die Nachrichten nur noch schlimmer machen würde. Ich werde der Sache definitiv nachgehen.« Seine Stimme nahm einen härteren, beinahe drohenden Unterton an. *Das ist eher das, was ich von einem Mann mit seiner Macht und seinem Gewerbe erwarte,* dachte Cery. »Ich werde dich wissen lassen, was ich herausfinde.«

Cery nickte. Sie verabschiedeten sich höflich und gingen in verschiedene Richtungen davon. *Nach all der Mühe, die ich hatte, um hierherzukommen, finde ich diese Treffen immer zu kurz. Aber es gefällt mir andererseits auch nicht, herumzusitzen und zu plaudern. Ich bin mir nicht sicher, warum. Wahrscheinlich weil ich immer darauf warte, dass er versucht, mich dazu zu bringen, für ihn Feuel zu verkaufen.*

Gol gesellte sich zu ihm, und sie machten sich auf den Weg in die Stadt. Das Sonnenhaus lag mehrere Straßen hinter ihm, als eine Gestalt aus einer Tür trat und auf sie zukam. Cery straffte sich, dann entspannte er sich wieder, als er Anyi erkannte. Dann verhärteten sich seine Muskeln abermals, als ihm klar wurde, dass sie seinen Befehlen zuwiderhandelte. Sie sollte sich ihm eigentlich nicht nähern, bis sie wieder im Versteck waren.

Vielleicht muss sie mich vor irgendetwas warnen.

Anyi nickte ihm höflich und mit ernster Miene zu, dann ging sie neben ihm her.

»Also«, sagte sie mit leiser Stimme. »Du hast einen guten Grund, um mit dem König der Fäule zusammenzuarbeiten?«

Cery musterte sie erheitert. »Wer nennt ihn so?«

»Die halbe Stadt«, antwortete sie.

»Welche Hälfte?«

»Die untere.«

»Ich komme aus der unteren Hälfte, warum habe ich also nichts davon gehört?«

Sie zuckte die Achseln. »Du bist alt und nicht mehr auf dem Laufenden. Also. Hast du einen guten Grund?«

»Ja.«

Schweigend gingen sie einige Schritte weiter.

»Denn ich hasse diesen Mann«, fügte sie plötzlich hinzu.

»Tatsächlich? Warum?«

»Bevor er kam, hatten wir hier keine Fäule.« Cery verzog das Gesicht. »Wenn er sie nicht mitgebracht hätte, hätte ein anderer es getan.«

Sie zog die Stirn in Falten. »Warum verkaufst du es nicht?«

»Ich habe Maßstäbe. Ziemlich niedrige Maßstäbe, aber das war zu erwarten. Ich bin ein Dieb.«

»Es gibt einen großen Unterschied zwischen dem, was du tust, und dem, was er tut.«

»Du hast keine Ahnung davon, was ich tue.«

»Das ist wahr.« Sie runzelte die Stirn. »Und ich habe es nicht eilig, es herauszufinden. Aber... warum handelst du nicht mit Feuel?«

Er zuckte die Achseln. »Feuel macht Menschen unzuverlässig. Wenn sie das Interesse daran verlieren, sich ihren Lebensunterhalt zu verdienen, wollen sie keine Darlehen. Wenn sie nicht arbeiten können, können sie die Darlehen nicht zurückzahlen. Wenn sie pleite sind, können sie nichts kaufen. Wenn sie sterben, sind sie niemandem mehr zu etwas nütze. Fäule ist nicht gut fürs Geschäft – es sei denn, es *ist* das Geschäft. Und wenn es nicht schlimmer wäre als Bol, würde ich Schlange stehen, um damit Handel treiben zu können.«

Anyi nickte, dann stieß sie einen langen Seufzer aus. »Es macht die Menschen tatsächlich unzuverlässig. Da war... ich hatte einen Freund. Wir haben zusammen gearbeitet, wir wollten... Dinge zusammen unternehmen. Mein Freund hat mir geholfen, als du mir gesagt hast, ich müsse mich verstecken.

Aber das Geld ging uns erheblich schneller aus, als es

hätte der Fall sein dürfen. Ich wusste, dass mein Freund Feuel nahm, aber er war deshalb nie von Sinnen. Als ihm das Feuel ausging, verließ mein Freund das Versteck, um Nachschub zu besorgen. Ich ging nach nebenan, um mit der Frau des Nachbarn zu sprechen, daher war ich nicht zu Hause, als mein Freund zurückkehrte. Mit zwei Schlägern. Ich habe sie streiten hören. Mein sogenannter Freund wollte mich verkaufen.«

Cery fluchte. »Wusste er, warum du dich versteckt hattest?«

»Ja.«

»Dann wussten die Schläger es ebenfalls.«

»Ich nehme es an.«

Cery schaute zu Gol hinüber.

»Sie wollten sie wahrscheinlich an jemanden verkaufen, der in einer besseren Position war, um sie gegen dich zu benutzen«, sagte der große Mann. »Ihr Freund wird nur schnelles Geld gewollt haben.«

»Es gibt also zwei Schläger da draußen, die zu viel wissen«, murmelte Cery und wandte sich zu Anyi um. »Möchtest du, dass dieser frühere Freund getötet wird?«

Sie sah ihn scharf an. »Nein.«

Er lächelte. »Hättest du etwas dagegen, wenn ich die Schläger töten ließe?«

Ihre Augen weiteten sich, dann wurden sie schmal. »Nein.«

»Gut, denn ich hätte sie in jedem Fall getötet, ob du etwas dagegen gehabt hättest oder nicht, aber ich möchte mir lieber sicher sein, dass wir die Richtigen erwischen, und das wird sich leichter machen lassen, wenn du sie uns herauspickst.«

Sie nickte. Dann warf sie ihm einen Seitenblick zu. »Weißt du, niemand nennt das heute noch ›rauspicken‹. Das ist die Sprache der Hüttenviertel vergangener Zeiten.«

»Ich bin ein altmodischer Mann.« Sie bogen in eine breitere Straße ein, die voller Wagen, Menschen und Lärm war. Er senkte die Stimme. »Nur damit du Bescheid weißt, der Grund für das heutige Treffen besteht darin, die Person zu finden, vor der du dich versteckt hast.«
Anyi, die sich auf der Straße umgeschaut hatte, hielt inne, um ihn anzusehen. »Ich schätze, das ist ein guter Grund. Darf ich zuschauen, wenn du ihn tötest?«
»Nein.«
»Warum nicht?«
»Weil ich sie nicht töten werde. Ich bezweifle, dass ich es könnte, selbst wenn ich es versuchte.«
»Eine Frau. Warum kannst du sie nicht töten?« Sie warf ihm noch einen schnellen Blick zu, diesmal voller Verwirrung.
Er kicherte. »Keine Bange. Ich werde es dir erklären, wenn der rechte Zeitpunkt kommt.«

Ich wette, Regin wünscht, er wäre hier, dachte Sonea, als die junge Heilerin an die Stirnseite der Gildehalle geleitet wurde. Die Frau war keine von den Heilerinnen, die in den Hospitälern arbeiteten, daher kannte Sonea sie nicht gut. Vinara hatte berichtet, dass sie aus einem der weniger mächtigen Häuser der Stadt stammte – eine jüngere Tochter, die man in die Gilde geschickt hatte, damit sie der Familie zu höherem Ansehen und zu kostenlosen Heilungen verhalf.

Die Heilerin war belauscht worden, wie sie berichtete, dass sie Magie für einen Schmuggler benutzt hätte, und als die Information weitergeleitet worden war, hatten die Höheren Magier sie zu einer Anhörung bestellt. Die Gerüchte behaupteten, bei dem Schmuggler hätte es sich um ihren Vetter gehandelt. Es war das erste Mal, dass jemand angeklagt wurde, weil er gegen die neue Regel verstoßen hatte, die es Magiern untersagte, für Verbrecher zu arbeiten.

Es dürfte interessant werden zu sehen, wie die Höheren Magier damit umgehen. Regin wird es gewiss in den Fingern jucken zu erfahren, was entschieden wird. Ich vermute, dass er mir heute Abend einen Besuch abstatten wird, um die Einzelheiten zu hören.

Sie stellte fest, dass die Aussicht auf seinen Besuch ihr nicht allzu sehr zu schaffen machte. Obwohl sie sich in Regins Gesellschaft niemals ganz entspannen konnte, schien er ehrlich besorgt zu sein wegen der neuen Regel und ihrer Auswirkung auf das Wohlergehen von Magiern. Und er war natürlich erpicht darauf, mehr über die wilde Magierin zu erfahren. Aber er ritt nicht darauf herum, wie einige Magier es vielleicht getan hätten, und er blieb niemals länger, als er willkommen war.

Weil er ein Mann ist, der lieber zur Tat schreiten würde, als sich in Gejammer zu verlieren.

Sie verharrte überrascht. Hatte sie gerade etwas Bewundernswertes an Regins Charakter entdeckt? Gewiss nicht.

Über die wilde Magierin hatte es keine Neuigkeiten gegeben. In den meisten Nächten arbeitete Sonea im selben Hospital auf der Nordseite, da sie wusste, dass ein Bote von Cery sie dort am einfachsten würde finden können. Aber seit er sie persönlich aufgesucht hatte, um ihr mitzuteilen, dass er sich die Hilfe eines anderen Diebes gesichert habe, hatte es keine Nachrichten von ihm gegeben.

Unter ihr wandte Administrator Osen sich den Höheren Magiern zu.

»Lady Talie wird angeklagt, die neue Regel gebrochen zu haben, nach der es einem Magier verboten ist, Anteil zu haben an verbrecherischem Tun oder davon zu profitieren«, begann er. »Wir müssen entscheiden, ob dies der Wahrheit entspricht und wenn ja, wie sie bestraft werden soll.« Er wandte sich zwei Magiern zu, die an einer Seite des Raums standen. »Ich rufe Lord Jawen als Zeugen auf.«

Einer der beiden, ein Heiler in mittleren Jahren, trat vor. Er runzelte die Stirn, und sein Bemühen, Lady Talie nicht anzusehen, machte offenbar, dass es ihm Unbehagen bereitete, die Stimme gegen sie zu erheben.

»Erzählt uns bitte, was Ihr gehört habt«, forderte Osen den Mann auf.

Der Heiler nickte. »Eines Abends vor einigen Tagen holte ich Heilmittel aus einem Lagerraum, als ich im hinteren Teil des Raums Stimmen hörte. Eine der Stimmen gehörte Lady Talie. Ich hörte sie ziemlich deutlich sagen, dass das, was sich in einigen Kisten befände, illegal sei. Nun, das erregte meine Aufmerksamkeit, und ich hielt inne, um zu lauschen. Sie sagte ferner, dass sie nicht wissen wolle, was sich in diesen Kisten befände. Dass sie sie transportiert und einen Mann geheilt habe, bevor sie nach Hause ging.«

Die Falte zwischen seinen Brauen vertiefte sich. »Und dass irgendjemand dumm sei zu denken, ein einziger Mann könne etwas so Schweres und Großes von der Stelle bekommen.«

»Was habt Ihr danach getan?«, fragte Osen.

Jawen verzog das Gesicht. »Ich verließ den Raum und machte mich wieder an die Arbeit. Ich brauchte Zeit, um darüber nachzudenken, was ich tun sollte. Einige Stunden später kam ich zu dem Schluss, dass ich Lady Vinara mitteilen müsse, was ich gehört hatte.«

»Das ist alles, was Ihr gehört habt?«

»Ja.«

»Dann soll uns das für den Augenblick genügen.« Als der Mann zu seinem früheren Platz zurückkehrte, wandte Osen sich der jungen Heilerin zu. »Lady Talie, tretet bitte vor.«

Sie gehorchte. Ihr Mund war zu einer dünnen Linie zusammengepresst, und zwischen ihren Augenbrauen stand eine Falte.

»Erklärt uns bitte, was Lord Jawen da mitangehört hat.« Talie holte tief Luft und stieß den Atem wieder aus, bevor sie antwortete. »Er hat das Wesentliche verstanden«, erklärte sie. »Ich habe tatsächlich gewissermaßen eine Kiste transportiert, die vermutlich voller illegaler Waren war – obwohl ich das nicht mit Bestimmtheit weiß. Als Lord Jawen mich belauschte, machte ich mir Sorgen, ob das bedeutete, dass ich gegen eine Regel oder ein Gesetz verstoßen hatte, und fragte eine Freundin nach ihrer Meinung.«

»Wie seid Ihr in eine Situation gelangt, in der Ihr die Legalität Eures Tuns hinterfragen musstet?«

Sie blickte zu Boden. »Ich wurde überlistet. Nun, nicht überlistet ... aber ich hatte das Gefühl, als könnte ich nicht nein sagen.« Sie schüttelte den Kopf. »Was ich meine, ist, dass jemand, von dem ich wünschte, ich würde ihn nicht kennen, mich an den Ort brachte, an dem die Kisten waren; er hatte gesagt, jemand sei verletzt und brauche meine Hilfe. Er hat nicht wirklich gelogen. Es war tatsächlich jemand verletzt. Eine der Kisten war auf einen Mann gefallen, und sein Oberschenkelknochen war zerquetscht worden. Ich musste die Kiste von ihm herunterheben, damit ich ihn heilen konnte. Sobald ich das getan hatte, brachten sie mich wieder nach Hause.«

Ein Stich des Mitgefühls durchzuckte Sonea. Die junge Frau hätte den verletzten Mann unmöglich sich selbst überlassen können. Natürlich hätte sie erst gar nicht mit dem Schmuggler mitgehen dürfen, aber sie war nicht aufgefordert worden, etwas Kriminelles zu tun. *Doch obwohl das Heilen kein kriminelles Tun ist, könnte das Bewegen einer Kiste mit illegalen Waren als ein solches betrachtet werden.*

»Eure einzige Tat bestand also darin, eine Kiste zu versetzen und einen Mann zu heilen?«, hakte Osen nach.

»Ja.«
»Und Ihr wisst nicht mit Bestimmtheit, ob die Waren darin illegal waren.«
Sie verzog das Gesicht und schüttelte den Kopf. »Nein.«
»Habt Ihr eine Entlohnung für Eure Hilfe bekommen?«
»Er versuchte, mir etwas zu geben, aber ich habe mich geweigert, es zu nehmen.«
»Ist das alles, was Ihr uns sagen könnt?«
Sie hielt inne, dann warf sie Lady Vinara einen unsicheren Blick zu. »Ich hätte diesen Mann auf jeden Fall geheilt. Und die Kiste von ihm heruntergenommen. Ich hätte ihn nicht so liegen lassen können.«
Osen nickte, dann wandte er sich an die Höheren Magier. »Habt Ihr irgendwelche Fragen an Lady Talie oder Lord Jawen?«
»Ich habe eine Frage an Lady Talie. Hat dieser Mann Euch schon früher um Gefälligkeiten oder Dienstleistungen gebeten?«, meldete Lord Garrel sich zu Wort.
»Nein.«
»In welcher Verbindung steht Ihr dann zu ihm?«
Talie sah Osen an und biss sich auf die Unterlippe. »Er hat für meine Familie gearbeitet und ihr gelegentlich Gefälligkeiten erwiesen, was allerdings Jahre zurückliegt. Es war, bevor irgendjemand wusste, dass er in illegale Geschäfte verstrickt war.«
»Könntet Ihr jemanden zu dem Gebäude bringen, in dem diese Waren gelagert wurden?«
»Nein. Er hat dafür gesorgt, dass die Fenster der Kutsche verhängt waren. Als wir ankamen, befand sich die Kutsche in einem großen Raum. Und selbst wenn ich wüsste, wo es war, ich bezweifle, dass die Waren noch dort sind.«
Bei dieser Bemerkung musste Sonea lächeln. Die junge Heilerin hatte wahrscheinlich recht. Aber indem sie das sagte, hatte sie auch angedeutet, dass sie mehr über Schmug-

gelgeschäfte wusste, als eine Magierin aus einem der Häuser wissen sollte.

Es kamen keine weiteren Fragen, daher schickte Osen Lord Jawen und Lady Talie aus der Halle. Als sie fort waren, stieß Lord Telano einen Seufzer aus.

»Das ist doch lächerlich«, sagte er. »Sie hat nur getan, was alle Heiler tun sollten. Dafür sollte sie nicht bestraft werden.«

»Sie wurde nicht bezahlt«, ergänzte Garrel. »Sie hat nicht davon profitiert. Ich sehe hier kein Unrecht.«

»Die Regel verbietet eine Beteiligung an kriminellen Taten ebenso wie den Profit daraus«, bemerkte Vinara. »Aber ich gebe Euch recht. Das Umsetzen einer Kiste kann man kaum als Beteiligung an einem Verbrechen bezeichnen.«

»Trotzdem sollten wir Magier nicht ermutigen, sich mit solchen Leuten einzulassen«, sagte Lord Peakin.

»Was, wie wir jüngst festgestellt haben, zu schwierig ist, um es zu erzwingen, und anscheinend ungerecht gegenüber einigen Mitgliedern der Gilde«, rief Garrel ihm ins Gedächtnis.

»Hat sie offenkundig eine Regel gebrochen?«, fragte Osen.

Keiner der Magier antwortete.

»Glaubt irgendjemand, dass sie bestraft werden sollte?«

Wieder meldete sich keiner der Magier zu Wort. Osen nickte. »Dann werde ich, sofern niemand mir widerspricht, erklären, dass sie gegen keine Regel verstoßen hat. Ich werde außerdem bekannt geben, dass Lord Jawen sich richtig verhalten hat, indem er das Gehörte meldete, und feststellen, dass Prüfungen der neuen Regel sinnvoll sind und ermutigt werden sollen. Wir wollen nicht, dass irgendjemand die heutige Entscheidung als Hinweis darauf deutet, dass Gefälligkeiten für zwielichtige Charaktere immer übersehen werden.«

»Denkt Ihr, Lady Talie würde diesen Mann für die Wache identifizieren und seine Geschäfte bestätigen?«, fragte Rothen, an Lady Vinara gewandt.

»Ich könnte mir vorstellen, dass ihr das widerstreben würde«, antwortete Vinara. »Wenn er genug Einfluss hatte, um sie dazu zu zwingen, dieses Lager zu betreten, dann hat er vielleicht auch genug Einfluss, um sie daran zu hindern, die Stimme gegen ihn zu erheben. Ich werde sie fragen, aber nur wenn die Wache ihrer Hilfe tatsächlich bedarf.«

»Sollte sie sich dazu bereitfinden und eine Verurteilung erzielt werden, wird das Verbrechern zur Abschreckung dienen, sich Magier zunutze zu machen«, sagte Osen. Er rief die junge Heilerin wieder herein und teilte ihr die Entscheidung mit. Sie wirkte erleichtert.

Und vielleicht ein wenig verärgert, dass sie dies über sich ergehen lassen musste, bemerkte Sonea. Osen erklärte die Versammlung für beendet, und die Höheren Magier schickten sich an, die Halle zu verlassen. Als sie von ihrem Platz herabgestiegen war, wartete Rothen auf sie.

»Was denkst du?«, murmelte er ihr zu.

»Ich denke, die neue Regel wird wirkungslos sein, was den Versuch betrifft, Magier und Verbrecher voneinander fernzuhalten«, erwiderte sie.

»Aber in der Vergangenheit wäre jemand von ihrem Rang niemals angezeigt worden, nicht einmal dann, wenn ihre Tat offensichtlich unrecht gewesen wäre.«

»Nein, aber nichts wird verhindern, dass diese Art von Vorurteilen zurückkehrt, während die Magier die Einschränkungen der neuen Regel begreifen. Ich werde erst dann davon überzeugt sein, dass es eine Verbesserung ist, wenn die Schikanen, denen Magier von niederer Herkunft ausgesetzt sind, nachlassen.«

»Denkst du, sie hätte dem Verletzten geholfen, wenn es

keinen Anreiz gegeben hätte, dem Mann zu Gefallen zu sein, der sie darum gebeten hat?«

Sonea dachte über die Frage nach. »Ja, wenn auch nicht ohne eine gewisse Geringschätzung.«

Er lachte leise. »Nun, das ist jedenfalls eine Verbesserung gegenüber der Vergangenheit. Dank deiner Hospitäler hält man es nicht länger für akzeptabel, eine Heilung zu verwehren, weil der Patient sie sich nicht leisten kann.«

Sie sah ihn überrascht an. »So sehr haben die Dinge sich verändert? Aber gewiss hat Vinara nicht aufgehört, Geld von Patienten zu verlangen, die zu den Heilerquartieren kommen.«

»Nein.« Er lächelte. »Es ist eher eine Veränderung der Einstellung. Es ist nicht, nun ja, *heilermäßig*, jemanden zu ignorieren, über den man zufällig stolpert und der dringend der Heilung bedarf. Das heißt, wenn der Betreffende verletzt ist oder im Sterben liegt – nicht wenn er einen Kater hat oder den Winterhusten. Es ist so, als sei das Ideal, nach dem ein Heiler jetzt strebt, eine Person mit Vinaras Klugheit und deinem Mitgefühl.«

Sie starrte ihn ungläubig und bestürzt an.

Er lachte. »Ich würde liebend gern das Ende meines Lebens in dem Wissen erreichen, dass ich eine Veränderung zum Guten bewirkt habe, doch trotz all meiner Arbeit glaube ich nicht, dass es dazu kommen wird. Aber jetzt, da ich sehe, wie unbehaglich du dich bei dem Thema fühlst, frage ich mich, ob ich dafür nicht dankbar sein sollte.«

»Ihr *habt* etwas bewirkt, Rothen«, protestierte sie. »Ohne Euch wäre ich niemals Magierin geworden. Und was ist das für ein Gerede vom Ende Eures Lebens? Es wird noch Jahre – Jahrzehnte – dauern, bis Ihr anfangen müsst, einen Grabstein zu planen, der die Steine aller anderen in den Schatten stellt.«

Er verzog das Gesicht. »Ein schlichter Stein wird vollauf genügen.«

»Das ist gut, denn bis dahin wird es kein Gold mehr in den Verbündeten Ländern geben. Nun haben wir aber genug über Tod geredet. Regin geht zweifellos vor meiner Tür auf und ab und will wissen, wie wir uns entschieden haben, und ich würde dieses kleine Gespräch gern hinter mich bringen, damit ich vor der heutigen Nachtschicht noch ein wenig schlafen kann.«

Neun Männer ritten jetzt jeden Tag neben Achatis Kutsche her – vier sachakanische Magier, ihre Quellsklaven und einer der grauhäutigen Männer vom Stamm der Duna aus dem Norden, dessen Dienste als Fährtensucher man sich versichert hatte.

Dannyl war sich ständig bewusst, dass diese mächtigen Männer ihre behaglichen Häuser verlassen und sich der Suche aufgrund der bloßen Vermutung angeschlossen hatten, dass Lorkin und Tyvara auf dem Weg in die Berge waren und dass die Verräterinnen weiter versuchen würden, die beiden einzufangen. Wenn er sich irrte... es wäre überaus peinlich.

Falls die vier Magier an Dannyls Überlegungen zweifelten, wussten sie es gut zu verbergen. Sie und Achati hatten darüber gesprochen, wie sie sich den Bergen nähern und versuchen sollten, die Fährte aufzunehmen. An diesem Gespräch hatten sie Dannyl zwar beteiligt, ohne jedoch Zweifel daran zu lassen, dass er hier nicht das Kommando führte. Er kam zu dem Schluss, dass es das Beste sei, das zu akzeptieren, sie in allen Belangen um Rat zu fragen, aber stets klarzustellen, dass er entschlossen war, seinen Gehilfen zu finden, und sich nicht so leicht davon würde abbringen lassen.

Einer der Magier hatte Unh, den Duna, gefragt, ob er

glaube, dass Lorkin und Tyvara auf dem Weg zu der Heimat der Verräterinnen seien. Der Mann hatte genickt und auf die Berge gezeigt.

Der Duna sprach nur selten, und wenn er es tat, benutzte er so wenige Worte wie möglich, um sich auszudrücken. Er trug nur einen Rock aus Tuch, über den er einen Gürtel gebunden hatte. An dem Gürtel hingen kleine Beutel, fremdartige Schnitzereien und ein Messer in einer hölzernen Scheide. Nachts schlief er im Freien, und obwohl er das Essen annahm, das die Sklaven ihm brachten, sprach er doch niemals mit ihnen oder kommandierte sie herum.

Ich frage mich, ob all seine Leute so sind. Still, wachsam...

»Woran denkt Ihr gerade?«

Dannyl blinzelte und sah Achati an. Der Sachakaner musterte ihn nachdenklich von dem gegenüberliegenden Sitz in der Kutsche.

»An Unh. Er hat so wenige Besitztümer und scheint so wenig zu brauchen. Und doch benimmt er sich nicht wie ein armer Mann oder ein Bettler. Er hat... Würde.«

»Die Duna leben seit Jahrtausenden auf die gleiche Art und Weise«, erklärte Achati. »Sie sind Nomaden und ununterbrochen auf Reisen. Ich nehme an, Ihr würdet ebenfalls lernen zu behalten, was Ihr am dringendsten braucht, wenn Ihr es ständig bei Euch tragen müsstet.«

»Warum reisen sie so viel?«

»Ihr Land ist unfruchtbar, versengt von der Asche der Vulkane im Norden. Alle paar hundert Jahre haben meine Leute versucht, das Land der Duna in ihren Besitz zu bringen, sei es durch Gewalt oder durch die Gründung von Städten und den Anspruch auf das Land, indem sie darauf siedelten. Im ersten Fall sind die Duna in den gefährlichen Schatten der Vulkane verschwunden, und in letzterem haben sie lediglich mit den Siedlern Handel getrieben und abgewartet. Es wird schnell klar, dass Ernten hier nicht wachsen und Tiere sterben, und jedes Mal hat mein Volk die Dörfer verlassen und ist nach Sachaka zurückgekehrt. Die Duna haben ihre alten Gepflogenheiten wieder aufgenommen und…« Achati brach ab, als die Kutsche um eine Biegung fuhr, und schaute aus dem Fenster. »Sieht so aus, als hätten wir unser Ziel erreicht.«

Sie beobachteten, wie niedrige weiße Mauern an der Kutsche vorbeiglitten, dann schließlich ein offenes Tor. Sobald die Kutsche anhielt, öffnete Achatis Sklave die Tür. Dannyl folgte Achati ins Freie und betrachtete den Innenhof des Gutes und die mit dem Gesicht nach unten auf dem staubigen Boden liegenden Sklaven. Der Rest der Magier, ihre Sklaven und der Duna saßen ab, und Achati trat vor, um nach dem obersten Sklaven zu fragen.

Ich frage mich, wie viele dieser Sklavinnen Verräterinnen sind, überlegte Dannyl. Auf jedem Gut, auf dem sie abgestiegen waren, hatten die Sachakaner mit Erlaubnis der Besitzer die Gedanken der Sklaven gelesen. Sie hatten erfahren, dass viele glaubten, dass einige der von Sklaven und auch einige der von Ashaki geführten Landgüter in Wahrheit unter der Kontrolle der Verräterinnen standen.

Dieses Gut wurde einem Ashaki geleitet. Dannyls Helfer waren zu dem Schluss gekommen, dass man hier am gefahrlosesten Nachforschungen anstellen konnte. Trotzdem überlief Dannyl bei dem Gedanken, dass sie sich an einem Ort befinden könnten, der von Verräterinnen kontrolliert wurde, ein kleiner Schauer der Erregung. Wenn die Sklaven alle Verräterinnen waren, bedeutete das, dass sie auch Magierinnen waren? Wenn dem so war, waren sie den Besuchern zahlenmäßig überlegen.

Aber selbst wenn sie alle Spioninnen und Schwarzmagierinnen waren, würden sie einen sehr guten Grund brauchen, um eine Gruppe zu Besuch weilender Ashaki anzugreifen. Die unausweichliche Vergeltung würde sie dazu zwingen, ihre Kontrolle über das Gut preiszugeben.

Der oberste Sklave brachte sie alle ins Herrenzimmer. Der Besitzer des Gutes, ein alter Mann, der humpelte, begrüßte sie herzlich. Als sie den Grund ihres Besuches erläuterten und erklärten, dass sie die Gedanken seiner Sklaven lesen müssten, stimmte er widerstrebend zu.

»Es ist wahrscheinlich, dass unter meinen Sklaven einige Verräterinnen sind«, gab er zu, »wenn man bedenkt, wie nah wir den Bergen sind. Aber sie scheinen eine Möglichkeit zu haben, diesen Umstand aus ihren Gedanken fernzuhalten.« Er zuckte die Achseln und deutete damit an, dass er den Versuch, sie zu entdecken, aufgegeben hatte.

Nach einer Stunde waren die Gedanken sämtlicher Sklaven bis auf einige Feldarbeiter gelesen worden. Die Ashaki in Dannyls Gefolge zogen sich in die Gästezimmer zurück, wo sie sich auf Kissen legten und über das Gehörte sprachen, nachdem sie zuerst die Sklaven weggeschickt hatten, die sie bedienen sollten.

»Gestern Abend war eine Sklavin von einem anderen Gut zu Besuch«, sagte einer der Ashaki. »Sie wollte etwas zu essen für vier Personen.«

Ein anderer nickte. »Einer der Feldarbeiter hat eine einzelne Frau ankommen und wieder weggehen sehen. Sie hat die Verpflegung zu einem Wagen mit Viehfutter gebracht.«

»Wir haben gestern Abend von diesem Karren gehört«, bemerkte Achati. »Ist es derselbe? Ist es ungewöhnlich, dass ein Karren mit Viehfutter eine solche Reise unternimmt?«

»Es ist für wohlhabendere Güter nichts Ungewöhnliches, Futter an weniger fruchtbare am Fuß der Berge zu schicken.«

»Sie sind in dem Karren«, erklärte eine neue Stimme.

Alle blickten auf und sahen Unh in der Tür stehen. Er wirkte in dem Gebäude seltsam deplatziert, wie Dannyl bemerkte. *Wie eine Pflanze, von der man weiß, dass sie wegen Mangel an Sonnenlicht sterben wird.*

»Ein Sklave hat es mir soeben erzählt«, fuhr der Mann fort. Dann wandte er sich ab und ging davon.

Die Ashaki tauschten nachdenkliche Blicke. Keiner von ihnen hinterfragte Unhs Behauptung, wie Dannyl auffiel. *Welchen Grund zu lügen hätte der Duna? Er wird dafür bezahlt, Lorkin und Tyvara zu finden.*

Achati wandte sich an Dannyl. »Ihr hattet recht, Botschafter. Die Verräterinnen wollen in der Tat, dass wir sie finden, und sie haben uns endlich einen Hinweis gegeben.«

25 Die Nachrichten des Boten

Die schlichten Lederschuhe, die Sklaven trugen, waren zwar nicht so stabil wie die Stiefel, mit denen die Gilde Lorkin sein Leben lang versorgt hatte, aber dafür machten sie nur wenig Lärm. Das Bündel, das er bei sich trug, war ihm zu Anfang zu klein und zu leicht vorgekommen, aber das Gewicht schien gewachsen zu sein, seit er es das erste Mal geschultert hatte. Tyvara hatte die Führung übernommen und ging mit stetigen, gemessenen Schritten voran, während der Weg immer steiler und schwieriger wurde. Chari bildete mit untypischer Schweigsamkeit die Nachhut hinter Lorkin.

Sie hatten ihm geraten, nicht auf irgendeine offenkundige Art Magie zu benutzen, jetzt, da er sich in einem Gebiet befand, das von den Verräterinnen kontrolliert wurde. Wenn sie die Barriere wahrgenommen hatten, die er errichtet hatte, um sich zu schützen und die Luft um ihn herum warm zu halten, mussten sie zu dem Schluss gekommen sein, dass es keine offenkundige Benutzung von Magie war, da keine der Frauen etwas darüber bemerkt hatte. Obwohl er zuversichtlich war, dass die Verräterinnen ihn nicht angreifen würden, solange er mit zwei Frauen aus ihren Reihen zusammen war, hätte er doch nicht sein Leben darauf verwettet.

Sie hatten den Karren und die Straße vor einigen Stunden verlassen und wanderten zu Fuß über Hügel und durch Täler, die zunehmend steiler und steiniger wurden. Keine der Frauen sprach. Lorkin stellte fest, dass er Charis Geplapper und ihre ständigen Fragen vermisste. Tyvara zog sich immer mehr in sich zurück, je weiter sie kamen. Ihre finsteren Blicke hatten ihn mit einem vage schlechten Gewissen erfüllt, aber er war sich nicht sicher, warum.

Sie erwartet die Verurteilung durch ihre Leute, weil sie eine der ihren getötet hat, was nicht geschehen wäre, hätte sie mir nicht das Leben gerettet.

Abrupt verlangsamte Tyvara ihren Schritt, und er blieb stehen, um nicht mit ihr zusammenzustoßen. Als er über ihre Schulter blickte, sah er, dass hinter einer Anhöhe eine Gruppe von Leuten vor zwei kleinen Hütten stand. Sie beobachteten, wie er, Tyvara und Chari näher kamen.

Die Hütten waren klein und alt und von einem niedrigen Zaun umgeben. Von den Dachsparren hingen Tierhäute, und an den Mauern lehnten mehrere Tragen, aber keiner der Versammelten sah aus wie ein Jäger. Alle trugen schlichte Kleidung aus feinem Tuch. Die meisten waren Frauen. Er bemerkte zwei Männer unter ihnen und verspürte einen Anflug von Überraschung. Nach allem, was Tyvara und Chari über ihre Leute gesagt hatten, hatte er beinahe erwartet, überhaupt keine Männer zu sehen.

Etwa hundert Schritte von der wartenden Gruppe entfernt blieb Tyvara stehen. Dann drehte sie sich zu Lorkin um und runzelte nachdenklich die Stirn.

»Ich kann für dich sprechen, wenn du willst«, erbot sich Chari.

Tyvara funkelte sie an. »Ich kann für mich selbst sprechen«, blaffte sie. »Bleibt hier.« Dann drehte sie sich um

und stolzierte auf ihre Leute zu, während Chari und Lorkin zurückblieben und einen verwunderten Blick tauschten.
»Habt ihr zwei euch wegen irgendetwas gestritten?«, fragte er.
Chari schüttelte den Kopf und lächelte. »Nein. Warum fragst du?«
»Sie hat sich nicht so benommen, als wärt ihr Freundinnen.«
»Oh, zerbrech dir darüber nicht den Kopf.« Chari kicherte und schaute zu der Gruppe hinüber. »Sie ist nur eifersüchtig. Und sie weiß es nicht.«
»Eifersüchtig weshalb?«
Chari sah ihn hochmütig an. »Du weißt es wirklich nicht? Ich habe mich immer gefragt, wie es kommt, dass im Rest der Welt Männer das Sagen haben, obwohl sie doch ständig so begriffsstutzig sind.«
Er schnaubte leise. »Und ich brenne darauf zu erfahren, wie es den weiblichen Verräterinnen gelingt, an der Macht zu bleiben, wenn sie genauso wie Frauen überall sonst geneigt sind, sich mit indirekten Hinweisen und Anspielungen mitzuteilen.«
Sie warf den Kopf in den Nacken und lachte. »Oh, ich mag dich, Lorkin. Wenn Tyvara nicht zu sich kommt und...« Eine Stimme erklang, und sie wurde sofort wieder ernst. Sie schenkte ihm ein schiefes Lächeln. »Sieht so aus, als sei es an der Zeit, dich vorzustellen.«
Er folgte ihr zu den wartenden Verräterinnen hinüber. Tyvara beobachtete sie mit sorgenvoll gerunzelter Stirn. Chari sah ihre Freunde nicht an, sondern richtete ihre Aufmerksamkeit auf eine Frau in mittleren Jahren, deren langes Haar von grauen Strähnen durchzogen war.
»Sprecherin Savara«, sagte sie respektvoll. Dann deutete sie mit einer anmutigen Bewegung auf Lorkin. »Lorkin, Gehilfe des Gildebotschafters Dannyl aus dem Land Kyralia.«

Die Frau lächelte. »*Lord* Lorkin«, sagte sie. »Falls ich mich nicht irre.«

»Du irrst dich nicht«, erwiderte er und neigte den Kopf. »Es ist mir eine Ehre, dich kennenzulernen, Sprecherin Savara.«

Die Frau zog die Augenbrauen hoch. »Es ist höflich von dir, das zu sagen nach allem, was du durchgemacht hast.« Sie holte tief Luft. »Zuerst möchte ich dir von der Königin, aber auch von mir selbst, eine von Herzen kommende Entschuldigung wegen der Störung, der Furcht und der Bedrohung für dein Leben zukommen lassen. Ob Tyvaras Taten für gerechtfertigt gehalten werden sollten oder nicht, du hast eine Menge erdulden müssen, und dafür fühlen wir uns verantwortlich.«

Es schien kein guter Augenblick zu sein, um Tyvara zu verteidigen, daher nickte er nur. »Danke.«

»Wenn du zum Gildebotschafter zurückkehren willst, können wir dich seinem sicheren Schutz überstellen. Ich kann auch veranlassen, dass Führer dich an die kyralische Grenze bringen. Was würdest du vorziehen?«

»Noch einmal danke«, erwiderte Lorkin. »Ich bin mir darüber im Klaren, dass es eine Verhandlung geben wird, bei der Tyvaras Tun beurteilt werden wird, und ich würde wenn möglich gern zu ihrer Verteidigung aussagen.«

Savara zog die Augenbrauen hoch, und ein überraschtes Raunen ging durch die Reihen der Versammelten.

»Das würde bedeuten, dass man ihn ins Sanktuarium bringen müsste«, bemerkte jemand.

»Die Königin würde dem niemals zustimmen.«

»Es sei denn, wir halten die Verhandlung außerhalb des Sanktuariums ab.«

»Nein, das wäre zu gefährlich. Sollte es einen Hinterhalt geben, würden wir zu viele wertvolle Leute verlieren.«

»Niemand wird uns in einen Hinterhalt locken«, sagte Savara entschieden.

Sie drehte sich zu ihren Leuten um, und diese verfielen in Schweigen. Nachdem sie sich wieder Lorkin zugewandt hatte, musterte sie ihn nachdenklich. »Was du dir vorgenommen hast, ist bewundernswert. Ich werde darüber nachdenken. Wie viel weiß die Gilde über uns?«

Lorkin schüttelte den Kopf. »Überhaupt nichts. Nun, zumindest haben sie von mir nichts erfahren. Ich habe mich mit niemandem dort in Verbindung gesetzt.«

»Und was ist mit dem anderen Gildemagier hier?«

Er runzelte die Stirn. »Botschafter Dannyl?«

»Ja. Er ist euch gefolgt, seit ihr Arvice verlassen habt. Zusammen mit einem sehr mächtigen sachakanischen Ashaki.«

»Ich hatte auch keine Verbindung zu Dannyl«, erwiderte Lorkin mit fester Stimme. »Aber es überrascht mich nicht, dass er nach mir sucht. Er ist klug, und es ist unwahrscheinlich, dass er aufgeben wird.« Er hielt inne, während ihm die Wahrheit seiner Worte bewusst wurde. War Dannyl scharfsinnig und entschlossen genug, um ihm bis zum Sanktuarium zu folgen? »Wenn er mich bisher nicht aus den Augen verloren hat, dann geschah es ohne mein Zutun.«

»Aber zweifellos mit reichlich Hilfe von Verräterinnen«, murrte Tyvara.

Savara sah sie an. »Du hast den wahrscheinlichen Preis für das Betreten der Stadt erläutert?«

Tyvara zögerte kurz, dann wandte sie den Blick ab. »Nein. Ich hatte gehofft, dass wir eine Möglichkeit finden würden, das zu umgehen.«

Die Sprecherin runzelte die Stirn, dann seufzte sie und nickte. »Ich werde sehen, was ich tun kann. Ruht euch aus und esst.«

Daraufhin zerstreute sich die Gruppe; einige der Leute

gingen in die Hütten, andere setzten sich auf grobe, schmale Holzbänke, die er für einen primitiven Zaun gehalten hatte. Er, Chari und Tyvara gingen zu einer der Bänke und streiften ihre Bündel ab. Eine junge, wie eine Sklavin gekleidete Frau brachte ihnen kleine, mit Beeren gebackene Kuchen. Als er ihr dankte, lächelte sie.

»Lorkin«, sagte Tyvara.

Er wandte sich zu ihr um. »Ja?«

»Du solltest Savaras Angebot annehmen. Kehr nach Kyralia zurück.«

»Nicht nach Arvice?«

Sie schüttelte den Kopf. »Ich... ich vertraue der anderen Partei nicht. Sie könnten abermals versuchen, dich zu töten.«

»Und wie willst du beweisen, dass sie es schon einmal versucht haben?«

Sie presste die Lippen zusammen. »Ich werde ihnen erlauben, meine Gedanken zu lesen.«

Er hörte, wie Chari scharf die Luft einsog. »Das kannst du nicht tun«, zischte sie. »Du hast es versprochen...« Sie sah Lorkin an, dann biss sie sich auf die Unterlippe.

Tyvara seufzte. »Wir werden eine Möglichkeit finden, es zu vermeiden«, sagte sie zu Chari. An Lorkin gewandt, fügte sie hinzu: »Der Preis, von dem Savara gesprochen hat... Wenn du ins Sanktuarium kommst, besteht die Möglichkeit, dass man dir nicht gestatten wird, wieder fortzugehen. Wärst du bereit, den Rest deines Lebens dort zu bleiben?«

Er starrte sie ungläubig an. *Den Rest seines Lebens? Niemals Mutter oder Rothen oder seine Freunde wiedersehen?*

»Du hast es ihm nicht gesagt?«, fragte Chari, und ihre Stimme klang schockiert und ungläubig.

Tyvara wandte sich errötend ab. »Nein. Ich konnte ihn nicht nach Arvice zurückschicken. Irgendjemand hätte versucht, ihn zu töten. Ich wusste, sobald ich jemanden von unserer Partei fand, würde er in Sicherheit sein.«

»Partei?«

»Lorkin hat den Ausdruck verwendet. Ich spreche von jenen von uns, die der gleichen Meinung sind wie die Königin und Savara, was die… meisten Dinge betrifft.«

Chari nickte. »Eigentlich kein schlechter Ausdruck.« Sie sah ihn an. »Wir haben es vermieden, uns irgendeinen Namen zu geben, weil das bedeutete, dass es einen Riss innerhalb der Verräterinnen gibt, und wenn wir den beiden Seiten Namen gäben, würde das die Leute nur dazu ermutigen, nun, für eine Seite Partei zu ergreifen.« Sie drehte sich zu Tyvara um. »Sie werden vielleicht nicht wollen, dass Lorkin bleibt, da er einer der Gründe für den Riss ist.«

»Niemand von der anderen Seite wird ihm genug vertrauen, um ihn gehen zu lassen, sobald er weiß, wo die Stadt sich befindet. Und ich denke, das Gleiche wird für die meisten Vertreter unserer Seite gelten.«

»Dann verbinden wir ihm die Augen und sorgen dafür, dass er die Stadt nicht wiederfinden kann.«

Tyvara seufzte. »Wir wissen alle, wie gut das beim letzten Mal funktioniert hat.«

»Beim letzten Mal war es ein Sachakaner, und er war ein Spion«, bemerkte Chari. »Bei Lorkin liegt der Fall anders. Und wie soll das Sanktuarium jemals Bündnisse mit anderen Nationen schließen und Handelsabkommen treffen, wenn wir niemals Besucher in die Stadt hinein- und wieder herauslassen?«

Tyvara öffnete den Mund, dann schloss sie ihn wieder. »Es ist noch zu früh dafür«, sagte sie. »Wir können nicht einmal einander trauen, geschweige denn Fremdländern.«

»Nun, irgendwann müssen wir damit anfangen.« Chari wandte den Blick ab. »Du hast ihn bis hierher gebracht, und jetzt willst du ihn wegschicken. Ich denke, du hast zu große Angst, für irgendjemanden die Verantwortung zu übernehmen.«

Tyvara riss den Kopf hoch und funkelte ihre Freundin an. »Das ist...« Aber sie unterbrach sich. Ihre Augen wurden schmal. Sie stand auf, stolzierte davon und nahm einige Schritte entfernt wieder Platz. Chari seufzte.

»Keine Sorge«, sagte sie zu Lorkin. »Sie ist nicht immer so mürrisch.« Sie sah ihn an und lächelte. »Ich meine es ernst. Wenn sie nicht gerade krank vor Sorge ist, ist sie klug, witzig und recht liebenswert. Und anscheinend ziemlich gut unter der Decke, wie wir hier sagen.« Sie zwinkerte, dann wurde sie wieder ernst. »Wenn auch wählerisch. Nicht irgendein Mann für unsere Tyvara. Zerbrich dir darüber nicht den Kopf.«

Er sah sie an, überrascht über diesen plötzlichen und unerwarteten Strom persönlicher Informationen, dann blickte er zu Boden und hoffte, dass seine Erheiterung und Verlegenheit nicht allzu offenkundig waren. *Also, dies ist noch ein Punkt, in dem sich Verräterinnen von kyralischen Frauen unterscheiden.* Er dachte an einige der Frauen zurück, mit denen er im vergangenen Jahr das Bett geteilt hatte. *Nun, vielleicht sind sie doch nicht so anders, aber gewiss gehen sie offener damit um.*

Was allerdings die Frage betraf, warum Chari versuchte, ihn zu beruhigen...

Plötzlich verstand er, was Chari ihm zu sagen versucht hatte. Sie dachte, zwischen ihm und Tyvara gebe es eine Art romantischer Beziehung. Sein Herz setzte einen Schlag aus. *Nun, es hat tatsächlich einen Anflug davon gegeben, auf eine bedauerlich einseitige Weise.* Seit er Tyvara das erste Mal begegnet war, hatte er sie reizvoll gefunden. In der Nacht, in der er beinahe ermordet worden wäre, hatte er gedacht, sie sei die Frau in seinem Bett, und der Gedanke hatte ihm sehr gefallen.

Chari scheint nicht zu glauben, dass es einseitig ist. Hat sie recht?

Er warf einen verstohlenen Blick auf Tyvara. Sie hatte sich wieder erhoben und schaute, die Stirn in Sorgenfalten gelegt, in die Richtung, aus der sie gekommen waren. Als er sich umdrehte, sah er, was sie betrachtete. Zwei Frauen liefen den Pfad hinauf. Als sie vorbeikamen, hörte Lorkin, dass sie vor Anstrengung keuchten.

Sie verschwanden in einer Hütte, und ein Augenblick angespannten Schweigens folgte, während alle abwarteten, dann kam Savara heraus, gefolgt von einer Handvoll Verräterinnen und den beiden Frauen. Sie sagte etwas, und sofort verblassten die Lichtkugeln zu einem schwachen Schimmer.

»Wir müssen alle sofort aufbrechen«, erklärte sie. Sie schaute von einem zum anderen, bis ihr Blick schließlich auf Lorkin ruhte. »Die Magier, die Lord Lorkin suchen, kommen in diese Richtung, und sie sind jetzt zu sechst, einschließlich des Kyraliers. Teilt euch in drei Gruppen auf. Jede Gruppe wird von hier aus einer anderen Route folgen. Tyvara, Lorkin und Chari, ihr solltet mit mir kommen.«

Lorkin erhob sich und eilte auf sie zu. »Wenn ich mit Botschafter Dannyl rede, kann ich ihn gewiss davon überzeugen, die Suche einzustellen.«

Sie schüttelte den Kopf. »Ihn könntest du vielleicht überzeugen, aber bei den anderen wird dir das nicht gelingen, wenn sie denken, dass sie uns diesmal vielleicht fangen können. Außerdem haben sie einen Mann bei sich – einen Fährtensucher –, der Erfolg haben könnte, wo andere gescheitert sind.« Sie lächelte grimmig. »Es tut mir leid. Ich weiß dein Angebot zu schätzen, aber das Risiko ist zu groß.«

Lorkin nickte. Die Leute um ihn herum packten hastig zusammen und räumten alle Spuren ihrer Anwesenheit fort. Eine Frau begann den Boden zu fegen, aber Savara hielt sie auf.

»Es hat keinen Sinn, sämtliche Spuren zu verbergen. Wir wollen, dass sie sich entweder aufteilen oder der falschen Fährte folgen.« Sie musterte Lorkin von Kopf bis Fuß. »Findet jemanden, dessen Füße von ähnlicher Größe sind wie seine, und lasst sie die Schuhe tauschen.«

Schon bald hatten die Verräterinnen drei Gruppen von beinahe gleicher Größe gebildet. Savara befahl ihnen, bis zum Morgen zu wandern, ohne ihre Spuren zu verwischen, und sich dann mit den üblichen Vorsichtsmaßnahmen auf den Weg zum Sanktuarium zu machen. Leise verabschiedeten sie sich von den anderen Gruppen, dann brachen sie auf. Lorkin kletterte mit Savaras Gruppe die steile Seite des Tals empor. Seine Aufmerksamkeit galt verschiedenen Fragen gleichzeitig: Er überlegte, ob sein Verdacht in Bezug auf Tyvara der Wahrheit entsprach, er brannte darauf zu erfahren, wie Savaras Entscheidung ausfallen würde, und er machte sich Sorgen, dass Dannyl und die Sachakaner sie einholen würden.

Und wenn letzterer Fall eintraf, was würden die Sachakaner dann tun? Was würden die Verräterinnen tun? Würde es zu einem Kampf kommen? Er wollte nicht, dass jemand seinetwegen starb. *Nun, nicht noch jemand*, räumte er ein.

Wenn es zum Kampf kam, was sollte er tun? Würde er sich Dannyl anschließen, um eine Schlacht zu vermeiden, oder würde er sich auf die Seite der Verräterinnen stellen, damit er Tyvara vor einer Hinrichtung retten konnte?

Cery drehte sich zu langsam, um dem Messer schnell und weit genug auszuweichen, das sich nun in seine Rippen drückte. Er hörte, dass Anyi ein leises Schnauben des Triumphs von sich gab.

»Gut«, sagte er und verkniff sich ein Lächeln, als er sie losließ und zur Seite trat. »Jetzt hast du's begriffen.«

Sie grinste und nahm das hölzerne Übungsmesser wieder in die linke Hand.

»Obwohl du ein wenig zu hoch gezielt hast«, erklärte er ihr. »Du bist es gewohnt, mit Gol zu üben.«

»Ich hätte dich trotzdem geschnitten«, bemerkte sie.

»Ja, doch dein Messer wäre vielleicht an meinen Rippen abgeglitten.« Cery klopfte auf den unteren Teil seiner Brust, wo kurz zuvor ihr Messer gewesen war. »Was keine der fünf Schwachstellen ist. Augen, Kehle, Magen, Lenden, Knie.«

»Manchmal ist es besser, einem Angreifer die Knie zu zerschmettern und wegzulaufen, statt zu versuchen, ihm einen Dolch ins Herz zu rammen«, sagte Gol. »Es kann schwierig sein, das Herz zu treffen. Rippen könnten die Waffe ablenken. Wenn du dein Ziel verfehlst, kann er dich verfolgen. Wenn du seine Knie erwischt hast, kann er das nicht mehr. Und er wird es vielleicht nicht erwarten.«

»Ein Stich in die Eingeweide wird ebenfalls langsam töten«, ergänzte Cery. »Es macht nicht viel Spaß, verschafft dir aber genug Zeit, um es in Ruhe noch einmal zu versuchen.«

»Und du solltest nur dann töten, wenn du den Befehl dazu hast«, fügte Gol hinzu.

»Ich sollte dich mit kleineren Personen üben lassen.«

»Und mit jüngeren«, sagte Anyi. Gol schnaubte, und sie wandte sich zu ihm um. »Komm schon. Ihr seid beide nicht mehr so schnell, wie ihr mal wart, und wenn irgendjemand jemanden auf deine Fährte hetzt, wird er wohl kaum einen alten Auftragsmörder aus dem Ruhestand holen, um dir eine faire Chance zu geben.«

Gol kicherte. »Sie hat nicht unrecht.«

Es klopfte an die Tür, und sie drehten sich alle um. Sie befanden sich in einem der oberen Lagerräume eines Bolhauses, das Cery gehörte und das als »Die Mühle« bekannt war. Es war ein Ort, an dem er sich mit Personen aus seinem Territorium treffen konnte, die eine Audienz erbeten hatten. Die Geschäfte mussten weitergehen, und das bedeutete, dass er ab und zu zur Verfügung stehen musste. Wie bei all seinen Häusern gab es auch aus diesem jede Menge Fluchtwege.

Cery nickte Gol zu, der durch den Raum schritt, um die Tür zu öffnen. Der große Mann hielt inne, dann trat er beiseite. Im Eingang stand ein untersetzter, massiger Mann, der schon seit Jahren für Cery arbeitete.

»Ein Bote ist hier, um mit dir zu sprechen«, sagte er. »Von Skellin.«

Cery nickte. »Schick ihn herein.«

Gol nahm links von Cery Aufstellung, die Arme in seiner typischen beschützenden Pose über der Brust verschränkt. Anyi kniff die Augen zusammen, dann ging sie an Cery vorbei, um rechts von ihm Position zu beziehen. Als er sie ansah, erwiderte sie seinen Blick voller Trotz und forderte ihn heraus, ihr Tun infrage zu stellen. Er erstickte ein Lachen.

»Habe ich gesagt, der Unterricht sei vorüber?«, fragte er und blickte zwischen ihr und Gol hin und her. Sein Leibwächter blinzelte, dann sah er Anyi an. »Zurück an die Arbeit«, befahl Cery.

Er beobachtete, wie sie dorthin zurückkehrten, wo sie geübt hatten. Gol sagte etwas, worauf Anyi die Achseln zuckte und dann in Kampfstellung ging. *Gut*, dachte Cery. *Falls Skellins Bote berichtet, dass ich einen neuen, weiblichen Leibwächter habe, kann er geradeso gut auch über ihre Fähigkeiten Bericht erstatten. Ich kann sie nicht für immer verstecken. Wenn irgendjemand mitbekommt, dass ich jemanden versteckt halte, wird er annehmen, dass es einen Grund dafür gibt, und anfangen, Fragen zu stellen.*

Trotzdem kribbelte seine Haut, als eine Gestalt in die Tür trat. Es war eine Sache zu wissen, dass geliebte Menschen in Gefahr waren, weil man war, wer man war, aber eine ganze andere, sie tatsächlich in eine Position zu bringen, in der beträchtliche Gefahr herrschte.

Skellins Bote war hager und hochgewachsen und hielt sich mit der ständigen Gespanntheit eines Läufers. Er sah Cery in die Augen und nickte höflich. Dann wanderte sein Blick zu Gol und Anyi, wobei Letztere gerade zu einem Angriff losgesprungen war. Gol konterte geschickt, aber sie brachte sich anmutig außer Reichweite.

Wie Cery erwartet hatte, leuchtete in den Augen des Boten ein Funke Interesse auf, aber in seiner Miene stand mehr als nur professionelle Einschätzung. Plötzlich bedauerte Cery, dass er Anyi und Gol aufgetragen hatte, an die Arbeit zurückzukehren. Es kostete ihn große Anstrengung, einen gelassenen Gesichtsausdruck und eine entspannte Haltung beizubehalten.

»Du hast eine Nachricht für mich?«, fragte er.

»Du bist Cery von der Nordseite?«, fragte der Mann zurück, obwohl in seiner Stimme kein Zweifel lag. Es war eine Formalität.

»Ja.«

»Skellin hat mir aufgetragen, dir mitzuteilen, dass er die Beute gefunden hat und eine Falle stellen will. Wenn du heute Abend bei Sonnenuntergang deine Freunde in die alte Schlachterei in der Inneren Westseite bringst, können sie ihr neues Schoßtier in Besitz nehmen.«

Cery nickte. »Danke. Wir werden dort sein. Du kannst gehen.«

Der Mann machte eine leichte Verbeugung, dann verließ er den Raum. Gol ging zur Tür und schloss sie, bevor er sich umdrehte und Cery ernst betrachtete. »Du hast nur wenige Stunden Zeit.«

»Ich weiß.« Cery runzelte die Stirn. »Und meine Freundin wird noch nicht an ihrem Arbeitsplatz sein.«
»Sie werden von dort eine Nachricht an die Gilde schicken.«
»Die Gilde?«, wiederholte Anyi. Sie sah Cery durchdringend an. »Was geht hier vor? Ist das die Angelegenheit, von der du mir noch nichts erzählen konntest?«
Cery und Gol tauschten einen Blick. Der Leibwächter nickte knapp.
Sie hatten seit dem Treffen mit Skellin darüber gesprochen, wann sie Anyi einweihen sollten. Wenn sie ihr von der wilden Magierin erzählten – insbesondere, dass sie vermuteten, sie sei der Jäger der Diebe und die Mörderin seiner Familie –, würde sie mitkommen und zusehen wollen, wie die Frau gefangen wurde. Wenn er ihr befahl zurückzubleiben, würde sie ihm wahrscheinlich zuwiderhandeln und akzeptieren, dass er sie später dafür bestrafte.
Sie hatte es sich keineswegs zur Gewohnheit gemacht, ihm zu trotzen, aber bei etwas so Großem würde sie es tun. Er an ihrer Stelle würde es jedenfalls. Er konnte ihr einfach nicht von der wilden Magierin erzählen, aber es bestand trotzdem die Möglichkeit, dass sie sich davonschleichen und ihm folgen würde, nur um es herauszufinden. Und wiederum, es war das, was er selbst getan hätte.
Also waren er und Gol zu dem Schluss gekommen, dass ihnen nichts anderes übrig blieb, als sie bei der Gefangennahme der wilden Magierin einzubeziehen, indem sie ihr eine relativ ungefährliche Aufgabe zuwiesen. Einmal mehr würde sie eine seiner Schattenwachen sein. Diesmal würde sie um die Natur der Beute, auf die sie Jagd machten, wissen müssen. Bei diesem Feind half es nicht, sich einfach in den Kampf zu stürzen, falls etwas schiefging. Einen Magier mit dem Messer anzugreifen war sinnlos und selbstmörderisch.

»Ja, die Gilde. Es wird Zeit, dass du erfährst, womit wir es zu tun haben«, eröffnete ihr Cery. »Aber zuerst muss ich einige Nachrichten ausschicken. Es gibt drei Dinge, die du aus der heutigen Nacht lernen wirst: Selbst der mächtigste Dieb hat Grenzen, es zahlt sich aus, Freunde an hoher Stelle zu haben, und es gibt einige Dinge, die man am besten Magiern überlässt.«

Zwischen dem Moment, in dem Sonea an die Tür von Administrator Osens Büro klopfte, und dem, als sie endlich aufschwang, geschah lange Zeit gar nichts. Als Osen sie hereinbat, war sein Blick leicht abwesend.

»Schwarzmagierin Sonea, Lord Rothen«, sagte er zögernd. »Ich habe Euch hierhergerufen, weil Botschafter Dannyl und die Sachakaner, die sich erboten haben, ihm zu helfen, kurz davor stehen, Lord Lorkin und seine Entführer einzufangen.«

Soneas Herz hörte zu schlagen auf, dann begann es zu rasen. Sie öffnete den Mund, um zu fragen... Was? Was sollte sie als Erstes fragen? Wo war Lorkin? Verstanden die Sachakaner, dass sie ihn nicht töten durften?

»Wie lange wird es noch dauern, bis sie es tun?«, fragte Rothen.

»Dannyl kann es nicht genau sagen. Eine halbe Stunde. Vielleicht weniger. Ihr solltet es Euch besser bequem machen.«

Osen setzte sich hinter seinen Schreibtisch, und sie und Rothen benutzten Magie, um zwei Armsessel vor den Schreibtisch zu bewegen. Osen blickte ins Leere.

Er ist durch einen Blutring mit Dannyl verbunden, vermutete sie. *Was kann er sehen?* Sie wollte verlangen, dass er alles, was er beobachtete, detailliert beschrieb, doch stattdessen holte sie tief Luft und stieß den Atem langsam wieder aus.

»Ihr habt von Entführern im Plural gesprochen«, bemerkte sie. »Ist mehr als eine Person an der Entführung beteiligt?«

Osen hielt inne, und sein Blick wanderte zu einem Punkt weit jenseits der Wände des Büros. »Ja. Mehrere Verräterinnen. Unh denkt, es sind acht.«

»Unh?«

Der Administrator konzentrierte seinen Blick mit einiger Mühe auf Sonea. »Ein Mann vom Stamm der Duna. Er ist ihr Fährtensucher. Anscheinend macht er seine Sache ziemlich gut. Einen Moment…« Seine Miene veränderte sich, und ein eifriger Ausdruck trat in seine Züge. »Sie können sie sehen. Nur ganz flüchtig…«

Er schwieg und starrte qualvoll lange Augenblicke das Schreibpult an, ohne es zu sehen. Sonea wurde bewusst, dass sie die Armlehnen ihres Sessels umklammert hielt. Sie zwang sich, sich zu entspannen, und faltete stattdessen die Hände im Schoß.

»Ah.« Osen ließ vor Enttäuschung die Schultern sinken.

»Was?«, fragte Rothen. Sonea sah ihn an. Er beugte sich mit großen Augen vor.

Osen schüttelte den Kopf. »Er ist nicht da. Nicht bei dieser Gruppe. Sie folgen der falschen Spur – den falschen Leuten.« Er holte Luft, hielt den Atem an und seufzte schließlich. »Es gab anscheinend drei Spuren. Sie dachten, er sei bei dieser Gruppe, aber sie haben sich geirrt. Sie werden umkehren und es mit einer anderen Spur versuchen müssen.«

Sonea stieß einen frustrierten Seufzer aus. Rothen stöhnte und lehnte sich in seinen Sessel zurück. Schweigen erfüllte den Raum. Niemand sprach. Osens Blick war wieder in die Ferne gerichtet. Rothen massierte sich die Stirn.

Dann zuckten sie alle zusammen, als ein lautes Klopfen an der Tür ertönte.

Osen machte eine Handbewegung. Die Tür wurde geöffnet, und ein Heiler trat ein. Der junge Mann sah Sonea an, lächelte und eilte dann auf sie zu. In der Hand hielt er ein Stück Papier.

»Verzeiht die Störung, Administrator«, sagte er. »Ich habe eine dringende Nachricht für Schwarzmagierin Sonea.«

Sie nahm das Papier von ihm entgegen und nickte zur Antwort, als er eine knappe Verbeugung machte. Dann eilte er aus dem Raum. Als die Tür geschlossen war, blickte sie auf die Notiz hinab und faltete sie auseinander.

Euer Freund in der Stadt sagt, sein Freund habe gefunden, worauf Ihr aus seid. Ihr müsst bis Sonnenuntergang bei der alten Schlachterei in der Inneren Westseite sein. Bringt Euren anderen Freund mit.

Wäre sie in besserer Stimmung gewesen, hätte sie über die vage und recht törichte Formulierung gelacht. Aber dies war das Letzte, was sie brauchte. Wie konnte sie in die Stadt davonstürmen, um die wilde Magierin zu fangen, wenn Lorkin jeden Augenblick gefunden werden konnte?

Eine Hand bewegte sich vor ihrem Gesicht und nahm ihr die Nachricht ab. Ihr Herz setzte einen Schlag aus, aber es war nur Rothen. Er überflog die Notiz, sah Sonea an und kniff nachdenklich die Augen zusammen.

»Wie lange dauert es, bis sie an die Stelle zurückgekehrt sind, an der die Spuren sich getrennt haben?«

»Einige Stunden«, antwortete Osen, den Blick immer noch auf weit entfernte Dinge gerichtet.

»Und dann noch einige weitere, bevor sie die gleiche Strecke auf der anderen Spur zurückgelegt haben. Sollen wir dann zurückkehren?«

»Natürlich.« Osen schüttelte sich aus seiner Trance und sah seine beiden Besucher an. »Es tut mir leid. Diese Blutsteine erfordern eine bemerkenswert große Konzentration. Ich sollte Dannyl den Ring abnehmen lassen, bis er abermals kurz davorsteht, Lorkin zu finden.« Er machte eine Handbewegung. »Geht.«

Rothen erhob sich, dann sah er sie erwartungsvoll an. Sonea stand widerstrebend auf. *Wie kann ich jetzt fortgehen? Aber es wird noch Stunden dauern. Ich kann nicht hier herumsitzen und abwarten, während die wilde Magierin entkommt. Und wenn wir nicht auftauchen und Cery die wilde Magierin selbst stellt, könnte er verletzt werden.*

Sie zwang sich, sich zu bewegen, und folgte Rothen zur Tür und dann in den Flur hinaus. Lange Schatten zeichneten das Gelände der Gilde vor den Türen der Universität. Der Heiler wartete auf sie und lächelte nervös, als er sie bemerkte. Rothen winkte dem Mann zu.

»Hat jemand Lord Regin verständigt?«, murmelte er.

Der junge Mann runzelte die Stirn und schüttelte den Kopf. Rothen wandte sich an Sonea. »Die Sonne wird bald untergehen. Du solltest dich besser sofort auf den Weg machen. Ich werde Regin finden und ihn zu dir ins Hospital schicken.«

Das Hospital. Natürlich. Ich kann nicht direkt zur Inneren Westseite gehen. Das bedeutet, dass wir wirklich *nicht viel Zeit haben...*

Endlich wurde ihr die Dringlichkeit ihrer Mission bewusst, und sie scheuchte Rothen weg. »Sagt ihm, er soll direkt dorthin gehen.« Dann wandte sie sich an den Heiler. »Seid Ihr mit einer Kutsche gekommen?«

Er nickte. »Sie steht draußen für Euch bereit.«

»Guter Mann.« Sie lächelte und rieb sich die Hände. »Dann sollten wir aufbrechen.«

26 Eine lange Nacht

Es war Unh gewesen, der die verstreuten Halme neben der Straße bemerkt hatte. Er sagte, es könne sich dabei um Futter handeln, das aus einem Karren gefallen war, als er an dieser Stelle Halt gemacht hatte. Die Ashaki hatten der Angelegenheit nicht weiter nachgehen wollen, weil sie darauf erpicht waren, dem Karren zu folgen, aber Achati hatte sich auf die Seite des Duna geschlagen und die anderen scherzhaft daran erinnert, dass sie Unh nicht eingestellt hatten, um jemanden zu haben, den sie ignorieren konnten.

Der Duna fand die Fährten von drei Personen – eines Mannes und zweier Frauen in Sklavenschuhen –, die von der Straße wegführten.

»Diesen Abdruck habe ich auch am letzten Ort gesehen«, erklärte Unh ihnen und deutete auf eine leichte Vertiefung in dem sandigen Boden. »Die Form ist länger und schmäler als bei einem sachakanischen Fuß.«

Sie waren alle von Unh beeindruckt gewesen. Jetzt waren sie nicht so zufrieden mit ihm. Sie hatten die Kutsche und die Pferde mit Achatis Fahrer zum nächsten Gut vorausgeschickt und den Weg zu Fuß fortgesetzt. Nachdem sie die Gerberhütten gefunden hatten, waren sie einer der drei klaren Spuren gefolgt, die von dort wegführten. Sie hatten es eilig gehabt, weil die Sonne dem Horizont entgegengesunken war. Lange Schatten und Zwielicht hätten es schwierig für den Fährtensucher gemacht, die feineren Einzelheiten der Fußabdrücke und anderer Spuren zu erkennen, denen er folgte. Die Sachakaner schufen kein Licht für ihn, da man sie in dieser offenen Landschaft schon von weitem hätte sehen können. Niemand machte sich jedoch Sorgen, da die Fährte noch klar genug war, um ihr folgen zu können.

Mit einem Aufwallen von Triumph hatte Dannyl die Gestalten in der Ferne ausgemacht. Aber das Gefühl war nicht von langer Dauer gewesen. Es hatte sich in Bestürzung verwandelt, als ihm klar geworden war, dass Lorkin nicht zu dieser Gruppe gehörte.

Viele Flüche waren gefolgt. Die Verräterinnen, die sie aufgespürt hatten, waren zu weit entfernt, als dass sie sie hätten fangen und befragen können. Das hätte zu viel Zeit gekostet, so dass Dannyl und seine sachakanischen Helfer zu den Hütten zurückgeeilt waren. Inzwischen war es Nacht, und es ließ sich nicht länger vermeiden, ein Licht für den Fährtensucher zu schaffen. Um das Licht dorthin zu richten, wo er es brauchte, mussten sie dicht hinter Unh bleiben, und mehrmals zertrampelten sie die Spuren, nach denen der Fährtensucher Ausschau hielt. Auf diese Weise kamen sie nur langsam und unter Mühen vorwärts, und als Unh einige Stunden später die Fährte vollends verlor, beschloss Achati, dass sie für die Nacht ein Lager aufschlagen und nach Sonnenaufgang weitergehen sollten.

Die Sklaven ließen ihre Lasten mit offenkundiger Erleichterung fallen. Aber obwohl sie augenscheinlich erschöpft waren, waren ihre Herren noch anspruchsvoller als gewöhnlich. Die Ashaki stöhnten und jammerten und ließen sich von ihren Sklaven Beine und Füße massieren. Zuerst war Dannyl verwirrt, dann erinnerte er sich daran, dass die eine Art von Magie, über die die Sachakaner nicht verfügten, die Kenntnis der Heilkunst war. Während er seine Schmerzen und zahlreiche Blasen geheilt hatte, war ihnen nichts anderes übrig geblieben, als zu leiden.

Mir war überhaupt nicht klar, was für ein großer Vorteil das für uns ist. Es könnte ein bedeutsamer Vorteil sein, sollten unsere Länder jemals wieder gegeneinander kämpfen. Wenn wir beide einen langen Marsch auf uns nehmen müssen, um unseren Feind zu treffen, werden die Sachakaner diejenigen sein, die müde von der Anstrengung sind und unter Schmerzen leiden.

Der Duna erhob sich abrupt und verkündete, dass er versuchen wolle, die Fährte wiederzufinden. Dannyl stand auf.

»Möchtest du ein wenig Hilfe?«

Der Mann lächelte schwach und zuckte die Achseln. »Zwei Augenpaare sehen mehr als eins«, erwiderte er rätselhaft.

Dannyl sah Achati an. »Braucht Ihr mich hier?«

Der Magier schüttelte den Kopf. »Geht nur. Ich würde Euch raten, einen Schild um Euch beide herum aufrechtzuerhalten. Die Verräterinnen könnten uns beobachten. Sie werden es vielleicht nicht wagen, jemanden zu töten, aber wenn sie einen von uns verletzten, müssten wir uns aufteilen oder kämen langsamer voran.«

Als Dannyl Unh aus dem Lager folgte, schuf er eine Lichtkugel und ließ sie über dem Kopf des Mannes schweben. Er versuchte immer genau dort hinzutreten, wo der Duna hintrat, damit er auf keinen Fall irgendwelche anderen Spuren als die von Unh zertrampelte. Außerdem blieb er mehrere Schritte hinter dem Mann. Der Abstand zwischen ihnen machte es zu einer beträchtlichen Herausforderung, sie beide innerhalb eines Schildes zu behalten.

Die Sachakaner hatten ihr Lager in einer Senke zwischen zwei Höhenzügen aufgeschlagen. Unh ging um den kürzeren Ausläufer einer Anhöhe herum, ohne den Blick vom Boden zu heben. Nach einigen Schritten hockte er sich hin, starrte auf die Erde, blickte dann zu Dannyl auf und winkte ihn heran.

Dannyl trat näher und betrachtete die Stelle, auf die Unh deutete.

»Seht her«, sagte der Mann. »Auf diesen Stein ist jemand getreten, dann hat er ihn zurück in die Erde gestoßen. Ihr könnt erkennen, in welche Richtung er ging. In Gehrichtung vorn ist eine kleine Rinne in der Erde zurückgeblieben, und hinten ist etwas Erde aufgeworfen.«

Jetzt, da der Mann ihn darauf aufmerksam gemacht hatte, war es ziemlich offenkundig.

»Woher weißt du, dass es ein Mensch war und kein Tier?«

Unh zuckte die Achseln. »Ich weiß es gar nicht. Aber es müsste ein großes Tier gewesen sein, und die meisten von denen sind schon vor langer Zeit ausgerottet worden.«

Er erhob sich und machte sich auf die Suche nach weiteren Spuren. Dannyl folgte ihm, ganz darauf konzentriert, den Schild aufrechtzuerhalten, die Lichtkugel zu lenken und nur dort hinzutreten, wo der Duna hintrat. Wieder und wieder machten sie Halt, und Unh deutete auf ein Stofffetzchen, das sich an einem der wenigen verkrüppelten Bäume verfangen hatte, oder auf deutliche Fußabdrücke an einer sandigen Stelle. Manchmal verbrachte Unh lange Augenblicke damit, den Boden zu untersuchen, und Dannyl nutzte die Gelegenheit, um sich umzuschauen, wobei er versuchte, sich nicht vorzustellen, dass jemand sie aus der Dunkelheit heraus beobachtete. Während eines dieser Augenblicke schaute Dannyl zur Seite, und ihn überlief ein Schaudern.

»Ist das eine Höhle?«, fragte er und deutete auf einen Spalt in dem steilen Hang.

Unh erhob sich und näherte sich der dunklen Öffnung im Fels. Dabei fuhr er fort, den Boden abzusuchen.

»Hier ist noch niemand entlanggegangen«, sagte er. Er berührte eine Seite der Öffnung. »Dies ist vor nicht allzu langer Zeit geschehen.«

Er winkte, und Dannyl eilte herbei. Gemeinsam spähten sie in die Dunkelheit. Dannyl zog Magie in sich hinein und schuf ein weiteres Licht, das er in die Höhle sandte. Steine füllten den unteren Teil des Spalts aus, der nach unten abfiel, bevor er wieder eben wurde. Von den Seitenwänden war nur ein kurzes Stück zu sehen, bevor sie im Dunkeln verschwanden.

»Dort drin ist ein größerer Raum. Wollt Ihr nachsehen?«, fragte Unh.

Dannyl blickte zurück in Richtung Lager, das weit außerhalb ihrer Sichtweite war, dann nickte er. Unh grinste, ein Gesichtsausdruck, der so gar nicht zu seiner gewohnten würdevollen Zurückhaltung passte. Ein Kribbeln durchlief Dannyl, nicht unähnlich der Erregung, die er vor so langer Zeit verspürt hatte, als er mit Tayend die Verbündeten Länder erkundet hatte.

Unh deutete auf die Öffnung. »Ihr zuerst.«

Dannyl lachte leise. Natürlich. Sollten sie ein wildes Tier überraschen oder auf Verräterinnen stoßen, waren seine Überlebenschancen höher als die des Duna.

Die Steine auf dem Boden waren locker, so dass er halb in den Spalt hineinrutschte. Als er sich umschaute, sah er nur Dunkelheit und die Andeutung von Wänden überall um sich herum. Er hielt inne, als Unh sich zu ihm gesellte, dann machte er sein Licht heller.

Und duckte sich, als Wände glitzernder Edelsteine vor ihm aufleuchteten. Ein Geräusch hallte in dem Raum wider, und ihm wurde klar, dass er einen wortlosen Ausruf der Furcht ausgestoßen hatte.

Keine unbarmherzigen magischen Angriffe kamen. Ihm wurde bewusst, dass er schwer atmete und dass sein Herz in der Brust hämmerte.

»Ihr habt so etwas schon einmal gesehen«, stellte Unh fest. Er musterte Dannyl interessiert.

Dannyl sah ihn an. »Ja.« Es hatte keinen Sinn, es abzustreiten. Seine Reaktion war offenkundig gewesen.

»Das hier ist nicht gefährlich.«

Der Mann sprach mit Zuversicht und Autorität. Jetzt war es an Dannyl, seinen Gefährten neugierig zu betrachten.

»Du weißt, was das ist?«

Unh nickte und sah sich um, und seine Miene war wissend und glücklich. »Ja. Diese Steine haben keine Macht. Sie sind nicht dazu geschaffen worden, Macht zu haben. Sie sind natürlich. Sicher.«

»Also wurden die Steine an dem Ort, an dem ich früher war, dazu geschaffen, gefährlich zu sein?«

»Ja. Von Menschen. Wo war dieser Ort?«

»In Elyne. Unter einer uralten Ruinenstadt.«

Unh nickte abermals. »In den Bergen hier lebte einst ein Volk. Es wusste um das Geheimnis der Steine. Aber es ist fort. Alle Dinge enden.« Er schüttelte den Kopf. »Nicht alle«, korrigierte er sich. »Einige Geheimnisse haben die Duna bewahrt.«

»Du *weißt*, wie man Edelsteine mit Magie darin macht?«

»Nicht ich. Einige von meinem Volk. Die Vertrauenswürdigen.« Seine Miene verdüsterte sich. »Und die Verräterinnen. Vor langer Zeit kamen sie und schlossen einen Pakt. Aber sie haben ihn gebrochen und die Geheimnisse gestohlen. Das ist der Grund, warum ich den Sachakanern helfe, trotz der Dinge, die sie meinem Volk angetan haben. Die Duna haben den Verräterinnen nicht vergeben.«

»Wissen die Verräterinnen, wie man Höhlen wie die in Elyne macht?«, fragte Dannyl. Wenn er das gewusst hätte, wäre er in diese Höhle niemals eingetreten wie ein Kind, das aus Spaß umherstreifte.

»Nein«, antwortete Unh. »Das weiß niemand. Selbst die Duna vergessen einige Dinge.«

»Das ist etwas, das man wahrscheinlich tatsächlich am besten vergisst.«

»Ja.« Unh grinste. »Ich mag Euch, Kyralier.«

Dannyl blinzelte überrascht. »Danke. Ich mag dich auch.«

Der Mann wandte sich ab. »Wir gehen jetzt zurück zum Lager. Ich habe die Fährte gefunden.«

Es war viel schwieriger, die Höhle zu verlassen, als sie zu betreten, da die Steine unter ihren Füßen wegrutschten, aber der Duna bohrte die Zehen in die raue Oberfläche an einer Seite der Öffnung und kletterte hindurch. Dannyl schuf eine kleine magische Scheibe unter seinen Füßen und schwebte darauf aus der Höhle. Unh schien das sehr komisch zu finden.

Auf dem Rückweg zum Lager waren sie viel schneller, da Unh nicht länger stehen bleiben und den Boden untersuchen musste. Dannyl stellte zu seiner Erleichterung fest, dass die Magier ihren Sklaven erlaubt hatten zu schlafen und diese hinter ihnen auf dem Boden lagen. Sie tranken irgendeine Art von Schnaps aus den kunstvollen Bechern, die sie mitgebracht hatten. Dannyl nahm ein Glas von der feurigen Flüssigkeit entgegen. Nur mit halbem Ohr lauschte er ihrem Gespräch über den Sohn eines Ashaki, der keinerlei Talent als Händler besaß und seine Familie in den Ruin treiben würde.

Im Geiste kehrte er immer wieder zu der Furcht zurück, die ihn befallen hatte, als er die Wand aus Edelsteinen gesehen hatte. *Ich bin gar nicht auf den Gedanken gekommen, über den Wert dieser Steine als bloße Juwelen nachzudenken, nicht einmal, nachdem ich mich beruhigt hatte. Hm. Ich glaube, beim*

letzten Mal ist mir dieser Gedanke auch nicht gekommen. Aber andererseits war ich ziemlich abgelenkt ...
Eine Erinnerung blitzte in ihm auf, die Erinnerung daran, dass er damals beim Aufwachen hatte feststellen müssen, dass alle Macht aus ihm gewichen war. Die Erinnerung an Tayend und die Erkenntnis dessen, was er während des größten Teils seines Lebens vor sich selbst verborgen gehalten hatte. Dass er ein »Knabe« war. Dass er Tayend liebte.
Eine Welle der Traurigkeit überflutete ihn. *Ein Jammer, dass wir uns so sehr verändern mussten. Statt umeinander herumzuwachsen in dieser romantischen Vorstellung von Paaren, die ineinander verschlungenen Bäumen ähneln, haben wir uns unbehaglich ineinander verheddert und wetteifern jetzt um Wasser und Erde.*
Er schnaubte leise. Solch törichte Bilder entsprachen eher dem Geschmack von Tayends Dichterfreunden. Er betrachtete die Sachakaner und Unh. Sie würden solche Ideen töricht finden, wenn auch auf ganz unterschiedliche Weise.
Wissen die Verräterinnen von der Höhle? Unh sagte, die Öffnung sei erst unlängst entstanden. Ich bezweifle, dass die Sachakaner davon wissen. Soweit ich mich erinnere, ist der wesentliche Handelszweig der Duna der Verkauf von Edelsteinen. Ich frage mich, ob Unh vorhat, mit einigen seiner Leute zurückzukommen und sie zu ernten, bevor die Verräterinnen sie entdecken.
Dann erinnerte er sich an etwas, das Unh gesagt hatte. Die Duna verstanden sich darauf, Edelsteine mit magischen Eigenschaften zu fertigen. Es war schwer vorstellbar, dass ein solches Volk Zugang zu derart seltenem Wissen hatte und doch ein einfaches Nomadenleben führte.
Vielleicht ist es gar nicht so einfach.
Wie kam es, dass die Verräterinnen solche Macht besaßen, aber ihre verborgene Stadt niemals verließen? Offen-

sichtlich hatten die Edelsteine Einschränkungen. *Vielleicht mussten sie, um zu funktionieren, an einer Oberfläche befestigt sein, in einer Höhle und in großer Zahl.*

Die Dokumente über den Lagerstein haben nicht besagt, dass er an irgendetwas befestigt war. Wenn er es gewesen wäre, hätte es ihn wertlos gemacht, wenn man ihn davon entfernt hätte. Warum also machten sie sich die Mühe, den Dieb zu jagen?

Was er heute Nacht in Erfahrung gebracht hatte, würde Lorkin sehr interessieren. Aber Lorkin war bei den Verräterinnen...

...und die Verräterinnen hatten Kenntnis von magischen Edelsteinen.

Dannyl schnappte nach Luft.

Plötzlich begriff er etwas, das ihn in eine sehr unangenehme Lage bringen würde, was die Männer betraf, mit denen er zusammen war, den sachakanischen König, die Gilde und nicht zuletzt Lorkins Mutter.

Ihm war mit einem Mal klargeworden, dass durchaus die Möglichkeit bestand, dass Lorkin nicht gefunden werden wollte.

Nicht lange nach Sonnenaufgang hatte Savara auf einem hohen, den Elementen preisgegebenen Felskamm Halt machen lassen. Der Weg war im Laufe der Nacht immer steiler und zerklüfteter geworden, und sie alle hatten winzige, schwache Lichter benutzt, die dicht über dem Boden schwebten und den Weg erhellten. Nachdem sie Wachen postiert und Späher ausgesandt hatten, gab Savara dem Rest der Gruppe Anweisung, sich direkt unterhalb des Gipfels des Felsenkamms, wo man sie nicht sehen konnte, niederzulassen und zu versuchen, ein wenig zu schlafen.

»Unsere Verfolger sind jetzt mehrere Stunden hinter uns«, sagte sie. »Sie werden ebenfalls Rast machen müssen, und sie sind im Gegensatz zu uns nicht daran gewöhnt, in solch unwirtlichem Territorium zu reisen. Wir werden unseren Weg nach Sonnenuntergang fortsetzen.«

Die übrigen Verräterinnen trugen kleine Bündel wie die, die Lorkin, Tyvara und Chari getragen hatten, seit sie den Wagen verlassen hatten. Jetzt stellte er fest, worum es sich bei dem Bündel aus dickem Tuch handelte. Die Verräter entrollten ihre Bündel, um sie als Matratze zu benutzen. Er hatte angenommen, es handele sich um eine Art Decke. Aber es ergab Sinn, dass sie eine Matratze einer Decke vorzogen: Ein Magier konnte die Luft erhitzen, aber er konnte den Boden nicht weicher machen.

Gewiss nicht in dieser Gegend, dachte er, während er sich neben Chari und Tyvara ausstreckte. Das Gebiet bestand ganz aus Fels und Stein, und nur gelegentlich sah man einen verkümmerten Baum. Als er Schritte hörte, drehte er sich um und stellte fest, dass es Savara war. Hastig stand er wieder auf.

»Ich habe deinen Vorschlag überdacht und mich mit der Königin beraten«, erklärte sie ihm. *Zweifellos mithilfe eines Blutrings*, dachte er. »Wenn du immer noch wünschst, uns zum Sanktuarium zu begleiten, wird sie es gestatten. Aber nicht sie wird diejenige sein, die darüber entscheidet, ob man dir gestattet, wieder fortzugehen. Diese Entscheidung wird durch eine Abstimmung getroffen, was es wahrscheinlich macht, dass du wirst bleiben müssen. Es gibt viele, die fürchten werden, dass du die Lage der Stadt verraten wirst, wenn man dich gehen lässt.«

Lorkin nickte. »Ich verstehe.«

»Nimm dir ein wenig Zeit, um darüber nachzudenken«, sagte sie. »Aber ich werde deine Entscheidung brauchen, bevor wir heute Nacht wieder aufbrechen.«

Sie ging davon, kletterte die Anhöhe hinauf und setzte sich in den Schatten eines großen Felsens. *Sie hält Wache*, überlegte Lorkin. Er legte sich wieder nieder, obwohl er wusste, dass er aufgrund der Entscheidung, die er treffen musste, nicht würde schlafen können.

»Niemand würde schlecht von dir denken, wenn du nach Hause gehen würdest«, erklang eine Stimme in der Nähe. Er rollte sich herum und sah, dass Chari ihn beobachtete.

»Diese andere Partei – die, die jemanden ausgeschickt hat, um mich zu töten –, wird sie es noch einmal versuchen, wenn ich ins Sanktuarium gehe?«, fragte er.

»Nein«, antwortete sie, ohne zu zögern. »Eine unserer Königinnen hat vor langer Zeit entschieden, dass es so etwas wie Morde im Sanktuarium nicht geben dürfe. Ich denke, sonst wären einige unserer Leute zu dem Schluss gekommen, dass Mord, wenn er außerhalb des Sanktuariums ein nützliches politisches Werkzeug ist, das auch innerhalb des Sanktuariums wäre. Im Sanktuarium ist Mord Mord, es sei denn, es handelt sich um eine Hinrichtung, was die Strafe für Mord ist.«

Lorkin nickte. *Und das ist es, was Tyvara droht.*

»Besteht die Möglichkeit, dass eine Verräterin meine Gedanken wird lesen wollen?«

»Sie werden alle einen Blick in deinen Kopf werfen wollen. Aber das ist ihnen nicht gestattet, es sei denn mit deiner Zustimmung. Es ist auch ein schwerwiegendes Verbrechen, die Gedanken eines anderen mit Gewalt zu lesen. Wenn wir das täten, hätten wir zu große Ähnlichkeit mit den Ashaki.«

»Wenn ich mich also weigere... Gewiss werden sie sich davon überzeugen wollen, dass ich gute Absichten habe, bevor sie mich in die Stadt lassen.«

»Sie würden es liebend gern tun. Aber Gesetz ist Gesetz. Einige der Gesetze sind ein wenig verrückt. Wie zum Beispiel das, nach dem die Königin entscheiden darf, ob ein Fremder die Stadt betreten darf, aber sie kann nicht entscheiden, ob der Betreffende die Stadt wieder verlassen darf.«

»Wenn ich nicht fortgehen darf, was wird man dann von mir erwarten?«

»Natürlich, dass du unsere Gesetze befolgst.« Sie zuckte die Achseln. »Dazu gehört auch, dass du dich an der Arbeit in der Stadt beteiligst. Du kannst nicht erwarten, dass man dir zu essen und ein Bett gibt, wenn du nicht in irgendeiner Weise mithilfst.«

»Das klingt gerecht.« Chari lächelte. »Noch weitere Fragen?«

»Nein.« Lorkin rollte sich auf den Rücken. »Zumindest jetzt nicht.«

Er hatte viel nachgedacht, seit er sich Sprecherin Savara und ihren Gefährtinnen angeschlossen hatte, und er wusste jetzt, dass er das Sanktuarium vielleicht nicht wieder würde verlassen dürfen. Während dieser Zeit hatte er Gründe aufgelistet, die für ein Betreten des Sanktuariums sprachen, und solche, die dagegen sprachen. Die Liste der Gründe, warum er es nicht tun sollte, war kurz:

Ich bin nach Sachaka gekommen, um Dannyl zur Hand zu gehen, nicht um eigene Abenteuer zu verfolgen – selbst wenn diese Abenteuer zu einem günstigen Bündnis für die Gilde führen könnten.

Er besaß nicht die Vollmacht, um ein Bündnis auszuhandeln. Aber er brauchte die Verräterinnen nur dazu zu bringen, dass sie Verhandlungen überhaupt wünschten. Dann konnte die Gilde jemanden schicken, der besser geeignet war. Jemanden wie Dannyl.

Mutter wird das nicht gefallen.

Aber dies war eine Entscheidung, die er selbst treffen musste. Trotzdem, bei dem Gedanken an sie verspürte er Sehnsucht und Schuldgefühle. Ihm gefiel die Vorstellung nicht, sie nie wiederzusehen. Oder nie wieder mit ihr zu sprechen. Er hatte noch immer keine Gelegenheit gehabt, ihren Blutring zu benutzen, ohne seine Existenz preiszugeben. Würde man ihn durchsuchen, wenn er das Sanktuarium betrat? Würden die Verräterinnen ihm den Ring abnehmen, wenn sie ihn fanden? Wenn sie ihm mit solchem Argwohn begegneten, würden sie gewiss nicht wollen, dass er eine magische Vorrichtung benutzte, die es ihm gestattete, all seine Erkenntnisse der Gilde zu übermitteln.

Er begann zu denken, dass er den Ring bald benutzen sollte, und sei es auch nur, um seine Mutter zu beruhigen. Und er sollte einen Platz suchen, an dem er ihn verstecken konnte.

Ich will den Ring behalten, und damit ist das ein Grund, nicht in das Sanktuarium zu gehen. Aber es ist nur ein kleiner Grund. Und einer, den ich ausräumen kann.

Es gab jedoch viel mehr Gründe, die für ein Betreten des Sanktuariums sprachen. Zunächst einmal war da Tyvara. Er konnte nicht einmal darüber nachdenken, sie im Stich zu lassen. Wenn er bei der Verhandlung nicht zu ihren Gunsten sprach, würde man sie vielleicht hinrichten. Sie hatte ihm das Leben gerettet und würde dafür womöglich sterben. Und das wäre dann ganz und gar seine Schuld.

Selbst wenn ich wüsste, dass ihr nichts passieren wird, der Gedanke, sie nie wiederzusehen... Ihm wurde eng um die Brust, und sein Herz begann schneller zu schlagen. Er runzelte die Stirn. *Dahinter steckt mehr als die Verpflichtung, ihr zu helfen. Ich mag sie wirklich. Sehr sogar. Aber ich weiß nicht, ob sie meine Gefühle erwidert.*

Er dachte an die Andeutung, die Chari gemacht hatte. Die Frau glaubte, dass Tyvara tatsächlich Gefallen an ihm gefunden hatte. Aber Tyvara benahm sich nicht so. Sie schien entschlossen, ihn zurückzuweisen, sie setzte stets eine finstere Miene auf, wenn er mit ihr sprach, und sie versuchte, ihn dazu zu überreden, nach Hause zurückzukehren. Wann immer sie das tat, versicherte ihm Chari, dass Tyvara ein schlechtes Gewissen hatte, weil sie ihm nicht schon früher von dem Preis für das Betreten des Sanktuariums erzählt hatte, und dass sie nicht wollte, dass er um ihretwillen seine Freiheit opferte.

Aber wenn ich mich von ihr dazu überreden lasse, nach Hause zurückzukehren, hätte sie mich nicht nur gerettet, sondern möglicherweise auch ihr Leben für meines geopfert. Das kann ich nicht zulassen.

Tyvara war nicht der einzige Grund, warum er ins Sanktuarium gehen sollte. Da war auch die Möglichkeit von Handel und Bündnissen. So weit gekommen zu sein, diesen Verräterinnen so nahe gekommen zu sein und nicht zu versuchen, irgendeine Art von Übereinkunft mit ihnen auszuhandeln, wäre eine große Verschwendung gewesen. Er bezweifelte, dass Fremde häufig die Chance hatten, die Stadt der Verräterinnen zu betreten und solche Vorschläge zu machen. Selbst wenn die Verräterinnen keinen Gefallen an der Idee fanden, hätte er sie zumindest darauf aufmerksam gemacht.

Aber wie realistisch war es zu hoffen, dass Leute, die in solcher Heimlichkeit lebten, eines Tages beschließen würden, mit der Gilde Handel zu treiben?

Nun, wenn sie Kenntnisse über die Heilkunst erlangen wollen, wird ihnen nichts anderes übrig bleiben.

Es war möglich, dass die Verräterinnen entscheiden würden, es sei sicherer, auf die Heilkunst zu verzichten und weiter verborgen vor der Welt zu leben. Aber das Risiko war es wert. Er musste zugeben, dass er sich irgendwie verpflichtet fühlte, den Verrat seines Vaters wiedergutzumachen. Obwohl er ihnen Kenntnisse der Heilkunst niemals ohne Erlaubnis der Gilde geben würde, konnte er darauf hinwirken, diese Erlaubnis zu erhalten. Er hatte das Gefühl, es den Verräterinnen schuldig zu sein.

Und wenn alles plangemäß verläuft, werden wir als Gegenleistung auch etwas bekommen. Vielleicht nur diese Fähigkeit, den Geist gegen das Lesen von Gedanken zu beschirmen, aber ich habe das Gefühl, dass sie noch mehr zu bieten haben. Ich bin davon überzeugt, dass diese Blockade mit irgendeinem Stein – ähnlich einem Blutstein – bewerkstelligt wird. Das könnte ein ganzes neues Gebiet von Magie sein, das erkundet werden müsste.

Auf keinen Fall würde die Gilde einem Handel mit den Verräterinnen zustimmen, solange diese Lorkin gefangen hielten. Wenn die Verräterinnen Kenntnisse der Heilkunst wollten, würden sie ihn irgendwann gehen lassen müssen. In der Zwischenzeit... Chari hatte Dokumente erwähnt? Da sie mehrere Jahrhunderte lang im Verborgenen gelebt hatten, mussten die Verräterinnen über historische Informationen verfügen, auf die Dannyl noch nie zuvor gestoßen war. Dokumente, die zur Wiederentdeckung alter Magie führen könnten. Magie, die die Gilde zu ihrer Verteidigung benutzen konnte.

Angenommen, es gibt diese Magie tatsächlich und sie kann zur Verteidigung benutzt werden, und es gelingt mir, die Information der Gilde zukommen zu lassen...

Lorkin seufzte. Vielleicht war er zu optimistisch zu denken, dass die Verräterinnen eines Tages ein Bündnis mit der Gilde und den Verbündeten Ländern eingehen würden und er seine Freiheit zurückgewinnen würde. Vielleicht war es reines Wunschdenken.

Und doch waren die Verräterinnen viel bessere Menschen als jene, die den Rest von Sachaka regierten. Zum einen hassten sie Sklaverei. Für sie waren alle gleich, Männer und Frauen, Magier und Nichtmagier.

Außerdem hatten sie durch ihre Spione ein unglaubliches Maß an Einfluss auf das Land. Er musste zugeben, dass die Möglichkeit, sie könnten eines Tages Sachaka übernehmen, reizvoll war. Das Erste, was sie tun würden, wäre zweifellos die Abschaffung der Sklaverei. Aber er glaubte nicht, dass sie die schwarze Magie aufgeben würden. Trotzdem, es wäre ein großer Schritt hin zu dem Ziel, dass Sachaka eins der Verbündeten Länder wurde.

Wie kann ich nach Arvice zurückkehren, nach allem, was ich dort gesehen habe? Die Sklaven, die furchtbare, auf Erbe und schwarzer Magie beruhende Hierarchie. Schlimmer kann die Gesellschaft der Verräterinnen nicht sein.

So viele Gründe, um ins Sanktuarium zu gehen. So wenige, um nach Arvice zurückzukehren.

Erst als er auf den Füßen stand, wurde ihm klar, dass er sich erhoben hatte. Das Gefühl der Entschlossenheit war berauschend. Er ging vorbei an den schlafenden Frauen zu Savara, die mit geschlossenen Augen an der Felswand lehnte.

»Ich werde ins Sanktuarium mitkommen«, eröffnete er ihr, denn er vermutete, dass sie nicht schlief.

Sie riss die Augen auf und starrte ihn an; ihr Blick war beunruhigend intelligent. Er ertappte sich bei dem Gedanken, dass sie in ihrer Jugend eine bemerkenswerte Schönheit gewesen sein musste.

»Gut«, sagte sie.

»Aber du wirst mir erlauben müssen, mit Botschafter Dannyl zu reden«, fügte er hinzu. »Er wird nicht aufgeben. Wenn du meine Mutter kennen würdest, dann würdest du verstehen, warum. Irgendwann wird er entweder das Sanktuarium finden, oder ihr werdet ihn töten müssen. Ich mag ihn recht gern und wüsste es zu schätzen, wenn ihr ihn nicht töten würdet. Und wenn ihr es tätet, würde es wahrscheinlich Konsequenzen geben, die nicht gut für die Verräterinnen wären.«

»Wie willst du ihm ausreden, dir weiter zu folgen?«

Er lächelte grimmig. »Ich weiß, was ich ihm sagen werde. Aber ich werde allein mit ihm sprechen müssen.«

»Ich bezweifle, dass die Ashaki dich gehen lassen werden, wenn sie dich sehen.«

»Wir werden ihn von ihnen weglocken müssen.«
Stirnrunzelnd dachte sie darüber nach. »Ich nehme an, das lässt sich arrangieren.«
»Danke.«
»Jetzt schlaf weiter. Wir werden ihnen erlauben müssen, uns wieder einzuholen, daher können wir uns in der Zwischenzeit genauso gut ein wenig ausruhen.«
Er kehrte zu seiner Matratze zurück und stellte fest, dass Tyvara sich hingesetzt hatte. Sie funkelte ihn an.
»Was?«, fragte er.
»Du solltest besser nicht auf die Idee kommen, zwischen dir und mir sei mehr, als tatsächlich da ist, Kyralier«, sagte sie mit leiser Stimme.
Er musterte sie, und Zweifel beschlichen ihn. Sie wandte sich ab und legte sich, mit dem Rücken zu ihm, wieder nieder. Er ließ sich ebenfalls auf seine Matratze sinken, obwohl Sorgen an ihm nagten.
Vielleicht ist es tatsächlich einseitig ...
»Zerbrich dir nicht den Kopf darüber«, flüsterte Chari.
»Das tut sie immer. Je mehr sie jemanden mag, umso energischer stößt sie ihn weg.«
»Halt den Mund, Chari«, zischte Tyvara.
Lorkin, der auf dem harten Boden lag, wusste, dass an Schlaf nicht zu denken war. Es würde ein sehr langer Tag werden. Und er fragte sich langsam, ob es nicht vielleicht einen beträchtlichen Nachteil hatte, in einer Stadt voller Frauen wie dieser zu leben.

Während Regin über die letzten Stadien der Ichani-Invasion berichtete, verfluchte Sonea Cery noch einmal und versuchte, nicht zuzuhören.
Nachdem sie die Gilde verlassen hatte, waren sie und der Heiler, der ihr die Nachricht überbracht hatte, mit einer Kutsche ins Hospital geeilt. Es kam ihr wie etwas vor,

das sich am vergangenen Tag ereignet hatte, nicht nur wenige Stunden zuvor. Es hatte eine Verzögerung gegeben, erinnerte sie sich. Ein Heiler, der neu im Hospital war, hatte sie mit Fragen bezüglich des Protokolls bombardiert. Sonea hatte dem Mann erklärt, dass er jeden der anwesenden Heiler fragen könne und sogar einige der Helferinnen, aber er schien ihnen nicht zu vertrauen. Als Sonea endlich weggekommen war, wartete Regin bereits auf sie.

Er kam in einem geschlossenen Wagen, der Vorräte zu dem Haus seiner Familie transportierte. Sie hatte sich seltsam deplatziert auf der Ladefläche eines alten Karrens gefühlt, auf der sie beide leere Kisten als Sitzflächen benutzt hatten. Aber es war ein kluger Schritt gewesen. Wenn sie in einer Kutsche der Gilde ankamen, würden sie zu viel Aufmerksamkeit erregen.

Er hatte einige fadenscheinige alte Mäntel mitgebracht, die sie über ihren Roben tragen konnten. Dafür war sie ungeheuer dankbar, obwohl sie sich auch ein wenig schämte, dass sie nicht darüber nachgedacht hatte, wie sie sich tarnen konnten.

Nun, ich habe eine Menge im Kopf. Viel mehr, als Regin weiß. Und obwohl Cery von Lorkins Entführung Kenntnis hat, hatte ich noch keine Chance, ihm zu erzählen, dass Dannyl bereits auf der Suche nach Lorkin ist.

Als sie ihr Ziel erreicht hatten, war ein Mann auf sie zugekommen und hatte ihnen mitgeteilt, dass ihr Gastgeber sie erwarte – sie brauchten nur an die letzte Tür auf der linken Seite der Gasse zu klopfen. Sie betraten die alte Schlachterei in der Nähe des Hafens und des Marktes, deren Besitzer gezwungen worden war, sein Geschäft zu verlegen, als das Viertel wohlhabender geworden war und seine Bewohner wählerischer, was ihre Nachbarn betraf.

Die Sonne ging unter. Wir haben uns Sorgen gemacht, dass wir zu spät kommen würden.

Man hatte sie in einen gut eingerichteten Raum geführt. Ein ungewöhnlich aussehender Mann hatte sich von einem der teuren Sessel erhoben, um sich vor ihnen zu verneigen. Er war dunkelhäutig wie ein Lonmar, aber seine Haut hatte einen rötlichen Ton, und seine seltsamen, länglichen Augen hatten sie an Zeichnungen der gefährlichen Raubtiere erinnert, die durch die Berge streiften.

Er hatte jedoch völlig akzentfrei gesprochen, sich als Skellin vorgestellt und ihnen ein Getränk angeboten. Sie hatten abgelehnt. Sie nahm an, dass es Regin ebenso wie ihr widerstrebte, seine Sinne vor einer möglichen magischen Auseinandersetzung zu benebeln.

Vielleicht hätte ich doch etwas trinken sollen.

Skellin war sichtlich aufgeregt, sie kennenzulernen. Als er endlich aufgehört hatte, lautstarke Bemerkungen darüber zu machen, dass er echte Magier zu Besuch habe – und die berühmte Schwarzmagierin Sonea persönlich –, erzählte er ihnen seine Geschichte. Er und seine Mutter hatten ihr Heimatland verlassen – ein Land hoch oben im Norden –, als er noch ein Kind gewesen war. Faren, der Dieb, für den sie einst Magie benutzt hatte als Gegenleistung dafür, dass er sie vor der Gilde verbarg, hatte ihn als seinen Erben großgezogen. Er erinnerte sich kaum noch an sein Heimatland und betrachtete sich als Kyralier.

Sonea hatte sich an dieser Stelle langsam für ihn zu erwärmen begonnen, obwohl sie nicht vergessen hatte, dass er ein Feuel-Importeur war. Schließlich war Cery eingetroffen, und Skellin war ernst geworden. Er hatte seine Falle erklärt. Die wilde Magierin arbeitete, wie er erfahren hatte, für einen Feuel-Verkäufer, der seine Ware in einem Lager in diesem Gebäude einkaufte. Es sollte bald weiteres Feuel abgeholt werden. Was den Zeitpunkt betraf, konnte man sich niemals sicher sein. Manchmal kamen sie am frühen Abend vorbei, manchmal erst sehr spät.

Skellin hatte Männer bereitstehen, die ihm mitteilen sollten, wann sie und der Händler eintrafen. Sie brauchten nur zu warten.

Und gewartet haben wir, dachte sie. *Stunden und Stunden. Ich will jetzt nur noch zu Osen zurückkehren und herausfinden, ob Dannyl Lorkin schon eingeholt hat.*

Stattdessen hatte man sie und Regin dazu gedrängt, Geschichten über die Gilde zu erzählen. Skellin wusste, wie sie zur Magierin geworden war, aber nicht, wie Regin zur Gilde gelangt war. Obwohl Regins Geschichte kaum aufregend oder ungewöhnlich war, faszinierte sie Skellin dennoch. Danach hatte er wissen wollen, wie ihr Studium an der Universität aufgebaut war. Welche Regeln sie befolgen mussten. Welche Disziplinen es gab und wie sie aussahen.

Weniger angenehm wurde es, als er sie drängte, die Ichani-Invasion zu beschreiben. »Ihr müsst erstaunliche Geschichten zu erzählen haben«, hatte der Dieb grinsend gesagt. »Ich war natürlich nicht dabei. Meine Mutter und ich waren noch nicht in Kyralia eingetroffen.«

Regin hatte es ihr erspart, die schmerzhaftere Zeit ihrer Vergangenheit noch einmal zu durchleben, indem er an diesem Punkt das Erzählen übernommen hatte. Sie fragte sich, ob er erraten hatte, wie schwierig es für sie gewesen wäre. So oder so, sie war ihm noch dankbarer als zuvor.

Das sind schon drei Dinge, für die ich ihm heute Nacht danken muss, dachte sie. *Der Wagen, der Mantel und dass er mich davor gerettet hat, unangenehme Erinnerungen noch einmal durchleben zu müssen. Ich sollte mich besser konzentrieren, bevor wir dieser Frau gegenübertreten, oder ich werde ...*

Ein Klopfen an der Tür unterbrach ihre Gedanken. Skellin rief einige leise Worte, und ein hagerer Mann in schwarzen Kleidern öffnete die Tür.

»Sie sind da«, erklärte der Mann, dann verließ er den Raum wieder.

Sonea seufzte vor Erleichterung, so leise sie es fertigbrachte. Sie alle erhoben sich. Skellin sah sie der Reihe nach an.

»Wenn Ihr es wünscht, könnt Ihr Eure Mäntel hierlassen. Niemand außer meinen Männern und der Frau wird Euch sehen.« Er lächelte. »Ich freue mich darauf, Eure berühmten Kräfte aus erster Hand mitzuerleben. Folgt mir.«

Sie gingen durch eine weitere Tür in einen langen Flur. Die Fenster am gegenüberliegenden Ende leuchteten schwach. *Die Sonne wird bald aufgehen. Wir waren die ganze Nacht auf.* Ein Stich der Furcht durchzuckte sie. *Hat Dannyl Lorkin schon gefunden? Was ist, wenn Osen jemanden geschickt hat, um mich zu holen, und sie entdeckt haben, dass ich verschwunden bin? Selbst wenn er niemanden geschickt hat, wird es meinen Verbündeten im Hospital schwergefallen sein, den neuen Heiler daran zu hindern, nach mir zu suchen, um mir noch mehr Fragen zu stellen.*

Mittlerweile muss irgendjemand meine Abwesenheit bemerkt haben.

Aber wenn das der Fall war, würde es dennoch keine Rolle spielen. Wenn sie und Regin mit der wilden Magierin zur Gilde zurückkehrten, brauchte sie nicht länger zu verbergen, dass sie gelegentlich heimlich die Hospitäler verließ. Wenn Rothen recht hatte, würde sich niemand darum scheren. Alle würden sich auf die Entdeckung einer Magierin konzentrieren, die in der Stadt gelebt hatte und die nicht nur kein Mitglied der Gilde war, sondern auch aktiv für Verbrecher gearbeitet hatte.

27 Die Falle ist zugeschnappt

Während Cery Skellin, Sonea und Regin aus dem Raum gefolgt war, hatte er sich vorgenommen, sich bei Sonea für die lange Nacht zu entschuldigen, die sie hatte ertragen müssen. Vielleicht hatte er nur deshalb bemerkt, wie unbehaglich sie sich bei Skellins Fragen nach der Ichani-Invasion gefühlt hatte, weil er sie schon so lange kannte.

Obwohl ich gedacht hätte, dass jemand, der klug genug ist, um in so kurzer Zeit ein so mächtiger Dieb zu werden wie Skellin, begreifen würde, dass sie wohl kaum über die Schlacht würde reden wollen, die zum Tod des Mannes geführt hatte, den sie liebte.

Cery war Regin unendlich dankbar gewesen, dass er an diesem Punkt übernommen und es Sonea erspart hatte, die Geschichte zu erzählen oder Skellins Bitte abzuschlagen. Die Ironie des Ganzen ließ Cery schmunzeln. Regin war der letzte Mensch, von dem er je gedacht hätte, dass er ihm einmal wegen seiner Rücksichtnahme dankbar sein würde.

Am Ende des langen Flurs gingen sie eine Treppe zum oberen Stockwerk des alten Gebäudes hinauf. Skellin führte sie zu einer geschlossenen Tür. Er hielt inne, während er eine Hand auf den Türknauf legte und Sonea und Regin ansah.

»Bereit?«

Die beiden Magier nickten.

Skellin öffnete die Tür und ging hindurch, dann trat er beiseite, als sei er erpicht darauf, nicht zwischen die Magier und ihre Beute zu geraten. Cery folgte Sonea und Regin in einen riesigen Raum voller Kisten, der von etlichen Lampen erhellt wurde. Er bemerkte vier Personen, die sich umgedreht hatten, um festzustellen, wer eingetreten war. Drei waren Männer, und eine war eine Frau in einem Umhang; sie hatte die Kapuze hochgezogen, die alles bis auf die dunkle Haut ihres Kinns verbarg. Zwei der Männer wirkten angesichts der Störung sorglos und wenig überrascht. Der dritte schaute von Skellin zu den Magiern und senkte den Blick auf ihre Roben. Er wirkte erschrocken und verängstigt.

Aber die Reaktion der Frau war die dramatischste. Sie wich zurück, dann hob sie die Arme, als wolle sie einen Schlag abwehren. Die Luft vibrierte schwach. Sonea und Regin tauschten einen wissenden Blick. Dann wandten sie ihre Aufmerksamkeit wieder der Frau zu. Sie heulte überrascht auf und presste die Arme an den Körper.

Oder ist das eine unwillkürliche Bewegung?, überlegte Cery. *Es sieht aus, als hätte sich etwas Unsichtbares um sie gelegt.*

Die Magier hielten inne, als warteten sie auf etwas, aber nichts geschah. Sonea sah wieder zu Regin hinüber, dann ging sie auf die Frau zu.

»Wie ist Euer Name?«, fragte sie.

»F-Forlie«, antwortete die Frau, die Sonea mit großen Augen anstarrte.

»Wusstet Ihr, Forlie, dass alle Magier in den Verbündeten Ländern Mitglieder der Magiergilde sein müssen?«

Die Frau zuckte nicht mit der Wimper. Sie schluckte hörbar und nickte.

»Warum seid Ihr dann kein Mitglied der Gilde?«, hakte Sonea nach. Es lag keine Anklage in ihrer Stimme, nur Neugier.

Die Frau blinzelte, dann sah sie Skellin an. »Ich... ich wollte es nicht.«

Sonea lächelte, und obwohl es ein beruhigendes Lächeln war, lag doch auch Traurigkeit darin. »Wir müssen Euch jetzt in die Gilde bringen. Sie werden Euch nichts zuleide tun, aber Ihr habt ein Gesetz gebrochen. Sie werden entscheiden müssen, was mit Euch zu geschehen hat. Wenn Ihr keine Schwierigkeiten macht, wird das auf lange Sicht besser für Euch sein. Werdet Ihr still und leise mit uns kommen?«

Forlie sah abermals Skellin an, dann nickte sie. Sonea streckte eine Hand nach ihr aus. Welche Macht Sonea oder Regin auch immer benutzt hatte, um ihr die Arme an den Leib zu pressen, jetzt wurde sie zurückgenommen, und die Schultern der Frau entspannten sich. Zaghaft ergriff sie Soneas Hand. Die beiden gingen zu Regin hinüber. Alle im Raum entspannten sich, wie Cery bemerkte. Die drei Männer wirkten erleichtert. Skellin wirkte zufrieden. Sonea und Regin wirkten grimmig, aber ebenfalls erleichtert. Forlie...

Cery runzelte die Stirn, dann ging er auf die Frau zu und zog ihr die Kapuze vom Kopf. Als er ihr Gesicht sah, erschrak er.

»Das ist sie nicht. Das ist nicht die wilde Magierin.«

Es folgte ein Moment der Stille, dann hüstelte Skellin. »Natürlich ist sie es. Sie hat Magie benutzt, nicht wahr?« Er sah Sonea und Regin an.

»Ja«, stimmte Regin zu.

»Dann muss es zwei wilde Magierinnen geben«, sagte Cery. »Es mag dunkel gewesen sein, als ich sie gesehen habe, aber Forlie hat keinerlei Ähnlichkeit mit der Frau, die ich Magie habe wirken sehen.«

»Sie hat dunkle Haut und ist im richtigen Alter. Du hast sie nur von oben gesehen. Wie kannst du dir so sicher sein?«

»Die Form ihres Gesichts ist vollkommen falsch.« Außerdem war auch die Haut der Frau zu hell. Sie hatte Lonmar als Vorfahren, vermutete er, und den typischen Körperbau dieses Volkes. Aber die Frau, die er im Laden des Pfandleihers gesehen hatte, war von ganz anderem Wuchs gewesen. »Sie ist zu groß.«

»Das hast du mir bisher noch nicht erzählt«, bemerkte Skellin.

Cery musterte ihn. »Ich schätze, ich hielt es nicht für lohnend, Einzelheiten zu berichten, solange es nur eine Frau in der Stadt gab, die Magie wirkte.«

»Es wäre nützlich zu wissen gewesen.« Einen Moment lang trat eine Falte zwischen Skellins Brauen, dann zuckte er seufzend die Achseln. »Nun, ich schätze, es ist nach wie vor nützlich. Du kannst die andere Magierin für uns identifizieren.«

Als Cery Sonea anblickte, sah er, dass sie den Kopf schüttelte. Er erinnerte sich daran, welche Sorgen sie sich gemacht hatte, dass sie dabei ertappt werden könnte, wie sie ohne Erlaubnis durch die Stadt streifte.

»Wird das ein Problem für Euch sein?«, fragte er.

»Nein«, antwortete Regin entschieden. »Aber es könnte ein Problem für dich sein. Sobald sich herumspricht, dass wir diese ... dass wir Forlie gefangen haben, wird die andere wilde Magierin vorsichtiger sein. Es wird nicht leicht sein, sie zu finden.«

»Es war von vornherein nicht leicht, sie zu finden«, bemerkte Skellin.

Regin sah den Dieb an. »Wirst du uns abermals behilflich sein?«

»Selbstverständlich.« Skellin lächelte.

Als der Blick des Magiers in seine Richtung wanderte, verneigte sich Cery. »Wie immer.«

»Dann werden wir auf deine nächste Nachricht warten«, sagte Sonea. »In der Zwischenzeit müssen wir so schnell wie möglich in die Gilde zurückkehren.« Sie schaute weg. Als Cery ihrem Blick folgte, sah er, dass überall in dem riesigen Raum Fenster waren und dass das Licht der Morgendämmerung sie bereits erhellte.

»Ja«, ergriff Skellin das Wort. Er machte eine abschätzende Handbewegung in Richtung der drei Männer, die noch immer vor den Kisten standen und das Geschehen verwundert verfolgten. »Geht wieder an die Arbeit«, befahl er ihnen. »Und nun lasst mich Euch nach draußen geleiten«, sagte er zu den Magiern. »Hier entlang.«

Forlie sagte nichts, während sie die Magier und Diebe begleitete. Sie gingen wieder die Treppe hinunter, durch den breiten Flur und in den Raum, in dem sie den größten Teil der Nacht verbracht hatten. Die Magier holten sich ihre Mäntel und traten nach draußen in die Gasse. Skellin wünschte ihnen alles Gute und fügte hinzu, dass er sich melden werde, sobald er ihnen etwas zu berichten habe.

Am Ende der Gasse blieb Cery stehen.

»Viel Glück und all das«, sagte er zu Sonea. »Ich melde mich.«

Sie lächelte. »Danke für deine Hilfe, Cery.«

Er zuckte die Achseln, dann wandte er sich ab und ging zu Gol hinüber, der, verborgen in der Dunkelheit eines Türeingangs gegenüber der alten Schlachterei, auf ihn wartete.

»Wer war das?«, fragte der große Mann, als er Cery entgegenkam.

»Schwarzmagierin Sonea und Lord Regin.«

»Nicht *sie*.« Gol verdrehte die Augen. »Die Frau.«

»Die wilde Magierin.«

»Nein, das ist sie nicht.«
»Nicht unsere wilde Magierin. Eine andere.«
»Du nimmst mich auf den Arm?«
Cery schüttelte den Kopf. »Ich wünschte, es wäre so. Anscheinend sind wir immer noch auf der Jagd nach unserer wilden Magierin. Ich werde es dir später erklären. Lass uns nach Hause gehen. Es war eine lange Nacht.«
»Und ob«, murmelte Gol. Er drehte sich um. Cery, der seinem Blick folgte, sah, dass Regin und Sonea immer noch vor ihrem Wagen standen und redeten.
»Das ist seltsam. Sonea hatte es eilig, in die Gilde zurückzukehren«, sagte Cery.
»Die ganze Angelegenheit war von Anfang an seltsam«, jammerte Gol.

Er hat recht, dachte Cery. *Und nichts ist seltsamer als der Umstand, dass Sonea Forlie »gefangen« hat. Die Art, wie die Frau Skellin ansah, als Sonea ihr eine Frage stellte... als erwarte sie Anweisungen von ihm.*

Es gab keinen Zweifel. Irgendetwas stimmte da nicht. Aber sie hatten eine wilde Magierin gefangen. Vielleicht nicht die wilde Magierin, von der er vermutete, dass sie etwas mit dem Tod seiner Familie zu tun hatte, aber zumindest gab es eine wilde Magierin weniger, die skrupellose Typen wie er selbst anheuern konnten. Das Leben in der Unterwelt der Stadt war gefährlich genug, auch ohne dass Magier ihre Dienste feilboten.

Obwohl es nützlich wäre, einen Magier zu haben, den man ab und zu in Dienst nehmen konnte. Es könnte die Suche nach dem Mörder meiner Familie erheblich vereinfachen.

Aber eines wusste er mit Bestimmtheit: Die nächste wilde Magierin würde sich nicht so leicht fangen lassen.

Lorkin saß auf einem ausgetrockneten alten Baumstamm und wartete. Irgendwo vor ihm waren mehrere sachakanische Magier und ihre Sklaven, ein Duna und der kyralische Botschafter auf dem Weg zu ihm. Irgendwo hinter ihm warteten Tyvara und Chari. Und überall um ihn herum machten Verräterinnen sich bereit, die Falle zuschnappen zu lassen, die sie geplant hatten.

Er war allein.

Trotz der Zuversicht, die Sprecherin Savara zur Schau trug, wusste er, dass ihr Plan gefährlich war. Sie wollte ihm nicht erzählen, wie sie Dannyl von seinen Gefährten trennen wollten. Sie hatte nichts gesagt, als er gefragt hatte, ob sie beabsichtigten, jemanden zu töten. Er vermutete, dass dem nicht so war, denn sie schienen ängstlich darauf erpicht zu sein, dem sachakanischen König keinen Grund zu liefern, ihr Territorium zu betreten, und die Verpflichtung, für den Tod mehrerer Ashaki Vergeltung zu suchen, würde diesen Wunsch gewiss durchkreuzen.

Savara hatte ihm erklärt, dass er nicht viel Zeit haben würde. Sobald die Ashaki begriffen, dass man Dannyl bewusst von ihnen getrennt hatte, würden sie entschlossen sein, ihn zu finden. Und falls Lorkin dann immer noch bei Dannyl war, würde er gefangen werden.

Lorkin seufzte und betrachtete die kahle, felsige Landschaft. Er fühlte sich allein. Er war seit Wochen nicht mehr allein gewesen. Es hätte eine angenehme Abwechslung darstellen können, wären die Umstände andere gewesen. Aber er bezweifelte, dass er unbeobachtet war.

Wenn das nicht wäre, würde ich versuchen, mich mit Mutter in Verbindung zu setzen.

Der Blutring war inzwischen eine beunruhigende Last. Es würde ihn nicht überraschen, wenn die Verräterinnen ihn durchsuchten, bevor er in das Sanktuarium eingelassen würde. Obwohl sie ihn nicht so behandelten, als stelle er eine große Bedrohung dar, erwartete er auch nicht von ihnen, dass sie ihm vollkommen vertrauten.

Und wenn sie mich durchsuchen, werden sie Mutters Ring finden. Es ist zu offensichtlich, dass etwas in den Rücken meines Notizbuches geschoben wurde. Sie werden der Sache nachgehen. Sie werden den Ring finden und ihn mir wegnehmen, damit ich sie nicht wissen lassen kann, wo ich bin. Kann ich darauf vertrauen, dass sie den Ring sicher aufbewahren werden?

Er war nicht bereit, das Risiko einzugehen. Bisher waren ihm nur zwei Lösungen eingefallen: Er musste den Ring irgendwo verstecken oder ihn Dannyl geben.

Einen Moment mal... Wenn ich ihn jetzt benutze, kann ich ihn Dannyl geben, wenn wir miteinander reden. Es wird keine Rolle spielen, ob irgendjemand mich sieht und dahinterkommt, was ich tue. Dannyl wird ihn mitnehmen.

Die Erleichterung, die ihn durchflutete, überraschte ihn, jedoch nicht das jähe Widerstreben, das ihr folgte. Obwohl er seiner Mutter sein Tun erklären und ihr versichern wollte, dass es ihm gut ging, würde es einiges kosten, sie davon zu überzeugen.

Trotzdem, er musste es versuchen. Und er hatte nicht viel Zeit.

Er griff in seine Kleidung und holte das Notizbuch hervor. Nachdem er ein wenig geschoben und gedrückt hatte, hielt er den Ring in der Hand. Er holte tief Luft, dann streifte er ihn über.

– Mutter?
– Lorkin!

Erleichterung und Sorge durchströmten ihn wie gedämpfte Musik.

– *Geht es dir gut?*, fragte sie.
– Ja. Ich habe nicht viel Zeit für Erklärungen.
– *Nun... dann komm zur Sache.*
– Jemand hat versucht, mich zu töten, aber ich wurde von einer Frau gerettet, die zu einer Gruppe gehört, die sich die Verräterinnen nennt. Wir mussten Arvice verlassen, weil es wahr-

scheinlich war, dass irgendjemand abermals versuchen würde, mich zu töten. Jetzt sind wir auf dem Weg zu der geheimen Stadt, aus der sie kommt. Ich gehe mit ihr, aber es besteht die Möglichkeit, dass sie mir nicht erlauben werden, die Stadt wieder zu verlassen, für den Fall, dass ich verrate, wo sie liegt.
– Musst du gehen?
– Ja. Sie hätte die Person, die mich zu töten versuchte, nicht umbringen dürfen. Wenn ich nicht zu ihrer Verteidigung spreche, werden sie sie vielleicht wegen Mordes hinrichten.
– Sie hat dich gerettet, und jetzt möchtest du sie retten. Das ist gerecht. Aber ist es auch das Risiko wert, eingekerkert zu werden?
– Ich denke, ich kann ihre Meinung ändern. Aber es könnte ein Weilchen dauern. In der Zwischenzeit ... Wir wissen nichts über sie. Ich möchte so viel wie möglich lernen. Sie haben Magie, die wir noch nie zuvor gesehen haben.
– Die Magie, um deretwillen du überhaupt nach Sachaka gereist bist?
– Vielleicht. Ich werde es nicht wissen, bevor ich dort ankomme.

Sie schwieg lange.

– Ich kann dich nicht aufhalten – werde dich nicht aufhalten –, falls es das ist, was du tun willst. Du solltest besser recht mit deiner Behauptung haben, dass du sie überreden kannst, dich gehen zu lassen. Andernfalls werde ich dich persönlich holen kommen.
– Gib mir vorher ein paar Jahre Zeit.
– Jahre!
– Natürlich werde ich versuchen, früher zurückzukehren.
– Nun ... dann solltest du besser daran denken, ab und zu den Ring überzustreifen.
– Ah, das wird ein Problem sein. Ich vermute, dass sie mich durchsuchen werden. Wenn sie einen Blutring bei mir finden, werden sie ihn mir wegnehmen. Sie sind ganz versessen darauf, die Lage ihrer Stadt geheim zu halten, und eingedenk

dessen, wie der Rest von Sachaka aussieht, kann ich ihnen keinen Vorwurf daraus machen. Ich werde den Ring Dannyl geben.
– *Du hast noch nicht mit Dannyl gesprochen?*
– *Nein. Aber ich werde es bald tun. Ich werde dafür sorgen, dass er aufhört, mir zu folgen, oder die Verräterinnen werden ihn töten. Ich nehme nicht an, dass du Osen dazu bewegen könntest, ihm zu befehlen, die Verfolgung aufzugeben?*
– *Nicht sofort. Ich bin in der Stadt.*
Eine Bewegung erregte Lorkins Aufmerksamkeit.
– *Ich muss Schluss machen.*
– *Ich auch. Viel Glück, Lorkin. Sei vorsichtig. Ich hab dich sehr lieb.*
– *Ich hab dich auch lieb.*

Er streifte den Ring ab und stand auf. Die Bewegung, die er wahrgenommen hatte, war eine der Verräterinnen, die langsam am oberen Rand einer Schlucht entlangging. Sie schien auf etwas unter ihr konzentriert zu sein. Lorkins Herz setzte einen Moment aus. *Ich hoffe nur, dass Dannyl einen starken Schild errichtet hat.* Vor ihm blickte der Duna sich um, machte ein paar Schritte in eine andere Richtung und kehrte dann zum Ausgangspunkt zurück. Er schüttelte den Kopf, drehte sich um und winkte Dannyl. Aus irgendeinem Grund war der Duna jetzt eher geneigt, mit Dannyl zu sprechen, wann immer es etwas zu berichten gab.

»Die Spuren hören hier auf«, sagte der Mann und deutete zu Boden. Er schaute zu der Felswand empor, die an einer Seite vor ihnen aufragte. »Versuchen wir es dort?«

Dannyl blickte auf und schätzte die Entfernung ab. Der obere Rand der Wand war nicht allzu weit entfernt. Er zog Magie in sich hinein und schuf eine Scheibe der Macht unter ihren Füßen. Dann fasste er den Mann an den Oberarmen, und der Fährtensucher erwiderte die Geste. Sie hatten dies heute schon viele Male getan, entweder um sich zum Rand eines Felsenkamms oder einer Wand zu erheben oder um hinabzusteigen.

Aus solcher Nähe roch der Duna nach Schweiß und Gewürzen, eine Mischung, die nicht unbedingt angenehm war, aber auch nicht allzu störend. Dannyl konzentrierte sich und ließ die Scheibe mitsamt ihnen beiden in die Höhe steigen.

Die Felswand schoss vorüber und verschwand dann, als sie sich über den oberen Rand hinausbewegten. Sie endete oben in einem schmalen Grat. Dannyl brachte sie in dessen Mitte und landete dort. Jenseits der Felswand ragten hohe Berggipfel schroff in den Himmel.

»Wenn Magier das können, warum fliegen sie dann nicht über die Berge und suchen die Stadt der Verräterinnen?«, wollte Unh wissen.

Dannyl sah den Mann überrascht an. Er hatte bisher seine Fähigkeiten nicht hinterfragt. »Das Schweben erfordert Konzentration«, antwortete er. »Je weiter man sich vom Boden entfernt, desto mehr Konzentration ist vonnöten. Ich bin mir nicht sicher, warum das so ist. Aber je höher man gelangt, umso leichter ist es, die Orientierung zu verlieren, und umso tiefer kann man fallen.«

Der Mann schürzte die Lippen, dann nickte er. »Ich verstehe.«

Er wandte sich ab und schaute suchend zu Boden. Augenblicke später stieß er ein zufriedenes Schnauben aus. Er beugte sich über den Rand des Grats und blickte auf die Sachakaner hinab, die verwirrt zu ihnen emporstarrten.

»Die Spur geht hier weiter«, rief er. Dann machte er sich auf den Weg den Felsgrat entlang.

Dannyl wartete und sah zu, wie die Sachakaner sich selbst und ihre Sklaven der Reihe nach an der Felswand emporschweben ließen.

»Wir kommen immer tiefer in die Berge«, sagte einer der

Ashaki und sah sich um. »Ist irgendjemand schon einmal so weit vorgedrungen?«

»Wer weiß?«, antwortete ein anderer Ashaki. »Wir versuchen seit Jahrhunderten, sie zu finden. Ich bin davon überzeugt, dass vor uns schon jemand hier gewesen sein muss.«

»Ich bezweifle, dass wir ihnen schon so nahe sind«, warf ein dritter Magier ein. »Sonst hätten sie mittlerweile versucht, uns aufzuhalten.«

Achati klopfte sich den Staub von der Kleidung. »Sie werden das Risiko nicht eingehen, dass unser kyralischer Freund verletzt werden könnte. Es würde ihnen nichts ausmachen, uns anzugreifen, aber sie werden es nicht wagen, einen Gildemagier zu töten, für den Fall, dass das unsere Nachbarn dazu treibt, sich uns anzuschließen, um Sachaka von seinem Verräterinnenproblem zu befreien.«

»Dann sollten wir uns besser dicht bei dem Botschafter halten«, sagte der erste Ashaki. Dann senkte er die Stimme. »Wenn auch nicht so dicht, dass wir den Gestank unseres Fährtensuchers ertragen müssen.«

Die anderen lachten leise. Dannyl blickte an ihnen vorbei und sah, dass Unh etwa hundert Schritte entfernt stand und ihn heranwinkte. Es war offensichtlich, dass der Duna seine Hilfe der der Sachakaner vorzog. *Ich kann ihm keinen Vorwurf machen. Diese letzte Bemerkung hat klargemacht, dass sie auf sein Volk hinabblicken. Obwohl ich zugeben muss, dass der Mann tatsächlich nicht allzu gut riecht. Trotzdem, ich wette, ich rieche auch nicht besonders gut, nachdem ich tagelang ohne ein Bad oder frische Kleider durch die Berge gewandert bin.*

Er schloss zu Unh auf, und sie setzten ihren Weg fort. Schon bald mussten sie auf der anderen Seite des Felskamms nach unten schweben und dann zwei weitere Wände hinauf. Jedes Mal fand Unh die Spur wieder. Die Zeit verstrich, und schon bald näherte sich die Sonne dem Horizont. Sie kamen in eine schmale Schlucht. Unh zögerte am Eingang, dann bedeutete er Dannyl, dass er neben ihm hergehen solle.

»Haltet Euren magischen Schild hoch«, sagte er. »Haltet ihn stark.«

Dannyl befolgte den Rat des Mannes. Er spürte einen Schauder im Nacken, als er und der Duna langsam durch die Mitte der Schlucht gingen. Als er sich umschaute, sah er, dass die Sachakaner ihnen mit grimmiger Miene folgten. Sie warfen argwöhnische Blicke auf die Wände der Schlucht.

Nach mehreren hundert Schritten zogen sich die Wände zurück, und der Boden der Schlucht verbreiterte sich und wurde vor ihnen zu einem kleinen Tal. Unh stieß einen Seufzer aus und murmelte etwas.

Dann erschütterte ein Krachen die Luft. Das Geräusch kam von irgendwo hinter ihnen. Dannyl und Unh fuhren herum und rissen die Hände hoch, als Steine auf sie zuflogen, trotz der Barriere, die sie schützte. Sie wichen zurück. Ein Staubnebel hatte die Schlucht erfüllt.

Langsam legte sich der Dunst, und ein riesiger Haufen Steine wurde sichtbar.

Wo sind die Sachakaner? Sind sie begraben? Dannyl machte einen Schritt vorwärts und wurde am Arm festgehalten. Er drehte sich zu Unh um, doch der Mann sah nicht ihn an, sondern schaute zum Tal hinüber. Als Dannyl seinem Blick folgte, sah er eine einzelne Gestalt auf sie zukommen. Sein Herz setzte einen Schlag aus.

Lorkin!

»Ihnen wird nichts geschehen«, sagte der junge Magier. »Sie hatten starke Barrieren. Es wird nur einige Minuten dauern, bis sie sich befreien und herausfinden, wie sie zu Euch durchkommen können, daher kann ich nicht lange bleiben.« Er lächelte und blieb einige Schritte entfernt von Dannyl stehen. »Wir müssen reden.«

»Das müssen wir allerdings«, stimmte Dannyl ihm zu.

Lorkin sah gesund aus. Er war sogar ein wenig braun geworden. Und obwohl er Sklavenkleidung trug, schien er sich darin seltsam wohl zu fühlen. Vielleicht lag das nur daran, dass er sie nun schon seit einigen Tagen trug.

»Setzen wir uns«, sagte Lorkin. Er ging zu einem niedrigen Steinbrocken und hockte sich hin. Dannyl suchte sich einen anderen Felsen. Unh blieb stehen. Der Duna beobachtete Lorkin mit neugieriger, wissender Miene.

Plötzlich verstummten alle Geräusche in der Schlucht. Dannyl vermutete, dass Lorkin eine Barriere geschaffen hatte, um zu verhindern, dass ihr Gespräch belauscht wurde. *Belauscht von Unh oder auch von anderen?*

»Ihr müsst viele Fragen haben«, begann Lorkin. »Ich werde mein Bestes tun, sie zu beantworten.«

Dannyl nickte. Wo sollte er anfangen? Vielleicht an dem Punkt, an dem alles begonnen hatte schiefzugehen.

»Wer hat die Sklavin in Eurem Zimmer getötet?«

Lorkin lächelte schief. »Die Frau, mit der ich gereist bin. Sie hat mir das Leben gerettet.«

»Tyvara?«

»Ja. Die Frau, die Ihr tot in meinem Zimmer aufgefunden habt, hat versucht, mich zu töten. Tyvara sagte, andere würden versuchen, ihre Aufgabe zu vollenden, und sie hat sich erboten, mich in Sicherheit zu bringen.«

»Wer will Euren Tod und warum?«

Lorkin verzog das Gesicht. »Das ist ziemlich kompliziert. Ich kann Euch nicht sagen, wer, aber ich kann Euch sagen, warum. Es liegt nicht daran, dass mein Vater irgendeinen Ichani getötet hat. Es geht um etwas anderes, das er getan hat. Oder vielmehr um etwas, das er *nicht* getan hat. Erinnert Ihr Euch daran, dass jemand ihm bei seiner Flucht aus Sachaka geholfen hat, indem er ihn schwarze Magie lehrte?«

Dannyl nickte.

»Nun, diese Person war eine Verräterin. Er hat sich bereit erklärt, ihnen etwas als Gegenleistung zu geben, aber er hat es nie getan. Tatsächlich war es etwas, das zu geben er nicht befugt war, aber ich schätze, er war verzweifelt darauf bedacht, nach Hause zurückzukehren, und hätte allem zugestimmt.« Lorkin zuckte die Achseln. »Ich muss das mit den Verräterinnen klären. Und ... es gibt noch andere Dinge. Ich musss ihnen sagen, was mit Riva geschehen ist – der Sklavin, die Tyvara getötet hat –, oder Tyvara wird wegen Mordes angeklagt und hingerichtet werden. Also müsst Ihr aufhören, mir zu folgen.«

»Woher wusste ich nur, dass Ihr das sagen würdet?«, bemerkte Dannyl seufzend.

»Sie werden Euch töten, wenn Ihr es nicht tut«, erklärte Lorkin. Die Miene des jungen Mannes war ernster, als Dannyl sie je zuvor gesehen hatte. »Sie wollen es nicht tun. Ich glaube auch nicht, dass sie die Sachakaner töten wollen ... Nun, ich vermute, sie würden sie liebend gern töten, nur nicht hier und jetzt. Ihnen ist eines absolut klar: Je mehr Menschen sie töten, um ihren Standort geheim zu halten, desto mehr Menschen werden versuchen, sie zu finden.«

Dannyl nickte. »Ihr wollt also, dass Unh und ich so tun, als hätten wir die Spur verloren.«

»Ja. Oder was immer Ihr sagen müsst, um der Suche ein Ende zu bereiten.«

Irgendwie glaube ich nicht, dass die Sachakaner nach diesem Zwischenfall groß überredet werden müssen, überlegte er und betrachtete die Felsen, die die Schlucht versperrten. *Was ist mit Unh? Ich schätze, er wird Befehle befolgen.* Dannyl dachte an die Edelsteine und sah Lorkin forschend an.

»Ihr tut das nicht nur wegen Eures Vaters und dieser Frau, nicht wahr?«

Der junge Mann blinzelte, dann lächelte er. »Nein. Ich will mehr über die Verräterinnen in Erfahrung bringen. Sie haben keine Sklaven, und ihre Gesellschaft ist vollkommen anderes strukturiert als unsere. Ich denke, sie haben möglicherweise Formen von Magie, von denen wir nie gehört haben – oder die wir seit Tausenden von Jahren nicht mehr gesehen haben. Möglicherweise wäre es nützlich, freundschaftliche Bande mit ihnen zu knüpfen. Ich denke... ich denke, dass wir uns gut mit ihnen stellen müssen, weil wir es eines Tages mit ihnen zu tun haben werden statt mit den Leuten, die heute über Arvice herrschen.«

Dannyl fluchte.»Wenn es zu einem Krieg kommt, bezieh auf keinen Fall Stellung«, warnte er.»Falls sie verlieren, seid Ihr möglicherweise nicht immun gegen die Konsequenzen.«

»Das würde ich auch nicht erwarten.« Lorkin zuckte die Achseln.»Aber mir sind die Probleme, die das der Gilde bereiten würde, durchaus bewusst. Für den Augenblick wäre es besser, wenn alle so täten, als hätte ich die Gilde verlassen. Ich bin mir nicht sicher, wie lange ich hier werde bleiben müssen.« Er runzelte die Stirn.»Es besteht die Möglichkeit, dass sie mich nicht wieder fortlassen, falls ich anderen erzähle, wie sie zu finden sind. Ich habe das alles übrigens auch schon Mutter erklärt.«

»Oh. Gut.« Dannyl stieß einen Seufzer der Erleichterung aus.»Ist Euch klar, wie sehr ich mich davor gefürchtet habe, ihr von Eurem Verschwinden zu berichten?«

»Ja.« Lorkin lachte leise.»Das tut mir wirklich leid.« Dann wich die Erheiterung aus seinen Zügen, und er verzog das Gesicht. Er blickte hinab und öffnete die Finger einer Hand. Darin lag ein Blutring. Er hielt ihn Dannyl mit offensichtlichem Widerstreben hin.»Nehmt ihn. Ich wage nicht, ihn länger bei mir zu tragen. Wenn sie ihn bei mir fänden, würde sie das wohl kaum ermutigen, mir zu vertrauen, und ich will das Risiko nicht eingehen, dass er in andere Hände fällt.«

Dannyl nahm den Ring.»Er gehört Sonea?«

»Ja.« Aus dem Haufen Steine hinter ihnen kam ein gedämpftes Rumoren. Lorkins Blick wanderte in diese Richtung, und er stand auf. »Ich muss gehen.«

Als Unh die Bewegung wahrnahm, drehte er sich zu ihnen um. Einmal mehr musste Dannyl an die Höhle voller Edelsteine denken.

»Mein Freund hier – er kommt übrigens vom Stamm der Duna – hat mir gestern etwas Interessantes erzählt. Er sagte, sein Volk wisse, wie man Edelsteine wie jene schaffen könne, die in der Höhle der Höchsten Strafe zu finden sind.«

Lorkins Augen leuchteten vor Interesse.

»Er sagte auch«, fuhr Dannyl fort, »dass die Verräterinnen seinem Volk dieses Wissen gestohlen hätten. Ihr solltet das vielleicht im Kopf behalten. Eure neuen Freunde haben möglicherweise auch einige unangenehme Eigenschaften.«

Der junge Magier lächelte. »Wer hätte denn keine? Aber ich werde es im Kopf behalten. Es ist eine interessante Information. Sehr interessant.« Seine Augen wurden für einen Moment schmal, dann sah er Dannyl an und umfasste seinen Oberarm. »Lebt wohl, Botschafter. Ich hoffe, Euer neuer Gehilfe wird Euch von größerem Nutzen sein, als ich es gewesen bin.«

Dannyl erwiderte die Geste. Dann zuckte er zusammen, als das Geräusch von vorhin abermals laut wurde. Lorkin trat zurück und hielt inne, um im Vorbeigehen etwas zu dem Duna zu sagen. Dannyl erhob sich und stellte sich neben Unh, und gemeinsam beobachteten sie, wie der Magier davonschritt.

»Was hat er dir gesagt?«, fragte Dannyl, als Lorkin schließlich außer Sicht war.

»Er sagte: ›Du bist der Einzige, dem Gefahr droht‹«, antwortete Unh. »Die Verräterinnen fürchten, ich könnte Euch zu ihrer Stadt führen.«

»Nicht ohne die Hilfe eines Magiers, nehme ich an.«
Der Duna sah ihn an und lächelte. »Nein.«
»Also schaffen wir dich wohl besser so früh wie möglich hier weg. Wie wäre es, wenn wir über diesen Haufen Steine schweben und nachsehen, ob irgendwelche von unseren sachakanischen Gefährten sich bereits ausgegraben haben?«
»Eine gute Idee«, stimmte der Duna ihm zu.

Als sie sich endlich von Skellin verabschiedet hatten, hatte Sonea gleichzeitig vor Frustration schreien und vor Erleichterung jubeln wollen.

Aber inzwischen könnte Dannyl Lorkin nicht nur gefunden haben, hatte sie gedacht, *es könnte auch eine Schlacht stattgefunden haben, Beerdigungen für die Toten könnten arrangiert und eine Siegesfeier abgehalten worden sein. Osen muss inzwischen aufgehört haben, sich zu fragen, wo ich stecke. Außerdem hat er sicher erfahren, dass ich nicht im Hospital war, und jetzt wird er Kallen Anweisung geben, sich zu stärken, um sich für die Suche nach mir bereit zu machen.*

Und alles umsonst. Nun, nicht ganz umsonst. Sie hatten eine wilde Magierin gefunden. Nur nicht diejenige, nach der sie gesucht hatten. Aber zumindest war sie von Skellin weggekommen, hatte sie überlegt, und endlich auf dem Rückweg zur Gilde.

Dann war etwas geschehen, das ihr Verlangen zurückzueilen, um Neuigkeiten zu hören, vollkommen ausgelöscht hatte. Sie hatte Lorkins Stimme in ihrem Kopf vernommen. Und Hinweise darauf empfangen, was er empfunden hatte.

Es war sehr erhellend gewesen.

Sie hatte ganz vergessen, wie gut ein Blutring den Gemütszustand des Trägers übermitteln konnte. Binnen kurzer Zeit hatte sie nicht nur erfahren, dass Lorkin noch lebte, sondern auch, dass er nicht um sein Leben bangte. Obwohl

er sich nicht ganz sicher gewesen war, wie seine Begleiterinnen ihn behandeln würden, respektierte er sie doch im Allgemeinen und glaubte, dass sie wohlmeinend waren. Er war hingerissen von der Frau, die ihn gerettet hatte, aber das Gefühl der Verpflichtung, das er ihr gegenüber hatte, basierte nicht allein auf Verlangen oder Zuneigung.
Ah, Lorkin. Warum muss immer eine Frau im Spiel sein?
Lorkin war so sicher, wie sie nur hoffen konnte, wenn man die Situation bedachte. Sie hätte ihn lieber zu Hause gehabt, und ihr gefiel die Andeutung nicht, dass diese Verräterinnen ihn nicht aus ihrer Stadt lassen würden, aber er hatte beschlossen, das Risiko einzugehen, und sie konnte nichts tun, um ihn daran zu hindern.
Zumindest ist er weit entfernt von den Leuten, die versucht haben, ihn zu töten.
Als sie in den Wagen gestiegen waren, hatte sie sich schon viel besser gefühlt. Aber sie waren noch nicht weit gekommen, als Forlie begonnen hatte zu stöhnen, um sich Kopf und Magen zu halten. Eine schnelle Untersuchung sagte Sonea, dass die Frau besonders anfällig für Reisekrankheit war, daher hatten sie dem Fahrer Anweisung geben müssen, das Tempo zu drosseln.

Sie fragte sich, ob Lorkin schon auf Dannyl getroffen war. Und ob Osen nach ihr suchte, um ihr von den guten Neuigkeiten zu erzählen.

Die Kutsche wurde noch langsamer. Draußen rief eine Frau irgendetwas. Sonea tauschte einen besorgten Blick mit Regin, als der Wagen stehen blieb. Forlie begann vor Furcht zu wimmern.

Sie alle zuckten zusammen, als jemand an die Seite des Wagens hämmerte.

»Schwarzmagierin Sonea«, rief jemand. Eine junge Frau, vermutete Sonea. »Ihr müsst herauskommen. Ihr habt die Falsche erwischt.«

Sonea rutschte zur hinteren Lasche der Bedeckung der Kutsche und zog sie beiseite. Die Straße dahinter war leer bis auf einige Personen in der Ferne. Wieder klopfte jemand an den Wagen.

»Ich arbeite für Cery«, sagte die Frau. »Ich –«

»Wir wissen, dass sie die falsche Magierin ist«, rief Sonea zurück. »Cery hat es uns gesagt.«

Eine schlanke junge Frau erschien und eilte um den Wagen herum, um Sonea stirnrunzelnd zu mustern.

»Dann ... habt Ihr nicht ... wisst Ihr nicht ...« Das Mädchen brach ab und holte tief Luft. »Ich weiß, wo die wahre wilde Magierin ist. Ich habe Euch und Cery vom Dach eines der anderen Gebäude aus beobachtet und gesehen, wie sie aufgetaucht ist, um das Gleiche zu tun. Ich denke, sie ist immer noch dort.«

Regin stieß einen Fluch aus. Sonea drehte sich zu ihm um.

»Geht«, sagte er. »Ich werde Forlie ins Hospital bringen und zurückkommen.«

»Aber ...« *Aber was ist, wenn die Frau bereits fortgegangen ist? Meine Abwesenheit ist vielleicht noch nicht bemerkt worden. Wenn es so ist, werde ich weiter nach ihr suchen können.*

»Ihr solltet gehen«, sagte sie zu Regin. »Wenn ich gehe und sie bereits fort ist und ich erkannt werde, dann wird die Gilde nicht zulassen, dass ich weiter nach ihr suche ...«

»*Ihr müsst diejenige sein, die sie fängt.*« Regin sah sie an, und sein Blick war eindringlich und unerwartet wütend. »Die Leute müssen sehen, wie Ihr es tut. Sie müssen sich daran erinnern, dass Ihr mehr seid als eine Heilerin. Dass die Einschränkungen, die man Euch auferlegt, eine *Verschwendung* sind.« Er streckte die Hand aus. »*Geht!* Bevor sie davonkommt!«

Sonea sah ihn einen Moment lang an, dann zog sie die Lasche weit auf und sprang auf die Straße. Ihr Mantel ging

auf, und die Augen der jungen Frau weiteten sich, als sie die schwarzen Roben sah. Sonea knöpfte den Mantel zu.
»Wie heißt du?«
»Anyi.« Das Mädchen straffte die Schultern. »Folgt mir.« Sie lief los, zurück in Richtung der alten Schlachterei.
»Hast du es Cery schon gesagt?«, fragte Sonea.
Das Mädchen schüttelte den Kopf. »Ich konnte ihn nicht finden.«
Sie gelangten in ein Labyrinth aus Gassen und liefen von Schatten zu Schatten. Sonea stellte fest, dass eine seltsame Mischung aus lang vergessener Erregung und etwas Urtümlicherem ihr Herz schneller schlagen ließ. *Ich bin wie ein Jäger, der im Begriff steht, seine Beute zu fangen*, ging es ihr durch den Kopf. Dann fiel ihr wieder ein, wie es sich anfühlte, Angst zu haben und von mächtigen Magiern gejagt zu werden, und dieser Gedanke ernüchterte sie. *Trotzdem, diese Frau ist kein unausgebildetes Kind. Warum hat sie uns beobachtet? Wusste sie von Skellins Falle?*

Die Frau musste davon gewusst haben. Wie hatte sie es herausgefunden? Hatte sie Forlie an ihrer Stelle dort hingeschickt? In der Nähe der alten Schlachterei bog Anyi in eine Gasse ein. Am entgegengesetzten Ende konnte Sonea eine belebte Hauptstraße sehen.

»Sie war auf dem Dach dieses Gebäudes«, erklärte sie. »Da ist eine Stelle, die man von hier aus nicht sieht, wo man hinaufklettern kann ...«

Das Mädchen war im Begriff gewesen, in eine kleine Sackgasse zu laufen, aber plötzlich blieb es stehen und wich zurück.

»*Das ist sie!*«, zischte sie und streckte die Hand aus.

Ihr Finger zeigte nach oben. Sonea blickte auf, nahm eine Bewegung wahr und spürte, wie ihr ein Schauer den Rücken hinunterlief. Sie zog Magie in sich hinein und riss einen Schild um sie beide herum hoch. Eine Frau schwebte in die Seitengasse hinab und verschwand in der Dunkelheit.

»Könnt Ihr sie dort drin fangen?«, fragte Anyi. Plötzlich erklang das Geräusch von eilig näher kommenden Schritten.

»Es gibt nur eine Möglichkeit, das herauszufinden«, antwortete Sonea und sah Anyi an. »Wenn Regin zurückkommt, bring ihn hierher.«

Anyi nickte und rannte davon. Sonea veränderte ihren Schild so, dass das Mädchen hinausgelangen konnte. Als sie sich wieder umdrehte, stand die Frau kurz davor, aus der Gasse zu erscheinen.

Sonea trat vor und riss eine Barriere hoch, um der Frau den Weg zu versperren.

Überraschung, Schock und Unwillen huschten über das dunkle Gesicht der Frau. Dann wurden ihre seltsamen, länglichen Augen schmal. Eine Macht hämmerte gegen die Barriere. Es war kein Testangriff, sondern ein Stoß, der stärker war, als Sonea erwartet hatte, und zur gleichen Zeit schoss ein weiterer Machtstrahl auf sie zu. Die Barriere schwankte und fiel, bevor Sonea eine Chance hatte, sie zu stärken.

Die Frau huschte aus der Sackgasse und rannte auf die Hauptstraße zu. Sonea lief hinter ihr her und warf eine weitere, stärkere Barriere aus, die sie umschlingen sollte, aber die Frau zerschmetterte dieses Hindernis mit einem heftigen Angriff. Einen Moment später hatte die wilde Magierin sich unter die Menschen gemischt, die auf der Straße ihrer Wege gingen.

Sonea erreichte den Eingang der Gasse einen Moment später. Sie sah die Frau innehalten und sich umdrehen, doch sie war bereits tief in den Strom der Menschen vorgedrungen. Als sie ihre unverkennbare rötlich braune Haut sah, begriff sie, warum Cery sich so sicher gewesen war, dass es sich bei Forlie nicht um die Frau handelte, die er gesehen hatte. Als Skellins Gesicht in Soneas Erinnerung aufblitzte, lief ihr ein Schauer über den Rücken. Die gleiche rötliche dunkle Haut. Die gleichen seltsamen Augen. *Diese Frau ist von derselben Rasse!*

Ein Lächeln umspielte die Lippen der Frau. Ein gefährliches, triumphierendes Lächeln.

Sie denkt, ich werde es wegen all der Menschen hier nicht wagen, Magie zu benutzen, und sie hat recht. Außerdem will ich nicht das Risiko eingehen, ihr etwas anzutun. Obwohl es die Dinge für die Gilde gewiss vereinfachen würde, wenn die Frau zu Tode käme.

Um dieses Schicksal zu verdienen, müsste sie etwas viel Schlimmeres tun, als eine wilde Magierin zu sein, die als Erpresserin für Feuelverkäufer arbeitet.

Und es wäre viel schwieriger für Sonea, Verzeihung für diesen Verstoß gegen die Regeln zu erhalten, wenn ihr Ungehorsam dazu führte, dass jemand starb.

Außerdem brauchen wir sie lebend, um herauszufinden, woher sie gekommen ist und ob es dort weitere Magier wie sie gibt. Und um zu erfahren, warum sie uns dabei beobachtet hat, wie wir Forlie gefangen haben.

Sonea zog Magie in sich hinein. Unmengen von Magie. Sie hatte keine Ahnung, für wie lange sie die Frau aufhalten konnte. Obwohl sie über schwarze Magie gebot – und wusste, wie man Macht von Magiern, gewöhnlichen Menschen und sogar Tieren nahm und sie speicherte, bis sie benötigt wurde –, hatte Sonea dies doch seit über zwanzig Jahren nicht mehr getan. Es war ihr verboten, es sei denn, die Höheren Magier befahlen es ihr.

Sie war nicht mächtiger als zu der Zeit, bevor sie schwarze Magie erlernt hatte. Nicht mächtiger, als sie es als Novizin gewesen war.

Aber sie war eine außerordentlich mächtige Novizin gewesen.

Mit der angesammelten Magie griff Sonea über die Köpfe der Menschen zwischen ihr und der wilden Magierin hinweg und umgab die Frau mit einer Kugel aus Macht. Sofort begann die Frau in alle Richtungen anzugreifen, aber obwohl ihre Angriffe mächtig waren, hatte Sonea dies doch erwartet und sorgte dafür, dass die sie umgebende Barriere stark blieb.

Beim Aufblitzen und den Vibrationen von Magie waren die Menschen von der Frau weggehuscht. Sonea schlüpfte aus dem alten Mantel und warf ihn beiseite. Wenn die Menschen sich hinreichend erholt hatten, um innezuhalten und zuzuschauen, wollte sie nicht, dass sie sich fragten, warum sie den Mantel getragen hatte.

Der schwarze Stoff ihrer Roben regte sich in einer leichten Brise, als sie aus dem Eingang der Gasse trat und auf die wilde Magierin zuging. Sie hörte Ausrufe von beiden Seiten, wo sich zweifellos Zuschauer versammelten, hielt ihre Aufmerksamkeit jedoch auf die Frau gerichtet. Die wilde Magierin fauchte und griff die Barriere mit neuer Wucht an. Sonea stärkte sie weiter und versuchte, sich keine Sorgen darüber zu machen, wie schnell sie ihre magischen Reserven aufbrauchte.

Wie lange kann ich noch so weitermachen? Wie lange kann sie so weitermachen?

Links und rechts von ihr brandete Lärm auf. Zuerst begriff Sonea nicht, was es war, und als sie es begriff, geriet ihre Konzentration vor Erstaunen für einen Moment ins Wanken.

Die Menge jubelte.

Durch das Geräusch drang eine andere Art von Ausrufen. Aus dem Augenwinkel sah sie jemanden herannahen. Jemanden, der Purpur trug.

»Braucht Ihr Hilfe?«, erklang eine junge Männerstimme.

Ein Alchemist. Jedoch niemand, den sie kannte.

»Ja«, sagte sie. »Kommt her.« Sie ließ ihn in ihre Barriere ein und hielt ihm eine Hand hin.

»Sendet mir Eure Magie.«

»Auf die altmodische Weise?«, fragte er überrascht.

Sie lachte. »Natürlich. Ich denke, mit vereinten Kräften werden wir mit einer einzelnen wilden Magierin schon fertig.«

Er ergriff ihre Hand, und sie spürte, wie Magie in sie hineinströmte. Sie leitete sie in die Barriere. Der Alchemist stieß einen Ruf aus, und sie sah, dass eine weitere Magierin näher kam. Diesmal war es eine Heilerin. Als die Frau Soneas andere Hand ergriff, erwartete Sonea beinahe, dass die wilde Magierin aufgeben würde. Aber die Fremdländerin kämpfte weiter.

Doch ihre Angriffe wurden immer schwächer und schwächer. Sonea verspürte unerwartetes Mitgefühl, als die Frau ihre gesamte Stärke gegen die Barriere schleuderte, bis sie schließlich innehalten musste, magisch und körperlich erschöpft. Die Schultern der wilden Magierin sackten herunter. Sie wirkte ausgezehrt und resigniert.

Sonea ließ die Hände der beiden Magier los und sah sie an.

»Danke.«

Der Alchemist zuckte die Achseln, und die Heilerin murmelte etwas wie »Das ist doch selbstverständlich«. Sonea richtete ihre Aufmerksamkeit wieder auf die wilde Magierin. Mit langsamen, gemessenen Schritten ging sie auf sie zu. Der Alchemist und die Heilerin begleiteten sie. Die wilde Magierin musterte Sonea mürrisch, als sie vor ihr stehen blieb.

»Wie ist Euer Name?«, fragte Sonea.

Die Frau gab keine Antwort.

»Kennt Ihr das Gesetz bezüglich der Magier in den Verbündeten Ländern? Das Gesetz, das besagt, dass alle Magier Mitglied der Magiergilde sein müssen?«

»Ich kenne es«, erwiderte die Frau.
»Und doch seid Ihr hier, eine Magierin, die kein Mitglied der Gilde ist. Warum?«
Die Frau lachte. »Ich brauche Eure Gilde nicht. Ich habe Magie gelernt, lange bevor ich in dieses Land kam. Warum sollte ich vor Euch katzbuckeln?«
Sonea lächelte. »In der Tat, warum?«
Die Frau funkelte sie an.
»Also«, fuhr Sonea fort. »Wie lange lebt Ihr schon innerhalb der Verbündeten Länder?«
»Zu lange.« Die Frau spuckte aus.
»Wenn es Euch hier nicht gefällt, warum bleibt Ihr dann?«
Die Frau starrte Sonea hasserfüllt an.
»Wie lautet der Name Eures Heimatlandes?«
Die wilde Magierin presste halsstarrig die Lippen zusammen.
»Also schön.« Sonea zog die Barriere um die Frau näher zu sich heran. »Ob es Euch gefällt oder nicht, die Magiergilde ist von Gesetzes wegen verpflichtet, sich um Euch zu kümmern. Wir bringen Euch jetzt in die Gilde.«
Wut verzerrte das Gesicht der Frau, und ein neuer Schwall von Macht hämmerte gegen die sie umgebende Barriere, aber es war ein schwacher Angriff. Sonea erwog die Möglichkeit abzuwarten, bis die Frau müde wurde, doch dann entschied sie sich dagegen. Sie ließ die Barriere um die Frau zusammenschrumpfen, bewegte sie in die Mitte der Straße und begann anschließend, sie energisch, aber sanft vorwärtszudrängen. Die Heilerin und der Alchemist gaben ihr Geleit.
Und auf diese Weise eskortierten sie die zweite wilde Magierin, die sie an diesem Tag gefunden hatten, durch mit neugierigen Zuschauern gesäumte Straßen zur Gilde.

28 Fragen

Die Binde über Lorkins Augen juckte, aber seine Arme wurden von zwei Verräterinnen festgehalten.

»Wir bleiben stehen«, sagte eine der Frauen und hielt ihn an. »Jetzt gehen wir weiter.«

Die andere Frau ließ seinen Arm los, und er nutzte die Gelegenheit, um sich zu kratzen. Als sie einen Augenblick später aufwärtsgingen, wappnete er sich. Sein Magen schlingerte. Lange Momente spürte er wieder den unebenen Boden unter den Füßen. Die Frau zog an ihm.

»Sei vorsichtig, der Boden hier steigt stark an. Zieh den Kopf ein.«

Er spürte eine plötzliche Kühle und vermutete, dass sie aus dem Sonnenlicht in die Dunkelheit getreten waren. Aber das war nicht alles. Es lag Feuchtigkeit in der Luft und ein schwacher Geruch nach faulender Vegetation oder Moder. Seine Führerin blieb stehen.

»Wir kommen jetzt zu einigen Stufen, die nach unten führen. Es sind vier.«

Er fand mit den Zehen die Kante und trat dann vorsichtig nach unten. Die Stufen waren breit und flach, und an der Art, wie die Geräusche widerhallten, erkannte er,

dass sie eine Höhle oder einen Raum betreten hatten. Einige Schritte entfernt hörte er das Plätschern von Wasser.
»Von jetzt an bleibt alles flach.«
Es war nicht die Wahrheit, wie er erkennen konnte, als er weiterging. Der Boden war glatt, aber er stieg definitiv allmählich an. Er lauschte auf das Geräusch der Schritte der Gruppe und auf das Fließen von Wasser. Falls es irgendwelche Biegungen gab, lagen sie zu weit auseinander, als dass er sie hätte wahrnehmen können.
Irgendwo vor ihm machte er das Geräusch von Wind aus. Von raschelnder Vegetation und fernen Stimmen. Nach einigen weiteren Schritten schloss er aus der Art, wie die Geräusche ihn umringten, dass er jetzt im Freien war. Er spürte die Wärme von Sonnenlicht auf dem Gesicht und eine kühle Brise auf der Haut. Dann hörte er jemanden Savaras Namen sagen.
Ohne Vorwarnung wurde ihm die Binde abgenommen, und er blinzelte in das grelle Licht der Mittagssonne. Bevor seine Augen sich angepasst hatten, zog die Verräterin, die ihn geführt hatte, ihn am Arm, um ihm zu bedeuten, dass er weitergehen solle.
Savara führte die Gruppe an und nahm einen Weg zwischen hohen, sich wiegenden Halmen hindurch. Ihm wurde klar, dass dies der Rand eines Getreidefelds war, und aus den obersten Blättern ragten große Samenköpfe. Der Pfad stieg steil an, und schon bald schaute er auf ein breites Tal hinab.
Zu beiden Seiten erhoben sich steile Wände, die sich am anderen Ende des Tals trafen. Felder zogen sich über den Boden, ein jedes in einer anderen Höhe, wie schlecht verlegte Fliesen, aber alle in sich eben. Die grünen Terrassen führten Stufe um Stufe zu einem langgestreckten, schmalen See hinab, dort wo das Tal am tiefsten war. *Nicht ein Fleckchen wird verschwendet,* dachte er. *Wie sonst*

sollten sie eine ganze Stadt ernähren? Aber wo sind die Gebäude?

Eine Bewegung an der Talwand, die ihm am nächsten war, beantwortete diese Frage. Jemand blickte durch ein Loch im Felsen. Einen Moment später erkannte er, dass die ganze Wand von Löchern durchsetzt war, von einem Ende des Tals zum anderen.

Eine in den Fels gehauene Stadt. Er schüttelte staunend den Kopf.

»Das war bereits hier, als wir das Tal fanden«, erklang eine vertraute Stimme an seiner Seite.

Er sah Tyvara überrascht an. Sie hatte kaum ein Wort gesagt, seit sie sich Savaras Gruppe angeschlossen hatten.

»Natürlich haben wir die Stadt erheblich vergrößert«, fuhr sie fort. »Vieles von dem alten Teil ist eingestürzt und musste, sechzig Jahre nachdem die ersten Verräterinnen sich hier niederließen, ersetzt werden.«

»Wie tief sind die Höhlen?«

»Meistens nur ein oder zwei Räume tief. Die Stadt ist ungefähr halb so groß wie Arvice. Wir haben hier ab und zu Beben, und einzelne Teile stürzen ein. Obwohl wir erheblich besser darin geworden sind zu beurteilen, ob der Fels sicher ist, bevor wir neue Räume schaffen und sie dann mit Magie verstärken, fühlen die Menschen sich doch wohler, wenn sie in der Nähe der Außenwände leben.«

»Ich kann verstehen, warum sie so empfinden.«

Jetzt konnte er erkennen, dass ein Teil des Sockels der Wand durch stabile Torbögen unterbrochen wurde, durch die Menschen die Stadt betraten und verließen. Anderenorts gab es kleinere, in größeren Abständen verteilte Öffnungen. Die Bögen deuteten einen formelleren, öffentlichen Eingang an, und es überraschte ihn nicht, als Savara darauf zuhielt.

Aber nicht lange danach war sie gezwungen, stehen zu

bleiben. Eine Menschenmenge hatte sich gebildet. Lorkin wunderte sich nicht darüber, dass viele von ihnen ihn anstarrten. Einige waren offensichtlich neugierig, aber andere wirkten argwöhnisch. Manche hatten eine zornige Miene aufgesetzt, aber ihr Zorn galt nicht ihm. Er galt Tyvara.

»Mörderin!«, riefen einige von ihnen. Es folgten hier und da zustimmende Laute. Aber andere Leute runzelten bei der Anklage die Stirn, und manche protestierten sogar.

»Aus dem Weg«, befahl Savara entschieden, aber nicht wütend.

Die Leute, die ihnen den Weg verstellten, gehorchten. Lorkin las Respekt in ihren Gesichtern, wenn sie Savara ansahen. *Sie ist definitiv eine Verräterin, mit der man sich gutstellen sollte*, ging es ihm durch den Kopf, während die Gruppe ihrer Anführerin zu den Bögen und hinein in die Stadt folgte.

Eine breite, aber niedrige Halle, die von mehreren Säulenreihen getragen wurde, lag vor ihnen.

»Sprecherin Savara«, erklang eine Stimme. »Es freut mich zu sehen, dass du sicher zurückgekehrt bist.«

Die Sprecherin war eine kleine, rundliche Frau, die vom hinteren Teil der Halle auf sie zukam. Ihre Stimme klang befehlsgewohnt. Savara verlangsamte ihre Schritte, während sie ihr entgegenging.

»Sprecherin Kalia«, erwiderte sie. »Hat die Tafel sich versammelt?«

»Alle, bis auf dich und mich.«

Lorkin spürte, dass etwas gegen seinen Arm stieß. Tyvara. Sie formte mit den Lippen einige Worte, aber er konnte sie nicht verstehen, daher beugte sie sich näher zu ihm.

»*Andere Partei*«, flüsterte sie. »*Anführerin.*«

Er nickte zum Zeichen, dass er verstand, dann musterte er die Frau eingehender. *Das ist also diejenige, die befohlen hat, mich zu töten.* Sie war älter als Savara, wahrscheinlich älter als seine Mutter, da die Rundheit ihres Gesichts die Falten glättete, die eine Frau ihres Alters normalerweise haben würde. Die Schärfe ihres Blicks und die Form ihrer Lippen straften ihr sanftes Auftreten Lügen. Sie verliehen ihr etwas Gemeines, befand er. Aber vielleicht wurde seine Wahrnehmung von dem Wissen getrübt, dass sie ihn tot sehen wollte. Vielleicht fanden andere sie anziehend und mütterlich.

Kalia ließ den Blick über die Mitglieder von Savaras Gruppe gleiten, und ihre Nase zuckte. Lorkin wurde bewusst, dass die Sklavengewandung, die er und einige der anderen trugen, jetzt deplatziert wirkte. Savara wandte sich an zwei ihrer Begleiterinnen.

»Bringt Tyvara in ihr Zimmer und bewacht die Türen.«

Sie nickten, und als sie Tyvara ansahen, trat diese ihnen entgegen. Ohne ihn anzuschauen oder ein Wort zu sagen, schritt sie davon. Savara blickte eine andere Verräterin an.

»Such Evana und Nayshia und lass sie so bald wie möglich Ishiya und Ralana ersetzen.« Sie sah die beiden letzten Frauen an. »Geht. Ruht euch etwas aus.«

Als die Frauen fort waren, wandte Savara sich an Lorkin. »Ich hoffe, du bist bereit, eine Menge Fragen zu beantworten.«

Er lächelte. »Das bin ich.«

Aber als sie und Kalia ihn flankierten und aus der Halle in einen breiten Flur führten, wurde ihm klar, dass er sich keineswegs bereit fühlte. Er wusste, dass es hier eine Königin gab, aber es war plötzlich klar, dass Tyvara und Chari versäumt hatten, ihm zu erzählen, wie die Macht unterhalb der königlichen Ebene aufgeteilt war. Er wusste, dass seine beiden Begleiterinnen Sprecherinnen waren, aber er hatte keine Ahnung, wie genau sie in die Hierarchie hineinpassten.

Savara hat gefragt, ob eine Tafel sich versammelt habe. Ich schätze, damit ist kein Möbelstück gemeint. Sie sind beide Teil davon, daher vermute ich, dass es sich um eine Art von Gruppe handelt wie die Höheren Magier. Mit jemandem, der die Formalitäten und Zeremonien leitet, wie Administrator Osen es bei Versammlungen der Gilde tut.

Das Licht im Flur war gedämpft, aber hell genug, um den Weg zu beleuchten. Außerdem hatte es Farbe – eine Farbe, die sich bewegte und veränderte. Auf der Suche nach der Quelle blickte er sich um und stellte fest, dass es von hellen, ins Dach eingelassenen Lichtpunkten kam.

Edelsteine! Magische Edelsteine! Er versuchte, im Vorbeigehen ihre Form auszumachen, aber sie waren zu hell, um direkt hineinzuschauen. Sie hinterließen Flecken, die vor seinen Augen trieben, daher zwang er sich, den Blick abzuwenden.

Der Flur war nicht lang, und Savara und Kalia führten ihn durch eine breite Tür in einen großen Raum. An einem Ende stand ein runder steinerner Tisch. Daran saßen vier Frauen, und zwei leere Stühle warteten. Am entgegengesetzten Ende des Tisches saß eine grauhaarige Frau, die den gleichen müden Blick hatte, den Osen immer zu haben schien.

Sie ist das Gegenstück der Verräterinnen zu unserem Administrator, möchte ich wetten.

Am näher gelegenen Ende stand ein weiterer leerer Stuhl, größer und mit Edelsteinen besetzt. Der Rest des Raums war fächerförmig mit dem Tisch als Zentrum. Der Boden erhob sich, von der Tafel ausgehend, in Stufen und war mit Polstern ausgelegt. *Für die Zuhörer, obwohl heute keine hier sind.*

Savara bedeutete ihm, vor den Tisch zu treten, dann nahmen sie und Kalia ihre Plätze ein.

»Willkommen, Lorkin von der Magiergilde Kyralias«, begann die müde Frau. »Ich bin Riaya, Vorsitzende der Tafel. Dies sind Yvali, Shaiya, Kalia, Lanna, Halana und Savara, Sprecherinnen für die Verräterinnen.«

»Danke, dass ihr mir Einlass in eure Stadt gewährt habt«, antwortete er mit einer schwachen Verbeugung, die er an alle Frauen richtete.

»Man hat mir zu verstehen gegeben, dass du aus freien Stücken ins Sanktuarium gekommen bist«, fuhr Riaya fort.

»Ja.«

»Warum?«

»In erster Linie, um bei Tyvaras Verhandlung zu ihren Gunsten zu sprechen.«

»Und warum noch?«

Er hielt inne, um darüber nachzudenken, wie er beginnen sollte. »Man hat mir berichtet, dass mein Vater eurem Volk ein Versprechen gab, das er nicht hätte geben sollen. Wenn ich kann, würde ich die Angelegenheit gern bereinigen.«

Die Sprecherinnen tauschten einen Blick. Einige wirkten skeptisch, andere hoffnungsvoll.

»Ist das alles?«

Lorkin schüttelte den Kopf. »Obwohl ich nur ein Gehilfe des Gildebotschafters in Sachaka war, ist mir doch bewusst, dass ein Teil der Aufgabe – ein Teil des Grundes, warum man überhaupt Botschafter hat – darin besteht, friedliche Verbindungen mit anderen Völkern anzustreben und aufrechtzuerhalten. Die Verräterinnen sind ein Teil Sachakas; wenn wir also keine Verbindungen mit ihnen anstreben, vernachlässigen wir einen wichtigen Teil des Landes. Selbst nach dem wenigen, was ich über die Verräterinnen weiß, ist mir klar, dass eure Werte eher zu denen der Verbündeten Länder passen. Ihr lehnt zum Beispiel Sklaverei ab.« Er holte tief Luft. »Wenn eine Chance besteht, auf eine vorteilhafte Verbindung zwischen uns hinzuarbeiten, fühle ich mich verpflichtet, der Möglichkeit nachzugehen.«

»Welchen möglichen Vorteil hätte ein solches Bündnis

für uns?«, fragte Kalia, in deren Stimme deutliche Ungläubigkeit mitschwang.

Lorkin lächelte. »Handel.«

Kalia stieß ein scharfes, freudloses Lachen aus. »Wir haben bereits ehrlichen Handel mit euresgleichen angestrebt und es bedauert.«

»Du beziehst dich natürlich auf meinen Vater«, erwiderte er. »Mir wurde gesagt, dass Verräterinnen sich bereitfanden, ihn schwarze Magie im Gegenzug für heilende Magie zu lehren?«

Die sieben Frauen runzelten die Stirn.

»Schwarze Magie?«, wiederholte Riaya.

»Höhere Magie«, erklärte Lorkin.

»Dann entspricht das der Wahrheit«, sagte Riaya.

Lorkin schüttelte den Kopf. »Einzig die Höheren Magier der Gilde hätten mit Erlaubnis der Häupter der Verbündeten Länder diese Entscheidung treffen können. Das Heilen ist ein zu großes Geheimnis. Mein Vater hatte kein Recht, es anzubieten.«

Die Frauen begann plötzlich alle durcheinanderzureden, aber obwohl Lorkin nicht verstehen konnte, was jede einzelne von ihnen sagte, war die allgemeine Meinung klar. Sie waren wütend, aber auch verwirrt.

»Warum sollte er dann das Versprechen geben? Hatte er die Absicht, sein Wort zu brechen?«

»Es ist offenkundig, warum er getan hat, was er tat«, antwortete Lorkin. »Er war –«

Aber Kalia und die Frau neben ihr redeten noch immer – nach den Wortfetzen, die er auffing, stimmten sie einander darin zu, dass man Kyraliern nicht trauen könne.

»Lasst ihn sprechen«, befahl Riaya, deren Stimme die der anderen übertönte. Die beiden Frauen schwiegen. Kalia verschränkte die Arme vor der Brust und sah ihn hochmütig an.

»Mein Vater war verzweifelt«, rief Lorkin ihnen ins Gedächtnis. »Er war viele Jahre lang ein Sklave gewesen. Er wusste, dass sein Land in Gefahr war. Wahrscheinlich fand er, dass seine persönliche Ehre ein geringer Preis für die Sicherheit seines Landes war. Und wenn ihr jahrelang… ein Sklave gewesen wärt, wie viel Würde wäre euch dann noch verblieben?«

Er brach ab, als er begriff, dass er zu viel Gefühl in seine Worte gelegt hatte. »Ich habe eine Frage an euch«, sagte er.

»Du hast uns keine Fragen zu stellen«, höhnte Kalia. »Du musst warten, bis –«

»Ich würde seine Frage gern hören«, unterbrach Savara. »Stimmt mir irgendjemand zu?«

Die übrigen Frauen zögerten kurz, dann nickten sie.

»Sprich weiter, Lorkin«, forderte Riaya ihn auf.

»Man hat mir berichtet, euer Volk habe gewusst, dass mein Vater eine Zeit lang ein Sklave war, bevor ihr ihm diesen Handel angeboten habt. Warum habt ihr gewartet, bis es für euch vorteilhaft war, bevor ihr ihm eure Hilfe angeboten habt? Warum habt ihr einen so hohen Preis für diese Hilfe verlangt, obwohl ihr eure eigenen Leute doch ständig vor einer Tyrannei dieser Art rettet?«

Seine letzten Worte gingen in Protestrufen unter.

»Wie kannst du es wagen, unsere Großzügigkeit in Zweifel zu ziehen?«, schrie Kalia.

»Er war ein Mann und ein Fremdländer!«, rief eine andere.

»Die einzige Tochter der Königin ist seinetwegen gestorben!«

»Und Hunderte weitere hätten gerettet werden können, hätte er sein Wort gehalten.«

Sein Blick wanderte über ihre wütenden Gesichter, und plötzlich bedauerte er seine Worte. Er musste diese Frauen bezaubern und umgarnen, statt sie gegen sich aufzubringen. Aber dann begegnete er Savaras Blick. Er sah sie anerkennend nicken.

»Wirst du uns geben, was dein Vater versprochen hat?«, verlangte Kalia zu erfahren.

Sofort wurden die Frauen still. Sie starrten ihn eindringlich an. *Sie wollen die Heilkunst unbedingt,* dachte er. *Und warum auch nicht? Das Verlangen, geschützt zu sein vor Verletzungen und Krankheiten, ist sehr mächtig. Aber sie begreifen nicht, wie mächtig das Wissen wirklich ist. Welchen Vorteil es einem über einen Feind gibt. Dass es ebenso gut dazu benutzt werden kann, Schaden anzurichten.*

»Ich bin nicht befugt, das zu tun«, antwortete er ihnen. »Aber ich bin bereit, euch zu helfen, dieses Wissen zu erwerben, indem ich mit der Gilde und den Verbündeten Ländern einen Austausch aushandele.«

»Einen Austausch?« Riaya runzelte die Stirn. »Wofür?«

»Für etwas von gleichem Wert.«

»Wir haben euch höhere Magie gegeben!«, rief Kalia.

»Ihr habt meinem Vater schwarze Magie gegeben«, stellte Lorkin fest. »Sie ist weder neu für die Gilde, noch würde man sie als angemessene Gegenleistung für die Heilkunst ansehen.«

Lorkin hatte daraufhin mehr Proteste erwartet, aber die Frauen waren in nachdenkliches Schweigen verfallen. Savara musterte ihn mit schmalen Augen. War das Argwohn, den er darin las?

»Was haben wir, das als gleichwertig betrachtet werden würde?«, fragte Riaya.

Er zuckte die Achseln. »Ich weiß es nicht. Ich bin gerade erst hier angekommen.«

Kalia stieß einen lauten Seufzer aus. »Es hat keinen Sinn, Zeit und Energie auf Fantasien über Geschäfte und Bündnisse zu verschwenden. Der Standort des Sanktuariums ist ein Geheimnis. Wir dulden kein Kommen und Gehen von Fremdländern, sei es zu Zwecken des Handels oder zu anderen Zwecken.«

Riaya nickte. Sie sah zuerst die Frauen an, dann Lorkin. »Wir sind noch nicht in einer Position, um über solche Dinge nachzudenken. Hat Savara dich gewarnt, dass man dir nicht gestatten würde, wieder fortzugehen, wenn du das Sanktuarium betrittst?«

»Das hat sie getan.«

Sie wandte sich an die Sprecherinnen. »Sieht eine von euch einen Grund dafür, warum dieses Gesetz nicht auf Lorkin angewandt werden sollte?«

Alle Frauen schüttelten den Kopf. Selbst Savara, wie er bemerkte. Ihm wurde flau im Magen.

»Akzeptierst du das?«, fragte Riaya ihn.

Er nickte. »Ja.«

»Dann bist du jetzt den Gesetzen des Sanktuariums untertan. Also solltest du besser herausfinden, wie sie aussehen, und ihnen den geziemenden Respekt erweisen. Diese Versammlung ist vorüber.« Riaya sah Savara an. »Da du ihn mitgebracht hast, fällt es in deine Verantwortung sicherzustellen, dass er gehorsam und nützlich ist.«

Savara nickte, dann stand sie auf und bedeutete ihm, ihr zu folgen. Als sie den Raum verließen, stieg in Lorkin eine seltsame Schwermut auf. Er hatte gewusst, dass es einen Preis haben würde, Savara ins Sanktuarium zu folgen. Obwohl er bereit war, ihn zu akzeptieren, rebellierte ein Teil von ihm trotzdem dagegen.

Und dann fiel ihm wieder ein, was Riaya gesagt hatte. *»Wir sind noch nicht in einer Position, um über solche Dinge nachzudenken.«* Noch nicht. Das bedeutete nicht »niemals«. Es könnte Jahre dauern, bis sie genug Kraft und Mut hatten, um sich über ihre Berge hinauszuwagen, aber sie würden es tun müssen, wenn sie wollten, was die Verbündeten Länder zu bieten hatten.

Obwohl sie die Edelsteinmagie von den Duna-Stämmen gestohlen haben, durchzuckte es ihn. *Dann sollte ich besser gut achtgeben, dass sie nicht versuchen, etwas Ähnliches mit mir zu machen.*

Anyi streckte die Hand aus, um das feine Leder des Kutschensitzes zu streicheln, dann strich sie über die goldenen Einlegearbeiten, die in den hölzernen Sockel der Sitzbank eingelassen waren. Als Cery auf den Boden sah, stellte er erheitert fest, dass auch dort das Symbol der Gilde – ein Y in einem Diamanten – zu erkennen war, diesmal in verschiedenfarbigem Holz ausgeführt.

»Wir sind da«, erklärte Gol mit großen Augen.

Cery schaute aus dem Fenster. Die Tore der Gilde schwangen auf. Die Kutsche verlangsamte ihr Tempo, als sie hindurchglitt, dann beschleunigte sie wieder, um sie zum Vordereingang der Universität zu bringen. Vor der Treppe hielt sie an, und der Fahrer sprang hinab, um ihnen die Tür zu öffnen. Als Cery ausstieg, tauchte aus dem Gebäude eine Gestalt in schwarzen Roben auf.

»Cery von der Nordseite«, sagte Sonea und grinste ihn an.

»Schwarzmagierin Sonea«, erwiderte er und machte eine übertriebene Verbeugung. Um seine Augen bildeten sich winzige Falten der Erheiterung. »Das ist Anyi«, fuhr er fort. »Und Gol kennst du bereits.«

Sonea nickte seiner Tochter zu. »Mir war nicht bewusst, dass du *die* Anyi bist«, murmelte sie. »Aber andererseits habe ich dich nicht mehr gesehen, seit du mir nur bis zu den Knien gereicht hast.«

Anyi verneigte sich. »Lasst uns das nicht weiter erörtern«, sagte sie. »Ich bin Cerys Leibwächterin, mehr nicht.«

»Und das ist alles, was die Gilde erfahren wird«, versicherte Sonea ihnen. Dann blickte sie zu Gol auf. »Du bist seit neulich nicht größer geworden, wie ich mit Freude feststelle.«

Der Mann machte eine hastige Verbeugung. Er öffnete den Mund und schloss ihn wieder, eindeutig zu überwältigt von seiner Umgebung, um sich auf eine witzige Antwort zu besinnen.

»Kommt herein.« Sonea machte ihnen ein Zeichen und stieg die Treppe empor. »Alle freuen sich schon darauf, eure Geschichten zu hören.«

Als Cery ihren trockenen Tonfall bemerkte, sah er sie forschend an. Als sie ihn in die Gilde gerufen hatte, um die wilde Magierin zu identifizieren, war er gleichzeitig erfreut und entsetzt gewesen, aber sie hatte ihm versichert, dass sie ihn lediglich als einen alten Freund bezeichnet hatte. Es bestand die Möglichkeit, dass einige der älteren Magier ihn aus der Zeit vor zwanzig Jahren erkennen würden und dass sie wussten, dass er ein Dieb geworden war. Eine Identifikation könnte die Dinge später für ihn erschweren.

Aber wie er wusste, machte Sonea sich Sorgen, dass die Gilde ihrer Bewegungsfreiheit noch größere Einschränkungen auferlegen würde, nachdem sie jetzt wusste, dass sie ohne Erlaubnis durch die Stadt gestreift war. Die Tatsache, dass sie Verbindungen zu einem Dieb unterhalten hatte, würde ihre Situation nicht besser machen, obwohl das nicht länger gegen irgendwelche Gilderegeln verstieß. Wenn er ihr helfen konnte, indem er getarnt als ein alter Freund in die Gilde kam, würde er dieses Risiko auf sich nehmen.

Obwohl die Jagd nach der wilden Magierin vorüber war, war die Angelegenheit, soweit es die Gilde betraf, keineswegs beigelegt.

»Wie ist die Versammlung bisher gelaufen?«, erkundigte er sich.

»Es war eine endlose Diskussion«, begann sie.

»Natürlich.«

»Schlimmer als gewöhnlich. Ich hatte immer schon den Verdacht, dass dies geschehen würde, wenn ein Magier von außerhalb der Verbündeten Länder in einem unserer Länder leben wollte: Es würde dazu führen, dass wir unsere Gesetze hinterfragen müssen. Aber ich habe immer angenommen, dass es sich dann um einen sachakanischen Magier handeln würde.«

»Hat die wilde Magierin euch etwas darüber erzählt, woher sie kommt?«

»Nein. Sie weigert sich zu sprechen. Das Gleiche tut Forlie, obwohl ich denke, dass sie mehr aus Furcht handelt denn aus Halsstarrigkeit.«

Sie erreichten das obere Ende der Treppe, und Sonea führte ihn durch die Eingangshalle voller Wendeltreppen, an die Cery sich von seinem letzten, mehr als zwanzig Jahre zurückliegenden Besuch noch erinnern konnte. Gol und Anyi schauten sich beide mit vor Staunen offenem Mund um, und Cery musste ein Kichern unterdrücken. Sonea zögerte nicht, sondern führte sie in einen breiten Flur. Dieser endete in der gewaltigen Großen Halle, in der sich die alte Gildehalle befand. Cery glaubte nicht, dass Gol und Anyi den Mund noch weiter aufreißen könnten.

»Werdet ihr ihre Gedanken lesen?«, fragte Cery Sonea.

»Ich nehme an, dass wir das irgendwann tun werden. Das ist einer der Punkte, über den diskutiert worden ist. Da wir nichts über das Land wissen, aus dem sie kommt, wissen wir auch nicht, ob es als ein unverzeihlicher Verstoß gewertet werden würde, wenn wir ohne Erlaubnis ihre Gedanken lesen.«

»Aber ohne ihre Gedanken zu lesen, könnt ihr nicht herausfinden, woher sie gekommen ist«, sagte Anyi.

»Nein.«

»Und das ist der Grund, warum wir hier sind. Ihr braucht

einen Beweis dafür, dass sie etwas Ungesetzliches getan hat.«

Sonea hatte die Türen zur Gildehalle erreicht, die sich langsam öffneten. Sie sah Anyi an und lächelte schief.

»Ja.«

Als die Türen weit aufschwangen, schnappte Cery nach Luft. Die Halle war voller Magier. Es war ein Bild, von dem Cery vermutete, dass nur wenige Nichtmagier es je sehen würden, ohne sich eingeschüchtert zu fühlen.

Sieht so aus, als hätten sie die Magier, die sie während der Ichani-Invasion verloren haben, mühelos durch andere ersetzt, bemerkte er. Die in Reihen angelegten Sitze zu beiden Seiten waren besetzt, aber die Stuhlreihen in der Mitte des Raums waren leer. *Diese Plätze sind für die Novizen*, erinnerte er sich. *Das ist gut. Unter ihnen finden sich wahrscheinlich mehr Leute von niederem Stand, die mich erkennen könnten.*

Sonea schritt mit wehenden schwarzen Roben vor. Cery, der ihr folgte, sah Gol und Anyi an, die links und rechts neben ihm gingen. Beide schauten geradeaus auf die Szene vor ihnen.

Am entgegengesetzten Ende des Raums wartete ein Magier in blauen Roben. *Der Administrator.* Es war ein anderer Mann als der, den Cery vor langer Zeit diese Roben hatte tragen sehen. Hinter dem Administrator befanden sich weitere Sitzreihen. *Die Höheren Magier.* Cery betrachtete die Gesichter. Einige kamen ihm bekannt vor, andere nicht. Er erkannte Rothen, den Magier, der Sonea durch ihre frühen Jahre an der Universität geführt hatte. Der alte Mann begegnete Cerys Blick und nickte knapp.

Zwei Frauen standen vor den Höheren Magiern. Cery erkannte Forlie, die aussah, als sei sie von Sinnen vor Angst. Die andere Frau drehte sich um, um festzustellen, wer da näher kam, und Cerys Herz setzte einen Schlag aus.

Ja, das ist sie.

Während sie ihn anfunkelte, gefror Cery das Blut in den Adern. Im schwachen Licht des Dachbodens im Haus des Pfandleihers hatte er sie nicht allzu deutlich gesehen, wenn auch deutlich genug, um sie zu erkennen, als er ihr das nächste Mal begegnete. Und als er sie draußen auf der Straße vor dem Pfandleiher gesehen hatte, hatte einige Entfernung zwischen ihnen gelegen. Aber hier, im hellen Schein vieler magischer Lichtkugeln, bemerkte er etwas, das zu sehen er zuvor nicht die Gelegenheit gehabt hatte.

Sie hatte die gleichen seltsamen Augen wie Skellin. Sie gehörten derselben Rasse an.

Das ist etwas, das die Gilde nicht zu wissen braucht, entschied er. *Skellin wäre nicht glücklich, wenn ich die Aufmerksamkeit der Gilde auf ihn lenke. Obwohl ich bezweifle, dass Sonea die Ähnlichkeit entgangen ist. Aber sie hat vielleicht noch mit niemandem darüber gesprochen ...*

Als Sonea vor den Höheren Magiern stehen blieb, verneigten sich Cery, Anyi und Gol. Sie stellte ihn und seine Leibwächter vor und erklärte, dass Cery der Freund sei, von dem sie gesprochen hatte, der Mann, der die wilde Magierin das erste Mal gesehen und sie darauf hingewiesen hatte. Als sie zum Ende gekommen war, sah der Administrator Cery an.

»Zunächst einmal möchte die Gilde dir für deine Unterstützung bei der Gefangennahme dieser wilden Magierin danken«, begann er. »Und zum Zweiten danken wir dir dafür, dass du uns heute hilfst.« Er deutete auf die beiden Frauen. »Erkennst du eine dieser beiden?«

Cery wandte sich Forlie zu. »Forlie habe ich vor einigen Tagen das erste Mal gesehen, als sie gefangen wurde.« Er deutete auf die andere Frau. »Die da habe ich vor einigen Monaten gesehen. Gol und ich waren auf der Fährte eines Mörders, und die Hinweise, die wir bekommen hatten, veranlassten uns, einen Ladenbesitzer und seine Kundin auszuspionieren – diese Frau. Wir haben gesehen, dass sie Magie benutzte, um einen Tresor zu öffnen.«

Die wilde Magierin starrte ihn immer noch an, und als sein Blick in ihre Richtung wanderte, kniff sie die Augen zusammen.

»Denkst du, dass diese Frau die Mörderin ist, die ihr sucht?«

Cery zuckte die Achseln. »Ich weiß es nicht. Bei dem Mord ist Magie benutzt worden. Sie verfügt über Magie. Aber ich habe keine Beweise dafür, dass sie es war.«

Der Administrator richtete seine Aufmerksamkeit auf Gol. »Du warst in der Nacht zugegen, als dein Auftraggeber dieser Frau nachspionierte.«

Gol nickte. »Ja.«

»War es so, wie er berichtet hat? Sind dir irgendwelche Einzelheiten aufgefallen, die ihm entgangen sind?«

»Er hat alles richtig erzählt«, antwortete der große Mann.

Jetzt sah der Administrator Anyi an. »Und warst du zugegen?«

»Nein«, erwiderte sie.

»Hast du beobachtet, dass diese Frau Magie gewirkt hat?«

»Ja. Ich habe sie das erste Mal ungefähr eine Stunde vor ihrer Gefangennahme gesehen – bevor Schwarzmagierin Sonea sie überwältigte. Sie hat beobachtet, wie Forlie gefangen wurde. Ich fand das ein wenig seltsam. Dann habe ich sie Magie benutzen sehen, um einige Vögel zu töten, die miteinander kämpften und so viel Lärm machten, dass sie möglicherweise Aufmerksamkeit auf sie gelenkt hätten. Ich bin fortgegangen, um… um Schwarzmagierin Sonea zu holen.«

Der Administrator wirkte nachdenklich, dann sah er Cery, Anyi und Gol der Reihe nach an. »Könnt ihr uns sonst noch etwas über die eine oder andere dieser Frauen erzählen?«

»Nein«, antwortete Cery. Er sah seine Tochter und seinen Leibwächter an. Beide schüttelten den Kopf.

Der Administrator wandte sich an die Höheren Magier. »Irgendwelche Fragen?«

»Ich habe eine«, sagte der Magier in den weißen Roben. Dies war der Hohe Lord, erinnerte sich Cery. Sonea hatte ihm erzählt, dass die Farbe der Roben des Hohen Lords verändert worden war und er jetzt Weiß trug, nachdem man beschlossen hatte, dass die Schwarzmagier logischerweise Schwarz tragen sollten. »Habt ihr jemals jemanden mit den gleichen körperlichen Besonderheiten wie diese Frau gesehen?« Der Mann deutete auf die wilde Magierin. »Abgesehen natürlich von ihrem Geschlecht.«

»Vielleicht ein oder zwei Mal«, erwiderte Cery.

»Wisst ihr, woher diese Leute kommen?«

Cery schüttelte den Kopf. »Nein.«

Der Magier nickte, dann bedeutete er dem Administrator, dass er keine weiteren Fragen habe. Erleichtert stellte Cery fest, dass er froh sein würde, wenn er diesen Ort verlassen konnte. Er mochte in der Unterwelt der Stadt ein mächtiger Mann sein, aber er war es nicht gewohnt, von so vielen Menschen einer Prüfung unterzogen zu werden. *Ein Dieb arbeitet am besten unbeachtet. Es ist immer besser, durch seinen Ruf bekannt zu sein als dadurch, dass man im Mittelpunkt der Aufmerksamkeit steht.*

»Danke für eure Unterstützung, Cery von der Nordseite, Anyi und Gol«, sagte der Administrator. »Ihr dürft jetzt gehen.«

Sonea geleitete sie wieder hinaus. Sobald sich die Türen der Gildehalle hinter ihnen geschlossen hatten, stieß Cery einen Seufzer der Erleichterung aus.

»Hat das geholfen?«, fragte Anyi.

Sonea nickte. »Ich denke, ja. Sie haben jetzt Zeugenaussagen, die belegen, dass die Frau das Gesetz gebrochen hat.

Die einzige Magie, die sie in Anwesenheit von Magiern benutzt hat, galt wohl ihrer Verteidigung, als ich sie eingefangen und in die Gilde gebracht habe.«

»Wenn sie das Gesetz gebrochen hat, ist es also entschuldbar, ihre Gedanken zu lesen?«

»Das war es ohnehin schon.« Sonea lächelte grimmig. »Aber jetzt werden sie deswegen kein allzu schlechtes Gewissen haben.«

»Wirst du es tun?«, fragte Cery.

Ihr Lächeln verschwand. »Entweder ich oder Kallen. Ich vermute, dass sie sich für Kallen entscheiden werden, da er bei der Suche viel weniger stark beteiligt war und keine Regeln gebrochen hat.«

Cery runzelte die Stirn. »Werden sie dir deshalb Schwierigkeiten machen?«

»Ich glaube nicht«, antwortete sie mit einem besorgten Stirnrunzeln. »Kallen scheint nicht allzu begeistert zu sein. Er hatte bisher noch keine Zeit, das Thema zur Sprache zu bringen, aber irgendwann wird er es tun.« Sie seufzte und machte einen Schritt rückwärts in Richtung der Halle. »Ich sollte besser wieder hineingehen. Ich werde euch wissen lassen, was geschieht.« Sie hielt inne, dann lächelte sie. »Oh, und Lorkin hat sich mit mir in Verbindung gesetzt. Er lebt und ist wohlauf. Ich werde dir ein anderes Mal alles erzählen.«

»Wunderbare Neuigkeiten!«, sagte Cery. »Auf Wiedersehen.«

Sie winkte, dann drückte sie eine der Türen gerade weit genug auf, um hindurchzugelangen. Cery blickte zwischen Anyi und Gol hin und her. »Lasst uns feststellen, ob die Kutsche auf uns wartet.«

Sie grinsten und folgten ihm zurück durch die Halle.

Als sie die Straße erreichten, hielten Sklaven, die vorausgelaufen waren, die Kutsche und die Pferde schon bereit.

Die sachakanischen Helfer wandten sich zu Dannyl um, um ihm Lebewohl zu sagen.

»Ihr habt unser Mitgefühl«, bemerkte einer von ihnen. »Es muss ärgerlich für Euch sein, dass man Euren Gehilfen von Euch fortgelockt hat.«

»Ja«, erwiderte Dannyl. »Aber zumindest weiß ich, dass er freiwillig mitgegangen ist und ihm keine Gefahr droht – oder zumindest glaubt er, dass es so ist. Und ... ich entschuldige mich noch einmal für sein Benehmen. Er hat Euch alle unnötig in Gefahr gebracht.«

Ein anderer Mann zuckte die Achseln. »Es hat sich schon für die Chance gelohnt, endlich etwas wegen dieser Verräterinnen unternehmen zu können. Und vielleicht ihren Stützpunkt zu finden.«

»Aber ... gewiss hättet Ihr den Verräterinnen nicht viel weiter folgen können, ohne sie dazu zu zwingen, Euch zu töten«, wandte Dannyl ein.

Die Ashaki tauschten einen Blick, und plötzlich verstand Dannyl ihren scheinbaren Mangel an Besorgnis. Sie wollten nicht eingestehen, dass sie hoffnungslos in der Minderzahl gewesen waren oder in ihrer Aufgabe versagt hatten. In Wahrheit war ihnen das Risiko, das sie eingegangen waren, vollauf bewusst. Es wäre jedoch unhöflich gewesen, sie dazu zu zwingen, es laut auszusprechen.

»Nun, von Ashaki Achati weiß ich, dass wir weiter in ihr Territorium vorgedrungen sind, als das bisher irgendjemandem gelungen ist«, sagte er und legte Stolz und Bewunderung in seinen Tonfall.

Die Ashaki lächelten und nickten. »Wenn Ihr Eure Meinung ändert, und Euren Gehilfen zurückholen wollt, lasst es uns wissen«, erwiderte der redseligere der Männer. »Der König hätte keine großen Schwierigkeiten, für diesen Zweck eine kleine Armee zusammenzustellen. Wir suchen immer nach einem Vorwand, um sie zu jagen.«

»Das ist gut zu wissen«, versicherte er ihnen. »Und ich bin Euch sehr dankbar.« Er drehte sich zu Unh um. »Ich weiß, dass er auch gute Fährtensucher hat, die ihn unterstützen.«

Der Duna neigte leicht den Kopf, aber sein Gesicht blieb ausdruckslos. Die Sachakaner sagten nichts, dann räusperte sich der stillere der Männer. »Was denkt Ihr, was die Gilde seinetwegen unternehmen wird?«

Dannyl schüttelte den Kopf. »Ich weiß es nicht«, gab er zu. »Aber sie werden mir einen neuen Gehilfen schicken müssen. Hoffentlich werden sie eine klügere Wahl treffen, als ich es getan habe.«

Die Sachakaner lachten leise. Dann rieb sich der redselige Ashaki die Hände. »Wir sollten uns jetzt wohl besser auf den Weg machen.«

Also verabschiedeten sie sich, und die Sachakaner ritten davon. Unh nickte Dannyl knapp zu, was irgendwie ein bedeutungsvolleres Lebewohl war als das der Sachakaner. Als die Gruppe aufbrach, wirbelte sie Staub auf.

Dannyl und Achati stiegen in die Kutsche, und die beiden Sklaven Achatis nahmen draußen ihre Positionen ein. Der Wagen setzte sich ruckartig in Bewegung und begann sachte zu schwanken, während er die andere Straße entlangrollte.

»So ist es besser«, bemerkte Achati. »Bequemlichkeit. Ungestörtheit. Regelmäßige Bäder.«

»Ich freue mich schon auf dieses Bad.«

»Ich nehme an, unsere Helfer sind genauso versessen darauf, wieder nach Hause zu kommen, obwohl sie keine Chance hatten, Sachaka von einigen Verräterinnen zu befreien.«

Dannyl zuckte zusammen. »Ich entschuldige mich noch einmal, dass ich Euch ohne Grund so viel Unbehagen bereitet und Euch einer großen Gefahr ausgesetzt habe.«

»Ihr habt das nicht ohne Grund getan«, korrigierte ihn Achati. »Ihr wart dazu verpflichtet, nach ihm zu suchen; meine Pflicht war es, Euch zu helfen. Ein junger Mann hätte in Gefahr sein können. Die Tatsache, dass er es nicht war, machte unsere Reise nicht weniger wichtig.«

Dannyl nickte, dankbar dafür, dass der Sachakaner sein Verhalten verstand. »Ich nehme an, ich entschuldige mich in Lorkins Namen. Ich bin davon überzeugt, dass er uns seine Entscheidung früher mitgeteilt hätte, hätte er die Gelegenheit dazu gehabt.«

»Er hat vielleicht erst kurz vor seinem Gespräch mit Euch entschieden, was er tun wollte.« Achati zuckte die Achseln. »Es war keine vergeudete Reise. Tatsächlich war es sehr informativ, sowohl was die Frage betrifft, wie Kyralier denken, als auch was *Eure* Denkweise betrifft. Ich habe zum Beispiel Mutmaßungen über Eure Entschlossenheit angestellt, Euren Gehilfen zu finden. Ich dachte, es würde vielleicht... über bloße Loyalität gegenüber einem anderen Magier und Kyralier hinausgehen.«

Dannyl sah Achati an. »Ihr dachtet, wir wären...?«

Die Miene des Mannes war jetzt wieder ernst. Er wandte den Blick ab. »Mein Sklave ist jung, gutaussehend und recht talentiert. Er bewundert mich. Aber es ist die Bewunderung, die ein Sklave für einen guten Herrn empfindet. Ich habe Euch um Euren Gehilfen beneidet.«

Außerstande, an sich zu halten, starrte Dannyl Achati überrascht an, während er vergeblich nach einer geziemenden Antwort suchte.

Achati lachte. »Gewiss wusstet Ihr das von mir.«

»Nun... ja, aber ich gestehe, dass ich recht lange gebraucht habe, um es zu bemerken.«

»Ihr wart beschäftigt.«

»Ich nehme an, Ihr habt keine großen Mutmaßungen über mich angestellt?«

Achati schüttelte den Kopf. »Wir sorgen dafür, dass wir so viel wie möglich über die Botschafter in Erfahrung bringen, die die Gilde zu uns schickt. Und Eure Wahl von Gefährten ist in Imardin nicht gerade ein Geheimnis.«

»Nein«, pflichtete Dannyl ihm bei und dachte an Tayend und seine Feste.

Achati seufzte. »Ich kann mir einen Gefährten kaufen – tatsächlich habe ich es viele Male getan. Jemanden, der schön ist, jemanden, der gut darin ausgebildet ist, einem Herrn zu gefallen. Ich mag vielleicht sogar jemanden finden, der intelligent und witzig genug ist, um mit ihm ein Gespräch zu führen. Ich mag sogar so viel Glück haben, von diesem Sklaven geliebt zu werden. Aber etwas wird immer fehlen.«

Dannyl musterte Achati eingehend. »Und was ist das?«

Der Mund des Mannes verzog sich zu einem schiefen Lächeln. »Risiko. Nur wenn man weiß, dass der andere einen ohne Weiteres verlassen könnte, weiß man es zu schätzen, wenn er bleibt. Nur wenn es für ihn einfacher ist, Euch nicht zu mögen, als Euch wirklich zu mögen, wisst Ihr es zu schätzen, wenn er es tut.«

»Ein Gleichgestellter.«

Achati zuckte die Achseln. »Oder jemand, der annähernd gleichgestellt ist. Wenn ich nach einem Gefährten suchte, der mir wahrhaft gleichgestellt ist, würde das meine Auswahl zu sehr einschränken. Als Beauftragter des Königs bin ich schließlich einer der mächtigsten Männer im Land.«

Dannyl nickte. »Ich musste niemals über solche Unterschiede im Rang nachdenken. Obwohl ich es vielleicht getan hätte, wenn mein Gefährte ein Dienstbote wäre.«

»Aber ein Dienstbote kann fortgehen.«

»Ja.«

»Machen Dienstboten gute Konversation?«

»Ich nehme an, einige würden es vielleicht tun.«

Achati ließ die Schultern kreisen, dann entspannte er sich. »Ich genieße unsere Gespräche.«

Dannyl lächelte. »Was nur gut ist. Ihr werdet zwischen hier und Arvice nur mich zum Reden haben.«

»In der Tat.« Die Augen des anderen Mannes wurden schmal. »Ich denke, ich würde mehr als nur Gespräche mit Euch genießen.«

Einmal mehr war Dannyl sprachlos. Überraschung folgte Verlegenheit und wurde dann von Neugier überlagert und einem nicht geringen Gefühl des Geschmeicheltseins. *Dieser Sachakaner – der gerade darauf hingewiesen hat, dass er einer der mächtigsten Männer im Land ist – macht mir tatsächlich einen Antrag! Was soll ich tun? Wie weise ich jemanden wie ihn ab, ohne unhöflich zu sein oder politischen Aufruhr zu verursachen? Und will ich es überhaupt?*

Ein Schauer überlief ihn. *Er ist jünger als ich, aber nicht um viele Jahre. Er sieht gut aus auf eine sachakanische Art und Weise. Es ist angenehm, ihn um mich zu haben. Er ist nett zu seinen Sklaven. Aber oh, eine solche Affäre wäre politisch gefährlich!*

Achati lachte abermals. »Ich erwarte nichts von Euch, Botschafter Dannyl. Ich bringe nur eine Meinung zum Ausdruck. Und eine Möglichkeit. Etwas, worüber Ihr nachdenken könnt. Für den Augenblick wollen wir uns auf Gespräche beschränken. Schließlich wäre es mir grässlich, unsere Freundschaft ruiniert zu haben, indem ich etwas vorschlage, das Euch Unbehagen bereitet.«

Dannyl nickte. »Wie ich schon sagte, ich bin ein wenig langsam.«

»Ganz und gar nicht.« Achati grinste. »Andernfalls würde ich Euch nicht so sehr mögen. Ihr wart beschäftigt. Auf ein Ziel konzentriert. Diese Ablenkung existiert nicht mehr. Jetzt könnt Ihr an andere Dinge denken. Wie zum Beispiel die Frage, wie lange die Gilde brauchen wird, um einen neuen Gehilfen auszuwählen und zu Euch zu schicken.«

»Ich bin mir nicht sicher, ob sich jemand nach dem, was Lorkin zugestoßen ist, freiwillig für die Position melden wird.«

Achati kicherte. »Da wärt Ihr vielleicht überrascht. Es könnte jemand in der Hoffnung kommen, an einen geheimen Ort, der von exotischen Frauen regiert wird, entführt zu werden.«

Dannyl stöhnte. »Oh, das hoffe ich nicht. Das hoffe ich ganz eindeutig nicht.«

29 Antworten und neue Fragen

Sonea lehnte sich auf ihrem Platz zurück und wartete darauf, dass die Höheren Magier aufhörten, dem Unvermeidlichen auszuweichen.

Sie hatte versucht zu verhindern, dass Cery in die Gilde kam, aber sobald bekannt wurde, dass sie und Regin bei der Suche nach den wilden Magierinnen Hilfe gehabt hatten, machte die Gewohnheit der Gilde, alle Seiten einer Situation zu erkunden, es unvermeidlich. Sie hatte ihnen erzählt, Cery sei ein alter Freund, nicht dass er ein Dieb war. Einige wenige würden vielleicht die Verbindung zu einem Dieb namens Cery herstellen, der ihr und Akkarin während der Ichani-Invasion geholfen hatte, aber die meisten hatten diese Einzelheiten gewiss vergessen. Jene, die es vorzogen, ihren Anteil an dem Sieg über die Eindringlinge zu ignorieren, hatten wohl kaum auf die Namen ihrer Helfer geachtet, und die wenigen, die ihre Rolle bei der Invasion nicht ignorierten, verstanden, wie sie hoffte, warum sie keine allzu große Aufmerksamkeit auf ihren alten Freund lenken wollte.

Einzig Kallen, der ihr ohnehin bereits zu viel Aufmerksamkeit schenkte, würde die Verbindung vielleicht herstellen und darauf zu sprechen kommen. Aber wenn er irgendetwas war, dann diskret. Er würde es nicht der ganzen Gilde gegenüber verkünden. Er würde sich mit anderen Höheren Magiern besprechen.

Was Sonea ärgerte, war die Tatsache, dass Cerys Besuch in der Gilde nichts bewiesen hatte, was sie nicht ohnehin bereits wussten. Die Frau war offensichtlich eine wilde Magierin. Sie hatte vor Hunderten von Zeugen Magie benutzt, darunter auch der Alchemist und die Heilerin, die Sonea geholfen hatten. Außerdem hatte die Frau Magie in einem vergeblichen Versuch benutzt, sich den Magiern zu widersetzen, die sie in die Kuppel gebracht hatten, in ihr vorübergehendes Gefängnis.

Aber die Gildemitglieder – und höchstwahrscheinlich auch der König – machten sich Sorgen, dass sie ein fremdes Land gegen sich aufbringen könnten.

Zu Beginn der Versammlung hatte ein Berater des Königs Karten vorgelegt und einige der fernen Länder darauf beschrieben. Die Frau hatte Stillschweigen bewahrt und sich zu antworten geweigert, als man sie fragte, woher sie stamme. Der Berater hatte aufgrund ihrer Erscheinung einige Vermutungen angestellt. Falls er recht gehabt hatte, hatte sie sich nichts anmerken lassen.

»Ich sehe keine andere Möglichkeit«, sagte der Hohe Lord Balkan, und in seinem Tonfall lag etwas Endgültiges. »Wir müssen ihre Gedanken lesen.«

Administrator Osen nickte. »Dann bitte ich Schwarzmagier Kallen und Schwarzmagierin Sonea herunterzukommen. Schwarzmagier Kallen wird die Gedanken der wilden Magierin lesen, deren Namen wir nicht kennen, und Schwarzmagierin Sonea wird Forlies Gedanken lesen.«

Obwohl sie das erwartet hatte, verspürte Sonea einen Anflug von Enttäuschung. Es gab viele Antworten, die sie gern von der fremdländischen Frau gehabt hätte, aber sie konnte Kallen nicht bitten, danach zu suchen. Zum Beispiel interessierte sie die Frage, ob die Frau Cerys Familie getötet hatte.

Während sie Kallen die Treppe hinunterfolgte, hielt sie den Blick auf Forlie gerichtet. Die Frau war erbleicht und starrte Sonea mit großen Augen an.

»Ich werde Euch alles erzählen«, stieß Forlie hervor. »Ihr braucht meine Gedanken nicht zu lesen.«

»Törichte Frau«, erklang eine Stimme mit einem seltsamen Akzent. »Wisst Ihr denn nicht, dass sie Eure Gedanken nicht lesen können, wenn Ihr es nicht wollt?«

Sonea wandte sich der ausländischen Magierin zu und stellte fest, dass alle Magier das Gleiche getan hatten. Die Frau schaute von Gesicht zu Gesicht, und ihre Miene veränderte sich, als sie Erheiterung und Mitgefühl bei den anderen Magiern las. Als Kallen vor ihr stehen blieb, stahl sich zuerst Zweifel in ihre Augen, dann Furcht.

Als er die Hände nach ihr ausstreckte, wurden seine Arme von Magie weggeschlagen.

Sonea, die den Kampf nicht beobachten wollte, konzentrierte sich wieder auf Forlie, die vor ihr zurückwich.

»Ich bin keine Magierin«, sagte die Frau und blickte von Sonea zu den Höheren Magiern hinüber. »Man hat mich dazu gebracht zu lügen. Sie sagten... sie sagten, sie würden meine Tochter und ihre Kinder töten, wenn ich es Euch verrate.« Sie holte bebend Atem, dann brach sie in Tränen aus.

Sonea legte ihr eine Hand auf die Schulter. »Weißt du, wo sie sind?«

»Ich... ich glaube, ja.«

»Sie wissen noch nicht, dass du uns irgendetwas verraten hast. Wir werden die Kinder holen, bevor sie es herausfinden.«

»D-danke.«

»Ich fürchte, dass ich trotzdem überprüfen muss, ob du uns die Wahrheit gesagt hast. Ich verspreche dir, das Gedankenlesen tut nicht weh. Tatsächlich wirst du überhaupt nichts spüren. Du wirst nicht einmal wissen, dass ich da bin. Und ich mache so schnell, wie ich nur kann.«

Forlie sah Sonea an, dann nickte sie.

Sonea berührte die Frau sachte an den Schläfen und sandte ihren Geist aus. Furcht und Sorge überfluteten sie, als sie den Geist der Frau berührte. Sie ließ sich in Forlies Gedanken hineintreiben, Gedanken, die ihrer Tochter und zwei Enkelkindern galten und den Männern, die sie fortgeholt hatten. Sonea erkannte den Mann, der Forlie erpresst hatte – er war der Feuelverkäufer, mit dem Forlie bei ihrer Gefangennahme zusammen gewesen war.

Als Sonea an diesen Augenblick dachte, erinnerte sie sich an die magische Kraft, die sie bei Forlie gespürt hatte. Jemand anderer musste sie ausgesandt haben. Vielleicht die wahre wilde Magierin, die sie durch die Fenster beobachtet hatte.

– *Wer hat Magie benutzt, als wir dich fanden?*
– *Ich weiß es nicht.*
– *Wo sind deine Tochter und deine Enkelkinder jetzt?*

Ein Labyrinth von Gassen und provisorischen Häusern blitzte in Soneas Geist auf, bis ein spezielles Haus in den Vordergrund trat. Forlies Familie war in einem der verbliebenen Armenviertel der Stadt.

– *Wir werden sie finden, Forlie. Wir werden die Leute, die das getan haben, bestrafen.*

Sonea öffnete die Augen und ließ die Hände sinken. Forlies Gesichtsausdruck war jetzt hoffnungsvoll und entschlossen.

»Danke«, flüsterte sie.

An die Höheren Magier gewandt, berichtete Sonea, was sie erfahren hatte. »Ich empfehle, dass einer oder mehrere von uns Forlie begleiten, um ihre Kinder so bald wie möglich zu befreien.«

Viele Magier nickten zustimmend. Ein leises Geräusch lenkte ihre Aufmerksamkeit auf die Fremdländerin. Ihr Gesicht, gefangen zwischen Kallens Händen, drückte eine Mischung von Überraschung und Entsetzen aus.

Alle schauten schweigend zu, und als Kallen sie endlich losließ, hörte Sonea ein allgemeines Seufzen der Erleichterung. Kallen trat zurück und wandte sich an die Höheren Magier.

»Ihr Name ist Lorandra«, erklärte er. »Sie stammt aus Igra, dem Land jenseits der großen Wüste im Norden. Es ist ein seltsamer Ort, an dem jedwede Magie tabu ist und mit dem Tod bestraft wird. Doch jene, die nach Magiern Ausschau halten und sie bestrafen, sind selbst Magier. Sie stehlen die Kinder jener, die sie hinrichten, um sich Nachwuchs zu sichern.« Er schüttelte erstaunt den Kopf angesichts dieser Scheinheiligkeit und Grausamkeit.

»Lorandra hat als junge Frau Magie erlernt und war gezwungen, mit ihrem neugeborenen Sohn aus ihrem Land zu fliehen. Es ist ihnen gelungen, durch die Wüste nach Lonmar zu wandern und dann weiter durch Elyne nach Kyralia. Hier wurden sie von einem Dieb aufgenommen, der sie als Gegenleistung für magische Gefälligkeiten beschützte. Der Dieb adoptierte den Jungen schließlich und machte ihn zu seinem Erben. Er bildete ihn in seinem Gewerbe aus, während seine Mutter ihn in Magie unterwies.«

Kallen sah Sonea an und runzelte die Stirn. »Der Name des Sohnes ist Skellin, einer der Diebe, deren Hilfe Schwarzmagierin Sonea und Lord Regin sich gesichert haben, um die wilde Magierin zu finden. Natürlich wollte er nicht, dass sie seine Mutter fanden. Daher hat er dafür gesorgt, dass Forlie an ihrer Stelle gefangen wurde. Er hat sogar seine eigene Magie benutzt, damit es so aussäh, als hätte sie sie angegriffen.«

Er blickte wieder zu den Höheren Magiern auf. »Seit Skellin an die Macht gekommen ist, hat er seine Mutter ausgeschickt, um rivalisierende Diebe zu töten. Mit Hilfe von Mord und Bündnissen wollte er sich zum König der Unterwelt der Stadt machen.«

Soneas Herz begann schneller zu schlagen. *Diese Frau ist die Jägerin der Diebe!*

Kallen hielt inne, und die Falte zwischen seinen Brauen vertiefte sich. »Und er hat Feuel importiert, um Menschen an sich zu binden. Nicht nur die Armen, sondern auch die Reichen. Und Magier. Er schien zu denken, dass wir leicht zu manipulieren sein würden, sobald wir alle Bekanntschaft mit der Droge gemacht hätten.«

Ein Raunen erhob sich, als die Magier begannen, über das Gehörte zu sprechen. Sonea fing einige abschätzige Bemerkungen über Skellins Trugschlüsse auf, aber bei der Erwähnung von Feuel hatte sie ein Schauder überlaufen. Sie dachte an den Steinmetz Berrin, dessen Sucht sie vergeblich zu heilen versucht hatte. Wenn die Feuelsucht nicht geheilt werden konnte und Skellin das wusste, dann hätte sein großartiger Plan vielleicht Erfolg haben können.

»Was *seid* Ihr?«, fragte die Fremdländerin. Sie starrte Kallen an, dann wanderte ihr Blick zu Sonea hinüber. »Und *Ihr*?«

Sonea beantwortete die Frage mit einem kleinen Lächeln. Skellin und seine Mutter waren Magier, aber sie waren offensichtlich keine Schwarzmagier. *Das ist immerhin etwas, wofür wir dankbar sein können. Hoffentlich können wir davon ausgehen, dass Igra nicht auch ein Land von Schwarzmagiern ist. Wir brauchen kein weiteres Sachaka, um das wir uns sorgen müssen.*

Administrator Osen wandte sich der Halle zu und hob

die Arme. Die Stimmen verebbten, bis es beinahe still im Raum war.

»Wir kennen jetzt die Wahrheit. Eine unserer Gefangenen ist unschuldig, die andere ist eine Mörderin und eine wilde Magierin, und wir haben noch einen wilden Magier in unserer Stadt, den wir finden und um den wir uns kümmern müssen. Lorandra wird eingekerkert und verurteilt werden, sobald ihr Sohn gefunden ist. Die Suche muss unverzüglich eingeleitet werden, daher erkläre ich diese Versammlung hiermit für beendet.«

Im nächsten Moment war die Halle erfüllt vom Geräusch von Hunderten von Magiern, die aufstanden und zu reden begannen. Osen ging auf Sonea zu.

»Nehmt Forlie und findet ihre Kinder«, befahl er leise. »Bevor Lorandra daran denkt, Skellin von ihrem Verrat in Kenntnis zu setzen.«

Sonea sah ihn überrascht an, dann nickte sie. *Natürlich. Sie braucht sich lediglich mittels Gedankenrede mit ihm in Verbindung zu setzen und ihm mitzuteilen, was hier geschehen ist.*
»Ich werde Lord Regin als Verstärkung mitnehmen, falls das akzeptabel ist.«

Er nickte. »Ich werde Kallen auf Skellins Fährte setzen, sobald sie in Sicherheit sind.«

Sonea wurde warm ums Herz vor Dankbarkeit. Osen mochte ihr gegenüber kalt sein, aber er war ein Mann, der durchaus Mitgefühl mit anderen empfand. Als er davonging, sah sie sich im Raum um und entdeckte Regin, der an einer der Treppen stand und sie beobachtete. Sie winkte ihn heran.

»Ist das wirklich angebracht?«

Kallens Stimme erreichte sie über den Lärm der Gespräche und Schritte der Höheren Magier hinweg. Sie schaute zu ihm hinüber und sah, dass er Osen stirnrunzelnd musterte.

»Wenn Ihr innerhalb der nächsten fünf Minuten eine Mehrheit von Höheren Magiern zusammenbringen könnt, die dagegen sind, dass Sonea ausgeschickt wird, werde ich in Erwägung ziehen, jemand anderen mit dem Auftrag zu betrauen.«

Kallen betrachtete die Magier, die das Gebäude verließen, dann sah er Sonea an, und seine Lippen wurden schmal.

»Es ist Eure Entscheidung«, erwiderte er. »Nicht meine.«

Als Regin neben sie trat, lächelte Sonea vor sich hin und kostete einen Moment lang ihren Triumph aus. Wenn Osen ihr jetzt genug vertraute, um sie in die Stadt zu schicken, würde der Rest der Gilde ihr vielleicht verzeihen, dass sie während der letzten Wochen so häufig die Regeln gebrochen hatte.

»Habt Ihr Lust, mir bei meinem nächsten Auftrag zu helfen?«, fragte sie Regin.

Er zog die Augenbrauen hoch und brachte beinahe ein Lächeln zustande. »Immer.«

Sie hakte Forlie unter. »Lass uns gehen und deine Familie suchen.«

Lorkin war sich nicht ganz sicher, wie viel Zeit verstrichen war, seit man ihn in den Raum geführt hatte. Es gab kein Fenster, daher hatte er kein Sonnenlicht, anhand dessen er die Tageszeit hätte feststellen können. Er hatte in letzter Zeit manchmal bei Nacht und manchmal bei Tag geschlafen, daher war auch der Schlaf kein Hinweis auf die Tageszeit. Er konnte es ebenso wenig aufgrund seines Hungers feststellen, da er gegessen hatte, wann immer sich die Gelegenheit bot, und nicht zu regelmäßigen Zeiten.

Es wurden ihm jedoch in regelmäßigen Abständen Mahlzeiten gebracht, und sie schienen einem Muster zu folgen, daher zählte er die Tage auf diese Weise. Ein simpler, körniger süßer Brei und Früchte, gefolgt von einer größeren Mahlzeit mit Fleisch und Gemüse, gefolgt von einem leichten Mahl aus Fladenbrot und einer Tasse gewärmter Milch.

Einfache Speisen, gewiss, aber wunderbar nach der kargen Kost, die er während der Wochen, in denen er mit Tyvara auf Reisen gewesen war, zu sich genommen hatte.

Man hatte ihm gesagt, dass er bis zu Tyvaras Verhandlung würde dort bleiben müssen. Nach seiner Schätzung waren inzwischen zweieinhalb Tage vergangen. Er vertrieb sich die Zeit, indem er in seinem Notizbuch las und sich alles notierte, was er bisher über die Verräterinnen in Erfahrung gebracht hatte. Außerdem listete er Fragen auf, auf die er Antworten zu finden versuchen würde, falls es ihm freistand. Wann immer ihm Essen gebracht wurde, erblickte Lorkin die Verräterin, die an seiner Tür Wache hielt. Es war stets eine Frau, aber nicht immer dieselbe. Gab es hier keine männlichen Magier? Oder vertrauten sie einem Mann die Aufgabe nicht an, einen anderen Mann zu bewachen?

Außerdem hatte er viel Zeit damit verbracht zu schlafen. Obwohl er körperliches Ungemach und Erschöpfung hatte heilen können, war es immer besser, einen Körper seine Energie und Gesundheit auf natürlichem Wege wiedererlangen zu lassen.

Licht kam von einem in die Decke eingelassenen Edelstein. Wenn er auf das Bett stieg, konnte er sich den Stein genauer ansehen. Er war allerdings zu hell, um ihn lange zu betrachten. Er streckte die Hand danach aus und stellte fest, dass er keine Hitze abgab. Die Oberfläche war in Facetten geschliffen wie Steine in Schmuckstücken.

War die Form des Steins natürlich, oder hatte ein Mensch ihn bearbeitet? Würde er für immer weiterleuchten oder irgendwann verblassen?

Die unbeantworteten Fragen vermehrten sich in seinem Kopf und seinem Notizbuch ziemlich rasch.

Er fragte sich, wie er etwas über die Gesetze des Sanktuariums herausfinden sollte, wie Riaya es vorgeschlagen hatte. Erwartete man von ihm, dass er um jemanden bat, der ihn darin unterwies? Was würde geschehen, wenn er klopfte, um die Aufmerksamkeit seiner Wächterin auf sich zu ziehen und dann um eine Lehrerin zu bitten?

Er dachte eine Weile darüber nach. Bevor er die Entschlossenheit aufbringen konnte, es zu versuchen, hörte er Stimmen draußen vor der Tür. Er richtete sich auf und wandte sich der Tür zu, als diese geöffnet wurde.

Eine Frau, die er noch nie zuvor gesehen hatte, musterte ihn von Kopf bis Fuß.

»Lord Lorkin!«, sagte sie. »Du sollst mit mir kommen.«

Die Atmosphäre in der Stadt war jetzt anders, bemerkte er. Es waren mehr Menschen unterwegs, und viele sahen so aus, als warteten sie auf etwas. Wenn sie ihn bemerkten, musterten sie ihn voller Neugier, aber die Erwartung, die in der Luft lag, galt offensichtlich etwas anderem.

Tyvaras Verhandlung?, überlegte er. *Nun, warum sonst hätten sie kommen und mich holen sollen?*

Seine Annahme erwies sich als richtig, als sie denselben Raum betraten, in dem er Bekanntschaft mit der Tafel der Sprecherinnen gemacht hatte. Dieselben sieben Frauen wie zuvor saßen an dem runden Tisch, aber diesmal hatte auch jemand auf dem mit Edelsteinen besetzten Stuhl Platz genommen. Eine alte Frau saß dort und beobachtete ihn nachdenklich.

Der Rest des Raums war voller Menschen. Die Polster auf den Stufen waren dicht besetzt, und viele weitere Männer und Frauen standen an den Wänden. Dem Eingang gegenüber befand sich eine kleinere Tür, die ihm beim letzten

Mal nicht aufgefallen war. Darin standen Tyvara und zwei andere Frauen.

»Du verbeugst dich nicht vor Königin Zarala«, murmelte seine Führerin ihm zu. »Du legst eine Hand auf die Brust und siehst Zarala an, bis sie dir zunickt. Jetzt tritt vor die Tafel und beantworte ihre Fragen.«

Er tat wie geheißen. Die Königin lächelte und nickte, als er die vorgeschriebene Geste machte. Dann richtete sie ihre Aufmerksamkeit auf Riaya.

»Lord Lorkin, ehemaliger Gehilfe des Gildebotschafters in Sachaka, Dannyl«, sagte die Vorsitzende, deren Stimme den Raum erfüllte. »Du bist ins Sanktuarium gekommen, um bei dieser Verhandlung zu Tyvaras Verteidigung zu sprechen. Die Zeit ist gekommen. Erzähl uns, wie du Tyvara kennengelernt hast.«

»Sie war eine Sklavin im Gildehaus.«

»Wo du auch Riva kennengelernt hast.«

»Ich bin Riva erst in der Nacht begegnet, in der sie starb.«

Riaya nickte. »Wie ist Riva in jener Nacht in dein Zimmer gelangt?«

Lorkin biss sich auf die Unterlippe. »Sie ist hereingeschlichen, während ich schlief.«

»Und was hat sie getan?«

»Mich geweckt.« Er schob das Widerstreben beiseite, das er dabei empfand, das Wie beschreiben zu müssen. »Indem sie in mein Bett kam und ... äh ... erheblich netter zu mir war, als notwendig gewesen wäre.«

Ein schwaches Lächeln glitt über Riayas Lippen. »Du hattest also nicht die Gewohnheit, Sklavinnen mit in dein Bett zu nehmen?«

»Nein.«

»Aber du hast sie nicht weggeschickt?«

»Nein.«

»Was ist als Nächstes geschehen?«

»Es wurde hell im Zimmer. Ich sah, dass Tyvara Riva erstochen hatte.«

»Und dann?«

»Tyvara erklärte mir, dass Riva beabsichtigt habe, mich zu töten.« Er spürte, dass sein Gesicht heiß wurde. »Mit einer Art von Magie, von der ich noch nie zuvor gehört hatte. Sie sagte, wenn ich im Gildehaus bliebe, würden andere versuchen, mich zu ermorden.«

»Du hast ihr geglaubt?«

»Ja.«

»Warum?«

»Die andere Sklavin – Riva – sagte etwas.« Er dachte zurück. »Sie sagte: ›Er muss sterben.‹«

Riaya zog die Augenbrauen hoch. Sie betrachtete die sechs Frauen und die Königin und wandte sich schließlich wieder Lorkin zu.

»Was ist dann geschehen?«

»Wir sind aufgebrochen und zu einem Gut gegangen – zu den Sklavenquartieren. Die Sklaven dort waren hilfsbereit. Aber auf dem Gut, das wir als nächstes besuchten, hatten die Sklaven uns eine Falle gestellt. Sie versuchten, uns unter Drogen zu setzen. Danach vertrauten wir niemandem mehr – bis wir Chari trafen.«

Riaya nickte, dann wandte sie sich dem Tisch zu. »Irgendwelche Fragen an Lord Lorkin?«

Die erste Frau nickte. Lorkin rief sich ihren Namen von der letzten Begegnung ins Gedächtnis. *Yvali, denke ich.* Sie bedachte Lorkin mit einem direkten Blick.

»Hast du jemals das Bett mit Tyvara geteilt?«

»Nein.«

Ein Raunen durchlief die Reihen der Zuschauer. Es klang wie ein Protest, bemerkte Lorkin. Yvali öffnete den Mund, um noch eine Frage zu stellen, besann sich dann jedoch eines anderen. Sie sah die Übrigen an.

»Hat Tyvara noch irgendjemanden getötet, während ihr zusammen auf Reisen wart?«, fragte Lanna.

»Nicht soweit ich weiß.«

»Warum bist du nicht nach Kyralia gegangen?«, erkundigte sich Shaiya.

»Tyvara sagte, es sei das Naheliegendste, daher würden wir dort gewiss auf Auftragsmörder stoßen, die auf uns warteten.«

»Was hast du Botschafter Dannyl gegeben, nachdem du ihn dazu überredet hattest, die Verfolgung einzustellen?«, fragte Savara.

Lorkin sah sie überrascht an, aber seine Überraschung galt nicht dem plötzlichen Themenwechsel. Wenn sie das beobachtet hatte, warum hatte sie ihn nicht vorher deswegen befragt? Ihre Miene war undeutbar. Er befand, dass es das Beste war, die Wahrheit zu sagen.

»Den Blutring meiner Mutter. Ich wusste, dass man ihn mir wahrscheinlich wegnehmen würde, wenn ich hierherkam, und ich denke nicht, dass es ihr gefallen hätte, wenn er in fremde Hände gefallen wäre.«

Wiederum ging ein Raunen durch den Raum, das jedoch schnell verebbte.

»Hast du ihn irgendwann, nachdem Tyvara Riva getötet hatte, benutzt?«

»Nein. Tyvara wusste nicht, dass ich ihn hatte... denke ich.« Er widerstand der Versuchung, in ihre Richtung zu schauen.

»Hast du noch andere Blutringe?«

»Nein.«

Savara nickte zum Zeichen, dass sie keine weiteren Fragen hatte.

»Wirst du einwilligen, dass jemand deine Gedanken liest, um die Wahrheit deiner Worte zu bestätigen?«, fragte Kalia.

Plötzlich herrschte tiefes Schweigen im Raum.

»Nein!«, erwiderte Lorkin.

Gemurmelte Worte und Ausrufe folgten. Er begegnete Kalias Blick und hielt ihm stand. *Für wie dumm hält sie mich? Wenn ich jemandem erlaube, meine Gedanken zu lesen, werden sie nach dem Geheimnis der Heilkunst suchen, und dann kann ich meine Hoffnung vergessen, jemals wieder von hier fortzukommen.*

Es gab keine weiteren Fragen. Riaya tauschte einen Blick mit allen Frauen am Tisch, dann sah sie Lorkin an.

»Vielen Dank, Lorkin, dass du uns Auskunft gegeben hast. Bitte, tritt an den Eingang.«

Er nickte ihr gewohnheitsmäßig respektvoll zu, dann nickte er auch den sechs Frauen und der Königin zu, damit man seine Geste nicht dahingehend deutete, dass er der Vorsitzenden eine ungehörige Gunst erwies. Als er in der Nähe des Eingangs die Führerin entdeckt hatte, die ihn in den Raum gebracht hatte, ging er zu ihr hinüber.

Sie musterte ihn nachdenklich, dann nickte sie. »Das hast du gut gemacht«, murmelte sie.

»Danke«, erwiderte er. Er schaute durch den Raum zu Tyvara hinüber. Sie runzelte die Stirn, aber als er ihrem Blick begegnete, schenkte sie ihm ein angespanntes Lächeln.

»Wir werden jetzt beraten«, erklärte Riaya.

Während die acht Frauen am Tisch sich zu unterhalten begannen, schwiegen auch die Zuschauer nicht länger. Lorkin versuchte, einzelne Gespräche in dem Stimmengewirr auszumachen, konnte aber nicht mehr auffangen als hier und da einige Worte. Die Anführerinnen am Tisch hatten offensichtlich eine magische Barriere errichtet, die sie gegen den Lärm abschirmte. Also betrachtete er, statt zu lauschen, die Menschen im Raum in der Hoffnung, so viel wie möglich in Erfahrung zu bringen, bevor man ihn in den fensterlosen Raum zurückbrachte.

Auf den Stufen saßen viele Paare, wie ihm auffiel, aber

alle anderen waren ausschließlich Frauen. Die Menschen, die an den Wänden standen, waren dagegen größtenteils männlichen Geschlechts. Die Kleidung aller Anwesenden war schlicht, obwohl einige der Verräterinnen – Männer wie Frauen – praktischere Hosen und Tuniken trugen, während andere mit langen, gegürteten Gewändern aus feinerem Tuch bekleidet waren. Es überraschte ihn zu sehen, dass sowohl Männer als auch Frauen diese langen Kleider trugen.

Die Farbe des Stoffs reichte von ungefärbtem Weiß zu dunklen Farben, aber keine davon war leuchtend oder kräftig. Er vermutete, dass es schwer war, Farbstoffe in die Stadt zu bringen, und angesichts des begrenzten Raums, um Getreide anzubauen, hatten gewiss Pflanzen Vorrang, die der Ernährung dienten.

Obwohl er versuchte, seine Aufmerksamkeit auf das Publikum zu richten, konnte er nicht umhin, ab und an zu Tyvara hinüberzuschauen. Wann immer er das tat, ertappte er sie dabei, dass sie ihn beobachtete. Sie lächelte jedoch nicht noch einmal. Sie wirkte nachdenklich und besorgt.

Schließlich erhob sich Riayas Stimme über den Lärm im Raum. »Wir haben unsere Beratungen beendet«, verkündete sie.

Stille kehrte ein. Riaya sah die anderen Frauen am Tisch an, dann wandte sie sich Tyvara zu.

»Du hast angeboten, Sprecherin Savara zu gestatten, deine Gedanken zu lesen. Wir haben, wie das Gesetz es verlangt, alle anderen Möglichkeiten in Betracht gezogen, aber ich kann keinen anderen Weg entdecken, deine Behauptungen zu bestätigen. Tritt bitte vor.«

Aus den Reihen der Zuschauer kamen leise Stimmen und Getuschel. Lorkin dachte an ein Bruchstück eines Gesprächs zwischen Chari und Tyvara zurück, von der Reise in die Berge. Tyvara hatte gesagt, sie werde den Verräterinnen erlauben, ihre Gedanken zu lesen. Chari war schockiert gewesen. »*Das kannst du nicht*«, hatte sie gezischt. »*Du hast es versprochen*...«

Lorkin beobachtete, wie die Frau, die ihm das Leben gerettet hatte, mit hocherhobenem Kopf vor ihre Anführerinnen trat. Eine Woge jäher, schwindelerregender Zuneigung schlug über ihm zusammen. *Sie ist so stolz. So schön.* Dann verdarben ihm ein vertrauter Zweifel und Ärger den Augenblick. *Ich wünschte, ich wüsste, ob Chari recht hat oder nicht. Wenn sie unrecht hat, möchte ich mich nicht zum Narren machen, indem ich versuche, Tyvara für mich zu gewinnen. Aber wenn sie recht hat... wenn Tyvara mich mag... es sich aber zur Gewohnheit macht, jene wegzustoßen, die sie bewundern... habe ich die Entschlossenheit, weiter um sie zu werben?*

Jede Faser seines Wesens war davon überzeugt, dass er in der Tat genug Entschlossenheit besaß.

Er beobachtete, wie Savara aufstand und ein Zeichen machte. Tyvara trat an den Tisch und neigte den Kopf. Die ältere Frau umfasste Tyvaras Kopf und schloss die Augen.

Eine lange Pause folgte, während derer alle die beiden erwartungsvoll beobachteten. Als Savara schließlich die Hände sinken ließ, sagte sie nichts. Sie setzte sich, und Tyvara kehrte an ihren früheren Platz zurück.

»Was hast du erfahren?«, fragte Riaya.

»Alles, was Tyvara uns erzählt hat, ist wahr«, antwortete Savara.

Ein allgemeines Seufzen lief durch den Raum. Riaya legte die Hände auf den Tisch.

»Dann wird es Zeit abzustimmen.« Sie sah zuerst Tyvara an, dann die Zuschauer. »Wir sind zu dem Schluss gekommen, dass Tyvara Riva nicht hätte töten müssen. Sie hätte Riva von Lorkin wegstoßen oder die beiden auf andere Weise trennen sollen. Aber wir räumen auch ein, dass kaum Zeit zum Nachdenken war. Tyvara handelte, um sicherzustellen, dass die Wünsche der Königin erfüllt wurden, und um eine Situation zu verhindern, die vielleicht zu einer Bedrohung für das Sanktuarium geführt und unsere Leute in Sachaka noch mehr gefährdet hätte.« Sie hielt inne und sah die Sprecherinnen an. »Soll Tyvara für die Ermordung Rivas hingerichtet werden?«

Von den sechs Frauen am Tisch hoben zwei die Hand. Die übrigen hielten die Hände unten. Da Kalia die Hand gehoben hatte, vermutete Lorkin, dass dies das Zeichen der Zustimmung war.

»Vier dagegen, zwei dafür«, fasste Riaya zusammen. Sie betrachtete die Zuschauer. Zu Lorkins Überraschung machten auch sie die eine oder andere Geste. »Die Mehrheit ist dagegen«, erklärte Riaya. Sie sah die Königin an, die jetzt die Hand ausstreckte, die Innenfläche nach unten geneigt. »Wir sind alle der gleichen Meinung.«

Die Hände wurden heruntergenommen. Riaya wirkte erfreut, wie Lorkin bemerkte.

»Der Tod einer Mitverräterin ist eine ernste Angelegenheit«, fuhr sie fort. »Und ganz gleich was der Grund dafür war, eine Strafe muss folgen. Tyvara muss für die nächsten drei Jahre im Sanktuarium bleiben; danach darf sie eine Stellung als Späherin oder Wächterin annehmen und darauf hinarbeiten, die Verantwortung, die sie früher hatte, erneut zu übernehmen. Während dieser drei Jahre soll sie einen Tag von jeweils sechs dem Wohl von Rivas Familie widmen.« Riayas Blick wanderte wieder zu Tyvara hinüber. »Akzeptierst du dieses Urteil?«

»Ja.«

»Dann ist es entschieden. Es steht dir frei zu gehen. Diese Verhandlung ist beendet, und die Gesetze des Sanktuariums wurden gewahrt. Mögen die Steine weiter singen.«

»Mögen die Steine weiter singen«, erwiderten die Zuschauer.

Unruhe brach im Raum aus, als alle sich erhoben. Lorkin beobachtete Tyvara. Sie blickte zu Boden. Sie schüttelte schwach den Kopf, dann sah sie Savara an. Die ältere Frau lächelte wohlwollend. Dann zog sie fragend die Augenbrauen hoch, und ihr Blick wanderte zu Lorkin hinüber. Er blinzelte und sah, dass Tyvara die Augen verdrehte. Dann wandte sie sich um und schritt auf die Tür an der gegenüberliegenden Seite des Raumes zu. Er konnte Chari dort stehen sehen. Die junge Frau grinste. Sie blickte zu ihm herüber und zwinkerte ihm zu.

Jemand zupfte an seinem Ärmel. Die Führerin lächelte ihn an.

»Ich soll dich als Nächstes in dein Quartier geleiten.« Ihr Lächeln wurde breiter. »In dein neues Quartier.«

Die Niedergeschlagenheit, die sich gerade in ihm hatte breitmachen wollen, verschwand wieder. »Es hat nicht zufällig ein Fenster, oder?«

Sie bedeutete ihm, ihr zu folgen. »Nein. Aber du wirst Gesellschaft haben, und es steht dir frei, zu kommen und zu gehen, wie es dir gefällt – natürlich solange du das Sanktuarium nicht verlässt. Ich bin übrigens Vytra.«

»Freut mich, dich kennenzulernen, Vytra.«

Sie kicherte. »Ihr Kyralier habt komische Sitten«, sagte sie. »So höflich.«

»Wenn du willst, kann ich auch unfreundlich sein.«

Sie lachte. »Das wäre eine Schande. Nun, unterwegs sollte ich dir einige Hinweise geben, wie du mit den Leuten hier zurechtkommen kannst.«

Lorkin, der aufmerksam zuhörte, folgte der Frau hinaus in die Stadt.

Cery beobachtete seine Tochter mit nachdenklicher Miene. Sie hielt sich bei ihren heutigen Lektionen nicht besonders gut, aber andererseits waren auch Gol einige untypische Schnitzer unterlaufen. Beide waren noch immer zu erregt von ihrem morgendlichen Besuch in der Gilde, um sich ganz auf die Übungsstunde zu konzentrieren.

Sie dürften nicht zulassen, dass das ihre Konzentration beeinträchtigt, dachte er. *Ich schätze, ich werde dafür sorgen müssen, dass ich mich selbst schützen kann, wenn meinen Leibwächtern jemals wieder ein Blick auf das Leben der Reichen und Mächtigen gestattet werden sollte.*

Ein Klopfen an der Tür erregte ihrer aller Aufmerksamkeit. Sie befanden sich im »Mühle«-Bolhaus, und Cery hatte seine Leute ausgeschickt, um die Personen, die um ein Treffen mit ihm gebeten hatten, darüber in Kenntnis zu setzen, dass er jetzt für sie zu sprechen war.

Auf ein Nicken von Cery hin ging Gol zur Tür und öffnete sie einen Spaltbreit, bevor er sie ganz aufzog. Der Mann, der draußen im Flur stand, zeigte den gleichen ehrfürchtigen Gesichtsausdruck, den Anyi und Gol noch Stunden nach ihrem Besuch bei der Gilde zur Schau gestellt hatten.

»Schwarzmagierin Sonea, Lord Regin und zwei Frauen sowie zwei Kinder möchten dich sprechen«, sagte der Mann.

»Schick sie herauf.«

Der Mann nickte und eilte davon. Anyi und Gol grinsten einander an.

»Nun kommt. Nehmt eure Plätze ein«, befahl Cery.

Sie beeilten sich, zu beiden Seiten seines Stuhls ihre Posten zu beziehen. Gol nahm eine Haltung ein, die eher lächerlich als imposant wirkte. Anyi bog die Finger durch, wie sie es immer tat, wenn sie nervös war. Cery seufzte kopfschüttelnd und wartete ab.

Das Geräusch von Schritten wurde lauter, dann schien sich der Raum mit Magierroben zu füllen. Zuerst kamen Soneas schwarze Roben, dann Regins rote. Den beiden folgte Forlie, die sehr unterwürfig wirkte, sowie eine jüngere Frau. Letztere trug ein kleines Mädchen auf einem

Arm, während sich ein um eine Spur älterer Junge an ihre andere Hand klammerte.

Anyi und Gol verneigten sich unbeholfen, aber mit Begeisterung.

»Cery«, sagte Sonea, dann nickte sie seiner Tochter und seinem Freund zu. »Anyi und Gol. Danke, dass ihr in die Gilde gekommen seid. Ich habe versucht, es zu verhindern, aber wenn die Gilde eine so ernsthafte Angelegenheit wie einen wilden Magier untersucht, neigt sie zu übertriebener Gründlichkeit.«

»Schon in Ordnung«, erwiderte Cery und wandte sich dann an Gol. »Hol ihnen Stühle.«

Die klobigen alten Sessel, die normalerweise in der Mitte des Raums standen, waren an die Seite geräumt worden, um Platz für die Übungsstunden zu schaffen. Gol machte einen Schritt darauf zu, aber Sonea hob eine Hand, um ihn daran zu hindern.

»Ich werde es tun.«

Anyi, Forlie und die andere Frau sogen scharf die Luft ein, als die schweren Sessel sich erhoben und in die Mitte des Raums schwebten, wo sie sich in einem Viereck rund um Cerys Platz gruppierten. Gol grinste lediglich mit wissender Befriedigung. Damals, als Cery für den früheren Hohen Lord gearbeitet hatte, hatte er jede Menge Magie zu sehen bekommen.

»Wir sind hier, um euch von den Ergebnissen unserer Nachforschungen zu erzählen«, erklärte Sonea, während sie Platz nahm. »Und um einen Gefallen zu erbitten.«

»Einen Gefallen?« Cery verdrehte mit gespielter Verärgerung die Augen. »Da geht es schon wieder los.«

Sie lächelte. »Ja. Kannst du für Forlie, ihre Tochter und ihre Enkelkinder ein sicheres Versteck finden?«

Cery sah die Frauen an. Sie lächelten ihm zaghaft zu. Die jüngere Frau hatte keins der beiden Kinder losgelassen, als sie sich gesetzt hatte. Das Mädchen lag auf ihrem Schoß, und der Junge saß auf der Armlehne des Sessels.

»Sie sind in Gefahr?«

»Ja. Ihr wurde befohlen, den Platz von Lorandra einzunehmen – der wahren wilden Magierin.«

»Aber ihr habt die wahre wilde Magierin ... nicht wahr?«

»Allerdings.« Sonea hielt inne und betrachtete ihn einen Moment lang. »Lorandra ist Skellins Mutter.«

Ein Frösteln befiel Cery, das von irgendwo hinter seinem Sessel kam und durch seinen ganzen Körper floss. Das Herz begann ihm in der Brust zu hämmern. *Skellins Mutter. Deshalb war er verärgert darüber, dass ich die wilde Magierin gesehen und ihm nicht davon erzählt hatte. Es hätte ihm verraten, dass sein Plan, Forlie vorzuschieben, nicht funktionieren würde. Nun, der Plan wäre ohnehin gescheitert, weil er nicht wusste, dass einige der Gildemagier Gedanken lesen können.*

»Ich kann mir nicht vorstellen, dass er im Augenblick ein besonders glücklicher Mann ist«, erwiderte Cery trocken.

Regin lachte leise. »Nein. Zu unser aller Pech ist er den Magiern ausgewichen, die ihn gefangen nehmen sollten, daher haben wir jetzt einen wilden Magier auf freiem Fuß in der Stadt, der weiß, dass wir hinter ihm her sind.«

Cery starrte ihn an. »*Skellin* ist ein Magier?«

Sonea nickte. »Was der Grund ist, warum du Forlie helfen musst. Er hat sie erpresst, indem er ihre Tochter und ihre Enkelkinder entführt und gedroht hat, sie zu töten. Wir hoffen, dass er zu sehr damit beschäftigt sein wird, sich vor uns zu verstecken, als dass er sich Gedanken über eine mögliche Rache an ihr machen würde, aber wir möchten dieses Risiko lieber nicht eingehen.«

Er sah Forlie an und zuckte die Achseln. »Natürlich werde ich ihr helfen.«

»Du solltest auch einige zusätzliche Vorsichtsmaßnahmen ergreifen«, fügte Regin hinzu.

Cery lächelte angesichts dieser Untertreibung. *Es ist erheblich wahrscheinlicher, dass er sich wegen der Gefangennahme seiner Mutter an mir zu rächen versucht als an Forlie. Vielleicht sollte ich feststellen, ob ein anderer Dieb sich für mich um sie kümmern kann. Jemand, der Skellin nicht mag ...*

»Es kommt noch mehr«, fuhr Sonea fort. »Lorandra ist – war – der Jäger der Diebe. Skellin hat sie ausgeschickt, um seine Rivalen zu töten. Er hatte große Pläne für sich selbst. Er wollte zum König der Unterwelt werden. Und er wollte Fäule benutzen, um alle in Schach zu halten.«

Als Cery daran dachte, wie mächtig Skellin bereits geworden war, erschien ihm dies nicht so unmöglich, wie es klang. *Wie viele Leute hatte er schon unter seiner Kontrolle? Ich werde sehr vorsichtig sein müssen, mit wem ich jetzt Geschäfte mache.*

»Wisst Ihr, ob Lorandra Cerys Familie getötet hat?«, fragte Anyi.

Cerys Herz krampfte sich zusammen. Er sah seine Tochter an; er war ihr dankbar, dass sie es ihm erspart hatte, die Frage selbst zu stellen, aber er fürchtete auch die Antwort.

Sonea verzog das Gesicht. »Ich weiß es nicht. Nicht ich war diejenige, die ihre Gedanken gelesen hat, und ich konnte Kallen nicht in aller Öffentlichkeit darum bitten, es herauszufinden.«

Was mehr über mich enthüllt hätte, als mir lieb gewesen wäre.

»Ich werde versuchen, es herauszufinden«, versprach sie. »Selbst wenn sie sie nicht getötet hat und es nur ihre Aufgabe war, mithilfe von Magie in dein Versteck einzubrechen, wird sie doch wissen, wer deine Familie ermordet hat. Oder wer den Befehl dazu gegeben hat.«

»Höchstwahrscheinlich Skellin«, sagte Regin. »Es sei denn, sie hat nebenbei gelegentlich für andere Kunden gearbeitet.«

»Zumindest wissen wir, dass Skellin nicht der Mörder gewesen sein kann«, erklärte Gol. »Er hat zu der Zeit mit Cery geredet.«

Anyi schnaubte leise. »Es ergibt keinen Sinn. Warum jemanden ausschicken, die Familie eines anderen Diebs zu töten, während man ihn gleichzeitig einlädt, ein Bündnis einzugehen?«

Für einen langen Augenblick verfielen sie alle in nachdenkliches Schweigen.

»Vielleicht weiß Lorandra es«, überlegte Gol laut.

Cery schüttelte den Kopf. »Nun, eines weiß ich mit Bestimmtheit. Wir müssen noch einen wilden Magier fangen.«

»Falls er sich noch in Kyralia aufhält«, sagte Regin.

»Oh, er ist immer noch hier«, versicherte ihm Cery. »Er hat nicht so viel Zeit und Mühe auf sein kleines Reich verwandt, um die Flucht zu ergreifen. Nein, es gibt Leute hier, reiche wie arme, die sich überschlagen werden, ihm zu helfen, einige, weil sie es tun müssen, viele, weil sie davon profitieren werden. Das wird er anderswo nicht haben.«

Sonea nickte. »Sein Einfluss auf die Stadt ist bereits gefährlich stark, aber ich vermute, wenn man ihn aus dem Spiel nimmt, wird sein Reich in sich zusammenstürzen. Wir müssen ihn finden.« Sie sah Cery an. »Wirst du uns abermals helfen?«

Er nickte. »Den Spaß würde ich mir nicht entgehen lassen.«

Sie lächelte und stand dann auf. Regin folgte ihrem Beispiel. »Wir müssen in die Gilde zurückkehren. Danke, dass du dich um Forlie und ihre Familie kümmerst.«

Cery sah die Frau an, die ihn erwartungsvoll beobachtete. »Ich werde für euch alle einen sicheren Platz finden. Wo ist der Vater der Kinder?« Beide Frauen runzelten so grimmig die Stirn, dass Cery sich ein Lachen nicht verkneifen konnte. »Das ist also kein Problem.« Er wandte sich wieder an Sonea und geleitete sie zur Tür. »Ich wette, ihr habt auf dem Weg hierher eine Menge Aufmerksamkeit erregt.«

Sie lachte kläglich. »Ja. Und die Kunden unten werden noch monatelang darüber reden.«

»Was vielleicht gar nicht schlecht ist«, warf Regin ein, während er ihr zur Tür hinaus folgte. »Das wird die Leute, die es vielleicht erwägen, Skellin zu helfen, daran erinnern, dass du mächtige Freunde hast.«

»Nun, es würde nicht schaden, wenn sie dächten, dass ihr immer noch hier seid, so dass wir vor unserem Aufbruch Pläne schmieden können. Der privatere Weg führt durch die Küche und durch den Nebeneingang.«

»Dann werden wir dort entlanggehen. Danke für deine Hilfe«, sagte Sonea. »Und passt auf euch auf.«

»Das tue ich doch immer«, rief er ihnen nach, während sie durch den Flur zur Treppe gingen. Nachdem er die Tür geschlossen hatte, wandte er sich den verbliebenen Personen im Raum zu. Bei einem Blick auf die Kinder tat ihm das Herz weh, und er schob die schmerzlichen Erinnerungen beiseite. »Gol, bring Forlies Familie nach unten und sorge dafür, dass sie und die Kleinen zu essen bekommen.«

»In Ordnung«, erwiderte Gol. Er gab den beiden Frauen ein Zeichen, und sie folgten ihm mit den Kindern aus dem Raum. Cery kehrte zu seinem Sessel zurück und stieß einen Seufzer aus.

Er blickte Anyi an. Sie runzelte die Stirn. Es war kein besorgtes Stirnrunzeln, sondern ein verwirrtes.

»Was gibt es?«, fragte er.

Sie sah ihn an, dann wandte sie den Blick wieder ab. »Erinnerst du dich an diesen Magier in der Gilde, der genauso gekleidet war wie Sonea?«

»Ja. Schwarzmagier Kallen.«

»Er kam mir bekannt vor. Zuerst habe ich ihn wegen der Roben nicht erkannt.«

»Du hast ihn ohne Roben gesehen?«

Sie blickte zu ihm auf und lachte. »Nicht so, wie du es gerade ausgedrückt hast. Als ich ihn das letzte Mal gesehen habe, konnte ich nicht erkennen, was er anhatte.«

»Was hat er getan?«, fragte er.

Eine Falte erschien zwischen ihren Brauen, dann glättete sich ihre Stirn, und sie riss die Augen auf. »Ah! Das ist es. Ich war eines Tages mit meinem Freund unterwegs, um Fäule zu kaufen. Natürlich nicht für mich.« Ihr Blick flackerte, ernst und besorgt, zu seinem Gesicht hinüber. »Inmitten der Verhandlung fuhr eine Kutsche vor. Der Mann darin wollte Fäule, aber er wollte nicht warten. Ich konnte einen Blick auf sein Gesicht werfen.«

»Kallen?«

»Ja.«

»Bist du dir sicher?«

»Oh ja.« Ihre Augen funkelten. »Ich merke mir jeden, der so aussieht, als täte er vielleicht etwas, das er nicht tun darf.«

Cery schnaubte. »Das würde so ziemlich auf jeden in der Stadt zutreffen.«

Sie grinste. »Und ganz besonders dann, wenn es so aussieht, als könnte das, was ich über die betreffende Person in Erfahrung bringe, eines Tages nützlich sein«, räumte sie ein. »Denkst du, dass Sonea sich dafür interessieren würde? Viele Magier nehmen Fäule, habe ich gehört.«

»Oh, ich denke, sie wird das interessant finden«, antwortete Cery. »Ich denke, sie wird es *sehr* interessant finden. Es wird ein guter Vorwand sein, um mich abermals in ihr Hospital zu schleichen. Oder vielleicht werde ich warten, bis ich ihr etwas Nützliches über Skellin zu berichten habe.« Er sah Anyi an und verzog das Gesicht. »Wir müssen sehr vorsichtig sein, wem wir vertrauen. Skellin hat viele Freunde, und ich bezweifle, dass ich jetzt noch einer davon bin. Wir müssen bei der Suche nach ihm helfen, ohne selbst geschnappt zu werden. Auf uns kommen stürmische Zeiten zu.«

Epilog

Mit einem letzten magischen Stoß kehrte Lorkin den übrigen Staub, Haare, Essensreste und nicht identifizierbare Bröckchen zu einem kleinen Haufen, dann holte er einen Eimer, um den Unrat hineinzukippen. Einige Wochen waren verstrichen, seit man ihm ein Quartier im Männerraum zugewiesen hatte, und er kannte inzwischen die Namen der meisten seiner Mitbewohner.

Es war ein großer Raum, gefüllt mit Reihen schmaler Betten. Die meisten davon waren jetzt leer, aber die unter die Bettrahmen geschobenen Besitztümer machten klar, dass alle Betten normalerweise besetzt waren.

»Sie sind für Männer, die nicht länger bei ihrer Familie bleiben wollen und die nicht zu einer Frau gehören«, hatte Vytra ihm erklärt. »Wir haben nicht genug Platz, als dass jeder sein eigenes Zimmer haben könnte.«

»Gibt es auch Frauenräume?«, hatte Lorkin sich erkundigt.

»Sozusagen.« Sie hatte die Achseln gezuckt. »Manchmal teilen sich Freundinnen und Schwestern ein Zimmer.«

Zuerst war er etwas Neues für die Männer bei den Verräterinnen gewesen, und er hatte viele Fragen über Kyralia beantworten müssen, Fragen, wie er ins Sanktuarium gekommen sei und was er dort zu tun beabsichtige. Letztere Frage konnte er nicht zu ihrer Befriedigung beantworten. Er konnte ihnen kaum von seinem Interesse an Tyvara erzählen oder von seinen Plänen, Bündnisse zwischen ihren Leuten und den Verbündeten Ländern auszuhandeln.

»Du bist ein Magier«, hatte einer bemerkt. »Gewiss wird man dir etwas zu tun geben, das sich irgendwie um Magie dreht.«

Obwohl Savara den anderen Sprecherinnen gegenüber beteuert hatte, dass sie eine Arbeit für ihn finden würde, hatte man ihm bisher noch keine Aufgabe zugewiesen. Also hatten die Männer ihn damit betraut, ihr Zimmer ordentlich zu halten. Sie waren überrascht gewesen zu entdecken, dass er nicht wusste, wie man das machte, und es hatte sie beeindruckt, dass er in der Gilde für solch niedere Arbeiten Dienstboten gehabt hatte. Dies trug ihm jedoch keine andere Arbeit ein. Sie gaben ihm einige grobe Anweisungen, dann überließen sie es ihm, sich allein zurechtzufinden.

Er hatte seinerseits viele Fragen gestellt und mehr über die Regeln und Gesetze des Sanktuariums erfahren, einschließlich jener subtilen Regeln in Bezug auf Manieren und Gerechtigkeit, an die Menschen sich halten, um die Konflikte zu verringern, die sich ergeben, wenn man in engem Kontakt zueinander lebt.

Wie Chari ihn gewarnt hatte, wurde das Sanktuarium von Frauen beherrscht. Aber auch wenn Männern der Zugang zu den höchsten Machtpositionen verwehrt war, waren sie doch an allen anderen Aktivitäten in der Stadt beteiligt. Die Gründerinnen hatten beschlossen, dass das Sanktuarium in erster Linie ein Ort war, an dem Frauen das Sagen hatten, dass es aber darüber hinaus ein Ort sein müsse, an dem die Menschen einander ebenbürtig waren.

Es beeindruckte Lorkin, dass die Männer hier größere Freiheit und höheres Ansehen genossen als Frauen in Kyralia. Er hatte sich Sorgen gemacht, dass ihre Gesellschaft das genaue Gegenteil sein könnte. Dies ließ ihn auf eine Weise, die er noch nie zuvor bedacht hatte, erkennen, wie ungerecht die kyralische Gesellschaft Frauen behandelte. Obwohl sie erheblich besser war als die Gesellschaft einiger anderer Länder ... wie die Lonmars zum Beispiel. Und wie der Rest von Sachaka.

Trotzdem gab es einige auffällige Punkte, in denen die Frauen hier den Männern vorgezogen wurden. Männer lehrte man Magie, aber nicht schwarze Magie. Nur Frauen wussten, wie man eine Schwangerschaft verhinderte, und alle Kinder gehörten ihnen.

In dem kleinen Lager abseits des Hauptraums fand Lorkin, wonach er gesucht hatte. Selbst hier lieferten in die Decke eingelassene Edelsteine Licht. Lorkin griff sich einen der stabilen Körbe, untersuchte ihn auf Löcher und wandte sich dann wieder der Tür zu.

»Ich schätze, es wird bald passieren.«

Die Stimme war männlich und kam aus dem Hauptraum. Lorkin zögerte.

»Nein«, erwiderte ein anderer Mann. »Es könnte noch Jahre dauern, bevor wir bereit sind.«

»Aber sie haben die Übungsstunden in Kampfkunst verdoppelt. Wir haben mehr Späher dort draußen als je zuvor.«

»Und wir haben Hunderte von Edelsteinen, die erst halb gewachsen sind. Bevor sie gereift sind, wird es nicht zum Krieg kommen, und das wird noch Monate dauern, wenn nicht sogar ein ganzes Jahr.« Der Mann seufzte. »Ich habe Hunger.«

Krieg? Lorkin betrachtete den Korb. Er wusste, wenn er hier verweilte und einer der Männer in den Lagerraum kam, um sich etwas zu essen zu holen, würden sie erfahren, dass er gelauscht hatte. Er zwang sich, den Raum zu verlassen, dann richtete er sich auf und lächelte, als er die Männer sah. Sie musterten ihn überrascht.

»Seid mir gegrüßt«, sagte er, obwohl er wusste, dass sie diese Begrüßungsformel seltsam fanden. »Ihr seid früh zurück. Kann ich euch irgendetwas holen?«

Die beiden Männer sahen einander an, dann ging derjenige, der gesagt hatte, dass er Hunger habe, auf das Lager zu. »Nein, aber danke für das Angebot.«

Lorkin begann den Unrat in den Korb zu kehren. Es war nicht einfach, die Staubpartikel in das Gefäß zu bekommen, und er konzentrierte sich so heftig, dass er den Überblick verlor, wo die anderen Männer sich aufhielten.

»Lorkin«, erklang dicht hinter ihm eine scharfe Frauenstimme.

Er erstarrte, was besser war, als sichtlich zusammenzuzucken, befand er. Nachdem er sich aufgerichtet hatte, drehte er sich mit einem höflichen Lächeln zu der Frau um.

»Sprecherin Kalia«, erwiderte er.

Sie musterte ihn von Kopf bis Fuß. Er trug die schlichte Hose und die Tunika, die die anderen Männer bevorzugten – jene, die sich nicht für das Kleid entschieden, das sowohl Männer als auch Frauen trugen.

»Folge mir«, sagte sie.

Sie machte auf dem Absatz kehrt und schritt auf die Tür zu. Lorkin stellte den Korb ab und eilte hinter ihr her. Er schaute zu den beiden Männern hinüber, die mitfühlend das Gesicht verzogen.

Kalia ging sehr schnell für eine Frau mit kurzen Beinen und einem rundlichen Leib. Lorkin stellte fest, dass er für zwei Schritte von ihr nur einen einzigen machen musste. Er überlegte, dass jeder, der sie beide sah, sofort wissen würde, wer das Sagen hatte. *Definitiv nicht ich. Ah, wie tief bin ich gesunken, seit ich von zu Hause fortgegangen bin...*

Weder ihr Schritt noch ihre Miene luden zu einem Gespräch ein, aber diese Frau hatte sich für eine Hinrichtung Tyvaras ausgesprochen. Er würde sich von ihr nicht einschüchtern lassen. Oder zumindest würde er sie nicht wissen lassen, dass er eingeschüchtert war.

»Wohin gehen wir?«, fragte er vorsichtig.

»Dorthin, wo man dir angemessenere Pflichten zuweisen kann als die Säuberung deines Zimmers.« Sie sah ihn an, und ihre Augen waren scharf und berechnend. »Hier im Sanktuarium versuchen wir, den Leuten Aufgaben zuzuweisen, die ihrem Temperament und ihren Talenten entsprechen. Ich bin mir nicht sicher, ob die Aufgabe, die ich für dich habe, deinem Temperament entsprechen wird, aber sie wird definitiv deinen Talenten entsprechen.«

Irgendwie gelang es ihr, ihren Schritt noch weiter zu beschleunigen, womit sie andeutete, dass weitere Gesprächsversuche nicht willkommen waren. Als sie einen großen Torbogen erreichten, blieb sie stehen, ein wenig außer Atem. Sie sog tief die Luft ein und stieß sie wieder aus, dann deutete sie auf den Inhalt des großen Raums vor ihnen.

Wie im Männerraum fanden sich auch hier Reihen von Betten. Aber sie waren zu dieser Zeit nicht leer. Stattdessen waren viele von ihnen besetzt, mit Männern, Frauen und Kindern. Vertraute Gerüche drangen an Lorkins Nase, zusammen mit einigen, die er nicht erkannte.

Die Gerüche von Krankheit und Arzneimitteln.

Ihm wurde flau, aber nicht wegen der Anwesenheit so vieler kranker Menschen. Stattdessen war es die Erkenntnis, dass die Verräterinnen die beste Methode gefunden hatten, um sich an ihm für den Verrat seines Vaters zu rächen. Und um seine eigene Entschlossenheit auf die Probe zu stellen, sie nur dann in der Heilkunst zu unterrichten, wenn sie ihm als Gegenleistung etwas gleichermaßen Wichtiges gaben.

»Dies ist der Pflegeraum«, erklärte ihm Kalia. »Hier wirst du von jetzt an arbeiten.«